慕南坡

吱吱 著

叁
初露峥嵘

中国出版集团
中国民主法制出版社

全国百佳图书
出版单位

图书在版编目（CIP）数据

慕南枝 . 3 / 吱吱著 . —北京：中国民主法制出版社，
2021. 6

ISBN 978-7-5162-2586-8

Ⅰ.①慕…　Ⅱ.①吱…　Ⅲ.①长篇小说—中国—当代
Ⅳ.① I247.5

中国版本图书馆 CIP 数据核字（2021）第 079260 号

图书出品人：刘海涛
图书策划：谭　军
文案统筹：高文鹏　崔　一
责任编辑：翟琰萍　金　伟

书　　名 / 慕南枝 3
作　　者 / 吱吱 著

出版·发行 / 中国民主法制出版社
地址 / 北京市丰台区右安门外玉林里 7 号（100069）
电话 /（010）63055259（总编室）　63058068　63057714（营销中心）
传真 /（010）63055259
http: // www.npcpub.com
E-mail: mzfz@npcpub.com
经销 / 新华书店
开本 / 16 开　710 毫米 ×1000 毫米
印张 / 25.25　字数 / 406 千字
版本 / 2021 年 6 月第 1 版　2021 年 6 月第 1 次印刷
印刷 / 北京天宇万达印刷有限公司

书号 / ISBN 978-7-5162-2586-8
定价 / 48.00 元

目录

第一章

试　探

　　李谦心里一直挂念着姜宪，她一动，他就醒了，等到姜宪摇他的肩膀时，他已睁开眼睛坐了起来，头脑清醒地问："怎么了？口渴了还是肚子饿了？"

　　姜宪摇了摇头，想问问他，为什么会把云林这么个猛将放在居庸关，而且一放就是六年，他就不怕云林不满？她怀疑云林是来监视她的。可当她望着李谦那点了漆般的眼眸，望着他因为太过关切而显得有些严肃的面孔，突然觉得有些可笑。有些事，只是她的记忆，李谦，并不能和她分享。她的情绪顿时变得低落起来，那些事，难道就永远都没有答案吗？

　　"睡吧！"姜宪蔫蔫地道，"我就是突然醒过来，有点害怕。"她说着，重新闭上了眼睛。

　　李谦望着姜宪，她纤长浓密的睫毛像蝴蝶的翅膀，轻轻地颤着，眼珠在眼皮下滚动，分明是在装睡。他想和姜宪一辈子就这么走下去，可他和她之间还有那么多不同和矛盾，他不希望姜宪有事瞒着他。

　　李谦略一思忖就做了决定，他轻轻地摇着姜宪的肩膀，笑道："那你就陪我说说话吧——我被你吵醒了，一时也睡不着了。"

　　姜宪心生歉意，这些日子李谦为了婚礼的事着实累着了，好不容易才告一段落，正是好眠的时候，却被她给吵醒了。也不知道他是不是那种醒来之后就很难再安睡的人。

　　姜宪起身靠在床头，笑道："你想和我说什么？"

　　李谦扭身把她搭在床边的夹衫拿过来给她披上，和她并排靠在床头，也笑道："也没有什么，就是看你睡不着，索性陪你说说话。"

姜宪微微一愣，李谦怎么知道她睡不着？

"宗权，"姜宪回抱住李谦，脑海里不禁浮现出他在金銮殿回她话时的场景，有些话就这样不经意间说了出来，"我要是做了太后、养着赵玺，你却成了辖制一方的大将军，你还会护着我吗？"

"你是什么意思？！"好好的温馨骤然间冰冷刺骨，李谦捧着她的脸，眼睛泛红地盯着她，像只随时要扑上来把她拆骨入腹的恶狼。

姜宪应该感到害怕才是，可不知道为什么，她不仅没有害怕，反而有种在逗一只外形凶猛却对她温柔的大犬的感觉。她大声道："要是我嫁给赵玺却没有子嗣，赵玺死后，我只好拥立赵玺为皇帝，垂帘听政做了太后，像曹太后那样每日和群臣唇枪舌剑，斗来斗去的……"

"保宁！"李谦面色一沉，看她的目光猝然深如枯井，冷漠、平静，却透着森然的告诫。

姜宪心中一紧，她最怕李谦这样看她了。每当他这样看着她的时候，就是要把她的事管到底的意思，不管她怎么发脾气、笼络、变相地服软，他都不为所动。

只是没等她开口，李谦已道："你后悔嫁给我了？"

姜宪这才惊觉自己说错了话，可事已至此，就算想补救，也没有办法把话说圆了。她咬了咬唇，脑子飞快地转了起来。

李谦再次逼问："你后悔嫁给我了吗？"

见他只是反复地追问这个问题，姜宪松了口气，才如同恶人先告状般地道："我说了我后悔嫁给你了吗？为什么每次和你说点什么你都抓不住重点？我是说，如果我落到那个地步，你还会护着我吗？"

李谦闻言眨了眨眼睛，过了一会儿才明白她的意思，顿时喜笑颜开，道："当然会护着你啊！你可是我喜欢的人。何况，就算你做了皇后，肯定也不是因为不喜欢我，而是因为形势所迫，这怎么能怪你呢？"

"真的吗？"姜宪喃喃地道。

"当然是真的。"李谦看她的目光又变得温暖起来，低声道，"就算真的有那么一天，我自己没办法护着你，也会派个人护着你的。"

姜宪福至心灵，轻声道："是不是像七姑那样……"有着一身好武艺，却在她身边当仆妇。

李谦点头。姜宪笑了起来，紧紧地搂住李谦的腰。李谦感觉到姜宪情绪上的波动，有些不解，也有些担心，想拉开扑在他身上的姜宪，却几次都没能如

愿，索性就这样抱住她。

心绪跟着慢慢平静下来，理智也慢慢回了笼，李谦这才感觉到刚才姜宪的那些话有多突兀，于是在她耳边低沉而又温柔地问道："保宁，你怎么会突然问那样的问题？是不是发生了什么我不知道的事？"

"没有。"姜宪已经不想再提这件事，她此时只觉得很幸运，不想再去追究那些恩怨了，只想好好地和李谦过日子，"我就是做了个噩梦，梦到我嫁给赵翌，结果年纪轻轻就做了太后……"

李谦呵呵笑道："日有所思才夜有所梦，你肯定是想到了什么才会做这个梦的。快说，你想到什么了？或者是看到什么了？"

"你就不能不问吗？"姜宪含糊道，"你就不能在我不想说的时候装装糊涂吗？"

"其他的事能行，"李谦斩钉截铁地道，"只有这件事不行。你到底怎么了？"

姜宪知道，不把他糊弄过去他肯定不会罢休的，于是道："我是看我不管走到哪里，身边总有你的人护着，想我若是进宫做了皇后，肯定不会有这一天了，所以才问问。"

姜宪话说得落落大方，却连自己都没有注意到她说的话有多暧昧，甚至带着些许安抚、些许讨好、些许息事宁人。李谦却听出来了，顿时心花怒放，紧紧抱着姜宪不停地喊着"保宁"。

姜宪连连推他，道："你这是干什么，我都要透不过气来了。"

李谦忙放开了她，看着她的眼神深情而又执着。

"保宁，"他温声道，"只要你心里有我，就算你做了皇后，我也一样会护着你的。"

姜宪玩心顿起，道："如果我心里没有你呢，你就不护我周全了？"

李谦沉默了一会儿，然后像决定了什么似的，正色对姜宪道："如果你心里没有我，我就想办法让你心里有我。最终，我还是会派人护着你的。"

姜宪愣住。

李谦已一把抱住了姜宪，道："好了，别想那么多了，我会一直在你身边的，也会一直照顾你的。我们睡吧，明天一早还要回门，拜见大舅兄。"

姜宪哦了一声，心里五味杂陈。可在离开李谦的胸膛之时，她却发现李谦的耳朵红彤彤的，像被火烤了似的。刚才那句话，是李谦的心声吧？她推开李谦，用被子把自己裹成一个茧，闭着眼睛对李谦说了一声"我要睡了"，就再也不理他了。

李谦低声笑，帮她整了整被子，侧身把手搭在她的腰间，也闭上了眼睛。

姜宪不知自己是什么时候睡着的。她醒来时，天还没有亮，李谦却已经起了床，正小声吩咐值夜的情客："不要惊扰了郡主，让她多睡一会儿。你们把东西都准备好，起程前半个时辰叫她起来就是了，早膳在马车里吃也行。"

李谦把她当成了一个没人照顾就不知道怎么穿衣吃饭的孩子。这让姜宪觉得很新鲜，也很有趣，她躲在被子里抿着嘴笑。

转过身来的李谦一眼就看见了，把被子拉在鼻子下方的姜宪眼眸水润，蒙着层氤氲，像江南三月的烟雨。李谦亲昵地刮了刮姜宪的鼻子，温声问她："是睡个回笼觉还是这就起来？"

"这就起来。"姜宪皱了皱鼻子，打掉李谦的手，"我不喜欢在马车里吃东西，一股味儿。"

李谦却不放过她，拧了拧她的鼻子，在她发怒之前笑着起身，喊香儿进来服侍。

两人梳妆打扮了一番，用完早膳，辞了李长青夫妇，就去了姜宪出阁时借居的庄院。等用过晚膳，新婚夫妻就可以回家，婚礼也就正式告一段落。

姜律早已在正厅的庑檐下等着，看见姜宪和李谦并肩而来，不由得露出了欢喜的笑容。

"大哥，二哥。"姜宪给姜律和姜含行礼，李谦跟着姜宪喊两位舅兄，也行了礼。

姜律和李谦同年，倒没什么，姜含却比李谦要小，李谦这样礼待他，他颇有些不自在，讪讪地笑着给李谦回了礼。

姜律和姜含作为舅兄各给了新人一个大大的封红之后，姜宪去了内宅和齐夫人说话，让齐夫人回去后也好给房夫人报个平安。李谦则和姜律、姜含到书房里聊天。

李谦和姜律说起了邵家的事："因为不知道伯父是怎么打算的，这件事我也不好多说，给邵大人传个话而已。至于要怎么做，我等伯父和大舅兄的消息。"

姜律的眉头锁成个"川"字，问李谦："你难道不觉得这件事很蹊跷吗？邵瑞来参加你的婚礼，结果却有人强行闯了榆林关。我觉得这件事不会就这样算了，邵瑞会不会是得罪了什么人？他在榆林关十抽四这么多年了，居然没有人弹劾他，可见他把上上下下的关系都打点好了。会不会是哪里出了纰漏？不把事情查清楚了，不管是我爹还是我，都不好给他个准信儿。"姜律这么说，

明显是对榆林关那十抽四的税赋感兴趣。

李谦略有些窘然地轻咳了一声，道："大舅兄是只想顺手牵羊呢，还是想把邵家收入囊中？"顺手牵羊，那就是赚邵家一笔；收入囊中，那就是以碾压的姿态和邵家分成，而且要分大头，甚至是取而代之。

姜律看着李谦的模样，心中一动，想到他连姜宪都敢拐了，一个大胆的念头立刻浮现在脑海里。他望着李谦斟酌着道："这件事，不会是你干的吧？"

李谦并没有打算瞒着姜律。他既然想取邵家而代之，就不可能永远不透出风声，与其那个时候再向姜家解释，引得姜家不快，还不如此时就承认了，说不定姜家看在彼此是姻亲的分儿上，帮他周旋。但姜律这样直白的问法还是让年轻的李谦觉得有些赧然，他再次轻轻虚咳了两声，道："这件事的确是我让人做的，李家初来乍到，不把这潭水搅浑了，哪里有立足之地。"

姜律从小在京城长大，去得最多的就是大同、宣府、天津卫、蓟镇等地，对山西没有什么感情。他听了笑道："我就说，是谁这么不给邵家面子，原来是你啊！不过，你这么做要是东窗事发了，可想过怎么应对吗？"

李谦毫不在意地道："打怕了，自然就知道什么话该说，什么话不该说，有什么好担心的。"

姜律顿时来了兴致，高喝了一声"好"："正是这个理。我爹他们总是觉得这也要慎重，那也要慎重，有时候，不如先打了再说。"一副很赞同李谦的样子。

姜含倒吸了一口冷气，榆林关也敢硬闯？这个妹夫，看来很生猛啊！不过，他也觉得李谦这样很好，像个武官的样子。

李谦失笑，道："当然，我原来也不敢，但现在有伯父和大舅兄在，我就什么都不怕了。"

"放心！"姜律拍着胸脯道，"京城的事有我和我爹呢。"邵家的那点蝇头小利，他都看不上眼，何况他爹？再说，也正好给姜宪贴补些胭脂水粉钱。

李谦没想到姜律会把这件事揽过去，可他也不喜欢把事推给别人，不禁道："大舅兄只需要有人在京中活动此事的时候，告诉我一声即可。"

姜律冷笑："难道我们姜家护不住你不成？"

李谦忙道："我是觉得我资历尚浅，有些事能自己办就尽量自己办，没办好或是办不到的时候再请大伯父和大舅兄帮忙也不迟。"他语气平和，不卑不亢。

姜律面色微霁，劝道："这样，你就可以毫无顾忌地和邵家一争高低了。"

李谦却觉得这件事姜家该当不知道才是："天下没有不透风的墙，若是败露，肯定会招来皇上的忌惮。我觉得姜家最好还是别插手为好。"

"你不怕邵瑞，难道我们姜家就怕那邵瑞不成？"姜律坚持己见，并道，"你回去之后，他肯定会派人来问你事情办得怎样了，你只管告诉他我不置可否就行。他若是再问，你就把我的行踪告诉他——我爹昨天已起程返京，我娘还在大同等着我，我明天一早就要赶往大同，然后在大同待一天，再返回京城。他若是有心，自然会追过来；他若无心，这件事就当你没说就行了。"

暂且这样安抚一下邵家也不错，李谦笑着同意了。

姜律又问了些具体细节，就到了用午膳的时候。

男女分桌地吃了饭，姜律就打发李谦和姜宪回去："保宁是远嫁，这宅子还是借的，饭菜再好也没有什么意思，我明天一大早就走，还要收拾东西，就不留你们了。等过些日子你们回京，我们再在镇国公府好好聚聚，我也带着宗权在京城里好好逛逛。"

姜宪看姜律一副不以为然的样子，突然悲从心起，泪眼婆娑起来。

"哎呀！"姜律十分不解地找身边的小丫鬟要了块帕子递给姜宪，道，"你哭什么哭啊？嫁的是你喜欢的人，陪嫁也够你吃几辈子了，你公公怕你在太原住不习惯，还特意在大同买了个宅子，你还有什么不满意的？好了，快别哭了。等过些日子京城里安宁下来，我就派人来接你和妹夫回京住。"

那略带嫌弃的口吻听得姜宪心中大怒，哪里还哭得出来？她冲着姜律嚷道："把我一个人丢在这里，还嫌弃我哭哭啼啼的，我长这么大还从来没有被人如此怠慢过呢！"她起身拉着李谦往外走，"我们走了，你不用送。"

李谦忙道着"冷静"，跟姜宪一同走了出去。

可直到姜宪出了垂花门，姜律都没有出言安慰她，还朝她挥手："快点回去，明天也别来送了，免得我等你误了吉时。"

"我倒不知道你起程还要看黄历。"姜宪讽刺着姜律，生气地上了马车，催促着马车回李府。

可等马车驶出了别院，她还是忍不住撩了帘子回头看，却发现姜律还站在大门口，满脸的落寞，像被霜打了的茄子。大哥这是怕和她道别，所以干脆提前把她赶走吧？姜宪登时泪如雨下。

李谦抱着她哄了好久，她的心情才慢慢平静下来，道："我明天一大早要来送大哥。"

"当然。"李谦笑着把她垂落在腮边的凌乱发丝顺在了她耳后，道，"我陪你一起。"

回了李府，他们回屋更衣后去了东跨院，准备给李长青问安。

一进东跨院，就看见李长青站在正房前的抱厦里正大声训斥着什么，再一看，赫然是几个垂手低头的管事嬷嬷。

看见姜宪和李谦回来，李长青大吃一惊，也顾不上教训那些仆妇了，目光在他俩身上来回转了转，急急地问："你们怎么这么早就回来了？"按风俗，回门那天岳家对新女婿越满意就会留得越晚，这才刚刚过了晌午，李谦和姜宪就回来了……难道李谦得罪了姜律？李长青神色间不免流露出些许急躁来。

李谦忙道："京城里的事耽搁得太久了，大舅兄明天一大早要起程赶往大同，还要收拾东西，我们就提早回来了。"

"那就好，那就好！"李长青如释重负地松了口气，随即脸上又堆满笑，慈爱地对姜宪道，"郡主快回去歇着吧，赶路可是个力气活儿。没想到你们会回来用晚膳，正好，我们今天晚上自家人在一起吃顿饭。"

姜宪恭敬地笑着应"是"，随李谦回了西跨院。

两个人还没说几句话，冰河就来禀道："大爷，云护卫来了。"声音里隐隐透着喜气，可见这次云林出行很是顺利。

李谦跟着冰河去了西跨院的小书房。姜宪去了内室，召了留在家里的香儿问："大人怎么亲自训斥起家中的仆妇来了？怎么不见何夫人？"

香儿小声道："说是何夫人之前得罪了人，被老爷禁了足。家里也没个能管事的，老爷只好亲自出面训斥那些仆妇。"

姜宪恍然，又奇道："何夫人做了什么事？我这才刚刚嫁过来，她怎么就被禁了足啊？"如果不是知道李长青很高兴她能嫁到李家，她还以为李长青这是对她不满，要下她的脸呢！

香儿左右看了看，见四周没人，这才凑到姜宪耳边低声道："何大舅太太想把女儿嫁给二爷，大人不同意，夫人就给何大舅太太出主意，让何大舅太太去请伏玉先生帮着出个主意。这不，大人知道了，就把夫人禁了足。"

姜宪一愣，问："何大舅太太是这次来喝喜酒的时候去跟伏玉先生说的吗？"

"是啊，"香儿道，"不然大人怎么会呵斥夫人'说话也要看时候'。"

姜宪不由得为李长青捏了把冷汗。他刚刚训完妻子，家里的仆妇就能打探得到消息，而且训了些什么都知道。想她在宫里的时候，别说贵人们说了什么话，就是中午吃了些什么东西都打听不出来……李家的后宅，早已经成了个筛子吧？

可到了用晚膳的时候，她却见到了据说被"禁足"的何夫人。

何夫人朝她很勉强地笑了笑，眉宇间难掩深深的疲惫和些许的尴尬，可见何夫人纵然没有被禁足，日子也不太好过。这让姜宪想到那些被孝宗和先帝冷落的妃嫔，一天天数着日子，没有个盼头。她朝着何夫人善意地笑了笑。

何夫人突然间泪盈于睫，飞快地转过头去，吩咐身边一个穿着碧绿色素面杭绸比甲的丫鬟："小穗，让程嬷嬷她们上菜吧。"

那个叫小穗的丫鬟恭敬地行礼，退了下去。

何夫人对姜宪道："也不知道你喜欢吃什么，我就让灶上的师傅把他们拿手的菜都做了一遍。你慢慢尝，觉得好吃的，就记下来，下次让他们再做；觉得不好吃的，就跟灶上打个招呼，以后把那道菜从菜单上撤下来。"

那李家饭菜的口味岂不都要依照自己的喜好而行？姜宪自幼在宫里长大，跟着太皇太后一起用膳，养成了只求营养不求味道的饮食习惯，早已失去了对口味的追求。而那些传承百年的私房菜之所以能人人称赞，是因为有很好的口味。若李家的饭菜全凭自己的喜好，怎么可能做出让人称赞的菜品来？这与一个世家的形象可是极为不符的。

姜宪笑道："每个人喜欢的食材都不一样，岂能依我的口味行事？何况我从小在宫里长大，口味单一，我觉得好吃的别人未必喜欢。夫人让我把灶上师傅的拿手好菜试吃一遍，我觉得已挺好，不必按照我的口味去添减菜单。"

何夫人对她的说辞好像很意外，看了她半晌，才道："难怪大人让我什么事都听郡主的，郡主不愧是宫里出来的，年纪虽轻，行事却稳妥持重。如果换了别的千金小姐，就算是不把自己吃过的东西自吹自捧一番，也会把自己吃过的山珍海味点评几句，郡主却全说大实话。可惜这件事我也做不了主，这是大人吩咐下来的，说您是慈宁宫里长大的，若是连您都喜欢，那肯定是好东西……"

姜宪汗颜。实际上宫里这些年来因国库空虚，并没有多讲究这些，可这些事她就算是跟李长青说，估计他也不能理解。她索性道："那就依夫人所言，如果遇到我不喜欢吃的，就跟灶上的师傅说一声。"

何夫人笑着应"好"，松了一口气。

何夫人的日子得过得多憋屈啊！姜宪看着都替她难过。偏偏何夫人不以为意，跟姜宪道："大爷还找了个姓宁的媳妇，十分擅长做药膳，她被大爷安置在了西跨院。你正房后面一个两间的退步正好可以做个小厨房，以后要是觉得这边的饭菜不合口味，你就在自己的小厨房里用膳，不必专门过来一趟。"

在这种事关自己吃饭、睡觉的事上，姜宪向来不会客气，她笑着说"好"，继续听何夫人唠叨。坐在她对面的李冬至忍不住，轻轻碰了下自己母亲的小腿，可惜何夫人压根就没有注意到女儿的小动作。

在李冬至第三次不得不改碰为踢时，何夫人终于发现了，却没有明白李冬至的用意，而是又气又恼地瞪了李冬至一眼，继续和姜宪说山西都有些什么好吃的。姜宪礼貌地微笑着，听何夫人说话。李冬至又羞又愤，却又没有办法。

好不容易等到晚膳上了桌，何夫人才安静下来。姜宪不由得想，难道以后就每天这样与何夫人为伍，不是说吃就是说穿吗？可这些好像都不是她擅长的，不知道何夫人会不会失望。

姜宪向来吃得精而少，何况是晚膳，吃得就更少了。但礼仪教养告诉她，不能在何夫人之前放下自己的筷子，于是就让玉儿给她盛了汤，慢慢喝着，等着何夫人。

姜宪眼角的余光无意间从李冬至身上掠过。李冬至也在喝汤，她抿着嘴，拉着个脸，好像在生闷气。姜宪觉得很有意思，笑着打量她。她一开始还气鼓鼓地用筷子戳着碗里的鸡块，可当她发现姜宪在看自己的时候，顿时脸色通红，筷子都不知道怎么拿了似的，让姜宪想起了小时候自己种的一株含羞草。

李谦的这个妹妹还挺有意思的。念头在姜宪的脑海里掠过，她不由得坐直了身子伸着脖子朝外望去。

外间，李长青和他的几个儿子正围在一起吃饭。

李谦的生母还活着的时候，李长青最喜欢的事就是坐在桌边一面和妻子儿子说闲话，一面吃饭。可现在，他们都要遵守礼仪，吃饭的时候不能说话，连喝汤都不允许发出响声。他很不习惯，但想到屏风后面的嘉南郡主，还是忍了下来。

姜宪却不想忍，一家人这样在一起吃饭也太难受了，别人家也是这样用膳的吗？

双方都有些不自在地吃完了饭，来到旁边的宴息室喝茶。

李长青问李谦："你刚刚成亲，四川的事，就让谢元希代你走一趟吧。你在家里好好陪陪郡主，让郡主早点儿熟悉家里的布局。"

李谦听了不免有些犹豫，他和李长青不一样。

李长青觉得，李谦娶了嘉南郡主这样尊贵的女子，有了镇国公府的支持，还和皇室宗亲扯上了关系，对李家已经足够了。李家如今虽然没有姜家显赫，可也不再像曾经那样，谁都敢踩他们几脚。没有了生存的危机和压力，有些事也就没有那么着急了，何况成亲是人这一辈子只有一次的事，应该好好享受才是。

李谦能感受到父亲的想法和善意，却没有办法接受。而能了解他感受的，可能只有姜宪了，他不由自主地朝姜宪望去。

姜宪知道李谦很看重她，可他野心勃勃，有雄心壮志，李长青这样说，会让李谦左右为难。她没等李谦开口，已笑道："现在才五月底，八月底的时候我们会回汾阳祭祖，将军九月才去四川，应该不要紧吧？"

李长青听了差点背过气去，这个嘉南郡主到底知不知道，自己这是在帮她把李谦留在家里多陪陪她。等到十月，草原那边开始下雪，鞑子们没吃没喝了，就会开始扰民。虽然他们是山西总兵府，可若是太原或大同总兵府要人增援，李谦作为山西总兵府的游击将军，就是不上战场也要到城关督战，而以李谦的性格，他肯定会身先士卒的。一去两三个月不在家，又是白雪皑皑的冬季，有几个女人心里会高兴？

李长青开口就想训斥姜宪几句，可抬眼看见她那如孩子般红润光洁的稚嫩面孔，训斥的话怎么也说不出口。他深深地吸了几口气，尽量让自己的声音听起来温和而无害："你这孩子，怎么这么不懂事，他这一去一来要一个多月呢。等他回来，我们十之八九要和鞑子开战，到时候会有大半年看不见他。你初来乍到，他不在你身边，我怕你不自在。"

姜宪微微一愣，她没想到李长青看上去粗犷，却十分细心体贴。姜宪思忖着，看李长青又顺眼了几分，声音也变得柔和起来："好男儿志在四方，将军是去办正事的，我怎么能拖了将军的后腿？何况我虽然长在慈宁宫，却是镇国公府的姑娘，家中的叔伯父兄也多是行伍出身。我大伯父还担任着五军都督府的大都督一职，每年都要去大同、宣府等地巡查。我大伯母留在家里，主持中馈，抚育子嗣，照顾公婆。我也看习惯了。将军若是出征，我知道该怎么打发时间。公公不用担心我，我并不是那温室里养大不谙世事的小姑娘。"

一席话说得像山中的清泉流进了李长青的心里，让他只觉得浑身通泰，笑得嘴都快要合不拢了。李冬至看了不住地眨着眼睛，她爹，就这样被哄住了？她再望着嘉南，羞怯中就平添了些许敬佩。李驹垂下了眼帘，他这位大嫂倒是很会说话，可那也是站着说话不腰疼，等到哪天她真正一个人的时候，就知道厉害了。只有李麟和李骥，笑眯眯的，一副听闲儿的模样。

李谦却心神激荡，若不是当着这么多人的面，他真想把姜宪抱起来亲上几口。李谦道："爹，您就放心好了，我会及时赶回来的。"

李长青在心里暗骂了一句"傻小子"。不过，话已经说到这里了，他再多说也没什么用，说不定还会讨儿子和媳妇的不满，他干脆不接话，只是招呼大家喝茶。

之后父子俩又说了几句家常话。姜宪发现,李长青挺重视李谦这个长子的。他们说话的时候,不管是何夫人还是李麟,都只是在旁边听着,没人敢插嘴的样子。

一盏茶喝完,大家也就该散了。

李麟让李谦和姜宪先走。

李谦笑着拉李麟的胳膊,道:"大哥,就算我成了亲,你也是我大哥。你不必因为我成亲了是大人,你还是孩子就让着我。"

李麟还没有成亲,也没有定亲,笑道:"去你的!"说完之后,他似乎丢掉了刚才在宴息室的拘谨,瞥了姜宪一眼,"我这不是看你刚成亲,给你面子嘛。"

李谦和他嬉笑道:"你不用给我面子,你既然是我大哥,就永远是我大哥。"

姜宪总觉得李谦话中有话。

李麟却像没有听懂似的,哈哈地笑着,爽快地在他们之前走出正房:"这可是你说的,到时候可别后悔啊!"

"你扯到哪里去了。"李谦失笑,神色真诚,"不过是出个门都这样较真,这要是爹赏红包,你岂不是要和我争个头破血流?"

"那是肯定的了,"李麟眼底闪过一丝促狭,"二叔每次发红包,都是厚厚的一沓。郡主,你过年的时候就知道了!"最后一句话,他是对姜宪说的。

姜宪微微地笑,很是大方亲切。

李麟一愣。李骥走了出来,恭敬地朝着李谦和姜宪喊了声"大哥大嫂"。姜宪也就顾不得李麟,笑着朝李骥点头。随后李驹和李冬至也跟着走了出来,众人在正房门口打了招呼,就准备散了。

一个年约四旬的妇人带着几个仆妇走了过来,看见李谦等人,忙屈膝行礼。

李谦向姜宪引见:"这是苗嬷嬷,从前服侍过我母亲,我爹就让她管了内宅。"

也就是内宅的大总管。姜宪笑着朝她颔首,苗嬷嬷忙恭敬地喊"郡主"。情客上前几步打了赏,苗嬷嬷连声道谢。李谦没有问苗嬷嬷过来是干什么的,就领着姜宪往外走。苗嬷嬷垂手恭立在屋檐下,等着他们离开。

谁知道他们还没有走几步,就听见正屋里的李长青一声怒吼:"你还敢说,你还有脸说!要不是看新媳妇刚进门,如果见你没有来吃饭问起来我还要解释一番,我压根就不会放你出来……"

李麟几个面面相觑。

李谦却是眉头一皱，脸色铁青，上前几步就要往正房去。姜宪一把拉住他，低声道："长辈的事，我们不要插手。"又使劲捏了李谦一下，看了看他的几个弟妹。

李谦缓过神来，淡淡地对李麟道："我们回去吧，爹和何夫人可能有什么话要说。"

几个人佯装无事，跟着李谦出了正院，各自回了屋。

李谦立刻吩咐人去查李长青和何夫人出了什么事。姜宪因只是听了香儿的片面之词，也不插言，由着丫鬟服侍更了衣，出来就看见冰河来回话。他打听到的消息和香儿差不多，不过更详细些："夫人依旧被禁足，可每天三餐可以出来和郡主一起用膳。刚才您和郡主走后，大人差人去喊苗嬷嬷，让苗嬷嬷这几天把家中的中馈管起来，夫人听了，又说起二爷的婚事来，大人就发脾气了……"后面的事不用冰河说他们也知道了。

李谦心情烦躁地朝着冰河挥了挥手，冰河麻利地退了下去。李谦背着手在屋里来来回回地走了好几趟。

姜宪看着头晕，只好提醒他："时候不早了，你也更衣歇了吧，明天还要早起送我大哥呢。"

"嗯。"李谦嘴里答着，上了姜宪对面的大炕，歪在大迎枕上对她道，"何家大舅是个老实人，我爹也不是瞧不上他们家，只是何夫人自嫁到我们家之后，做事总是没有个轻重缓急，我爹觉得何家可能在教养姑娘这块不太上心，所以才不同意让阿骥娶何家姑娘。可惜何夫人却怎么也不明白这个道理，被何家那个大舅母来哭上几回，心一软，又改了主意，开始吵着闹着非要我爹答应这门亲事不可。我爹原来还不怎么反感这件事，结果她这样没有个定性，反而让我爹更瞧不起何家，无论如何也不答应这门亲事。"

姜宪听着直笑。

李谦见她很是欢快，不禁玩心大起，伸手去挠她："你笑什么？家里这样乱七八糟的很好笑吗？你可别忘了，你是李家的媳妇，别人笑李家，也是在笑你。"

姜宪没有想到李谦这么孩子气，居然会挠她的痒痒。她笑着避到了炕角，道："我什么时候笑你了？你不讲道理。我今天还把你拉住了，没有让何夫人在晚辈面前丢脸，你要是再敢责怪我，我以后就不理你了。"

李谦趁机把炕桌挪到一旁，将缩在炕角的姜宪抱在怀里。

姜宪笑着挣扎道："你不许再挠我……"

"不挠，不挠。"相比逗得姜宪避开他，李谦更喜欢姜宪像小猫似的蜷在他的怀里，他怕姜宪笑岔了气不舒服，轻轻地抚着她的背，帮她顺着气，"我就知道，我们家保宁最懂事不过了。"

李谦的手掌很大，结实而又温暖，轻轻地抚着她的背，让她有种自己被珍视的感觉，很舒服。姜宪懒洋洋地不想动，头枕在他的肩膀上道："不过，你今天也太急切了点儿，要不是我拉着你，你是不是就冲进去了？"

"可能，"李谦低头，亲了亲她的鬓角，温声道，"我当时觉得我爹做得不对。你是不知道，我爹从前就是个种地的，大嗓子说话习惯了，如今虽改了不少，可一激动起来，还是会大声吼。在军营时无所谓，可现在是在家里，我们这些做晚辈的都还没有走……"他说着，叹口气，又亲了姜宪一下。

姜宪不想动，就由着他，道："反正二叔还小，也不用急在这一时。你去跟你爹说说，大可以精挑细选一个。"

如果何家小姐和何夫人一个性子，她也不同意。一个何夫人就够她头痛的，如果再来一个这样的妯娌，她就只好躲在西跨院不出去了。可她既然不打算接何夫人的手打理中馈，那就得找个能干的弟媳妇帮忙才行。看来，李骥的婚事她也得操心啊！

李谦像亲上瘾似的，从鬓角到面颊，还偶尔会落在她嘴角。

姜宪红着脸推开了李谦："还不快去更衣，身上一股子尘土味。"

"真的？"李谦笑望着她，目光灼灼。

姜宪推他下炕，道："快去，快去！"

李谦哈哈大笑着去了盥洗室，姜宪脸上的热气半天才散。

第二章

送　行

第二天，姜宪睁开眼睛的时候，李谦已经不在床上了。她睡眼惺忪地坐起来，问正在挂帐子的情客："将军去了哪里？"

情客抿着嘴笑道："天还没有亮，将军就出去跑马了。"

姜宪听了，翻个身道："等将军回来了，你们叫我。"李谦知道今天他们要出城送姜律还出去跑马，可见是算准了时间，姜宪毫无心理负担地又睡了。

等她被摇醒，睁开眼睛正好看见李谦那张神清气爽、神采飞扬的面孔。

"快起来！"李谦笑道，"我回来的时候路过白记的早点摊子，给你带了碗豆花回来。你在京里应该喝的是豆汁儿，吃过豆花没有？江南那边很流行，福建也吃豆花。我不知道你喜不喜欢吃，但白记的豆花和灌汤包子都非常有名，你要是觉得好吃，以后就让灶上的师傅做。外面的东西毕竟没有家里做得干净，食材也好些。"

姜宪迷迷糊糊地点头，由着李谦把她扶起来，直到热帕子擦在她的脸上，她才清醒过来。

因是去送姜律和齐夫人，她没有多戴什么首饰，穿着葱绿色素面杭绸比甲、白绫单衫和挑线裙子，梳了妇人的圆髻，插了排茉莉花，还戴了朵赤金镶红宝石的石榴花，清清爽爽地去了摆早膳的宴息室。仲夏的晨曦洒落在白绡纱糊着的窗棂上，照得身姿娉婷的姜宪如三月的杨柳，纤细轻柔却又清新可人。

李谦的眼睛亮了起来，望着一步一步走过来的姜宪，嘴角泛起了连他自己都不知道的温柔笑意："快坐下来用早膳，我们还有半个时辰。"

姜宪尝了李谦推荐的豆花，觉得味道很不错，就是那灌汤包子有点油。

李谦笑道："那下次我们自己做，做菜馅的。"

姜宪想起宫里给太皇太后做的包子，道："能不能做全素的？包点青菜、粉条、千张什么的，也挺好吃，还爽口。像这样的天气，用来当早膳最好了。"

"嗯，你跟灶上的师傅说说，他们的手艺还不错，就是见识少了点儿。"

姜宪笑眯眯地点头，道："我从前背世家家谱的时候，孟姑姑跟我说，孝宗皇帝时当了二十年阁老的时大人，家里是海宁的，耕读传家，世代为宦，从前朝到现在，仅二千石的封疆大吏就有六人，是真正的江南大族。他们家的子弟闲时曾戏制了一本菜谱，其中有一道菜，是把肉塞进豆芽梗里，然后清炒。我觉得好神奇，一直想吃这道菜不说，还想要像他们家一样，也整理一个菜谱出来……"

李谦大力支持，笑道："等有机会，我们一定去吃吃那豆芽梗里塞肉的菜。"

两人边吃饭边说话，差点错过送姜律的时辰。

姜宪不免自责："以后吃饭的时候还是别说话了。"

李谦笑道："之前我们家吃饭的时候都说话，伏玉先生说了好几次，后来还是我母亲去世，我爹不怎么说话了，这习惯才慢慢改过来。"

姜宪想起了李谦的庶弟李骥，奇道："李骥的生母也去世了吗？"她在婚礼上没有看见。

李谦"嗯"了一声，笑容微敛，道："她是我母亲贴身的婢女，我母亲临终之前让我爹抬了她做姨娘，并把我交给她抚养。如果她还活着，我爹也许就不会续弦，家里也就不会有这么多事了。"

姜宪笑道："我觉得冬至还挺有意思的。"

"可能是因为岁数相差太大，"李谦不以为意地道，"每次见到她的时候，要不是她的乳母跟在旁边，我都认不出她来。"

姜宪听了笑道："我听太皇太后说，她刚进宫那会儿，宫里公主、长公主就有十几个，又都是小孩子，一会儿不见就长变了样，她花了好大的工夫才认清楚谁是谁……"

两人在一起仿佛有说不完的话，一个话题完了，总能再牵出另一个话题来，从来不觉得无聊。两人就这样一路说着，去了姜律落脚的庄院。

姜律正准备起程，见李谦扶着姜宪下了马车，不悦地道："你们要是再不来，我就走了。"

姜宪道："这不是还没到时辰吗？"

姜律懒懒地看了她一眼，一副不屑和她斗嘴的样子，朝着姜含道："我们走吧！"

姜含笑着应了一声。

姜律目不斜视地和他们擦肩而过，率先上了马车。

姜宪气得腮帮子都鼓了起来。

姜含笑着解释："嘉南你别生气，大哥这是舍不得你，怕你伤心，故意逗你的。"

姜宪自然知道，却觉得姜律这样也太别扭了些，明明他是个很爽快的人啊！姜宪摇着头，进了垂花门。

齐夫人和齐氏姐妹已梳妆整齐，只等着姜律一声令下，就上车赶路。见了姜宪，三人都很高兴，说了些以后再见的话，管事嬷嬷就过来禀告说要起程了。姜宪目送齐夫人和齐氏姐妹上马车之后，才上了自己的马车。

一群人浩浩荡荡地出了城。

城外，李长青带了酒水，亲自给姜律送行。他让人送上了早就准备好的土仪，有带给姜镇元、房氏的，有带给太皇太后、太皇太妃的，甚至连曹宣都有。

李长青道："承恩公等人千里迢迢地来参加宗权的婚礼，虽说看的是镇国公府的面子，可那也为我们李家长了脸。薄礼一份，还请世子爷帮着转交。"这样的低姿态，这样的周到考量，难怪李家能在靖海侯府卧榻之旁安然无事。

姜律向来尊重强人，觉得能屈能伸也是本事，他恭敬地向李长青道谢，并承诺一定会把礼品送到各自府上。

李长青连声道谢。

接着冰河拿出了两个小匣子，一个给了姜律，一个给了齐夫人，说是姜宪送给众人的礼物。

姜宪尴尬地笑了笑。从前，只有她赏别人东西，从没给人准备过礼品，成亲之后，她有些生活的小节还没有改过来，还好李谦帮她解了围。她朝李谦望去，李谦朝着她眨了眨眼睛，姜宪松了口气。

送走姜律回了李府，姜宪觉得自己起得有点早，给李长青和何夫人问过安之后，准备回去再睡一会儿。李谦则被李长青叫去了书房。

姜宪到快用午膳的时候才起床，重新梳洗一番后，她问起李谦的行踪来。

情客一面把一枚禁步挂在了姜宪的腰间，一面笑道："将军去了还没有回来呢。"

姜宪点了点头，带着贴身的丫鬟媳妇去了正院。

李谦正和李长青站在院子的葡萄架下说话。两人不知道在说什么，神色都很严肃，但听到动静扭头看见姜宪，却又不约而同地笑起来，表情也变得温和。

姜宪能感觉到他们对自己的善意，笑着上前行了礼。

李长青忙道："一家人，不用客气，不用客气。"又关心地问她，"听说你一回来就歇下了，现在好点儿了没有？要是不舒服，也不用硬挺着，让丫鬟过来说一声，就在屋里歇着。"

"多谢公公。"姜宪恭敬地道，"若是很不舒服，我会让身边的管事嬷嬷过来禀告夫人的。"

"那就好，那就好！"李长青眉开眼笑的，叫了个小丫鬟过来，"去跟夫人说一声，这就开饭了。"

小丫鬟应声而去。

姜宪退后几步，让李长青先进屋。李长青满意地眯眼笑着，进了厅堂。何夫人已恭立在一旁，见李长青进来，忙上前给李长青行礼。李长青挥了挥手，坐在首座。

何夫人看了姜宪一眼，迟疑地道："大人，您要留在这里用午膳吗？"

李长青瞪大了眼睛，道："不在这里用膳我来这里做什么？"

可哪有公公和儿媳妇同桌吃饭的？何夫人又看了姜宪一眼，但李长青压根没明白过来，不悦道："让你摆膳就摆膳，你看嘉南做什么？"

姜宪已经看出来了,李长青根本没有这方面的常识。她笑着给何夫人解围："夫人，您也坐下吧，我来给公公布菜。"公公和儿媳妇的确不能同桌吃饭，可若公公年事已高，儿媳妇却可以在旁边帮着布菜。

李长青闻言不悦地瞪了何夫人一眼，对姜宪道："布什么菜，我们家不兴那些，你坐下来好好吃饭就行了。"

姜宪笑着应"是"，又对何夫人道："小妹还没有过来，要不要派个人去催一催？"

李冬至午膳通常都在自己屋里用，早、晚膳则和何夫人一起。

李长青还要说什么，李谦知道父亲闹了笑话，他见姜宪十分努力地帮自己父亲弥补，心里又感激又欢喜，抢在李长青之前笑道："这些日子也不用讲究这些了。夫人，您派个人去催催小妹吧，还有李骥他们，也过来一起陪着父亲吃个饭好了，难得一家人都在。过两天我要去军营巡防，到时候你就只能一个人吃饭了。"最后一句是说给姜宪听的。

姜宪知道何夫人有些拐不过弯来，可她更不愿意让李长青丢脸，就和李谦唱着双簧，笑道："正事要紧，家里还有夫人和小妹相陪，不必担心。"

话说到这个份儿上，李长青也听出些音儿来，隐约知道有点不对劲，却猜不出来为什么不对劲。可总不能当着儿媳妇的面问儿子自己到底哪里不对吧？李长青思忖着，决定以不变应万变，对李谦道："那你就快点把那几个给我叫过来，怎么吃饭也不上心！"

李谦笑着去吩咐仆妇。

姜宪则起身道："我去看看晚膳准备好了没有。"说完，也不待何氏说话，就走了出去。

何夫人见屋里没人了，埋怨道："谁家的公公和儿媳妇在一个桌上吃饭？还好郡主不知道我们家的规矩，让我去把冬至叫来。等会儿冬至来了，我和郡主、冬至去里屋用膳，你和大爷、二爷在外屋。"

李长青的脸顿时涨得通红，说不出话来，只能歪坐在太师椅上，等着几个孩子过来用膳。

过了会儿，何夫人正指使着小丫鬟安放箸碗，姜宪笑着走了进来，道："夫人，随时可以叫膳了。"

何夫人点了点头，很是感激姜宪的解围，温声道："我知道宫里的规矩大，可这儿不是宫里，你不必那样拘礼。以后除了晨昏定省，其他时候你想做什么就做什么去，不用管我。"

姜宪笑着应"是"。

李冬至和高妙容被几个丫鬟婆子簇拥着走了进来。

众人一愣。

高妙容笑道："冬至说前几天我给她布置的功课已经做完了，我就想给她多临几张字帖，一没留神就到了这个时辰了，冬至便留我在她那里用午膳。我们刚坐下来，夫人就唤冬至，冬至怕我多心，非要我跟着一起过来不可……"

何夫人忙道："没事，没事，原本就是家宴。你在我们家住了这么多年，早就像一家人似的，要不是这几天郡主刚到，我怕你不习惯，早就让人去叫你了。正巧今天灶上做了汽锅鸡，是你最喜欢的，你就留下来一起用午膳吧。"

高妙容闻言笑着朝郡主屈膝行了个福礼，道："郡主，让您见笑了，我今天来蹭饭吃。"她笑容温婉，话说得落落大方，让人心生好感。

姜宪笑道："不过是一顿饭，高小姐太客气了。"说完，她吩咐情客，"给高小姐添副碗筷。"

高妙容笑着说了声"多谢"。

李长青看见高妙容，并没有露出惊讶之色，反而和她说起了家常："你叔父呢？风寒好点了没有？"

可见高妙容经常来正院。

"多谢世伯。"高妙容笑道，"伯父自己开了几服药吃，已经好多了，今天早上还在院子里舞了套剑。"

李长青点头，道："你叔父早年间受了太多蹉磨，身子早就掏空了，你们这些做子侄的，要多照看着点儿他才是。"

"世伯说得对。"高妙容恭敬地道，"因叔父病了，哥哥已经向学堂请了两天的假，一直在叔父身边照顾。"

李长青满意地点点头。

李谦进来看见高妙容，倒是有些意外："高小姐过来了？"

高妙容笑着应了一声，正想和李谦说些什么，李麟、李骥和李驹紧跟着走了进来。

李长青的目光一下子就落在走在最后、耷拉着脑袋的小儿子身上，呵斥道："家里是少了你的吃，还是少了你的穿，连腰都挺不直吗？"

李冬至吓了一大跳，高妙容忙把李冬至搂在怀里。

李驹低着头没有说话，嘴唇却紧紧地抿在一起。

何夫人尴尬地看了姜宪一眼，低声对李长青道："大人，到午膳的时候了……"意思是有什么话等会儿再说。

李长青也看了姜宪一眼，哼了一声，没再说话。何夫人如释重负，忙喊了仆妇上饭菜。

大家男一桌、女一桌地用了午膳，李长青连茶都没有喝，就闷闷不乐地走了。姜宪看了就朝李谦使眼色。李谦虽然心思细腻，可对父亲的情绪仍有些摸不着头脑，更不要说配合姜宪做些什么。

姜宪只好上前几步，轻轻拉了拉李谦的衣袖，低声道："公公肯定还在为刚才男女同桌的事不高兴。你去哄他几句，就说是我的意思——新媳妇进门，原想在他面前显显孝心，帮他老人家拿个碗筷、布个菜什么的。"

姜宪一说，李谦就明白过来了，他望着姜宪嘻嘻地笑。

姜宪不由得嗔道："让你去传话呢，笑什么！"

李谦突然低头在她耳边道："保宁，要不是大家都看着，真想亲你一口。你等着，我让人去买你最喜欢的米糕给你当下午的点心。"说完，也不管姜宪是什么表情，三步并作两步地追了出去。

李长青听了李谦的解释顿时眼睛一亮，随后又面色一沉，道："你也不用拿这话糊弄我，我知道她是宫里长大的，规矩多，我根本就没指望她能瞧得起我这个公公，只盼相安无事就好……"

"爹！"李谦打断了李长青的话，"您怎么还像个孩子似的。不管怎么说，郡主让我追出来向您解释都是好意吧？既然如此，您说这些话有什么用？平时您也不是这样的人啊！"

李长青老脸一红，哼哼了两声，背着手就要走。

李谦拉住李长青，道："爹，何夫人是个不当事的，可家里的事却不能就这样稀里糊涂，家里的规矩必须得立起来。"

"那就让郡主当家好了。"李长青不以为意地道，"要说规矩，谁家的规矩能比皇家更多更严？让她搬几条过来不就行了。"

那岂不是要把他的保宁给忙坏了？李谦不干。他给父亲出主意："您看，要不要和苗嬷嬷商量商量？她自娘亲在世时就帮娘亲管着这个家，家里的事就没有她不知道的。"

李长青也觉得这个主意好："这些事你就别来商量我了，你们自己看着拿主意好了。"然后和李谦说起邵瑞的行踪来，"……他追着小国公爷去了，是不是有什么要紧的事要和小国公爷说啊？我看他那架势，急得不得了。"

关于他和金宵联手走私的事，李谦没想告诉李长青。他隐隐觉得他爹肯定会听高伏玉的，而不管高伏玉是赞成还是反对，他都不想再听高伏玉的唠叨和训斥了。李谦装不知道："也许真有什么急事？前几天他还让我帮忙把他引荐给小国公爷，我没有答应。"

李长青有些意外，但觉得儿子的顾忌也不是完全没有道理。李家只有这点根基，并不是什么事都有能力去插一手的。

"你做得对！"李长青肯定了李谦的做法，"我们虽然和姜家是姻亲，可也许以后有求姜家的时候，现在不能遇到个事儿就求人，时间长了，会被姜家瞧不起的。我们先得自己立起来，再说其他。"

李谦听了笑道："那您还不让我去四川？"

李长青瞪着眼睛道："我这不是见郡主刚嫁过来嘛！"随后懊恼地道，"你也看见了，我要不是娶了何氏，家里怎么会乱成这个样子？鸡毛蒜皮的事都要我出面，谁家的大老爷们像我这样。你可不能学我，你要对你媳妇好一点儿，她才会死心塌地地跟着你，什么事都为你筹谋。真的不能让你媳妇管家吗？我看她身边的丫鬟婆子都挺厉害的，我们家要是有一个这样的人就够了。"

李谦闻言，忍不住上前轻轻地抱了父亲一下，道："爹，您别自责。苗嬷嬷都跟我说了，您是为了我，才挑了何家姑娘做填房。什么事都是有利有弊，我现在长得这样好，您应该高兴才是。至于其他的，何夫人除了家事上不太擅长，对您照顾有加，从来不敢轻怠，这就行了。"

李长青被儿子道破心思，又被安慰了一番，不由得笑着不轻不重地朝儿子的肩膀捶了一拳："总算我没有白疼你。"

李谦呵呵笑，矢口不提管家的事，把李长青给哄走了。

姜宪丝毫没把这件事放在心上。她住在西跨院，这边一切井井有条，不过是每天早晚晨昏定省和何夫人说几句话，而何夫人从来都是笑脸相迎。李长青更是看见她就笑，连姜宪都觉得自己可爱起来。李麟几个也对她很是尊敬，虽然少了些亲近，可在姜宪眼里，这才是最好的距离——她是李谦的妻子，又不是李麟他们的姐妹，那么亲近干什么？

李谦则比她想象中更好。有时候李谦会被李长青叫出去办事或是见客，有时候会关在书房里和谢元希等人说话，此外都会陪着她。两个人有时能为了半块米糕到底给谁吃，你一句我一句地说上半天，米糕凉了也毫不在意。她甚至觉得，只要是和李谦在一起，什么事都变得有趣。

这一天晚上，李谦到了亥时还没有回来，姜宪心里深深地恐惧起来。嫁过来不过十几天，就习惯了李谦的陪伴……不，不是习惯，而是离不开李谦的陪伴，万一李谦在家族和她之间选择了家族，她能甘心吗？她会甘心吗？

姜宪靠坐在床头，久久不能入睡。

李谦回来看见她还没有睡，顿时满脸的歉意，道："今天云林回来了，这批货太多，贸然拿出来卖，时间长了肯定会引起邵家的注意。我想把这批货贩到福建去，所以交代了他们很多事，说起来忘了时间，就回来晚了。"说着，坐在床边捏了捏姜宪的手，"是不是等急了？以后再遇到这样的事，你就遣丫鬟去叫我。"

李谦就不担心别人觉得他事事都听媳妇的，颜面无光吗？姜宪忙摒弃了心中的不安，笑道："也不全是等你，就是睡不着，坐在这里发呆。"

李谦望着神色仍带着几分落寞的姜宪，心疼得不得了，当即做了一个决定。他笑着问她："想不想去庙里逛逛？或者我们去街上买点儿什么小东西？还可以去外面的饭馆吃顿饭。"话说到这里，他突然想起什么，急急地道，"常大夫来给你请过脉了没有？我之前问过孟姑姑了，她说你在宫里的时候，每五天就要请一次平安脉的，我记得今天就是第五天。"

"请过脉了。"姜宪看着他为自己着急，觉得之前自己的担心完全是杞人忧天，她微微地笑着，灯光下，莹莹目光温柔如水，似江南水乡般温婉，"你别担心，就算是我不记得，常大夫也不会忘记的。"

这样的姜宪又是李谦没有见过的。他突然觉得姜宪不像只傲娇的小猫，而是个藏宝盒，每当他打开的时候，都会发现他之前没有看见过的东西。他的保宁，还藏着多少不为他所知的模样？李谦微微点头，笑意止也止不住地从眼底溢了出来。

姜宪赧然。李谦好像很喜欢她，看到她就能笑起来，这让她的心情前所未有地好起来，甚至有些坐不住，得做些什么才好。她索性掀了夹被，推着李谦道："你快去更衣，我帮你打水。"

"别，别，别！"李谦拉住了她，还特意挽开她的衣袖，道："就你这细胳膊细腿的，别把水给弄洒了。"

李谦看似随意地和姜宪调侃着，心里却像被海潮冲垮的堤防，手脚都有些发软。保宁长这么大，恐怕连水都没给谁倒过，现在却说出要服侍他更衣的话来。爹说得对，只要他好好地待保宁，保宁自然就会对自己付出真心。

他趁势抱住姜宪，低声在她耳边道："保宁，你什么也不用为我做，我只要你在旁边看着我。只要你在，我就觉得我什么事都能办成，什么事都能办好。"

真的吗？姜宪觉得李谦这话说得有些夸大，可眼前的气氛实在太好，就让他暂且吹吹牛好了。

李谦的怀抱结实而温暖，姜宪懒洋洋地不想离开，干脆抱着他的腰，把头埋在他的怀里。她能清楚地听到他胸腔内的跳动声，姜宪觉得很奇妙，耳朵贴得更紧了。李谦开始亲吻她的头顶、鬓角、面颊、唇角……最后是比嫁时红润了很多的唇。姜宪的唇有点凉，唇内却柔软而温暖，让李谦想起姜宪最爱吃的米糕，看上去十分素净，没什么特别，可吃到口里却会为那带着米香的微甜滋味而着迷，欲罢不能。

他纠缠着她，像要把她拆骨入腹，这让姜宪心慌。她想推开他却推不开，想咬他一口，又怕伤了他，让人看出端倪惹人笑话。

"李谦。"她呜咽着喊他的名字。

李谦身体一僵，姜宪趁机又推他，虽然没有如愿，但好歹李谦没有再继续亲她了。

"保宁，保宁……"李谦在她耳边喃喃地低语，声音如琴，挑逗着她共鸣。

姜宪发现自己全身发软，要不是靠着李谦，只怕是站都站不稳了。

"没事，没事。"李谦顺着她的头发，额头抵着上了她额头，"别怕，是我不好。没事了，没事了。"他的声音低沉嘶哑，和刚才的粗犷完全不同，好像体内藏着只野兽陡然间挣脱出来又很快被制伏了似的。李谦一直轻轻地抚着她，低声喊着"保宁"。

姜宪的理智回笼，这才听到隔着一道帘子的百结的声音："你们拿的是哪个匣子里装的香胰子？郡主交代，将军用那个青金石匣子装的，那是佛手香，男子用最好了……"

姜宪的脸一下子通红，使出吃奶的力气一把推开李谦。李谦猝不及防，倒在了床上。他支着肘慢慢地撑起身来，想调戏姜宪一句"你要干什么"，却在看到姜宪气得发红的眼睛时，硬生生把这句话给忍了下去。保宁还小，他没能控制住自己。

"保宁！"他坐起身来，想去握她的手。

姜宪一把将他推开："丫鬟都在外面等着服侍你更衣呢。"

李谦先是由着她把自己推开，然后又凑了过来，道："你不帮我打水了？"

姜宪气得踹了他一脚。李谦很想顺势把她的脚握在手里捏一捏，可想到刚才的事，知道急不得，深深吸了口气，才把脑海里的那些情景给压了下去，笑着起身，喊丫鬟进来。

姜宪心神不宁地歪在大迎枕上看着李谦梳洗，心里却天人交战，想着等会儿要不要打发李谦去书房睡。

只是还没有等她拿定主意，李谦已经洗漱完毕，掀了被子上了床："快睡吧，我明天一早还要去送送谢元希和云林，顺道告诉他们去了福建之后找谁，遇到事也有个帮衬的人。"

福建是赵啸的地盘，如果被赵啸发现了……姜宪立刻被这件事吸引了注意力："谢元希和云林自福建之时就一直跟着你吧？他们在福建应该有很多熟人，你派他们去，能行吗？"

李谦微微一愣。他这个时候说这些，只是希望姜宪不要再和他计较刚才的事，结果姜宪不仅没有和他计较，还关心起他来。他的保宁，总是那么心善，心善得让他心疼。

"他们会适当地改改装束。"李谦很想像刚才那样抱着她好好地亲亲她，又怕她生气，念头在脑子里转了又转，好不容易才压下心中的欲念，集中精神和姜宪说话，"而且他们也知道赵家的人通常喜欢去什么地方，不会被发现的。"

"不如让冬月去吧，"姜宪想了想道，"让他扮成个商行的少东家。只要不和赵啸碰面，就不会有什么事。"不然主事的不是谢元希就是云林，遇到有心人肯定会露馅。

李谦想了想，觉得刘冬月去的话，的确给他解决了一道难题："我原来还准备让金城去的，但金城毕竟是金家人，有些事目前还不方便让他们知道。如果冬月去，那就再合适不过了。"

姜宪不住地点头，每次她有了什么主意说给李谦听，李谦总能推行得更周全、更细致、更可行。

两人又就着这件事说了几句话，姜宪开始打瞌睡。李谦如往常一样娴熟地帮她拍了拍枕头，抱住她，笑道："睡吧，我陪着你。"就像成亲之后的很多个夜晚，她平躺着，李谦则面向她侧卧着，一只手搭在她的腰间，十分亲密。

姜宪想到刚才的事，有些生气地拿开了李谦的手臂，翻身背对着李谦。

李谦不以为意，重新把手臂搭在她的腰间，人也向前贴在她的身后，哑声道："快睡，不然我明天起不来了。"

"骗子。"姜宪小声地哼哼。

没有人回答她。她很不高兴，翻过身来，只见李谦含含糊糊地喊了声"保宁"，道："乖乖，快睡。"还像哄小孩子似的轻柔地拍了拍她。李谦闭着眼睛，如同在睡梦之中迷迷糊糊被惊动之后下意识的无心之举，好像在梦中都还想着要哄姜宪似的。

姜宪立刻就原谅了李谦，抿着嘴笑，拱进他的怀里，找了个舒适的位置，很快就进入了梦乡。

第二天，姜宪醒来的时候，发现自己像大迎枕似的紧紧地被李谦抱在怀里，她不由得咬了咬唇，轻轻动了动，想从李谦的怀里钻出来。

谁知道她一动李谦就醒了，他睡眼惺忪地嘟囔了一声"你醒了"，就放开了她，翻身平躺在床上，横着手臂遮住眼睛，像是没有睡好，还没有清醒一般。

姜宪看着，莫名心中一松，随意地"嗯"了一声。

李谦道："我再睡个半刻钟，你记得叫醒我。"

姜宪又"嗯"了一声，手却不由自主地抚上他的额头，关心地问："你哪里不舒服吗？"平时他总是早早地就起来跑马去了。

"没哪里不舒服，"李谦答道，又睁大了眼睛定定看着她，好像渐渐清醒过来，眼眸一点点地亮了，"就是想睡个懒觉。不过现在看你醒了，又不想睡了。"

他说着，坐起来道，"你今天早上要不要和我一起去九思堂？刘冬月那里你要不要交代几句？"

西跨院有两间书房。一间在第一进的倒座，取名"九思"，是李谦平时处理事务的地方；另一间在二进的正院里，取名"四毋轩"，是李谦读书写字的地方。李谦肯让她进出九思堂，姜宪觉得在情理之外，但又在意料之中。

用过早膳之后，姜宪和李谦一起去了九思堂。九思堂是个布置寻常的书房，若是非要说出一两点的不同，大约就是养在后门的西府海棠了。

"你这里居然养了株西府海棠？"她赞叹地笑道，"而且还养得这样好。"姜宪围着郁郁葱葱的西府海棠转了个圈。

李谦接过丫鬟捧上来的茶盅，一面用手指碰了碰盅壁试着温度，一面笑道："你喜欢西府海棠？我们在正院也种几株好了。"

"哪有你这样说话的。"姜宪眯着眼睛笑，笑容明媚如五月的好天气，"这西府海棠不好种，不压枝，就这样随意地长，能长到三四尺高。种几株，岂不是要把院子都占满了？我记得御花园里的西府海棠旁边还得种玉兰、牡丹和桂花，谓之'玉堂富贵'。"她说着，四处瞧了瞧，失望道，"那边倒是有株玉兰树，却没有种牡丹和桂花。"

李谦见茶温已经适合了，就把茶盅递给姜宪，示意她先喝口茶润润嗓子，这才笑道："我买这个宅子的时候，你说的这株西府海棠和玉兰树就种在这里了，这边还有不少空地，等到来年开春，我们在这里再种牡丹和桂花就是了。"随后又指了指西府海棠旁边的石桌石凳道，"再在那里搭个葡萄架，这院子里就热闹了。"

姜宪听着一愣，紧接着就笑了起来："你不认识什么是西府海棠，什么是玉兰树吗？"此时已是夏末，海棠和玉兰花都已经开过了，只余油绿的叶片，没有仔细观察过的人的确认不出来。

李谦笑道："我知道那些是什么树有什么用？我只要知道那些树长了多少年，哪边是东哪边是西，行军打仗的时候不弄错就行了。"说得理直气壮，丝毫不以为然。

姜宪突然间明白自己为什么喜欢和李谦说话了。不管她说了什么，李谦都不会觉得受到伤害，有道理的，他接受；没有道理的，他反驳。从来不会因为出身、见识、学问的不足而生出自卑怯懦之感，甚至会因为知道了自己的不足，很快地弥补自身，就像块玉石，越打磨，越润泽。他总是那么积极向上，像阳光一样照进了她阴霾重重的生命中。这样的李谦，让姜宪很喜欢。

"那你干吗乱说？"姜宪忍不住肆无忌惮地和他斗着嘴，"还要在石桌石凳上搭个葡萄架子！这石桌石凳是你买这屋之前就有的吧？"她说着，走了过去，指着石桌石凳不远处的一块空地，道，"这个地方原来肯定种了株桂花树，夏天的时候，桂花树亭亭如盖，坐在这里正好纳凉。"又指着对面种了两丛青竹的地方道，"那里原来肯定种着牡丹花，纳凉的时候正好可以赏花。"

李谦才不管这里那里到底种的是些什么，他喜欢和姜宪说话，喜欢看姜宪说话时的表情，喜欢她时而抿着嘴笑，时而狡黠地望着他，面颊红扑扑的，鲜活生动，而不再是那个慈宁宫里像戴着个面具般的苍白女孩。而这一切，都是他给她带来的。他不禁觉得骄傲，止不住地想更宠她一些，让她活得再恣意一些，再快活一些……他走到姜宪面前，望着她点漆般明亮灿烂的眸子道："你怎么知道这里种的是桂花树，那边种的是牡丹花？"他和她胡搅蛮缠，"照我说，石桌旁种的是牡丹花，竹丛那里种的才是桂花树。不然原来的屋主怎么会在那边种竹子，这边放石桌——树砍了会留树桩，可见你说的那株桂花树是连根拔起的，肯定会留个洞，与其还要用土填树洞，不如种几株竹子更省事。"

"你说得不错。"姜宪笑盈盈地望着李谦，目光转流间熠熠生辉如星河，"按常理是你说的那样，不过，我们现在说的是布置宅院。布置宅院，是要讲园治的。竹子种在东边，石桌石凳在西边，太阳出来的时候，先照着的是竹子，太阳西落的时候，没有竹子的遮挡，夕阳会一直照到石桌那里……"

两个人就为着那不存在的桂花树和牡丹花说了大半个时辰，把召见刘冬月的事抛在了脑后。直到谢元希和云林来向李谦辞别，李谦和姜宪这才想起昨天两人商量好的事。

李谦微微地笑，姜宪却有些赧然。她问李谦："那还要不要让冬月去？"

"当然去。"李谦笑道，"这件事虽然急，可也不能因为着急就草率。冬月去最好不过了，正好乔装成豪门世家里不谙世事的小公子。"刘冬月虽是宦官，可他到底是在慈宁宫长大，走出去那也是通身的气派，很能唬得住人。在这一点上，李谦身边没有一个人比得上。

姜宪笑盈盈地应"好"，让香儿去叫刘冬月过来。

李谦则和谢元希、云林说了这件事，两人都齐齐赞"好"。谢元希更是道："云林刚才还跟我说，担心自己扮不好世家贵公子，冬月若是能和我们一起去，那就再好不过了。"

三个人商量起细节来。

刘冬月知道了姜宪找他过来的用意之后，头摇得像拨浪鼓："不行，不行！

郡主，我不行！这么大的事，要是办砸了可怎么办？会连累郡主和将军的。"

让手下人扮绿林盗贼打劫同僚，这要是传了出去，李谦这辈子都别想做人了！而且他是身有残缺之人，因心性好强，平时绝不流露出一星半点，可心底里却没少为这件事自卑，让他扮个贵公子，而且是在姜宪面前，他真心没这底气。

姜宪向来觉得李谦比她会笼络人，闻言笑道："说起来，这件事还是将军的意思，你要是觉得不行，自己跟将军说吧。"

"将军的意思？！"刘冬月愕然，将军也觉得他合适？刘冬月想到李谦的那些手下，个个都很厉害……难道将军觉得他也很厉害不成？他一时间犹豫又忐忑。

姜宪笑着望向李谦，李谦把要刘冬月做的事重新跟他说了一遍。

刘冬月听得很认真，没再拒绝，而是小心翼翼地告诉李谦，他怕做不好。

李谦不以为然地摆了摆手，道："这么多人，我为什么独独选中了你，自然是觉得你能行……"

刘冬月听到这里，眼睛都比平时明亮了几分，没等李谦说上几句，他便躬身行礼，表示一切都愿意听从李谦的吩咐。

李谦满意地点点头，让谢元希和云林两人告诉刘冬月具体应该做些什么。三个人笑着应诺退下。李谦送了姜宪回房——他等会儿还要跟着李长青去拜访胡以良，希望胡以良能尽早把山西总兵府的军饷拨下来。

姜宪拧了李谦的胳膊一下，结实的肌肉紧致有力，根本拧不动。姜宪就更生气了，道："我不要刘冬月了，你把他收在身边好了。"

李谦愕然，但转念间就明白过来。他忍不住转身抱住姜宪，低声笑道："这都要吃醋？要不是你，他怎么会听我的。我这也是因为你之前说想让刘冬月帮你打点陪嫁，我仔细观察了一些日子，觉得他心性行事都还不错，才觉得他合适。刘冬月这么走一趟福建，不管眼界还是行事都会有所精进，再帮你打理你那些产业的时候，就得心应手了。"

姜宪脸色通红，呵斥他："快点放手！"

李谦立刻就松了手，姜宪这才发现周围除了他们，并没有其他人。

李谦笑道："你放心，我身边的人都很机灵，看见我们两个人在这里散步，就决不会跟上来的。不仅如此，还会暗示你身边服侍的丫鬟都要有点眼力……"

姜宪恨得咬牙切齿，忍不住又去拧他。

李谦倒吸着凉气咧嘴直喊疼："你轻点，你轻点……等会儿我还要帮我爹写拜帖呢，把我给拧伤了，看你怎么办！"

"又不是我不能写字了。"姜宪不以为然，却停下手来，"又不是我一个人丢人。"

李谦哈哈大笑，拉着她的手往正房去："要是觉得无聊，就看会儿书。我中午多半没办法赶回来用午膳了，你要好好吃饭，等我回来的时候给你带苹果。"

姜宪奇道："这个季节有苹果？"

"有。"李谦笑道，"我听家里的仆妇说的，是一种青色的苹果，长不红，婴儿拳头大小，酸酸甜甜的。有的人喜欢吃，有的人不喜欢吃，这个季节刚上市……"

两人说着话，又把刘冬月的事给抛到了脑后。

李谦走后，姜宪还真的感觉很无聊，就算是看词话，也觉得写来写去都是那些东西，不过如此。

身边的人见她神色怏怏，纷纷出主意：

"郡主，要不去花园里走一走吧？花园里可凉快了！"

"郡主，要不我们去摘些凤仙花染指甲吧？"

"郡主，我们还是打牌吧？情客姐姐、百结姐姐和七姑今天都不当值，正好可以陪着您打牌。"

姜宪哪里都不想去，什么事也不想做，她问情客："夫人在干什么？"她们毕竟是婆媳，就算不能亲密无间，也应该和和气气才是，她常去何夫人那里坐坐，关系自然也就近了。

情客笑道："听说夫人一大早就去了听雨轩。"听雨轩是何夫人处理中馈的地方。

姜宪道："苗嬷嬷也在吗？"

"也在。"情客道，"这些日子都是苗嬷嬷在帮夫人。"

姜宪道："那你就去夫人那里走一趟，说我想去陪她用午膳，问她可方便。"何夫人肯定会说方便，可她提前打招呼是礼数。

情客笑着应"是"，退了下去。百结看时间不早了，开始帮姜宪梳妆打扮。

情客回来禀道："夫人很是欢喜，还问了我您喜欢吃些什么，吩咐厨房照着您的口味做午膳呢。"

姜宪笑着点点头，带着情客和百结去了上房。

何夫人带着小穗笑盈盈地在门口等姜宪，看见姜宪就迎了上来。

何夫人想拉她的手，顿了顿又放弃，客气地道："郡主今天怎么有空到我

这里来用午膳？你也不早派个人来传话，有几道菜都来不及做。"自那天大家一起用过午膳之后，李长青就不在内院用午膳了，姜宪正好在西跨院用膳，到何夫人这里来用午膳，还是第一次。

姜宪听了不免有些耳热。如果不是李谦不在家，家里又没有几个人，她怎么会想到来何夫人这里打发时间，顺便和何夫人联络下感情？

"是我来得太急了。"姜宪笑道，"我在屋里无聊，就想来夫人这里串串门。"

"应该的，应该的。"何夫人还是挺高兴的。她在交际上不在行，李长青就不怎么让她出去应酬。儿子三岁就被李长青接到了身边亲自教导，女儿则请嬷嬷教导，她又不怎么出去，说话也不太好使，在后院待着也很寂寞，巴不得有人来跟自己说说话。

何夫人和姜宪笑着并肩进了大厅。姜宪接过丫鬟手里的茶，亲自递给何夫人。

何夫人受宠若惊，忙站了起来，道："这怎么使得，这怎么使得！"

"您是我婆婆，怎么就使不得。"姜宪笑着，将何夫人按坐了下来，道，"您下午可有什么事？会打叶子牌吗？我在宫里闲着无事的时候就和身边的人打叶子牌，不知道夫人喜不喜欢？"

何夫人听着一愣，随后笑了起来："我还以为郡主闲着的时候会读书写字呢，没想到也打叶子牌啊！这个我会，我在娘家的时候，也常陪我娘打牌，不过嫁过来之后事很多，就打得少了。郡主若是想打牌，你那边出两个，我帮郡主再找个人就好。"说着，叫了她最体己的程嬷嬷进来，"我们下午去香樟轩打。"

东跨院这个叫香樟轩的花厅是何夫人平时应酬客人用的，花厅外种了好几株高过屋檐的香樟树，夏天的时候非常凉爽。姜宪欣然应允，用过饭之后就去了香樟轩。

姜宪这边安排了情客凑牌角。试着打了几局，姜宪渐渐摸清楚了何夫人和程嬷嬷的牌风，心里有了底，朝着情客使个眼色，决定两人配合着，输几个钱给何夫人和程嬷嬷，也算是向何夫人释放善意。

何夫人却打得十分认真。来来回回，大家都有输有赢，倒浪费了姜宪的一番心意。姜宪不由得失笑，觉得自己在宫里待久了，思维已经被宫里的那一套给禁锢住了，如今嫁到了李家，做了李家的媳妇，也应该换个思路才是。

她趁着情客洗牌的工夫想问问李冬至的情况，谁知道还没有开口，有个小丫鬟急匆匆地跑过来，给姜宪和何夫人草草地行了个礼就道："郡主、夫人，施大人家的三小姐过来拜访高小姐，您看，我们这边要不要设宴招待施家小姐？"

何夫人听了有些意外，却也没太在意，而是道："既然是来拜访高小姐，就由高小姐招待好了。不过，你还是要去跟厨房里说一声才是，高小姐若要置什么酒席，账记到公中就行了。"

那丫鬟听了笑着应声而去。

姜宪却暗暗皱眉。这丫鬟穿衣打扮看上去很一般，应该不是何夫人身边的大丫鬟，却敢在程嬷嬷等人都在场的情况下给何夫人拿主意，偏偏何夫人不以为然，还出银子给高妙容做面子。那个施三小姐就更奇怪了，来李家探望高小姐，居然不来给何夫人问安，何夫人也一副习以为常的样子。可就算是李家不计较这些，施家也不应该如此没有规矩才是。

何夫人却怕怠慢了姜宪似的，笑着跟她解释道："那位施大人是太原府的主簿，管着太原的钱粮税赋，在太原知府李大人面前都是说得上话的人物。他们家老太太娘家也是汾阳的，因了这渊源，两家就走动得很频繁。那施大人家里有三个女儿、一个儿子，大小姐和二小姐都出了阁，如今身边只有三小姐和大爷。他们家三小姐今年春上刚刚及笄，像她母亲一样，是个精明人，闲着无事会过来串串门。你也知道，姑娘家的，和我这样的人说不到一块儿去，她来给我问安，我都不知道该和她说什么，索性就让妙容接待她。这姑娘落落大方，和妙容玩得很好，有时候在妙容那里遇到了冬至，也能和冬至说上两句话。"说到这里，何夫人就叹了口气，"冬至这孩子随我，胆子小，怕应酬。她跟在妙容身边倒比跟在我身边好，也能和城里的那些夫人小姐搭上话，跟着长些见识，免得嫁了人，不知道怎样应付公婆，不会讨夫婿的欢心。"

姜宪不由得在心里嘀咕：我看那冬至可比你要强多了！因心里有事，她出牌的动作不免顿了顿。

何夫人见了，关心地问："郡主，怎么了？"

"没什么。"姜宪见何夫人眼底闪过一丝担忧，笑道，"我就是在想，刚才那丫鬟是谁啊，怎么口气这么大？您都没有说话，她就敢拿主意。"

何夫人听了脸一红，期期艾艾地道："原来不过是外院一个扫地的丫鬟，叫小红，我看她挺机敏，有时候就差遣差遣她……"

有些事，提点一下就行了，至于能不能醒悟，那就是个人的问题了。姜宪不再追问，笑着和何夫人打起牌来。何夫人顿时如释重负，脸上重新有了笑容。

可这笑容没维持多久，百结就稳步走了进来，屈膝给何夫人、姜宪行礼后，温声禀道："夫人，郡主，高小姐带着施三小姐求见郡主，因不知道郡主来了夫人这儿，奴婢就请两位小姐在清凉轩喝茶。"清凉轩是西跨院内院的花厅，

百结言下之意，是问姜宪要不要把高妙容和施三小姐带过来。

在何夫人看来，这根本不是什么事，而且她还颇为担心姜宪顾忌着她，不好意思告辞，忙道："没事，没事，郡主尽管去就是了。"见外面的太阳明晃晃的，又道，"要不让她们过来也行。我让人重新沏壶好茶，洗些瓜果过来，这边也还凉快，你们坐在这儿好好说说话。"

何夫人觉得自己已经很大度了，谁知道姜宪却冷冷一笑，吩咐百结："你去跟高小姐说一声，我在陪夫人打叶子牌，施三小姐陡然来访，今天只怕是不得空见她们，让她改日再来。"

百结应声而去。

何夫人和程嬷嬷大惊失色，何夫人更是道："这……这不好吧？"

"有什么不好的。"姜宪说着，闲闲地打出一张牌来，道，"这位施小姐也太没规矩了，谁家的女眷上门不提前递拜帖？我和她又不认识。"说到这里，她对高妙容也有些不喜起来。自己都是客居，却大咧咧地在李家宴请朋友不说，还敢做她的主，张狂得没边了！姜宪转念想到那个叫小红的丫鬟，心里就更不舒服了。偏偏李谦让人带信过来，说他要和李长青请胡以良吃饭，晚上就不回来用晚膳了，让她自己吃。

姜宪连带着看胡以良也不顺眼起来，道："这个胡以良，不贪一顿饭会死啊！"

何夫人闻言不由得战战兢兢地望着姜宪，欲言又止。

姜宪不免叹气，何夫人不管怎么说也是婆婆，怎么也得给几分面子才是，她便放柔了表情，笑道："那我今晚就在您这里蹭饭吃了。"

"好的，好的。"何夫人忙道，吩咐小穗去灶上看着，"做些郡主喜欢吃的。"

小穗笑着退了下去。

姜宪和何夫人继续打着牌，只是再也没有了刚才的温馨气氛，她暗暗叹气。

姜宪用过晚膳就回了屋。

李谦到了戌初才回来，一回来就捧着姜宪的脸亲了一口，笑道："你要不要表扬表扬我？我比昨天回来得早了快一个时辰。"

姜宪从他嘴里闻到了清雅的茶叶香，也在他身上闻到了淡淡的酒气，知道他这是回来之后嚼了几口茶叶去了酒味才来见自己，心里的郁闷顿时烟消云散，也顾不得诘问他乱亲自己的事，叫了小丫鬟进来服侍他更衣。李谦呵呵地笑，又捧着她的脸连亲好几下，才随着小丫鬟进了内室。

姜宪鼓着腮帮吩咐情客打水进来服侍她洗了个脸，李谦就随意地披了件白色纱布道袍走了出来，健壮的胸膛若隐若现。没想到李谦看上去瘦瘦的，身上却不单薄。

姜宪觉得自己的眼睛都不知道往哪里看好了："你快把衣衫穿上。"她嘟囔着，"也不怕被风吹着着了凉。"

李谦胡乱地系了带子，道："天气这么热，你总得让我透透气呀。"

"那就让小厮们去取块冰放在屋里。"姜宪道。

李谦喜欢大碗喝酒，大口吃肉，这样的人内火都重，冬天不怕冷，夏天却怕热。她身子骨不好，不能用冰，李谦也跟着不用冰，可她却心疼他热得慌。

"我多穿件衣裳睡就是了。"她转身在炕上摸了把扇子给他扇风，"你也吃得清淡些吧。"

她没有劝他不喝酒。这世上很多交情都是酒桌上喝出来的，他又年轻，正是需要结交各路人马的时候，不可能不喝。

"要不，我让常大夫给你配点儿消暑散热的汤散吧？"她摇了两下觉得手酸，就换了只手，"不过，得给你把了脉之后再配药，免得有什么相冲……"

一直没吭声的李谦突然一把将她抱起，放在了自己的膝上。姜宪短短一声惊呼后，正要责怪李谦，却被李谦搂在怀里又亲了一口："保宁，真想把你变小放在我的怀里，走到哪里都带着。"他的脸贴着她的面颊，皮肤上滚烫的热度从她的面颊一直烙到了她的心底，"恨不得把你刻在我的心里，时时刻刻都能感受到你……保宁，你怎么能这么好，怎么能对我这么好！"

姜宪的脸都红了。

李谦夺过她手中的扇子丢到了一旁，帮她揉着手腕："以后再有这样的事，就交给小丫鬟们去做，你小心伤了手腕。"

"不会啦。"姜宪赧然道，"多扇扇就好了。"

"多扇扇也不行。"李谦不悦道，"你身边跟着的那些人都是做什么用的？要是人手不够，就再买几个丫鬟进来。"

姜宪知道他在这种小事上特别固执："我知道了。"她安抚他，"以后让小丫鬟们给你打扇。"

李谦的脸色这才好起来，道："保宁，我让你嫁给我，是想让你过得更好，不是让你跟着我受累受苦的，我不喜欢你这样。"

姜宪笑道："给你打扇也不行吗？"

"不行！"李谦斩钉截铁地道，"给谁打扇都不行。"

032

姜宪见李谦严肃得像在金銮殿上奏议似的，不由得哈哈大笑。李谦趁机把脸埋在姜宪的脖颈，使劲地吸了几口气，淡淡的松柏气味钻进了他的心肺，让他的心都清新起来。姜宪感觉脸上火辣辣的，一把推开李谦……两人嬉闹着，再次把诸事抛到脑后，直到第二天早上醒来，情客带着几个小丫鬟端着洗漱用具进屋，姜宪才想起一件事来。

她坐在镜台边，一面用香膏擦手，一面对李谦说起昨天陪何夫人打牌的事："……家里也像个小朝堂似的，有人要利，有人要名，还有人只想舒舒服服地在这个大宅院里好好生活。不过是个外院扫地的小丫鬟，就能仗着被主母使唤过几次跑到内院大放厥词。这种事情要不得，更不能放而任之——若大家都有样学样，管事们还怎么管事？"

李谦听了直叹气，走过来坐到了姜宪的身边，握着她的手道："夫人不知道怎么管家，让你为难了。这件事，我会抽个合适的时候跟我爹说说。"

"我不是找你诉苦。"姜宪笑道，任李谦玩弄着自己的手指头，"我是在想，既然夫人不会管家，不如让我身边的人教教她。"

到底是她婆婆，何夫人丢了脸，自己这个做儿媳妇的难道就能撇清不成？授之以鱼，不如授之以渔。何夫人还年轻，她若是能好好地主持中馈，自己就可以躲在背后享福了。

李谦却难掩惊讶，目瞪口呆地望着她："你……你愿意管家了？"

"不是。"姜宪抿着嘴笑，眼底闪过一丝狡黠，"我是想把家里的规矩理一理，然后告诉何夫人怎样管家，这样就不会整天都遇到些糟心事，打个牌都不安生了。"

特别是不要再发生高妙容这样带着官场上的女眷不请自来的事了，她这里又不是菜园子，高妙容想领谁来就能领谁来。姜宪很生气，她看在李谦的面子上对高妙容素来礼待，结果高妙容却给她还了这一手，那她就要好好地教一教高妙容什么是规矩。

李谦虽然不知道姜宪在想些什么，却对她的举动非常支持，他亲昵地拍了拍她的手，笑道："我爹一直盼着你能帮夫人管家，你现在愿意把家里的事捋一捋，我爹知道了肯定高兴。你想要什么东西尽管跟我说，我保证你说什么就是什么，家里没有一个人会违背你的意思。"

姜宪的原意正是希望得到李谦和李长青的支持，她笑着点头。

和李谦用过早膳后，二人一同去给李长青和何夫人问安。只是两人进去的时候，李长青不知道为什么事正在训李驹，看见李谦和姜宪也没有停下来的意思，姜宪忙避了出去。

李长青顿时有些发愣，心里隐隐知道自己好像又做错了什么。他也没有心情继续斥责李驹了，拉过李谦到一旁说话："嘉南又怎么了？我又没有说她，她避出去做什么？"

李谦只好小声对他道："阿驹不管怎么说也是她的小叔子，您在这里训阿驹，她在旁边看着，以后阿驹遇到了她还有什么面子可言？"

李长青嘿嘿地笑，道："你这媳妇不错，还知道给你弟弟留面子。"

李谦哭笑不得，他从前是从来不管后宅这些事的，如今成亲不到半个月，他一半的精力都花在了揣摩姜宪的心思上，对内宅的事比过去十几年了解的都多。而了解得越多，他就越觉得李家内宅真是一团乱麻，不把它整理好了，还真就没有一天安宁的时候。不然怎么会有"一屋不扫何以扫天下"之说呢？他趁机把姜宪的想法告诉李长青。

李长青兴奋不已，忙道："让她帮着教，让她帮着教！要是有谁敢不听她的，你让她直接告诉我……不对，让她身边得力的嬷嬷来告诉我，看我不把他抽个半死。"说完，他还颇有些得意地对李谦道，"我这么说是对的吧——让她身边得力的嬷嬷来告诉我。"

李谦忍俊不禁，迭声道着："对的，对的。"

"臭小子！"李长青笑骂，神色间却越发得意了，去衙门的脚步都轻快了不少。

而这时，和何夫人去了宴息室的姜宪也把自己的想法告诉了何夫人。

何夫人顿时松了一口气，巴不得姜宪能把主持中馈的事一并接手。她还劝姜宪："你也知道李家是什么出身，我们家真的没什么规矩，我也的确不怎么会管家，你不要有顾忌，我绝没有什么'媳妇当家我没用了'的想法。我还是把对牌和内院账册都交给你好了。你不知道，这段时间和苗嬷嬷清算你们成亲时的账目就已经把我弄得头昏目眩了，我是真心想让你或者是你的人来管这些事。"

姜宪莞尔，她能感受到何夫人说话时的真诚和无奈。

"我知道您是真心的。"她温声细语地和何夫人说话，"可您想过没有，小姑还没有婚配，您这么早就不管家里的事，说亲的时候小姑怎么办？"

如果何夫人之前强悍，把管家的权力交给了儿媳妇，别人只会说她是在享福。可何夫人之前把家里管得一团糟，现在若把管家的权力交出，只会落得个无能的名声。而什么样的母亲，自然会教出什么的闺女。

姜宪这完全是在为她着想啊！何夫人再糊涂，这个道理还是懂的。她紧紧

地握住了姜宪的手，眼中含泪地说了声"谢谢"，感慨道："大爷能娶了你做媳妇，真是李家的祖坟上冒了青烟。"

这是赞扬？

姜宪嘿嘿笑，觉得自己的额头肯定有汗冒了出来，她开始委婉指点何夫人："我会让情客她们重新把家里需要几个管事嬷嬷、各要管什么事一一罗列出来，丫鬟也是如此。我那边早有惯例，就不用调整了。您看您这边哪几个人是您惯用的，平日里都管着什么事，先拟个名单给我，我也好让她们把这几个位置空出来，免得到时候您身边连个惯用的人都没有。若是有哪几个人您觉得不好，也告诉我，我也让她们适当调整。这样一来，谁应该干什么，不应该干什么，就全都明了了，大家照着章程行事，就不会再出什么错了。"

听说不会再出错，何夫人连连点头，如释重负。

姜宪笑道："不过，您也不能随便使唤人了。像之前那样拉着个小丫鬟就让她给您办事的事，您可不能再做了。您要是有事要吩咐，就吩咐您身边服侍的，若是觉得人手不够，就加人。"

被儿媳妇这样说，何夫人很是尴尬，可见姜宪目光真诚，语气诚恳，知道姜宪这是为她好，那一点点尴尬也就荡然无存了。她连连点头，道："我都听你的。"

姜宪松了口气。她不怕麻烦，就怕自己惹了一身麻烦给别人解了围之后别人还觉得她多事。何夫人虽然怯懦，却不惹事，还听得进劝，这也许就是当年李长青愿意娶她的原因。

姜宪微微地笑，回到屋里就吩咐情客磨墨："我要写信给大伯母，看看姜家都有些什么规矩，也好拿来借鉴一下。"

情客笑着应"是"，却没立刻就走，而是笑道："郡主，要不要也给孟姑姑写封信？"孟芳苓是孟家的姑娘，孟家也是江南大族。

"好啊！"姜宪笑道，"在这之前，你们几个先聚一聚，把宫里的规矩也写给我。"

情客这才笑着退了下去。

姜宪躺在床上想着李家的事，越想越觉得有趣，越想情绪越高涨，忍不住心底的激动，便爬了起来写框架。

第三章

立规矩

李府东跨院左上角的一个小院里，高妙容坐在小池塘边凉亭的美人椅上，望着小池塘里摇曳生姿的红色鲤鱼有一搭没一搭地撒着鱼食。

有小丫鬟端了茶水走过来。高妙容贴身的大丫鬟香芷朝那小丫鬟使了一个眼色，然后接过小丫鬟手中的茶盅，轻手轻脚地走到高妙容面前，低声道："小姐，喝茶。"

高妙容心不在焉地"嗯"了一声，并没有去接香芷手中的茶盅，而是继续撒着鱼食。

香芷道："小姐，您已喂了快半个时辰了。"

鱼是不知道饱足的东西，喂多少它就能吃多少，这样继续喂下去，这些红鲤弄不好会撑死的。可平时听话听音儿的高妙容此时却像没有听见似的，继续喂着鱼食。香芷暗暗在心底叹气，小姐长这么大，还从来没受过如此羞辱。

香芷想了又想，最后还是屈膝给高妙容行了个礼，道："小姐，您看，您要不要和大爷说几句体己话？"

高妙容皱眉，似才回过神来，接过香芷手中茶盅，慢慢地呷一口，道："你胡说八道些什么？昨天的事原本就是我不对，跟大爷说，让大爷平白为我担心不成？这件事你们不要再说。等一会儿你去趟西跨院，看看郡主在不在，昨天的事，我得去给郡主赔个不是才是。"

"小姐！"香芷眉宇间满是不甘，"明明是那施三小姐的错，凭什么要小姐去给郡主道歉？再说了，府上有官场女眷来拜访，是何夫人自己搞不定，巴巴地求了小姐出面帮忙，如今却过河拆桥，郡主进了门，就当着施三小姐的面驳您的面子，这算是怎么一回事？"她越说越气，眼圈都红了起来，"老爷每天为大人殚精竭虑，大爷又忙着学业……您，您也太委屈了！"

"这样的话不许再说了。"高妙容的眼圈也开始泛红，表情却很严肃，呵斥道，"我们毕竟是客居，这话要是让李家的人听见了会怎么想？以后要是让我再听到有人说这样的话，就请她另谋别主，我这里供不起她这尊大佛！"

香芷应"是"，眼泪却忍不住落了下来。

高妙容道："还不退下去好好想想。"

香芷哽咽着退了下去。

高妙容紧紧地咬着唇，手中的帕子揉成了一团。良久，她转过身来，脸上已经恢复了原有的风轻云淡，高声喊着另一个贴身大丫鬟香苜："你拿着我的拜帖去趟西跨院，我要给郡主赔个不是。"

西跨院里，姜宪接到高妙容的拜帖，打开看了看就随手递给情客："我明天下午见她，今天有事。"说完姜宪重新奋笔疾书，继续着她的管家大业。

百结见了不由得抿嘴笑，端了热茶给姜宪："郡主，您要不要先歇一会儿？刚才夫人让人送了些瓜果来，怕您着凉，用井水镇的。"

"哦。"姜宪抬起头来，还真觉得屋里有点热，吃了几个葡萄，道，"这里就没有什么地方能避暑吗？这天气也太热了些。"说着，望了望屋外明晃晃的太阳。

百结笑道："那我去问问李大总管？这些日子我们都忙着西跨院里的事，没怎么出去，山西有哪些好地方也不知道……"

两人正说着，李谦赶了回来。见他满头大汗，后背都湿了，姜宪忙吩咐百结打水进来服侍李谦更衣。百结却目光微闪，只在外面指使小丫鬟，并没有进来服侍。姜宪看着眉头微蹙，却因李谦就在眼前没心思多想。

姜宪见李谦正伸开手臂由小丫鬟系着腋下的带子，问道："你不是说要和公公出去见个朋友吗，怎么这么快就回来了？"

"是从前教我武艺的师傅。"他在姜宪身边坐下，喝了一大口茶，这才舒服地舒了口气，笑道，"我爹想请他出任山西总兵府的总教头，他不怎么乐意，我爹和伏玉先生就和他耗上了。我看没我什么事，就先回来了。"他说着，从炕桌下拿出羽扇，帮姜宪打扇。

姜宪笑道："也就是说，你爹要请你师父出山？"

"不是我师父，"李谦道，"他只是教过我武艺。之前我也曾想拜他为师，可他说要拜他为师，就要入他的师门，可像我这样的只需要学点儿皮毛应付战场上的敌人就行，犯不着跟着他冬练三九夏练三伏。我觉得他说得挺有道理，而且我也不愿意和这些人有过多交往，就没有拜他为师。但他人不错，教了我一套内家功夫，用来练气很有效果，我的力气因此增加了不少。"

姜宪笑道："你就这样跑了，那位师傅不会生气吗？你看我们要不要备一份礼送过去？不管怎么说，他当年对你也有教导之恩。"

"东西我早就送过去了。"李谦笑着，眼角余光看见炕桌上写着什么"司礼监大太监""吏部尚书""工部尚书"之类的，不由得笑道，"你这是要做什么？如今早已废宰相之职，改为内阁大学士了，你要不要改一改？"他指了指写着宰相的地方，又问，"你这是在画升官图吗？"升官图是个大家都喜欢玩的游戏，为此，文人骚客们发明了各种玩法。

"那多麻烦啊，"姜宪笑道，"我这是在帮何夫人整理内务呢！"说完，把几张纸都摊到了李谦面前，兴致勃勃地道，"你快帮我看看，有没有什么地方我没有想到，需要改进的？"

李谦看那图表上连"上林苑"这样冷僻的部门都有，笑着打趣："我们家这么小，恐怕还用不上专门设个掌管园林的管事吧？"

姜宪闲闲地道："你的眼光得放远一点儿，现在用不上，不等于以后也用不上。把那上林苑和管茶、米、醋的放在一起，各指一个或是两个人管着，以后要是宅子变大了，再分开也很容易。不能像现在这样一把抓，犯了错想找个呵斥的人都找不到。"

李谦本是不赞成姜宪管家的，他担心姜宪出力不讨好，可此时见姜宪如游戏般玩得这么高兴，顿时改变了主意。

"你说得对！"李谦赞扬道，"以后我们肯定会换个大宅子的。这些规矩先定下来，免得到时候再增加，把手中的权力分出去了，大家不高兴。"

"那当然。"姜宪又指着太医院嘻嘻地笑，问他，"我们把常大夫留下来如何？家里的人以后有个头痛脑热的，就不用出去请大夫了。你还可以问问他，想不想收徒坐馆什么的，给人看病这种事，经历得越多就越行。常大夫每天只是给我请请平安脉，太浪费了。"她寻思着，以后李谦少不得要和人打仗，打仗就难免受伤，得想办法再招个对骨伤有经验的大夫进府才是。

李谦见她对这件事比自己想象得还有兴趣，也乐得陪着她玩："好啊！这件事就包在我的身上，等我抽空去常大夫那里一趟。"还给她出主意，"司礼监就不用了吧，不是有行人司吗，两者会不会重复了？"

姜宪自幼身边服侍的全是内侍和宫女,觉得这些人比行人司的要亲切得多。

"一定要拿了司礼监吗?"她有些舍不得,"司礼监也很重要啊……"

"要不,就把它并到行人司来。"对李谦来说,行人司比司礼监更重要,"以后需要的时候再分开?"

"算了!"姜宪想想,一边是朝臣,一边是内侍,本来就不能混淆,"我把它放在内宅好了。"

李谦笑着拿过画了六部三院图的宣纸仔细地看了一会儿,道:"这样我感觉顺眼了很多。"

姜宪呵呵地笑,说起要给京中送信的事:"能不能用八百里加急?我想给太皇太后也写封信,她老人家一定很担心我。"

"行啊!"李谦贴心地道,"我把信都送到镇国公府,请镇国公夫人把信带给太皇太后。"

姜宪笑眯眯地点头,不仅给太皇太后写了信,还把她觉得好吃的东西都置办了一点儿让人带去给房夫人转送给太皇太后。李谦看着她忙忙碌碌的身影,心里觉得无比安宁。

这时,冰河求见。李谦心情很好,立刻就召见了冰河。

冰河飞快地睃了一眼姜宪,低声道:"大爷,京里有消息传过来,赵啸和晋安侯府大小姐十二月十四日成亲。"

赵啸要成亲了!李谦松了口气,心情更好了,他随手赏了冰河一件羊脂玉貔貅挂件:"拿去玩吧。"

冰河愣了愣才反应过来,笑呵呵地上前接了貔貅,磕头道谢。

姜宪过来正巧瞧见这一幕,好奇地问:"这是怎么了?"

"没什么。"李谦觉得他们夫妻气氛正好着,不是提赵啸的时候,等找个时候再告诉姜宪也不迟,"他来给我禀事,我顺手就赏了个物件。"

姜宪就没有在意,问李谦:"你等会儿还要出去吗?要是不出去,我就吩咐灶上的师傅晚膳多加几道菜。"完全一副居家过日子的口吻。

李谦欢喜得不得了,忙道:"我不出去,就在家里陪着你。你有没有哪里想去的?"见外面的太阳已经偏西,想起前些日子他吩咐人在后花园架的秋千,又道,"要不,我陪你去后花园里荡秋千?"

姜宪喜静不喜动,连连摇头,道:"天气太热,不想出去。"

李谦心疼得不得了,道:"我明天跟爹说说,我们去云龙山住几天。"

"那怎么能行!"姜宪很少碰到李谦犯傻的时候,笑嘻嘻地提醒他,"新婚第一个月，新房不能空的。"

李谦这么重视他和姜宪的婚礼，怎么会不知道这些，只是他更担心姜宪的身体："天气越来越热，你又不能用冰，总不能让你就这样熬着。新婚第一个月新房不能空，也不过是些虚礼，过得好的总会过得好，过得不好的总会过不好。像我爹和我娘，他们刚成亲的时候我爹就被官府发现了行踪，我爹为了不连累我娘，装成个行脚的商人逃出了汾阳。我后来听我外祖母说，当时我爹和我娘刚刚成亲七天……"

可最后你娘不是没了，没能和李长青白头偕老吗？姜宪在心里嘀咕，更是坚持不去什么云龙山了。

李谦想带姜宪去云龙山避暑也是为了让姜宪高兴，既然姜宪觉得待在屋里更舒服，李谦自然不会勉强。他继续给她打扇，心里寻思着得跟七姑说一声，专门安排几个给姜宪打扇的丫鬟才是……

第二天，姜宪见了高妙容。

高妙容穿着件粉色的素面杭绸比甲、白色挑线裙子，乌黑的青丝简单地挽成个纂儿，鬓角戴了几朵养在盆里的玉簪花，如果不是眉宇间始终带着几分轻愁，看上去倒也清爽雅致。偏偏姜宪最不喜欢这样的打扮。

高妙容见姜宪衣着随意，通身没有戴一件首饰，而且不但懒洋洋地倚在临窗大炕的大迎枕上，她说话的时候姜宪还一副心不在焉的模样，顿时气得眼圈发红。不过她很快就克制住了自己的脾气，垂着眼帘，做出很委屈的样子继续道："何夫人再三恳求，我这才答应闲暇时帮着何夫人接待来府上拜访的女眷，所以施三小姐过来的时候我也没有多想，就直接带去了郡主那里。失礼之处，还请郡主多多包涵。"

姜宪似是回过神来，看了高妙容一眼，指了指炕边的绣墩，道了声"坐"。

高妙容眼角一跳。这个姜宪，以为自己是谁呢！这是在慈宁宫住久了，有样学样，以为自己是太皇太后吧？高妙容在心里腹诽，面上不由自主地就显出几分来，但口吻还是很委婉："不用了。郡主，我是来向您道歉的，您要是不原谅我，我哪里敢坐啊！"

在她看来，姜宪听她这么说就算不脸红也会有些窘然，可她没有想到的是，姜宪根本不以为然，反而道："你这还算是句话。"又道，"我刚刚进门就听夫人说起高小姐，还说若不是高小姐帮忙，府里的事根本管不过来。我听了就想请高小姐过来喝喝茶，说说话，结果没等到我去请高小姐，高小姐却带着施三小姐过来了。照理说，我应该睁只眼闭只眼地见见施三小姐，也算是给高小姐一个面子，可我思来想去，觉得自己初来乍到，什么事都没有弄清楚，就这样见了贸然闯来的施三小姐，太原官宦人家的女眷们会不会觉得我这个人不懂规矩，从此以后谁想来见只要找高小姐就行？要是这样的话，对我和高小姐的名声可都不太好。"

高妙容被姜宪一席话说得脸上红一阵白一阵，尴尬极了，半晌才憋出一句话来："是我的疏忽，我平时走顺了路，一时忘了郡主刚到，正是立威的时候……"

拿高妙容立威？姜宪顿时有些想笑，她就算要立威，也是拿李长青、李谦立啊！再不济，也要拿何夫人立吧？高妙容一个小小内宅女子，无名无势，拿她立威，岂不是连带着自己都降低了身份！

姜宪连话都懒得和她说了，等高妙容的话说完，这才徐徐道："高小姐想多了。我一个整日里待在内宅的女子，外面的事有夫婿，家里的事有婆婆，暂时还不需要立威。"她端起茶盅轻轻地在嘴唇上碰了碰。这是端茶送客，宫里和豪门世家都知道的规矩。

可显然高妙容不知道这个规矩，情客进来送客时，她脸色涨得通红，咬唇含着泪离开了西跨院。

百结有些担心地道："高小姐毕竟是高先生的侄女，高先生不会在大人面前嚼舌根吧？"

"他想嚼就嚼。"姜宪不以为然地道，"如果高伏玉只有这点见识、这点眼光，趁早把头号幕僚的位置让出来。"

情客深以为然，道："说不定这是件好事。高小姐不合规矩地帮着夫人招待官宦之家的女眷，虽一开始是何夫人的意思，只是时间久了，高小姐就有些僭越了。如此，正好趁着这次整顿庶务把规矩立起来。"

姜宪点头，很快把这件事抛到脑后。

过了几天，京城里来信了。

姜宪大喜，兴高采烈地对李谦道："从这里到京城的信有这么快吗？"

"来回都是八百里加急，肯定快。"李谦笑着，一面给姜宪养的几株兰花擦洗叶片，一面道，"是哪些人来的信？都说了些什么？"

"有太皇太后的信。"姜宪一看那用澄心纸做成的信封就知道是慈宁宫的东西。她迫不及待地拆了信，看到孟芳苓那熟悉的笔迹，眼泪差点落下来。

太皇太后在信里先是把她大骂了一顿，然后又关切地问起她在太原习不习惯、李谦对她好不好、李长青尊不尊重她、李长青的继室有没有为难她，等等。最后，还在信里告诉她，因赵翌马上要大婚，事情有点多，等忙过这段时间，她会想办法让赵翌给李谦谋个好点的差事……

姜宪看完，把纸塞给李谦，指着最后一段话，嗔道："看见没有？你要是敢对我不好，我立刻让太皇太后撸了你！"

李谦趁机抱住姜宪，佯装出一副害怕的样子哀哀地求饶道："郡主，我一定听您的话，您让往东我不敢往西，您让往北我绝不往南。请您一定在太皇太后面前为我美言几句，别撸了我的差事，我还要养媳妇儿孩子呢！您是不知道啊，我那个媳妇儿，可厉害了，吃葡萄还要吐皮，吃甜瓜还要吐籽，没有点家底，是养不活她的……"

"你这个混蛋！"姜宪笑着推他。

第二封信是房夫人的，问的话和太皇太后差不多，只是比较委婉。最后还告诉李谦，他上次所托之事已有了眉目，只是安陆侯夫人很希望能见女方一面，问李谦能不能找个借口让金媛去趟京城。

姜宪没想到这件事还真有门儿，她问李谦："金家会同意金媛上京吗？"

"肯定会同意。"李谦笑道。自从他在榆林关得手之后，金海涛对邵家的态度就没有从前那样敬畏了。

"你们可别乱点鸳鸯谱啊！"姜宪叮嘱道，"别弄出一对怨偶来，那也太伤天和了。"

"你放心。"李谦笑道，"我肯定不会勉强金媛的。"

姜宪想到李谦说过要和金家结盟而不是结仇，点了点头。李谦就趁机把赵啸要和晋安侯府的大小姐成亲的消息告诉了姜宪。姜宪早就知道赵啸会被赐婚，听到后觉得这是顺理成章的事，并不惊讶，加之注意力全在第三封信上，不过是"哦"了一声，就开始仔细读白愫的来信。

李谦悬着的心此时才落了地。他难掩心中的高兴，搂过姜宪，让她靠在自己的肩膀上读信，笑着问道："清蕙乡君都写了些什么？"

姜宪一边看信，一边心不在焉地道："说了她们回京后，太皇太后召她们进宫问我出阁的事。还说，曹太后派了人去她家里，要把她和曹宣的婚事定下来，太皇太后和太皇太妃也觉得这样拖着不太好，她父亲就答应了曹家，婚期定在了十月的二十二日……"信看到这里，姜宪皱了皱眉，道，"这日子怎么定得这么急？"

之前北定侯府想将白愫留到明年的三月，是曹太后说曹家没有个主持中馈的人，等着新媳妇进门，于是挑了三个日子由白家选。姜宪觉得，白家多半会选那个十二月的日子，如今婚礼不仅没有推后，反而还提前了。姜宪觉得不合情理，可这信是八百里加急送来的，就算是想问个究竟也没人可问。

见姜宪颇为郁闷，李谦忙安慰她："你别急，既然是太皇太后和太皇太妃两位老人家都同意了的，想必不会有什么错。我这就让人去打听一下详情，说不定只是曹太后觉得这个日子比较好。"

"但愿如此。"姜宪无奈地叹气。远嫁就这点不好，有个什么事都说不清楚，非得派人去打听不可。如果真的出了什么事，等她知道，黄花菜都凉了。

李谦提议去花园里走走："晚上气温降下来了，你整天待在家里，正好趁这个机会出去透透气才是。"

姜宪不愿意去："一动就是一身汗，黏糊糊的，我不喜欢。"

"回来洗澡，"李谦非要拽着她出门，"我给你买玫瑰香露回来。"

姜宪只得跟着李谦去后花园里散步。

说是后花园，实际上不过是个三亩大小的院子，种了些树，栽了些花，挖了个鱼塘，砌了个凉亭，在池塘里面养了几尾红色的鲤鱼。比起御花园丝毫没有看头。可陪着她的是李谦，两个人你一言我一语的，在花园里逗留了快半个时辰也没有觉得累。倒是李谦看她脸红扑扑的，生怕累着她，强行把她拉到池塘边的凉亭里乘凉，她这才坐下来。一坐下来腿脚是舒服了，可身上却冒起汗来。李谦又叫了情客进来帮姜宪擦汗，端了温热的茶水给她解渴。

好不容易收拾停当了，姜宪这才感觉到穿过湖面的风的凉爽，笑道："难怪曹太后喜欢去万寿山避暑，昆明湖的风这样吹过来肯定很舒服。"

"等过些日子，新房可以空着了，我们还是去云龙山避暑吧。"李谦说着，剥了个葡萄给她，"我跟爹说说，到时候我们全家都去。"这样也免得别人说姜宪生活奢靡，只顾自己。

"好啊！到时候约夫人一起打叶子牌。"

李谦呵呵地笑，继续给她剥葡萄吃。

两人在院子里玩到了亥时才回屋。

洗了澡，李谦在姜宪的脚踝处发现了两个被蚊虫叮咬过的小红点，脸色铁青地叫人去常大夫那里取药，弄得人仰马翻的，连李长青都派人过来问出了什么事，直到响起三更敲，李府才渐渐恢复了宁静。第二天，常大夫来给她把脉的时候，嘴角一直高高地翘着没有放下去，让姜宪很是羞恼。

昨日的来信中，房夫人和孟芳苓都附了些家规。房夫人不仅写了镇国公府的，还把京城中治家严谨、家风清正的几户功勋世家的规矩和章程也写给了姜宪，还夸她长大了，懂事了，知道管家了。

姜宪汗颜。借鉴了那几家之后，姜宪把需要的人数和各自的职责都一一罗列出来，又仔细地看了一遍，自觉没有什么错误，便让情客去请苗嬷嬷过来。

苗嬷嬷显然已经听说了这件事，姜宪问她管事的嬷嬷有没有什么推荐的人选时，她很干脆地答了"没有"，并道："不管是在哪里当差，都是服侍主子，主子觉得好那就是好，主子若是觉得不好，再好也是不好。我全听郡主的安排。"

府里的事多是苗嬷嬷帮着何夫人管，这些管事嬷嬷是个怎样的性子、能干不能干，苗嬷嬷比何夫人更清楚。姜宪先找她，一来是想知道这些管事嬷嬷的性子，挑几个可用之人；二来是因为苗嬷嬷服侍过李谦的生母，姜宪怎么也要给她几分面子，让苗嬷嬷保举几个自己人，不承想苗嬷嬷却如此干净利落，一副全凭姜宪做主的模样。

不知道她是真心不想管，还是觉得自己不应该管呢？姜宪在思忖着，笑道："既然如此，那我就直接去问夫人了。"

苗嬷嬷恭敬地答道："本当如此。"

姜宪去了何夫人那里，何夫人知道她的来意后，忙道："这件事自然是全听郡主的，您怎么说，我怎么做。"

姜宪哭笑不得。

何夫人却振振有词："这世上的事当然是谁有道理就听谁的了。"

"好吧，"姜宪只好道，"那就让小姑来给我帮帮忙吧。"

何夫人大吃一惊，随后头摇得像拨浪鼓："不行，不行！她今年才八岁，什么事都不懂，怎么会管家？不行，她做不了。"

"现在肯定是做不了的。"姜宪笑道，"但可以慢慢地学啊，您不会以为管家是件一蹴而就的事吧？要真正能管起事来，怎么也得个五六年。现在先让她看看，练练胆子，以后遇事就能有自己的主意。我在宫里的时候，太皇太后和太皇太妃常常教训我和清蕙乡君，说女孩子什么都可以没有，却不可以没有主见，不然身份地位越高，就越容易被人利用，越容易摔跟头。您既然相信我，那就听我的，一准儿没错。"

何夫人一听这是太皇太后和太皇太妃的话，顿时就有些发蒙，不由得连连点头，道："那就一切听郡主的。"

姜宪满意地点了点头，问何夫人有没有用得顺手的人，好留在身边服侍。

何夫人听到这话，忍不住问："那，那其他人呢？"

"能留下的就留下，留不下的，自然是全都换了。"想当初，内阁大臣她都说换就换，何况几个小小的管事？姜宪眉宇间不禁露出几分凛冽之色来。

何夫人心中一凛，忙道："我想把小穗和程嬷嬷留下来，这两个人都对我忠心耿耿。"

姜宪自然是满口答应，又问起李麟屋里的事来："虽说是一直跟着公公长大的，但到底是侄儿，他的事，您能当家做主吗？"

"自然是不能的。"何夫人苦笑，道，"我嫁过来的时候他已经十四岁了，虽说我们住在一起，他却早有自己的院子，屋里的丫鬟婆子也一直是他自己安排，我不过是照顾照顾他的吃穿用度罢了。"

姜宪能明白，年纪相仿的侄儿，做婶婶的得避嫌才是，便问道："那他现在住在什么地方？"

"住在三戒堂。"何夫人道，"阿麟住的地方一直叫'三戒堂'，据说这名字还是伏玉先生帮着取的。"

"也就是说，不管是在福建还是在太原，大堂兄住的地方一直都叫'三戒堂'？"姜宪问。

何夫人点头。

这倒有点意思！姜宪微微地笑。君子三戒，戒的是什么？她笑着对何夫人道："那我们就不管三戒堂，只管我们自己的事好了。"

何夫人听着，表情明显松懈下来，姜宪不得不猜测何夫人是不是在李麟那里碰过钉子。

之后，姜宪和何夫人确定下李骥和李驹屋里只留下一个随身小厮和一个贴身大丫鬟，李冬至的屋里只留下一个管事嬷嬷和一个贴身大丫鬟，其他的人，何夫人一律不管。她道："我也不知道他们是什么禀性，郡主您看着办就行了。"

姜宪失笑，事情可比她想象的顺利多了。她之后又去找了苗嬷嬷，商量内院管事嬷嬷的人选。

苗嬷嬷惊讶地望着姜宪："原有的管事嬷嬷都不变吗？"

姜宪笑道："我也不太清楚这些人的性子，与其让不称职的上来，还不如就这样暂时不动。倒是嬷嬷您，以后内宅的事还是由您帮夫人管着，要多多费心了。"

苗嬷嬷的表情更惊讶了。

姜宪却没有给她询问的机会，端了茶。

百结不解，问道："郡主，既然是要立规矩，怎么能就这样什么也不变，那还有什么意义？"

姜宪却笑道："谁说什么也没变？"她让情客把写着各司职责的册子拿出来，道，"从明天开始，你们就教家里的仆妇背这些章程。七天之内，谁先背会，谁就能保留现在的差事；没背会的，就给那些背会了的人让位，从那些背会了的人里选管事嬷嬷、一等丫鬟。再过三天，还背不会的，或是打发出府，或是送到田庄上去。家里若再进丫鬟、媳妇，得先把这些章程背会了再安排差事，以后就照着章程行事，再也不要说什么不知道、不晓得找谁的话了。还有，把这章程给大人和几位爷都送一份去，让他们也知道出了什么事应该找什么人，别找错了人，惹得家里的仆妇笑话。"最后一句，她又重复了一遍，并道，"这句话，你们一定要带到。"

她就不相信了，李家还有不要脸皮、不怕被仆从笑话的人。

情客笑盈盈地应"是"，和百结把之前抄录好的章程分别送到了李长青等人手中。

李府那些仆人早就知道姜宪要整顿李家风气，正一个个战战兢兢地不知道该何去何从，突然听到这样的消息，立刻像炸了锅似的，走到哪里都是嗡嗡的一片。没等情客等人要求他们背那些章程，就有认字的仆妇找上门来，求情客等人让她们抄录一份，说今天晚上就回去开始背。情客乐得清闲，有求必应。

李长青则望着那些章程嘿嘿地笑着，示意高伏玉也过来瞅上一眼："怎么样，我这儿媳妇不简单吧？几天的工夫就把家里的事摸了个门清。你看这章程写的，'冬日酉正掌灯，夏日戌初掌灯'，以后只要一掌灯，我们就能知道是什么时辰了。"

李长青张着嘴笑，一副与有荣焉的样子，让高伏玉有些目不忍睹："你知道不知道这意味着什么？"

"我知道啊！"李长青心不在焉地道，目光一直落在那些写着章程的宣纸上，"何氏跟我说过，郡主提前跟她招呼过了，让她以后别动不动抓着个人就吩咐做这做那的，有什么事、找什么人，以后得照着规矩来……我觉得这样好，像我们行军打仗，总旗就不能越过把总，要是总旗越过了把总，那岂不是乱了套？这样很好，这样很好！以后我也不用再为内宅的事操心了。"

高伏玉笑着摇头，和李长青又闲聊几句，就回了自己住的院子。

高妙容在门口等他，见到他后笑着上前恭敬地行礼，喊了声"叔父"，道：

"您今天回来得可比平时要早，厨房还没做好饭呢。您先到书房喝杯茶，我这就去厨房催催。"

高伏玉早年受过磋磨，身体非常差，年纪轻轻就开始养生，这几年随着李家的提升，生活越发有了规律，作息饮食皆有讲究。高妙容这些年管着高氏叔侄的生活起居，在高伏玉看来，侄女这么说，是在关心他。

"不用了，"高伏玉笑道，"一如从前就行，我不过是没什么事提早回来罢了。"他望着出落得如出水芙蓉一般的侄女，想到她刚到自己身边时的面黄肌瘦，颇有些"吾家有女初长成"的自豪。

高妙容知道自己叔父的身体，自然不会勉强，扶着高伏玉往正房去。一面走，她一面道："叔父，您听说了吗？郡主重新制定了一套家规，让家里上上下下都背会、背熟，背不会背不熟的就要打发出去。她这样大动干戈，家里会不会乱套？"

"再乱也没现在乱。"高伏玉不以为然地道，"正好，你可以趁着这个机会把自己给择出来。帮那何氏接待什么女眷，弄得自己不上不下的。也是你这孩子不懂事，不知道其中的深浅，没有跟我说一声就答应了……"

"叔父！"高妙容娇嗔着打断了高伏玉的话，小声嘀咕道，"我又不是有意的，您就别再说了。"她满脸羞赧，"我……我当时有点不好意思拒绝何夫人，又想着我要是默默无闻地在背后帮她，别人会以为我是李家之人……"

高伏玉默然。他虽然受李长青敬重，可毕竟在别人眼里，他只是一个幕僚。高妙华因他之故身份就比一般的读书人低一等，如果高妙容帮着何夫人处理庶务而不求名利，在别人眼里，高妙容也不过是个没有卖身契的高等仆从，等到说亲的时候就会很麻烦。说起来，是他拖累了两个孩子。可如果他不走这条路，不要说两个孩子的读书识字了，就是他自己，能不能活下来都成问题。

他只好轻轻叹口气，温声对高妙容道："是叔父考虑不同，让你们受委屈了。要不这样，李家基本上就在太原定下了，叔父这几年手中也攒了些银子，我们不如在外面买个宅子，你们兄妹搬出去，以后就自立门户……"

"这怎么行！"高妙容惊呼，脸色发白，紧紧地拽住他，"我们怎么能自己搬出去？如果没有您，我们早就尸骨无存了。您虽然是我们的叔父，可我和哥哥都把您当父亲一样。哥哥还曾说过，他一肩挑两祧，成亲之后如果生了孩子是要过继一支给叔父的……"她说着，眼泪在眼眶里打转，"就算要搬，我们也是一起搬出去，不然我们就住在一起。"

高妙容说得有也道理，他早把这两个孩子当成是自己的孩子，且高妙华还小，行事还不够稳妥，他也怕两个孩子搬出去之后交了不好的朋友走上歪路，那他高家就完了，他的心血也白费了。

"那就暂时还寄居在李家。"高伏玉对两个孩子素来宽和，也就没有再坚持，而是笑着指了指高妙容的脸，"哭得像只小花猫似的，还不快让人给你打水净脸。"

高妙容赧然，低低地喊了声"叔父"。

高伏玉慈爱地望着她："我知道了，这件事我会去跟李大人说，他不会责怪你的。至于说郡主要重新制定一套家规，"他说到这里，想到李长青那与有荣焉、喜不自禁的面孔，语气顿了顿，道，"就随她去吧！毕竟她已是李府之妇，好坏都是他们李家的事。"

高妙容闻言乖巧地点头，并道："叔父，那我们要不要也跟着把家中的仆从整顿一番呢？"他们身边除了体己的几个，其他都是李家仆从。

高伏玉笑道："我们这边向来很好，不用那么麻烦。不过，这话你还是要去跟何夫人说说，也算是我们支持了郡主，表达出我们的善意来。"

高妙容点头，笑道："我下午就去见何夫人。"

高伏玉却是犹豫了片刻，问："你还在教李小姐识字吗？"

高妙容点头。

"也找个机会辞了吧，李小姐年纪不小了，也到了该正式启蒙的时候。"高伏玉道，"从前是在福建，不知道什么时候走，一时也找不到合适的西席。如今会在太原安定下来，一直让你教李小姐读书写字就有些不合适了。"

"好。"高妙容爽快地应了，见高伏玉没有其他吩咐，便回自己屋里更衣净脸。

因为没有遇到丝毫掣肘，姜宪的举措推行得十分顺利，走到哪里都可以看见背家规的仆从。甚至还有几个年轻些的仆妇悄悄来找百结和情客，想跟着她们学认字："作诗联对不敢想，能让我们认识甲乙丙丁就行。"还像拜师似的带了束脩过来。

百结和情客很尴尬，两个人在宫里见多了大学士、老翰林，像她们这样的只能算是认识字而已，怎能为人师表？两人忙去问姜宪的意思。

姜宪想到宫里还设个"内学堂"给大太监们扫盲呢，觉得这样也不错，但百结和情客的事太多了，便道："那你们就从跟过来的人里选两个做这件事好了。"

百结应"是"，情客却道："郡主，我看，还是我来吧！"

见两人不解，情客上前几步，悄声对姜宪解释道："您看每年大比时，那些阁老们为何都要争着做主考官，还不是想示恩与士林？这些人既然想读书写字，肯定就是冲着争个好前程去的。"

姜宪听着一愣，随后哈哈大笑起来，道："情客，可真有你的，那这件事就交给你去办。"

情客含笑应诺，把恍然大悟的百结拉了出去。

姜宪看着百结的背影，心里微微有点别扭，寻思该问问百结和情客的意思。要是两人愿意，她就把她们多留两年；要是两人想早点儿嫁人，现在就得给她们寻门好点的亲事，让她们也有个自己的小家、有个关心她们的人。

正想着，香儿进来禀道："郡主，麟大爷那边的秀雅姐姐过来了，说是奉了麟大爷之命，来拜见郡主。"

秀雅是李麟身边的大丫鬟，李麟让她来见自己，肯定是因为内宅的事。姜宪召了她进来，问她有什么事。

秀雅笑道："我们家大爷听说府里的仆从都在背家规，怕我们给他丢脸，要检查我们背得怎样，这才发现我们几个都没有到情客姑娘那里领家规。大爷把我们几个好生骂了一顿，让我立刻来找情客姑娘……"

这个李麟还挺机灵的，姜宪微微一笑，道："原是怕你们那边有别的规矩。"

秀雅忙道："一笔写不出两个李字，我们那边不管有什么规矩，总也越不过府里去。如今郡主有了新家规，我们自然是要以新家规马首是瞻。"

这个秀雅也是个会说话的。姜宪笑着点了点头，让人去叫了情客过来。

第四章
婚后应酬

上房，高妙容正和何夫人说着话："上次贸然领了施三小姐去拜访郡主，惹得郡主不快，我心里一直不好受。这次听说郡主重新定了家规，也不知道有没有我能帮得上忙的地方。"

"不用，不用！"何夫人连连摆手，脸上满是愧疚，"说起来都是我的错，要不是我求你帮忙，你也不会带施三小姐去拜访郡主了。郡主已经说过我了，我以后会照着郡主定下来的章程行事，再不会犯这样的错误了。"

高妙容闻言就笑着夸了姜宪定的新家规几句。何夫人笑眯眯地附和着，觉得连高妙容都认可，可见姜宪很厉害。

高妙容突然问起李骥的婚事来："大人还没答应吗？"

"没有。"何夫人听着立刻愁眉苦脸起来，"我好话都说尽了，他就是不答应，我都不知道该怎么跟我嫂子交代好。我娘家的事你也是知道的，当初何家能富甲一方，多亏了我嫂子娘家帮助；后来我嫂子出阁，她娘家又送了大笔的陪嫁；我出嫁的时候，我嫂子怕我在李家受欺负，把她一半的陪嫁都给了我。我和我哥都对我嫂子很是感激，瞳儿又是他们唯一的女儿……他们夫妻求到我了，我怎么能不答应？唉，我一想就觉得没脸去见我嫂子。"说着，眉眼微动，突然倾身和高妙容低语道，"你说，我去求求郡主如何？"

高妙容一愣，道："这……我也说不好啊。"

何夫人却像抓住了一根救命的稻草，道："我觉得能行。"

高妙容微微地笑，没有再作声。

姜宪这边却挺高兴的，京城送了东西给她。除了白愫送她的一些她素日喜欢的小东西，还有房夫人送来的上等的金华酒、程记的秋梨膏、景家的酥糖、必然居的酱菜、济民堂的牛黄丸……全是些秋季适宜的东西。姜宪听到消息就带着七姑去了西跨院的门房。

门房里，几个小厮正殷勤地帮冰河等人卸东西。冰河的脸绷得紧紧的，不停地道："都小心点儿，宁愿一次少拿一点儿，也不能把东西磕碰了。这些都是京里特意送来给郡主的，好多东西不要说太原了，就是保定府也没有，若是碰坏了，想补救都没有办法！"

姜宪忍不住抿着嘴笑。

冰河一转身看见姜宪，连忙跑过来，恭敬地给她行礼。

姜宪见仅金华酒就有二十几坛，秋梨膏和酥糖之类的更是有大半车，不由得叹道："这么多东西呀，也不怕放坏了！"

随车的有一个是房夫人身边得力的嬷嬷，听了忙道："郡主，夫人说，这些东西在京城不稀罕，可送到太原就是好东西了，可以当戍中秋节礼送人。"

姜宪听着眼睛一亮。再过几天她嫁进李家就有一个月了，按礼，她那个时候可以回娘家住些日子，新房也可以空着了，太原那些官宦人家的女眷也会陆续来拜访她，她不如用这些做回礼。

姜宪说做就做，把这件事交给百结："弄些图案特别又精美的纸匣子来，把这些装成什锦盒，到时候一家送一点儿。"

百结笑着应"是"，找了小丫鬟过来，把那些吃食搬进了西跨院。

姜宪让情客设宴招待几位随车的嬷嬷，自己则拿了些吃食去了何夫人那里。

何夫人正歪在榻上听着个十二三岁的小丫鬟给她读家规，见姜宪进来忙坐了起来。

姜宪笑着和她寒暄了几句，就让人捧上两个大大的纸匣子："这是京里送来的，一份给您，一份给小姑。"

何夫人连声道谢，又让人去喊李冬至过来当面给姜宪道谢。

姜宪每次来见何夫人都没有碰见过李冬至，就随口问了一句："小姑平日里都做些什么？我每次来都她都不在。"

何夫人笑道："她年纪也不小了，之前在福建，没找到合适的人给她启蒙，就托给了高小姐。如今每天早上跟着高小姐读书，下午练字，晚上还要做点儿女红练练手。"

姜宪小的时候也是这样过来的。不过早上最多读半个时辰的书，就会被太皇太后叫去吃点心；下午练字是在太皇太后的暖阁，教她写字的师傅稍微说上几句，就会被太皇太后一句"她还小"给糊弄过去；晚上的女红就更不用说了，会伤眼睛，所以几个女红好的宫女陪着玩玩就算是学了女红。如今想起来，真是幸福。

李冬至小大人般挺着脊背走了进来。

"母亲，郡主。"她恭恭敬敬地给何夫人、姜宪行礼。

何夫人看见她，笑意就从眼睛里流淌出来："快起来，快起来！"说着就要起身去携李冬至，转眼看见了坐在旁边的姜宪，不由得朝姜宪投去讪讪一笑，重新坐了下来。李冬至来时已经知道自己为什么会被叫来，肃然向姜宪道谢。

姜宪笑着点了点头，道："也不知道你喜欢吃什么，每样都拿了点儿。若是觉得哪样好吃，就跟身边的丫鬟说一声，我让他们再从京城里捎。"

李冬至再次向她正色道谢。

李家的几个孩子里就数这个本应该娇生惯养的李冬至最严肃认真，也不知道李家是怎么养出这样几个孩子的。姜宪就关心地问了问她的功课，知道她小小年纪已经读完了《三字经》，姜宪又赏了她几朵珠花。

姜宪突然有点理解李谦哄她的原因，难道她在李谦眼里就像李冬至在她眼里的样子？

因为李谦和李长青都不回来用晚膳，姜宪就留在东跨院和何夫人、李冬至一起用了晚膳才回去。

李谦回来后像往常一样，第一句话就是问她"今天都做了些什么"。姜宪靠在床头一面看着李谦更衣，一面和他说着话，等到李谦梳洗好了准备上床歇息时，已经快亥时，姜宪困得都快睁不开眼睛了。李谦摸了摸她的头，笑着说了声"困了就睡，别等我了"，姜宪就倒头躺在了枕头上。

李谦不由失笑，低声在她耳边道："保宁，清蕙乡君那边没什么事。不过是皇上定了明年三月二十日大婚，曹家觉得婚期和皇上的太近不好，推到六月又太晚，所以才决定把婚礼提前。"

姜宪迷迷糊糊地应一声，静静地睡着了。李谦摇头，吹了灯，搂着姜宪也很快睡着了。

第二日，因李谦要跟李长青去校场，给李长青和何夫人问过安后，姜宪就一个人回了西跨院。

香儿正在门口等她，见到她就迫不及待地道："太原总兵府的金大小姐派人送了拜帖过来，想来拜访您。"

姜宪新婚还差了几天才到一个月，按理不会有人来打扰，金小姐又不是个不懂事的，应该是有什么事要找她。姜宪没看拜帖便道："我今天下午和明天都有空，她什么时候过来都可以。"

香儿应声而去。

金媛选了下午来拜访，姜宪在宴息室里见她。

金媛赧然屈膝行礼，低声对姜宪道："原想着过几天再引荐几个好友给郡主，谁知道父亲让我陪母亲去京城参加清蕙乡君的婚礼，恐怕到过年的时候才能回来，因此特意来向郡主辞行。不知道郡主有没有什么东西或是什么话让我带给清蕙乡君和房夫人？"

姜宪立刻明白过来，金媛这是要去京城相亲。邓成禄人不错，如果这门亲事能成，也是件好事。她笑道："还真有东西要让你帮我带去京城。你们什么时候走？我也好准备准备。"

"六月二十日起程。"金媛红着脸道，"我爹说，最好能在七月之前到京城。"进入七月就是鬼月了，一般人出门都会避开这个季节。

姜宪笑着和她寒暄几句，金媛就起身告辞了。

姜宪叫了李家大总管李泰进来，问他有没有收到白家的请帖。

"收到了。"李泰隔着珠帘，垂首恭立，道，"是昨天下午送来的，该怎么办，大人那边还没发话下来，所以还没准备。"

姜宪吩咐他："我这边有些东西要送去京城，你们定了去京城的日子，告诉我一声。"

李泰连声应"是"，退了下去。

何夫人那边来请："何大舅太太过来了，夫人问郡主中午可有空，想请郡主过去陪席。"

这个面子肯定是要给的。姜宪应下，换了身衣服，又让情客带了几个封红去了何夫人那里。

何大舅太太四十来岁的模样，白白胖胖的，笑起来很是和蔼，可板着脸的时候眉宇间却透出几分精明。认亲的时候姜宪曾经见过她，她给了一千五百两银子外加一套赤金首饰做见面礼。

两人笑着见了礼，分宾主坐下。

何大舅太太一点儿不避讳，继续和何夫人说着刚才被打断的话题："瞳儿今年已经十六岁了，再不把亲事定下来就晚了。你哥哥就这一点骨血，我们要是不在了，她可怎么办？你不在家里不知道，前天族长还来我们家和你哥商量过继的事。唉，我和你哥哥辛辛苦苦攒下的基业难道就这样便宜了外人不成？"

何夫人大窘，恨不得捂住何大舅太太的嘴。不管怎么说，她想把娘家侄女嫁给李骥为妻却始终不能如愿总归是件没脸的事，被她嫂子这样大咧咧地嚷了出来，她以后在儿媳妇面前还有什么脸面？虽说她有意让姜宪在李长青面前帮着说话，可那是准备私底下悄悄去求姜宪，却没准备像现在这样自曝家丑般地抖搂出来。说起来她嫂嫂也是个精明人，怎么这个时候犯了糊涂呢？

她忙道："嫂嫂，郡主难得过来，这些扫兴的话您就少说几句吧。您不是拿了些新米过来吗？我吩咐厨房做些米糕好了。"又对姜宪笑道，"我听厨房说，你那边常做米糕，不是你喜欢吃就是大爷喜欢吃，不管是谁喜欢，走的时候你带些回去。"

姜宪笑着点头道谢。

何大舅太太不高兴了，道："小姑这话我不爱听。郡主又不是什么外人，有什么好瞒着她的，难道她还会笑话我不成？我不仅带了新米过来，还带了新鲜的大枣，郡主长得这样瘦弱，正好多吃点儿红枣，补补气血。"

何夫人尴尬得不行，又不能说何大舅太太，只好向姜宪道歉："我嫂嫂是个直人，郡主千万不要放在心上。"

虽然只是只言片语，但姜宪已经听明白了。她想了想，问："何家表妹叫阿瞳？"

何大舅太太一听姜宪称自己的女儿为"表妹"，顿时喜得嘴都合不拢，连连点头道："是啊，是啊！她叫瞳娘，家里人都称她阿瞳。她随了她姑，长得漂亮，性子也好。郡主您是神仙一样的人物，不知道我们这些百姓家里的事！"她叹道，"只怪我没本事，只生了阿瞳这一个孩子，原本我也想给阿瞳她爹纳个妾的，可她爹不同意，我本意也是不愿，就顺水推舟地到了今天。本想小姑好歹嫁了个做官的，我们家阿瞳有她姑照应着，又不求女婿大富大贵，不管嫁到谁家也没人敢小瞧她，可谁知道我们家这个小姑是个不应酬人的。"说着，何大舅太太又叹了口气，"三年前，何家族长的孙子犯了人命官司求到咱们门上来，却……还是被判了个三千里流放。后来族长就发下话来，说我们家只有一个女儿，不能让这支断了子嗣，必须得从族里过继一个挑桃。阿瞳她爹不愿意，要招赘，结果十里八乡没一家愿意上门的。我和她爹没有办法，想卖了一

部分产业去福建投靠你公公，谁知道居然连一亩地都卖不出去，只好把地租给本家的一个叔父，借了些银子去福建……"

她的话还没有说完，何夫人已是又羞又愤，顾不得姜宪在场，打断了何大舅太太的话："嫂子，您怎么能这么说话？不是我不帮七叔公，而是李家实在帮不上忙！我们在福建，又是武官，七叔公家在汾阳，案子又归按察司审，我们根本帮不上忙。您后来好歹也在福建待了三年，李家是怎样的处境，您心里不清楚吗？您这么说，不是戳我的心窝子嘛！"何夫人说着，用帕子捂着眼睛呜呜地哭了起来。

何大舅太太一下子傻了眼，姜宪也目瞪口呆，忙递了块帕子给何夫人。何夫人接了过来，抽泣着擦眼泪。

何大舅太太讪然道："我……我也没说什么啊，我现在不是没办法了嘛，不把阿瞳交给你，我还能交给谁？"

何夫人道："难道我就有什么办法吗？大人不答应，那个又不是从我肚子里蹦出来的，我还能强压着不成？"

何大舅太太悻悻地干笑。

姜宪就道："大舅太太，既然如此，我有个主意，也不知道当讲不当讲？"

"当讲！当讲！"何大舅太太闻言眼睛一亮，心里盘算着，难道是郡主有什么合适的人选要给阿瞳做个媒，"您说，您说，我听着呢！"

姜宪笑道："何家表妹的年纪说小不小，说大也不大。您想把她嫁到李家，不过是想求个庇护，我想，您要是只有这一个要求，倒也不急。说起来我嫁到李家也快一个月了，正准备把当初那些为我和将军的婚事操了心的几位夫人请到家里来坐坐。您要是同意，到时候就请表妹过来给我搭把手，和小姑一起帮我招待那些过来玩耍的小姐们，您看如何？"

何大舅太太喜得坐都坐不住了。"郡主！"她激动得一把抓住姜宪的手，眼泪在眼眶里直打转，"您可真是我们的救命恩人啊！"

姜宪额头冒汗，呵呵地笑。之后何大舅太太不是给她夹菜倒水，就是给她盛饭添汤，弄得姜宪很不自在，随便吃了点儿就起身告辞。

何夫人责怪嫂子："您看您这样，把郡主弄得多不自在啊！要是她觉得麻烦，懒得理会阿瞳了怎么办？"

"这能怪我吗？"何大舅太太抱怨道，"要不是你总窝在家里哪儿也不去，我想让你给阿瞳说门亲事你都不认识人，我怎么会非要把阿瞳嫁到李家来？"

何夫人无话可说。她软弱无能，在李家没有话语权，想给自家侄女找门好亲事都不成……她也不想这样，可李长青总是拿她和李谦的生母比，结果比来比去她都没有一桩好的，她又能有什么办法？何夫人想起这些，又委屈地哭了起来。

何大舅太太何尝不知道何夫人这些年过的是什么日子，但她也只能叹气。她劝自己的小姑："别哭了，你这也算是好的了。大爷从来没对你不敬不说，对自己的弟弟妹妹也多有照拂，如今娶了媳妇，出身高门却又如此妥帖。你只要这样安安分分的，有的是后福等着你呢！"

"嗯。"何夫人哽咽着，擦了眼泪，道，"既然郡主都这样说了，你就把阿瞳送来给冬至做个伴儿吧。"

这正是何大舅太太所想，她连声应"是"，笑容止也止不住地从眼角眉梢溢了出来，竟是再也坐不住，道："我这就回去，还要给阿瞳做几身好看的衣服，打几件首饰，再选两三个机灵的仆妇跟在身边……"

何夫人听了就对何大舅太太道："穿衣打扮的事，我觉得你还是问问郡主的意思为好——我瞧着郡主平日里穿着极为朴素，你别白白闹出笑话，坏了阿瞳的名声。"

何大舅太太想到刚才姜宪说话行事的做派，不免有些畏惧，道："她是你儿媳妇，不如你去帮我问吧！"

何夫人一口回绝，她已经够丢脸的了，怎么还好意思为这点小事去问姜宪？可何大舅太太却执意要何夫人出面，何夫人没有办法，只好给她出主意："要不，你去问郡主身边的情客吧。我听人说，她是郡主身边一等一的红人，不仅会读书写字，还熟知礼仪典律，你去请教她一定没错。"

情客知道了何大舅太太的来意，有些哭笑不得："我们郡主喜欢穿素净的衣服是因为从小在慈宁宫里长大。"她委婉地提醒何大舅太太，"实际上，郡主很喜欢那些活泼可爱的小姑娘。穿衣打扮上，大舅太太不必迁就我们家郡主，只要打扮得漂亮得体，郡主都喜欢。"

何大舅太太的眉头一会儿紧一会儿松地回了家。

第三天，何大舅太太就把女儿何瞳娘送进了李府。

何瞳娘正如何大舅太太所说，长得和何夫人有七八分相似，模样十分出众，还没有说话脸就红了，很是腼腆，站在何夫人面前比李冬至更像母女。她恭恭敬敬地向姜宪行礼，小心翼翼地回答着姜宪的问话。姜宪突然觉得她和邓成禄的妹妹很像，只不过邓大小姐比她多了一份优雅精致。

也不知道金媛现在走到了哪里，两家的婚事会不会顺利？姜宪走了会儿神，再回过神来的时候，何大舅太太正满脸期待地望着她。她想到刚才的谈话，笑道："阿瞳能来和小姑做伴，我欢迎还来不及呢。你如今住在姑母家，就把这里当家里一样，有什么事只管跟夫人或是我说就是。"最后一句话，她是对何瞳娘说的。

何大舅太太母女喜不自禁，说了很多感激的话。姜宪见她们言辞恳切，索性抬举她们，和她们一起去了何夫人那里。

何夫人让人把何瞳娘的行李抬到李冬至的院子里去："就住在东厢房吧，阿瞳已经大了，总不能还和冬至挤在一间屋。"又问了丫鬟、婆子是怎样安排的，还把自己身边一个叫小苗的丫鬟拨到了何瞳娘身边使唤，一副要趁何瞳娘在李家做客期间把她嫁出去的架势。

姜宪看着觉得很有趣。何大舅太太却是热泪盈眶，她这个小姑还从来没有这样积极过，瞳娘应该能嫁个好人家了吧？

何瞳娘羞得满脸通红，小声说了声要去陪表妹后便离开了。

"郡主把日子定下来了没有？家里应该准备些什么？我听说前些日子太原首富袁家的老安人大寿，袁家请了史家班到太原唱戏，您看我们要不要也请史家班来唱堂会？"何夫人问道。

何大舅太太闻言道："那史家班可是进宫给太后娘娘唱过戏的……"一句话没说完，顿时失笑，"我倒忘了，郡主就是从宫里出来的，这史家班的戏唱得如何，郡主知道得最清楚了。"

姜宪汗颜。上次曹太后大寿时出了那么大的事，谁还有心思听戏？

"行啊！"姜宪笑道，"如果到时候他们还没走，就请他们来家里唱。至于日子，我还没看黄历，不知道夫人有没有什么好日子？"

何夫人不敢拿主意，连忙摇头。

"这不是要送阿瞳过来吗，我前两天就翻了翻黄历。"何大舅太太忙欢喜地道，"七月二日、七月六日都是好日子，再往后，就要过盂兰盆节了，只能等到八月，我觉得又晚了点儿。"

"那就七月二日好了。"姜宪想着，早点儿请客，尽了礼数，早点儿完事，说不定她还可以和李谦去云龙山避暑。

何大舅太太忙道："到时候我来给郡主帮忙吧！别的不敢说，帮着看着点灶上的婆子那是一点儿问题没有。"

姜宪笑道："怎么能让大舅太太去灶上帮忙，那家里还要这些仆妇干什么！您只管高高兴兴地过来听戏就行，其他的事不用您操心。"

以前李家有什么事何夫人都要请她过来帮忙，现在让她什么都不管地当个客人，何大舅太太还真有点不习惯。

看何大舅太太欲言又止，姜宪又道："我那边人多活儿少，每天都闲在屋里打络子，那络子多得几年都用不完，让她们活动活动手脚也好。"

何大舅太太半信半疑地应了。

李长青从李谦那里知道姜宪准备七月二日在家里设宴还有点紧张："到时候我们怎么办？"

李谦笑道："内宅妇人的事而已，我们该干什么就干什么，不用管她们。"

"这样行吗？"李长青扯了扯衣襟。

李谦知道人情往来这方面是李长青的短处，笑着安慰父亲："能行！我在京城时见那些功勋世家里都是这么做的。"

李长青也就不再多问，只是给姜宪送了五百两银子，说是宴席的银子由他出。姜宪把银子收下，让李谦向李长青道谢，也让李谦去说一声，这些都是小钱，不用一笔笔都记得给她，她需要银子的时候不会和李长青客气的。

情客找出姜宪成亲时的礼簿，把当天来参加姜宪婚礼的女眷名单誊了一遍，又打听了各家的底细，才去和姜宪商量："三品及以上的外命妇只有两人，四品的有四人，五品以上的有十人。您看，我们是请五品以上的还是请四品以上的。"

姜宪正喂着李谦送她的那两只黄鹂鸟，闻言笑道："五品以上的吧。肯定有人会有事来不了，既然是请客，总不能冷冷清清的。"

情客知她喜好，笑着应诺。

客人名单确定下来后，写请帖的事由百结和另外一个识文断字的丫鬟印彩负责，情客则开始忙着检查家中仆从背诵家规的情况。

何夫人看着不免有些着急，特意和何大舅太太一起过来问她："这眼看着就要到月底了，席宴上的酒菜、茶点是不是要开始准备了？我们之前在福建，也不知道山西这边是什么规矩。"

"不过是请几个人来家里吃顿饭而已，有什么好特别准备的？"姜宪让人沏了前几天齐夫人让人送来的茉莉花茶请二人品尝，"京里这两年时兴喝花茶，也不知道合不合您和大舅太太的口味。"

何大舅太太觉得姜宪为人随意温和，慢慢地在姜宪面前就没那么拘谨了，闻言笑道："我反正挺喜欢这味道，香香的，闻着就觉得心里舒服。"说完，还连喝了几口。

姜宪抿着嘴笑，觉得何大舅太太是个颇有意思的人。

何夫人的心没何大舅太太宽，还惦记着请客的事："真不用提前准备吗？"

"不用。"姜宪笑道，"我准备按着京里的规矩来，反正我是从京城来的，她们不会觉得我失礼。再说了，若是按着太原的规矩来，家家户户请客都一样，又有什么意思？"

何大舅太太听了抚掌，道："正是郡主说的这个道理，我觉得郡主的主意很好。"说着，目光落在了何夫人的身上，"依我看，太原城里除了李知府家的夫人，没几个去过京城，正好让她们开开眼界。"京城是国之首府，那里流行的才是最好的。

姜宪这时觉得，这位何大舅太太算得上是个妙人了："您娘家是做什么的？"

何大舅太太有些不好意思地笑道："是做生意的。"

"难怪见多识广。"三教九流，姜宪都不鄙视。

何大舅太太听着，激动得脸都红了。

三个人又尝了尝西跨院新出炉的点心。

"说是苏式的，"姜宪道，"我也是第一次吃。如果大家觉得好，请客的时候可以端上桌给客人尝尝。"

有丫鬟进来禀道："夫人、郡主、大舅太太，施主簿家的夫人派嬷嬷递拜帖，想明天来拜访您。"施主簿家的夫人是四个四品外命妇之一，这个面子姜宪肯定是要给的。

第二天施夫人不仅自己来了，还带了施三小姐过来。

施夫人见到她就向她道歉："小姑娘家不懂事，冒犯了郡主，一直也不敢跟我说，我直到前两天才无意间知道。我今天特意带她过来给郡主赔不是，还请郡主海涵。"

姜宪并不打算和这位施夫人深交，只是客气了几句。

施夫人叹道："郡主真是好气度，之前我还担心郡主会怪我教女无方，看来是我想多了。"

姜宪微微地笑。

施三小姐这时才赧然道："都怪我不上心，听高小姐说不打紧就跟着她去了您那里。"

姜宪呵呵地笑了两声，不再提这事。

等出了西跨院，施三小姐忍不住问施夫人："娘，您觉得我们说的话郡主听进去了吗？"

"应该听进去了吧。"施夫人也有些不确定，道，"要是没听进去，她怎么会对我们这么客气，还亲自邀我们七月初二到李府做客？"

施三小姐听着就松了口气，抱怨道："娘，这个嘉南郡主也真是的，听说高姐姐为了我们的事亲自去给郡主道歉，郡主才消气。照我说，这不过是件小事罢了，何必抓着不放？高姐姐帮何夫人待客，是应何夫人之请，如今郡主嫁过来了，就觉得高姐姐碍事了，哪有这样的道理！我看何夫人也不是什么好人，把人用过就丢，难怪李家不把她当回事。"

"这话是你能说的吗？"施夫人闻言低声呵斥女儿，"小心隔墙有耳。"

"周围都是自家人，谁敢传出去？"施三小姐不以为然地道，"娘，我看以后高姐姐在李家的处境堪忧，我们要不要帮她一把？"

"先看看情况再说吧！"施夫人叹了口气，忍不住又道，"要不是怕你高姐姐为难，我又怎么会亲自来给嘉南郡主赔不是？说起来，你高姐姐也是被我们拖累了。"

当时听闻嘉南郡主要嫁到太原来，整个太原一片哗然，说什么的都有。可作为太原官员的女眷，不管嘉南郡主是为什么嫁进来，都打定了主意要和她好好相处。施家家底单薄，施大人有今天全靠他们两口子会做人，所以她才一时没忍住，派女儿去见高妙容，想从高妙容嘴里打听些嘉南郡主的喜好，不承想却把事情给办砸了。想到这些，施夫人叮嘱女儿："我到底是主持中馈的，有些事我做出来有痕迹，你做出来却不打紧。等过两天，你去看看你高姐姐，给她带点儿天麻、人参补补气血，也算是我们给她赔不是了。"

施三小姐连连点头，迟疑道："那表哥的婚事……"

施夫人娘家有个侄儿，是个读书种子，她见了高妙容之后非常喜欢，想为自家侄子和高妙容做个媒。

"这件事也等一等。"施夫人算计着，"一来你表哥如今只是个秀才，心思最好放在读书上，不用那么早成亲；二来高妙华还没有自立门户，高家还是李家的附庸，说出去不好听……等过些时日再说。"

施三小姐点点头，说起了七月初二的宴请："金夫人有事带着金大小姐去了京城，丁大人和李家又素来没什么交情，您说，丁夫人会去吗？"

如今身在太原的三品外命妇有金海涛的夫人和山西布政使丁留的夫人。按察使吴大人和胡以良的夫人也是三品，可那两位的夫人在老家，太原的这些应

酬就与她们无关了。

"所以我说要等一等。"施夫人道,"如果丁夫人去,我们自然也是要去的;如果丁夫人不去,那我们就随便带点儿礼物去应个景好了。"

施三小姐点头,犹豫道:"娘,我上次去见高姐姐的时候,高姐姐曾说,郡主的头衔听上去厉害,可到底比不上公主,又远嫁到山西,皇上不可能连鸡毛蒜皮的小事都为郡主出头,郡主能不能在婆家站住脚,得靠自己。史书上有很多公主,甚至是皇后所出的嫡公主,都被驸马家欺负得……是不是真的?"

施夫人听着眉头就皱了起来:"妙容跟你这么说的?"

施三小姐听出了母亲的不悦,忙道:"不是,不是,是我问起高姐姐一些事,高姐姐就跟我提了提。我只是觉得,郡主也不是金子做的,出嫁之前在家里自然是千疼万宠的宝贝,可嫁了人,一样要看婆婆的脸色行事,一样要伺候夫婿、为夫家开枝散叶。高姐姐说她还挺可怜郡主突然远嫁,让我以后对郡主好一些,说郡主毕竟还没有及笄。"

施夫人脸色大霁,道:"你高姐姐说得也不错。所以说,好出身只是给了你们一个好机会,至于过不过得好,就得看个人了……"

施三小姐的思绪却早已飘远。如果高姐姐的出身好一点儿,说不定就可以嫁到丁家去了。丁家可是江西有名的读书人家,丁大公子早在六部任职,二公子今年和李公子一起中了举人,三公子小小年纪已经是秀才了,大小姐更是嫁给了帝师熊正佩家的二公子。能嫁到这样的人家去,才是不枉此生。不知道嘉南郡主请客,丁二小姐会不会去?说起来,她也有些时候没看见丁二小姐了,说是丁老安人不舒服,她代丁夫人回了山西老家侍疾。高姐姐一直想认识丁二小姐,也不知道这次能不能如愿……

李家西跨院,姜宪送走施氏母女,李泰就过来了。

他低目垂首立在堂前,高声道:"郡主,那史家班只在太原唱了三天就往京里去了。不过,我派人给他们传了个话,史家班的班主说,他们这就折回来,还给史家班留在京城的史卿带话,让他想办法在七月初二之前赶到太原,到时候由史卿主唱。"

李泰言语间有掩饰不住的兴奋。袁家是山西首富,富贵了几代人,他们家老安人过寿,史家班也不过是开了高价,派了几个名角过来。如今一听郡主要他们进府唱戏,不仅立刻折回来,还要把台柱子史卿叫来。太原城里,恐怕只有丁留和胡以良有这样的面子。

姜宪却不以为然地道："那就让史家班把他们的戏单子早点儿拿过来，我们也好决定听哪一出。"

李泰应声而去。

姜宪就开始找宴请的地方。七月天气很热，最好是找个水榭，有风从湖面吹过来，暑气就少了一半。可惜李家整个宅子就三处水塘，一处在东跨院，一处在西跨院，一处在高伏玉住的小别院。她想来想去，决定把宴请的地方设在何夫人的东跨院。

百结笑道："您要不要过去看看？"因为还要听戏，是另找个地方唱戏还是就在宴请处搭个戏台子，还真得有经验的人去看看，不然远了听不到，近了太闹腾。

百结撑伞遮着阳光陪姜宪去了何夫人的院子。中途，她们路过角门。不远处一间厢房门窗大开，能看到屋内有十几个小丫鬟正伏案写着什么，四周鸦雀无声，只听见阵阵蝉鸣。

姜宪脚步一顿。

百结低声道："是几个小丫鬟，趁着不当值在这里跟着情客学认字。"

"几个？"姜宪瞥了一眼厢房。

百结忙道："郡主，开始真的只有几个，后来大家见情客姐姐是真心诚意在教，您身边服侍的也都识字，就都大着胆子求了过来。情客姐姐说，教一个是教，教两个也是教，就把人全收下了。这才刚教了几天，也不知道她们能不能坚持下来，情客姐姐就说过两天再告诉您。"

"这很好。"姜宪不怎么愿意管内宅的事，所以很喜欢情客在无伤大雅的情况下能自己拿主意，"人从书里乖，你们把这些人教出来了，以后府里有什么事就不必再费那么大劲儿解释了。"

两人边说边行，去了东跨院发现何夫人不在屋里，说是去了李冬至那里。姜宪想着自己来都来了，索性让小丫鬟带路，也去李冬至那里。

李冬至那里也是窗棂大开，两个小丫鬟站在虎廊下的树荫处靠着合抱粗的大红漆柱子打盹儿。姜宪看着微微点头。整顿内务之前，别说是这样的大热天了，就是初夏凉风习习的时候，那些当值的小丫鬟也会找借口回自己屋里歇着。

她和百结上了台阶，良好的礼教让她腰间挂着的禁步连个撞击声也没有。两个没敢睡死的小丫鬟却顿时清醒过来，看到姜宪，吓得扑通一声跪在地上："郡……郡主……"

姜宪看了两个小丫鬟一眼，吩咐百结："这里交给你了。"然后进了屋。

屋里，李冬至和何瞳娘一左一右地盘坐在宴息室的罗汉床上写字，七八个小丫鬟正围着她们打扇。屋子一角堆着冰山，透着丝丝凉意，何夫人和何大舅太太笑盈盈地坐在冰山旁摇着扇子。高妙容则身着粉色绡纱单衫，玉肌无汗地站在罗汉床旁看李冬至和何瞳娘写字。听到动静，屋里的人都抬起头来，露出惊讶的表情。

姜宪也有些意外，她没想到这么热的天，李冬至和何瞳娘还在练字。

"郡主来了！"还是何大舅太太第一个反应过来，笑盈盈地起身朝姜宪走去，道，"这天气也太热了，我们在屋里都有些坐不住了。偏偏今年我们三月份才回太原，没能提前向冰库订冰，弄得现在府里都没有多少存冰。知道冬至她们因为要练字，每天下午都会堆冰山，我们就凑了过来，想着好歹也能给府上省几块冰……"这话倒也说得实在。

两个小姑娘忙从罗汉床上下来，给姜宪行礼，一个喊着"大嫂"，一个喊着"表嫂"。何夫人则吩咐小穗给姜宪端个绣墩过来："放到罗汉床那边去，免得受了寒气。这一冷一热的，最容易生病了。"

姜宪笑着接受了何夫人的好意，站到罗汉床边，随口问了问李冬至和何瞳娘的功课。

李冬至恭敬地道："高姐姐说，这些日子天气太热，容易心烦气躁，功课就先停一停，只每天下午练两个时辰的字，静心养气。等过了中秋节，再教新功课。"

何瞳娘则喃喃地道："我刚刚读完了《孝经》，闲着无事，就陪着表妹练练字。"

姜宪着重看了看何瞳娘的字，临摹的是卫夫人的簪花小楷，颇有些功底。她笑道："表妹这字写得比我好。"

"哪里，哪里。"何瞳娘小声道，想谦虚几句又不知道从何说起，站在那里便有些手足无措。

何大舅太太恨女儿上不了台面，又不好当着姜宪的面斥责，心里急得不得了。谁知道姜宪笑道："我说的是真话，你要是不相信，哪天我写几个字给你看看你就知道了。不过，你既然习的是卫夫人，想必会喜欢钟繇，我那里正好有一幅汪真年轻时临摹的《力命表》，送你吧，你等会儿记得让丫鬟去我那里取。"

《力命表》是钟繇的代表作，真迹早已不知去了哪里，而汪真是前朝数一数二的书法大家，他临摹的《力命表》虽比不上钟繇的，却也是可遇而不可求的珍品。

何瞳娘愣在了那里。高妙容更是神色一僵，一口气憋在胸口，半晌都没能说出一句话来。何瞳娘回过神来，连连摆手："表嫂，不行不行！太贵重了，我不能收。"

姜宪笑道："红粉赠佳人，表妹正巧喜欢，那就再好不过了。至于珍贵不珍贵，那也是因人而异。像我，就喜欢行草多于小楷，《力命表》放在我这里，也不过是压在箱底，还不如送给表妹赏玩。"

何瞳娘还想拒绝，何大舅太太已笑道："既然是你表嫂送的，你收下就是了。你表嫂不是说了嘛，她喜欢行草，以后你要是遇到了好的字帖，记得买了送给你表嫂就是。自家人，不必如此客气。"

这能一样吗？高妙容望着何大舅太太，眼里闪过一丝嫌弃。真是不知道天高地厚！她在心里冷嗤，转瞬又冒出些许酸意来："恭喜何小姐，得了这样一幅珍藏。不知道以后有没有机会让我也开开眼界，见识一下真迹。"

"高姐姐要看，我煮茶以待。"何瞳娘细声细气地道，脸红得更厉害了。

高妙容呵呵地笑，道："那我们就说定了。"

她们这样文绉绉的何大舅太太有些不惯，笑道："郡主，这天气太热了，我让人端点儿没有冰镇过的绿豆汤给您解解暑气吧！"

姜宪笑着点头，香儿忙跟着小丫鬟往外走。姜宪不喜欢吃太甜的东西，但这是郡主的个人喜好，不能到处嚷嚷。姜宪身边的人，还保留着在宫里时的一些习惯。

何大舅太太不知情，笑着对姜宪道："还是郡主会调教人，我如今走在内院，丫鬟婆子的模样都精神了很多。"

姜宪微微地笑，接受了她的赞扬。高妙容却低下头，一口一口地呷着茶。

何大舅太太热情地问起姜宪的来意："有什么事派丫鬟来跟我们说一声就是了，您这么跑过来，小心热着。"

"还好。"姜宪笑着和她客气几句，说明了来意，"宴客的地方不能太热，不然再好的佳肴也难以下咽，再好的戏曲也难以入目，谈何宾至如归？"

何夫人连连点头，把球又踢给姜宪："郡主您看哪里合适，我这就让人收拾出来。"

何大舅太太瞪了何夫人一眼，道："郡主，现在太热，不如等太阳下山了，我们再陪您四处走走，您看什么地方合适，我们再商量着办，如何？"

"行啊！"姜宪笑道，"反正离宴客还有几天。"

高妙容突然插嘴道："我看，后花园里没有湖，到哪里宴客都是热，不如用冰吧！虽说家里的冰不多了，可这是郡主第一次宴客，怎么也得把这件事圆过去。何况这冰也不是买不到，不过是要得急，价格高了一些而已。"

何夫人连连点头，和姜宪商量："郡主您觉得如何？"

"既然最终还是要去外面买，我看就不要动家里的藏冰了。"姜宪不以为意地道，"横竖不过是多花点儿银子的事。"她说着，把这件事交代给了坠儿，"你这就去跟李大总管说一声，看看能买到多少冰。"又对何夫人和何大舅太太道，"宴客的地方还是要去看看，如果有冰更好；万一没有冰，也得找个凉快些的地方。"

何夫人和何大舅太太连声称好。

姜宪笑着又问起了李冬至的功课："只是每天下午练字吗？"

李冬至恭敬地答"是"。

姜宪就对何夫人道："反正只写半天，我看不如把练字改在上午，去我那里练。一来是天气炎热，让高小姐休息几天；二来是眼看着家里要宴客，且请的都是五品以上的外命妇，琐碎事很多，小姑和表妹练字之余，可以看看那些丫鬟婆子是怎么处理家务的，对她们以后也有好处。"

李冬至年纪还小，何瞳娘却不一样，她这两年就要出嫁了，能跟在姜宪身边见识一番，还是如此高规格，对她以后待人接物大有益处。

"多谢郡主！"何大舅太太没等何夫人开口便喜出望外地道。

姜宪笑道："不过是些许小事，大舅太太这么一说倒让我不好意思了。"又开玩笑地对李冬至和何瞳娘道，"到时候我差遣你们跑腿，你们可不能推三阻四地偷懒。"

"不会，不会！"两个小姑娘连声道，神色间有些激动。

何夫人一如往常没有任何异议，倒是高妙容犹豫片刻后才笑着向姜宪道谢："那我就趁着这机会好生休息几天了。"

姜宪笑盈盈地点头。

大家喝了绿豆汤，姜宪借口不打扰李冬至和何瞳娘练字，和何夫人、何大舅太太去了上房。早有丫鬟得了姜宪的吩咐，在上房的墙角处堆了冰山，外面的烈日虽然白晃晃的，屋里却很是凉爽。

何夫人不免有些心疼，姜宪却笑道："千金散去还复来。这银子本就是拿来用的，这个时候不用以后也会用，不如买些自己喜欢的东西。"

何大舅太太听了直笑，道："郡主这是太有钱的缘故。"

几个人聊着天，到太阳下山的时候出屋转了转，最终还是如姜宪所想，把宴请的地方定在了东跨院池塘不远处的花厅，并在花厅旁临时搭台唱戏。

何夫人觉得有些对不住姜宪，道："以后还是要想办法换个大一点儿的宅子。"

"没事！"姜宪笑道，"这宴请不在宅子大小，而在请客的人是谁。"

第二天，李泰就把宴请所需的冰买了回来。

之后，姜宪每天和何夫人、何大舅太太在西跨院正院的东厢房里聊天，李冬至和何瞳娘则上午在西厢房里练字，下午跟着情客，看她怎么打理西跨院里的那些琐事。

因为姜宪的缘故，东厢房里由着几个小丫鬟打扇，西厢房则在墙角堆了冰山。何大舅太太吹着幽幽凉风，吃着冰鉴冰镇出的甜瓜，觉得凉意从心底一直蔓延到了四肢，不由得叹道："还是西跨院好啊！瞧屋外这棵老槐树，把整个屋顶都盖住了，阴阴凉凉的，比堆着冰山还要舒服。"

姜宪不知道何大舅太太说这话是有意还是无意。她这边和东跨院的布局都差不多，因李长青选了东边，他们便住了西边。姜宪就笑着对何夫人道："要不，您以后中午就在我这边歇息吧？"

"不用，不用，我那边也挺好，上房院子里的那两株牡丹花我就很喜欢。等到开花的时候，我让小丫鬟摘几朵给你戴着玩。"

姜宪在心里叹了口气。何夫人纵然有千般缺点，与人却极为友善，就凭这一点她也应该善待何夫人。

晚上，李谦回来的时候满身是汗，光着膀子在她面前洗漱。

他身高腿长，腰细肩宽，白皙的皮肤纹理细腻，水珠顺着肩膀滑落，隐隐没于腰间……姜宪不敢多看，垂着眼帘问他："今天去了哪里，怎么出了这么多的汗？"

李谦换了件细纱中衣，喝了小丫鬟端上来的酸梅汤，舒服地透了口气，才凑到她身边，低声笑道："云林他们回来了，收获颇丰，我今天和他们去库房里看了看。"

姜宪听了，顿时来了兴趣，也顾不得去想刚才看到的情景，问道："难道云林他们还从福建带了货物回来？"

李谦点头，笑道："带了茶叶和布匹。"

姜宪眼珠子一转："岩茶和漳绒?"

李谦一愣，随后哈哈大笑，捧着姜宪的脸道："你怎么这么聪明，一猜就中! 你是怎么猜到的?"李谦笑眯眯地望她，目光明亮璀璨。

"你们带回来的货肯定是想销往关外。"姜宪望着他的眼睛，有些心不在焉地道，"福建有什么东西是能销往关外的? 也就岩茶和漳绒了。"

李谦笑着刮了刮她的鼻子，亲昵地道："我给你带了几匹回来，到了冬天可以给你做几件小袄穿。"

姜宪抿着嘴笑，道："谁用漳绒做小袄——那漳绒是用来做斗篷和褙子的。"

"随你，"李谦笑道，"你觉得怎样好就怎样。"他又问起她这几天的行踪来，"宴请的事都准备好了? 真没有需要我帮忙的地方?"

"你就操心你自己的事好了。"姜宪笑道，"不过是请几个内宅妇人而已，有什么可忙的。倒是你，云林回来了，你们又要走一趟榆林关了吧? 上次邵家猝不及防，让你们闯了过去，这次只怕会严阵以待。可别把从福建带回来的货都失落在榆林关，被人抓了把柄。"

李谦笑道："你放心好了，如果我就这点本事，还怎么给你赚胭脂水粉钱?"

"说得好像是为了我似的。"姜宪撇嘴，"我难道还少胭脂水粉钱不成?"

"你是不少，"李谦笑嘻嘻地道，"可谁又嫌多呢?"

李府高伏玉的小院里一片漆黑。

高妙容热得有些睡不着。李家今年的冰不够用，叔父也没分到几块，她总不能不顾叔父身体去取叔父名下的冰用。可这几天也太反常了，还没有进入三伏，天气已经热得让人中暑般头昏眼花。她再次爬起来拿着扇子呼呼地扇着，可因为太用力，刚刚清洗过的身上又开始流汗，很快便打湿了衣衫，她烦躁地把湘妃竹团扇丢在床上。

听到动静的香芷顿时醒了过来，喊了声"小姐"。

高妙容心里更烦躁了："我没事，你睡吧!"她道，心里却像揣着团火似的，好像下一息就要烧起来。

香芷起床，道："小姐，我给您倒杯茶吧，天气有点热，您喝点儿水润润嗓子。"

"润什么嗓子!"一直压着的火气终于忍不住噌噌地蹿了出来，"天气这么热，喝水有用吗?"

香芷瑟缩了一下,她知道高妙容的心情很不好。这几天天气渐渐热了起来,早上还好,坐下来不动倒不至于汗湿衣襟,可一过中午就不一样了,热浪一阵高过一阵地袭来,就算坐着不动也热得心中烦躁。原本高妙容每天下午去东跨院教李小姐和何小姐,李小姐屋里有冰山,正好可以趁机消消暑气,谁知道嘉南郡主一句话就让高妙容歇在了屋里。

她在心里暗暗叹气,小心翼翼地道:"小姐,今天有南风,不怎么热,是不是帐子太厚了?要不,我把窗棂打开?这么晚了,内院已经落了锁,郡主前些日子又整顿了内务,那些巡夜的婆子一点儿也不敢偷懒,绝不会有人来的。"

香芷不提姜宪还好,这么一提,高妙容心火烧得更旺了,手中的帕子揉成了一团。她深深地吸了几口气,才强行压下心中的不忿,慢慢地躺下去,语气怏然地道:"睡吧,我这是热狠了,心气儿不顺……"

香芷顿时松了口气,道:"小姐,我就知道您只是这两天热狠了,一时心里不舒服。要不,您明天也去嘉南郡主那里串门吧?我听人说,嘉南郡主那边又添了十个小丫鬟,专给郡主打扇,她那边屋子又凉快。听嬷嬷说,夫人和大舅太太每天都去,一去就是一整天呢!"

姜宪明摆着是要赶她走,她可不会没脸没皮地跑去讨好姜宪。高妙容轻笑一声,闭上眼睛,没理会香芷。

第二天,太原知府李奎的夫人杨氏,顶着刺眼的阳光去拜访了山西布政使丁留的夫人。

说起来,两家还是姻亲。丁留的堂姐嫁给了刑部侍郎姚先知的堂兄,而姚先知的夫人和李奎的夫人杨氏是一母同胞的亲姐妹。如今两家在一处做官,丁夫人看见李夫人自然倍感亲切,她亲自在垂花门前迎接李夫人。

李夫人见丁夫人身边站着个二八佳人,明眸皓齿,如珠似玉,十分俏丽,张口笑道:"阿挽回来了,你祖母的病可好些了?"那女孩正是丁留的次女,丁二小姐丁挽。

她口称"世伯母",笑盈盈地上前给李夫人行礼,道:"祖母不过是年事已高偶感风寒,担心自己来日不多想见父亲一面。可自古忠孝难两全,父亲这里走不开,又不能少了母亲的照顾,才派我回乡。祖母病愈之后心思也就淡了,怕我想家,就让我早点儿回来。"

李夫人笑着点头,暗忖丁挽真是会说话。明明是丁留的母亲不待见儿媳妇,病了也不让儿媳妇侍疾,丁留怕有流言蜚语传出来,派小女儿回去堵住母亲和

族人的嘴，到丁挽嘴里，却成了一副母慈子孝的模样。脑海里闪过这些念头，她不禁想起姜宪。看样子李家的长子是很喜欢嘉南郡主的，只是等这新鲜劲儿一过，不知道嘉南郡主还能体面几年。她在心里摇着头，和丁夫人一起进了内宅。

茶过半盏，丁夫人问起李夫人的来意。李夫人含蓄地问："嘉南郡主宴请，妹妹准备穿什么衣服去？"

丁留要比李奎小两岁。丁夫人原来在京城的时候也是个谨慎之人，可自丁留外放做了封疆大吏之后，她成了当地品阶最高的几位夫人之一，也就慢慢恢复了待嫁闺中之时的爽朗。

"姐姐是想问我去不去吧？"丁夫人笑道，"这是嘉南郡主嫁到山西之后的第一次宴请，我怎么能不去呢？我不仅要去，还准备带阿挽去。"

这和自己的打算不谋而合，李夫人舒了口气，笑道："我也是这么想的。可惜我们家没有适龄的姑娘，不然倒可以和阿挽做个伴儿。"

丁挽正指使着几个小丫鬟置放装着瓜果的水晶碟子，闻言朝李夫人笑了笑："世伯母，我听人说，施三小姐在嘉南郡主那里碰了个钉子，有这事吗？"

在丁、李这样世代书香的人家眼里，寒门出身的施家就如同一个笑话。李夫人若有所悟地看了丁夫人一眼，不仅把施家碰钉子的事告诉了丁夫人母女，还把姜宪进门不到一个月就整顿李府内务的事也告诉了她们。

丁夫人听了直皱眉。

"这种事都能轻易地传了出来……"李夫人道，"可奇怪的是，我到今天也没有打听出来郡主喜欢吃些什么，平时有什么爱好。"

丁夫人沉默半晌，正色对丁挽道："你把给嘉南郡主准备的礼单拿来给我看看，有些东西恐怕要添减。"

李夫人见丁夫人已经明白自己的来意，放下心来，笑道："既然如此，初二的时候我们就一起去李府吧。"

丁夫人欣然应允。

施家这边一直等着丁家的消息，可直到六月的最后一天，丁夫人也没有对外表态。这让施夫人很着急，派了贴身的嬷嬷悄悄去见高妙容。

李家今非昔比。施夫人的贴身嬷嬷前脚进了高妙容住的小院，后脚姜宪这边就得了消息，而且印彩禀告时，还是当着何夫人和何大舅太太的面。这两位并没有觉察出这有什么不好，在她们看来，高家就像邻居一样，虽说平时会多加关照，却不能连邻居家里来个客人都要干涉一番。

姜宪对何夫人和何大舅太太有这样的认知很满意，朝情客使了个眼色，就陪着何夫人和何大舅太太去了东跨院的后花园。

前两天她养在宫里的几株兰花送过来了，她让李泰在后花园搭个暖棚，准备等天气凉些了，种些橘树、蜡梅什么的好过冬。如今暖棚搭了一半，不能供暖，却能遮阳，正好给她放兰花。

"这个叫满堂红。"姜宪站在一株建兰旁边和何夫人、何大舅太太说话，"是当时的福建巡抚进贡的，是建兰里少有的开红花的，而且日照越强，它的颜色就越红。所以它得露天养着，不然开出来的花就不好看了。上林苑因为这个，想了个法子，在点燃的蜡烛前放面铜镜，把光反射到兰花的身上。我看着却觉得像揠苗助长似的，很可怜，就没用他们这法子。"

何夫人和何大舅太太连连点头。何大舅太太望着那株用羡阳盆装着的满堂红，忧心地道："郡主，这花肯定很贵吧？我看您还是在这盆上做个记号比较好，免得被人当成寻常的杂草给拔了。"

"不会。"姜宪笑道，"我这屋里的人都认识这几株兰花。"

"可架不住其他人不认识啊！"何大舅太太望着兰花的目光就像望着堆随意堆放在众人目光之下的金子似的，紧张得很，"郡主，您还是听我一句劝吧，等过些日子，大家都知道这兰花是怎样金贵了，您再这样放着也不迟。"

这几盆兰花都是姜宪在宫里养了好几年的，养出了感情。她闻言犹豫片刻，最后还是吩咐百结把花搬到了正房。

何大舅太太松了口气，回到自己客居的厢房就教训身边的人："眼睛都给我放亮点，别以为长得像葱就真觉得是棵葱，要是有谁毛手毛脚地坏了府上的东西，丢了我的脸，可别怪我不讲情面，一律卖到那下等的窑子里去！"

几个随身服侍的吓得脸色发白，哆哆嗦嗦地应着"是"。

何大舅太太又叫来了何瞳娘商量初二那天自己穿什么好。何家培养何瞳娘是花了大力气的，她的眼光比她娘要高一筹。

"您就穿件白色银条纱单衣配银红色焦布比甲好了。"她从母亲的箱笼里找出那两件衣裳，"至于首饰，就戴个点翠大朵和祖母绿的耳坠好了。天气热，您又没有诰命，打扮得太隆重反而不好。"

何大舅太太连连点头，问何瞳娘："那你准备穿什么？"

"我穿件碧绿色的焦布比甲。"何瞳娘笑道，"冬至穿水蓝色的，这样我们就不重样了。"说到这里，她不由得眉头微蹙，道，"只是不知道其他来参加宴

会的都会穿什么衣裳，冬至差了人去问高姐姐，高姐姐说还没有决定。"

何大舅太太想到高妙容那落落大方的娴静模样，再看看女儿那怯生生只知道躲在她身后的样子，不由得在心里叹了口气，道："高小姐素来会装扮，你与其担心她，不如担心你自己。"

何瞳娘抿着嘴笑，恬静的样子像朵静悄悄开放的茉莉花。

何大舅太太不禁又在心里叹了口气。算了，算了！也许这就是她们家瞳娘的命，也强求不来。何大舅太太想通了，心也就定了下来。

第五章
宴客之道

　　七月初二一大早,何大舅太太就穿戴好带着女儿一起去了何夫人住的正房。为了给内院女眷们腾地方,李长青和李谦一早就去了校场。

　　何夫人也早打扮好了,正训着李冬至:"你今天可别又躲到哪里找不到了。你嫂嫂说了,你今天和你表姐都要跟在她身边,帮着招待今天的来客。"又打量着李冬至头上米粒大小的珍珠做的珠箍,道,"怎么把这个戴出来了? 我平时没给你打首饰吗? 快去换你嫂嫂进门那天戴的那个红宝石发箍。"

　　李冬至身边的大丫鬟小禾应声要去,却被李冬至拦住了,她小声道:"娘,这个珠箍,是我请教了嫂嫂身边的情客姐姐才定下来的。情客姐姐说,我还小,不用打扮得太华丽,而且那个红宝石发箍在嫂嫂进门那天已经戴过了,今天来的也都是那些客人,就不适合再戴那个了。"

　　何夫人听着一愣:"你这话是什么意思,难道戴过一次就不能再戴了吗?"

　　李冬至红着脸道:"情客姐姐是这么说的——同样的首饰在同样的人面前,五年之内都最好别重复地戴,就是要戴,也要拿到银楼换个样式或回炉抛光,做成新金的样子。"

　　何夫人望着刚进门的何大舅太太有些傻眼。她头上这套莲子米大小的猫眼首饰,可是每逢重要场合都会戴出去应酬的。那岂不是闹了很多次笑话? 何夫人有些坐不住了。

　　何大舅太太只好握住何夫人的手,安慰她道:"你这不是刚回太原没多久嘛,正好趁着这个机会改过来不就成了。"

　　"那我今天戴什么首饰啊?"何夫人着急起来。

何大舅太太想了想，道："我那里还有套蓝宝石的首饰，要不，你先戴着？"

那套首饰是何大舅太太的压箱底，论精美自然比不上何夫人这套，可现在谁还顾得上这些？

匆匆换了首饰，何夫人和何大舅太太、李冬至、何瞳娘三步并作两步地赶去了西跨院。

姜宪不在正房。

百结笑盈盈地告诉她："陆学正的夫人带着家里的两位小姐过来了，正和郡主在花厅里说话呢。"

"这么早？"何夫人讶然，不由得抬头望了望天。

百结抿着嘴笑了笑，道："也不早了，陆学正是正五品，她这个时候来正好。"

何夫人没有听懂，朝何大舅太太望去。何大舅太太有种破罐子破摔的心情，反正她不管怎样都不可能比姜宪更有见识，还不如不懂就问，免得在外人面前丢脸。

"为什么说她来得正好？"何大舅太太笑道，"莫非这来得早和来得晚还有什么区别不成？"

"当然有区别。"百结之前得到过姜宪的吩咐，只要何夫人和何大舅太太想知道，她们就要好好解释，"郡主今天只请了五品以上官员的女眷，像这样的宴请，与其说是吃饭，不如说是见面。有怎样的安排、会请哪些人，去送请帖时都得告诉人家，人家才好安排行程。

"像这样的宴请，真正的贵人应该在大家都来得差不多了，却又还没有全都来的时候到，既显得不那么急切，也显示出对这件事的重视。陆学正的五品是个虚职，位列最末，他夫人若是想向郡主表示亲近之意，就会早点儿来；如果怕有巴结奉承之嫌，就可以晚一些到。"

何夫人和何大舅太太恍然大悟。何夫人问道："那照你这么说，丁夫人和李夫人岂不是要过一会儿才会到？"

"是啊！"百结边说边把她们引向花厅，"怎么也要等再来两三位夫人，她们才会到。"

何夫人闻言皱眉道："那丁夫人和李夫人怎么知道在她们之前来了多少人？"

百结笑道："这就要看那些随行嬷嬷的本事了，不然出门为何还要带个随行的嬷嬷？马车走得快还是走得慢，得听她们的。"

说着话，几人进了花厅。姜宪穿了件大红色的素面杭绸褙子，衬得肤色如雪却也单薄纤细，她正坐在上首和一个穿着葱绿色褙子的微胖妇人说话。

李冬至和何瞳娘虽然得了姜宪的交代，要帮着招待来客，却没想到一进门就会遇到和她们同龄的小姑娘，两人还有些怯场。好在陆家的两位小姐也不是那种常随着母亲四处应酬的人，又因陆学正职务不高，需要她们出席的场合里她们通常都是陪末座，因此待人处事温婉有礼又忍让谦和。情客把她们带去后面的退步，几句试探之后彼此都松了口气，渐渐热络起来。

姜宪听说之后不由得舒了口气，李冬至和何瞳娘要学的东西还很多，能不出错就已经很好了。

花厅里，陆夫人正在和何夫人、何大舅太太说话："我听李夫人说，她和丁夫人约好了，今年的中元节准备去永和县祭魁星，我也很想去。听说您家的小公子如今在南雅书院读书，您要不要和我一起去？"

魁星是二十八星宿之一，主管文运兴衰，是读书人心目中的庇护神。何夫人听了心动不已，可转念想到姜宪才进门一个月，神色间就流露出些许犹豫："永和县太远了，这得去好几天吧？我怕我走不开。"

陆夫人热情地道："丁夫人、李夫人哪一个不是主持中馈的人？可为了儿子的前程，也只能委屈丁大人和李大人了。"

何夫人就更动心了。李谦是长子，以后是要荫李长青之功的；李驹多半是得靠自己了，除非李长青功高震世，再挣个功名来给李驹。她一早就想好了，不能让李驹和李谦争，最好的办法就是让李驹参加科举，靠功名挣个前程，所以她特别重视儿子的功课。何夫人不由得道："你们明年还去吗？今年说得太匆忙了，我怕没有时间，要不，明年我们约着一起去吧？"

陆夫人想和李家走得更近些，自然不会拒绝："那敢情好，到时候我约您。"

何夫人笑着应好。

有小丫鬟急匆匆地走了过来，道："夫人、郡主，王参将家的夫人过来了。"

姜宪忙请她进来。王夫人头发花白，面容憔悴，目含愁苦，即便穿着杭绸衣襟，戴着赤金头面，看上去也不像个官太太。姜宪吃了一惊，她之前打听过，王参将年过五旬，是金海涛的得力助手，行事颇为公正，在太原总兵府很有威望，却没想到王夫人是这样一副模样。她笑着把人迎进来，刚说上两句话，山西布政司左参议家的周夫人就到了。

周夫人带了十二岁的女儿同来。周小姐被迎去了退步，周夫人则留在花厅里和大家寒暄。接着，太原府钱金事的夫人到了，她是一个人来的。不一会儿，丁夫人和李夫人也来了。

　　姜宪在花厅的门口迎接，李夫人给二人做引见。

　　丁夫人虽说是五个孩子的母亲，身段却依旧细条，且皮肤白皙、目光明亮，保养得很好，看上去不过三十出头的样子。她笑着和姜宪打招呼："早就想来看看郡主，没想到却让郡主走到了前头，提前给我们发了请帖，看来还是我们慢了一拍。"丁夫人说着，看了李夫人一眼。李夫人是姜宪的全福人，在这些夫人之中，她和姜宪最熟。

　　"郡主如今嫁到了太原，"李夫人接过丁夫人的话茬笑道，"以后有的是机会，等过两天我们回请郡主就是了。"

　　姜宪道了谢，笑道："我在京里就听说丁大人家里有道烧干笋做得很好，有机会一定去尝尝。"

　　丁家是江西人，耕读传家，祖上出过两位阁老，出仕的子弟非常多，在京城也有些名声。可姜宪是在宫里长大的，又是镇国公府的大小姐，知道丁家，还知道丁家那道有名的烧干笋，显然是打听过的。这就比较难得了，也说明姜宪有意与丁留为善。丁夫人想到之前李夫人说的那些话，对还没有及笄的姜宪不由得刮目相看，亲自为姜宪引见了丁家二小姐丁挽。

　　丁挽恭敬地给姜宪行礼。姜宪像之前一样，赏了丁挽两个封红。丁挽温顺地笑着道谢，并没有因为年长就在姜宪面前有所托大，而是跟着情客去了退步。姜宪素来喜欢这样长得漂亮又温柔有礼的小姑娘，因而对丁挽的印象很好。

　　大家分主次坐下，姜宪和丁夫人聊起天儿，刚开了个头，施夫人就带着施三小姐来了。看见丁夫人和李夫人，她眼底闪过一丝惊讶，但很快就用满脸的笑容掩饰过去。

　　"丁夫人，李夫人，"她屈膝朝两人行福礼，道，"我还以为我来得算早的了，没想到两位夫人比我来得还早。"

　　大家又少不得和她打招呼。行过见面礼之后，印彩上前引施三小姐去退步。

　　施三小姐却有些不悦，一副天真无邪的模样望着施夫人："娘，我好些日子没看见丁夫人和李夫人了，我想在这里听两位夫人说话，行吗？"

　　施夫人想把施三小姐嫁到像丁家那样的读书人家去，因而一直盼着女儿能在丁夫人面前留下个好印象，若能在这种宴请的时候讨了丁夫人的喜欢，她自然乐见其成。她笑着刚要应好，姜宪却突然道："几位小姐都在后面的退步喝茶，施三小姐先去打声招呼吧！等几位夫人都过来了，我们也该移到东跨院听戏了。"到了她这里，就得守她的规矩，断然没有想干什么就干什么的道理。

　　施夫人几不可见地蹙了蹙眉，施三小姐则怯生生地朝丁夫人望去。丁夫人低头喝茶，像没有听见似的。施三小姐只好跟着印彩去了后面的退步。

大家开始小声地说话，笑语殷殷地互相问候，场面热情而又不失温文。姜宪微笑着听，既然要和山西的这些贵妇人打交道，这些贵妇人都是什么出身、和丈夫的关系如何、有几个子女之类的自然要打听清楚。

何大舅太太在一旁听着，手脚都不知道该放在哪里。何夫人比何大舅太太好不到哪里去，她在心里叹着气，既然书里说"不痴不聋，不做阿姑"，那她就做个又痴又聋的阿姑好了。

不到一盏茶的工夫，左参政鲁大人、右参政庄大人的夫人等都来了。这几位夫人的丈夫是文官，与李谦基本没有交集，对姜宪不冷不热倒也正常。

大家又坐了一会儿，姜宪看着快到晌午了，起身请大家移步到东跨院的花厅："在那边设了宴，搭了戏台子。"

情客去请来了在退步里歇息的几位小姐。何瞳娘一副主人的姿态在前面引路，李冬至则与丁二小姐丁挽、施三小姐并肩而行，其他几位小姐跟在她们后面。

姜宪瞥了一眼没有作声，领着几位夫人往东跨院去。

路上会经过一道花墙，花墙尽头是扇月洞门。路过花墙的时候，两个捧着花篮的小丫鬟从月洞门后面走了过来。看见姜宪等人，两个小丫鬟并没有慌张，而是贴墙而立，低眉垂眼地屈膝行礼，喊了声"郡主、夫人"，便垂手站在那里不动了。

姜宪"嗯"了一声，带着宾客进了月洞门。

月洞门后面是个小小的院落，院落左右各有一块花圃。此时正值仲夏，各色的花开得正艳，姹紫嫣红，十分惹眼。

"这花长得真好！"王参将的夫人笑着赞扬道，"这是谁种的？这月季都快一人高了，开得也好。"

天气热，姜宪平时不怎么出门，自然不知道这里的月季长得好，她笑道："这我得回头问问。如果不是王夫人提醒，我恐怕到现在也没有注意。"

王夫人笑道："郡主初来乍到，自然不知道，等过些日子也就知道了。"

众人穿过花圃，进了花厅。王夫人又道："难怪花圃里只随意地种了些茼蒿，看着野趣十足，原来是为了让花厅里的窗棂推开即成景。这花匠只怕不是普通人！"

姜宪有些意外，笑道："没想到王夫人还懂治园之术。"

"哪里，哪里。"王夫人谦虚道，"家父很喜欢这些，我小的时候，常抱着我指着院子里的景致讲如何如何好，听得多了，也就印象深刻，对这些事略有了解。"

治园可不是件简单的事，很多男子都不会。姜宪对王夫人刮目相看。

丁夫人和李夫人则落后一步，走在了姜宪和王夫人的身后。相较观看风景，她们更想知道院子里这些当值的丫鬟是姜宪自己重新调教出来的，还是姜宪从宫里带出来的。

李夫人看了一圈，低声道："没一个眼熟的，我猜应该是重新调教的。"

丁夫人心中一凛，对四周的动静更加留意，就听见施三小姐叽叽喳喳地和丁挽说着话："那姐姐还回老家去吗？过些日子是我生辰，我娘说要给我请几桌酒，我会给姐姐放请帖的。姐姐一定要来哦！"

"好的。"丁挽温温柔柔地应道，话很少，显得很文静。

施三小姐闻言笑眯眯地点头，非常高兴的样子，对李冬至几人道："到时候你们也要一起来哦。"

李冬至点了点头。

陆学正家的大小姐却撇了撇嘴，笑道："也不知道施三小姐的生辰到底是哪一天，过两天袁家的三小姐出阁，我可能要随着我娘去喝喜酒，不知道赶巧不赶巧。"

施三小姐面色微微有些不悦，道："袁三小姐要出阁吗？我怎么不知道？她是哪一天？"

袁家的三小姐虽然排行第三，可她前面的两位姐姐都没能活到出阁，她实际上是袁家的大小姐。袁家在太原富贵了几代，到处都是姻亲，在太原颇有些势力，所以不管是布政司的人还是太原府的人，都和袁家有来往。如果袁三小姐出阁，太原城里说得上话的人有一半要去喝喜酒，也算得上是一件大事了。

陆大小姐笑道："我也不知道。只是听我娘说，想给我添几件首饰，说是过去恭贺的时候戴。"说着，她转移了话题，向何瞳娘道，"你刚刚说哪家的银楼首饰好来着？我让我娘去瞧瞧。"

何瞳娘突然被点了名，心里还有些怯意，可她却不傻，知道陆大小姐是什么意思，她不想卷入其中，只好含含糊糊地道："你这么一问，我倒一时想不起来了，等我想起来了再跟你说。那是家福建的银楼，也不知道太原有没有。"

陆大小姐闻言在心里冷笑，李家还真没有一个能上得了台面的。想到这里，她又不由得在心底轻轻地叹了口气。她母亲说她好几次了，让她不要遇事总是这么急躁，不要像她爹似的，连学正的位置也坐不稳。实际上她爹前些日子得罪了山西右参政庄大人，她和母亲一早就到李府，是想和郡主说上话，由郡主或是丁夫人请庄夫人出面说项，给庄大人赔个不是，把这件事揭过去。陆大小姐想到来时父亲那倔强而又悲伤的目光，眼神一黯，像泄了气的皮球，再也没有了和施三小姐争强好胜的心。

"那就只能看到时候有没有这缘分了。"她应酬了何瞳娘一句，牵着还不怎么懂事的妹妹跟在李冬至身后，不再说话。

施三小姐却不愿意放过陆大小姐，笑道："陆姐姐何必舍近求远？永丰银楼我觉得就挺好，上次丁姐姐生辰时的首饰不就是在那里打的吗？而且我听说，永丰银楼的大师傅是花了大价钱从京城挖来的，太原这几年让人惊艳的首饰都是那位大师傅的手艺。"

丁挽听着微微地笑，心里却对施三小姐的行为很反感。这何瞳娘是嘉南郡主承认的表亲，还让她陪着尚且年幼的李冬至出面应酬，可见很得郡主喜欢，以后她们少不得经常碰面。施三小姐却像得了失心疯似的，看见何瞳娘就不顺眼，还和陆大小姐打起嘴仗，现在又把她给扯进去了，她可不愿意。

"这个传闻我也听说过。"丁挽笑道，"不过没亲眼见过——上次我生辰给我打首饰的，是一直给我娘打首饰的刘师傅，我觉得他的手艺也很好。"

陆大小姐感激地望了丁挽一眼。施三小姐却不高兴了，可又不敢多说什么。

一群人默默地进了花厅。花厅四角都堆着冰山，凉气迎面而来，众人不由得精神一振。

"真是大手笔！"庄夫人的三角眼微眯，有些后悔来得太晚。

姜宪招待大家分主次坐下，又让人呈上戏单子，才坦然地笑道："突然嫁到太原来，家里不免有些手忙脚乱，诸位夫人来道贺时也没有好生招待一番，婆婆和我心里都愧疚不已。今天就在家里设宴，请诸位夫人过来饮一杯薄酒，算是给诸位夫人赔不是了。"又特意谢了李夫人，"几次往返太原和大同，没有您，这婚事也不会这么顺利，等会儿我想给夫人敬杯酒，夫人可不能推脱。"

众人纷纷笑称姜宪太客气了。

丁夫人代表大家和姜宪说话："百年修得同船渡。我们家老爷和李知府同是江西人，王夫人是陕西人，庄夫人是江南人，郡主又来自京城，如今大家能坐在一个屋里说话，岂不是比那同船而渡还要难得？"

"正是，正是。"施夫人殷勤地道，"丁夫人是出了名的贤德，女红更是出类拔萃。当年丁大小姐嫁到熊家之后，认亲时拿出来的绣活可是震惊了京城的，据说还得了太皇太后的赏识。"

姜宪强忍着才没露出异样的神情。施夫人是当她不存在吧？说得了谁的赏识不成，非要说得了太皇太后的赏识——她整天服侍太皇太后，太皇太后身边发生的事难道她能不知道？姜宪看了丁夫人一眼，笑道："原来如此。我的女红不行，在宫里的时候常常逃课，结果要成亲了，连块帕子都绣不好，出阁之前还曾被我大伯母叨念。哪天要是得了闲，可得请丁夫人教我两手才是。"

丁大小姐的女红好，这话完全是丁家吹出来的。因为丁大小姐从小就只喜欢读书不喜欢女红，文名比贤名还盛。丁大人觉得没什么，丁夫人却担心女儿嫁到熊家之后不得公公婆婆和夫婿的喜欢，特意安排人吹嘘丁大小姐的女红，谁知道大家都争着巴结丁留，这牛就越吹越大。因而丁夫人听施夫人说起这茬儿事，恨不得拿针缝了施夫人的嘴，可又不能反驳，还不能流露出不悦的表情，一口气就这样硬生生地憋在了心里。

李夫人是知道实情的，忙笑着转移了话题，道："郡主，听您这么说我倒好奇起来，您平时都学些什么？听说御制的点心特别好吃，是真的吗？"

姜宪无意让丁夫人难堪，笑道："我在宫里时和普通官宦人家的小姐也没有什么不同，要读书写字，要学女红，还要学些管家的庶务。不过是我懒散惯了，太皇太后又没精神管我，所以每样都学得不好。至于御制的点心，可能是我在宫里常吃，倒没有觉察出有什么不一样。不过，如果大家感兴趣，等到天气冷一些了，我让大伯母给捎些来，大家也尝尝，看合不合口味。"然后又说起了镇国公府送的金华酒和秋梨膏，"东西不多，给大家尝个味道。"

众人笑着道谢，说起唱戏的事来："说是进宫给太后娘娘拜过寿，是真的吗？"

"是真的。"姜宪是个喜欢给人捧场的人，笑着把当时的盛况说了一遍，并道，"这么多的戏班子，史家班能被选出来，十分难得。"

众人开始低头研究戏单。

姜宪望着眼前一个比一个保养得好，却无论如何也难掩年华已逝的面孔，有些感慨。念头闪过，她被丁夫人的声音拉回神："要不就唱《贵妃醉酒》吧？听说这是史家班的压轴戏。"

"他们家的《断桥》和《奇双会》也不错。"姜宪笑道，"都是他们家压箱底的东西，我们下次再请他们唱《断桥》和《奇双会》好了。"

"何必下次！"陆夫人笑道，"不如明天大家到我家里去吃酒，让史家班的人去再唱一天戏。"说着，目光落到姜宪身上，"郡主，您觉得如何？"

姜宪有些意外。在她的印象中，陆学正家境一般，像这样请一天的客还是比较吃力的。姜宪抿着嘴笑了笑，猜测陆夫人估计是想请在座的哪位夫人，又怕请不动，索性趁着这个机会把人拉去再说。姜宪正好这几天闲得发慌，颇有些看戏不怕台高的心情，道："我是悉听尊便。"

陆夫人忙朝丁夫人望去。丁夫人和李夫人交换了一个眼色，犹豫片刻，笑着应了。其他的人顿时纷纷表示这个主意好，能连着听两天的戏。那位鲁左参政的夫人更是笑道："也不能让郡主和陆夫人专美于前，后天大家就去我那里好了，唱《奇双会》，正好把史家班唱得好的戏都听一遍。"她说着，朝姜宪眨了眨眼睛，道，"不过，这得看郡主帮不帮忙了——史家班不是那么好请的，还得请郡主出面做个中间人。"

鲁夫人不过花信年华，皮肤白净，眼睛大大的，脸圆圆的，笑起来还有两个酒窝，透着几分俏丽，望着姜宪的目光更是流露出不容错识的善意。

姜宪不由得笑了起来，在座的除了她就数鲁夫人最年轻。据姜宪所知，鲁夫人是鲁大人的继室，娘家是山东数一数二的富商。鲁夫人的父亲曾经资助过鲁大人，后来鲁大人元配病逝，又把女儿嫁给他。因而鲁大人对自己的岳父十分尊敬，对比自己小了十几岁的继室更是疼爱有加，鲁夫人也因为陪嫁丰厚出手很是大方。

姜宪打趣道："您这是在为难我吧？史家班能到贵府唱戏，那是他们运气好，难道他们还会往外赶不成？"

众人一阵笑，只有陆夫人笑得有些勉强。今天点的是《贵妃醉酒》，后天是《奇双会》，那她们家就只能唱《断桥》了。《断桥》是小戏，难免会唱些男女私情，正经人家是不会唱这种戏的，特别是像她家这样有两个女儿，还有一个到了出嫁年纪的。可她的话已经说出口，再改就有些生硬了，她只好把这口气咽下去。可心里却止不住地想，这鲁夫人到底是有意还是无意的呢？

姜宪朝百结点了点头，百结把戏单子拿出去，让史家班去准备。印彩等人则轻手轻脚地走进来，开始摆碗筷。

姜宪笑着请大家移坐饭桌，小丫鬟们端了水进来净手，丁夫人就听见坐在自己身后一桌的施三小姐悄声地问道："怎么不见高姐姐？"

何瞳娘一愣，想了想，道："我这就派个丫鬟去看看。"

施三小姐听着眉头就皱了起来，道："你们也太不上心了，高姐姐到现在都没有来，你们居然一个人也没有发现，还好我留了个心。"

何瞳娘讪讪地笑，招了身边的丫鬟去见高妙容。

丁夫人笑着自己给自己慢慢地斟了杯茶。

印彩等人开始上菜。

被何瞳娘指使的小丫鬟折了回来，低声禀道："表小姐，苗嬷嬷说，这是府宴，就没有给高小姐送帖子。"府宴，是指以李府的名义请的客；家宴，则是宴请通家之好或是一家人在一起聚餐。所以府宴比家宴要正式。

"你说什么？"施三小姐愕然，"怎么会没有高姐姐，你们怎么能这样待她？"她的声音有点大，众人都朝她望去，施三小姐脸一红，"我，我只是觉得诧异，"她喃喃地道，"从前府上有什么事，都是高姐姐出面帮着拿主意的。"

施三小姐说着，朝何夫人望去。何夫人的脸涨成了紫红色。

姜宪原来不准备理睬施三小姐的，可看见何夫人的神色，决定还是管一管这件事，免得施三小姐再在她面前丢人现眼。姜宪笑着委婉地道："这是我第一次宴客，所以请的客人不多，高姑娘是客居，怎么好让她来帮忙待客。"

偏偏施三小姐没听懂，闻言愕然地望着姜宪，道："待客？高姐姐又不是仆妇，您怎么能说让她来待客，郡主是不是弄错了！"

屋子里顿时鸦雀无声。

丁夫人垂下眼帘，轻轻转动着腕上的羊脂玉手镯。李夫人则睁大了眼睛望着施三小姐，好像听到了什么不敢相信的话。

施夫人一看，心急如焚。难道丁夫人和李夫人也觉得姜宪说得对？她想到自己还想帮高妙容做媒，额头顿时冒出细细的汗来，忙呵斥女儿："三妹，还不快给郡主赔不是！这里这么多长辈，哪里就轮得到你说话！"

施三小姐还不知道自己错在了哪里，可形势逼人，她目露委屈之色，低着头上前给姜宪赔不是。

姜宪很是大度的样子，笑着对施三小姐道："高小姐的叔父是我公公的幕僚，她伺候她叔父住在李府，就是我们家的客人。若是你们小姐妹办个花会诗会什么的，高小姐娴静雅致，又识字断文，你们邀了她一起，我高兴还来不及。可今天这场合却不大好请她——两位陆小姐是随着陆夫人来的，丁二小姐是随着丁夫人来的，就连施三小姐你，也是随着施夫人来的……"

施夫人已是如坐针毡，她不是不明白这个道理，只是高妙容每次出现得太理所当然，且在姜宪嫁进来之前，她几次因事求到高妙容那儿，高妙容都帮她把事情解决了，让她完全忽视了高妙容的出身。施夫人忙满脸歉意地向姜宪赔礼："都是我没有教好，让郡主受委屈了。我看明天也不用去陆大人家了，都去我家，我请大家喝酒，谢谢郡主教导我们家三妹。"

丁夫人等人自然是不会出言卷到这种事里去，王夫人却是个菩萨心肠，出来打圆场道："郡主还没有施三小姐大吧？不愧是太皇太后教出来的。说起来，我倒有点好奇，郡主是不是从小就看着太皇太后怎样处理宫里的事？"

姜宪不想给人留下得理不饶人的印象，索性放过施家母女，笑道："太皇太后年事已高，早已不管宫中的琐事了，有什么事，都是宫中的女官处理。至于这些，也不过是人之常情罢了。"

曹太后和太皇太后不和，太皇太后借口媚居万事不管，是朝中大臣们都知道的。可王夫人居然问出这样的问题来，却又一片真诚，可见这位王夫人平日里和官宦家的女眷打的交道也不多。

姜宪思忖着，笑着对施家母女道："我年纪小，说话直，要是有什么得罪的地方，还请施三小姐不要见怪。"又道，"高小姐性子温和，我没有嫁进来的时候，她时常陪伴我婆婆，我婆婆和她也没有见外，把她当成女儿一样。高小姐没有女性长辈照顾，我婆婆就常带着她出面应酬，她也投桃报李，常常指点我家小姑的功课。你向来和她玩得来，可不能因为今天这件事就和她疏远才是。"

一番话把高妙容之前为什么陪着何夫人应酬解释得清清楚楚，还顺便把施三小姐和高妙容绑在了一起——要是从此以后不再一起玩，施三小姐就有趋利避害之嫌。

施三小姐张嘴就想申辩几句，施夫人却知道这件事再也不能起波澜了，赶紧赔着笑脸道："郡主这么说，我就只能钻地洞了。我这三丫头，被宠坏了，还好今天有郡主帮我教训她，我感激还来不及，怎敢说郡主的不是。"

"事情说开了就好。"王夫人再次笑着做和事佬，"施三小姐以后遇到这样的事可不能再这么急躁了，郡主呢，也是个宽宏大量的人。"说完，她问施夫人和陆夫人，"我们明天到底去谁家？我可是要去蹭饭吃的，你们好歹给我个地方啊！"

众人哄笑。

陆夫人急道："什么事也得讲个先来后到吧？明天当然是去我那里，你们谁都不能跟我争。"

"行啊！"李夫人笑道，"我和王夫人一样，只要有吃的就行，管它是施家的还是陆家的。"

大家又是一阵笑，这件事好像就这样揭了过去。

宴席散了，丁夫人和李夫人同坐一辆马车。

丁夫人闭着眼睛养了一会儿神，感觉已经离开了李府，才对李夫人道："今天的事，你怎么看？"

"很能干，"李夫人想了想，道，"也很厉害。以后李家，恐怕就是她一句话的事了。"

像丁夫人这样的女子，虽然怜爱温顺乖巧的孩子，却更尊重实力强劲的对手。李家有了姜宪为助力，飞黄腾达指日可待。如果姜宪有能力掌握李家，那就更加不容小觑。丁夫人问同车的女儿丁挽："那个高小姐是怎么一回事？"

丁挽笑道："娘，您不记得了？李家刚到太原的时候，何夫人曾经请过一次客，那个时候她们还住在总兵府，您当时带着我一起去的。有个和我年纪差不多的女孩子，一直站在何夫人的身边，盯着丫鬟们上茶上点心，您还夸那个女孩子气质秀雅，何夫人当时说是她的侄女……"

丁夫人恍然大悟，道："我一时没有往那上面想。本以为那女孩子姓何，原来她就是那位高小姐。"在她看来，高妙容端庄恭逊，进退有度，是个很出众的女孩子，"她怎么会和郡主有矛盾？"

丁挽听了嘻嘻笑道："我怎么知道，要不要我帮您去打听打听？"

这句话都成了一个笑话——施夫人端着架子，有什么事自己不去李府走动，反而派女儿去求高妙容。

丁夫人和李夫人没有听懂，丁挽就解释给两人听。丁夫人听了笑骂道："就你会说话！这种事不要乱传，小心隔墙有耳。"

"这里又没有别人，是吧，李伯母？"丁挽说着，抱住李夫人的胳膊，撒着娇道，"施家的笑话都传开了，不过是没传到你们大人的耳朵里罢了。这件事还是施三自己说出来的，她以此为荣呢！娘，施家有什么事要求李家？照我看来，两家一文一武，根本就走不到一路去。"

丁夫人不想告诉丁挽："小孩子家的，操这些心做什么，这是大人的事。"

"您真没意思！"丁挽鼓着腮帮子，"问我话的时候恨不得我什么都知道，我请教您的时候您却什么也不告诉我，难道要让我像芸表姐那样不成？"

丁挽说的这位芸表姐是丁留堂姐的孩子，不管模样还是性情都数一数二，家里的人只管往那娴静上养，谁知道嫁人之后却被丈夫的通房钻了空子，受了冤枉，跳井自杀了。

丁夫人闻言不由得轻轻地叹了口气。

李夫人笑着点了点丁挽的额头，道："你这孩子，尽说些让你母亲为难的话。这件事告诉你也无妨，但你不可随便说出去。那施家从前不过是个一穷二白的，施大人中了举，施家翻了身，就总想做点儿生意。正巧施大人在太原府里管着钱粮，施家的人就做起了粮食生意。九边这些年虽然太平，可其他的地方却有些乱，常有粮商被抢，施家这是想让李家调动山西卫所给他们押车呢！"

各个总兵府都有操练任务，趁机把卫所的卫士调去耕个田、种个地是常事，更何况押车这样的活计只用管三餐，不用给钱。当然，太原总兵府也有卫所，可那是金海涛的手下，先不说借不借得动，就算是借动了，花的银子也不会少，说不定比请镖局还要贵。

李夫人对丁夫人道："照我说，还真得打听打听姜宪为何不喜欢那位高小姐。李家最近十年，都不可能对郡主不敬。"

姜宪的存在意味着李家可以依靠姜家，可十年之后，如果夫妻感情日渐淡薄，那就不好说了。但至少现在，不管是李家还是李谦，都不可能冷落姜宪。因此，除非他们不和李家来往，否则肯定是要以姜宪的喜好为重。

丁夫人点头，想起今天去李家的所见所闻："你看见没有，那些当值的婢女一个个都站得笔直，等闲不开口，说话就带着几分笑意，喜气洋洋的，让人看着心情都好了起来……像不像我们在宫里看到的那些宫女？"

"像！"李夫人顿了下，又道，"今天的宴席，先上菜，后是四鲜果、四干果、四看果、四蜜饯，五道前菜，一道膳汤，五道大菜，两盘面点，之后又是五道大菜，两盘面点，膳粥一品，水果一盘，香茗一碗。完全是宫中宴客的架势。"

丁夫人点了点头，神色有些郑重，道："其中有一道甜酸乳瓜，和我在宫里吃到的一模一样。你说，郡主不会是带了个御厨过来吧？"

"带没带御厨过来我不知道，"李夫人的神色也有些肃然，"我只知道她带了个大夫过来，听说是太医院田医正的世侄。我在大同的时候曾经听齐夫人说过，郡主的身子骨向来不好，一直由田医正亲自把脉。田医正既然敢把他这个世侄推荐给郡主，医术上肯定有过人之处，至少擅长儿科或是妇科……"

两人不由得交换了个眼神，名医难求！两人都打起常忍冬的主意来。

常忍冬自然是不知道的。他照常来给姜宪把脉，并在事后一本正经地对姜宪道："郡主，这天气越热，蚊虫出没就越频繁。我觉得应该给您配点儿止痒的药，免得您被叮着了，半夜三更把我从床上叫起来就为了给您抹点儿止痒药。"常忍冬还在笑话他们上次的人仰马翻。

姜宪恼羞成怒，道："上次问你的事考虑得怎样了？在太原开个医馆，给卫所的将士看看病，做个太原城里的名士……"

常忍冬道："我问过我世伯了，世伯说，郡主金枝玉叶，我要是看诊，就只能给郡主一个人看，要不人多手杂的，郡主的医案丢了怎么办？我觉得我世伯说得有道理，至于名利之类的，我就不考虑了！"一副大义凛然的样子。

姜宪气得咬牙切齿。

常忍冬却突然笑了起来，道："不过，我虽然能两袖清风，可架不住我家里的兄弟多，总不能都指望着家里的那点祖业，若是能出来闯闯，还是出来闯闯的好。我就给家里的一位兄长写了封信去，他最迟月中就能到太原了。到时候还要请郡主拨点儿银子，李将军给药铺写个匾额什么的，让别人也知道这药铺背后是有人撑腰的。"

姜宪开药铺的本意就是想笼络人心，常忍冬用调侃的语气把她的用意说了出来，姜宪觉得他还算上道，心中的怒气消了不少，道："你那个兄弟行不行啊？他都擅长些什么？"

"接骨推拿之类的都擅长，"常忍冬接过百结递过来的帕子擦了擦手，很是随意地道，"头痛脑热的就更不在话下了。反正，绝对符合太原城的需求，不浪费郡主的银子。"

"那成！"姜宪继续和常忍冬打着嘴仗，"银子要多少给多少，可这银子是怎么用的，你得给我个说法。"

"您放心，花不了您两个钱。"常忍冬笑道，"您有那么多陪嫁，与其放在库里发霉，不如打发我一点儿，也算是做善事了。"

姜宪望着常忍冬那没有正形的样子，眼眸一深。他是在提醒她，与其单纯地开个药铺，不如利用开药铺的机会施药施钱做善事，为她或是李家积攒名声。这个常忍冬，真如田医正所说，只是个世交的侄儿，不愿意进入御医院的普通郎中吗？

常忍冬却像没注意到姜宪的异样似的，笑着向给他奉茶的百结道了谢，象征性地呷了口茶，就起身告辞。

姜宪吩咐百结送他。

帘子一撩，常忍冬和刚刚回来的李谦碰了个正着。

李谦笑道："常大夫要走了？郡主的身子骨怎样，还好吗？"

常忍冬恭敬地给李谦行了个礼，笑道："郡主一切安好，比我刚到那会儿的身子骨还要好一些。"

"那就好！"李谦露出欣慰的笑容，和常忍冬又寒暄了几句才进屋。

姜宪听到他声音的时候已经跐了鞋下炕，一眼望过去就发现他风尘仆仆的，奇道："你去了哪里？"

李谦笑着给了她个眼色，道："出了趟城。"

姜宪不再多问，李谦却要姜宪服侍他更衣。姜宪还从来没有做过这等事，但她喜欢这样宠着李谦，便问情客该怎么做。情客在一旁告诉她，姜宪笑嘻嘻地给李谦解腰带。

李谦一低头，就能闻到她头发上幽幽的香味。他看了情客一眼，不由得在心里感叹，这宫里出来的女子就是不一样，你说她有眼色，关键的时候她什么也不懂；你说她没眼色，端茶倒水时的那个机灵劲儿，别人拍马也赶不上。李谦再看向姜宪落在自己衣襟上那白生生的指头，又心疼起来，道："还是我自己来好了，你坐在一旁看着就行。"

"我总有一天要服侍你更衣的，现在正好学学。"姜宪笑着，不以为意。

李谦叹气，很干脆地对情客道："你们先退下去吧，我有话跟郡主说。"

情客望向姜宪，姜宪点了头，她这才领着屋里服侍的退了下去。

姜宪笑着问李谦："你有什么话要跟我说？"

李谦道："我确实是有话要对你说，又不好指使你的丫鬟，才说要你帮我更衣的。谁知道你的丫鬟不但没听出来，还教你帮我更衣……"语气颇为幽怨。

姜宪哈哈大笑。

李谦又急又气，道："你还笑，你还笑！"却忍不住自己也笑了起来，索性伸手去挠姜宪的痒。

两人闹了一会儿，姜宪闭着眼睛半趴在李谦身上，任由他有一下没一下地抚着她的背，舒服得不想睁开眼睛，听李谦跟她说话："那批货已经出了榆林关。这次我没和他们硬碰硬，而是按他们的规矩，十抽四，把东西带出了关。"

姜宪哼道："我才不相信你会这么老实。"

李谦呵呵地笑，胸膛振动，低下头亲了姜宪的头顶一下："所以，一个时辰以后就杀了个回马枪，把他们收到的过路费全给抢了。"

姜宪腾地一下坐起来，张大嘴巴望着李谦。

"怎么，傻了？"他摸了摸姜宪的头，笑道，"你不是说了我不会那么老实吗？"

姜宪哼了一声，道："你也太狠了点儿，小心邵瑞狗急了跳墙。你现在还不是他的对手。"

李谦笑嘻嘻道："你放心，我心里有数。"

姜宪才不放心呢，但她没有再追问，决定抽个时间找谢元希问问。

李谦转移了话题，笑着问她："今天玩得高兴吗？"

没什么不高兴，可若说高兴也称不上，不过是个普通的应酬而已。但姜宪知道李谦是在担心她，不由得甜甜地笑道："挺有意思的！特别是那位鲁夫人，

说话风趣，为人爽朗，和我年纪相差也不算太多，倒可以当朋友走动走动。王参将的夫人年纪最大，不过看着就是个实在人，也值得一交……"

姜宪随口和李谦絮叨着，李谦一边听，一边轻轻地抚着她的背，让她像小猫似的蜷缩在自己怀里。

高家住的小院的后罩房东头，是高妙容的住处。

昏黄的灯光下，她的嘴紧紧地抿着，表情显得既愤怒又羞愧："她怎么能这么说我！客居？我倒不知道我什么时候成了需要巴结何夫人才能吃上饭的仆妇了！"高妙容冷笑。施三小姐听不懂，不代表她也听不懂。

无意间听到这件事的香芷也很气愤，说话的声音便有些大："小姐，这件事您可不能就这样算了，不然外面的人肯定会以为小姐您是个趋炎附势之辈，觉得您想山鸡变凤凰！"

高妙容听着恨不得撕了香芷的嘴，她脸一沉，道："什么山鸡凤凰的，有你这样说话的吗？"她身边的两个丫鬟打小就跟着她，卖身契也在她的手里。香苢沉稳却沉默寡言，这么多年也没见她和何夫人身边的哪个丫鬟走得比较近；香芷急躁却口齿伶俐，和李家上上下下的人都说得上几句话，给她省了不少工夫。想到这里，高妙容就没有再斥责，担心说多了打消了香芷的热忱，身边就少了一个能这样跑腿的人。

香芷知道高妙容一直很喜欢她，忙朝着高妙容讨好地笑了笑，道："小姐，您就原谅我这一回吧。您也知道，我一急就容易说错话。这次是郡主做得太过分了，她怎么能这样说您？还有施三小姐，平时和您多好！可您看，关键时刻她就胡说八道，说得好像您非要去参加这次宴请不可似的。照我说，您就应该把施三小姐叫过来狠狠地说她一通，看她还敢不敢在外面随意编排您了。"

高妙容淡淡地笑了笑，道："郡主说得也不错，两位陆小姐是随着陆夫人来的，丁二小姐是随着丁夫人来的，就连施三小姐，也是随着施夫人来的……我又没有个有五品封诰的母亲，郡主凭什么请我去参加宴会啊！"她说着，眼眶都红了。

香芷和香苢面面相觑。香苢依旧没有说话，香芷却急急地道："小姐，不是您想的那样，郡主，郡主也不过是无心而已。"

香苢低下头。小姐听说郡主要在家里宴请，把出席宴会要穿戴的首饰和衣服都准备好了，可直到宴会开始，也没有人来通知小姐。后来小姐神色平静地去了书房，说是要练一会儿字……小姐心里很介意吧！可何夫人是个靠不住的，她之前就提醒过小姐，小姐却根本听不进去。香苣在心里暗暗地叹了口气。

情客抓了一把铜钱塞到一个小丫鬟手里，满意地笑道："这次的差事当得不错，这些钱给你买糖吃。"

小丫鬟不过七八岁，瘦瘦小小的，透着股子精明劲儿。她手太小，抓不住那些铜钱，便用衣服兜着跪下去给情客磕了个头，脆生生地道谢："多谢情客姐姐。姐姐以后有什么事只管吩咐，绣儿一定尽心尽力。"

情客笑着点了点头，让身边的小丫鬟带绣儿退了下去。

百结从屏风后面走了出来，问："这小丫鬟可靠吗？"

"不知道，"情客笑道，"所以要用用。我们总不能一直只用跟着我们出宫的这些人吧？"

这个叫绣儿的小姑娘跟大总管李泰同村，家里穷得过不下去了，只好来投靠李泰。李泰见她行事挺有眼色，就把她介绍到府里当差，前些日子情客给西跨院选不入等的小丫鬟时，就挑上了她。

情客给了她一个差事，让她把宴请时发生的一些关于高妙容的事透露给高妙容听，没想到她能这么快就和高妙容身边的香苣说上话，还把消息递了出去。

此时的陆府，却愁得不得了。

就在前一刻，陆学正知道了陆夫人要在家里宴请今天吃酒的所有人，气得山羊胡子一翘一翘的，拂袖而去。

陆夫人听着竹帘打在门框上的哐当声，直揉鬓角。

"娘，"陆大小姐见状犹犹豫豫地走了过来，帮母亲揉着鬓角，轻声道，"您别担心，去年回老家给祖母拜寿的时候，祖母给了我两张五十两银子的银票，我等会儿拿给您，先把宴请办了再说。"

陆夫人闻言摇头："这不是钱的事，我们家虽然比不上丁家和李家，可家里也有田、有铺子，就是再少，也少不了这应酬的银子。是你爹不愿意我去求人，上赶着巴结一个郡主。"话说到这里，从前受过的那些委屈突然从陆夫人心底冒了出来，她忍不住啜泣起来，"因为这个倔脾气，他受的罪还少吗？如今好不容易做了学正，我不求他有所建树，可也不能总是得罪人吧？岁考就岁考，谁不是马马虎虎地过了，偏生他与别人不一样。说什么庄大人那个朋友的世侄吃喝嫖赌样样俱全，是个斯文败类，两年前把人评了个末等不说，今年又评了那人一个末等，秀才的功名都要保不住了。别人找到庄大人帮着说项，他还梗着脖子不认错。"

陆大小姐没有作声。从内心来说，她觉得父亲并没有做错，不仅没有做错，还做得很对，很有风骨。但这些话她不能跟母亲说，她母亲也是为了这个家好。陆大小姐道："娘，我去劝劝父亲吧。父亲只是一时想不通，并不是有心责怪母亲，这些日子，父亲也不好过。"

"我知道。"还要让年幼的女儿安慰自己，陆夫人赧然地擦了擦眼睛，"庄大人这些日子没少找你爹的碴儿，你爹最喜欢你，你去劝劝你爹也好。"

陆大小姐笑着应"好"，喊了妹妹过来逗母亲开心，自己去了陆学正那里。

陆学正虎着个脸，谁来也不理。

陆大小姐只好笑道："爹，您怎么一副小孩子脾气？娘不是要讨好庄夫人，也不是要巴结郡主，而是当时气氛太好，大家都在争着请客，娘也不能免俗不是？谁知道那些夫人一听，都嚷着要尝尝母亲烧的野猪肉，这才把宴请定到了咱家，后天我们还要去鲁夫人家呢！照您这么说，人家鲁夫人也是要巴结郡主喽？"

陆学正嘴角翕翕，半晌才道："我也不是这个意思，我就是觉得没意思……你说，我，我辞官怎么样？"话音刚落，他又立刻否定了自己的想法，"不行，你祖母知道了肯定会非常失望的。她年轻守寡，把我和你叔叔拉扯大，好不容易盼到我中了举人，做了学正，我要是辞官回乡，她老人家……"说到这里，他有些说不下去了。

陆大小姐则被父亲突然冒出来的念头给吓呆了。过了好一会儿，又听到父亲喃喃地道："可如果不辞官，这样又有什么意思？我为虎作伥，枉读了这么多年的圣贤书，辜负了师长的教导……"

陆大小姐回过神来，再也无心安慰父亲，急急忙忙地说了一声"爹，娘那边还等着我帮忙"，就神色慌张地跑去了陆夫人那里。

陆夫人几乎一夜没睡。

姜宪到陆府时看见陆夫人的黑眼圈还有些奇怪，笑着打趣她："夫人不会是担心我们会把家里的米缸吃空了吧？怎么看着像一夜未眠的样子。"

陆夫人吓了一大跳，不禁在心里苦笑，自己的样子已经这么明显了吗？

"郡主可真是眼尖。"陆夫人和姜宪开着玩笑，"我何止担心米缸，还担心家里没有李府宽敞，大家觉得我这里逼仄呢。"说完，她呵呵笑了两声，友善地对姜宪道，"郡主快随我来，丁夫人和李夫人都来了，刚刚还问起郡主呢！"

姜宪自然也是掐着时间来的，她和陆家不熟，来得太早不好。听说丁夫人和李夫人都只是刚来，她满意地在心里点了点头，决定给她的随行嬷嬷涨涨月例。

两人说说笑笑地进了厢房，丁夫人和李夫人正听鲁夫人说话："……永丰银楼给我送了新样子过来，庆泰银楼也给我送了新样子过来，可我一看，全是银杏叶，难道今年流行银杏叶不成？这到底是京里的风向还是江南的风向啊？"

听到门口有动静，屋里的人齐齐望了过去。

鲁夫人立刻热情地跟姜宪打招呼："郡主过来了！快，到这边来坐，我正好有事问您。"

姜宪笑着和众人见了礼，发现庄夫人、钱夫人等人还没有来。她坐到了丁夫人和李夫人的对面，问鲁夫人："你要问我什么？"

鲁夫人便又把刚才的话向姜宪说了一遍。

说实话，姜宪很少注意这些，她用的一直都是御制的东西："那你得问庄夫人了。"说着，也好奇起来，道，"这里离京城这么近，应该是流行京里的款式吧？"

鲁夫人听了直笑，道："就是京里也流行江南的款式。苏式街您知道吧？卖的全是苏浙一带的东西，又便宜又好看。我下次带您去京城，保您买个够！"

姜宪诧异不已，道："你常去京城吗？"

"当然！"鲁夫人转动着手腕上的镯子，赤金镯子上镶嵌的红蓝宝石熠熠生辉，"我每年春秋都会去趟京城，买点儿东西，会会做姑娘时的好友。您到时候也一起去吧，还可以回娘家看看。"她说着，面露迟疑，"您能回京城吗？"话音还没落，又觉得自己说话了错，忙解释道，"我不是那个意思……我不太懂这些，只是听人说，要是公主建了府，就不能随便出来了，得待在公主府里。"

"我是郡主，又不是公主。"姜宪能看得出来她是真不懂，善意地笑道，"而且就算是公主，也不可能总待在公主府里不出来。只是在宫里住久了，认识的多是宫里的人，要找人玩，也多是找自己认识的人，外面的人看着就像公主从来不出府似的。"

鲁夫人笑着点头，欲言又止，她实际上很想问问姜宪宫里的事，可又怕犯了忌讳。姜宪立刻就觉察到她的心思，索性主动拣了几样不紧要的逸事讲给众人听。大家都听得津津有味，看姜宪的目光亲切了很多。

不一会儿，庄夫人和钱夫人联袂而来。姜宪就趁机把话题转移到银杏叶造型的首饰到底是江南流行起来的还是京城流行起来的上去。

庄夫人显然也是个爱打扮的，说起这些事来头头是道，最后还道："你们需要什么只管跟我说，这个月初十我派了家里的嬷嬷回去送中秋节礼，回来的时候正好给你们带点儿东西。"

众人都笑着道谢，说若是想起来要带什么再麻烦她，倒没有人再问姜宪宫里的事了，姜宪也乐得闲坐在旁听她们说话。

来客都齐了，陆家开始摆桌。

丁挽几个小姑娘也都被请回了厢房用膳。除了陆家的两位小姐和施三小姐，还有个看上去七八岁的小姑娘，穿着月白色绣牡丹花的杭绸比甲，挂着赤金云头金锁，圆圆的脸蛋，大大的眼睛，菱角模样的小嘴，可爱得像个福娃娃似的，让姜宪看着就喜欢。

鲁夫人把那个小姑娘拉到姜宪的面前，道："郡主，这是我们家那个不成器的。阿余，还不快给郡主行礼。"

小姑娘原本一张笑脸顿时垮了下来，但她还是规规矩矩地给姜宪行了礼。姜宪想了想，把手上戴的那枚赤金镶点翠的手镯取下来给阿余做了见面礼。阿余大大方方地接了，恭恭敬敬地向她道谢。

丁挽见姜宪是一个人来的，有些意外，待阿余站到一旁，她问姜宪："怎么没见李妹妹和何姐姐？"

姜宪笑道："今天家里有点事，她们就没跟我一道来。"实际上，姜宪是觉得昨天的场面已经让两个初次代表李家应酬来客的小姑娘有些吃不消了，得让她们缓口气。何夫人和何大舅太太则是觉得自己没法应付这种场面，不愿意来。

丁挽没有追问。陆家的宴请太突然，如果因之前有安排而不能来，也很正常。

大家分主次坐下。

姜宪感觉有人在注视她，她猝然回望过去，却和阿余的目光撞在了一起。阿余忙低下头，姜宪纳闷不已。之后阿余一直注视着她。

姜宪想了想，在喝茶的时候把阿余叫到跟前，温声问她："阿余可是找我有什么事？"

鲁夫人睁大了眼睛瞪着她，一副你要是说不出个所以然来小心我收拾你的模样。

姜宪和她低声说着话："你悄悄告诉我，我不告诉你母亲。"

阿余看了鲁夫人一眼，才轻声道："我不是不成器的！母亲布置的功课我都做完了，嬷嬷教的女红我也都会了……"竟然是因为这样一句话就一直惦记着。

这孩子怎么这么可爱呢！姜宪很想笑，可看着阿余那委屈的样子，她立刻轻咳一声，正色地道："我知道了，你母亲冤枉了你。"

阿余连连点头，看姜宪的目光瞬间如知己。姜宪再也忍不住，把阿余搂在怀里，笑着对鲁夫人道："你怎么生了个这么可爱的女儿，真是让人羡慕。"

阿余抿着嘴笑，十分得意的样子。

鲁夫人哭笑不得："郡主您就别夸她了，她这是和您不熟，等和您熟了，有您头痛的时候，不然昨天也不会把她留在家里了。"

阿余听着又有些不高兴了。

姜宪忙道："那怎么可能？我觉得阿余挺好的。"

鲁夫人摇头，道着"您以后就知道了"，拉着姜宪去听戏。

陆家宅子也不大，搭了戏台子，观戏的地方就设在了庑廊下。鲁夫人和姜宪找了个不正也不偏的地方带着阿余坐下来。

小丫鬟上了茶点。姜宪端起茶盅喝茶的时候，眼角余光无意间看见庑廊尽头的石榴树下，陆夫人、丁夫人、庄夫人正凑在一起说话。瞧她们的神色，似乎说得还挺高兴的。鲁夫人见状就凑了过来，悄声把陆、庄两家的恩怨告诉了她。

姜宪听得直皱眉，坚守原则的居然要向破坏规矩的那个道歉、求和！千里之堤，溃于蚁穴。赵氏王朝，已经到了这样的地步了吗？她离开了皇宫，赵啸负气回了福建，李谦在山西为了几个小钱苦苦挣扎……大家的命运都发生了改变，以后会变成什么样子，谁也不知道。

之后史家班唱了些什么，姜宪就不知道了。

她回到家就让人去请谢元希过来。跑了一趟福建，谢元希晒黑了，可也更精神了。

姜宪给了他一大把银票，道："大道理你不必跟我说，我比你懂得还多。我知道你们弄银子是为了养私兵，去撩拨邵瑞既是为了银子也是为了练兵。我虽然不知道你们和邵瑞相比到底差了多少，可你家将军这段时间早出晚归的，我知道肯定是出了事。不管出了什么事，有大笔的银子做后盾，总比你们拿人拼强。这些银票，你们先拿着把眼前的事对付过去再说。如果不够，再跟我说，大不了卖几个田庄出去，不能因为缺银子，让你们受伤或是丢了性命。"

谢元希望着手中厚厚的一沓银票，无语良久，然后恭恭敬敬地给姜宪揖礼，沉声道："多谢夫人。将军这几天早出晚归，是想联系上四川巡抚郭永固。"

"郭永固？"姜宪愕然，"他不愿见将军吗？"这个老狐狸在四川做了二十年的巡抚，她做太后的时候几次想调他进京入阁都被他以各种理由委婉拒绝了，

为了留在四川继续做他的巡抚，他甚至贿赂到了曹宣那里。

谢元希点头："郭大人是曹太后帮着牵上线的，今年春天的时候将军悄悄去过一趟四川，当时郭大人答应得好好的。可这次将军想再入川的时候，他却怎么也联系不上了。四川的盐好说，两淮也出盐，而且两淮的盐贩子多，大不了多花些银子。可铁却不好说，一来是要的多，太扎眼；二来是太敏感；再就是好的冶铁师傅多在边远地区，我们现在知道的一个在四川，一个在辽东。"

姜宪听明白了。李谦想弄一批武器，目前只有两个地方有，一个是四川，一个是辽东。辽东因为有辽王镇守，压根就弄不到，那就只能打四川的主意；相比惊动辽王，他们更愿意想办法和郭永固搭上线。

姜宪送走了谢元希，坐在临窗的大炕上苦苦地回忆着郭永固的好友，她要是没有记错，郭永固是永兴十三年的进士，那一年还有谁中了进士……她想着想着，突然心中一亮：左以明。只不过赵翌亲政之后没两年左以明就辞官回乡了，她曾出面挽留，左以明不仅没有答应，还对她说"君是君，臣是臣。皇上做出来的决定，就算您是和皇上从小青梅竹马一块儿长大的人，也不可随意反驳"。现在想来，左以明实际是在告诫她，赵翌已经变了，让她不要对赵翌抱有太多的幻想……后来，她做了太后，曾多次派人去江南问候左以明，问他愿不愿再回京城，却都被左以明婉拒了。

江南！姜宪心中又是一亮。她怎么忘了，左以明是浙江金华人，郭永固也是浙江金华人。他们一南一西，都不愿意进京，是不是因为觉得大赵王朝已经不行了，不愿意蹚这浑水呢？郭家好像只是个普通人家，而左家却是江南的名门望族，左以明可以不顾自己的生死，却不能不顾家族的生死。如果赵氏倾覆，以那些读书人的做法，自己身死报国，留下家族子弟蛰伏过两朝交替，也算是还了前朝恩典、为前朝尽了忠，就可以照常参加科考，竞逐宰辅之位了。

姜宪到此时才恍然大悟。她叫了香儿进来磨墨，要给左以明写信，把李谦的为难都告诉他。姜宪觉得左以明既然能看出形势不好，自然也能通过李谦的这些举动猜测出李谦的志向。跟聪明人打交道，隐瞒、找借口只会让他们反感，甚至是觉得轻瞧了他。姜宪直接在信中提出让左以明帮她，一定要说服郭永固卖"铁"给李谦，不然就去太皇太后和曹太后面前告状，让两位宫中身份最高的女性把他弄去给赵玺启蒙。写到这里，她自己都笑了起来。

姜宪决定送幅古画给左以明。她在自己的陪嫁库房看了半天，最后决定送一幅徐熙的花鸟图。情客有些舍不得。本朝历代皇帝都喜欢花鸟，特别是徐熙的花鸟，所以徐熙的花鸟图用来陪葬的很多，以至于现存很少，加之上行下效，徐熙的画也就越来越珍贵。

姜宪见了不由得抿着嘴笑，道："不过是幅画而已，有德者居之。你与其担心我的珍藏越来越少，不如问问李泰，我上次让他找的打首饰的师傅找到了没有。实在是不行，就只能跟大伯母说，让她想办法从京城给我找一个了。"

情客笑着应"是"，陪着姜宪出了库房。

回到正房，姜宪猜想着左以明收到那幅古画时的表情，高兴地吩咐百结摆晚膳。

李谦回来了，他看姜宪的目光有些复杂。姜宪知道谢元希肯定把银票的事告诉李谦了，她佯装不知道，像平常那样和李谦打招呼，让小丫鬟服侍他更衣。

李谦却突然大步走上前来，一把抱住姜宪。满屋服侍的丫鬟婆子都低下头，迅速退了出去。姜宪脸上火辣辣的，忙重重地咳嗽两声，推着李谦道："你这是干什么？大白天的也不怕下人笑话，快点放开我。"

李谦把她抱得更紧了，声音低沉而嘶哑："谢谢。"

姜宪叹气，想着要怎样说服李谦才好。

李谦却放开她，轻轻地吻了吻她的鬓角，大步朝内室去，一面走，还一面大声道："怎么还不摆膳？今天在外面跑了一天，我都饿得前胸贴后背了。"

姜宪笑了起来。

李谦在内室待了很久才出来，出来的时候眼角有点红。之后吃饭喝茶，坐在临窗的大炕上聊天，他们都没有再提关于银票的事。李谦坦然地向姜宪承认他现在的处境有点困难，可他也信心满满："以后可能会遇到更坏的情景，可我身边有谢元希，有云林他们，还有你……我觉得一定会越来越好。"

姜宪笑着点头，对他的话毫不怀疑。李谦微微一愣，随后大笑。

姜宪愕然，问："你笑什么？"

"没笑什么，没笑什么！"李谦说着，又忍不住把她抱在怀里。

此时屋里只有一个服侍的香儿，姜宪没有挣扎，但脸还是很红，她低声问："你怎么了？"

"我没事。"李谦使劲地抱着这个小姑娘，恨不得把她嵌到自己的身体里去。

她总是这样没有道理地相信他。他不过是早出晚归了几天，她立刻就觉察到他遇到了困难。这得多喜欢一个人，才能处处留心、事事上心，只凭一点儿小小的变化就能察觉出他的异样？

"你老实告诉我，"他在她的耳边低声道，"你是不是很早就认识我，很早就喜欢上了我？"

"你……你，你胡说八道！"姜宪像只被踩了尾巴的猫，推搡着李谦，"还不快点放手，你都要把我给勒断气了。"

李谦是知道自己的力气的，闻言忙放开了姜宪。

姜宪哧溜一下坐到了炕尾，离李谦远远的，她干巴巴、恶狠狠地道："你和郭永固联系上了没有？这几天就别到处求人了，我写了封信给左以明，过几天应该就有消息了。郭永固和左以明是同乡，还是同窗，这个面子他怎么都会给的。"她不想让李谦在别人面前低声下气。

李谦笑望着她，目光深邃。

姜宪就有些慌张。难道自己表现得这么明显？难道他们刚刚成亲没多久，就让李谦看出了自己的心思？姜宪的眼底闪过一丝懊恼，不管什么时候，不管是什么情况下，谁最在乎，谁就会最吃亏。

李谦把她的表情看得分明，心里顿时一阵痛。他的保宁，是嘉南郡主，是那个在慈宁宫走路昂首挺胸，在皇上面前也进退有度的姜宪，却在他面前流露出了慌张和不安。李谦又悔又恨，他自己知道保宁喜欢他就行了，为什么要把她逼到角落里，非要她承认？

李谦起身下炕，坐到了姜宪的身边，想去拉姜宪的手，被她啪的一声打开了。李谦没有生气，依旧不死心地笑着去拉。姜宪躲了几次，最终还是没有躲开。

"干什么？"她不悦道。

李谦想真诚地向她道歉，又隐隐觉得这样可能会让姜宪误会他在逼着她承认很喜欢自己的事实，索性笑道："我想你能多喜欢我一点儿嘛！"

姜宪的脸又烧了起来，这家伙，真是……真是不要脸。

不要脸的李谦已经笑嘻嘻地贴了过来，道："你说，左以明那里要不要送点儿什么东西？总不能白求他帮忙。要不就算是他嘴里不说，心里肯定也会觉得我们不懂礼数的。"

姜宪横了他一眼："你以为我什么也不懂？我送了幅徐熙的花鸟图给他。"

李谦立刻一副心疼的模样，道："那我们家库房里岂不是又少了一幅古画？"

姜宪忍不住扑哧一声笑，道："你还知道心疼古玩字画？"

"别人家的我不心疼。可从我们家掏出来送到别人家的我怎么能不心疼？媳妇，你以后得听我的，关于送礼这件事还是我来吧，你库房里的东西那是留给咱们儿子闺女的，可不能随便往外掏。"

他这是不想用自己的陪嫁吧？姜宪摸了摸鼻子，可她打赏惯了，怎么办？

第六章
一言不合

第二天，姜宪准备去鲁夫人家赴约。

何夫人让程嬷嬷带信过来，说自己有些不舒服，留了李冬至在身边服侍，就不去鲁夫人家了。姜宪想了想，去了何夫人那里。

何夫人只收拾了一半——化了妆，穿了出门的衣饰，但没有戴首饰，没有点唇。她坐在宴息室临窗的大炕上有一口没一口地吃着杏仁豆花，看见姜宪进来，立刻站了起来，红着脸道："我，我还是不去了，有你代表李家就够了。"

姜宪笑着在圆桌边的绣墩上坐下。如果何夫人完全不想去，大可素面朝天，如今却是打扮一半停了下来，可见何夫人的心里也很犹豫。她笑着端过小穗递上的茶水，道："您还是和我一道去吧！昨天不去，是因为陆夫人请客太突然，谁家没有个急事，总不能丢下自家的事不管去给别人家捧场吧？今天您不去就不好了。在别人看来，您明明知道今天鲁夫人请客，可还没把家里的事处理好，分明是不想去鲁家赴宴，不给鲁夫人面子。"

何夫人一听，不安起来。

姜宪继续道："这几位夫人里，您觉得哪位夫人比较和气？"

"自然是王夫人。我们两家都是行伍出身，王夫人一看就是个宽和慈爱的，我觉得她最好相处。"

"其次呢？"姜宪继续问。

何夫人想了想，道："我觉得鲁夫人也很好相处。她虽然看上去说话又快又急，打扮得也光鲜亮丽，但为人不坏，有点刀子嘴豆腐心。"

"您看，您在宴席上也不是没有能说得上话的。照我说，我们今天一起去鲁夫人家赴宴时，您觉得印象不好的，就只打个招呼笑一笑；印象好的，您就和她多说两句，她说的话您就放心地接，慢慢也就能交上几个志趣相投的朋友了。"

"可是……"何夫人迟疑道，"妙容说，赴宴就要和这些人好好地来往，不管是喜欢的还是不喜欢的，不然很容易得罪人，给李家树敌。"

"是我参加的宴请多还是高小姐参加的宴请多？"姜宪觉得如果继续和何夫人讨论下去，肯定会耽搁赴宴的时间，索性以自己的身份树立起来的权威打断何夫人的话，"您听我的，准没错！何况您也不能就这样一天到晚地窝在家里，总得四处走动走动，交几个谈得来的朋友，以后瞳娘说亲、冬至相看，都用得上。"

何夫人想到自己在福建那几年过的日子，立刻被姜宪打动了，她兴高采烈地站起来，吩咐小穗："快去跟大小姐说一声，就说让她快点梳妆打扮，等会儿随着我和她嫂嫂去鲁家吃酒。"

姜宪又加了一句："问问大舅太太去不去，如果大舅太太不去，一定要让表小姐和我们一起去。"

小穗笑盈盈地去了。

可等了好一会儿，李冬至和何瞳娘才来。姜宪定睛一看，她们后面还跟着个高妙容，她没有作声。

何夫人很是吃惊："妙容，你怎么在这里？"说完，又觉得语气太生硬，忙道，"你什么时候去的冬至那里，怎么不来我这里坐坐？"

高妙容笑了笑，神色很是豁达："我昨天听说夫人和冬至都没有出门，又想着我有好几天没帮冬至检查功课了，就过来看看。没想到夫人和冬至今天要去参加宴请，是我冒昧了，还请夫人和郡主不要见怪。"她说着，看了李冬至一眼。

李冬至则望着姜宪，欲言又止。姜宪不由得对李冬至高看一眼，高妙容分明是想让李冬至帮她说话，可李冬至聪明地保持了沉默。八岁的小姑娘，能有这样的表现已很不错。姜宪笑眯眯地喝了口茶，没有说话。

何夫人则又是满脸不安，低声向高妙容赔不是："原来也不准备去的，后来郡主说不去不好，就临时改变了主意，让你白跑一趟，对不住了。妙容，等我忙完这两天的应酬，请你过来喝茶。前些日子郡主给了一匣子红茶，据说喝了补气血，郡主还会泡很多花茶，有个金橘茶很好喝，到时候你也尝尝。"

高妙容的手紧紧地握了一下。在姜宪没有嫁进来之前，若是遇到这样的事，何夫人除了道歉，还会邀请她一起去参加宴请。可现在却不一样了！

"那我就等着夫人相邀了。"高妙容笑得温柔大方，还爱怜地摸了摸李冬至的头发，对何夫人道，"您和郡主一路平安，我就先回去了。"

何夫人歉意地点头，亲自送她出门。

姜宪无所谓地笑笑，看了看李冬至和何瞳娘的打扮。李冬至穿了件淡绿色的杭绸比甲，戴的是红玛瑙的小珠花，清清爽爽。何瞳娘穿了件粉色焦布比甲，配的是白色的挑线裙子和红色蜜蜡花簪，一副小家碧玉的样子，让人赏心悦目。

姜宪点头，笑道："你们俩的打扮是谁的主意？"

两人闻言顿时都有些惴惴不安，你看我一眼，我看你一眼，最后还是李冬至道："嫂嫂，是我的主意。"

姜宪笑道："不错，不错，以后就这样打扮。在没有确定自己的风格之前，最好照着寻常人的打扮，至少不会出错。等你们再大些，知道当下流行些什么，就要在平常的衣服首饰中添几件流行的东西，把自己往出众的那一拨儿里靠。"

两人认真听完，齐齐点头。何夫人见女儿得了夸奖，也喜不自胜。

姜宪笑着站起身来，吩咐情客："赏小禾两个封红。"小禾是李冬至的大丫鬟。

屋里的人俱是愕然，惊讶地望着姜宪，所有的声音像被挡在了屋外，鸦雀无声。小禾更是在片刻的僵直之后，扑通一声跪了下去，嘴角翕翕，无措地欲言又止。

姜宪见了笑道："若是小姑的主意，我问的时候小姑肯定立刻就回答我了。结果小姑却犹豫了片刻，可见给她们打扮的人是和小姑很亲近的人，小姑怕她受责怪，所以自己认下了。我想来想去，也就只有从小就照顾小姑的小禾了。"随后她又赞扬李冬至，"你这样很好。如果自己身边的人都护不了，别人还怎么对你尽心尽忠？"

李冬至目光一亮，连连点头，道："嫂嫂教训得是，我记下了！"她看姜宪的目光都亲昵了几分。

何瞳娘忍不住在心里嘀咕，难怪郡主能让李谦表哥死心塌地，原来每天都睡在军营里的人，现在不管多晚都要回来，好像看一眼就心安了似的。她不禁道："表嫂好厉害！的确是小禾帮我们打扮的。小禾不仅会打扮人，还会画花样子、做新式的衣服鞋子。"

"很好。"姜宪赞了小禾一句。

小禾激动得浑身直哆嗦，不敢看姜宪。她原来不过是个逃难的小姑娘，机缘巧合之下被卖到李家，后来因为伶俐，又愿意跟着李家千里迢迢地到山西，

就被拨到了李冬至的房里当差。嘉南郡主对她来说，就是那传说中观音座前的玉女、皇帝家的公主。想到这些，她咚咚咚地给姜宪磕了三个响头。

姜宪不由得皱眉，不过是句寻常的赞扬而已，实在犯不着行这样的大礼。看来这个小禾虽然堪用，但礼仪举止还是得好好调教一番。

出门的时候，姜宪把李冬至叫到了自己的马车上，问："小姑年纪虽然小，但我看着却和将军一样，是个胸怀丘壑之人。不知道小姑对小禾可有什么想法？"

李冬至不解。

姜宪笑道："若是小姑准备让小禾一辈子都服侍你，不如现在就让她好好跟着情客她们学学怎样看账目、怎样管家；如果小姑只是想让小禾服侍你一阵子，平时就多护着点儿她，偶尔打些赏给她，等她到了年纪，好好地给她找个婆家就行了。"

李冬至明白过来，忙道："我想她能一辈子服侍我。"

"那就好！"姜宪笑道，"等这两天忙过了，你就让小禾去找情客吧。你练字的时候，可以让小禾跟着情客学点儿东西，也不耽搁她服侍你。"

李冬至连连点头。姜宪没什么话跟李冬至说了，遂闭目养神。李冬至则是不知道该跟姜宪说些什么，只好低头玩着手中的帕子。

在马车的辘辘声中，他们到了鲁大人的住所。

李冬至松了口气，她觉得姜宪对她很好，可不知道为什么，她就是有点怕这个大嫂。

鲁大人的宅子位于太原府府衙旁边的东条街，闹中取静，小巷两旁全是高墙灰瓦。郁郁葱葱的樟树、槐树、枣树从院子里伸展出来，像一把伞似的挡住了夏日直射的日光，让人走进来就感觉到一股凉意。

姜宪扶着情客的手臂下了马车，问何夫人："当初我们家为何不选这里置宅子？"比起总兵府后街的喧闹，这里要好很多。

何夫人脸色微红，道："原本也想在这里买宅子，却没买到。"

姜宪没有再问，鲁夫人已在七八个丫鬟媳妇的簇拥下满脸笑容地迎了出来。

"您可算是来了。"她上前就拉了姜宪的手，"丁夫人和李夫人都到了，正问您呢！"

"这不刚刚换了个随车的婆子，在路上耽误了点儿时间吗。"姜宪随口和她寒暄几句，侧过身来，露出随她过来的何夫人和李冬至、何瞳娘的身形。

"欢迎，欢迎！"鲁夫人热情地对何夫人道，"我还怕您和两位小姐有事来不了。现在你们一来，可算是圆满了。"

"鲁夫人太客气了。"何夫人应道。

众人说了几句话，就随着鲁夫人去了鲁家今天待客的花厅。

姜宪在花厅坐下，不由得暗暗点头。她们做客的花厅是个三间的敞间，南、北两边都是金丝楠木镶琉璃的槅扇，推开南边的槅扇，隔着小池塘，有个戏台子；若是推开北边的槅扇，隔着花圃，是个大花园。今日要听戏，就开了南边的槅扇。一眼望过去，绿树成荫，草木扶疏，池塘上还有两三对鸳鸯悠闲地在湖里游着，池塘边的垂柳轻拂水面，景致十分优美。

鲁夫人接过小丫鬟捧上的果盘放到姜宪手边的茶几上，笑着从果盘里挑了个深红色的李子递给姜宪："您尝尝，我自己种的。"

"你还喜欢这些?"姜宪有些意外。

丁夫人和李夫人坐在姜宪的对面，闻言李夫人笑道："她何止是喜欢种果树，还喜欢做绢花——她们府上小丫鬟做的绢花，每年都当节礼送给我们，不知道为她省了多少事呢!"

那语气，一听就知道是在打趣鲁夫人，却再一次让姜宪感到惊讶。

鲁夫人呵呵地笑，对姜宪道："您别听李夫人的，她就是想笑话我不务正业。我去年因为忙着和府里的丫鬟做绢花，把袁家大太太的生辰记错了，别人都去吃酒，就我没去不说，还第二天急巴巴地赶了过去，都成了太原城里的大笑话了。"她说着，神色间未见愁苦，反而隐隐透着几分敢于自嘲的豁朗。

敢自嘲的人，都是内心无比强大的人。姜宪突然想到小时候太皇太后对她说的一句话，不由得对鲁夫人另眼相看。

何夫人下首坐着王参将家的夫人。她几次想和王夫人说话，可看王夫人一直和坐在她下首的钱夫人说着这几天的天气不佳，怕秋后会连降暴雨，影响收成，她插不上话，只好坐在那里干着急。

好在王夫人不是那种只顾自己说话的，等到话题暂告一段，歉意地朝何夫人笑了笑，道："我们说这些你听着很无聊吧? 钱大人最先入仕的时候，在汾阳做过县丞，管着农桑，养成了习惯，钱夫人也跟着很关心农业。"

何夫人干巴巴地道："这是好事啊，可我不懂，不然也可以和大家讨论一番。"

"有谁真的听得懂!"钱夫人叹气，道，"我也不过是听我们家老爷说的。去年山西的收成就不好，如果今年收成还不好，那些农家的日子怕是要越发艰难了。"

这个何夫人听得懂，她道："从前我在福建的时候，靖海侯府会领头带着

我们这些人施粥。"

钱夫人听了欲言又止。

何夫人忙道："我是个直性子，是不是我说了不该说的话？夫人您只管告诉我就是了。"

钱夫人看了王夫人一眼，见王夫人神色坦然，这才低声道："官府都没开仓放粮，我们要是施粥，岂不是说君主不仁？"

何夫人吓了一大跳，忙道："您就当我没说过好了。"

钱夫人见她脸都白了，知道何夫人是个老实人，倒生出几分结交之心来，便主动转移了话题，说起了这些日子北街卖冰饮的乔记出的新品种。

正说着，施夫人和施三小姐、庄夫人等人到了。这次庄夫人还带了个十二三岁的小姑娘，那小姑娘和庄夫人长得七八分相似，相貌颇为平常，可一张小脸却扬得高高的，看上去倨傲又娇纵。

鲁夫人向大家介绍这是庄夫人的女儿。

姜宪在她给自己行礼的时候把手上戴着的一只羊脂玉镯子赏给了她。她大方地行礼道谢，随着管事嬷嬷去了花厅边的厢房，几家的小姐都在那里玩耍。

紧接着，陆夫人和陆大小姐也来了。

姜宪奇道："怎么不见二小姐？"

陆夫人笑道："她早上起来顽皮，打碎了家里一尊元青花的梅瓶，她爹罚她写五百个大字。她如今正在家里一边写大字一边哭呢，无论如何也不愿跟着我来。"

大家哄然一阵笑。

陆小姐被领下去之后，陆夫人坐在钱夫人的下首，和刚才在李夫人下首坐着的庄夫人不仅左右相对，而且因为钱夫人这边坐的人很多，和庄夫人离得有点远。

姜宪暗暗留心。她发现整个宴席上，庄夫人和陆夫人没有说过一句话，就算是偶尔陆夫人凑过去，庄夫人也像没看见似的。看来，陆、庄两家的恩怨并没有因为陆夫人的低头而冰释前嫌。

史家班今天在鲁家唱的是《双奇会》，姜宪静下心来听史卿唱戏，鲁夫人却被陆夫人拉到了花厅外的庑廊下。

陆夫人请鲁夫人帮忙在庄夫人面前说说好话。

鲁夫人非常意外，她没想到这件事到现在都没结束。按理说，她们都在一个圈子里，为了一个所谓的"朋友"六亲不认，就有些过分了。庄家这是要和陆家撕破脸的意思吗？她想到昨天陆夫人曾经找过丁夫人，不由得道："丁夫人怎么说？"

陆夫人眼神一黯，道："丁夫人劝过庄夫人了，可庄夫人却委婉地拒绝了。我想着她和您的私交最好，所以想请您帮着出面说说。大家抬头不见低头见，我们诚心和庄大人和解，愿意在太原楼设宴请庄大人吃酒。"

鲁夫人觉得陆家做到这样已经算是弯了腰了："我找个机会帮您问问。"

陆夫人很是感激。两人一起进了花厅，正巧是一折戏唱完正休息的时候，就听见一道清脆的声音倨傲地道："我舅父家的大表兄可厉害了，不过比我大两岁，已经是举人了，还有我二表弟，比我小两岁，已经是秀才了。你说的那个人已经十七岁了吧？十七岁的举人，也没什么稀奇的。"

一时间屋子里静悄悄的，丁夫人和李夫人的脸色都有点不好看。

鲁夫人和陆夫人不由得交换了一个眼神。刚才二人不在，屋里不知道怎么说着说着就说起了去年的秋闱。李夫人的儿子中了解元，丁挽对这个世兄素来佩服，不由得称赞起来，左大小姐却突然跳了出来，说起了自己的表兄。庄夫人的弟弟今年不过三十岁出头，已任大理寺详判，这也是庄家母女的底气。只是任哪个母亲听到这样的话心里都会有些不高兴，只是那庄小姐不过是个未及笄的小姑娘，在座的又都是她的长辈，和她计较便是失了身份。

庄夫人忙起身给丁夫人和李夫人赔不是："她是长女，十一个月之后我又生了长子，我母亲怕我一下子带两个孩子太辛苦，就把她接到身边抚养。她是跟着她舅舅长大的，脾气不免有些娇纵，还请两位夫人不要放在心上。"说来说去，还是在拿庄小姐的舅舅压人。

丁夫人和李夫人的神色更冷了，连应酬的话都懒得说了。

鲁夫人忙出来打圆场，笑问众人："今天的甜瓜怎么样？我觉得比往年的都要甜。听家中的仆妇说，那是因为今年的雨水好，天气热。只是苦了我们了，出个门就一身汗，哪里也不敢去。"又吩咐身边的嬷嬷，"给史家班送点儿解暑的绿豆汤去，他们也很辛苦。"

丁夫人和李夫人也缓过气来，笑着和鲁夫人说起今年的天气。这方面王夫人最熟悉，大家的话题慢慢移到了王夫人那里。何夫人现学现卖，倒也和几位夫人能说得上话了。

鲁夫人一把将庄夫人拉到花厅外，问她："你到底是怎么一回事？得罪了陆家不说，还去得罪丁夫人。你们家老爷是不是要高升了？还是你们家另谋了个好差事？"

庄夫人抿着嘴笑，神色间有些得意，道："有了好消息我第一个告诉你。"也就是说，庄大人升官了。

鲁夫人原本还想给陆家做个中间人，如今看样子也是没法做了，庄家是不会和陆家解怨的。她暗暗叹气，找了个机会把这件事告诉了陆夫人。当然，她没说庄大人可能会升职，只是告诉陆夫人她也无能为力，并暗示陆夫人，这件事要是现在不解决，以后恐怕会更麻烦。

陆夫人也是个十分机灵的人，想了想，最后求到了姜宪的门上。

姜宪彼时正在和何夫人商量去施家吃酒的事。那天在鲁夫人家用了晚膳，大家正准备散去，施夫人突然开口邀请大家去参加施三小姐的寿宴，大家自然是纷纷应好，可到底会不会去那就两说了。

昨天，李府接到了施家的帖子。据姜宪了解，施家还单独给高妙容下了张帖子。

像这样小辈的生辰，除非是通家之好，不然长辈是不会出席的。在姜宪看来，李家和施家还称不上是通家之好，她也不会拿着自己的名头给施三小姐贴金，因此一回来就和何夫人商量好，到时候只派李冬至和何瞳娘去。而高妙容一收到帖子就去见了何夫人，说到时候会跟李冬至、何瞳娘一起去施家，顺便照看两人，不会让她俩受欺负。

李冬至从来没有单独参加过这些世家官宦小姐的宴请，何夫人不免有些忐忑，高妙容的一席话顿时让她感激不已，还拿出一对点翠珠花要送给高妙容。高妙容无论如何也不肯收下，说她对李冬至好是因为李冬至是她看着长大的，就像自己的妹妹一样。何夫人只得作罢，挽着她的手亲自把她送出东跨院。

姜宪冷笑，去了趟何夫人那里，让何夫人去跟高妙容说一声，到时候李冬至和何瞳娘会跟着丁二小姐一起去，丁二小姐会照顾她们的："小姑和表妹一个是李家正经的嫡小姐，一个是正经的表小姐，由一个幕僚的侄女带去参加官宦小姐的寿辰，这算怎么一回事？难道我们家就找不出个能指点小姑和表妹的人了，要一个连自己身份都弄不清楚的人去陪着参加宴请？还是说这个幕僚的侄女出身显贵，我们家小姐的教养都是由她教导的？小姑和表妹以后还嫁不嫁人了？"

何夫人羞得满脸通红。

姜宪不由得心软，温声道："还好及时发现，丁夫人也答应让丁二小姐领着小姐和表妹一起去。这件事就此打住，当是一个教训好了。"

何夫人连连点头。

姜宪告诉她："以后能陪伴小姑出席各种宴请的只能是表妹。若是因为小姑的年纪太小需要有人指点，同辈的人里得找个比李家更显赫的，长辈里得找个德高望重的，小姑和表妹走出去才会被人高看一眼。这一点，您一定要记住了！"

"我记下了。"何夫人保证，可又不知该怎么去跟高妙容说，"要不，还是郡主派个人去说一声吧！之前我已经有些对不住她，现在又……她到底是个未出阁的小姑娘，性子高傲，我怕到时候坏了大人和伏玉先生之间的情分。我知道这件事是我做得不对，郡主您就当是帮我一个忙好了，以后有什么事，我再也不会自作主张了。"

姜宪笑道："我若是出面，高小姐会不会以为是我从中作梗呢？"

谁知何夫人却道："您是郡主，就算妙容心中不悦，也只能忍着。"

姜宪气极而笑，这个何夫人，果然是烂泥扶不上墙，可总比那喜欢耍心眼的婆婆强上一些。姜宪安慰着自己，当着何夫人的面吩咐小穗："你去跟高小姐说一声，小姑和表小姐到时会同丁大人家的二小姐一起过去。那天丁二小姐穿蓝，让她别和丁二小姐撞了颜色。"丁二小姐的身份地位高出高妙容良多，这样一来，高妙容若是要和李冬至等人一起过去，就成了她们的陪衬了。

高妙容显然也意识到了，她躲在屋里大哭一场，服侍高伏玉用晚膳的时候，眼睛还是肿的。高伏玉不免要问她缘由，她支吾了半晌，才断断续续地把事情的经过告诉了高伏玉。

高伏玉的筷子啪的一声就拍在了桌子上，望着满桌子的佳肴，顿时没了胃口。

"叔父您也别生气。"高妙容在一旁劝道，"是从前李世伯和何夫人对侄女太好了，让侄女忘记了身份，这才屡屡僭越，自受其辱。以后侄女再也不会这样，不会丢叔父的脸了。"说着，她哽咽了几声。

这番话说得高伏玉脸色铁青，好一会儿才起身径直往书房去。高妙容在背后喊他，他却置若罔闻，甚至于连刚进门碰了个正着忙恭敬行礼的高妙华也被他视而不见地擦肩而过。

高妙华惊讶地问高妙容："叔父这是怎么了？"

高妙容把事情简单地告诉了高妙华。

高妙华脸色也变得阴沉起来，道："照你这么说，嘉南郡主很不好说话喽？"

"也不算吧！"高妙容一副我不会在别人背后说是非的样子，道，"只是有些傲气，不太好相处，若不是偶尔在何夫人那里遇到，平时根本见不到她，有些事就很容易产生误会。实际上这次我也是好心，想着冬至只有八岁，从前也都是我陪着她出席这些宴请的，就没想到郡主会另有安排……"她一面说，一面观察着高妙华的表情，见高妙华的表情有些晦涩不明，却绝不是生气或是不平，高妙容忙打住了刚才的话题，轻声问："哥哥，你这是怎么了？"

高妙华像是被惊醒了似的，道："今天中午我和李解元几个一起用午膳，李解元说想借嘉南郡主的藏画看看，我一口答应下会帮他在宗权面前说项的……这，这可怎么办啊？"

高妙容一口气堵在胸口，半天说不出一句话来。她被姜宪欺负了，她一母同胞的嫡亲哥哥不想着妹妹的委屈，却为姜宪是否会借画给他的朋友看而苦恼……这还是她亲哥哥吗？

可没等她诘问，高妙华已喃喃道："不行，这件事我已经答应了李解元了，要是嘉南郡主不愿意借画，那就麻烦了。"然后转身而去，还高声道："妹妹，你先回去劝劝叔父，一切等我先去见了宗权再说。"

高妙容站在那里，气得浑身发抖。

此时的姜宪，正在和常忍冬说话："这么说，八月底你的那位族兄就会过来，那我们要准备些什么？我听人说，开医馆还得卖药材，这样才能赚到钱，是吗？好像很多大药商都要入川买药，你们需要吗？"四川据说有毒瘴，如果能让常忍冬的那位族兄和李谦一起入川，也算得上是两全其美了。

常忍冬听着眼睛顿时瞪得像铜铃："您开医馆，难道还准备赚钱不成？"

"为什么不能赚钱？"姜宪反问，"人都对白得的东西不在乎，我就算是想安济天下，也不能无缘无故地施医施药。让皇上知道了，还以为我在笼络人心，想要谋逆呢。"

常忍冬想到这些年来他走南闯北所见到的景象，想了又想，道："那郡主到底是准备开医馆还是开药铺啊？"

"当然是开医馆！"姜宪说着，露出狡黠的笑容来，"但若只是开个寻常的医馆，那还有什么意思！当然是要藏器待时。把你那位族兄说成是从宫里出来的太医，专治各种疑难杂症，只管坐在家里等着别人求上门。待名声渐显，就可以在一个僻静的小巷里开个小医馆，只给相熟的人看病。等到门前车水马龙了，就可以换个地方了……"

常忍冬震惊地望着姜宪，问："这，这是李将军的主意还是国公爷的主意？"

姜宪奇道："这与他们二人有什么关系？你是怕他们不同意吗？你放心，我既然打定了主意，他们就算是不同意，我也会想办法说服他们的。你们只管先做起来，有什么事，我兜着，绝不会让你和你族兄为难。"

常忍冬给姜宪揖礼，道："那我就先把居处的东厢房收拾出来，等我族兄到了，我们再从长计议。"

姜宪点头，常忍冬起身告辞。姜宪望着他笔直的背影困惑地问情客："你有没有觉得常大夫今日与平时有些不一样？"

情客想了想，道："他今天没有和郡主开玩笑。"

可能是心情不好或是今天说的事比较重要吧？姜宪猜测着，很快把这件事给抛到了脑后。她欢快地领着情客往厨房去："今天比昨天还热，我要给李谦做碗冷面，多放点儿醋和红辣子，这样开胃。"

情客呵呵地笑，觉得今天厨房里肯定又会人仰马翻。上次郡主要做担担面，结果嫌弃厨房太脏，灶上的婆子花了三天的工夫打扫完厨房，担担面却早就被郡主忘在脑后了。可就算是这样，将军还是狠狠地表扬了郡主一番，说郡主对他关心备至、贤惠有加……就算是她，在旁边听了也不得不佩服将军睁眼说瞎话的能力。

李谦则在自己的书房见客。

"你说李讷言很想鉴赏郡主陪嫁过来的书画？"李谦面色严肃，语气沉凝，"这件事郡主知道吗？"讷言是李知府的长子李宁的字，他是山西去年秋闱的解元。

"不，不知道。"这样的李谦，高妙华还是第一次见到，在他的印象里，李谦总是笑嘻嘻的，待人很是热情宽厚，现下他竟然磕磕巴巴的，有些心虚，"所以才来求宗权。宗权和郡主是夫妻，你要是开了口，郡主肯定会答应。"

如果姜宪不答应呢？是不是外面很快就会传嘉南郡主根本没有把他放在眼里，或者是郡主性情跋扈，不是贤妻？李谦在心里冷笑，面上却不显，道："郡主的陪嫁都是珍品，李讷言想必也知道，他既然想看，为何不直接来找我或是求见郡主？"

实际上在李谦和姜宪成亲当日李解元便有此意，李谦还曾为这件事和姜宪商量过。姜宪觉得李讷言是李知府的儿子，又在士林颇有声望，就由他鉴赏好了，反正又不带出府，找个地方让他好好观看一番就是，还可以扩大李府在士林中的名声。可如今李讷言没到，高妙华却冒了出来。李谦不用猜也知道，这是高妙华为了给自己脸上贴金主动揽下的。

"男女有别！"高妙华笑道，"讷言原本想直接向郡主开口的，可我觉得这件事还是跟你说一声比较好。以我们的交情，你不会觉得我多事吧？"

李谦的确觉得他多事，何况高妙华吃他家的、住他家的，还时时在暗中露出一副瞧不起他的样子。他看高妙华也很不顺眼，索性直言道："我觉得在这件事上你还真不应该插手。不要说嘉南是郡主，就算是个普通女子，要借她的东西鉴赏，也该跟书画主人说一声吧？何况那些书画全都价值连城，你也太鲁莽了些！"

这番话把高妙华气了个够呛。李谦要不是娶了个郡主，有什么资格说他！他深深地吸了几口气才压下心头的怒火，笑道："那就算我多事吧，我先走了，让李解元自己来向你借好了。"说完，拂袖而去。

李谦坐在那里生了半天的气，等到气消得差不多了，才回正房。

姜宪正兴高采烈地指使丫鬟摆碗筷，看他回来，高兴地迎了上去，道："今天我们吃冷面。我让师傅把红辣椒用油炒了才淋到面里的，肯定很好吃！"

李谦笑着打量了她一番。

姜宪不解地问："你看什么呢？"

"看你受伤了没有。"李谦说着，握了她的手在掌心细细地摩挲，又道，"有没有累着？"

"没有。"姜宪的脸有点红，道，"我只是站在一旁指点师傅做，自己又没有动手，怎么会累。"

"那你也指点她了啊。"李谦笑着牵着她往里走，"饿死了，今天天气又热，刚才还在想喝碗绿豆汤算了，没想到你做了冷面，我光听着都口水直流，可得好好尝尝。要是好吃，明天让厨房多做些，给爹也送点儿去。"

"好啊，好啊！"姜宪喜欢一家人热热闹闹地凑在一起，就算是吵架，也有意思。

新出的荞麦做出的面条柔韧耐嚼，滑顺爽口，加上酸酸辣辣的调味，让本不太抱希望的李谦交口称赞，直问姜宪："还有没有？要是还有，现在就给爹送点去，他肯定也喜欢吃！"

姜宪自己不吃辣，就把辣椒换成了糖，面条酸酸甜甜的，也很开胃。她吩咐情客她们把酸辣口味的冷面送给李长青，酸甜口味的冷面送给何夫人、李冬至、何大舅太太、何曈娘等人。

不一会儿，东跨院那边就传来称赞声。

李长青更是吃得肚大如箩地瘫坐在太师椅上,很是幸福地和高伏玉感慨道:"我这个儿媳妇身份显赫,当初她进门时我心里只求她能对我儿子好一点儿,可没想到有一天,我还能吃上儿媳妇做的面,难怪别人都说我有福气!"

听得原本准备和李长青说说姜宪的高伏玉欲言又止,最后和李长青闲聊几句就起身告辞了。

何夫人不免有些担心,悄悄问李长青:"伏玉先生过来说了些什么?"

"没说什么啊,"李长青有些奇怪,平时何夫人从来不管这些事的,"就是闲聊了几句。听人说,过几天胡以良的老娘要过六十岁大寿,可我怎么记得他老娘去年刚刚过了六十岁大寿啊?你明天帮我查查礼单,看到底是怎么一回事。"

何夫人困惑道:"胡家老夫人不是在老家吗,那怎么给她拜寿啊?"

"你懂什么!"李长青很不耐烦地道,"做寿是小事,收礼是大事,胡以良这是要再搜刮一次了。不过,总把自己的老娘推出来算是怎么一回事,要推,也该推自己的夫人啊!"

那别人骂起来岂不是要骂胡夫人?何夫人在心里嘀咕着,暗中撇嘴,背对着李长青歇了。

第二天,姜宪去给李长青请安的时候,李长青突然道:"我听人说,这太原城里有头有脸的人到了夏天都会去云龙山避暑,我想了想,觉得你们也应该去。郡主你觉得如何?"

姜宪一愣,她无所谓,觉得去哪里都可以:"全凭您吩咐。"

李长青非常满意姜宪的态度,拍了拍衣襟上并不存在的灰尘,笑道:"那就这样定了。到时候你们一起去别庄住些日子,等出了伏再回来。"最后一句,是叮嘱何夫人的。

何夫人谦顺地应"是",领着姜宪、李驹几人恭送李长青去衙门。

送完李长青,李驹几人出门办事的出门办事,去学堂读书的去学堂读书,各自散了。只剩下何夫人和姜宪,并肩往内院去。

何夫人问道:"你想去那里避暑吗?听说要走一天的路呢,也不知道是不是真的凉快。"

姜宪安慰她道:"就算是不凉快,出去走走也好啊。您看要不要派个人去跟何大舅太太说一声,到时候让她和表妹也一起跟着去,人多热闹嘛!"

"正是,正是!"何夫人听了很是欣慰,拍着姜宪的手道,"郡主真是个有气度的人，不仅不嫌弃你大舅太太在家里一住就是两三个月，还要带她一起去避暑。"

两个人又去李冬至那里替她挑施三小姐生辰那天的穿戴，姜宪索性赏了李冬至两朵红玛瑙串成的珠花。

何夫人推辞："我过几天要去银楼打首饰，到时候也给她打几件就是了，怎能让郡主破费。"

"说不上破费。"姜宪笑道，"不过是些小东西，正好适合冬至。"说着，又赏了何瞳娘一对赤金镶百宝的手镯。

何大舅太太喜出望外，把那对手镯收起来，对何瞳娘道："等你出阁的时候给你压箱底。"

施三小姐生辰那天，何瞳娘穿了件草绿色焦布比甲搭配白色挑线裙子，亭亭玉立地和李冬至去了丁二小姐那里，准备一起去施家。

半路上，李冬至和何瞳娘说体己话："高姐姐说她有点事，要晚点去，让我们先走。你说，我们会不会越走越远，以后像陌生人一样？"

这个问题何瞳娘答不出来。在她看来，当然是姜宪更亲，高妙容不过是个客居在李家的半仆之人，但她还是尽力地帮着李冬至："要不你问问丁二小姐？我觉得她很聪明，也很能干，好几次那些小姐们发生口角，都是丁二小姐出面调停的。"

"这话你就当我没说过吧，"李冬至摇摇头，怏怏地道，"你千万不要告诉别人。"

何瞳娘点头。

当她们和丁二小姐到了施家之后，发现高妙容早已经到了，正笑语殷殷地帮着施三小姐招待来客。

何瞳娘朝李冬至望去。李冬至神色黯然，好一会儿才恢复正常，笑着喊了一声"高姐姐"。

有人望了过来，低声议论："原来这位就是李府的高小姐，我之前一直以为她是李家的表小姐呢！"

可见那天姜宪议论高妙容的话已经传开了，不仅如此，高妙容还引起了很多人的好奇，争相目睹。

高妙容好不容易才忍住没有回头去看到底是谁在议论她，她面带笑容地和李冬至、何瞳娘道："你们可比我先出门，怎么这个时候才来？"又招呼丁挽，"丁二小姐，你们随我这边来。"说完，领着她们往里走，一面走，还一面道，"因为今天请的都是同辈的小姐妹，午膳安排在了三妹院子里的东厢房，下午则在后花园里开诗会，晚膳就摆在后花园的凉亭里。我现在带你们去东厢房，庄小姐、陆小姐已经到了，丁二小姐和冬至、瞳娘若是有什么事，让小丫鬟找我也行，吩咐管事嬷嬷也行。"

话说得差不多正好也到了东厢房。东厢房里除了庄小姐和陆小姐，还有两位颇为陌生的小姐，一位十五六岁的样子，一位十二三岁的样子，若不是年纪相隔，看上去就像双胞胎姐妹似的。

高妙容笑道："是不是长得很像？这两位是三妹的表姐妹。"

众人见过礼。

有小丫鬟来请高妙容："袁三小姐过来了，三小姐请您过去一趟。"

高妙容笑着向诸位告辞："我先去看看。"

"你去吧。"大家都笑着应和，只有庄小姐抬眉看了高妙容一眼，便端起茶盅喝茶，没有理会。

高妙容忍着气出了厢房。庄小姐这才对李冬至和何瞳娘点了点头，二人有些受宠若惊，庄小姐的目光又落在了丁挽身上，问道："听说你姐夫马上要到六部任职了，是真的吗？"

丁挽压根不想跟她说话，冷冷淡淡地答了句"不知道"。

偏偏庄小姐一心寻她说话，又道："袁三出阁，你送什么给她添箱？说出来我听听，到时候我也照着你的给她添箱，免得厚此薄彼。"

"还没有决定。"

庄小姐听出她在敷衍自己，顿时大怒，道："你怎么什么也不知道？"

丁挽冷冷地道："这些都是大人们的事，我怎么会知道——难道你姐夫去哪里任职会写封信来专程告诉你？还是袁三小姐出阁时送什么添箱，你花的是自己的银子？"

一席话把庄小姐噎得语塞不说，脸上还青一阵红一阵的。

"这是谁在背后编排我呢？"一阵爽朗的笑声从门口传来。

"袁三！"

"袁三小姐！"

屋里的人都朝门口望去，施三小姐的两位表姐妹更是站了起来。

一个长身玉立，穿绯红色焦布比甲、淡绿色杭绸小衫，挽双丫髻，戴黄色蜜蜡发箍的少女笑盈盈地走了进来。

"丁二小姐!"她娴熟地和大家打招呼,"上次我听说你感染了风寒,还想去看看你……庄小姐,你怎么没有一点儿姐妹之情?我上次请你来家里玩,你说没空,怎么,施三小姐的生辰就有空了……"轮到李冬至和何瞳娘的时候,她笑眯眯地打量着两人,扭头对丁挽道,"让我猜猜,这位肯定是新任山西总兵李大人家的千金,旁边这位应该是李小姐的表姐。昨天还听人说起,说何小姐怎样怎样标致,我还不相信,今天一见,果然名不虚传……"

袁三小姐长得只能算是周正,而且皮肤有点黑,可她目光明亮,笑容热忱,神采奕奕,让人越看越觉得她好看。李冬至和何瞳娘都是比较内敛的人,顿时就喜欢上了她,以至于等袁三小姐和丁挽在一旁坐下,两人才注意到领袁三小姐过来的高妙容。她们朝着高妙容微笑,高妙容的笑容却有些勉强,在屋里站了好一会儿,才转身出去招待其他客人。

李冬至有些无聊,开始打量四周的景致。

何瞳娘却呆呆地望着袁三小姐,心里很是震撼。袁家有多显赫,她是从小就听说过的,袁三小姐真的像她听说过的一样,说话行事利落得体又厉害。可见人要是有本事,不管是怎样的性子都会有人喜欢。何瞳娘羡慕地看着袁三小姐和丁挽侃侃而谈,又突然发现陆家今天只来了陆大小姐,而且还一直坐在角落里默默无言。何瞳娘想到陆大小姐在李家做客时的犀利,本能地觉得她可能出了什么事。

等到大家都来齐了,陆大小姐被安排和何瞳娘、李冬至一个桌,何瞳娘轻声问她:"你今天怎么了,是不是身子骨不舒服?等会儿用了午膳,我听她们说要去花园里开诗会,你要不要跟施家的人说一声,让她们安排个地方你好歇一会儿?"

陆大小姐非常惊讶,李家宴客那天何瞳娘表现得十分怯懦,她没想到不过几日没见,何瞳娘居然会主动和她说话,而且语气真诚,让人心生好感。陆大小姐笑道:"我没事,只是连日应酬,有些累。"

何瞳娘松了口气,朝着她十分友善地微微一笑。

用过午膳,大家先到对面的厢房喝茶更衣,把这边的厢房腾出来,好让仆妇们打扫,重新摆桌,等会儿好听戏。想上官房或是补妆的小姐们,此时就纷纷带着自己随身丫鬟去了后面的退步。

陆大小姐是和何瞳娘、李冬至一起去的,回来的时候正好听见庄小姐高声说着话:"可惜袁三姐姐没能去成,我听我娘说,他们家用的可能是御膳房的人,一道酸甜乳瓜做得京味十足，不过不怎么合我娘的胃口，但他们家的五香仔鸽我娘觉得很好吃，还准备过几天派人去问问郡主这道菜是怎么做的……"

李冬至和何瞳娘听到话里涉及了姜宪，不由得脚步一顿，就听到袁三小姐笑容爽朗地道着"多谢"，并道："嘉南郡主身份显赫，第一次宴客，肯定是请太原城里数得着的几位夫人，我娘都未必排得上号，何况是我？"

"袁三姐姐您也别妄自菲薄，我们都觉得您很好。"施三小姐的表姐昌大小姐道，"只是郡主初来乍到，还不认识袁三姐姐罢了，若是郡主认识袁三姐姐，肯定也会请袁三姐姐去做客的。"

这当然是句抬举人的场面话。袁三小姐就抿着嘴笑了笑，没有接话。

她旁边坐着的是太原府一位典史的女儿，她好奇地问："庄小姐，您见过嘉南郡主吗？我听说她姿容无双，惹得李将军一见倾心，在宫门口徘徊不去。所以嘉南郡主得罪曹太后之后，就被曹太后赏给了李将军，是真的吗？"

"这我就不知道了。"庄小姐掩着嘴笑，语气里却带着几分恶意，"反正，她除了皮肤很白之外就没什么了，穿着打扮特别老气，一点儿也不像个姑娘家。我娘说，那是因为她在宫里长大的缘故。你们可能还不知道吧？皇上六岁就登基了，今年才决定立后，宫里原来住着的都是先帝的嫔妃，全是些寡妇，你们就可以想象她从前过的是什么日子了……"她话还没有说完，就看见李冬至脸色铁青地冲了进来。

庄小姐顿时有些心虚地打住话题，轻轻地咳了一声，谁知道李冬至却抓起庄小姐身边茶几上的茶盅就朝她脸上泼去。庄小姐尖叫一声，袁三小姐更是花容失色，急忙上前两步拦在庄小姐身前。不过还是晚了一步，那盅茶大部分都泼在了庄小姐的脸上、身上，形容十分狼狈。

"李冬至，你想干什么？"庄小姐气急败坏地叫嚷着。

屋里坐着的几位小姐纷纷上前，庄小姐气焰更嚣张了，大声叫着自家丫鬟，还说要打还给李冬至。

袁三小姐不由得皱眉，又见庄小姐脸上连个红印子也没有，知道那茶水并不烫，悬着的心落了下来，开始息事宁人地劝架："阿贝，你先下去换身衣裳，看看身上有没有烫着。"她说着，抬头看见庄小姐随身的丫鬟脸色煞白地小跑进来，便揽着庄小姐的肩膀朝那丫鬟走去，"天气虽然热，可你自小娇养，若是受了凉就麻烦了。"

庄小姐长这么大还是第一次受到这样的羞辱，听袁三小姐这么一说，哪里还待得住，她回头狠狠瞪了李冬至一眼，咬着牙说了句"你给我等着"，便脚步匆匆地去了退步。

袁三小姐左右看看，发现丁挽几个都不在，而随李冬至进来的陆大小姐此时却表情冷漠地站在那里，压根没有插手的打算，不由得头痛欲裂，只好出面处理此事。

"看着挺温顺的一个小人儿，脾气怎么这么暴躁？"袁三小姐笑着上前揽住还呆站在那里的李冬至，眼睛却朝何瞳娘望去，"你们随身服侍的仆妇呢？你也陪着李小姐下去换件衣裳、净个脸吧，等会儿还要听戏呢！"

袁三小姐是在提醒李冬至快点把这件事告诉家里人，这已经不是李冬至自己能解决的事了。

李冬至此时才回过神来，顿时心乱如麻。李家是新贵，每次她跟着母亲出门应酬的时候，何夫人都要叮嘱她别惹事："你爹爹在外面已经够难了，你可千万不要给家里惹祸，不然你爹就算不打死你，以后也不会再管你了！"回忆起母亲曾经告诫自己的话，李冬至如坠冰窟，手足无措，一时不知道该怎么办才好。

而正在此时，袁三小姐身边服侍的一个丫鬟快步走了过来，低声对袁三小姐道："不好了，三小姐，庄小姐派了她身边的大丫鬟回庄府报信，说她被李大小姐打了，如今头晕眼花的，要庄夫人派人来接她回去！"

袁三小姐只好又朝陆大小姐望去，却发现她若有所思。

陆家和庄家的恩怨还没解开，此时该是撇清了关系从此陌路呢，还是该不管三七二十一先帮李大小姐一次呢？念头闪过，不过几息的工夫陆大小姐就拿定了主意。

"李小姐，"她上前几步拉住李冬至的胳膊，低声道，"你现在赶紧把随身服侍的丫鬟叫过来，派个稳重精明的回府报信，然后马上去跟施三小姐打个招呼，说你不舒服，趁庄小姐还没反应过来，立刻打道回府。"

李冬至到底年轻，还没有意识到事情的严重性，又害怕回府后等待她的不是父母温声细语的安慰，反而是凶狠的责骂，颇有些逃避地站在那里喃喃道："我……我又没错，是她先说我嫂嫂的不是，我才发脾气的。"

这句话她说得无比心虚。她还记得小时候，有一次和母亲去靖海侯家做客，被靖海侯家大姑奶奶的孙子泼湿了衣服，她推了那男孩一把，那男孩虽什么事也没有，却倒打一耙告到了靖海侯太夫人那里，母亲明明知道是那男孩的错，最后还是押着她给那男孩赔礼道歉……自那以后，每次她去靖海侯府做客，靖海侯家的那些小孩都会欺负她。

见李冬至没有动，陆大小姐以为她是咽不下这口气，不愿不战而败地走掉，便直言道："冬至，你是不知道庄家有多嚣张，庄夫人有多疼爱庄小姐，我让你这时候走，是怕你吃亏。庄夫人若知道庄小姐被打了，肯定不会善罢甘休，她若是直接去找何夫人还好说，万一派婆子带了棒槌之类的过来……你这又是何必？韩信还受过胯下之辱呢，何况我们这些寻常女子。你刚才好歹喊我一声姐姐，你就听我一句吧！"

李冬至愕然，眼睛睁得大大的，像在听天书："庄夫人，她……她会派婆子过来打我？"

陆大小姐急道："这种事庄夫人又不是没有做过，你要是想知道，我以后再跟你细说，你现在赶紧回家……"话还没有说完，厢房外突然传来一阵急促而又凌乱的脚步声，像是有一群人正朝这边走来。

袁三小姐和陆大小姐不禁交换了一个眼神。

陆大小姐忙道："三姐姐，求你帮我们挡一挡，我们这就去向施三小姐辞行。"说完，拉了李冬至就走，走了两步，发现何瞳娘没有跟上来，又转身用另一只手去拉何瞳娘。

"你别急，庄家的人没这么快。"袁三小姐的话音刚落，陆大小姐就看见施三小姐和高妙容由几个丫鬟簇拥着走了进来。

陆大小姐松了一口气。

施三小姐脸色铁青地道："出了什么事？怎么好端端的，李小姐就泼了庄小姐一身茶？"开口就定了李冬至的罪。

李冬至忙朝高妙容望去。高妙容又急又气，急的是以她和李家的关系，她无论如何也脱不了干系；气的是李冬至好好一个小姑娘，怎么突然闯了这么大的祸，连带着她在施三小姐面前也没脸。

"冬至，你别急，到底是怎么一回事，你好好地跟施三小姐说说，我等会儿陪你一起去给庄小姐赔个不是，你不要害怕。夫人那里，自有我去说项，不会有什么事的。"高妙容道。

李冬至垂下了眼帘。她是怎样的人，别人不清楚，高姐姐应该最清楚才是，可高姐姐却当着这么多人的面说出这样一番话。

施三小姐心里火冒三丈。庄夫人护短，山西官场上谁人不知、谁人不晓？这个李冬至，惹谁不好，居然惹上了庄小姐。事情发生在施家，她这个做主人的能不出面解决吗？但庄家怎么可能买她的面子，到时候只能请母亲去赔礼道歉。凭什么李冬至闯下的祸要施家人看人脸色！施三小姐越想脸色越难看，到

了最后，神色都有些狰狞起来。

高妙容看着心慌，开口道："三妹，丁二小姐去了哪里？"

施三小姐顿时面色微变，神色渐敛。她怎么忘了？李冬至是跟着丁挽一起来的，出了事，自有丁挽兜着。

李冬至猛地抬头望向高妙容，高姐姐到底还是维护她的吧？不然也不会让人去找丁挽了。丁挽是布政使家的千金，在她们这些人里身份最显赫，不看僧面看佛面，庄小姐应该会有所收敛吧？

她思索着，就听见不知道是谁的丫鬟低声道了句："丁二小姐来了。"

大家不由得让出一条道来。

丁挽的面色虽然有些不好，但也没有气极败坏。

想清楚了的施三小姐忙迎了上去，没等丁挽开口，已把事情的经过告诉了丁挽，并道："丁姐姐，您看这件事该怎么办好？我毕竟是做主人的，偏向谁也不好。"一副要把自己撇清的样子。

丁挽本就有些瞧不起施三小姐，见状更是怒火中烧，道："万事逃不过一个理字，施三小姐是做主人的，就更应该秉公行事了。"

施三小姐听着，就急起来："丁姐姐，可我觉得这件事庄小姐固然有错，可李小姐也没有道理啊！"她开始打着太极，"再说了，庄小姐也没有说什么。你要是不相信，可以问当时在厢房里的人。"她说着，就要吩咐贴身丫鬟去喊自己的表姐妹。

袁三小姐就朝着陆大小姐使了个眼色。

陆大小姐会意，悄悄地拉了拉李冬至的衣袖，道："你还是先回去吧，她们只会互相推诿，等到庄家来人了，事情就麻烦了。"

李冬至还有些犹豫，何瞳娘回过神来，忙道："冬至，我们先回去吧。好汉不吃眼前亏，就算姑母责怪你，也总比在这里被外人为难的好。何况庄小姐已经差了人回去报信，我们要是就这样干等着，一点儿准备也没有，到时岂不是庄家说什么就是什么？我们有理也变成了无理。"

李冬至咬了咬唇，望向高妙容。高妙容的注意力却全都放在施三小姐和丁挽的身上，半天也没给她一个眼神，好像没发现李冬至正看着她似的。李冬至一咬牙，道："我们回去！"

陆大小姐便扶着李冬至道："你这是怎么了？是不是哪里不舒服？"

袁三小姐不由得向陆大小姐投来个赞许的笑容。

屋里其他人立刻看了过来，丁挽更是反应快，三步并作两步上前扶住李冬至，接着陆家大小姐的话道："李小姐，您哪里不舒服？"

李冬至就算是个傻子也明白了陆大小姐的意思。她又看了眼高妙容，高妙容却几不可见地蹙了蹙眉，李冬至的心一下子冰凉冰凉的，她垂下眼帘，低声道："我，我就是不舒服……"

丁挽不由分说地对施三小姐道："许是被刚才的事气坏了！郡主把她交给了我，我怎么也得全须全尾把人送回去。我们先走了，有什么事，等会儿再说。"说完，也不等施三小姐回应，拉着李冬至就往外走。

李冬至整个人都是麻木的。她呆呆地随着丁挽出了施家，上了马车，一路疾驰回了李家。

见到姜宪，丁挽满脸歉意地对姜宪说着"郡主，真是对不住您，我有失所托"的时候，李冬至才回过神来。

她低着头上前，怯生生地喊了一声"嫂嫂"。她觉得自己特别对不起姜宪，姜宪出面让丁挽带自己去参加施三小姐的生辰宴，她却把事情弄砸了。

"冬至和庄小姐打架了？"姜宪望着垂头丧气的李冬至笑道，"看你这样子，是打输了？"

李冬至和丁挽齐齐望着姜宪，满脸的惊愕。

在姜宪看来，小姑娘们凑在一起说个坏话，打个架什么的，不是什么稀奇事，就是宫里的贵人、庙堂上的股肱之臣也偶尔会干点儿这样的事。

"那又是为什么打架呢？"姜宪笑着问。

"我当时不在场。"丁挽说完，望向李冬至。

李冬至的嘴却紧得像河蚌，怎么也不愿意开口。何瞳娘则是觉得没办法开口——她觉得当着姜宪的面把庄小姐曾经说过的话重复一遍，也是对姜宪的侮辱。

这落在姜宪的眼里，不免猜测是李冬至没理。但这又如何？李冬至虽是个老实孩子，但谁还没有个脾气呢，只要不出格就行了。她笑着对丁挽道："这与你何干？事情总有意外，你也不能总看着我家小姑。倒是我小姑和你一起出去，却惹出这样的事，让你为难了。"

姜宪这样客气，丁挽心里就更过意不去了，她面带愧疚地反复向姜宪道歉："是我不好，没能照顾好冬至。"

姜宪觉得这件事过了就过了，而且她虽把人托付给了丁挽，但李冬至能全须全尾地站在这里，丁挽还亲自送李冬至回来，也算是做得不错了。看着天色不早，姜宪索性转移话题。

"你们没事就行。一会儿见过夫人，你们再随我回来一道用膳。"姜宪一面说，一面站起来，准备陪她们一起去东跨院给何夫人问安，"只是没想到你们会回来用晚膳，只能临时加几道菜，都是些姜汁鱼片、酱焖鹌鹑之类的家常菜，还请丁二小姐不要客气。"

丁挽见姜宪似乎没明白到底发生了什么事，不由得朝李冬至望去。

李冬至顿时满脸通红，抿着嘴上前两步走到姜宪的面前，也没敢看姜宪的脸，低头心虚地道："嫂嫂，是……是我打了人，不是我被人打了。"

姜宪一听，顿时睁大了眼睛，奇道："既然是打了别人，怎么你一副被人打了的模样？是因为打了架怕被夫人责怪？还是庄小姐吃了亏，跑回家去搬救兵了？"

若不是场合不对，丁挽都要为姜宪喝彩了。

而李冬至又羞又愧，喃喃地道："庄小姐派了人回去……"

姜宪不以为然地笑了笑，安慰着自家小姑："这也没什么，她一个小小的从三品参政的女儿，打了就打了。如今你回到了家里，难道我们还会让她打回去不成？你只管安心在家里待着，好好把这几天落下的功课补上，别等新的西席先生来了差得太多就行。你若是怕夫人责怪，等会儿我来跟夫人讲这件事，保证她不会责骂你。你看这样好不好？"

三人不由得面面相觑，这件事就这样完了？

丁挽觉得姜宪还不明白这件事的严重性，忙道："郡主，那庄家很护短，庄小姐又从小在舅舅家长大，她舅舅是大理寺的少卿温鹏……"

"原来是他啊！"姜宪笑道，神色间流露出些许不以为然，"没事，不过是打了他的侄女，又不是打了他的老子，他凭什么出面？"

自古以来，杀父之仇、夺妻之恨，这才是能说出口来的理由。想到这里，她不免有些小小的郁闷，不知道赵啸和李谦以后会走到哪一步呢？当初她就应该拒绝赵啸的！可老天爷素来是不好算计的，谁又能未卜先知呢？

姜宪不愿再多想，起身招呼三个小丫头："好了，你们也别担心了，水来土掩，兵来将挡。庄家不来告状也就算了，她们吃了这个闷亏，我们以后在其他事上补偿就是。若是她非要来家里说出个一二三来，我们也没什么和她好客气的——她想请庄大人出面，那我们就和她讲道理；她要是请温鹏出面，我们就去请熊正佩或是汪几道。总之，不会让那位庄小姐压了你们的风头。"

事情还能这样处置？丁挽听得额头冒汗。

李冬至心里更是绷得紧紧的，怯怯地道："嫂嫂，若是我先动的手呢？"

姜宪笑道："你是那种无缘无故就会和别人起冲突的人吗？"

她目含笑意地望着李冬至，眼眸漆黑，眼神温和。李冬至突然很想哭，长这么大，从来没有谁像姜宪这样地全然相信她。

姜宪揽了李冬至的肩膀，笑着再次向丁挽道谢："丁二小姐明知道庄家护短，还亲自送我家小姑回来，这份情谊我和冬至都记下了，欢迎丁二小姐以后常来家里做客。冬至年纪小不懂事，表妹却和丁二小姐年纪相当，又是个温顺人，你们肯定能玩到一块儿。"

只是这样一来，丁挽就会被钉上李冬至好友的牌子，庄小姐就算是不记恨丁挽，她们也不可能心无芥蒂地一起玩了。

这位嘉南郡主真是好手段，明明是李冬至先动手打人，是非曲直还没有弄清楚，话里话外已经全是庄小姐的不对，并趁机逼着自己表态。这种事她怎么会干？可这念头一闪，丁挽又想到了姜宪的手段。她可以得罪李冬至，但怎敢得罪嘉南郡主？可那庄小姐又是个一点儿亏也不肯吃的……丁挽头痛欲裂，左右为难。

姜宪心里很明白，要丁挽这种心思九曲十八弯的世家小姐立刻答应站在李冬至这边几乎不可能，但丁挽能够在这件事上两不相帮就已经是胜利了，毕竟李家和丁家以前没什么交情。姜宪笑盈盈地不再说这件事，和她们一起去了何夫人那里。

何夫人对丁挽能亲自送女儿回来既感激又感动，自然是拿出十二分的热情来款待丁挽。丁挽心里还惦记着该怎样站队才是正确的选择，想快点回去请教自己的母亲，哪里坐得住？姜宪也没有勉强，说了几句客套话，便差百结送客。

第七章
打出府去

李冬至、何瞳娘和百结一起把丁挽送出了垂花门，一转身却看到情客。

情客笑着给李冬至行礼："郡主请大小姐和表小姐去夫人那里说话。"

李冬至眼神一黯，点了点头，随着情客去了何夫人那里。

姜宪坐在正房宴息室临窗的大炕上，地上是摔碎的茶盅和洒落的茶水，还有在屋里震怒地走来走去的何夫人。李冬至脚步一滞，站在门口不动了。

何夫人听到动静转身朝着她怒吼："你站在那里干什么？让你去参加施三小姐的生辰，你居然和庄小姐打起来了。站在那里，是要等我请你进来吗？你还有理了不成！"

姜宪皱眉，忙道："夫人，您答应过我，这件事由我来处置的。"

何夫人好不容易才忍住心中不断往上蹿的怒火，板着脸坐在了姜宪对面的炕上。

姜宪让小穗端了绣墩过来，让李冬至和何瞳娘坐下，又让丫鬟上了茶点。然后除了情客和百结，将屋里服侍的都遣了出去，这才温声地问李冬至："这里没有别人，当时是怎样一个情景，你只管跟我们直言。如果庄家真的找上门来，我们也得知道事情的经过，才能有个万全的应对之策，你说是吗？"

李冬至点头，眼角已有水光，低声道："我就是怕连累家里，所以才听了陆大小姐和袁三小姐的话跑回来的。"

何夫人一听又露出愤然之色，嘴角一抿就要开口。

姜宪忙拦住她："夫人，您答应过我的！"

何夫人只好把话给咽了下去，却掩饰不住心中的愤懑，气得胸腔一起一伏的。

李冬至别过脸去，不再看何夫人，低低地把事情的经过说了一遍，但庄小姐的那些话她只是轻描淡写的一句"说话不好听"就揭了过去。

姜宪听了就知道，庄小姐当时说的话肯定不止是不好听。何夫人却在心里怪女儿多事，不过是说话不好听，为何就不能忍忍？她想教训李冬至两句，抬头看见姜宪从容中带着几分凛然的面孔，又不言语了。

姜宪朝何瞳娘望去。她们两个一起出席施三小姐的宴请，到底发生了什么事何瞳娘应该很清楚才是。而何瞳娘本身就怕姜宪，被姜宪这么一瞧，立刻心慌意乱起来，把自己知道的一股脑儿地倒了出来。

何夫人没有听完就气得跳了起来："庄家不是官宦世家吗，怎么养出来的小姐连乡下种田的婆子也不如？她的圣贤书呢？读到狗肚子里去了？庄家养出这么个东西，怎么有脸嫌弃我们出身不高？我们出身再卑微，也没有像她们那样在背后胡乱说人是非！"

姜宪只是有些意外，却没有感到愤怒。看来妻凭夫贵这句话还是被很多人认可的，不然以她享双亲王俸禄的郡主衔，怎么会有人敢在背后这样肆无忌惮地非议她？这笔账，等会儿回去可得跟李谦好好算算！也不知道这家伙最近在干什么，跟他说了四川的事不用急，可他还是早出晚归的……姜宪想着那个人，脸上就情不自禁地有了几分笑意。

屋里的人见了却不免心里发毛，特别是李冬至，心里很是后悔。大哥那么喜欢嫂嫂，要是知道嫂嫂因为她卷进了和庄家的恩怨中，肯定会觉得她是个爱惹是生非之人，会讨厌她的吧？李冬至想说些什么，又觉得自己说什么也是做错了，再多说反而有狡辩之嫌，更惹人讨厌，于是只是张了张嘴却没说话。

姜宪回过神来，见何夫人还在抱怨，先朝着李冬至善意地笑了笑，然后对何夫人道："您也别生气了，坐下来喝口茶，和那种人计较，简直是掉了身价。"

何夫人也不是个擅长扯皮吵架的，反反复复地骂着那几句，时间长了也有些累了。她坐下来喝了几口茶，想起女儿的事来，问姜宪："要是庄家真的找上门来，我们该怎么办？总不能真的给他们道歉吧？"

"等她们找上门了再说。"姜宪的回答有些模棱两可，"小姑这边，您就别再责怪她了，她也是好心。"

何夫人叹气，她何尝不想自己的儿女被捧在手心里长大，只是有时候她不得不顾忌李家的处境。如今女儿被她不问青红皂白地呵斥了一顿，她哪里还愿意为难女儿，自然是满口答应，担心地道："如果大人问起来，我们该怎么说呢？"

姜宪望着何夫人殷切的目光，很想抚额长叹。何夫人怕李长青仿佛已经印在了骨子里，这件事让她去跟李长青说，说不定比不说还要糟糕。姜宪想了想道："我让将军去跟大人说。"

何夫人立刻长舒了口气。

姜宪安抚好李冬至，回到西跨院就让人去请李谦回来。

李谦接到仆从的口信时，正在和李长青商量去四川的事，高伏玉、柳篱、谢元希几个幕僚都在。

照高伏玉的说法，郭永固这个人软硬不吃，不如想办法找四川布政使闻铭合作："我有一个同窗曾和闻铭是同年，此人颇为刚愎自用，只要抓住他这个弱点，十之八九会成事。"

柳篱在给李长青做幕僚之前，只是个屡次落第把家资掏空的秀才，在李长青身边做的也多是些文书往来的政务。他非常擅长处理这些政务，又细心，就是高伏玉也不能不承认柳篱比自己还合适做这类事，便日渐被李长青倚重。只是可能受见识太少的限制，柳篱向来没有什么好点子，李长青让他参与，是觉得他既然负责文书往来，就应该知道李家在干什么，才会把那些文书写得更好。和往常一样，柳篱只是点了点头，笑着称赞高伏玉朋友多，并没有对这件事发表什么意见。

谢元希却垂着眼帘，安静地喝了口茶，道："我们这边想办法联系上了郭永固的一个同年，现在正在等消息。我倒觉得这件事不必大急，虽说多找几个人比较保险，可官场上也忌讳同时脚踏几条船。找了这个又找那个，事情成了是谁的功劳？最终互相推诿，原本能办成的事都办不成了。"

去四川原本就是李谦坚持的，李长青会答应也是为了历练李谦，既然李谦的人都这样说了，李长青自然没什么意见，就将话题转到了去云龙山避暑的事上："你选个黄道吉日，陪着郡主，带着何夫人和李麟、李驹他们一起去，我留在太原。"李长青是三品大员，公务、应酬都多，没办法长时间离开总兵府。

李谦想到姜宪十分怕热，可他只能半夜起来给她擦汗打扇，就觉得心疼，心不在焉地应了一句。正想着，突然听到姜宪请他回去的消息，他吓了一大跳，猛地站起来急匆匆地跟李长青说了一句就要随小厮而去。

在李长青眼里，姜宪是个非常明理的儿媳妇，这样急着找李谦，可见是出了什么大事。他很想跟过去听听，却碍于公公的身份，只好吩咐李谦有事立刻派人来说一声，便放了李谦回内宅。

而这时的姜宪，却得到了一个好消息。

左以明给她回信了。他不仅写了一封引荐信给李谦，而且还寄了自己的名帖过来，并在信里表示，她远嫁山西，以后肯定会有很多不便之事，如果他能帮得上忙，请她尽管来找他；还说李谦若是进京，他给李谦洗尘，矢口没提那幅画。可见给这些所谓的文人送画，比赵翌直接送银子强。

她还没有来得及把信重折好放进信封里，李谦就三步并作两步地走了进来。他神色冷峻，没有了平时的笑容，威严便隐隐地从身上散发出来，让他显得有些冷酷而又坚毅。这才是李谦本来的面目吧？姜宪不由得抿着嘴笑，没等李谦开口，就把左以明的信递给他。

"有好消息！"她挑着眉道，目光里闪烁的喜悦让她的眼眸熠熠生辉，如罕世的宝石，"有了这个，郭永固应该不会再对你关上大门了。"

李谦的脑子却有点迷糊。他觉得自己像扑火的飞蛾，而姜宪就是火焰。此时，四川、郭永固突然间变得好遥远，他只想扑到那团火里，去享受火焰的温暖和明亮。而动作比脑子更快，他遵循着本能走了过去，温柔地抱住坐在临窗大炕上的姜宪，又轻轻地吻了吻她的头顶，隐隐松了口气，这才问："你找我来，就是为了这件事吗？"

姜宪能感觉到他肌肉的松懈，也在电光石火间明白了李谦的想法。她眼眶有些湿润。李谦，把她的心情看得比左以明的引荐信更重要。这是她第一次体会到，在李谦心中，自己比他的野心更重要。姜宪紧紧地抱住了李谦的腰，把脸埋在了他的怀里，鼻尖萦绕着的全是李谦温暖的味道，让她觉得安心又踏实。

李谦的心却一下子悬在了半空中，他现在很肯定姜宪不是为了左以明的荐书请他回来的，是有别的事情发生了。李谦看着几乎要钻到自己怀里去的姜宪，不禁猜测，难道是李家的谁让她受了委屈？他轻轻地抚着姜宪的青丝，低声问："不是有话要跟我说吗？怎么见到我又不说了？"

那哄孩子般的语气让姜宪扑哧一下笑出声来，她抬头，目带狡黠地望着他："那你猜我是为什么请你回来？"

李谦望着姜宪的盈盈笑脸，恨不得狠狠地亲几下，可眼角余光掠过像木头桩子般低头站着的百结几人，只能强忍下自己的那些小心思，笑道："猜不到，还是你告诉我吧。"

"是小姑啦！"她含笑望着他，把事情的经过娓娓道来。当然，隐去了庄小姐在背后说她的话，以一句"言辞不当"含糊带过，却仍让李谦勃然大怒。

姜宪有些害怕，劝他："你不要生小姑的气，小姑娘们打架吵嘴，那是常有的事。而且这件事原本也不应该跟你们这些在外院行走的男子说，不过家里情况有些特殊，何夫人没有什么处理这种事的经验，只好我出头，行事就没有那么方便，这才让你给公公传个话。"

李谦哪里是气这些，他是气自己没能护住姜宪，让她被人非议，受了委屈。李谦生平第一次这么渴望权力，他想让人再也不敢多看他妻子一眼，再也不敢非议他妻子一句，他想让姜宪妻凭夫贵，而不是被视为一个被迫下嫁的失宠郡主。

李谦的手紧紧地握成了拳，半晌才慢慢松开，语气也恢复了从前的从容不迫："我知道了。她是我妹妹，又是为了维护你，我怎么可能会责怪她？要是连这点脑子都没有，我怎么能让云林他们围在我身边，心甘情愿地帮我做事？"

"好了，好了，"姜宪难得这样活泼，笑道，"是我冤枉了李大将军，我给大将军赔不是！"

李谦哈哈地笑。

有小丫鬟跑了进来，神色慌张："郡主！"喊过之后才发现李谦也在这里，匆忙补了一句"将军"，又道，"庄夫人过来了，带着十几个健仆，要找夫人，夫人吓坏了，让我来请郡主示下。"

没想到庄夫人还真来了！不知道为什么，姜宪不仅没觉得厌烦，反而斗志昂扬。姜宪精神抖擞地站了起来，吩咐那个小丫鬟："你去回夫人，就说她因为得知大小姐受了庄小姐的欺负，气得病倒了，只好由我出面接待。"

小丫鬟听了，瞬间精神了几分，迭声应诺，一溜烟地跑了。

李谦的眉头却紧紧地锁成了个"川"字，他不悦地沉声道："这件事你别管了，我去见庄大人。"

姜宪一把拉住李谦，笑道："内宅的事就该由内宅妇人来处置，你一个大老爷们，为这种事跑去找庄大人算是怎么一回事？你还要不要名声了？我把这事告诉你，是防着庄夫人在庄大人面前吹枕边风，到时候庄大人突然找上你们，你们却什么都不知道，没法和他争辩。这件事你就别管了，快去跟公公也说一声，等庄大人找到你们那里再说。"

可李谦看着姜宪那瘦瘦弱弱，风一吹就要飘起来的样子，哪里走得了？姜宪只好把他推搡着弄出了门。她要去和庄夫人吵架，不想让李谦看见。

李谦看着她跃跃欲试的样子，哭笑不得，只好吩咐冰河跟着她。

姜宪让人把庄夫人请到西跨院的花厅。庄夫人看了眼自己身边簇拥着的健仆，冷笑着随丫鬟去了。她就不相信，李家还敢打她不成？

姜宪在厢房里梳扮打妆，问百结："你说我是穿红色的还是穿蓝色的？"

百结知道她这是要去会庄夫人，笑道："不如穿红色？"

"不，我要穿那件蓝色的！"姜宪道，"庄夫人肯定穿着红色的衣裳。"

立刻有机敏的丫鬟跑去看了眼，然后喘着气告诉她："庄夫人真的穿了件红色的衣裳，而且还是大红色。"

"你看，我说得没错吧？"姜宪心情很好，带着一大群丫鬟婆子去了花厅。

庄夫人无视丫鬟们捧上的茶点，板着脸坐在那里。在看见姜宪的一瞬间，她立刻跳了起来，没等姜宪落座就叫嚷道："郡主，李冬至呢？你知不知道，她无缘无故就把一盅热茶泼到我女儿脸上……"

真是给脸不要脸，姜宪在心里腹诽着，不容庄夫人把话说完便做出一副惊讶的表情，急切地道："庄夫人，这件事我也听说了。难道庄小姐毁容了？百结，你快去请常大夫过来，让常大夫随庄夫人走一趟。这烫伤可不是好玩的，要是留了疤，以后就不好说亲了！"

百结绷着脸应"是"，转身就要往外走。

庄夫人差点气晕，她没想到姜宪的口齿竟如此伶俐。要是真让姜宪无中生有地传出自己女儿的脸被烫伤的消息，等到说亲的时候，男方肯定会打听是怎么一回事，甚至会想办法买通女儿身边的人，那会对她女儿的声誉造成致命的打击。

"等等！"庄夫人一口浊气堵在喉咙里，抓起手边的茶盅喝了一口，才嘶哑着声音道，"郡主，你不要听风就是雨，我什么时候说我女儿的脸上留疤了？"

"这就好，这就好，"姜宪道，"不然我可真是为庄小姐担心啊！"话虽这么说，神色间却全是敷衍，让人一看就知道她不过是在说客气话。

庄夫人更气了，不禁厉声道："郡主，你这话是什么意思？难道我女儿被李冬至欺负了，你们还有理了不成？"

"庄夫人，你这话就不对了。"姜宪打断庄夫人的话，径直坐到她的上首，沉声道，"我要是没有记错，庄小姐今年有十二岁了吧？我们家小姑今年才八岁！"一个十二岁的被八岁的欺负了，是十二岁的太无能还是八岁的太厉害呢？

庄夫人脑海里浮现出女儿伏在她膝头痛哭的模样，心火顿起，恼羞成怒地把手中的茶盅狠狠地蹾在茶几上，望着姜宪道："照郡主的说法，是我女儿欺负了李小姐喽？要知道，当时可不止是你们家的表小姐在场，施三小姐，甚至是你们府上的高小姐也都在场！"

听到庄夫人提起高妙容，姜宪不由得眉梢微挑，笑道："夫人说得有道理。我看不如这样，把当时在场的几位小姐都请过来，大家面对面地把话说清楚。如果是我家小姑的错，我家夫人自然会出面罚她，或跪祠堂，或把那《女诫》抄上三百遍。可如果不是我家小姑的错，我看也不用那么麻烦，庄夫人怎么闯进李家的，就怎么给我滚出去！"她说着，下颌微扬，冷眼望着庄夫人。

庄夫人的血直往头上涌，气得话都说不顺畅了："你……你一个未及笄的小丫头片子，居然敢在我面前指手画脚的，难怪会被人非议……"

姜宪杏眼圆瞪，手中的茶盅啪的一声被她摔在了地上："来人，给我掌嘴！"

百结和情客不由得交换了一下眼神，庄夫人，好歹也是从三品的贵妇。

姜宪确实气坏了。从前那些宫人为了讨好方氏，就在背后议论她自幼父母双亡；那些大臣说不过她，也暗地里讽刺……如今，又有人说了，而且还是当着她的面。她原本看戏的不怕台高的心情瞬间烟消云散，动了心火。

百结和情客咬了咬牙，去喊粗使嬷嬷。

庄夫人这才回过神来，意识到姜宪是来真的，可她也不是吃素的，立刻召唤跟她一起过来的健仆们。

姜宪冷笑，站在罗汉床前的脚踏上，倨傲地望了一眼庄夫人，目光冰冰地对百结和情客道："这差事若办不好，你们也不用再在我身边待着了。"

两人心中一凛，知道姜宪这是打定了主意，便也不管三七二十一了，连忙喊粗使嬷嬷执行。两方的人在那里推搡起来。

庄夫人大怒，指着姜宪道："你好大的胆子，居然敢打朝廷命妇！难怪李冬至那个小婢敢向我女儿动手，原来都是你教的！"

姜宪不屑地撇了撇嘴，哂笑道："不过一个小小的从三品命妇，居然敢在我面前指手画脚，活得不耐烦了吧！你们不用顾忌，给我乱棍打出去，我倒要看看，她能把我怎么样！"

"我……我要进京告御状去！"庄夫人气糊涂了，说话也没了章程，"我还不信了，郡主下嫁，就能随便欺负人！"

"去告吧！"姜宪看庄夫人一副气急败坏的样子，反而冷静下来，她重新坐下来，拿出帕子慢慢地擦了擦手，道，"最好是去找你那个在京城的弟弟告状，我倒要看看，这天底下有几个人敢管我的事？"

一个武官之妻竟然口气这么大！庄夫人愕然地望着姜宪，在她心里，正三品的武官还不如个七品的县令。她却忘了，姜宪是郡主，而且姜宪的外祖母太皇太后还活着呢。

也就这么一会儿工夫，七姑不知道从哪里钻了出来，三两下就拉住了被庄家健仆围在中间的庄夫人。庄夫人尖叫一声，拍打着七姑伸过来的手。那些健仆也反应过来，忙拿着棒槌等物朝七姑劈头盖脸一通乱打。七姑左躲右闪，不仅避开了她们攻击，还把庄夫人从包围圈里拽了出来。庄夫人尖声凄叫着。

姜宪突然有些兴味索然，朝百结和情客做了个手势，道："算了，也不用把人赶出去了，省得庄大人脸上无光。把这些人全都绑起来丢到马车里，给庄大人送过去。"

这个比较简单。百结和情客退了下来，七姑带着香儿、坠儿和几个健仆把庄夫人捆了起来。一阵纷乱之后，庄夫人被堵着嘴丢进了马车，被自家的马车夫战战兢兢地拉回了家。

不过一个时辰，太原城里高门大户的人家都知道了这件事。

丁夫人对着正与她说话的女儿苦笑："本以为嘉南郡主会和庄夫人据理力争，没想到她直接上演全武行。我原本还在犹豫要不要帮李家一把，如今也不用自己为难自己了。嘉南郡主和李家，真可谓是'不是一家人，不进一家门'！"

丁挽也很震惊，道："娘，郡主这样，不要紧吗？庄家毕竟还有个在京城做官的舅家……"

"所以我们还是静观其变吧。"丁夫人道，"明年便是你爹三年考绩之期，我只盼着太原不要再出什么幺蛾子，能让你爹平平安安地调回京城。"

陆大小姐听到这个消息和妹妹击掌祝贺。这让陆夫人不知道说什么好，半晌才道："有什么可高兴的，庄夫人岂是会善罢甘休的主儿？你看着吧，她丢了这么大的脸，回去之后肯定会想办法给郡主使绊子的。"

"那她也得有那个本事才行。"陆大小姐不以为意地道，"反正，敌人的朋友就是我们的对头，敌人的对头就是我们的朋友。我现在很高兴。"

而听到消息的施夫人则完全傻了眼，她问说给她听的贴身嬷嬷："我没有听错吧？庄夫人带了健仆去找嘉南郡主理论，结果却被嘉南郡主暴打一顿，扫地出门了？"

"您没听错。"那嬷嬷苦笑道，"我刚听到的时候也不相信，还亲自去问了，大家都这么说，还有人亲眼看到了。想来，就算那些话有些夸大，庄夫人也肯定是在嘉南郡主那里吃了亏了。"

施夫人的鬓角隐隐作痛，挥手打发了贴身嬷嬷，转头对一直坐在旁边听着的施三小姐和高妙容道："你们也听见了吧？那位嘉南郡主完全是一副京中贵女的做派，以后再遇到，虽不指望你们能巴结上她，可也千万别得罪了才是。"

两人齐齐起身恭敬地应"是"，施夫人就让两人退下："今天这事把三妹的生辰宴都给搅了，你们也都早点儿歇了吧。以后再有什么宴请可得当心了，别再闹出今天这样的事来。"

施三小姐和高妙容再次应诺，辞了施夫人。她们心里都清楚，李家和庄家如今算是结上仇了，可高妙容的叔父本是李家的幕僚，她今日却没有义无反顾地和李冬至共同进退，李家肯定会对她有看法。

"没事！"高妙容微微地笑着，眼眶有点泛红，道，"我是觉得一言不合就要打要杀没有一点儿淑女的样子，又怕闹得太僵到时候没有个能缓和的人，让大家脸上都不好看，才没站在冬至那边……"

施三小姐很是赞同地点头，道："我当时也是这么想的，所以才没有留下李冬至。"好像她放李冬至走是多大的恩情似的。

高妙容回到家里，已是掌灯时分。

高伏玉一个人坐在书房的大书案前拿着本书心不在焉地翻着，见她回来，就慈爱地问起她去参加生辰宴会的事。高妙容委婉地把事情的经过告诉了高伏玉，高伏玉大吃一惊，这件事他怎么不知道？李家甚至没派个人来给自己说一声。他心中有些不安，想了想，决定去见见李长青。

高妙容也要跟着一起去："我当时就觉得庄小姐不会善罢甘休，所以劝冬至赶紧回来跟家里报个信，我留下来找机会劝劝庄小姐。早知道会这样，我当时就应该跟着冬至一起回来，劝劝夫人的。"

高伏玉直皱眉，道："妙容，我只是李家的幕僚，你也只是为了照顾我才客居在此。你不是李家的仆妇，大可不必把自己摆到那样低的位置上去。"

"我明白。"高妙容说着，目光有些黯然，"我从小在李家长大，何夫人就像我的母亲一样，冬至就像我的妹妹。我很尊重何夫人，也很喜欢冬至，我希望她们都能好好的。"

自幼失去父母的创伤，是高伏玉怎么也没有办法抚平的。他叹了口气，默许了高妙容的跟从。

李长青正脑子一片空白，还是柳篱推了他一下，他才回过神来："你没看错吧？"

柳篱眼底仿佛有笑意一荡而过，他温声道："大人，我没有看错。那几个奉命绑人的健仆还在内院，您要是不相信，我可以把人都叫来，您挨个问。"

"给我把大爷叫来。"李长青道。

柳篱应声而去，在门口碰到高伏玉和高妙容，他笑着和二人打了声招呼。高伏玉点头，却没有立刻进去见李长青，而是望着柳篱离去的背影沉思了片刻，才抬脚进了李长青的书房。

柳篱不方便进内宅，就让垂花门前的婆子去传信。

那婆子一听是去西跨院传信，立刻屁颠屁颠地去了。可等到了西跨院的上房才发现，百结、情客几个大丫鬟都远远地站两边厢房的庑廊下，正房的湘妃竹帘静静垂落，整个院子里鸦雀无声，不闻片语。

屋内，已经回来的李谦靠坐在临窗大炕的大迎枕上，姜宪伏在他的腿上，李谦正有一搭没一搭地抚着她的秀发。

"我当时好生气！"姜宪轻声道，把她最在意的事讲给李谦听，"外祖母对我很好，可我有时候还是会忍不住想，先帝真的那么重要吗？我爹在救他的时候为什么不想想我娘？我娘一心求死的时候有没有想过我？我算什么？双亲王的俸禄算什么？我爹、我娘的卖命钱吗？自从懂事以后，我就再也没有动过那些俸禄了，我总觉得，那上面沾着我爹我娘的血……"

李谦不喜欢这样怏怏不乐的姜宪，低头吻了吻她的头顶，逗她道："这么说来，你也很穷哦。"

姜宪仔细地想了想，微微地笑着"嗯"了一声，道："所以我常去蹭太皇太后的饭吃，拿她老人家的东西用，这样我就不用花银子了。"

李谦自然是不相信的。姜宪虽说是享双俸禄，一年也不过八百两银子，并没有多少，她的吃穿用度由宗人府和姜家供养才是。可姜宪的话还是会让他心疼。

李谦笑道："你这几天没给太皇太后写信吧，要不要给太皇太后写封信？马上就要过中秋了，这是你第一次离开她老人家过中秋节，她肯定很惦记你。我也不知道太皇太后喜欢什么，要不，太皇太后的节礼就由你亲自操办好了，到时候你跟冰河说一声，我差人一起带到京城去。"

姜宪听着就高兴起来，一骨碌从李谦身上爬起来，喊着百结磨墨。她准备先给太皇太后写封信，再去操心节礼的事。

李谦看着她神情雀跃的样子，长长地吁了口气。庄夫人敢这样对待姜宪，不过是欺她是下嫁，他要是不给庄家一点儿颜色看看，庄家恐怕不知道马王爷到底长了几只眼！

冷凛之色从李谦的眼底一闪而过，又很快恢复成之前的温和。他笑着下了

炕，正巧此时有丫鬟进来报信，李谦略一思忖，跟姜宪说了一声，随着柳篱去了李长青那里。

高妙容正在说今日的事："我也没想到事情会变成这样，还请世伯不要生气。"

李长青的神色颇为轻松，还笑着安慰高妙容："你年纪还轻，小姑娘家又都是一时晴一时雨的，哪里是你能预料到的？这件事与你无关，你不必自责，快回去歇了吧。你不是说明天还要去施家看看施三小姐吗，迟了可就不好了。"

高妙容的神色这才舒缓下来，屈膝给李长青行礼，愧疚地道了声"多谢世伯"，又道："冬至那里，我这几天就暂时不过去了，等过几天她气消了，我再向她解释。"

李长青正要说些什么，李谦走了进来。见高伏玉和高妙容在场，李谦略微有些惊讶地和二人见了礼。

李长青也就无心再说李冬至之事，三言两语打发了高伏玉和高妙容，便急急地问："郡主找你有什么事？"

李谦却有点好奇："爹，伏玉先生和高姑娘这么晚了找您做什么？"

"为了冬至的事来解释几句。"李长青把事情经过告诉了李谦后，又问起了姜宪，"她还好吧？有没有特别生气？"

李谦不想和任何人讨论姜宪的伤心事，只道："庄夫人出言不逊，这才惹怒了嘉南。我也正为这件事想和您商量，我想再招几个人进来给七姑管着，若是以后有人敢冒犯嘉南，嘉南也能有几个好使唤的人。"

七姑当年在江湖上的威名李长青也曾听说过，李谦想专门招人给七姑管，也就是说，要招几个会武技的女子进府。李长青想了想，道："可行！"

李谦向父亲道了一声谢。李长青又问："庄家那边，你有什么打算？"

"嘉南的意思是让我别管。可我觉得，她既然进了我们家的门，就是我们家的人，我们不能让她一个人去面对这件事。庄家这样嚣张跋扈，就算是嘉南忍得下这口气，我也忍不下去。我不管他庄家以后是什么意思，我是不可能和庄家和解的。"

"那这件事就交给你了，能行吗？"

"好！"李谦来时就想好了，如果能争取到父亲的同意，那当然是最圆满的结果；就算父亲不同意，他也要帮姜宪出这一口气。

李长青接着又说起了李冬至："这孩子到底怎么了？从前那么乖巧听话，

129

现在怎么就沉不住气了呢？小子打架打赢了，别人会说是有本事；她一个小姑娘家，和人打架，不管是输了还是赢了，这名声都完了。"

李谦不由得挑了挑眉，道："高姑娘专程过来了一趟，她就没有说冬至为何和那位庄小姐打架吗？"

李长青仔细回忆了一会儿，还真没有。

李谦失笑，道："爹，您不会是一听到冬至和别人打了架心里就窝了团火，什么也没有问吧？"

李长青嘿嘿地笑。李谦把庄小姐在背后非议姜宪的话告诉了李长青。

李长青听着就拍起桌子来："我们李家和他们庄家没完！这件事你别管了，我亲自去会会他们，我倒要看看，他们庄家都有些什么能耐！在背后非议我儿媳妇不说，还带着人打上门来，我李长青活了四十多年，还没见过这么不讲理的人家！"

李谦却不想李长青插手，在他看来，这是对他的羞辱，与李长青无关。

"爹，这件事我心里已经有了主意，您就别管了。"李谦劝着父亲，"若是我这边出了纰漏再说。"

李长青觉得很对不住姜宪，和李谦商量："我们家不是在阳曲那边还有个小田庄吗？我看，不如把那个小田庄送给嘉南，让她压压惊。"

李谦想起姜宪让谢元希转交给自己的那一沓银票，不禁在心里腹诽：保宁给他的那些银票都够买好几个这样的小田庄了。

"不用了。"他回绝父亲，"一家人，总是这样计较就不亲热了。"他应该向父亲言明姜宪对他的好的，可莫名的，他却不想说，只想把这些好藏起来，只有他一个人知道，只有他一个人明了。

李长青想起上次他给姜宪送银子的事，有些不自在地笑了几声，道："也行，那我就不管你们的事了。可你记住了，我们李家再落魄，也没有让自家媳妇受过外人的欺负。"

"我知道。"李谦笑着起身给父亲续了杯茶，问起了去云龙山避暑的事，"我想早点儿起程，嘉南也可以去散散心。"等她从云龙山回来，他应该也把事情都处理好了。

李长青知晓儿子的心意，道："那就三天后起程好了，那边的宅子都是现成的，也早就收拾好了。"

云龙山的宅子，是李家还没去福建时置办的。那个时候他们手里有大笔的银子，也是为了给自己留条后路，便买了那座宅子并记在了李长青另一个结拜

兄弟牛娃的名下。李家在那里不仅有座大宅子，还有一大片上好的良田，如今也是牛娃在打理。

"这么快啊？"得到消息，姜宪有些意外，隐约觉得是李家怕她再和庄家起冲突，也就从善如流，吩咐百结她们开始收拾东西。

何夫人却在为要不要请高妙容一起去而为难。从前高妙容总是和她们在一起，自姜宪嫁进来之后，她们就好像和高妙容生疏了似的。可若是仔细想想，又觉得她们并没有哪里怠慢或是疏忽了高妙容。

只是何夫人仍有些莫名的心虚，她问李冬至："你说，我们要不要请妙容一块儿去？"

李冬至顿了顿，道："要不，您去问问嫂嫂？我觉得嫂嫂做事非常有章法，您去问她，准没错。"

何夫人觉得女儿答得不如她意，想了想，最后还是决定邀请高妙容同去。毕竟昨天高妙容还来说，自己是怎样在施三小姐的生辰宴上帮冬至的。

高妙容突然接到邀请，吓了一大跳，知道这是何夫人的主意之后，沉思了良久才答应下来。

一家人整装待发。

姜宪懊恼总有忘记带的东西。李谦笑道："这有什么，云龙山离这里又不远，若是有什么东西落下，让冰河给我带个信，我让人立刻给你送过去。"

姜宪愕然，问道："你不和我一块儿去吗？"

"我当然会送你去，"李谦笑道，"不过只能在那里陪你三两天。太原城这边还有点琐事，等我把事情都处理好了，再去云龙山陪你。"

姜宪还没有和李谦分开就已经舍不得了，下意识地问道："你有什么事？"

李谦笑道："九月要开始征兵了，有些事得提前安排一下。"

姜宪赧然，她完全忘了李谦是山西总兵府的游击将军，还有公事要忙："你要是很忙，就别送我了，我和夫人一起过去就成。"

"再忙也能抽出时间来送你。"李谦不以为意地笑了笑，道："那边宅子的后山上种了很多枣树，你可以带着冬至去打枣子玩。"

姜宪也有些期待起来，给那天帮了李冬至的陆大小姐、丁挽和袁三小姐送了答谢礼后，欢欢喜喜地和李谦去了云龙山。

第八章
云龙山避暑

从太原去云龙山，快马加鞭需要一天，坐马车则需要两天。中途，他们会停留在一个叫张家集的小地方。

姜宪只出过一趟远门，就是被李谦半哄半骗地带到了山西那次。途中的不便她甚至不愿意回想，因此也让她有了畏惧出门的情绪，如果不是云龙山比较近，她宁愿在太原城里被太阳烘着也不愿意出门。好在有李谦陪着她、照顾她，一路上她的心情一直很好。

李谦见姜宪高兴，也跟着高兴，觉得去云龙山避暑真是个好点子。

不过等到晚上在张家集落脚，姜宪发现高妙容跟着李冬至、何瞳娘坐在同一辆马车里时，心里还是小小地不悦了下。

她朝高妙容点点头，算是打了招呼，高妙容却笑容温婉、大大方方地走过来行礼。姜宪虽对高妙容不怎么喜欢，可也算不上多讨厌，便开口寒暄道："高小姐也和我们一起去避暑啊，欢迎，欢迎。"

高妙容微微地笑，道："承蒙夫人垂爱，邀我一起去云龙山，还请郡主多多指教。"说着，看了李谦一眼。

李谦淡淡地笑了笑。

姜宪顿时觉得气闷，虽然知道这不过是个很寻常的应酬之举，可还是觉得不舒服。因而姜宪只和李冬至、何瞳娘打了个照面，就跟着李谦进了客栈。

客栈有些年头了，生意很兴隆。虽然他们住进来之前已有人专门打扫过，但姜宪仍觉得不干净，直到百结和情客拿出她惯用的被褥铺上，她闻着熟悉的淡香，心情才慢慢好起来。

李谦直笑，吩咐七姑从随行的婆子里找个会做饭的："给郡主下碗面，用家里带来的碗筷和山泉水。"

七姑笑着应"是"，退了下去。

高妙容正坐在何夫人的客房里，一面帮小穗她们收拾东西，一面嘟着嘴向何夫人抱怨："我还以为郡主知道我会跟着您一起去云龙山呢，可看郡主的样子，好像根本不知道似的。"

何夫人不免有些讪讪，道："我问过郡主了，郡主让我随意，我就觉得不应该把你一个人留在太原。你跟着我们去云龙山，正好还可以和郡主、冬至做个伴儿。"

高妙容闻言脸上闪过一丝不自然。不知道是不是她的错觉，她总觉得自施三小姐生辰宴之后，她和李冬至的关系就变得有些疏远了。可要说到底哪里疏远了，她一时又说不清楚。

何夫人转移了话题，开始和她说起李冬至的功课来。刚说了几句，外面传来一阵谈话声。

"……那就麻烦嬷嬷跑一趟了。"客栈房间的隔音一般都不好，七姑的声音清晰地传了进来。

"不麻烦，不麻烦。"说话的是何夫人身边的一个粗使婆子，"难得七姑您瞧得上我的手艺，我一定服侍好郡主……"

随着脚步声，说话的声音渐渐听不到了。

何夫人不由得问道："这是怎么了？"

小穗忙出去打听，回来笑着禀告何夫人："大爷说郡主饿了，吩咐给郡主做碗肉丝面，就有人向七姑推荐了我们这边的一个嬷嬷。"

何夫人奇道："这不是还没用晚膳吗？就是想要吃面，晚膳做也就是了，怎么还专门找了个人去？"

高妙容道："是有点奇怪……"

"可能是大哥怕嫂嫂水土不服吧！"坐在旁边一直没吭声的李冬至突然打断了高妙容的话，"不然大哥也不会让家里的婆子帮着做了。"

何夫人点头。

高妙容笑道："若是水土不服，找家里的婆子做也没有用啊，总得用客栈的水、客栈的锅吧？"

小穗抿着嘴笑，道："真让高小姐说中了！大爷还吩咐小厮把我们从太原带来泡茶的山泉水抱了一罐去，说是用那个给郡主煮面。"

何夫人呵呵地笑，道："大爷就是心细，郡主真是好福气啊！"想到自己嫁给李长青这么多年，还从没有过这样琴瑟和鸣的时候，何夫人不由得神色黯然，没了和高妙容、李冬至说话的兴致，挥挥手，对两人道："你们这一路也辛苦了，早点儿回屋更衣梳洗，等会儿吃了晚膳就早点儿歇下，明天下午我们就能到别院了。"

两人齐齐应诺，起身行礼，出了何夫人住的客房。

高妙容问李冬至："你要不要到我屋里来用膳？"因为旅途中诸事不便，李谦想亲自照顾姜宪，便让众人各自在各自的屋里用膳。

"不用了。"李冬至道，"我答应了舅母和表姐，和她们一起用膳。"

高妙容就笑着和李冬至分了手。

李冬至往何大舅太太住的地方走去，她贴身的大丫鬟小禾飞快地回头睃了高妙容一眼，低声道："高小姐已经回屋了，我们还去大舅太太那里吗？"就在刚才，何大舅太太还差了身边的嬷嬷过来问李冬至要不要和她们一起用膳，李冬至当时婉言拒绝了。

何大舅太太见到李冬至自然非常惊讶："你怎么又来了？"

李冬至没有回答，只是问何大舅太太今天晚膳吃什么。

"你这孩子！"何大舅太太嗔道，还欲再问，却给何瞳娘拦住了："娘，您快让丫鬟去看看今天晚上吃什么吧。是我叫冬至来的，我想和她说说话。"

用完晚膳，何瞳娘把李冬至迎到自己住的小套间里，问："是不是高小姐在你娘屋里，你觉得不好玩，才临时改变主意来我们这里的？"

"没有！"李冬至惊讶道，"你怎么会这么想？高姐姐和我一起从我娘屋里出来了，她已经回了自己屋里。"

何瞳娘撇了撇嘴，道："反正我觉得她总喜欢往姑母身边凑。就像这次，姑母不过是问她愿不愿意和我们一起来，她立刻就答应了。"

李冬至为何夫人辩解道："她客居李家，我们出门避暑，总不好就这样把她留在家里，所以我娘才问的。"

"所以我才觉得她这个人有点问题啊，"何瞳娘道，"换了是我，就算别人请我，我也会自发地说不去啊！"

李冬至没有吭声。

何瞳娘喃喃地道："我从前还觉得她这个人挺好的，长得漂亮，性子好，又有学问，对人还温柔，可现在却觉得她有点变了，似乎没有从前那样贴心

了……冬至，你有没有这种感觉？"

"没有！"李冬至道，应答得有些急促。

姜宪不知道因为自己的一碗面引出了这么多的事，只知道那碗面微微有点辣，让人吃得胃口大开。姜宪让百结赏了那婆子一个封红。

那婆子打开一看，是一对四分的银锞子，喜得她到处显摆。就有婆子笑话她："你才知道啊！郡主出手不是一般的大方。上次秦婆子去给郡主搬花，怕把花叶弄断了，就小心翼翼地把花盆抱在怀里，放好后还用帕子把浇水时溅出来的泥点子擦干净了，正巧被郡主看见，也得了个封红，里面也是对银锞子……只要给郡主当差当得好，被郡主看见了，都能得到郡主的赏。"

李谦这才知道姜宪的手面这么大。想到姜宪给她的那笔银子……他让人泡了杯蜂蜜水给姜宪解辣，道："保宁，云林他们这次会把福建那边的货贩到四川去。我们在四川碰头后，会留下一部分银子用于平时的周转，你要是缺银子，记得跟我说。"姜宪的陪嫁虽多，但大头都在田庄和古玩上，他怕姜宪的现银不够。

姜宪抿着嘴笑道："你放心，没银子的时候我肯定会找你的，谁让你是我相公。"

这话李谦爱听，他摸了摸姜宪的头，心情大好地去吃自己的晚膳了。

姜宪暗自好笑，李谦是要用这两次赚来的银子找郭永固买生铁吧？去四川一趟不容易，当然是要尽量地多买一些。这件事，还得和谢元希说说。

情客进来了，笑着禀道："郡主，之前打的银锞子没剩多少了，您看依旧是委托内务府帮着打一批，还是另找银楼定制？"

"找银楼订制吧。"姜宪道，"为着几个银锞子去找内务府太麻烦了。"

情客却道："御制的东西比寻常银楼打的更受人喜欢。"

姜宪明白过来，笑道："那这件事就交给你了，你看着怎么好就怎么办吧。"

情客笑着应诺，退了下去。

姜宪却不由得暗暗感叹，迫切觉得得把情客留在身边才行。

晚上，和李谦并肩倚在床头看书的时候，她问李谦："你身边有好的年轻男子吗？我想把情客留在身边。"

"这个我倒没注意。"李谦有些意外，姜宪才嫁过来，似乎还不到操这心的时候，"不过你既然说了，我会留意的。"

郡主身边的大丫鬟曾是紫禁城的宫女，别说是嫁给李家的仆从，就是嫁到一般的人家做宗妇都有的是人抢着要，根本不愁嫁。反而是李家根基太薄，把她们留在李家不太容易选到合适的。

李谦就和姜宪商量："要不，就外嫁好了，像马永盛、钟天宇他们都还没有说亲呢。"

姜宪听着就动了心，可转念一想，那些人数年后都会为了李谦转战四方，就有些犹豫。嫁给一个在外征战的男子，每天提心吊胆的，也是件很糟心的事。

"这件事以后再说吧。"姜宪顿时心情有些烦躁，把书丢在一旁，道，"睡觉吧，明天还要赶路呢。"

高妙容屋里的灯却一直亮着，直到快天亮的时候才熄。

早上出门的时候，她神采奕奕，丝毫没有没睡好的迹象，何夫人自然不会怀疑，还邀她到自己的马车上坐。高妙容也不客气，坐上了何夫人的马车。

李冬至莫名就松了口气。和李冬至同车的何瞳娘就有些不高兴了，低声问："高小姐从前也这样吗？你娘一叫就过去，从来不客气。"

李冬至沉默了片刻，道："从前家里只有三个女眷，就没什么讲究。"

何瞳娘不再说话，撩了车帘朝外望。

李谦的马系在姜宪的马车后面，跟着慢悠悠地走着。李驹年纪还小，坐在她们后面的马车里。只有李麟和李骥骑着高大的枣红马，拿着织了金丝的马鞭，不时纵马在驿道上小跑几步。二人正值青春，又锦衣玉带，年长的看上去内敛温润，年少的看上去腼腆单纯，远远望去，如画卷般美好。

何瞳娘目不转睛地伏在车窗上感慨："你大堂兄比大表哥还要大，他怎么还不成亲？"

李冬至一愣，道："之前我们不是在福建吗，我爹不想哥哥们找个福建媳妇，这件事就拖了下来。"她说到这里，小心翼翼地问何瞳娘，"表姐，你是不是……"

何瞳娘脸色一红，忙道："你胡说些什么呢！父母之命、媒妁之言，哪里就轮得到我们说三道四了。"

李冬至却觉得何瞳娘这话透着心虚，她想了想，道："大哥接到了赐婚的圣旨之后，我娘曾问过我爹，大堂兄的婚事该怎么办，我爹当时就有些为难。郡主身份高贵，如果之前大堂兄成亲了还好说，现在和镇国公府结了亲，大堂兄妻子的人选就不能马虎了。除了家世要清白，未来大堂嫂还得八面玲珑、精明能干……这样的人选特别不好找，我们家看得上的，人家未必愿意嫁；愿意嫁进来的，我们家未必看得上，我娘为这件事都快愁死了。我觉得以后不管是谁嫁给我大堂兄，给郡主做嫂子，日子都不会很好过。"这是在委婉地劝何瞳娘，如果看中了李麟，趁早死了这份心。

何瞳娘的脸涨得通红，唰地放下窗帘，道："我不过是问了一句，偏生你话多，絮絮叨叨说了一大堆。"颇有些恼羞成怒的样子。

李冬至忙换了话题，说起到了云龙山别院会不会去泗水的事。

中午，一行人抵达云龙山，比预料的提前了将近半个时辰。姜宪瞬间觉得人轻松了很多，由李谦扶着下了马车。

迎面就看到个攀满了爬山虎、开着凌霄花粉墙灰瓦的院子。姜宪还没有进去就先喜欢上了，她不无遗憾地道："我年前在京郊买了个温泉山庄，刚修缮好就嫁了过来，连那山庄长什么样子都没有见过呢。"

李谦笑着捏了捏她的手，低声道："放心，我一定会陪你回京城泡一次温泉的。"

那恐怕得是很久之后的事了。姜宪抿着嘴笑，她可不想回京后每逢初一、十五就进宫给韩同心磕头。

李家位于云龙山的宅子很大，分了三路，东路是客房，西路是内院，正中的后院是上房。那宅子的后面峰峦叠嶂，看着就觉得有凉意扑面而来，的确是个避暑的好地方。

姜宪被安排住进了西路的双杏院。何夫人没有住在上房，而是住在了东路后面的叠翠阁，和何大舅太太、李冬至、何瞳娘、高妙容住在一起。李麟、李骥、李驹则住在东路前面的爽风轩。

宫里人少屋多，姜宪早已习惯，初嫁进李家时还觉得李家的宅子有些逼仄，如今住进宽敞的西路，呼吸都似乎顺畅了很多。

李谦看出她心情愉悦，笑着问："喜欢住大房子？"

姜宪道："不过是习惯罢了。"

李谦点了点头，没有说话，却记在了心里。

灶上的师傅早已做好了午膳，厨房让丫鬟来请姜宪的示下。姜宪闻言就让她们端到这边来，并问道："夫人那边是怎么安排的？"

"夫人说不想用饭，已经歇下了。大小姐让厨房准备些绿豆粥，等夫人想吃的时候再端上去。"来禀姜宪的是印彩，她口齿伶俐地回道，"何大舅太太和表小姐、高小姐也都觉得疲惫，只想用点儿稀粥。厨房里早已准备好了白粥，配着酱萝卜、五香花生、甜酸乳瓜等开胃小菜。若是舅太太和大小姐她们觉得不好，就让厨房再换个单子。"

姜宪点头，问李谦："那我们也用点儿白粥好了？"

李谦自然没有异议。

印彩笑着应"是"，正要传膳，冰河却进来禀道："将军、郡主，牛九爷过来了。"

姜宪不解地望着李谦。

李谦向她解释："是父亲的结拜兄弟牛娃，因行九，大家便都称他为牛九爷。这些年来他一直帮我们守着这宅子，对我爹很忠心，行事也颇有些章法。我们来之前爹曾经给他写过一封信，说了这两天会到，他想必是听到消息赶了过来。"

李谦去见牛娃，姜宪吩咐印彩准备午膳。

不一会儿，七姑进来禀道："郡主，将军说，牛九爷的太太想带着女儿来给您问个安。"

这是李家的通家之好，姜宪笑道："快请进来。"

牛太太看上去不过花信年华，杏眼桃腮，长得十分标致。她女儿十二三岁的样子，姿容姣美，比母亲长得还要漂亮几分，只可惜神色间有着掩饰不住的骄纵之色，让人难生喜爱之心。

母女俩恭恭敬敬地行礼，姜宪让小丫鬟端了座位给她们。

客客气气地和牛太太寒暄了几句，情客已准备好打赏之物，姜宪便让情客拿给牛小姐："一点儿小玩意儿，还请牛小姐不要嫌弃。"

"多谢郡主。"牛太太谢道。

牛小姐却一副不以为然的样子，一句话没说就接过姜宪给她的见面礼，心不在焉地听着牛太太和姜宪的谈话，眉宇间满是不耐烦。

姜宪不由得问牛太太："牛小姐可还有兄弟姐妹？"

"没有。"牛太太答道，表情有些尴尬，"我和老爷只有她这么一个孩子。"

难怪！姜宪笑着转移了话题。

李谦派了冰河过来，说要留牛娃用午膳。这样一来，姜宪就也得留牛太太母女用膳。姜宪便吩咐情客去厨房里说一声，然后请牛太太母女去花厅里喝茶。

牛太太温声细语地道谢，牛小姐却冲牛太太嚷道："你不是说来请个安就走吗，怎么还要留下来吃饭？我不要在这里吃饭，我要回家！"

牛太太窘得不行，拉过女儿低声哄着："吃过了饭我们就回去。"

"我要回去！"牛小姐一点儿面子也不给自己的母亲，眉宇间越发不耐烦了，"你说话不算话，我现在就要回去！"

牛夫人沉下脸，警告般地喊了声："牛宝珠！"

"我走了。"牛小姐却丝毫不惧，起身就朝外走。

牛夫人气得发抖，上前几步拉住女儿的胳膊，低声道："你要是不听话，以后就再也不要跟着我出门了，永远给我待在家里！"

牛小姐的脸色顿时变得非常难看。

姜宪看着也不是个事，笑着给牛太太解围："想来是牛小姐有什么事，要不，你先带着牛小姐回去好了。我在牛小姐这个年纪的时候也是这样，不喜欢和大人出门应酬，巴不得天天躺在床上看词话就好。"

牛小姐看了姜宪一眼，表情和缓了很多。

这姑娘不会是像白愫一样，也喜欢看词话吧？姜宪抿着嘴笑。

"那我就带着她先告辞了。"牛太太的脸已经红得仿佛能滴下血来，生怕女儿再闹出什么事来，匆匆和姜宪客套几句，就带着牛小姐告退了。

这样的事姜宪还是第一次遇到，她笑着摇头，问情客："那位牛九爷还没走吗？"

情客差人去问，很快就来给她回话："还没走，和将军喝得正高兴呢！"

姜宪摇头，觉得这位牛九爷也是个人物。

她独自用了午膳，去收拾好的内室歇下。半睡半醒中，姜宪有些透不过气，醒了过来。睁开眼睛一看，李谦正半压在她身上，酒意微醺地亲着她的面颊。姜宪气极，一把将他推开。

李谦嘿嘿笑着，顺势瘫坐在她身边，不顾她的反对拉着她的手喊了声"保宁"，道："我真幸运！能遇到你，娶了你……"

姜宪脸上火辣辣的，低声呵斥："你又要干什么，快去喝醒酒汤！"

"不去，我不去！"李谦拉着她的手不放，"你喂我，我才喝。"

"那你就别喝好了。"姜宪说着，脸烧得不行，却坐起来喊情客去端醒酒汤来。

李谦望着姜宪傻笑。

姜宪还是第一次看到这样的李谦，有点奇怪，因而温声问他："今天怎么喝得这么多？"

李谦笑道："你不知道，牛九叔为人憨直，曾得过我娘的救济，非常尊重我娘。我娘死后，他一直都很照顾我，对我像子侄一样。这些年他一直担心我爹对我不好，常常悄悄打听我的消息。"

姜宪看他满脸潮红，目光却干净纯粹，不由自主地摸了摸他的额头。

李谦趁机握着她的手贴到自己的面颊上，喃喃道："保宁，他说，听到我成亲的消息时他很高兴，说以后就是在九泉之下见了我母亲也不会觉得愧疚了。"

姜宪柔声问李谦："婆婆是个怎样的人，你还记得吗？"

"不是很记得了。"李谦道，"我从小就顽皮，每天不是惦记着让几个世叔带我去骑马，就是惦记着和钟天逸他们打架。印象里，我娘对我很严厉。有一次，我不肯好好练字，她就拿竹板打我的手，打得我用膳时都拿不住筷子了，当时我就想，我不要做娘的儿子了……可到了晚上，我睡得迷迷糊糊的时候，发现有人在给我的手抹药，我睡眼惺忪地喊了一声娘，她的眼泪就落在了我的脸上。"

他说话的时候，神色间没有一丝阴霾，好像是在述说一件很好笑的事，可姜宪却能感觉到他的悲伤。姜宪想到了自己，难道是因为这样，他们才会那么合拍吗？她低下头，轻轻地吻了吻李谦的额头。

李谦讶然，立刻惊喜地跳了起来，吻上了姜宪的唇。

姜宪的体温比他的略低一些，吻上去又香香滑滑，让他想起小时候吃过的冰镇凉糕，无比美味。他忍不住撬开她牙齿，纠缠着她。姜宪心一慌，刚要挣扎，李谦就放开了她，并且快速地坐起来，靠在床头轻咳一声。姜宪不解地望着他，只见他说了一声"进来"后，百结就带着个捧着茶盅的小丫鬟走了进来。

"将军，醒酒汤。"百结屈膝给两人行过礼，接过小丫鬟手中的茶盅奉给李谦。

姜宪脸一红。她发现，李谦不管私底下怎么和她闹，却从来不会当着丫鬟婆子们的面和她嬉戏，总是顾及着她面子。她想到这里，抿嘴一笑。

姜宪看着李谦喝完醒酒汤，又催他去更衣，并问起了他的行程："你明天什么时候走？"

李谦有些舍不得姜宪，道："明天用了早膳再走，正好可以赶在城门落锁之前进太原城。"

这样赶路很辛苦的。姜宪想了想，私下吩咐情客去找个娴熟的绣娘，给李谦做了副填充了很多棉花的小被子，好让他搭在马鞍上。

大家赶路都有点累，睡了一觉，众人到了夕阳西下的时候才缓过劲儿来。

李麟喊李谦一起用晚膳，传话的小厮还道："麟大爷还叫了二爷、三爷，在后山的院子里搭了个烤肉架子，说是要在后山烤肉呢！"

李谦听了就问姜宪："想不想去？"

姜宪跃跃欲试，但想到后山全是李谦的兄弟，她去可能有些不合适，就摇了摇头。

李谦把姜宪的迟疑看在眼里，直接吩咐百结："帮郡主换件衣服，她等会儿和我一起去后山烤肉。"见姜宪瞪大了眼睛，李谦就笑着在她耳边道，"我去跟夫人说一声，让她带上冬至和何家表妹一起去。"

姜宪还有些犹豫，李谦已笑着出了内室。

旁边服侍的香儿和坠儿交换了一个眼神。从前李谦称呼何瞳娘时都是叫何小姐的，如今却称她为何家表妹，可见是认了何瞳娘这个亲戚。仔细想来，这也是因为姜宪先认了何瞳娘的缘故。可见服侍好郡主是有多重要了！

姜宪自然不知道两个小丫鬟在想什么，但既然李谦都这么说了，她也就抛开心中的不安，高高兴兴地梳妆打扮一番，由李谦领着去了后山。

这两天都急着赶路，马车里又闷热，此时和李谦走在郁郁葱葱的树林中，顿时让她暑气全消，从心底里安定下来。她不由得放慢了脚步，慢慢地欣赏起沿途的风景来。

李谦笑道："到了晚上，天气会更凉爽些。离我们住的地方不远处还有个荷塘，也是个纳凉的好地方。要不是顾及着你的身子骨，我就让人把我们的住处安排在那边的水榭了。"

姜宪从小就得蚊虫的"喜欢"，夏天她和白愫去御花园散步回来，她身上满是蚊虫叮咬的红点，白愫却什么事也没有。

"还好你没有安排我住水榭。"姜宪庆幸道，把以前的遭遇讲给李谦听。

李谦听了哈哈大笑，道："如果我真的安排我们住在水榭，你怎么办？"

"肯定是要搬个地方的。"姜宪毫不犹豫地道，"别的事能忍，这种事是万万不能忍的。"

李谦笑道："我可没看出什么事能让你相忍。"

姜宪不悦道："昨天有个小丫鬟不小心把我养的惠兰给剪坏了，我就没有生气啊！还有前些日子，洗衣房把我的一件杭绸绣百花的比甲给洗坏了，我也没有发脾气啊！"

李谦忍不住搂了她，下颌抵着她的头低笑道："那是我们保宁的心大，装的都是些大事。"虽然和姜宪认识的时间不长，他却的确能感觉到，姜宪对身边的一些琐事很不清楚，甚至连一些常识都不太明白，可她对朝廷的形势、政局的变化却非常敏锐。或许姜宪一直以来都被当作皇后培养，才会这样吧？

李谦猜测着，越发觉得让姜宪去管家里这些鸡毛蒜皮的小事太委屈她，也辜负了姜家和太皇太后的培养。如果有机会进京，他一定要去给太皇太后好好磕几个头，真诚地给她老人家道个谢才是。

两人说说笑笑，不一会儿就到了后山。

李麟几个已经搭好了烧烤架子，正由七八个小厮、丫鬟簇拥着，在装着食料的大铜盆里挑选各自喜欢吃的食物。见李谦没打一声招呼就带着姜宪过来，众人都非常惊讶，几个小厮更是连忙跑到一旁垂手低头地站着，眼睛瞟也不敢瞟一下。李麟、李骥和李驹则忙上前行礼。

"郡主正好闲着无事，我就带她一道过来了。"李谦解释了一句后，笑着问他们，"都准备了些什么？可别吃了拉肚子，还是找几个灶上的婆子过来帮你们烤吧？"

"那还有什么意思？"李驹嘟囔着，看了姜宪一眼，好像怕她不高兴似的。

姜宪暗自好笑。李谦不在的时候，李驹对她可不是这个态度，可见他还是很怕李谦的。

李麟却道："我们无所谓，可郡主却不一样，还是叫婆子过来比较好。"

"行。"李谦想到姜宪从来没有吃过他亲自动手做的吃食，回头吩咐了七姑一声，又叫仆妇端了个绣墩放在旁边的大树下，对姜宪道，"你坐在这里等一会儿，我去给你烤点儿东西吃。"

姜宪从前见过姜律他们下大雪的时候在后院烤鹿肉吃，忙道："我不要辣的。天气这么热，最容易上火了，你别放辣椒。"

"好！"李谦笑着上前，没走几步又回头看了她一眼，眼里满是温柔。

姜宪的心又开始怦怦怦地乱跳，目光落在李谦修长的背影上几乎收不回。

不一会儿，李冬至和何瞳娘到了。和她们一起来的还有高妙容，却没看见何夫人和何大舅太太。

姜宪有些奇怪。李冬至忙解释道："刚才丫鬟去跟我们说的时候，正巧高姐姐过来邀我们去散步，我们就请高姐姐一块儿过来了。娘说她和舅母是长辈，就不过来凑热闹了，省得我们放不开，还让我们好好玩，晚上不用去给她问安了。"高妙容毕竟是客人，既然碰上了，总不能把客人丢到一旁。

姜宪笑着朝高妙容点头，道："高小姐喜欢吃什么就跟仆妇说，让她们给你准备。"

"不用了。"高妙容非常感兴趣地望着烧烤架，道，"我想试着自己烤点儿东西，也不枉来了这一次。"她说完，问李冬至和何瞳娘，"你们要不要跟我一起？"

何瞳娘睃了一眼站在旁边的李谦等人，犹豫了片刻，道："我，我也想去烤东西。"

李冬至就问姜宪："嫂嫂呢？我想和嫂嫂在一起。"

姜宪笑道："那我们就去看看。你也可以试着和他们一起烤烤，还是挺有意思的。"

她们一起去李谦那里，大家互相见过礼。

因没有外人，也就没有太分彼此，架了两个炉子，男子一个，女子一个，大家笑嘻嘻地开始烤东西。姜宪发现，李麟他们还准备了花椒、胡椒、孜然等名贵的调味料。

李冬至悄悄问："那些有什么用？"

姜宪一边烤肉一边小声地回她："撒在肉上，喜欢味道重就多撒点儿，不喜欢就少撒点儿。至于滋味到底如何，就要你自己吃过才能知晓，我没法说给你听。"

李冬至颔首。

几个长相打扮都很干净利落的灶上婆子被叫了过来。姜宪随便点了一个，让她来看看肉烤熟了没有。

"熟了！"那婆子毕恭毕敬地回道，"肉变了色、有点缩水的样子，就熟了。"

姜宪就撒了些盐和胡椒、孜然，一股呛人的烟从炉架上蹿了上来，姜宪连着咳嗽了好几声。她把烤好的肉放在盘子里准备给李谦送去，谁知道一转身就遇到了李谦。他也端着一个盘子，不过盘子里放的是串馒头片，那馒头片被烤得金黄金黄的，还撒了点儿霜花似的盐，看上去就让人食欲大开。

"吃这个。"李谦把盘子递给姜宪，"那肉也不知道烤熟了没有，你少吃点儿。"

姜宪望着自己手中盘子里的肉，咯咯地笑了起来。

最后，姜宪吃了李谦盘子里的馒头片，李谦吃了姜宪为他烤的肉。不过馒头片松脆可口，肉片却有点柴。两人为此又笑了半天，李谦就不让姜宪再去烤了，让她坐在旁边的大槐树下，自己烤了些素菜端给姜宪。

姜宪吃得津津有味，又见李驹不停地往自己烤的食材上撒孜然粉，不由得笑道："这么热的天，我们这么吃，肯定会上火的。"

"不会。"李谦又端了个茄子过来，笑道，"你吃的全是素菜。"

可李谦却不能好好地吃点儿什么，他只顾着给她烤东西了。

"我吃不下去了。"姜宪接过茄子，示意李谦吃，"今天吃得太多了。"

李谦不敢勉强她，怕她不舒服，就由姜宪端着盘子，自己三两下就把茄子吃了。

姜宪知道李谦喜欢吃肉，就叮嘱他："你给自己多烤点儿肉。"

"知道了。"李谦笑道，把盘子拿回了原地。

正在烤肉的高妙容就"咦"了一声，道："谦大哥，郡主不吃了吗？"

李谦笑着应了一声，走到了李麟他们那边。

李驹忙道："大哥，我给你烤了很多肉。"李谦笑着向他道了谢，他屁颠屁颠地跑去给李谦拿了调味料过来，殷勤地问，"大哥，你要加哪种？"

"你觉得哪种好吃就给我加哪种。"李谦道。他自小在军营里长大，吃食上并不挑剔。

李麟则朝着李谦挤眉弄眼，低声道："我和你做了快二十年的兄弟，还不知道你有这一手。难怪郡主能安安心心地跟着你在山西过日子，这也是本事啊！"话说到最后，他装模作样地叹了口气。

"就你会说话！"年少的李谦还没有练出一副厚脸皮，此时不免有些羞涩地拐了李麟一下。

李麟哈哈地笑。安静地在旁边烤肉的李骥听见了，也无声地笑起来。

高妙容就小声地道："不知道麟大哥说了什么，惹得谦大哥笑个不停。"

李冬至闷闷地翻着手中的食物，没有吭声。何瞳娘则朝着李谦等人的方向望了又望，最终应了一句"可能是说了什么笑话吧"。

等到他们吃得差不多了，百结带着几个小丫鬟送了凉茶过来，并对姜宪道："是将军吩咐我们煮的凉茶。这凉茶给常先生看过，常先生说您能喝，不过不能多喝，只能喝这么一小盅，您试一试。"说完，递过一小杯凉茶。

琥珀色的茶水在白瓷盅里荡漾，姜宪问百结："这茶是用药材煮出来的吗？"

"是的。"回答她的却是不知道什么时候走了过来的李谦。

百结忙屈膝行礼。

李谦重新坐到她的身边，笑道："这是广东、福建那边的饮品——那边的天气很热，大家就煮了这样的茶做消暑的饮品，免得中暑。我一开始不愿喝，后来被我爹逼着喝了几次，渐渐就习惯了这味道。"

姜宪呷了一小口，苦得差点吐出来。李谦就哄她："只喝这么一点儿，你今天吃了烧烤，小心上火。"

姜宪苦着脸把凉茶喝了。李谦不知道从哪里摸出几枚她最喜欢的杏子果脯来："吃了换换味道。"

姜宪一连吃了三个才停。停下来后，她一抬头，却发现李冬至、何瞳娘还有高妙容的目光都落在她身上，姜宪面色微红。

李冬至羞涩地望着他们，目光里闪烁着愉悦的光芒。何瞳娘则面露艳羡之色，然后朝着李麟等人的烧烤架子处飞快地睃了一眼。只有高妙容，笑盈盈地转过头去，温声问李麟："你们吃饱了吗，要不要到树下坐一会儿？"

他们烧烤的地方在一个小坡上，周围立着几棵合抱粗的大树，树下零散地放了些石凳石桌供人休憩。此时凉风习习，吹得人神清气爽，高妙容的提议立刻得到了大家的响应，于是女子一边、男子一边地各自找地方坐下。

姜宪这才发现自己和李谦坐在了两拨人的中间。姜宪微微地笑，任清风拂面。李谦看她神色间全是满足和惬意，心里也很高兴，吩咐百结给其他人上凉茶，给姜宪泡蜂蜜水。姜宪又红了脸，心里却忍不住泛甜。

大家聊着聊着，李麟说起想请个女先生进府说书的事。

李驹第一个跳出来，道："到娘那边的花厅去说，那里凉快！"

"这里最凉快的地方应该是水榭吧？"高妙容笑道，"西路那边有个水榭。"

"真的吗？"李驹惊讶地睁大了眼睛，转身问李谦，"那里能不能划船？有没有莲蓬可摘？"

"可以划船，也可以采莲。"李谦笑着回答李驹，"不过，你们要是去划船，一定要跟夫人说一声，带上身边的丫鬟、婆子，我也会安排几个会泅水的在旁边服侍。虽说是夏天，可若是落到莲花池里，也是很容易得风寒的，而且热风寒比冷风寒要难治多了。"

这样啰唆的李谦又是姜宪没见的。姜宪觉得，李谦像一本书，每当她以为读完了，可翻过一页又有了新内容。和这样的李谦生活在一起，她永远也不会有厌烦的那一天吧？

高妙容转过脸去，和李麟望过来的目光碰了个正着。她大方得体地微笑，李麟却面无表情地转过头去。

天色暗了下来，李谦提议回去，众人自然没有异议，结伴往坡下去。

何瞳娘神情怏怏的，差点一脚踏空摔在地上，要不是李冬至及时拉了一把，只怕是要请大夫了。她红着脸给大家赔不是，一副快要哭出来的样子。姜宪等人纷纷安慰了她几句，但她的情绪还是很低落。

有些女孩天生敏感，一件小小的事就能让她情绪低落良久。姜宪没有办法，只好示意李冬至多看顾着点儿何瞳娘，自己和李谦回了屋。

烧烤毕竟不是正经膳食，姜宪已经饱了，李谦还饿着。姜宪就陪着李谦在宴息室里又吃了顿饭，这才一起坐在庑廊下品茶。

皎洁的月光照在院子里，玉簪花暗香浮动，两个人低声说着话，气氛和谐又温馨，让姜宪恨不得时间能永远停留在此时，让她和李谦能永远这样。李谦也似有所感，拉过她的手要去水榭旁走走。

姜宪怕蚊子，可和李谦相依相偎地散步的诱惑力太大，她略一思忖就同意了。李谦忙吩咐冰河去拿了个玲珑球过来，帮她挂在腰间。

姜宪问："这是什么？"她忍不住拿了玲珑球看。那玲珑球是用竹子编成的，磨得光洁圆润，不知道里面放了什么，有一股淡淡的草药味，却不让人讨厌。

"是艾草丸。"李谦笑道，"我请常大夫帮着做的，不知道效果如何，今天正好可以试一试。"

姜宪笑着点头，第一次主动挽了李谦的胳膊。李谦笑了笑，像什么也没有发生似的，一面和姜宪说着闲话，一面往水榭那边去。

夜晚的水榭，花已半谢，却依旧荷香四溢，馥香浓郁。两人静静地沿着荷塘边的石子甬道走着，慢慢地逛完了一圈，这才回屋梳洗。

晚上，姜宪没有像平常那样四肢规矩地平躺着睡觉，而是侧身抱住了李谦的腰，把头埋在他的怀里。李谦突然觉得，自己和姜宪同床共枕也许并不是个好主意……

姜宪一夜无梦，很早就醒过来，推了推还在睡觉的李谦："快起来！你不是说今天要赶回太原吗？晚了就进不了城了。"

自成亲之后，李谦还是第一次在姜宪之后起床。他睁开眼睛，笑着朝姜宪道了一声"早"。姜宪被他温柔缱绻的目光看得发愣，等回过神来的时候，李谦已起身洗漱去了。

等会儿他就要离开了……姜宪想想就觉得舍不得。她随李谦去了洗漱室，倚在门口和他说话。

"早上吃什么？有面和粥。干粮昨天就准备好了，你们中途就别在路边小馆用膳了，馆子里的东西没有家里做得好。"姜宪说着，目光不由自主地落在了李谦的脸上，这才发现李谦的眼圈居然有些发黑，"你这是怎么了？"姜宪想也没想地走了过去，抬手就去摸李谦的眼睛，"是昨天晚上没有睡好吗？"

"还好。"李谦答得有些含糊，又道，"你跟着我进来干什么？去看看早膳好了没有，用过早膳我就要走了，要过好几天才能再看到你。"

李谦之前可是从不叫她做这些事的。姜宪心中生疑，直视着李谦眼睛，正色道："你真的没事吗？今天要骑一天的马呢。"

"真的没事。"李谦答道，心里却忍不住想，如果昨天晚上姜宪没像烙饼似的在他怀里翻来覆去，他怎么可能到天亮才睡着？

"快去帮我准备出门的东西。"李谦故作不悦地道，却在看到姜宪红润的嘴唇时忍不住啄了一下。

姜宪脸红如霞，也顾不得追究李谦的黑眼圈了，转身央步出了洗漱室。

用过早膳，李谦辞了何夫人，就带着几个随从离开了。

姜宪像被抽走了全部精神似的，干什么都觉得没意思，于是一连几日躺在床上看从太原带来的词话本。

李麟几个倒玩得疯，不仅在水榭旁的荷塘上划船钓鱼，还跑到旁边的村子里去摘别人家的西瓜、李子吃，把人家种在地里的菜都给踩坏了，赔了不少银子。据李冬至说，那些庄户人家不仅不恼火，还挺欢迎他们去地里摘西瓜、李子的。

姜宪听了直笑，问来看她的李冬至和何瞳娘："那你们有没有去？"

"娘不让，"李冬至道，"说没有哪家的大姑娘跟个小子似的每天在外面疯。"

姜宪又问："那你们这几天在干什么？"

李冬至有些嫌弃地道："和在太原时一样，每天不是写字就是背书，一点儿也不好玩。"李冬至说话很随意，连自己的情绪也没有对姜宪隐瞒，仿佛把姜宪当成姐姐似的，这让姜宪有些惊讶。而更让人惊讶的是何瞳娘，不过几天没见，她好像便瘦了一些，精神也有些恍惚，勉勉强强地和她们说上几句话，就开始发呆。姜宪不由得看了李冬至一眼，李冬至摇了摇头。

又聊了一会儿，李冬至告诉姜宪，这几天高妙容每天都陪着何夫人和何大舅太太打叶子牌，问姜宪要不要也过去玩。

"天气太热了，我不想动弹。"姜宪道。

李冬至不禁抬头望了望绿树成荫的窗外，几不可闻地轻叹了口气，不再提打叶子牌的事。

两人直到用了晚膳才走。

结果第二天用午膳的时候，姜宪得到消息，说何瞳娘病了，而且病势汹汹，何夫人和何大舅太太已经派人去离这里最近的镇子上请大夫了。姜宪听了忙去探望。

何瞳娘躺在床上，脸烧得通红，何大舅太太坐在旁边直抹眼泪。大夫开了方子，吃了五服药，何瞳娘才慢慢好了起来。何大舅太太双手合十，连着念了好几声阿弥陀佛，决定和何夫人一起去庙里还愿。

高妙容自告奋勇地陪着何夫人和何大舅太太去庙里，李麟听了就拉着李骥一起护送何夫人几个。何夫人也觉得这样比较妥当，又问姜宪去不去。姜宪以天气太热为由，婉言谢绝了。何夫人知道她身子弱，自然不会勉强她，和何大舅太太、高妙容去了离这里不远的一座名为"济安"的庵堂。姜宪则在屋里继续看她的词话小说。

李冬至来找她一起去探望何瞳娘："大夫说表姐的病已经好了，可表姐还是没有精神。大舅母又不在，我想请嫂嫂去安慰安慰她。"

姜宪讶然，随后讪讪地笑道："我不太会安慰人。"

"总比我好。"李冬至说着，小嘴嘟得老长，不满地道，"她们都嫌弃我年纪小，什么话都不愿跟我说。"

姜宪呵呵地笑，觉得李冬至可爱极了，索性起身重新梳妆打扮一番，和李冬至去了何瞳娘那里。

何瞳娘身边服侍的丫鬟们正满脸焦虑地立在庑廊下，何瞳娘的乳母则是在拍着门扇劝："我让人炖了燕窝，您好歹用一点儿，不然太太回来了该有多着急啊！"

姜宪轻轻地咳了一声。院子里的人循声望过来，"郡主""大表小姐"地喊着，纷纷屈膝给姜宪和李冬至行礼。

姜宪示意她们起身，笑着问道："这是怎么了？"

何瞳娘的大丫鬟眉宇间闪过一丝担忧，低声道："大小姐心情不佳，这两天都吃得不好……"

她的乳母干脆又去拍何瞳娘的门，道："大小姐，郡主和表小姐来看您了，您快开门。"

姜宪不由得皱眉。

门吱呀一声开了，何瞳娘神色憔悴地出现在门口。

"郡主，冬至。"她蔫蔫地跟两人打了招呼，露出个很是勉强的笑容，道，"我不知道是你们来了……快进屋喝茶。"

屋里收拾得很是清爽宜人，却因为门扇紧闭显得有些闷热，加之屋里不知道点了什么香，人进去之后就被熏得有些难受。何瞳娘的乳母忙把四面的门扇都打开。

姜宪见状不禁在心里叹了口气。等上了瓜果点心，把屋里服侍的全都打发了出去，她温声对何瞳娘道："这里也没有外人，你有什么事大可对我们直言，就算帮不上忙，你对着我们絮叨几句，心里也能痛快一点儿。"

何瞳娘听着，眼泪啪嗒一下就落了下来。姜宪也不多问，递了块帕子过去，又推了推她手边的茶。

"谢谢。"何瞳娘瓮声瓮气地说了一句，抿了抿嘴，到底还是把藏在心里的话说了出来，"我也知道是我不对，可我管不住自己……以后我再也不会这样了。我一直盯着他看，才发现原来他一直盯着高姐姐，可高姐姐却并不常看他……只是偶尔对他一笑，他就高兴得不得了……"

他？姜宪脑海里立刻浮现出李麟的模样。她正寻思要不要直白地问问何瞳娘，谁知道李冬至已开口问道："你是说大堂兄吗？"

何瞳娘的脸立刻涨得通红，又羞又急："我说过了，以后不会这样了。"

李冬至抿着嘴，没再说话。姜宪觉得李冬至的情绪有点不对，但她只能先安抚何瞳娘，劝她吃了些燕窝。待何瞳娘面露倦容，两人便告辞离开。

回去的路上，姜宪问李冬至："一个是你大堂兄，一个是你表姐，如果两家能结秦晋之好，亲上加亲，岂不是更好？可我看你的样子，却似乎不太愿意。"

李冬至抿着唇，一直走到姜宪的院子门口，看了一眼远远跟着的百结等人，见她们也停下了脚步，这才沮丧地垂下头，低声道："他们都觉得我不知道，实际上我什么都知道。

"从福建回来的时候，大家都在忙着收拾东西，我被乳母安置在我娘屋里的碧纱橱里睡午觉，大堂兄追着高姐姐过来，说要娶高姐姐为妻。高姐姐吓坏了，说她喜欢的另有其人，如果大堂兄去请长辈提亲，她就一头撞死。大堂兄追问高姐姐喜欢的人是谁，高姐姐怎么也不肯说，后来被大堂兄逼急了，又羞又急，朝着柱子就要撞过去，大堂兄只好走了。

"可大堂兄心里还是惦记着高姐姐，有时还会趁高姐姐到我这里来教我读书写字，找借口过来看高姐姐……阿瞳是我表姐，我想她能嫁个好人家。"

姜宪非常惊讶，不禁伸手摸了摸李冬至的头。

"我知道了。"她微笑道，"如果是我，我也不愿意自己的好姐妹嫁给一个心有所属的人。"

李冬至闻言松了口气，紧绷着的小脸也有了笑容，说话的语调更是带了几分欢喜："嫂嫂，我就知道你不会嘲笑他们的，他们都是好人，不是有意要私底下来往的。"

姜宪笑道："就算是私底下来往也没什么不对。只要不胡来，没害了别人就好。"

李冬至不解。

姜宪解释道："你说，要是这件事败露了，你大堂兄身边服侍的和阿瞳身边服侍的，会落得个怎样的下场？"

李冬至脸色大变，沉默良久。

姜宪有些不忍，搂过她的肩膀，道："既然敢私相授受，就要有能力承担这样的后果；敢承担这样的后果，才是大丈夫所为。所以，你要引以为鉴，以后做事一定要先想清楚，也就是谋定而后动的意思，听明白了吗？"

"听明白了！"李冬至抬头望着姜宪，声音清脆，目光澄澈，她问姜宪，"是不是就像大哥一样，他想娶你，就一定要娶你，谁说也不听、谁也看不上？"

姜宪吓了一大跳，见李冬至一副十分认真的样子，不禁失笑："谁跟你说的这些乱七八糟的话。"

"不是乱七八糟的话！"李冬至闻言，顿时露出些许委屈之色，"是我大哥跟我爹说的，我都听了。我大哥说，他谁也不娶，只想娶你，若他能得偿所愿，便再无所求，以后一定全都听我爹的。"

这样的话姜宪还是第一次听到，她奇道："公公一开始不答应我和你大哥的亲事吗？"

李冬至嘻嘻地笑，道："我爹不是不答应你和大哥的亲事，是之前我爹想让我大哥娶个贵女，好以后教导我的侄儿。我哥不答应，说最要紧的是门当户对。谁知我爹刚同意我哥的想法，我哥又变卦了，非要娶嫂嫂不可……我爹就说我哥一会儿一个主意，恐怕连自己到底想要什么都不知道，我哥急了，就跟我爹说了那番话。"

"那我进门之后，公公没有再说什么吧？"

"没有啊，"李冬至笑道，"我爹可高兴了，说我大哥到底如了他的意，给他娶了个贵人做儿媳妇……"说到这里，李冬至突然觉得有些不妥，面色有些窘然地低声道，"嫂嫂，我爹没有别的意思，就是觉得我们家出身太低了，如果媳妇的身份能高点，以后孩子有个好的母亲教导，也就能像靖海侯府家的那些公子似的，走出去风度翩翩、气度高华……"

姜宪扑哧笑出声来："万一我要是教出个纨绔子弟来怎么办？"见李冬至有些傻眼，姜宪更觉得她可爱，搂着她的肩膀道，"哎呀，我们别说这些了。公公的心思我知道了，至于能不能做到，还真不好说。不过，你大哥的性子好像有些固执，他跟公公是不是常常意见相左？"

"大哥才不固执呢！"李冬至急急地道，生怕姜宪误会了李谦，"我大哥从小就得我爹的喜欢，我爹也最看重我大哥。大哥很少和我爹意见相左，我爹也很听我大哥的劝。"

姜宪就引着李冬至说李谦小时候的事。因为年纪的关系，李冬至对李谦小时候的事知道得不多，只是偶然间从苗嬷嬷那里听来的，且苗嬷嬷的口风很紧，没有多说。姜宪听着，对苗嬷嬷感起兴趣来。

到了下午，她打发李冬至去陪何瞳娘，自己则叫了七姑和苗嬷嬷打叶子牌。苗嬷嬷的牌技和七姑一个水平，姜宪和情客不一会儿就杀得她们连连失手，输了二三两银子。

姜宪不由得抿着嘴笑，对苗嬷嬷道："我跟李谦说说，让他拿体己银子补给你。"

苗嬷嬷听着，原本有些严肃的脸上露出淡淡笑意，道："那倒不必，这点银子我还是有的。"

"你是服侍过我婆婆的人，"姜宪很随意地道，甩了张牌出来，"他孝敬你是应该的。"

苗嬷嬷笑了笑没有争辩，既没有说不要李谦孝敬，也没有说需要李谦孝敬。莫名地，姜宪就想起孟芳苓来，总是什么也不说，默默地为她做事。苗嬷嬷是不是也是这样的人呢？只是没等到她和苗嬷嬷深谈，就有小丫鬟气喘吁吁地跑进来说何夫人等人回来了，这牌也就打不下去了。

姜宪带着情客等人去门口迎接何夫人。

何夫人虽然风尘仆仆的，可精神很好，她拉着姜宪的手客气了一番，说以后就在正房里等她就行了，不用迎出来。

何大舅太太则更直接，欢欢喜喜地对姜宪道："您今天没去，好可惜。我们在济安堂遇到了个非常厉害的老尼姑，不仅会卜卦，还会看病、看相。她说我命中只有一女，但女儿会受贵人庇护，以后会飞黄腾达；说你婆婆，儿子能荫妻封子，女儿能诰命在身；还说妙容八字清奇，贵不可言……"

"舅太太！"跟在她们身后的高妙容赧然地喊了何大舅太太一声，"她不过是看到夫人和您捐了那么大一笔香油钱，抬举我罢了，您可千万别当真。"

何大舅太太就有些不高兴了："难道她说我们家阿瞳的话，也是客套话？"

高妙容被说得一噎，顿了顿才道："阿瞳当时不在，她自然是有什么说什么。可我当时在场，面对面的，她肯定不会说什么难听的。"

何大舅太太的脸色这才好看了些，拉着姜宪继续道："我跟您说，那老尼姑可不是普通的尼姑，她出家之前也是官宦人家的小姐，却自幼与佛结缘，一会说话就会念'阿弥陀佛'……"

姜宪面上耐心地听着，心中却不以为意。何夫人和何大舅太太捐了那么一大笔银子，那些人肯定是好话一箩筐了。

第九章

尚未结束

姜宪晚上睡得有些不好，天色大亮之后也不想起来，在何夫人那里告了个病，就躺在床上继续看她的词话野史。

李冬至和何瞳娘听说后来探望她，姜宪有些脸红，丢下手中的书接待两人，偏生李冬至还拉着她的手关切地问她好些了没有。

"还好。"姜宪含含糊糊地应道，忙转移了话题，"阿瞳今天好些了没有？昨天简直像是被霜打了似的，冬至担心得不得了。"

何瞳娘脸色顿红，喃喃道："我……我没事，就是有点想不开，听了嫂嫂昨天的话，我现在已经好多了。"

姜宪鼓励何瞳娘："你以后应该多和冬至到处走走才是。眼界开阔了，不拘泥于这个小圈子里，就会发现世上还有很多有趣的事。"

何瞳娘点头，有些不好意思地道："我从前总把冬至当成小孩子，实际上冬至比我懂得还多。她还劝我来着，说我以后有什么事最好别总是憋在心里，我觉得冬至说得很有道理。我原本心中郁闷不快，现在想来，是因为我有些妒忌高小姐。"

她这样坦白直率，姜宪很喜欢，笑着递了个李子给她："你既然能说出来，可见是想通了。高小姐有她的好，可你也有你的好，切不可妄自菲薄。"

何瞳娘不好意思地笑，笑容比之前开朗了很多："所以我觉得我应该向冬至学习。之前她听庄小姐说嫂嫂的坏话，能很勇敢地冲上去，我也听见了，却只是傻傻地站着。"

这番话让李冬至非常不好意思，她红着脸道："哪有！你当时不也气愤得很吗？还说要是母亲罚我跪祠堂，你会陪着我一起跪。"

"我那不是安慰你吗？"何瞳娘难得俏皮了一回，和李冬至开玩笑，"你要是被罚跪祠堂，肯定是跪李家的祠堂，我姓何，怎么可能和你一起？"

李冬至一愣，随后就气恼地朝何瞳娘扑了过去，嚷着："好啊，你骗我！亏我还感激得不得了呢。"

何瞳娘咯咯地笑，两个人闹成了一团。姜宪微笑着望着她们，心里觉得安宁又幸福。

结果从那天起，两个人就常来姜宪这里串门。

姜宪奇道："你们俩怎么这么有空了？"

何瞳娘道："姑母和我娘这些日子都在听那个叫空明的老尼姑讲经，哪里有空理睬我们？"

姜宪不由得皱眉，她看过很多僧尼乱家的案子，和这些人过分亲近，是件极危险的事。她想了想，吩咐百结："你去看看是怎么一回事。"

何瞳娘和李冬至忐忑地交换了一个眼神。

姜宪感觉到了她们的不安，不想吓坏这两个小姑娘，笑道："我就是有点好奇，这才让百结去看看。"

两人齐齐松了口气。

姜宪把这件事写信告诉了李谦。李谦让她别急，他会派人去查，并告诉她，他这边有点事，被缠住了，可能要再过几天才能去看她。

姜宪收到信后心情有些低落，她问送信的冰河："将军这些日子都在做什么？"

"庄大人不是管着山西的水利吗？这不眼看要入秋了，各地都要开始检查堤防、修浚河道。虽说如今国库空了十之八九，可这堤防也不能不修，万一出了事，那可是从上到下掉脑袋的事。"冰河低声道，"以前是由布政司出面，向各卫所借兵修浚，不用工钱，只管两餐，还可以趁机向那些本该服徭役的人摊派银子，两头一省，能揣不少银子到怀里。"

"可今年却不一样了。"说到这里，冰河狡黠地笑了笑，"我们将军说了，想借卫所的人可以，但必须按市面价格算工钱，而且工钱得提前给，不然不去。丁大人为这件事，还特意来找过大人。只是大人当时卧病在床，没办法见客，丁大人便又去找了将军。

"可将军说，他这段时间要处置庄家的事，总兵府的事全由大人做主。丁

大人明知这是推脱之词却也不好说什么，回去之后就让庄大人想办法私底下和大人协商。结果我们家大人根本不见庄大人，他来了两次，都吃了闭门羹。

"大人身边服侍的小厮说，那庄大人第二次被拦在门外的时候还骂了几句脏话，被我们家大人听得一清二楚。我们家大人便说，这次修浚河道，山西总兵府是无论如何也不会出人的，庄大人要是有本事，就让太原总兵府或是榆林总兵府出人，山西总兵府的人要冬操，要不，万一开春的时候那些鞑子打过来了怎么办？

"这话一放出去，太原总兵府第一个不干了，说布政司又不缺这几个钱，今年大旱，多的是逃荒的人，不如出钱让那些流民修浚河道，既可以向朝廷交差，还可以救几条人命，一举两得。丁大人觉得有理，便让庄大人用抵销徭役的银子去雇人。可这抵销徭役的银子哪是那么好收的？庄大人在外面忙活快半个月了，一个县的银子都没有收齐，如今正焦头烂额呢。"

冰河说完，大笑了三声，幸灾乐祸之意十分明显。

姜宪失笑，突然间灵光一闪，试探着道："抵销徭役的银子收不上来，不会是你们做了手脚吧？"

"那是当然！"冰河有点骄傲地扬起了下颌，"不然那些人怎么会有那么大的胆子，敢让庄大人一个县的银子都收不回来？"

事情到了这一步，丁留决不会坐视不管的。姜宪沉吟了一下，问："庄家那边可有什么动静？"

冰河摸了摸脑袋，道："好像没什么动静。"

姜宪问冰河："庄家这段时间可有什么宴请或是来过什么比较特殊的客人？"

"宴请……"冰河想了想道，"庄大人的岳母前两天过寿，庄大人虽然没有亲自去，却安排管事送了寿礼，据说那车轮把地都压出了一道印……"

冰河的话还没说完，姜宪心里就咯噔一下，忙打断了他，问："这件事你们家将军是怎么说的？"

"拜寿的事吗？"冰河说着，眼底又露出狡黠之色，"我们家将军说了，最近这些日子有些不太平，庄家这么大张旗鼓，万一路上碰到个打劫的可就麻烦了。"

就知道这家伙会这么干！姜宪有些哭笑不得，更多的却是为李谦担心。

丁留不帮庄大人出面，庄大人现在能倚仗的，也就是他那个在京城身居高位的妻弟了。趁着给老岳母拜寿的机会送上厚礼，向妻弟求助……李谦能阻止一次，却不能次次都阻止。如果想让这件事完美地画上个句号，为今之计，只有釜底抽薪。可让谁去做这件事好呢？

姜宪抚着茶盅上碧绿色的缠枝花想着，曹宣的模样突然浮现在她的脑海。赵翌亲了政，曹宣以后也没什么好日子过，还不如让他提前出现在战场上，早点磨炼出来，也好多几分保命的功夫。

姜宪给曹宣写了一封信，让冰河派个可靠的人送到京城。

她神色肃然地对冰河道："这件事关系到李家的生死存亡，你一定要慎重。若是觉得自己没有把握，就跟谢元希说一声，让他帮着拿个主意。"

随后姜宪又给李谦写了一封信，信里写的全是她这些日子吃了些什么、喝了些什么、玩了些什么，对让冰河派人送信之事只字未提。

曹宣收到信的时候，不由得在心底暗暗地骂了声娘，把信丢到一旁，就去了宗人府。赵翌大婚，仅修缮坤宁宫就花了白银八十多万两，人人忙得不可开交。他被简王拉去当壮丁，带着两个户部的官吏，负责这次赵翌成亲的账目。

赵翌趁机提出要把乾清宫也重新修缮一番，理由是自先帝殡天之后，乾清宫就再也没有变过模样。汪几道劝赵翌，道国库空虚，应勤俭节约；熊正佩却说皇上大婚只有一次，就算是再艰难，也应该让皇上得偿所愿。两人在上书房不欢而散。

曹宣想到这里不由得心情凝重。姜宪在信里说，熊正佩就算以前只是单纯地想辅佐赵翌做个明君，可他入阁拜相进入朝堂之后，有些事就由不得他了——全让她说对了。熊正佩，已经变了。为了和汪几道争权夺利，他已不顾国家社稷、气节大义，凡是汪几道赞同的，他就反对；凡是汪几道反对的，他就赞同，只为了让汪几道在赵翌面前没脸。

曹宣不禁朝慈宁宫的方向望去，太皇太后，到底是怎么抚养姜宪的？曹宣心里五味杂陈，转眼却看见熊正佩在几个翰林院学士的簇拥下走了过来。他想了想，一狠心，迎了上去。

远在山西云龙山的姜宪自然不知道曹宣的纠结，她高高兴兴地对镜梳妆，把小丫鬟们拿在手里的衣裳试了又试，都觉得不满意——李谦要来看她了。

她对情客道："我们是不是得找个裁缝过来，要开始做冬衣了吧？"

情客笑道："前几天就派人去打听过了，有三四个人选，正想和您商量呢。"

"那就尽快把人请进来。"姜宪说着，挑了件鹅黄色的衣服，觉得这个颜色

可以把她的皮肤衬得更红润些,但当她开始挑相配的首饰时,又改变了主意,道,"还是过几天吧,等将军走了,我正好闲着无事,再让那些裁缝到家里做衣裳。有将军的尺码吗?也得给将军做几件。还有夫人、舅太太、冬至和表小姐那里,都别落下。"

情客笑着应"是",帮姜宪把挑出来的珠花戴上,才退了下去。

姜宪就半倚在临窗的大炕上,一面看着词话一面等着李谦。

一直到月上柳梢,李谦才神色疲倦地赶了回来。

李谦不是没有疲惫的时候,只是他再疲惫也会收拾好心情,神采奕奕地出现在姜宪面前,像这样不掩倦色还是第一次。

姜宪大吃一惊,几乎是扑到了李谦的身上:"你怎么了?出了什么事?"

"没事,没事!"李谦抱住姜宪,感觉到她的身体都在发抖,忙安抚地拍拍她的后背,低声道,"我没事,就是想早点儿回来,赶得有些急。"

姜宪仔细打量了一番,见他的确只是有些疲倦,松了口气,拉着他的手就往内室去,又吩咐百结去打水来服侍李谦更衣,还喊香儿去厨房让灶上的婆子重新做一席菜送过来。

李谦心里软软的,拉着姜宪坐到了他身边,轻轻地抚了抚她的头发,犹豫地喊了声"保宁"。

姜宪见他一副欲言又止的模样,猜测可能是与他晚归有关系,心疼他的不易,不愿他为难,索性笑着先开了口:"有话就直说,我又不是那母夜叉,你还怕我吃了你不成?"

李谦笑了起来,望着灯光下肤白如雪的姜宪,忍不住摸了摸她的脸,低声道:"你若是个母夜叉倒好了,了不起打一架,打赢了就行,你这样我反而……"李谦的情绪很不好的样子,沉思了片刻,斟酌着道,"你还记不记得我从前跟你说过,我大伯父在世时,和我大伯母成亲几年都没有孩子,于是就抱了个孩子回来,起名叫李雪,便是我的大堂姐。"

"记得啊。"这个李雪在她成亲时都没有出现,想来是有什么事,姜宪当时没有多问,后来就把这件事给忘记了,"难道是她出了什么事吗?"

李谦迟疑道:"我们去福建的时候,她已经定亲,是跟我们同村的一户人家。我爹不知道我们会在福建待多久,也不知道还能不能回来,就让我大堂姐先成了亲。成亲之后她似乎过得不错,因为我们时不时地会接到我大堂姐托人带来报平安的信。可等我们回到山西才知道,原来我那姐夫三年前就病死了,堂姐生的一儿一女也没了……"

姜宪恍然，问："难道你今日是去那你大堂姐的夫家理论去了？"

如今李家是官身，李雪的夫家家门寒微，照理不敢顶撞李家才是。

"是啊，"李谦疲惫地抚了抚额头，低声道，"嫁出去的女儿泼出去的水，他们家要我大堂姐守贞，我大堂姐又愿意，我们家也不好插手。可谁知他们家知道我爹现在是山西总兵，我还娶了个郡主之后，就想让我大堂姐嫁给族里一个快五十岁的鳏夫。"

姜宪目瞪口呆，道："大姑奶奶如今约是花信年华吧？"

"嗯。"李谦苦笑着点头，"大堂姐今年二十八岁。"

姜宪怒道："他们可真想得出来！"

"所以……"李谦望着姜宪，有些不好意思地道，"我没有跟你商量，就把人给接了回来。不过，我没让她住进来，而是把她安置在镇里的一家客栈，打算等明天我回去的时候再把她带到太原。"

姜宪不解，大喜之日孀居之人是该回避，可如今他们成亲不是已快两个月了吗？

李谦道："我们要回乡拜了祖先、上了族谱，才算正式完成婚礼。"

原来是觉得对不起她才烦恼啊！姜宪长吁了口气，道："带过来就带过来了呗，却不能就这样把人丢在客栈里。我看这样好了，明天我让七姑和百结一起去看看大姑奶奶那边有没有什么需要的，我们这边也可以照应照应。等回了太原，得将这件事和公公好好地商量商量，如果能接回来便是最好。"

"多谢！"李谦握着她的手，低声向她道谢。世人都道孀居之人不吉利，不是家家都愿意接这样的女儿大归的，生怕影响了儿女的婚事。

"胡说些什么？"姜宪笑着打开了他的手，道，"这难道是大姑奶奶愿意的吗？不过，话又说回来了，大姑爷和孩子是怎么去的，你可查了？"

"查了。"李谦叹道，"姐夫是冬天上山砍柴时掉进山沟里摔死的，两个孩子都是病死的。"

"那李麟知道这件事吗？"姜宪问。

"我回来的时候告诉他了。"李谦道，"他已经去了镇上。"

翌日，姜宪向何夫人问安的时候说起了这件事。

何夫人嫁进来的时候李雪已经大了，带着李麟独居一院，平日里除了来给何夫人问安并不怎么露面。加之李雪是由李谦的生母教养大的，何夫人对她有些忌惮，后来李家去了福建，李雪出嫁，就更谈不上亲近了。如今听到李雪的遭遇，何夫人不过是同情地叹了几句，托七姑给李雪带去了二百两银子。

何大舅太太在李家众人面前向来是要面子的，也豪爽地让七姑带五十两银子去，还说要去探望李雪，却被何夫人拦住了："这件事还是看大人怎样安排了再说。"

济安寺的那位空明尼姑再来探望何夫人的时候，何大舅太太就给李雪求了道符，还悄悄问空明李雪能不能回来。

空明笑道："郡主是有大造化的人，有郡主在，万邪不侵。"

何大舅太太不禁为李雪松了口气。

空明就问起姜宪来："怎么不见郡主？难道是去见大姑奶奶了？"

何大舅太太听着，笑意忍不住地从眼角眉梢溢了出来，道："将军过来了，带着郡主去后山钓鱼了。"

空明眼珠子一转，问道："就将军和郡主吗？大小姐和表小姐没有跟着一块儿去？"

"她俩跟去做什么？"何大舅太太道，"将军和郡主一早就去了，我们知道的时候两人已经在后山的小溪边摆开了小马扎，还说要请我们吃鱼来着。可眼看就要到中午了，鱼还没有个影子。"

空明和何夫人、高妙容都呵呵地笑了起来。

姜宪被李谦抱坐在膝头，脱了袜子的脚白生生的，不断拨弄着清可见底的溪水，见小鱼惊慌失措地四处游窜，姜宪不由得咯咯地笑。

李谦亲了亲她的耳朵，低声笑着说了句"顽皮"，拿着帕子要给她擦脚："水太凉了，小心受寒，等会儿我陪你去山那边采鲜花。"云龙山气温低，山间的溪水就更凉了。

姜宪望了望浸在溪水里的竹篓，里面有七八条鱼的样子，其中有两条是李谦把她圈在怀里、手把手教她钓的。突然间，她不想把这几条鱼送到厨房去了。

她任由李谦把她抱到旁边的大青石上，和他商量："要不，把它们养在水榭那边吧？我们让人去买几条鱼回来，就说是我们钓的好了。"

李谦眉眼都柔和了几分，轻声应"好"，咬了咬她已经穿好袜子的脚趾头。

姜宪脸上火辣辣的，看了一眼远处眼观鼻、鼻观心的丫鬟们，横了李谦一眼，低喝道："你干什么！"

李谦笑着又捏了下她的脚，然后帮她穿好鞋子，高声喊冰河过来。李谦让冰河去外面买几条鱼来，又吩咐七姑找时机把这几条鱼悄悄放到水榭旁的荷塘里去。

冰河和七姑笑着离去。李谦拍了拍姜宪的肩膀，道："我们也该走了。"

姜宪迟疑道："不等冰河了吗？"

"不等了。"李谦不由分说，拉着她的手就往何夫人那里去，他们之前已经约好在何夫人那里用午膳。

到了何夫人那里，空明和高妙容都不在，说是两人一起去了高妙容那里喝茶。何夫人见到他们，就问钓到了几条鱼。

"七八条吧！"李谦笑道，"已经送去厨房了，等会儿大家尝尝这鱼与平时的是否有什么不同。"

姜宪抿着嘴笑，这家伙，说谎都不带脸红的。

李麟去了镇上还没有回来，其他人便女一桌、男一桌地隔着道屏风用午膳。何大舅太太还夸这鱼新鲜，姜宪听了险些被鱼刺卡住。

用完了饭，众人正准备移步到花厅喝茶，有小厮跑进来，说金宵求见。

姜宪讶然。李谦看了姜宪一眼，道："我去看看。"

李谦走了没多久，高妙容和空明就过来了。之前用膳时这二人没有出席，毕竟空明茹素，加之有男子在场，何夫人就让人做了一桌子素菜，请高妙容陪客，两人在高妙容那里用了午膳。

空明立马上前给姜宪行礼。姜宪向来不喜僧道之流，不冷不热地点了点头。空明却很是热情，邀姜宪吃斋菜："我们寺里的素鹅做得极好，郡主去尝尝就知道了。"

姜宪看她一身出家人的打扮，却有一副市井妇人的精明，更加不悦，笑道："天气太热，到时候再说吧。"

空明立刻又接过话来，一面夸姜宪长得漂亮端庄，气质雍容，一面说济安寺供的观世音菩萨送子如何灵验……一看就知道空明想干什么。

姜宪懒得应酬她，就打了个哈欠，偏生空明无知无觉，还在那里讲。情客只好上前道："夫人，郡主累了，我陪郡主先回去吧。"

何夫人忙道："那就快回去。"

情客笑着上前扶了姜宪。姜宪用帕子掩着又打了一个哈欠，看在何夫人和何大舅太太的面上，客气地和空明又寒暄几句才起身出了上房。

二人迎面碰到来找她们的冰河，他满脸兴奋地道："郡主，将军请您过去，金家大小姐要嫁给京城安陆侯府的世子爷了！金大人过来谢媒，说是无论如何也要敬您一杯茶。"

没想到这件事还真成了！姜宪觉得以邓成禄的性子，以后一定会是个好丈夫，金大小姐能嫁给他倒也不错。

姜宪一踏上书房的台阶就听到了金宵的声音："我爹高兴坏了，明天会正式来谢郡主和李世伯。我心里高兴，正好又有事要问你，就直接跑过来了。"

姜宪站在门外重重地咳了一声。李谦听出她的声音，忙上前开了门。

快两个月没见，姜宪觉得金宵好像又英俊了几分，她笑着问金宵："这门亲事，你可问过你妹妹是否答应？"

"她当然同意！"金宵笑道，"虽然我爹一心一意想和京中权贵联姻，可若是妹妹不同意，我无论如何也不会让她出嫁的。"

李谦笑着点头，问起金媛的婚期："可定了期？"

"定了。"金宵道，"找钦天监的人看了日子，定在了十一月初十。"

这么急？姜宪和李谦都有些惊讶，不过转念想到邓大小姐已经许配给了晋安侯世子蔡霖。邓成禄是兄长，没有定下亲事还好说，如今看中了金媛，自然是赶在邓大小姐出阁之前成亲最好。

李谦问金宵要不要帮忙，并道："你妹妹要出阁了，想必金城也很惦记，要不就放他几天假，让他送了你妹妹出阁再回来。"

"那倒不用，我继母还在京城呢。"金宵道，"我爹对这门亲事满意极了，拨了两万两银子给我妹妹置办嫁妆，我继母又不是那种不顾大局的人，肯定会把婚事办得妥妥帖帖，就是我去了，恐怕也只是在那里等着背我妹妹上轿。"

"不管怎么说，总归是自家妹妹出嫁。"李谦笑道，"这件事你也别和我多说了，我这就吩咐下去，让金城准备准备，到时候和你一道上京。"

金宵又和李谦抱怨起自己的亲事："我妹妹和邵家的亲事黄了，我祖母好几天都没和我爹说话，我爹就寻思让我娶邵家的三小姐。我迟早要和邵家翻脸，娶个邵家的姑娘不是害人害己吗？可惜你们家没有适龄的姑娘，不然我娶个李家姑娘该多好啊！"

"去你的。"李谦打趣了金宵几句，安排金宵在客房歇下，自己去了内室。

姜宪正要睡午觉，红扑扑的脸蛋像苹果，李谦恨不得啃一口，心里又有点得意，到底是把姜宪养胖了点儿。他洗漱更衣后，抱着姜宪打算小憩片刻，谁知道却一觉睡到了夕阳西下。

睁开眼睛的时候，姜宪正坐在他床边看词话，李谦顿时心中一软，问她："你一直在陪着我？"

"没有。"姜宪脸皮子薄，道，"不过是坐在这里看了会儿书。"

李谦捏着她的手，舍不得放开，姜宪挣脱不开，只好高声喊丫鬟进来服侍他梳洗。李谦这才松手，一个挺身坐了起来，问："什么时辰了？"

姜宪笑道："酉时过两刻了。"

李谦急忙起身，要陪姜宪去后山摘花。

"改天再去吧。"姜宪想到他昨天风尘仆仆的样子，很是心疼，虽说刚刚补了一觉，可明天一早又要赶回去，"今天太晚了，金宵还在这里呢。"

李谦满腹怨气。他一共就抽出两天时间来，昨天在李雪那里耽误了大半天，如今金宵又赖在这里不走，说是要和他明天一道走，这让他根本没能好好地陪陪姜宪。

姜宪知道他的心思，笑着安抚他："来日方长，你下次来的时候，我们再去后山摘花。"

"明日复明日，明日何其多！"李谦不赞同，"下次还有其他的事要做。"

姜宪抿着嘴笑。

李谦到底还是去了金宵那里。

金宵已经围着山庄走了一圈，不由得赞叹："这里真是个好地方，明年我也来小住几天吧？"

"到时候再说。"李谦心想，如果明年他还和姜宪过来，肯定得把这些不请自来的家伙挡在外面。

金宵问起姜宪来："郡主在太原生活得还习惯吗？"

太原当然比不上京城，李家也比不上紫禁城，自己能给姜宪的，只有关心和体谅。想到这些，李谦心里还是挺愧疚的。可他不是那种事事都挂在嘴边的人，只淡淡地道："还行，和家里人相处得挺好的。"

金宵觉得自己也是"罪魁祸首"，如今听到姜宪过得还不错，松了口气，转移了话题，和李谦说起军饷的事来："皇上明年三月才大婚，明年六月之前，军饷是想都不要想了。只是要是明年还像今年似的有一场倒春寒，我们肯定是要和鞑子再打一仗的。可没有军饷，吃都吃不饱，谁给你拼命啊！

"我爹的意思是今年过年的时候怎么也要去趟京城，到户部、兵部走一走，不管能弄到多少银子，大小也是块肉。之后各总兵府再想办法筹一点儿、欠一点儿，先把今年凑合过去了再说。"

李谦笑道："原来你的坑在这里等着呢！你来给我报喜是假，怂恿我进京

是真吧？"

金宵嘿嘿地笑："来替我妹妹报信是主，怂恿你去京城是辅。"

李谦道："今年才过了一半，现在说这些还早了点儿。"

李谦的确想今年过年的时候进京一趟。一来今年是他和姜宪成亲的第一年，应该亲自去给镇国公府送年节礼，向姜镇元和房夫人拜年；二来姜宪一直惦记着太皇太后的身体，常让常大夫写信问田医正太皇太后的平安脉，他如果能进宫给太皇太后磕个头，想必姜宪会高兴；三来就是曹太后那里，他成亲时曹宣虽然来了，他和父亲也写折子谢过恩了，可到底闻名不如对面，有些话、有些事最好还是和曹太后当面言说。不过，是否和金宵一起去，他还没有想好。

金宵却是铁了心要和李谦一道——他和李谦合作的"生意"，不过两个月时间，已经赚得盆满钵满，且到现在邵家还被要得团团转，李谦的手段可想而知。而且他还从金城那儿得知，李谦年前会去趟四川，弄一批生铁回来，他也想参股。金家被邵家压得太久，金宵也被家里的气氛压得太久。他需要站起来，站得比父亲还高，才能让金城和金媛躲在他的羽翼下不受伤害。

于是他放低了姿态，有些讨好地笑道："你也知道，我是连门都摸不到的，我总不能在我妹妹刚嫁到安陆侯府还没有站稳脚跟的时候，就去求我妹夫吧？再说了，邓成禄性子绵和，邓家也早已不问政事，让他帮我牵线搭桥，还不如我自己想办法呢！"

金宵说的也是实话，但李谦还是有些犹豫。

金宵索性道："宗权，我实话跟你说了吧，这一年两年的军饷我们家还是拿得出来的，我爹让我去京城，最主要的还是想结交几个在关键时候能帮得上我们的官吏，也不用多大的官，消息灵通就成。至于要不要得到银子，反在其次。"

李谦不敢给他保证，道："好吧，如果我去，就和你一起去。"

金宵大喜，随后问起生铁的事来。

"现在还不好说，"李谦低调地道，"主要得看郭永固给不给面子了。如果能谈下来，你也知道，我这边不缺银子，这批生铁弄回来我是要自己用的。如果你实在想入股，那就占一小股好了。"

金宵喜出望外，觉得这趟来得太值得了，两个人开始讨论哪家的铁打得好。李家毕竟离开山西快十年了，不比金家，金宵很快就向李谦推荐了两个打铁的师傅，并承诺到时候把这两个人弄来给李家打制一批兵刃。

说起感兴趣的话题来，时间就过得特别快。这时，有小丫鬟奉姜宪之命过来给李谦传话："今天是表小姐的生辰，郡主说，她在舅太太那里吃了长寿面再回来。"

李谦有些意外，之前可没听说今天是何瞳娘的生辰。此时不是问话的好时机，李谦点点头，要放那小丫鬟走，金宵却对李谦道："表小姐？是何夫人娘家的侄女吗？"

李谦的外祖家早就没人了，金宵来之前已打听清楚。

李谦"嗯"了一声，笑道："嘉南挺喜欢她的，常把她和冬至接到身边做伴。"

金宵听了就道："相请不如偶遇，我既然遇到了，少不得得做回哥哥。"说完，喊了近身服侍的小厮进来，让他去银楼买对赤金的长命锁。

李谦哈哈笑，道："我妹妹今年才八岁，不过我这表妹却已然及笄，你送长命锁不适合吧？"

金宵闹了个脸红，怪李谦道："谁让你没说清楚的？'郡主常接到身边做伴儿'，任谁听了这话，也会以为你那表妹今年不过八九岁啊！"

李谦又是一阵笑。

金宵赧然地摸了摸鼻子，随后心中一动，吩咐小厮去银楼选副头面送给何瞳娘之后，让李谦打发了屋里服侍的，正色道："宗权，你看我弟弟金城怎么样？"

李谦一愣，道："还不错。"

金城虽然沉默寡言，却心细如发，而且做事踏实，谨言慎行，处事说不上圆滑却也算机敏，以后金家的庶务完全可以交给金城，不需要金宵操心。相比之下，李谦这边就缺了个这样的人。李骥老实，却也太过木讷，做小事还成，大事却不堪用。他还得想办法找个能帮他打点庶务的人。想到这里，李谦就有些头痛，神色间平添了些许无奈。

金宵见状不禁道："宗权，我跟你说件正经事。金城也跟着你做了一段时间的事了，你应该比我还了解他，你觉得他这个人到底怎么样？"

"真心不错！"李谦肃然道，"你我朋友一场，金城又是你弟弟，你以后的左膀右臂，我怎么会敷衍你？"

"那就好。"金宵笑着问李谦，"你那表妹定亲了没有？"

"应该没有吧？"李谦不敢肯定，他之前压根没注意过何瞳娘。

金宵听着呵呵地笑，对李谦道："宗权，不如你我两家结门亲事吧？"

"什么意思？"李谦一开始还没反应过来，待话一出口，便立刻明白过来，不禁目瞪口呆，道，"你是说……金城和何表妹？"

"是啊，是啊！"金宵欢快地道，"你看，你也觉得我们家金城不错，而何小姐正当年，如果能结为秦晋之好，岂不是两全其美、锦上添花的事吗？"

李谦忙道："这件事你得和金总兵商量一下吧？"

"我爹肯定愿意。"金宵胸有成竹地道，"不说别的，就凭你和郡主帮我妹妹找了这么好的一门亲事，我爹也肯定愿意。"

金宵这么一说，李谦已经明白金宵在打什么主意了。不过，如果能和金家联姻，的确是个很不错的选择。他故作拿不定主意的样子沉思了片刻，道："这件事得请嘉南出面，这位何表妹的情况我还真不清楚。"

何夫人是继母，何瞳娘又是何夫人那边的亲戚，李谦要是清楚何瞳娘的事，那才不正常。金宵不以为然，反复叮嘱李谦要把这件事放在心上："到时候，我肯定给郡主包个大大的红包。"

李谦笑着应了。两人又说了会儿闲话，李谦陪金宵用过晚膳，商量好了明天的行程，这才回屋。

姜宪已经回来了，卸了环钗，梳洗后正坐在镜台前由印彩帮她通头。

听到动静，她转过头，眉眼忽地就弯了起来，满心的欢喜掩饰不住地扑面而来："你回来了！我让厨房给你做了醒酒汤，你喝了之后再去盥洗。"

李谦"嗯"了一声，忍不住上前摸了摸姜宪的头，然后依她之言喝了醒酒汤，跟着服侍的丫鬟进了洗漱间。

等他出来的时候，姜宪已经换了白绫中衣，靠在床头看词话。

李谦凑过去看了一眼，见封面画的是小姐带着个丫鬟在庙里拜菩萨，庙门外一个书生模样的青年男子在窥视，不由得笑道："这本书很好看吗？我看你昨天看的也是这本。"

"一点儿也不好看，气死我了！一个落魄书生，得了富家女儿的资助有了功名，竟然既要娶官家小姐为妻，又要纳富家女儿为妾，那两个女子也糊涂，竟都跟了他。"姜宪说着，有些生气地把书拍在床上，道，"这个百晓生就是在胡说八道，我写得都比他好。"

李谦好笑地看着她。两个人就着这本书说了一会儿话，又说了金宵的提议，姜宪便躺在李谦怀里迷迷糊糊地睡着了。

第二天，姜宪被百结唤醒的时候，李谦已经收拾好了，正坐在内室临窗的炕上用早膳，稍后就要起程回太原。

姜宪的心情顿时低落起来，想起身送送李谦，却被李谦按回床上，哄了半天。这时金宵派了人过来催李谦起程，李谦这才想起昨天答应金宵的话，只好草草地交代姜宪几句，又亲亲姜宪的额头，便带着随从离开了。

姜宪快快地躺着，直到中午才起来。李冬至和何瞳娘来找姜宪玩，姜宪看着绵软得像小白兔似的何瞳娘，忽然来了兴致。她梳洗打扮一番后，和李冬至、何瞳娘去了何夫人那里。

何夫人今天难得没有在念经。姜宪避开李冬至和何瞳娘，说起了金城。

何夫人一听，立刻就愿意了，拉着姜宪的手就进了内室，低声问："这件事可靠吗？可别我们这边答应了，金家却根本没这意思。"

"那边自有将军出面，我们只管我们这边。"姜宪没有经验，不知道该怎么回答何夫人，就拉了李谦做挡箭牌，"你先探探大舅太太的意思，到时候我们也好见机行事。"

何夫人大手一挥，道："不用问她，我觉得阿瞳再也找不到比这更好的亲事了。这件事我就替她做主了，你只管去探金家的意思。"

姜宪应诺下来，派了人回太原。

没几日，金家就派人来说媒，何大舅太太喜得嘴都合不拢了。

消息传到高妙容的耳朵里，她惊讶地向香芷证实："你说谦大爷保媒，把表小姐许给了金家的二爷，是真的吗？"

"是真的！"香芷不由得羡慕地道，"您可没瞧见大舅太太那张脸，都快笑成一朵花了。大家都说，金何两家联姻，算得上是金玉良缘了。"说到这里，她担心地望了高妙容一眼，低声道，"小姐，您也该为自己打算打算才是。"

高家既拿不出丰厚的陪嫁，也没有显赫的声望。李家麟大爷是多好的人啊，丝毫不嫌弃这些，对小姐上心不说，还是李家的长孙，以后可以自立门户，还没有公婆管着，外面不知道有多少女子想嫁给麟大爷。要不是李大人挑三拣四，麟大爷早就成了亲，哪里还有他们家小姐什么事！

高妙容的脸色有点难看。她知道香芷是怎么想的，可让她就这样嫁了李麟，一辈子依附李家过日子，她不甘心。她曾经发过誓，要嫁个好人家，绝不再过那种寄人篱下、漂泊不定的日子。想到这些，她换了件衣服，去了何大舅太太住的地方。

何大舅太太正在和贴身嬷嬷清点这些年来为女儿准备的嫁妆。

高妙容看着，心里止不住地发酸，脸上却笑盈盈地和何大舅太太开着玩笑："我是不是来得不是时候？"

"看你说的。"何大舅太太此时看谁都多了几分亲切，她伸手将茶几上一支用紫檀木盒子盛着的金凤凰步摇拿起给高妙容看，"怎么样？这凤眼上的两

颗红宝石啊，当初可花了我六十两银子，虽说不大，成色却顶好。"说到这里，她又想起什么似的，转头对贴身嬷嬷道，"你记得跟老爷说，拔步床得再打四张，加上之前我给阿瞳准备的两张，正好六张，可别心疼银子。以后阿瞳能不能站得住脚，这陪嫁可是第一关……"说着，想到高妙容还在这里，她忙朝高妙容露出一个歉意的笑容。

高妙容示意不必介意。何大舅太太也就真当她不介意，继续吩咐："陪嫁的布匹全去江南采买，那边的布比京城款式多，好看，还便宜。还有那些香油、梳子什么的，也要写在清单上，从那边买回来……"

高妙容在心里撇嘴，真不愧是商贾之家，嫁个女儿还要贪图便宜。她没能忍住，笑道："表妹成亲这么大的事，您不回太原吗？"

何大舅太太不以为然地笑道："先定亲，一时半会儿还不会成亲——金家大爷的婚事还没有定下来呢，不然我哪有工夫慢慢地给阿瞳置办嫁妆啊！只是没想到阿瞳会嫁得这么好，原来的嫁妆就有些不够用了，这临时抱佛脚，也不知道会不会出什么纰漏。"她深思了片刻，道，"不行，阿瞳的嫁妆，我得让郡主帮着看看，她有经验。"

她能有什么经验？请个客都得身边的丫鬟帮着定菜单……讥讽的话差一点儿说出口，高妙容不由得咬了咬唇，可最终还是没能管住自己，笑道："舅太太辛苦了！新姑爷是次子，家里只怕准备得没那么充裕，舅太太多用心点也是应该的。"暗中讽刺何瞳娘嫁了个庶子，何家嫁女儿还得倒贴。

何大舅太太平时挺精明的，此时却高兴过了头，不仅没有品出高妙容的讽刺，反而诚恳地道："未来姑爷的出身我向来是不挑的。我高兴，是因为新姑爷和将军共过事，将军瞧上了眼，这才给我们家阿瞳做的媒。这男怕入错行、女怕嫁错郎，只要新姑爷人品好，其他的倒是其次。虽说家世好的能帮衬的地方多，可也要看这个人有没有本事，不然金山也能吃空。"

高妙容微笑着点头，心里想到李麟。她要是嫁给李麟，这辈子就别想出人头地了，永远都会被李谦压一头。想到这里，高妙容就有些坐不住了，和何大舅太太又说了几句便起身告辞。何大舅太太正忙着，也没有留她，让贴身丫鬟送她出门，自己转身去了姜宪那里。

姜宪正伏案写着什么。何大舅太太的脚步一滞，悄声对百结道："那我等会儿再来。"

百结笑道："没事，没事，我们家郡主就是闲了写几个字罢了。"

姜宪听着暗中咧了咧嘴，放下手中的笔，一边让丫鬟倒水拿香胰子给她净手，一边问何大舅太太："找我可是有什么事？"

"想让您帮我看看阿瞳的嫁妆单子。"何大舅太太嘿嘿笑着说明了来意。

"这些我也不懂，你拿给情客看看，她可是差点成了女官的人，懂得比我多。"

听姜宪如此说，何大舅太太神色颇带几分敬重地去找情客了。

姜宪喝了杯茶歇了一会儿，又开始伏案疾书。

印彩不禁悄声问百结："郡主这是怎么了？"

百结抿着嘴笑，小声道："郡主说要写一本词话。"见印彩瞠目结舌，百结拉了拉印彩的手，低声道，"走了，别在这里妨碍郡主了。"

姜宪又伏案了几日，这才发现要写一本词话有多不容易。先是那些场景，后是那些对话，百晓生娓娓道来，她却干巴巴的，像吵架。而且兴头过了，她的气也消了很多，注意力渐渐被何瞳娘出嫁的事吸引，写词话的事也就暂时放下了。

没几日，李谦深夜来了山庄。姜宪惊喜不已，光着脚就朝李谦跑去，被李谦一把揽进怀里。

李谦看着姜宪的一双妙目，只觉像白水银里含着黑水丸，清丽至极。怎么有人会长得这样的漂亮！李谦想着，情不自禁地凑过去，在她的眼皮上吻了吻。

"你，你，你……"姜宪脸红得说不出话来。

李谦却是一笑，道："不许再顽皮了，快睡觉。"然后伸臂取了薄被，严严实实地裹了她，抱着放到了床上。

到底是谁招惹谁？姜宪腮帮子鼓鼓的，像只张牙舞爪却被束缚了手脚的猫。

李谦呵呵地笑，用手挡住她的眼睛，低声道："不要这样看我，你再这样看我，小心我又想亲你。"

姜宪忙闭上眼睛，又惹得李谦的一阵轻笑。

他把她抱在怀里，在她耳边悄声地说着"睡吧"："我抱着你呢。"

这么大热的天，谁想要你抱着！姜宪在心里嘀咕着，却莫名其妙地很快睡着了。

第二天醒来，李谦已不在床上，服侍梳洗的百结告诉她："将军去骑马了。"

姜宪"哦"了一声，快快地坐在庑廊的竹椅子上等李谦回来。其实她有些很重要的事，昨晚就该告诉李谦，只不过一见到李谦，她就把那些都忘了……

姜宪闷坐了一会儿，李谦就穿着身宝蓝色的劲装，微笑着穿过院子里的甬道朝她走来。清晨的露珠从玉兰花皎洁的花瓣上滚落，让这个清晨变得美好起来。姜宪深深地吸了口气，站了起来。晨光中，他的面孔比玉兰花的花瓣还要白皙，眼睛比夜晚的星子还要璀璨，望着她的目光温煦而又柔和。

李谦摸了摸她的手，感觉和平常没有什么两样，才笑道："山里早上的风凉得很，出来的时候该披件衣衫才是。"

姜宪笑盈盈地点头，任李谦牵着她的手进了厅堂。

李谦由丫鬟服侍着更衣，她就歪在旁边的罗汉床上看着。李谦被她看得忍不住问："你是不是有什么话要跟我说？"

姜宪不好意思地摸了摸鼻子，问李谦："庄家还在纠缠不休吗？"

李谦并没有要瞒着姜宪的意思，且冰河和谢元希素来亲近姜宪，姜宪知道他这些日子在干些什么并不稀奇。他就笑着刮了刮她的鼻子，淡淡地道："庄家是文官，咱们家是武官，他还没能力把我们怎样。"话里颇有些决不罢休的味道。

姜宪皱了皱鼻子，道："可有只苍蝇总在耳边嗡嗡，也挺烦人的。"

李谦笑道："没事，这只苍蝇我迟早要拍死。"

姜宪反而不知道该怎么说了。

李谦在姜宪的事上非常敏感，见状问道："你是不是有什么主意？"

姜宪嘿嘿笑了两声，道："原本不想管的，可丁留一直沉默，我就有点烦。那庄家不是一直仗着小舅子温鹏是大理寺少卿吗？我就写了封信给曹宣，让他去找汪几道或是熊正佩，想办法让那个温鹏挪个地方。"姜宪神色微冷，又道，"前几天曹宣给我回信，说云南布政使死在了任上，位置就空了出来。我觉得，既然这个温鹏这么能干，在大理寺少卿的位置上又这么闲，不如举荐他外任云南布政使好了。"

李谦讶然。姜宪看了李谦一眼，有片刻的犹豫，她这样，李谦会不会觉得她冷酷无情？这念头只在她的脑子里盘旋了片刻——既然想和李谦白头偕老，有些事就不能避着李谦，不然她岂不是要时不时地在李谦面前做戏？这不是她要的生活。李谦若是讨厌她这种性子，不如从现在就开始讨厌。

姜宪的神色更冷了几分："曹宣觉得我这主意不错，想着熊正佩和他有些交情，就去找了熊正佩。熊正佩正和汪几道斗得欢，不想得罪我们节外生枝，就做了个顺水人情，举荐了温鹏。我算着日子，过几天吏部应该就有消息了。你就别理庄家了，没了温鹏，他们不过是落水狗，犯不着和他们计较。而且我也和曹宣说了，让他给熊正佩传个话，说庄大人在这里做得好好的，山西的事琐碎又复杂，还少不了庄大人，正该让他在这里多留几年才好。"

李谦笑着摇头，忍不住用手捧住姜宪紧绷着的小脸，在她的头顶亲了一下，低声道："傻姑娘，干得好！"

姜宪愕然抬头，望着李谦。

李谦仿佛知道她在顾忌什么似的，笑着又亲了亲她的鼻尖，温声道："我虽然是我们这一房的长子长孙，要支应门户、照顾弟妹，可若是有个人时时把我放在心上，舍不得我受一点点的委屈，我也会觉得温暖舒心的。"

姜宪顿时面色通红，心虚地磕巴着道："谁、谁舍不得你受委屈了，是、是庄家冒犯了我，我要是放过他们，别人还以为我是个软柿子呢。"

"真的吗？"他捧着她的脸，和她额头抵额头，声音低沉醇厚却又带着几分轻快的笑意，"那庄夫人打进来的时候，你怎么没想到动温鹏，偏偏在我和庄大人对上的时候坐不住了？"

姜宪觉得自己的脸都要烧起来了。

"保宁，我的好姑娘！"李谦的声音又低了几分，在她耳边轻叹，"你要一直这么护着我才行，要不管什么时候、出了什么事，都这么护着我才行。"说完，李谦紧紧地把她抱在怀里。

姜宪耳朵里只听得见自己心跳的声音，这让她心底发慌，又让她欢喜。她紧紧地箍住了李谦的腰，把自己埋在了他的怀里。

温鹏调任的消息很快传到庄家人的耳朵里，庄大人当时就跳了起来："什么！任云南布政使？那还能回京城吗？"

报信的是庄家的大管事，他闻言脸皱成了一团，低声道："我听温家的人说，好像是有人在整治舅老爷。温家还说，要在舅老爷去上任之前跟王翰林家把婚事定下来。"

庄大人心中一沉。温家想和王家结亲，只是王家大小姐年纪尚幼，温家怕王家大小姐活不过及笄，就一直拖着，如今却急着把亲事定下来。可见温鹏知道，自己去了云南之后就很难再回来了。

那庄家怎么办？特别是这段时间李家咄咄逼人，他要是再不反击，别人恐怕会以为他怕了李家……难道这事是李家做的？庄大人想到这里，自嘲地摇了摇头，他这也算是草木皆兵了。可到底是谁摆了温鹏一道呢？

他怎么都想不明白，索性把这些都抛在了脑后，提笔写了封信，问温鹏以后有什么打算，有没有什么是他能帮得上忙的。

温鹏现在一个头两个大。自己小心翼翼地经营了这么多年，却突然被调职；

和王家原本已经说定了的亲事，如今也变了卦；最重要的是，他自认没有任何怠慢熊正佩的地方，连熊正佩为什么会对他动手都不知道。

庄大人的信就被他压在了案头——在去云南任职之前，他一定得和熊正佩把这个结解开才行。可他跑了好几天，直到离京赴任时也没弄清楚到底是为什么。

温鹏打探不到消息，庄大人就更没有消息了，庄夫人心急如焚，偏偏这个时候传来袁三小姐出阁的消息。从前庄夫人不把袁家放在眼里，现在却不比往昔，没了温鹏在京城的照拂，庄家在官场上哪里还敢高调？她压下心底的烦躁，亲自去袁家添箱。

袁家世居太原，素来对外来的官吏大方，这些人没少受袁家的礼，于是来添箱的官家夫人小姐便很是不少。庄夫人除了遇见鲁夫人，还遇到了何夫人身边的程嬷嬷和姜宪身边的情客。

袁家不敢怠慢情客，当家的大太太虽然没有迎进送出，却派了二太太亲自陪在情客身边，进了袁三小姐的屋。

情客身材高挑，神色温和，态度恭谦又落落大方，穿了件碧色的杭绸比甲，珠花上镶着的猫眼石有莲子米大小，比寻常官宦家的小姐还要气派。她恭恭敬敬地给袁三小姐行了礼，送上姜宪的贺礼——一对掐丝珐琅烧蓝玻璃的手镯、一支赤金打造的亭台楼阁挑心，一看就是内造之物。屋里的看客啧啧称奇。掐丝珐琅烧蓝玻璃手镯内仿佛有蓝色水银流动，赤金挑心上的亭台楼阁更是栩栩如生。

正巧碰到这一幕的庄夫人却眉头紧锁。庄家和李家有嫌隙，姜宪大出风头，她自然不高兴。

庄夫人不由得问袁大太太："三小姐的婚期定在了八月二十六，那个时候嘉南郡主应该回太原了吧，她会来参加三小姐的婚礼吗？"

现在只要是太原城里消息略灵通些的人家，谁不知道李家和庄家对上了？袁大太太笑道："那可说不准，郡主那个时候应该要回汾阳祭祖吧？"

庄夫人看着袁大太太一副小心谨慎的样子，心里的火烧得更旺了："三小姐出阁毕竟是大事，袁家倒心宽，任人随心所欲的。"言下之意是指就算姜宪不出现，袁家也不敢说一句不是。

袁家虽然富贵，却也只是个乡绅，嘉南郡主出不出席，袁家本来就不敢说一句不是。庄夫人现在是脑子不清楚了吧？袁大太太一边腹诽着，一边小心地奉承着送了庄夫人出门，却在门口遇到了送程嬷嬷和情客出门的袁二太太。

庄夫人忍不住对袁家两位太太道："早知道这样，我就应该早点儿走的，也免得袁家为了送个人还要分头行事。不过是个丫鬟，竟也郑重其事。"

情客闻言，开口讥讽道："没想到会在这里遇到庄夫人，我刚才还以为看错了。温大人去了云南，恐怕好几年都回不来了，庄夫人就没给自家的兄弟准备些出门的土仪？"

庄夫人大怒，道："一个丫头片子，居然敢在我面前说话……"

只是话还没有说完，情客已从上到下地扫了她一眼，不屑地道："难怪温鹏到现在都不知道自己得罪了谁！这般不懂人情世故，也不知道怎么做到大理寺少卿的，可见能力不怎么样，运气却占了大头。如果不能靠运气了，这仕途不就艰难起来了？我看啊，照这样下去，温鹏还得在云南多待几年。"

庄夫人听得一愣："你知道？"

情客冷冷地笑，道："我一个丫头片子，怎么会知道温鹏得罪了谁？"说完，她屈膝朝袁家两位太太行了个福礼，柔声道，"多谢两位太太相送，奴婢告辞。"

袁家两位太太还想和情客寒暄几句，情客已带着程嬷嬷上了马车。

庄夫人这才反应过来，上前几步就要找情客理论，却被李家的仆妇拦在台阶前，更有妇人笑道："还请庄夫人留步，我们只是听命行事，庄夫人若是有什么事，不妨去请教我们家郡主或是夫人！"

庄夫人气得半天说不出话来，铁青着脸，眼睁睁地看着马车离开了袁家。

第十章

上　谱

丁夫人得到消息时已经是第二天了，她心中隐隐不安，晚上把这件事告诉了下衙回来的丁大人。

丁大人当时就有点傻眼，转念之后神色大变，匆匆吩咐丁夫人："快，快给我磨墨，我有事要问姐夫。"他说的姐夫，是指刑部侍郎姚先知。

丁夫人吓了一大跳，一面挽了衣袖给丈夫磨墨，一面问："您这是怎么了？难道庄家和李家的事有什么不妥当吗？"

"何止是不妥当！"丁大人走到书案前，"事情太巧了，李家和庄家的矛盾还没有解决，温鹏就被调任云南布政使，且一个郡主身边的丫鬟都敢直呼其名——我怀疑，温鹏一时半会儿是回不了京城了。

"我之前就听说嘉南郡主十分受宠，就连皇上，她也是敢指使的。因而她出阁的时候，我才会猜测是李家的长子引诱了她，而不是宫里容不下她了。要知道，当初嘉南郡主选婿的时候，金宵也去了，如果真是要远远地打发了嘉南郡主，金宵可是个比李谦更好的人选。

"若嘉南郡主只是听到了什么消息还好说，怕就怕这件事就是她指使的。庄家不过是下了她的面子，她就能毫不在意地断了温鹏的前程，这可不是普通女子能做得出来的事。

"之前李家和庄家相争的时候，我一直没有插手……一定要打听清楚才是。"

丁夫人听着，打了个寒战，磨墨的手也不由得慢了下来。她仔细回忆着，觉得自己应该没有什么地方得罪过姜宪。

远在云龙山的姜宪正在和李冬至、何瞳娘钓鱼。她有点无聊，两个小姑娘一个太小、一个太腼腆，一点儿也不好玩。如果刘冬月在这里就好了。姜宪想着，就连鱼漂明显地在水面上沉浮，都没有什么兴趣去拉鱼竿了。她起身准备去旁边的凉亭里看书，抬头却看见冰河急匆匆地小跑过来。

冰河边喘边道："郡主，袁家大太太和二太太过来了，说是特意来给您下帖子的。"

虽说是来拜访的，可姜宪见不见还说不定，何夫人就提前到了花厅，帮姜宪招待客人。见姜宪过来，两位年纪比她母亲还要大的富家太太非常客气地站起来，神色谦逊地笑着和姜宪打招呼。姜宪有些意外，耐心地和两位袁太太寒暄，等着两位袁太太说明来意。谁知道两位袁太太确实只是来送请帖的，送完请帖和礼物，就告辞了。

姜宪让人打开一看，一个匣子里装着对赤金填青金石的簪子，一个匣子里装着个赤金镶百宝的项圈，一看就价值不菲。

何夫人也困惑起来，茫然地问："袁家到底为什么来的啊？"

"我也不知道。"姜宪无奈地摊了摊手，然后心宽地道，"船到桥头自然直，反正是她们来求我们，我们有什么好急的。"

何夫人觉得姜宪说得有道理，加上山间安逸，她很快把这件事抛到了脑后。倒是那位牛太太，突然带着女儿来拜访何夫人。

此次牛太太带了十二色的礼盒，态度更是殷勤有礼，牛小姐的态度也温顺了很多。

"早就应该再来看看夫人的，可我这闺女有些不舒服，日子就一拖再拖，拖到了今天。"牛太太客气地和何太太寒暄了几句，又带着牛小姐去给姜宪问安，在姜宪那里坐了一会儿，在李家的别院用了午膳才走。

又过了两天，牛太太和牛小姐再次来拜访。她们这次只带了些家中腌制的咸菜和田里出的青菜，那咸菜还挺好吃的。姜宪夸了几句，以后再来的时候，牛太太就总带些咸鸡蛋和咸鸭蛋，两家人就这样慢慢地走动了起来。

如此，直到没几天就是中秋节了，袁家的人才再次出现。他们是来给李家送中秋节礼的。除了给李家的中秋节礼之外，袁大太太还特别给姜宪、何夫人等女眷送了桂花香、桂花头油等物。

姜宪收了袁家的礼，想着如果袁三小姐出阁那天她赶得回去，就和何夫人一起去袁家吃喜酒。

何大舅太太突然单独来见她，姜宪在正房的宴息室见了何大舅太太。

见情客等人退下去，何大舅太太立刻恨恨地道："郡主，我就说那姓牛的怎么那么好心，给我们送这送那的，原来她是听说了阿瞳的婚事，想让您也给他们家那位宝贝女儿保个媒呢！"

姜宪觉得这很正常，不以为意地笑了笑。

何大舅太太却急了，道："郡主，您不会真想给她保媒吧？我可打听清楚了，那位牛小姐可不是一般人，脾气大得连牛老爷都管不住，您可别被她们给骗了。"

姜宪感觉到何大舅太太的善意，笑着颔首，道："我根本不认识什么人，表妹的婚事也是托了将军的福，她找我也没什么用。"

何大舅太太这才松了口气，请姜宪去她那里吃饭："福建那边送了一批春笋过来，味道可好了。我拿了些过来，今天吩咐人做了，郡主一定要去尝一尝。"

姜宪也没什么事，就跟着何大舅太太去了东院，何夫人也被请了过去。

谁知道她们刚刚用过饭就有小丫鬟来禀，丁夫人身边的嬷嬷来送拜帖，说是丁夫人明天想来拜访何夫人和姜宪。

何夫人愕然，反复问那丫鬟："丁夫人？布政使丁大人的夫人？"

"是啊！"那丫鬟满脸激动，"就是布政使丁大人家的夫人。我听门口当值的大叔说，丁夫人是昨天过来的，就借住在我们院子斜对面的袁家别院里。"

"夏天都快过完了，"何大舅太太困惑地道，"丁夫人这个时候来云龙山干什么？我们要不是准备在这里过完中秋节后直接去汾阳，也早就回太原了。"

总归不会是无缘无故地来拜访她们。

姜宪让那小丫鬟请丁家的嬷嬷进来，自己却借口有事，一路慢悠悠地欣赏着别院里的风景，回了自己的院子，好好地睡了个午觉。

翌日，丁夫人来访。何夫人和姜宪一起接待丁夫人。

彼此客套了几句，丁夫人说起在施家发生的事来，责怪这次并没有一道过来的丁挽道："毕竟年纪小，平时我总教导她非礼勿言，她就真的没跟我说这件事，要不是前几天我有事问她身边的嬷嬷，恐怕到今天也不知道。冬至还好吧？那庄夫人整天在太原城里上蹿下跳，现在想想，也太过分了。"

姜宪想到李家和庄家斗法时丁大人一直保持沉默，心里就不由得冷冷地笑了声，淡淡地说了句"都过去了，再说也没有什么意思"，就转移了话题，问起丁夫人会在这边留几天："到时候我们也好请夫人过来喝杯薄酒。"

丁夫人笑道："恐怕要在这里住上十来天。"随后主动解释起自己的来意，"我是为了挽儿的婚事过来的——这个那个的都来说亲，有些实非良配，却又不好得罪，只好称病过来休养，把这些日子躲过再说。"

何夫人高兴得不得了，觉得这是两家的缘分，称赞了丁挽之后，就同仇敌忾般地安慰起丁夫人来。姜宪却敏锐地发现，丁夫人计划离开云龙山的日子，正是他们准备前往汾阳的第二天。姜宪喝着茶，嘴角露出些许笑意来。

之后，丁夫人时不时地会来拜访何夫人和姜宪，也会时不时地邀请她们去她那边小坐。以至于何夫人这样迟钝的人都感觉到了丁夫人的热情，有些忐忑地问姜宪："丁夫人是不是有什么事？"

姜宪安慰她："没事自然一切安好，即便有事，也不过是像牛太太那样，迟早会说出来的。"

话虽这么说，姜宪心里也不免疑惑。这种疑惑，随着丁家兄妹之后的到来，且中秋节那天丁大人突然出现在了云龙山，并邀请李家一起过中秋节的时候达到了顶峰。

姜宪跟匆匆赶来的李谦嘀咕道："你说，丁家这葫芦里卖的是什么药？"

"随他什么药，我们只管以静制动。"李谦安慰姜宪，"爹已经答应和丁家一起过中秋节了，我们先过去，到时候看情况再说。"

姜宪有些不高兴，她只想和李谦一块儿待着。她长叹了口气，坐在镜台前梳妆打扮。李谦知道她心里不舒服，上前摸了摸她的头。

李谦安抚好姜宪，转身出了正房，去见李长青。

李长青刚换了件衣服，宝蓝色五福祥云纹的杭绸直裰让他看上去少了几分粗犷，多了几分温文。他笑着问儿子："去见过郡主了？她在这里过得可还习惯？我听家里的仆妇说，郡主这些日子教了何氏不少东西，连带着冬至也比从前懂事多了。"

只要是赞扬妻子的话，李谦通常都是照单全收："是啊！前些日子嘉南还跟我说，要给冬至找个正经的教书先生启蒙，让我问问您的意思。"

李长青闻言有些犹豫，道："不是说女子无才便是德吗？冬至书读多了，会不会嫁不出去啊？"

"瞧您说的，"李谦虽然不知道姜宪为何坚持要给李冬至请西席，但姜宪所作所为，没有一件事不是为了他好，"那些市井之家才会有这样的想法，真正的大户人家，谁不要求子女会读书写字？嘉南还是郡主呢，她当时的功课都是左以明、熊正佩这样的人帮着启的蒙。要是照您说的，以后冬至嫁了人，主持中馈的时候连个账本都看不明白，怎么在夫家立足？以后生了孩子，连个字也不会教，孩子怎么明理懂事？要说规矩，这世上还有谁比嘉南更懂？您听嘉南的，一准儿没错。"

"那好，那好。"李长青立刻站在了儿子这边，"那就请郡主帮着多费心了。"

李谦见事情顺利解决，也就不在这上面多纠缠，说起回乡祭祖的事："那边的东西可都收拾好了？"

"这件事你就不用管了。"李长青笑道，"你们过了中秋节就走，也好上了族谱早些赶回太原。另外，和庄家打擂台那只是我们李、庄两家的事，切不可因此置百姓于不顾。虽说这次我不会让卫所的人去帮他们疏浚河道，但也不能伤及无辜，我准备回去之后帮他们说服那些不愿意缴纳税赋的，争取早日把征河工的银子收起来。"

这才是他的父亲！李谦与有荣焉地道："爹，这次我要去四川，不能帮您了，您自己可得小心点儿，别做了好事却被人埋怨。"

李长青不以然，道："要是做好事只是想让人惦记，那还叫什么做好事？"

李谦不想和父亲起争执，笑盈盈地应是。

李家人一起去了丁家别院。

丁留亲自站在大门口迎接李长青等男宾，女眷的马车则一直往内驶，到了垂花门前才停下，丁夫人正领着丁挽在那里等。

何夫人一下马车，丁夫人就挽了她的手，笑道："可把你们给盼来了。这事是我们家老爷做得不对，他来得太急了，却非要给你们下帖子不可，你们就看在他这高兴劲儿上，别怪他了。"

"怎么会？"何夫人忙笑道，"可见丁大人是性情中人。能收到丁家的邀请，我们全家都很高兴。"

双方寒暄着，随丁夫人进了内宅。

在外宅的李长青等人也受到了丁大人热情的款待。李谦不动如山，等着丁大人把话题引到今天的目的上来。偏生丁大人谈过了朝廷大佬们的逸事，谈过了自己从仕的经验，却始终没有提及丁家为什么会选择在这里过中秋节。

好不容易听到亥正的更声，李家人起身告辞，打道回府。

回到屋里之后，姜宪就对李谦道："得想办法查查庄家这两天都干了些什么，我总觉得有什么事发生了。"

李谦和姜宪有同感，派了人去查，自己则在屋里帮着姜宪收拾行李。

姜宪问李谦："从这里去汾阳需要多长时间？"

"大约四五天的工夫。"李谦道。

"那祭祖之后你是快马加鞭地赶回太原,还是和我一起回太原?"姜宪笑道,语气里有着她自己都没有察觉出的期盼。

"当然是和你一起回去。"李谦想也没想地道,"我怎么能把你一个人丢在后面。"

姜宪脸上平静,心里却像开了花。

斜对面丁家,丁氏夫妻也在说着悄悄话。

"这位嘉南郡主看着和气,实则很难相处。我说的十句话里,她半数不予作答,剩下的不是敷衍就是推脱,偏生让我一点儿漏洞也抓不着。我从前只当是这位郡主不擅长交际,现在看来,只怕不是不擅长,而是压根就没把我们这些人放在眼里,懒得应酬。"丁夫人苦笑,"我还是太过大意,觉得她年纪小,也许无意中怠慢了她,让她心生了不满。"话说到这里,她忍不住问丁大人,"真是嘉南郡主在熊大人面前告了状,熊大人才出手整治温鹏的?如果她也到熊大人面前告我们一状,熊大人会不会也站在她那边?"

"不会的!"丁留想也没想,斩钉截铁地道,"温鹏和我们不一样。他外放之前只是正四品,虽然能力卓越,却没有真正踏入熊大人的圈子。我在山西布政使任上已经待了六年,政绩比那温鹏强多了,何况熊大人还是我的恩师,又有姐夫从中帮忙。"他说着,语气一顿,继续道,"我说嘉南郡主厉害,是指她对时局的把握。温鹏不是那么好收拾的,何况嘉南郡主是皇亲国戚,按理说,恩师退避三舍还来不及,怎么会出手相帮?实在是汪儿道这些日子逼得紧,之前为了江南赋税和开封河工的事,恩师已连失两城,如果在皇上大婚的事上再失手,三年考绩之后的人员调整只怕恩师就没那么容易把几位师兄都安排在适当的位置上了。这个时候承恩公请恩师帮忙,恩师当然可以拒绝,可被拒之后,承恩公肯定会去求汪儿道。

"如今的承恩公虽然不必太在意,可百足之虫,死而不僵,谁知道曹太后还留着什么后手,而嘉南郡主身后更是站着镇国公。我要是没猜错,皇上大婚的事,十之八九会交给恩师来办。姐夫让我们交好郡主,就是想看看这次到底是巧合,还是郡主有意算计……"

远在太原的袁家,西边一个僻静的院子里,满头银丝的袁老安人正襟危坐在罗汉床上,四个儿子恭敬地围坐在她身边,听她问话。

"丁留昨天赶在关城门前出城去了云龙山,"袁老安人慢慢地道,"今天又和李家的人一起过了中秋节？"

袁大老爷点头，道："飞鸽传来的信上是这么说的。"

袁老安人皱了皱眉，道："丁留滑不溜秋，李家要是没他所求，他不会这么殷勤地跑过去。可见京里传来的消息是对的，温鹏就是被嘉南郡主给扳倒的。"

袁家另外三位老爷却齐齐惊讶得差点跳起来，二老爷更是直接道："娘、大哥，会不会弄错了？郡主再尊贵，也只是一介女流，且没有及笄，怎么可能影响到朝廷官员的任免？"

袁老安人听着重重地哼了一声。

袁家三老爷和四老爷想到自己的母亲十三岁嫁到袁家，十六岁开始帮父亲看账本，二十岁就通过父亲掌管了本家的生意，连忙把心中的疑问给咽了下去。

"所以才让你们注意啊！"袁老安人道，"这位嘉南郡主不简单。老大媳妇做得不错，不仅携重礼去拜见了嘉南郡主，还亲自定下了给李家的中秋节礼。等过几天三丫头出阁，郡主来，你们一定要以上礼待之；郡主不来，老大媳妇就亲自去给郡主送上宴请回礼，态度一定要恭敬。我记得李家有个庶子，他说了亲没有？若是没有说亲，我们家有没有合适的人选？"

几位老爷面面相觑。袁家有祖训，年过四十岁且无子方可纳妾，因而袁家几乎没有庶出子女。也就是说，袁老安人想拿袁家的嫡女和李家的庶子婚配。

袁家的几位老爷都不愿意，袁二老爷干脆地道："好像没有合适的。"

袁老安人也没有去追究，在她看来，这个时候提联姻还是早了点儿。

丁、袁两家自认为做得隐秘，却没能瞒得过李夫人这个八面玲珑之人。听说了丁、袁两家的动静，李夫人沉默良久之后，给姜宪送了封信去。

信到的时候，姜宪刚在汾阳李家老宅安顿下来，由李谦领着在老宅子里转悠。

"你都不知道，我从前最怕去坤宁宫了，"她和李谦走在绘着蓝绿色图案的抄手游廊里，"因为从慈宁宫去坤宁宫的路上，要经过永寿宫。太宗皇帝的慈安皇后，就是在那里停的灵；英宗皇帝的贵妃也是在那里没的；先帝的生母，也就是孝宗皇帝的静妃安氏，在那里住了二十年，孝宗皇帝殡天之后，她就是在那里自缢的，先帝登基之后，就锁了永寿宫。你想想，一个宅子好几年不住人，会破败成什么样子？我有一次听宫女说，路过永寿宫的时候，突然从里面蹿出了几只老鼠，把她们吓得立刻尖叫起来。后来曹太后派人去打扫，那里的老鼠养得比刚出生的小猫还大，御膳房的人说，偷吃东西的肯定就是这帮老鼠。

我听了之后，都不敢吃御膳房的东西……"

这种事李谦还是第一次听到。他看着姜宪满脸嫌弃的样子，呵呵直笑，把她拉去了李长青之前为他们准备的院子。

院子挺大的，三进三出，后面还带个小花园，引活水进来做成了小溪池塘，旁边种了很多梅花。正房出来是个花圃，院子的角落还竖着两块嶙峋的太湖石，新漆的落地柱和门窗在太阳下闪闪发光，屋里还散发着淡淡的石灰气。

姜宪笑道："要是过些日子来就好了。"

李谦听着心中一动，道："要不，我们过年时再回来一趟吧？"

"好啊！"姜宪觉得只要有李谦陪着，去哪里都行，"你有假吗？"

"不是还有爹顶着吗？"李谦嘻嘻地笑。

姜宪也抿嘴笑，之后趁机说了李谦的前程："你准备就待在山西总兵府吗？按律，官员需在离家五百里以外的地方任职。你们家能回山西，是因为曹太后的缘故，算得上是特例，可我担心赵翌把朝廷上的事理顺了之后，会整顿吏治。你要不要换个地方做官，和公公分担一下风险？"

李谦觉得姜宪在正事上不会和他说废话，微微一愣，问："你是不是听到了什么风声？"

姜宪和姜律联系得不多，反而和曹宣、白愫两人来往十分密切。姜宪坦诚地摇了摇头，道："我倒没有听到什么风声，只是这些日子以来一直在想这件事。山西太复杂，你这样跟着公公，只怕十年过去都难有进展……"说到这里，姜宪自己倒先发起呆来。

李谦不由得愕然，却也不催她，静静地陪着她站着。

姜宪此时的思绪乱极了。一直以来，她都觉得李谦野心勃勃，可她却从来没有好好和他谈过，以至于李谦的野心发展到了哪一步她都不清楚。如果他只是想做封疆大吏，那他只管留在李长青身边，等着接手李长青的事业；即便世道乱了，凭李谦的本事，也能够得偿所愿。可若李谦想独霸一方，成为左右朝局的人呢？她问李谦："你有没有想过，你会成为什么样的人？"

"当然想过啊。"李谦笑道，"大丈夫屹立世间，自然是要建不世功勋、娶绝世美人啦！"他说着，突然抱起姜宪，让她站在抄手游廊的美人椅上，"绝世美人如今已经在我的怀里了，"他望着姜宪，目光深邃而又专注，仿佛她是罕世的珍宝，除了她，世间万物再也不能吸引他的注意，"我已再无所求！如今，只求能建立不世功勋，守护着我的绝世美人不被人觊觎。"

姜宪羞得不行，多看李谦一眼都觉得心跳得没有办法呼吸："你又胡说八道，一会儿说别无所求，一会儿又说只求建不世功勋……"

李谦笑着把她从美人椅上抱下来，低头抵住她的额头，低声笑道："若是没有绝世的美人，我立了那不世的功勋又有什么用？"

姜宪笑着问李谦："不世的功勋？怎样的功勋才能称为不世的功勋？"

"当然是像镇国公一样。"见姜宪愕然，李谦低声解释道，"我有野心，可我的野心是为了能庇护我所珍视的人。至于我自己，吃得饱，穿得暖，有贤妻孝子、两三知己也就足够了。"

"真的吗？"姜宪非常怀疑。

"真的！"李谦搂着姜宪，轻声道，"也许从前我还想着要名垂青史、万古流芳，可自从娶了你，突然觉得这样的生活也挺好。建功立业也是有危险的，我现在有了牵挂，没法像从前那样无畏无惧了。"

姜宪难掩惊讶之色，是她消磨了他的英雄志气吗？

李谦笑道："你不是说让我去陕西吗？为什么？是不是因为陕西那边出了什么事？"

"不是。"姜宪也不想继续在这个问题上打转，"在陕西更容易辖制西北，只是若想去，还得想办法打点打点。如今朝廷礼崩乐坏，以后只会更乱，我们离京城越近，就越容易被迫站队。朝中之事瞬息万变，我们此时力量薄弱，根本无法中立，与其周旋在这些党派之间，还不如离京城远一点儿。不若去陕西扎根，待经营几年，事态发展想来已得分晓。"

李谦两眼发光，有些激动地在抄手游廊来回走了两趟后，才在姜宪面前站定。

"保宁，你真是我的知己！"他望着姜宪的目光真诚而又深情，"你和我想到一块儿去了，但我没敢想去陕西。我图谋的是甘肃，那里贫瘠偏远，大家都不愿意去，到时候我和父亲一内一外，正好互通有无，就算父亲将来被迫依附于哪位阁老，我在甘肃也能成为父亲的退路。而且这些年来，军饷越来越难调拨，父亲若是能走通京城的关系，我也可以少一些担负。"

姜宪豪气地道："天下间只有不敢想的事，没有做不到的事，既然陕西比甘肃好，那就定陕西！"话说到这里，她顿了顿，又道，"只是我还不知道该用什么方法让你去陕西，你先去打听，遇神请神，遇佛上香，总之，得想尽一切办法把你弄去陕西。就算不能做个都指挥使之类的，也得做个佥事或是同知，再慢慢图之，你觉得如何？"

"好！"李谦豪迈地道，"怎么做，我来想办法；走不通的时候，我再来和你商量，看看你那边有没有人能帮着办。"

"这样不好，"姜宪直接否了李谦的想法，"你应该一想到办法就跟我说，然后我们再一起商量看看能找什么人。若是等到你走不通的时候再来找我，只怕就晚了。赵翌大婚之后，肯定会动内阁，到时候朝局动荡，对我们既有利又有弊，我们要抓住时机，不然好事也会变成坏事。"

李谦紧紧地把姜宪抱在怀里。

这时，听到有人重重地咳嗽。李谦忙放开姜宪。两人齐齐回头，见是脸涨得通红的李骥，身后还跟着一位穿着玄色褙子镶白色麻布襕边的妇人。

"大哥，大嫂！"李骥恭敬地给他们行礼。

李谦微微颔首，对李骥身后的妇人露出笑容："大姐，您怎么过来了？"

李雪？姜宪不由得打量着那妇人。李雪长眉细目，皮肤白净，眉宇间不见半点柔弱，反而因为目光坚定而显得镇定从容，透出不容错过的坚毅之色来。这与她想象中的那个失意妇人完全不同，但她更喜欢这样的李雪。生活中有各种各样的磨难，只有心志坚定之人才能战胜这些磨难，才能比别人都过得好。

姜宪笑盈盈地上前朝李雪行了个福礼，示好地喊了声"大姑奶奶"。

李雪笑着给姜宪还礼，友善地对李谦道："这位就是郡主吧，大气温婉，长得也好看，谦弟有福了！"

李谦呵呵地笑，全盘接受了李雪的恭维，又转头低声向姜宪解释："姐夫那边，父亲已经派人过去了。有些事还没有谈拢，但父亲的意思是想留大姐在家里，因此这次就让她一起随我们过来。"

姜宪笑着点头："既是如此，那大姑奶奶就安心住下吧，到时候我们也好一起回太原。"

之前李长青一直没给个肯定的答复，就是怕姜宪不喜欢，却没想到姜宪竟这样轻易地接受了她，李雪眼圈有些发红。

李骥眼底则闪过一丝异色。

李谦的注意力在李雪的身上，自然没有注意到李骥的异样，姜宪却正对着李骥，正巧把李骥的神色变化收入眼底。她微微一笑，温声问李雪："大姑奶奶和二叔这是要去哪里？"

李雪还以为姜宪是在提醒她不要打扰他们，赧然地道："也没什么事，阿骥来看我，说天气很好，非要拉着我到处走走。我也想看看祖宅现在变成什么样子了，所以就和他乱逛起来。"

姜宪见李谦颇为重视李雪，就邀请李雪去她那里坐坐："我们带了上好的

大红袍，厨房里正蒸着米糕，去我们那里喝茶吃点心吧。"

李雪见姜宪说得诚恳，便笑着应允。

一行人到了姜宪住的地方，印彩帮他们沏了茶，又指使小丫鬟端了点心过来。

姜宪开口问道："大姑奶奶都喜欢些什么？我也好让人提前给你收拾住的地方。还有夫家那边，有没有什么是要搬回来的？"她想到此时李麟正忙着陪李长青应酬乡邻、李谦在陪她逛宅子，李骥却能想到李雪，不由得笑道，"到时候让二叔去办。"

姐弟俩俱是一愣，特别是李骥，半晌都没回过神来："大嫂，这是要让……让我去帮大姐搬东西吗？"

"当然！"姜宪笑道，"公公这是第二次回乡吧，肯定有很多人前来拜访，你大堂哥和你大哥肯定很忙，这件事正好交给你去办。你是家中的次子，若是那边扣着大姑奶奶的东西不给，你大可以大吵大闹一通，反正那边也不是什么讲理的人家，万一你打输了，还可以请你大哥出面。到时候我们也不提大姑奶奶，只管和他们理论你被欺负的事，扒也要扒他们一层皮下来。"

嫁出去的姑娘泼出去的水，夫家要克扣李雪的东西，他们就算是出面把东西要回来了，传出去也容易坏了李雪的声誉，不如声东击西，拿别的事和他们吵。

"你啊！"李谦哭笑不得，望着姜宪宠溺地笑道，"真不知道该说你什么好，哪有做嫂嫂的怂恿小叔子打架闹事的？"

李骥却兴高采烈地道："嫂嫂，您可真聪明！"他眼里全是敬慕之色，问道，"嫂嫂，那我要不要受点伤？这样肯定能让他们家更理亏。"

姜宪摇头道："杀敌一千，自损八百！为了个不上台面的人家，也太亏了点儿。别忘了，你可是李家二爷，正正经经的官宦子弟，怎么能为了这点小事就受伤呢？只不过若是实在争不过人家，倒可以装作受了伤。总之，你要让那家人看到你就瑟瑟发抖，你说什么就是什么，知道了吗？"

李骥原本就明亮的眼睛里瞬间燃起了熊熊斗志，他一跃而起，恭敬笔直地站在了姜宪的面前，道："知道了，嫂嫂，您可真厉害！"

"那是！"姜宪颇有些得意。

李谦无奈地摇了摇头，对李骥道："你尽管照着你嫂嫂说的去做，即便出了事，也有我兜着。只是记得眼睛亮一点儿，万一不敌，快点跑回来跟我说，别真被人打了。"

"好的!"李骥望着李谦,眼角泛红,喃喃地不知道说什么好。

李雪一面为姜宪的荒唐感到好笑,一面又为娘家兄弟和弟妹都愿意为她出头而感激,心里五味杂陈,眼中不由得水光闪动:"你们不必这样,别为我伤了和气。"

姜宪撇了撇嘴,道:"现在还有什么和气可言?"又吩咐李骥,"就算大姑奶奶嫌麻烦,有些东西不要了,也不能便宜了那户人家。像什么大姑奶奶嫁进去那年种下的树啊、用过的摆设啊,你都给我带回来!"

她的话再一次把李骥镇住了,他愣愣地问道:"树?树也要挖回来吗?"

"要是冬月在这里就好了!"姜宪嫌弃地说了句,提点他,"像我,在慈宁宫住的时候就种了好几盆蕙兰,留了几盆十分罕见的给太皇太后和太皇太妃后,其他的我就让人给我带到了山西。大姑奶奶虽然不种蕙兰,可总种过树、种过庄稼吧?全都给我带回来,大姑奶奶惦记着呢!"

李骥立刻明白过来,摩拳擦掌地连声应诺。

李雪忍不住悄悄问李谦:"你就这么看着他们乱来?"

李谦深深地看了李雪一眼,轻声道:"嘉南千里迢迢嫁到山西,连个能说得上话的玩伴都没有,如果她能找到些事情打发日子,不管是什么事,只要她高兴,我都不会阻止。"

李雪心中一震,她一直以为李谦和姜宪的婚事是宫中贵人们的意思,却从来没有想过李谦是真心爱慕姜宪。虽然心中说不出是什么滋味,但她却知道,这次李骥不管怎么闹,都不会被叔父责骂,这就够了。放下心中的担忧,李雪的笑容也开朗了几分。

几个人又说了会儿话,到了用午膳的时候,一行人前去用膳。

李长青在李家村的地位很特殊。他是偷偷跑出去做的土匪,没成气候之前,官府不知道他是哪里人,李家村自然安然无恙;等他成了气候,朝廷前来剿匪,李家村已是他的地盘,李家村的男丁也多投靠了李长青;再后来,朝廷招安,那些人或是回了李家村买房买地安顿下来,或是跟着李长青去了福建。

因而李长青虽说是做了一回土匪,却不仅没给李家村带来灾祸,反而让李家村更加富足。如今李长青又有了个郡主儿媳妇,李家村的人对他更是高看一眼,他带着家人回乡祭祖,族长和老辈人都亲自上门恭贺。

此时,李麟正以李家长房长子长孙的身份跟在李长青身后,不时地跟乡亲邻里寒暄。外院的棚子里坐满了人,闹哄哄的。尽管这样,当李谦和李骥出现

在院子里的时候，还是立刻就引起了李家村众人的注意。

"宗权，你刚才跑哪里去了，让我一阵好找！"

"宗权，你什么时候回来的，之前怎么没看见你？你娶了郡主做媳妇，就连人影也不见了！"

"宗权，听十五嫂说，你的新娘子漂亮得像画上的仙女，你这家伙可真是好福气啊！我看我们这一辈人里，就你运气最好了！"

李谦听着，压抑不住心底的喜悦，露出了一个灿烂的笑容："说什么呢，那可是你嫂子！"

众人哄堂大笑，笑声中充满了善意。

李麟冲着李谦直笑。而李骥像往常那样，退后几步，站在了李谦的身后，任由李谦挡住自己的身影。

姜宪则和李雪去了内宅的花厅。今天来李府做客的女眷都在花厅落脚，一走进去，就有李家女眷过来打招呼。姜宪不认得和她打招呼的都是些什么人，但这并不妨碍她笑语嫣然地和在场的女眷们说话。她问她们今年的收成怎样，孩子们的婚事都定下来没有……不一会儿，她身边就围满了人。

李雪见状大松了口气。虽说这些都是李家村的人，以后只会在回乡祭祖时才可能见上一面，可若是能在这些人面前挣个好名声，何乐而不为？

前院，李家的族长十七公和李长青商量："你们来之前，我请我们这里最有名的算命师傅看过黄历了，说是明天辰正是个好时辰，我便想明天辰正的时候准时开祠堂的正门。"

姜宪的婚事每一步姜家都请钦天监看过时辰，包括她随李谦回乡祭祖时什么时候上香、什么时候上谱，李家的族长只好退而求其次，在什么时辰开祠堂大门的事上耍耍威风。这祖宅还要李家的人帮着看护，李长青并不想得罪他们，想到钦天监让明天巳正上谱，不仅笑着答应了，还恭维了十七公一番。

十七公很是受用，一顿饭吃得宾主尽欢。

情客没让姜宪多吃，低声对姜宪道："郡主，不是我要拦您，是将军说这些菜油荤太重，怕您吃了不舒服，等会儿回去了，灶上会单独给您做些吃的。"

姜宪点头，喝着甜汤，耳边却全是议论李雪的话。

"到底是命不好，年纪轻轻就守了寡。李家如今也是官宦之家了，只怕不会让她大归，可怜啊！"

"谁说不是，那么好的一个女子，就这样没了着落。说起来，当初也是将她嫁得太急了……"

姜宪皱眉，朝李雪望去。李雪坐在花厅的角落里，静静地用白米饭配着一碟青菜，置若罔闻地吃着。姜宪想到了孀居的太皇太后……突然间，觉得这些议论让她心烦气躁，索性开口笑道："所以我觉得大姑奶奶还是回来比较好。家里都是她的兄弟，大可以做些自己喜欢的事，或者养养花、种种树，都可以。"

李家的女眷见姜宪都这么说了，立刻转了风向，纷纷夸起李雪大归的好处。

李雪有些惊讶，感激地朝姜宪笑了笑。

晚上，待李谦回了内宅，姜宪就问李谦："大姑奶奶真的不想再嫁人了吗？我觉得如果有合适的，再嫁个也不错，至少不用每天想着两个早逝的孩子，太可怜了！"

李谦苦笑，道："我何尝不是这么想，可大姐不愿意。她说了，如果我们让她再嫁，她何必回来，不如去庵堂里静修，还没有人打扰。"

姜宪沉思道："那我们要不要在太原的家里给她建个佛堂？孀居之人似乎都很喜欢念佛。"

"到时候再说吧。"李谦敷衍地应了一句，然后兴致勃勃地问她，"明天就要上家谱了，你高兴吗？"

上了李家的家谱，她就正式成为李谦的妻子了。姜宪当然高兴，可她也有点害羞，左顾右盼地道了声"还好吧"，红红的耳朵却泄露了她此时的心情。

李谦心情大好，道："走，我带你去看个东西。"

姜宪意图用李雪的事掩饰自己的赧然："不是在说大姑奶奶的事吗，你怎么一点儿也不关心她？"

李谦笑着拉着她的手就往外走："我怎么不关心了？我得了信就把大姐接到云龙山，以后我也会支持她做任何她想做的事，你还让我怎么关心啊？"

姜宪却道："可依我看，李骥就比你好。你们都在忙自己的事，只有他知道去陪大姑奶奶，你这个弟弟很不错。"

李谦愣了一下，在脑海中回忆着李骥和他在一起时的琐事，却只回忆起李骥不论干什么事都往后缩的样子，随即又想到金城，不免有些烦躁："我们不说别人的事了，行不行？"

"好吧！"姜宪也不愿为这些事惹李谦不高兴。

李谦带着她去了后院。

后院黑漆漆一片，悄然无声。姜宪奇道："你带我到这里来做什么？"

李谦笑了两声，松开她的手，走到院子中间，然后也不知从怀里掏出了什么，只是在空中摇了两下，就有火苗燃起。借着亮光，姜宪这才发现他们面前放着一顶大大的红色灯笼。

"这是什么？"她好奇地问。

李谦笑道："你看着就是了。"说完，蹲下身点燃了灯笼里的烛火，然后揽着姜宪后退几步，那灯笼就摇摇晃晃地升了起来。

"孔明灯？"姜宪惊讶地道。

"嗯。"李谦搂着她，和她一起仰望着缓缓升空的孔明灯，"来之前，金宵给我介绍了两个手艺人，其中一个便会做这孔明灯，我就让他帮着做了两顶。一顶在太原的时候就和金宵试放了，剩下的这顶我就带了过来，想让你也看看。"

红彤彤的灯笼慢悠悠地飘在空中，越飘越远，大红色灯笼上绘着的黑色菱纹也越来越模糊。姜宪任由李谦的下颌抵着自己的头顶，他的手臂也紧紧地箍着自己，只觉得此刻此景是如此温暖……

第二天祭祖，为姜宪上族谱。姜宪穿上真红色通袖衫，戴上象征着郡主身份的凤冠，和李谦去了李家的祠堂。

李家的祠堂和姜家的不同，姜家祠堂的墙上绘着姜宪太祖、曾祖等人的画像，食二千石的大臣名字能写满两页纸；李家祠堂的墙壁则是空白一片，她甚至怀疑那族谱也是新修的。姜宪莫名生出一股霸气的自信来——总有一天，她和李谦的画像也能像姜家那些老祖宗的一样，被供奉在香案前！她的目光不由得在粉白墙壁上停留了片刻。

李谦悄悄问她："怎么了？"

"没事。"姜宪低声笑着，指着左手边最靠近香案的地方，道，"我要把我的画像供在那里。"

李谦立刻就明白了她的意思，笑道："放心，我走的时候一定会嘱咐我们的儿子的。"

姜宪弯着眉眼笑，刚想和他打趣几句，耳边传来一声轻咳，她忙低眉顺目地垂手恭立。

李长青嘴角微翘。虽然没听清儿子和儿媳妇说了些什么，不过，看到他们这样亲密，他觉得很欣慰。

十七公开始念祭文，李家众人分男女立在祠堂左右两边。念完祭文，十七公把祭文丢在香案前的火盆里焚掉，就算祷告了祖先。之后，由十七公的儿子，也就是李家未来的下一任族长捧来笔墨，翻开记录着李长青家的那一页，添上姜宪的名字和嫁过来的日期，就算是礼成了。

众人都松了口气，李长青更是高兴地道："大家都去我那里喝杯薄酒吧。"

为了姜宪上谱一事，李家已经摆了两天的流水席，今日更不会例外。众人笑着向外院搭着的大棚走去，李长青陪着十七公等几个长辈慢慢地往正厅走去。

李谦要送姜宪回去，姜宪望了一眼一直服侍在李长青身边的李麟，笑盈盈地应了。

回屋换了件衣服，她和李谦再次回到众人面前。

李麟正端着酒杯站在李长青身边，恭敬地听一个老者说着什么，李长青嘴角含笑地望着李麟，眉宇间全是欣慰和骄傲。不知情的，还以为李麟才是李长青的儿子，而且还是很得父亲喜爱的儿子。

姜宪下意识地找李骥和李驹。李骥和马永盛坐在一起，两个人嘀嘀咕咕地不知道在说什么，神情专注，李驹则和几个年纪相仿的小孩子坐在一起。戴着金项圈、挂着金锁的李驹脸绷得紧紧的，像谁欠了他的银子一般，身边的小男孩和他说话，却被他一把推开，差点摔倒。

姜宪微微一笑，去了花厅。

姜宪上了族谱之后，李家又热闹了两天，人群这才渐渐散去。这日，李谦和姜宪正要用早膳，丫鬟来禀报李麟来了。

"你怎么这么早就过来了，用过早膳了没有？"李谦迎了出来。

李麟笑道："难道你还没用过？行啊，你倒是颇有些从此君王不早朝的架势啊！"

"就算用了，也陪我再用点儿吧。"李谦没有理会李麟的调侃，让人把早膳送到东厢房，然后领着李麟进了东厢房。

东厢房的三间屋子被布置成了李谦的内院书房，李谦和李麟坐在明间的太师椅上用早膳。

李麟问："你知不知道李骥在干什么？"

李谦一听就知道，李骥多半是照着姜宪的吩咐去找李雪夫家的麻烦了，但他不想听这些，遂提醒道："食不言寝不语，有什么事等会儿再说。"

李麟顿时脸涨得通红，低下头来勉强喝了几口粥就放下了筷子。李谦的食欲却很好，喝了一大碗粥不说，还吃了五个大肉包子。等到他放下筷子净了口，已是一刻钟之后的事了。

李麟神色有些微妙，笑道："宗权，你娶了郡主之后，倒是把这些高门大户的规矩学了个十成十。"

"也不是什么特别的事，不过是觉得很有道理，便也这么做了。"李谦淡淡地道了句，又开口问，"你是为了阿骥的事来找我吗？那事我知道，是我让他去闹的。让大姐改嫁没错，可你看他们找的都是些什么人？这还是我们李家如今正得势。我们去福建的那几年，大姐过得是什么日子，你可曾打听过？哼！我不仅让阿骥去闹，我还跟他说，出了事自有我兜着，不必有什么顾忌。"

李麟欲言又止，想了想，还是道："那几年确实是我们没顾上大姐，对不起她，可你也不能让阿骥这样胡闹啊！你知道外面都怎么说我们李家吗？你从前不是这么小肚鸡肠的人，怎么这回却得理不饶人……"

"这件事你别管了，我自有分寸。"李谦转移了话题，问起了李家置办祭田的事，"十七公同意了没有？要是不同意，就再加点儿银子。"祭田之事李长青交给了李麟去办，而且照李长青的意思，李家的祭田将来会由李麟帮着掌管，李麟因此颇为上心。

李麟也顺着转移了话题："十七公倒是愿意把他们那块地卖给我们，可条件是我们得给他买块同样大小的地。我和柳先生商量过了，准备把村东的地全买下来，然后按照各家需求重新划分，这样，我们就既能把祭田拢到一块儿，村里人也不会再挺着不愿把田卖给我们了。"高伏玉身体不好，这次回乡李长青就带了身边的另一个幕僚柳篱，将高伏玉留在了太原。而高妙容也被李泰送回太原，和高氏叔侄一起过中秋节。

李谦很是满意，微微颔首。

李麟的眉头几不可见地蹙了蹙。长房虽然不才，可他到底是李谦的哥哥，这两天，李谦对他的态度越来越随意了……

姜宪正和兴冲冲来见她的李骥说着话："你把他们家的窗户纸都扒了？"

"是啊！"李骥眉宇间闪烁着说不出来的舒畅，"我原来也没准备这么做，谁知道大姐的婆婆见我们要把陪嫁家具搬走，就一屁股坐在地上，拍着大腿哭起了姐夫，说什么大姐是丧门星，大姐如今这样是遭了报应……引得村里的那些人都来围观。我当时气坏了，就让人把姐姐住的那间房的窗户纸给扒了下来，说那上面贴的窗花是我姐姐绞的，如今要带走。"

"后来呢？"姜宪兴致勃勃地问。

"后来他们族长就来了，还带了十几个青壮小伙子。"李骥喝了口茶，继续道，"我还以为会动手，谁知道他却恭恭敬敬地请我们去喝茶。"

"他们这族长倒不错。"姜宪提醒李骥，"先是用武力震慑，然后态度和软地请你们喝茶，既不坠族中名声，也有化干戈为玉帛之意，是个厉害人！"

"嫂嫂这都能知道？"李骥睁大了眼睛。

姜宪不以为然地道："他这点小伎俩在我眼里还不算什么。"

李骥嘻嘻笑道："所以我没有和他去喝茶。"

姜宪听着眼睛一亮："哦？"

"我要是听他的跟他去喝茶，岂不是被他牵着鼻子走？"李骥说着，眉眼间的笑意更浓了，"所以我大大咧咧地把大姐的嫁妆单子一巴掌拍在族长的身上，让他自己看看，那户人家到底是个什么德行！"他说完，忍不住冷哼了一声。

姜宪不由得奇道："大姑奶奶的嫁妆单子怎么会在你的手中？"

李雪出嫁是由李谦生母打点的，后来李家辗转福建和山西，李雪那份本该存在李家的嫁妆单子早就不知道去了哪里。所以李雪想要大归的时候才会很是为难——夫家是绝不会让她把陪嫁带走的，可她不把陪嫁带走，以后回到李家，难道买个针头线脑也伸手向兄弟的媳妇要不成？只是按李长青的意思，那些陪嫁原本就不多，还用了这么多年，不要也罢，李家这才没有去深究。

李骥有些得意地眨了眨眼睛，道："我让人胡乱写了一份，还请古玩店里的老供奉把它做旧了。就算那老虔婆拿出大姐之前的陪嫁单子，别人也分辨不出哪一份是真，哪一份是假。"

"干得好！"姜宪不禁为他喝彩。

李骥更来劲了："谁知道那老虔婆不知死活，嚷着要去官府打官司，他们那族长一听，忙过来做和事佬。我这才知道，原来给大姐做媒的就是这个族长。大姐的夫家在两个小外甥去了没多久就想把大姐嫁出去，是大姐死活不同意，这事才搁下了。后来我们回了山西，那族长想继续和我们家做亲，就给大姐说了那门亲事，大姐不愿，又怕被那老虔婆纠缠，这才想要大归的。"说到这里，李骥摸了摸下巴，意有所指地道："我就说，他们家怎么一会儿这样、一会儿那样，原来有见识的是那个族长。"

姜宪之前也觉得奇怪，听李骥这么一说，也明白过来："之后你就把那户人家的砖砖瓦瓦都拉回来了？"

"是啊。"李骥解气地道，"就像嫂嫂说的那样，我连他们家院子里的树都给挖回来了，他们家就等着刮风下雨的时候塌屋吧！"

姜宪呵呵地笑。

李骥愁道："可那些东西真心像烂柴似的，我现在都不知道往哪里放好了。"

"那你去问问村里有没有人要吧，白送！"

"好。"李骥高兴地应道，又问起了李谦，"我和大哥打个招呼就去把那些东西送人。"

"说是你大堂哥来了，两人在书房里说话呢。"姜宪道。

李骥听着就露出几分踌躇之色，不过最后还是爽朗一笑，道："那我就不去打扰大堂哥和大哥了。嫂嫂等会儿帮我跟大哥说一声，就说我来过了，大姐那边的事也办好了，让他不用为我担心。"

姜宪点头，端茶送客，眼角余光却落在李骥的脚上。他穿着双半新不旧的福字鞋。姜宪记得，为了祭祖一事，李长青特意给全家人都做了新衣裳。她心中一动，差印彩去打听李骥平时的吃穿用度。

印彩很快就打听出来了："何夫人对每个人的吃穿住行都很上心，三爷有什么二爷就有什么。不过二爷为人谦和，不挑食，也不挑衣衫，通常是夫人安排什么就用什么，不像三爷，总觉得这里不好那里不好。大家都觉得二爷随和，对兄弟也很友爱……"说到这里她顿了顿，才又道，"只是二爷平日有些唯唯诺诺，通常是将军说什么就是什么，即便是三爷无端发脾气，他也忍着。"

可他办事却能滴水不漏，还知道陪伴刚刚大归的李雪。

姜宪懒懒地躺在临窗大炕上，呆呆地望着屋顶，不知道在想什么，连李谦进来都没有发现。

李谦示意屋里服侍的不要声张，轻手轻脚地走到她身边，在她耳边"喂"了一声。姜宪吓了一跳，脸色苍白。李谦大悔，忙抱住姜宪不停地轻拍她的背，直到姜宪脸色恢复红润，悬在半空的心才落了下来。

李谦问姜宪："你刚才在想什么？我进来你也不知道。"

"我在下一盘大棋。"见李谦不解，姜宪抿着嘴笑了笑，"先不告诉你，到时候你就知道了。"

李谦直觉姜宪是想作弄人，可这又有什么关系呢？只要姜宪愿意。

姜宪把李骥过来的事告诉了李谦，并道："我觉得二叔挺不错的啊，你怎么没把他带在身边做事？"

"我不是没给过李骥机会，"说起这事李谦便有些烦躁，道，"可他老往我身后躲。我总不能一直推着他走吧？也不知道他是怎么想的，已经是庶出了，还不为自己争一争，谁有空总哄着他？这得他自己想通才成。若人不知上进，即便逼着，这人也迟早走不下去。"

姜宪沉思着，没有作声。

李谦觉得奇怪，问："保宁，你是不是觉得有什么不对劲的地方？你这已经是第二次让我帮阿骥一把了。"

"哎呀！"姜宪像突然想通了什么似的回过神来，笑道，"他不愿意帮你就不帮好了，以后让他帮我做事吧！你把冬月借走了一直没还给我，我身边少个跑腿的。马上秋收了，我那些田庄、铺子都要开始收租了，明年开春，耕种更是重中之重，不安排个信得过的人，我这心里总是不踏实。"

李骥毕竟不是家中的仆从，李谦道："我明天跟爹说一声。"

李长青从来未拒绝过姜宪，这次也是一样，李谦一说就答应了。不仅如此，还把李骥叫过去训了一顿，让他好好帮姜宪做事，不要偷闲躲懒。

李骥面红耳赤地做了保证，才被李长青放走。可等他出了李长青的书房，嘴角却忍不住翘了起来。他很早就知道，李麟一直想压李谦一头，好得到李长青的重视。可李谦像被菩萨摸了脑袋似的，不仅比李麟聪明，而且更努力、更刻苦，李麟根本就压不住李谦。李麟只好改变策略，转为站在李谦身边，试图成为李谦的左膀右臂。

那原本是他应该站的地方。早两年不懂事的时候，他曾和李麟争过那个位置，两人的关系有段时间可以说是剑拔弩张，可高妙容的一句话却让他突然间心疼起李麟来："你再怎样，也有父母眷顾，他除了想办法跟在李谦身边讨你父亲的喜欢之外，还有什么出路？"

他沉默地退让了，兄弟间又恢复了从前的友恭，可李谦对他的失望却渐渐像根刺一样长在了他的心里。但今天，事情突然有了转机，他的嫂嫂嘉南郡主居然要他去帮忙。虽然只是帮着管理庶务，甚至在很多人眼里，这是仆从才会干的事，可他却很欢喜。至少，他有事做了，不用整天游手好闲地待在家里，时不时地被李驹阴阳怪气地讽刺两句。

他望着蓝蓝的天空不禁长长地舒了口气，觉得压在自己心头的那些阴霾好像都不见了，脚步也变得轻盈起来。

此时的姜宪，满心欢喜地望着穿着件鹦哥绿纻纱直裰、戴着镶羊脂玉黑色网巾的刘冬月，问道："什么时候回来的？你这个样子，看上去真像个高门大户的小公子啊。"

刘冬月白净的面孔泛起一层粉红，恭敬地给姜宪行礼，温声道："将军说，暂时没我什么事了，让我回来服侍郡主。"

姜宪微微一愣，没有想到她只是随口说说，李谦就记在心上了。想到这里，

她问刘冬月："将军的事办得怎样了，你就这样走了，不要紧吗？"

刘冬月道："榆林关出过两次事后，防守越发严了，还和关外的马匪誓了盟，以后那些马匪可以从过榆林关的商队里得一成，但如果有人强行从榆林关过，他们必须帮着邵家围剿闯关之人。将军说，我们最好避一避风头，等他从四川回来再说，我就被将军派去和金二爷一起管理账目。后来金二爷去了京城，他的事就交给了谢先生。前两天将军写了信过去，让我赶到汾阳来，说是您这边缺人手，让我以后还是服侍您。"

"可这毕竟不如跟着将军吧？"姜宪问道。

刘冬月却笑道："郡主您这就不知道了，像我们这样的人，能一辈子服侍主子，得主子的信任、欢心，那才是得偿所愿呢！不然谷公公怎么会在先帝去了之后主动请缨去守皇陵？我们这样的人，走上了这条路，就和旁人不一样了。只有主子身边，才是我们应该站的地方。"

姜宪有些意外，转念想想又觉得很有道理，便笑道："那我们就做一辈子的主仆好了，等你去了，就葬在我和将军旁边，享受李家的香火。"

刘冬月眼泪都快要落下来了，上前一步"扑通"跪在姜宪面前，激动地道："郡主，奴婢一定尽心伺候您和将军，还有未来的少爷、小姐。"

"快起来！"姜宪笑道，"我知道你忠心，不过，那是以后的事，现在我这边正有桩事要你去办。"

刘冬月连忙爬起来，恭手垂目地道："谨听郡主吩咐。"

"你和二爷一起，去给我查账收租吧。"见刘冬月有点傻眼，姜宪就把她让李骥来给她帮忙的事说了，并道，"你在外面转了一圈，想必大长见识，二爷是第一次出门，你正好带带他。若是他有什么不懂的，你便教教他，你们两人也可以做个伴儿。"

刘冬月一哆嗦，声音都有些变了："让……让二爷给我做伴？"

"是啊！"姜宪没觉得这有什么不好，"这若是从前，可是在抬举他。能得慈宁宫大太监的得意徒弟亲自指点，可不是人人都有这个福气的。"

可今时不同往日了啊！刘冬月在心里嘀咕着，咬牙答应了姜宪。能成为刘小满的干儿子，刘冬月自然也是个人精，虽然不知道姜宪想干什么，却明白李骥是入了姜宪的眼，要给他找条出路了。

李骥正同他的小厮说话："嫂嫂也没说让我做什么、去哪里，我就是想收拾行李都不知道该怎么收拾。听说嫂嫂的好几个田庄都是皇庄，在京郊附近，我长这么大还没见过皇庄呢，真想去看看。还得找个庄头来问问，这一亩地能出多少粮食、什么时节种什么东西，我可是一窍不通，别给嫂嫂丢脸才好。"

那小厮忙道："要不，我给您去打听谁懂这庄稼之事，请来和二爷说说话？"

李骥点头。这时有小丫鬟来禀，说嘉南郡主身边的小厮刘冬月求见。

有传闻说刘冬月是太监。从前刘冬月跟在姜宪身边时，李骥没少打量那个细皮嫩肉的少年，听到他来拜访自己，李骥非常意外："他不是在外面吗？什么时候回来的？"李骥觉得看在姜宪的面子上，也该去迎一迎才是。

刘冬月看到李骥亲自来迎十分惊讶，忙上前行礼说明自己的来意，并道："若是二爷这些日子没事，那我们三天后起程去京城，您看可以吗？"三天后也是钦天监定下回太原的黄道吉日。

"那就这么说定了。"李骥笑道。

刘冬月回到自己屋里，用从谢元希那里学到的方法开始安排行程，翌日一早又把行程送给姜宪过目。姜宪看着那一条条的行程，突然想，如果刘冬月没有进宫，是不是也会成为朝廷的栋梁呢？

听到消息的李雪特意来探望李骥，还拉着他的手嘱咐了半天。

李骥很感动，又有点不好意思，索性笑道："大姐您放心，我一定会听冬月的。"

李谦也把李骥叫去说了一通："你嫂嫂相信你，你就拿出点儿魄力来，别把事情弄砸了，连刘冬月也不如。"

李骥恭敬地应诺。

从李谦那里出去，不知道是有意还是无意，他居然碰到李麟。

李麟笑着问他："听说郡主让你和她的随从一起去帮她收租子？没想到郡主连个体己的随从都没有，还得请你去监管。"

李骥忍了又忍，总算把到了嘴边的话咽回去，笑道："嫂嫂是看我在家里闲着没事，就让我跟着去长长见识，毕竟冬月是从宫里出来的。我还听说，夫人想让嫂嫂帮着找个从宫里出来的宫女给冬至当教习嬷嬷。想必宫里出来的人，与我们平常之人是不一样的。"

"那是！"李麟笑道，和李骥擦身而过。

李骥觉得被李麟碰到的肩膀火辣辣地疼。

第十一章
庄氏道歉

三天之后，李家人起程回太原。这是姜宪第四次出远门。女眷们坐在各自的马车里，李谦等人则跟着李长青骑马跟在马车的一侧。

姜宪把帘子撩开一道缝朝外望去，秋日正午的阳光依然炙热，李谦的背上现出了道道汗渍。姜宪懊恼地放下了帘子，嘀咕道："如果现在下雨就好了。"

百结和情客不知道她为什么冒出句这样的话，小心翼翼地道："下起雨来，肯定会凉爽很多。"

姜宪没有说话，她是觉得如果下了雨，李长青肯定会让子侄们到马车里躲雨的。可惜，这几天皇历准得很，一直到他们回了太原也没有下一滴雨，姜宪怎么看怎么觉得李谦晒黑了。只是还没有等她和李谦讨论这个话题，袁大太太就来访，说是请李家阖府去观礼。

姜宪并不是有意赶在这个时间回太原的，袁三小姐出阁的事她早就忘了，因而当请帖放到她案头的时候，她疑惑地问："袁三小姐还没出阁吗？"

"明天才是正期。"情客笑，把刚刚从花园里摘的玉簪花一枝枝地插进姜宪书案上的青花瓷花瓶里，"郡主要去参加婚礼吗？"

"不去。"姜宪想也没想地道，歪在大迎枕上看百晓生新出的一本词话，"查出这个百晓生是什么人了吗？"

情客摇头，笑道："坊间都传他可能是个落第的秀才，但具体是做什么的谁也不知道。"

姜宪轻哼了两声，把书丢到一旁，抱怨道："每本书都写得差不多，也不知道大家为什么要买着看，那些书局就不知道再捧个人出来。"顿了顿，她异想天开地对情客道，"你说我去开个书局怎么样？还可以代印朝廷的邸报，把那个百晓生狠狠地踩在脚下。"

情客抿着嘴笑，并不答话。

常忍冬带着他的族兄来了。他族兄叫常荆，看上去和常忍冬差不多的年纪，瘦瘦高高的，斯文俊秀，看着像个读书人，不像大夫。

姜宪让常忍冬领着他去见李谦。李谦马上就要进川了，她想让常荆跟着李谦一起去，李谦的身体也就多了几分保障。

常忍冬睁大了眼睛，道："郡主，您还真要让我族兄和将军一起去四川啊？"

姜宪笑眯眯地望着他，道："常先生是大夫，大夫不是都要亲自去进药材的吗？四川山高水长，行路艰难，常先生能跟着走一趟，也是难得的体验嘛！"

常忍冬在那儿生气地瞪着眼，常荆却不以为意，温和地道："郡主说得有道理，那我就跟着将军走一趟四川好了。"又叮嘱常忍冬，"药铺该开在什么地方，就劳烦你帮着到处看看了。"

"不用那么着急。"姜宪像是突然反悔了似的阻拦常忍冬，"开药铺不是一天两天的事，慢慢来，慢慢来。"既然决定了去陕西，有些事就得重新规划。姜宪想把药铺开在西安，这样，李谦就有两个医术高明的大夫了。

常忍冬鬓角的青筋直跳。

常荆却好脾气地应了，拉着常忍冬走出姜宪的宅院，才低声道："发什么脾气呢！难怪你医术那么好，叔父却不放心你在外面行医。如今天下这样乱，你能安安稳稳地跟着郡主已经很好了，别又像上次似的被人辞退回家。"

常忍冬听着，脸色就更难看了，不服气地道："你来之前嘉南郡主说得好好的，还老是让我写信催你快来，结果你一来她就变了卦。分明是她言而无信，你怎能说是我脾气不好？"

常荆叹气，道："你难道还没看出来吗？郡主哪里是想让我快点过来，她是想让我护着李将军去四川。至于开药铺的事，恐怕要等我从四川回来再说了。"

常忍冬仔细想想，还真是这样，不禁道："郡主这是把李将军放在了心坎上啊，这样的事也时时刻刻记挂在心。"

"这样也好，夫妻同心，其利断金。我们不必和旁人争什么，好生把祖宗传下来的医术发扬光大即可。"说着，他轻轻地叹了口气，道，"现在的世道可是越来越乱了，也不知道什么时候是个头。万一乱世来了，我们要把家里传下来的医术写出来、传下去，让这乱世里少死几个人，也算是功德一场。"

鲁夫人在袁三小姐的婚礼上没有看见姜宪，非常奇怪，找了个机会向何夫人问起了姜宪。

何夫人笑道："她这几天身体不爽利，在家里歇着呢。"

鲁夫人闻言关心地问："可是哪里不舒服？可曾看过大夫？"

何夫人含蓄地道："郡主从京城带了个大夫来山西，身体都由那大夫帮着调理。"

鲁夫人忙道："那大夫怎么说？"

"说是没什么大碍，休息两天就好。"

"那就好，那就好。"鲁夫人松了一口气的样子，道，"那我过两天再去看她，也免得她病中被人吵到，休息不好。"

"鲁夫人有心了。"何夫人笑着和鲁夫人寒暄。

鲁夫人就问起了何瞳娘的婚事："什么时候小定？"

何家对这门亲事满意极了，何夫人脸上堆满了笑容："等金大小姐嫁了就正式下聘。金大小姐毕竟是嫁到功勋之家，那边的姑奶奶又是御赐的姻缘，金家要先把金大小姐嫁了，才有精力管金二爷的事。"

"也是。"鲁夫人十分赞同，亲热地挽了何夫人的胳膊，道，"何小姐下定的时候您可一定要给我下张帖子，让我也去热闹热闹。"

何夫人听到鲁夫人要去给自己的侄女捧场，自然十分高兴，可心里也存着几分狐疑，毕竟比起李家，鲁家跟金家更加相熟。何夫人问："那金大人那边，您不去了吗？"

鲁夫人笑道："我们家老爷自会去应酬他的同僚，我却是要去何家看看的。瞳娘那小丫头长得漂亮，又柔柔顺顺的，甚是讨人喜欢，别人下定我可以不去，她下定我可是一定要去的。"

何夫人听了喜出望外，整个宴会都和鲁夫人待在一起。

陆夫人却有些坐不住，今天不光姜宪没来，庄夫人也没有来。汪儿道和熊正佩斗得沸反盈天，姜宪却突然站到熊正佩这边，形势瞬间一边倒，熊正佩便领了皇上大婚的差事。如今户部、礼部、宗人府、上林苑等都听从熊正佩的差遣，熊正佩大获全胜。再想到之前温鹏的事，谁出的手，已是不言而喻。

庄大人望着舅弟温鹏从云南寄过来的书信，郁闷得不行。为了小姑娘的几句口角闹成这样，谁能想得到？庄大人背着手又在书房里走了一圈，门吱呀响了一声，却没有人进来。庄大人回头，看见女儿的一张俏脸从门缝里探出来。

如果是平时，庄大人早就笑吟吟地招了女儿进来，温声细语地问她要干什

197

么，但今天，他实在是没有心情做慈父，冷冷地问道："有什么事？"

庄大人心里有点怨庄夫人，觉得她不应该把女儿送去岳家抚养，让女儿养成了这种不知道天高地厚的性子。

他想到这里，心情更烦躁了，看女儿也开始不顺眼，不由得呵斥道："你看你像个什么样子！鬼鬼祟祟的，一副宵小行径，哪户的大家闺秀像你这样！是不是你娘让你来的？如今你舅舅来问罪了，让你娘也别躺着了，赶紧给你舅舅回封信去，别让你舅舅以为是我坏了他的前程！"说完，将信塞到了女儿的怀里，"喏，这就是你舅舅的信，让你娘也看看。她不是一向最有主意吗？让她教教我怎么回这封信！"然后把女儿往外一推，啪地关上了门。

庄小姐回到屋里伏在床上，大声地哭着骂姜宪。

听到乳母报信赶过去的庄夫人忙把屋里服侍的都遣了下去，低声斥责："这都什么时候了，你还说这样的话！万一让人传了出去，岂不是火上浇油？"

庄小姐的脾气又上来了："我难道在自己屋里都不能说话了？那要这些服侍的做什么，还不如早早全都发卖了！"

"我的小祖宗！"庄夫人忙向女儿告饶安抚，"你还没有出阁呢，说什么卖不卖的，还想不想说门好亲事了？人多口杂，这个道理你难道不懂？何况现在我们家被人盯着，小心驶得万年船。"

庄小姐见母亲服了软，神色也放松了些，她捏着手中的信问母亲："那，那我们怎么办？难道就任由嘉南这样欺负我们不成？"

庄夫人叹了口气，道："我去找你爹说说。"

"娘，您别去！"庄小姐想到刚才的事，忙阻止母亲，"爹爹……爹爹在忙。"

毕竟是多年夫妻，庄夫人瞬间就明白过来，泪水忍不住落了下来。这是要她去给一个还没及笄的小姑娘道歉，赔笑脸……庄夫人抹着眼泪，对女儿道："没事，我就是去跟你爹商量这件事该怎么办，我不会跟他吵的，你放心。"

来到庄大人书房的时候，庄夫人已经冷静下来，她开门见山地道："今天是袁三出阁的日子，我这就去给郡主赔个不是。"

庄大人也毫不含糊："如此甚好。"还吩咐管家拨了五百两银子，"你给郡主买点儿什么东西，算是我们的赔礼。"

庄夫人气得差点笑出来，拿着银票转身就走。等她到了袁家的时候，宴会已经快散了，庄夫人犹豫片刻，还是进了袁家内院的垂花门。

袁大太太自然是热情迎接，等到庄夫人问起姜宪，她不无遗憾地道："说是身体不适，今天没来。"

庄夫人暗暗庆幸，私底下道歉和当众道歉，那是两码事。

第二天，她派了体己的嬷嬷去递帖子，想拜访姜宪，被拒绝了。之后，她连着三天向姜宪递帖子，姜宪烦不胜烦，索性交代下去，若是庄家的嬷嬷再上门，直接架出去，不必理会。

庄夫人气得不得了，趁着布政司一个主簿家里办喜事，她拉着王夫人就是一通抱怨："哪有这样的！我去道歉，连着好几天递帖子，她居然不愿意见我。"

王夫人不想卷进去，只笑了笑，看见其他的夫人来了，忙告了声"得罪"，上前和那些人打招呼，然后一起去了坐席的喜棚。

庄夫人眉头微蹙，抬眼看见了施夫人，她想了想，朝施夫人走过去。施夫人不知道有意还是无意，突然转身和太原城一个乡绅家的当家太太说起话来，之后还和那位当家太太进了旁边的茶房。庄夫人朝四周望去，见没有一个人肯上前和她说话，这才感觉到事情不妙。

庄夫人默默地回到家里，却发现庄大人今天没有去衙门，说是这几天布政司急着把秋天的税赋征上来，可庄大人月余无功，丁大人只得让庄大人在家里休息一段时间，自己亲自督促征收税赋之事。

庄夫人问："这件事与嘉南有没有关系？"

庄大人的脸阴得能下雨，他讥讽地望着庄夫人，冷笑道："你说有没有关系？从前我又不是没和李家打过擂台，你看丁留管了没有？现如今，落井下石的多，雪中送炭的没有，这件事要不快点摆平了，以后有的是受蹉磨的时候。"又责怪她道，"你不是说这城中的官眷都与你交好吗，怎么这点小事也办不好？"

庄夫人气极："人家根本就不愿意见我！"

庄大人心中气愤，声音比庄夫人还高："再给你三天时间，如果你还不能见到郡主，我就把你和女儿都送到云南。舅弟不是怪我吗？我就把罪魁祸首送去，他想怎样就怎样好了。我如今不过是个从三品，怕是没能力护你们的周全！"

庄夫人听着，眼前一阵阵发黑，只好咬着牙亲自去了李府。

姜宪"好"了很多。鲁夫人和陆夫人、袁大太太来探望，到了姜宪的正房才发现丁夫人和李夫人已然在座。

陆夫人见姜宪面色红润地坐在临窗的大炕上笑盈盈地吃着水果，不由得笑道："看样子郡主已经大好了。听说郡主还带了个大夫来山西，可见这位大夫的医术十分高明。不知道这位大夫都擅长些什么？到时候我们有个头痛脑热的，也可以来求医问诊。"

"他擅长儿科和妇科。"姜宪笑道，"但愿大家都用不上，可若是能用上，只管来医。"

袁大太太笑道："郡主真是菩萨心肠，必定会好人有好报的。"接着说起九月初九五台山好几家禅寺都准备开坛做法事，问姜宪想不想去，"塔院寺的师父们每到这个时候都会施药，他们家的牛黄解毒丸最是好用，您就是不去，也可以派家里人去求几颗牛黄解毒丸回来。"

姜宪想了一会儿，才想起塔院寺就是当初为她看病的鸿一法师的寺院。姜宪心中一动，决定立刻派人去求些牛黄解毒丸给李谦带上。她正准备问问五台山还有谁家的丸药好，百结走了进来，悄声在她耳边道："庄夫人来了，正在外面等着，非要见您不可，还说既然丁夫人、李夫人也在场，不如给她做个见证，她是真心实意来向您道歉的，让您无论如何也要见她一面。"

姜宪笑道："既然庄夫人要来，那就请她进来好了。"

百结应声而去。

丁夫人几个却有些不自在，问道："是庄夫人来了吗？没想到这么凑巧。"

姜宪微微一笑，既然庄夫人想拿舆论来压她，那她也不介意再指点指点她："说是要来给我赔不是，想必还是为了上次庄小姐当众非议我的事。她也太小心了，上次她打上门的时候我把她给撵出去了，我打赢了，怎么还会把这件事放在心上？不过，她既然来了，又非要见我一面，我也不好把她晾在大街上，不然被人看到还不知道会传出什么流言蜚语来呢！等会儿大家见到庄夫人道歉，可别惊讶才是。"

"不惊讶，不惊讶。"丁夫人笑道，"庄夫人也的确是太小心了点儿，都多久的事了，还记在心里。"

大家都睁着眼睛说瞎话。陆夫人有些不适应，不安地挪了挪身子。袁大太太则是满腹感慨，难怪都说官家不好惹，像丁夫人这样看上去如此清雅的女子说起瞎话来也是面不改色，她们这些商贾出身的可真是差远了。

百结带着庄夫人走了进来。众人一副什么事也没有发生过的模样和她打着招呼，对她的来意矢口不提，只有姜宪对她很冷淡，除了刚开始的时候和她说了句话，之后就再也没有理会过她。

庄夫人不得不站出来低声道："郡主，那天的事都是我不对，还请郡主大人大量，原谅我一次。"

姜宪听了诧异道："庄夫人说的是哪件事？我怎么不记得了？"

庄夫人一愣，难道姜宪就准备这样和自己一笑而过吗？她心中一喜，正要说什么，姜宪却又道："先是庄小姐无凭无据地非议我，之后是庄夫人打上了我李家的门，不知道庄夫人所说之事，到底是指哪一桩？"

庄夫人听了，只好咬着牙道："两桩事都是我们不对，还请郡主多多包涵……"

她的话还没有说完，姜宪冷哼一声再次打断："庄夫人这话说得好没道理，既然两桩事都是你们的错，怎么只有你一个人来道歉。庄小姐呢？庄夫人这是看我年纪小，想糊弄我吧？我看庄夫人还不如不来，免得我一想到有人把我当傻瓜，心里就堵得慌。"

庄夫人脸上红一阵青一阵的。姜宪才懒得管她，端茶送客。庄夫人没有办法，只得灰溜溜地出了李家的大门。

回了家，她想了又想，最后还是劝女儿和她一道去李家给姜宪赔不是："我也知道你气不过，我也气不过，可这不是没有办法了吗？"

庄小姐委屈得眼睛都红了，问："那能不能趁着哪天人少的时候再去？"

"傻丫头！"庄夫人道，"就是要趁着这个机会去。你想想，当着那么多人，她总得顾及点儿形象吧？就算她对我们再不满，也不好说些羞辱的话出来吧？所以这个时候去是最好的。"

"可我总觉得有点丢脸。"庄小姐道。

庄夫人叹道："就算我们私底下向她赔不是，那些人难道就不知道了吗？"

庄小姐哭了起来，不过还是和母亲一起去了李家。

"那就请她们进来吧。"姜宪等人都没想到庄夫人会回来。

庄夫人把道歉的话又说了一遍，然后把一直低着头躲在她身后的庄小姐拉了出来，又推了一把，示意她快向姜宪道歉。

姜宪却笑道："庄小姐是和我家小姑起的冲突，依我看，庄小姐该跟我小姑道歉才是。"

庄夫人松了口气，急忙答应。姜宪差人去请李冬至和何瞳娘过来。

李冬至和何瞳娘听到庄夫人带着庄小姐来道歉，惊讶得都有些合不拢嘴。何瞳娘问来请她们的百结："庄小姐怎么肯来跟我们道歉？"

百结笑道："自然是因为郡主出手教训了她们一顿，她们知道了郡主不是能随便得罪的，只好来道歉啦！"

李冬至和何瞳娘对视了一眼，都在对方眼里看到了欣喜和如释重负。两人换了身衣裳，去了姜宪会客的花厅。

庄夫人在讨好地说着什么，姜宪有一句没一句地听着。见李冬至和何瞳娘走了进来，庄夫人忙打住话题，笑着上前牵了李冬至的手，温声道："李大小姐，从前的事是你庄姐姐的不对，她如今也后悔了，你就原谅她这一次吧，以后还做一对好姐妹，可好？"

李冬至朝姜宪望去，姜宪对着她微笑，眼里全是鼓励。

嫂嫂这是让她自己拿主意吧？李冬至想着，不由得鼓起勇气大声对庄夫人道："庄姐姐原本也没得罪我，不过是说我嫂嫂的话太难听，我才气不过和她打了起来。她不用向我道歉，只需向我嫂嫂道歉就行了。"

小小年纪就有这样认知！众人均是讶然，包括姜宪在内。姜宪觉得，李谦这个同父异母的妹妹很像李谦，而且可能比李谦还爱憎分明。

庄夫人的笑容则有点窘迫，但还是招了庄小姐到姜宪的面前，道："李大小姐说得对，你们原本也没什么矛盾，不过是我这女儿说了不该说的话……你还不快点向郡主道歉！"

庄小姐憋屈得不行，却不得不低头。她羞愤地垂着眼睑，声音低落："对不起，是我错了，我以后再也不会这样了。"

姜宪笑着点了点头，问李冬至和何瞳娘："这样可以吗？"

两个小姑娘都是心善之辈，连连点头，接受了庄小姐的道歉。

庄夫人松了口气，再次郑重地跟姜宪道歉："是我这个做母亲的太溺爱孩子，没有问清青红皂白就跑上门来，还请郡主不要和我一般见识。"

姜宪笑着颔首，这件事就这样揭过了似的。丁夫人和李夫人忙起身打圆场，招呼庄夫人和庄小姐一起喝茶。

庄夫人觉得既然已经没了面子，不如和姜宪打好关系，遂笑盈盈地坐下来，和众人聊天说话，甚至在李家用了午膳才告辞。

丁夫人和李夫人也寻思该告辞了，谁知情客快步走来，低声和姜宪说了些什么。姜宪听着，突然冷笑道："她道歉，我受了，可并不代表我就原谅她了。他调走了，我以后找谁的麻烦去？你去跟他说，得罪了我，道个歉就想跑，门都没有！让他好好地给我在山西待着，直到我看烦了为止。"

丁夫人和李夫人心里掀起轩然大波。两人交换了一个眼神，不动声色地起身辞别姜宪，在李家垂花门前坐上了同一辆马车。

马车摇摇晃晃地出了李府，丁夫人和李夫人久久没有说话。直到马车走到了市集，两人耳边传来喧闹声，丁夫人才道："嘉南郡主刚才，说的怕不是庄家吧？"

"有可能。"李夫人面露疲倦，"只有以后留心，看看事态的发展，或者请人去吏部打听，之前不是有传闻说庄大人要高升吗？"

丁夫人心中一惊，回到家中径直去找了丁留。

丁留的神色很是凝重："我写封信去问问京中的同年。李夫人那里，你稍候再走一趟，看看她有没有什么消息。"

丁夫人应下，又不禁感慨："那嘉南郡主小小年纪，长得又温柔可人，却没想到性子居然这样烈，即使道了歉也要揪着不放……到底是宫里出来的。"

"噤声！"丁留忙道，心惊地四处看了看，见屋里没有第三个人，心中稍安，"现在既然知道了她是这样的性子，再和她打交道时就要慎重。你这次去，有没有和她身边的人接触？若是能和她身边的嬷嬷交好，以后有什么事能给我们报个信就最好不过了。"

丁夫人很是赞同，觉得这件事刻不容缓："如果郡主在吏部使得上力，我们就真的不能得罪她。"

"她是出了阁的郡主，又远嫁到太原，"丁大人摇了摇头，道，"不可能影响吏部。只是有些事，她虽帮不上忙，可要坏事却很容易。"

丁夫人头痛欲裂，叹道："我们怎么就碰到了这样一个混世魔王呢？也不知道她什么时候才会离开太原回到京城。"

情客一边给坐在镜台前的姜宪卸簪环，一边低声道："我们这样嚷出去不要紧吗？虽说承恩公花了大力让吏部那边暂时不动庄大人，可朝廷的邸报毕竟还没有公布，若是有变动……"

"就算是有什么变动也不怕。"姜宪对曹宣的办事能力很有信心，"我不过是想让丁夫人和李夫人帮我传个话，免得那些不知所谓的人以为得罪了我道个歉就能完事。这次我要不把庄家给弄得没了火气，我就不姓姜！"

情客抿着嘴笑。这样生气勃勃的郡主她好久都没看见了，可见郡主还是适合和这些官家夫人们周旋。

只是姜宪却有些意犹未尽似的遗憾，道："庄家的段位太低了，没什么意思。"

之后正如姜宪所料，她这里开始门庭若市。姜宪应付了这些贵妇人一段时间，又觉得没意思，那些贵妇说来说去都是那些话。她觉得自己应该交个特别喜欢交际应酬的朋友，然后时不时把人叫来家长里短一番，这样既可以节省她的时间，又可以探听到外面的消息。但到底该选谁，姜宪还有些拿不定主意。

李谦那边却已经准备好了去四川的事宜。

姜宪的心思便全都扑了过去，每天围着李谦转来转去的，帮他收拾东西、准备干粮，仅换洗的小衣就准备了二十四套。

李谦看了哭笑不得，道："这些绫罗绸缎不经事，又不好清洗，不如留在家里穿，我带几件细布衣裳就行了。"

"那怎么能行？不好洗、穿脏了就扔掉好了。四川是天府之国，等到了那里，雇几个裁缝再做几件就是。"

李谦终于想到了婉拒姜宪的好理由："所以我说不用带太多，等我到当地有名的成衣铺子里买就是了。这些留在家里，等我回来穿。"

姜宪想想觉得也是，带那么多箱笼，来来去去也很麻烦。

李谦知道她从来不曾做过这些，是关心则乱，心里很感激，亲了亲她的额头道："我把云林留下来，你有什么事就差他去办，他是最细心周到的。若是他也做不好，你暂且忍忍，等我回来再说。"又叮嘱她，"要好好吃饭，不要整天躺在床上看词话，有空的时候就到院子里走走。若是要出门逛街，记得叫上七姑……"事无巨细，一一交代。

姜宪应着，思绪却飞到了九霄云外。李谦这次出远门，又把云林留了下来。她忍不住想，难道云林当初一直在居庸关做总兵，真的是为了保护她？

又过了两天，李谦带着谢元希、钟天逸等人起程去四川。临行前，姜宪想送送李谦，李谦没让她送。他说这次去四川是隐秘行事，对外只说去了校场，她这么一送，恐会引起旁人注意。姜宪没有坚持，只是一直站在垂花门前不动，李谦几次挥手让她回去她都没有理会。李谦没有办法，只能又折回来轻轻地抱了抱她，这才头也不回地走了。

姜宪顿时鼻子酸酸的。

之后的一段日子里，李冬至和何瞳娘每日都会来陪姜宪，可姜宪仍快快不乐。她长叹了口气，没了李谦的陪伴，她觉得一切都兴味阑珊。特别是晚上，身边没了另一个人的呼吸，没了另一人的热度，她倍感冷清。

这让她不由得想起了京城的冬天。刚刚开始有冷风，慈宁宫就烧起了地龙，走到哪里都暖烘烘的。太皇太后会整天陪着她，给她讲故事，叫女先生来说书，纵容她不去上课，让孟姑姑帮她写大字冒充她的功课交给左以明……可她走的时候，却没能给疼她爱她的太皇太后磕个头、道个别，姜宪心中有些不安。

第十二章
回京路上

　　姜宪对慈宁宫的思念随着天气渐冷而越来越深，终于有一天，在听何夫人和李长青商量怎样过重阳节时达到了顶峰。

　　她对李长青道："公公，我想回趟京城。"

　　"你……"李长青老半天才回过神来，小心翼翼地问道："是不是谁给你气受了，还是你觉得在这里过得不舒服？"

　　姜宪知道李长青误会了，更知道自己的这个要求有多荒谬。谁家的媳妇不是大门不出二门不迈地在家相夫教子？甚至有些嫁得远的，一辈子都没能再见过故土。

　　"公公，"姜宪诚恳地道，"您和婆婆对我疼爱有加，将军对我很是敬重，小姑和小叔们对我也非常友善……我回京城，是有事要做。"除了思念太皇太后外，她心里确实还有件事。

　　李长青立刻意识到姜宪有话想对他说。公公和儿媳妇之间通常都是该避嫌的，李长青不禁为难地抓了抓头。但身为土匪的大胆和不羁还是占了上风，他对已然听蒙了的何夫人道："你先出去，我有话要跟儿媳妇说。"

　　待何夫人出去，姜宪上前了几步。

　　李长青吓了一大跳，想向后退，却因为坐太师椅上退无可退，只好向后仰了仰身子，道："你有什么事要回京城？"他的声音绷得紧紧的，显得有些紧张。

　　姜宪以为李长青不高兴，解释道："公公，前些日子将军和我商量，说想去陕西。"

　　李长青一愣："我怎么不知道？"

姜宪揣着明白装糊涂，奇道："将军没有和您说过吗？"

李长青摇头，脸色有些不好看。

姜宪就道："将军跟我说，如今朝中正是多事之秋。辽王在东北娶了辽东指挥使家的廖大小姐为嫡妻，廖大小姐病逝后，他为了和廖家保持之前的亲密关系，又抬了廖家的庶女为妾，苦心经营着辽东那一亩三分地，以求自保。

"靖海侯则在福建拥兵自重，借着抗倭的名义向朝廷要银子、要兵力，这些年下来，已然雄霸一方，有了与朝廷抗争的实力。公公在福建做了几年的总兵，靖海侯的势力有多大想必您最清楚不过。

"再看那些封疆大吏，郭永固宁愿待在四川也不愿意擢升堂官；贵州巡抚在任上也有七年了；还有广西布政使，九年连任之后，谋了广东布政使……"

李长青听着心头一跳。

"如今大家宁愿在外面待着也不愿意回京，"姜宪继续道，"还不是因为如今京中局势不明又权贵如云。与其回京城任职，被皇上和那些大学士盯着，一不留神就站错了队，还不如外放做个执宰一方的大员，手中有权又有钱，还能避开京城的纷争。

"将军的意思是，既然大家都在观望，我们也不能离京城太近。公公是曹太后的人，不方便动，倒不如让他去陕西，既可为公公镇守后方，也可和公公形成两相呼应之势，让朝廷忌惮，李家也有底气和实力保持中立，暂不站队。"话说到这里，姜宪顿了顿，才又道，"还有曹太后那里，虽说她为我和将军赐了婚，您和将军也写了谢恩的折子，可我毕竟是姜家的姑娘，曹太后只怕到现在还恨着我伯父，如今和我伯父相安无事，不过是被逼无奈而已，我嫁到李家，始终是她心中的一根刺。解铃还需系铃人，我想，如果我能进京去向曹太后问个安，再请她替将军在皇上面前美言几句，将军去陕西之事便能事半功倍。"

李长青有些酸溜溜的："这些，都是他跟你说的？"

"也不全是将军告诉我的。"姜宪温声道，"是我看将军这些日子心情不好，想开导开导他，他就断断续续地跟我讲了些，我听着觉得十分有道理，就想帮帮将军。可将军的性子您也知道，不愿意求人，更何况是让我出面。是我自己看将军左右为难，想在陕西谋个差事又找不到门路，就想偷偷地帮帮将军，又怕将军觉得我多事，或是觉得总是去求姜家会让姜家瞧不起。于是我就想趁着将军这些日子不在家，悄悄回趟京城。到时候，您也不必把这件事告诉将军，就说是您去求的曹太后，这样将军见着我也不会觉得尴尬。"

李长青听着不由得睁大了眼睛，儿媳妇嘴里说的这个"将军"是他儿子吗？

原来儿子在儿媳妇面前是这个样子，李长青顿悟了，他觉得他不能拆台："你关心宗权，想为他好，我已经明白了。可你一介女流，又身娇位重，怎么能就这样回京城去？我看，这件事还是让宗权自己去办好了，他是男人，你应该相信他能办好。"

姜宪没有想到李长青会反对，在她的印象里，李长青野心勃勃，她的建议不是正好给打瞌睡的人送枕头吗？姜宪劝道："我自然是相信将军的，可为什么简单的事不简单办呢？将军这次去四川，最早十一月才能赶回来，晚些就快过年了，还要给京城的那些人送年节礼、打点山西的同僚、拜访上峰，等到将军歇下来，又到了春天防卫鞑子的时候，这样一来，大半年就过去了。到时候皇上大婚，韩家位列公卿，汪几道、熊正佩相峙，朝廷会是怎样的格局谁也说不准。我虽是一介女流，却愿意帮将军排忧解难，您又何必舍易求难，平白耽搁大好时机呢！"

李长青不免心动。

姜宪又添了一把火："我想悄悄地进京，就是不想惊动旁人，不想让别人以为将军是因为姜家、因为我才得势的。我不想以后将军想起这件事来心中不快，影响我们夫妻之间的情分。"

家和万事兴，如果儿子和儿媳妇能一直这样互相敬重，白头偕老，才是兴家之本。

"行！"李长青下定了决心，"不过，你得多带几个人去。"

姜宪早想好了，道："除了身边服侍的，我再带上二叔和云护卫就行了。"见李长青一愣，姜宪委婉地道，"二叔的生母是婆婆的婢女，二叔以后肯定是要帮着将军做事的，这次进京二叔可能帮不上什么忙，却可以见识一番，也正好让二叔练练胆子，以后若是家里有人拜访，二叔也知道怎样接人待物，不至于坠了李府的名声。至于云侍卫，是将军留下来保护我的，我要是不带他去，只怕将军知道后会责怪云护卫，我会心中不安。"

李长青微微颔首，觉得姜宪考虑得很周到，但他还是道："人太少了，我再给你拨二十个人，让他们护送你进京。"

姜宪笑道："我这次可是悄悄进京。"

"那也不能就带这么几个人！"李长青瞪大了眼睛，"万一路上有个什么事，我就是后悔都来不及。这二十个人你必须带着，都是我训练出来的死士，就算是路上遇到了悍匪，也能把你平安地护送到京城。再就是亲家舅爷那里，也得招呼一声，最好能在半路上迎迎你们。反正亲家舅爷常在宣府和京城之间走动，要藏个把人根本不在话下。"

姜宪向李长青讨主意:"怎么跟家里人交代呢?"

李长青想也没想地道:"就说宗权去了校场,你怕开战,要去庙里为宗权吃斋静修两个月……两个月可以吧?你到时候能不能赶回来?"

"能!"姜宪不敢在京城多逗留。随着赵翌逐步掌控京城的防卫,谁知道她在京城里待久了会不会被他发现。

应付了李长青,姜宪也没忘了何夫人。她派了情客去给何夫人送补品,还提到此次进京会给李冬至找个离宫的嬷嬷做教习……

第二天早上,趁着几个孩子都来给何夫人问安,李长青说了姜宪要去庙里静修的事。

众人一阵愕然。特别是李冬至,她大着胆子问李长青:"阿爹,为什么让嫂嫂去庙里,在家里静修不行吗?"

在她看来,被送去庙里静修的女子都是犯了错的,且被送去之后,几乎没人能回来。现在哥哥不在家里,嫂嫂却要被送到庙里……她一双乌溜溜的大眼睛眨也不眨地望着李长青。

李长青不由得皱眉:"这是阿爹的意思,你难道是在诘问阿爹不成?"

"女儿不敢。"李冬至咬了咬牙,又道,"可嫂嫂要去静修,怎么也得跟大哥说一声吧?如今大哥不在家,若就这样不声不响地把嫂嫂送去庙里,别人要是知道了,还以为嫂嫂犯了什么错呢!阿爹向来最疼爱大哥,您也不希望大哥受此非议吧?"

姜宪听着差点忍不住为李冬至喝彩,她上前揽了李冬至的胳臂,笑着轻声道:"小姑,是我自己想去庙里住些日子。你大哥不在家,我心里有些慌,想去庙里吃几天斋菜,为你大哥求个平安。正因为怕旁人误会,所以我昨天才求了公公,让他老人家帮我。若有外人问起来,大家只说我身体不适,不方便见客就是。"

李冬至狐疑地望着姜宪,姜宪微笑着向她点点头,李冬至这才信了。

从东跨院回来,姜宪就命人收拾行李,她打算让七姑和情客随行,把百结和香儿、坠儿等人留在了家里。众人以为她真是去庙里静修,很快就收拾好了箱笼。

身在大同的刘冬月和李骥接到消息,紧赶慢赶,只花了两天的工夫就赶回了太原。正好李长青亲自给姜宪看的黄道吉日就在第二天，两人稍作休息就跟着姜宪出了太原城，连箱笼都没有来得及打开。

李骥策马小跑到云林身边，困惑地朝着那些相貌普通、沉默寡言的护卫努了努嘴，低声问道："这都是哪来的？我怎么一个也不认识。"

云林也不认识，他隐隐觉察到李长青安排的这些护卫都不简单，却不知李长青的葫芦里到底装的什么药，心中颇为不安。他推开李骥的脑袋，低声道："我也不知道，是大人的安排。"

"那我们这是要去哪里？"

"不知道，"说起这个，云林更郁闷了，"大人只说让我跟着郡主。"他本是李谦的人，却被李长青安排着跟着姜宪出了门，就好像让他去护着郡主是李长青的主意似的。

穿过树林上了驿道后，那些护卫就都不见了，只有云林和李骥、刘冬月三个护着坐了姜宪、情客和七姑的马车，看上去孤零零的，像哪户的女眷出门进香。云林心中一动，难道那些护卫是大人养的死士？他仔细地观察了下四周的动静，却始终没有发现那些护卫的踪迹，倒是遇到一群鲜衣怒马的少年喧嚣而过。

七姑吩咐车夫将马车停在一旁，避开了那群少年，这才重新上路。

这可不是姜宪的风格。云林皱了皱眉，发现赶车的车夫居然是李长青身边一个叫丁二的随从。

马车掠过一旁的驿道拐进了旁边的小镇，准备在小镇的客栈休息。姜宪戴着帷帽，穿着件棉布衣裙下了马车。

云林的感觉就更不好了。当初将军是怎样如珍似宝地把姜宪带回山西，婚后又是怎样爱她敬她，自己都是亲眼见过的。如今姜宪却打扮得像个村姑似的，若是李谦知道他放在心尖上的宝贝被这样对待了，还不得心疼死啊！云林思前想后，最终还是决定告诉李谦这件事。

他给李谦写了个条子，悄悄地招来了信鸽。谁知道第二天一大早，七姑就把那只信鸽还给了他，还半真半假地和他开玩笑："郡主说这鸽子长得好，只可惜在路上，不然炖了倒是锅好汤。"

云林尴尬地笑。

七姑又道："郡主请你过去。"

云林忙去擦了把脸，定了定神，跟着七姑去了姜宪那里。

姜宪正在吃早饭，见了云林道："我知道你敬重将军，也跟着敬重我，恰好我也有事请你帮忙……"她把去京城给李谦求官的事告诉了云林，并道，"将军在忙什么你比我还清楚，我就不多说了。如今不是让他分心的时候，更不能给他添乱，你说是不是这个道理？"

云林连连点头，正想申辩几句，姜宪又道："这件事就到此为止，若是还有什么事，等我们从京城回来了再说。"云林只得应诺退了出来，叹着气回了房。

就这样走了四天，他看到了大同的城门。

"我们不进城。"七姑隔着车帘吩咐云林，"到前面的城隍庙借居一晚。"

"这怎么能行？"云林大惊失色，忙道，"您不能这样，若是将军知道了，该有多难过啊！"他此时穿着一件靛蓝色的粗布短衫，戴着顶青布小帽，双手拢在衣袖里，低眉顺眼的，像个老实巴交的农夫。

"你不告诉他，他不就不知道了！"姜宪隔着帘子懒懒地道，执意要歇在城隍庙。

云林只好妥协。他收拾好心情，率先走进城隍庙里打探情况。

这个城隍庙里只有一个庙祝，被云林不知道打发到了哪里后，当夜，他们就歇在了城隍庙。

姜宪在后殿，由情客和七姑服侍着，在用三条板凳搭成的床上睡下了。

刘冬月守完上半夜，李骥来接替，他便回前殿休息。李骥他们在那里打了地铺，还把他那一床也铺好了。刘冬月轻手轻脚地走过去，抬头看见云林的眼睛在黑暗中闪闪发光。

"你还没睡啊？"他松了口气，动作越发轻柔，生怕吵醒了丁二。

云林在黑暗中摇头，也不管刘冬月看不看得见，悄声道："郡主……这是连齐家也准备瞒着了？"

刘冬月没有回答，只颇有深意地看了云林一眼。

云林是关心则乱，但在刘冬月的沉默中，也渐渐冷静下来。姜家和齐家是通家之好，姜宪为什么过大同而不入，反而要避开？云林想到李谦。郡主说要进京为将军谋取一个差事，这个差事是不是很难，而且有可能危及齐家的利益？

想明白之后，云林拍了拍刘冬月的肩膀，苦笑道："还是你最明白，难怪郡主那么喜欢你，出去了也不时地想起，最后还让你陪着二爷……"话说到这里，云林心中一动。嘉南郡主做的事最初在他们这些跟在李谦身边的人看来有些莫名其妙，可事情过了回过头再去看，却桩桩有深意，件件都对将军好。如今嘉南郡主抬举二爷，是不是也有什么深意？

刘冬月却是一愣，他知道自己能回姜宪身边服侍肯定是因为姜宪觉得他不

错，可他没有想到在姜宪的眼里他会如此重要。刘冬月的眼眶有点湿润。

两人各怀心事地歇下。

一路上环境很艰苦，姜宪却没有太多感触，她的心思全放在了回京之后的想象中。怎样才能不被察觉地见到太皇太后？要不要进城？陕西现任的两个都指挥使都是什么来历？

想到这里，她幽幽地叹了口气。也不知道李谦走到哪里了，他若是知道自己现在在离京城不远的昌平，会是怎样的心情？姜宪能察觉出李谦不想她回京城，好像京城里有什么好东西，会让她去了就不回来了似的。

她嘴角微翘，抿着嘴无声地笑，裹着被子在床上打了个滚。等他回来，知道自己为他谋了个陕西的指挥使，肯定会很高兴。

外面传来一阵喧哗声。

姜宪不由得皱眉，为了不引起注意，他们不但换了装扮，一路住的也都是些不起眼的小客栈。她问情客："外面怎么了？"

"也没什么。"情客温声细语地安抚她，"不过是有户人家没了盘缠，客栈的老板要赶他们出去而已。"

姜宪皱眉道："大半夜的把人赶出去，我看这客栈的老板也不是什么好人。"

"谁说不是！"情客顺着姜宪的话笑道，"所以看热闹的人很多，这才声音有点大。"

姜宪点头，重新躺下，随意地和情客说着话："被赶出去的是什么人？为什么没了盘缠？"

情客犹豫了片刻，这才道："是个妇人，带着几个孩子，大的有十二三岁，小的还抱在怀里，要进京去寻做了京官的丈夫。没想到走到这里，有个孩子病了，盘缠就不够了，请那老板通融几天，说是已经让人带信给她丈夫了，只是一直没有回音。客栈老板怀疑那妇人冒认官亲，报了官，不仅要把那妇人赶出去，还要把那妇人身上的首饰留下抵房钱。听说，官府的人马上就要来了。"

"不对！"姜宪一听，面色凝重地坐了起来，"这件事不对，有哪个衙门会这么好？已经下了衙，还派衙役前来捉人？你快让刘冬月去看看，若是能搭把手就搭把手，总不能让那带着孩子的妇人吃了亏。"

情客去通知了刘冬月。过了差不多一顿饭的时间，刘冬月才急匆匆地回来。

姜宪问道："怎么样了？"

刘冬月忙道："还真得感谢郡主问了那么一句，要不然那妇人就要骨肉离散了！"

屋里的人都竖起耳朵来听。

刘冬月绘声绘色地说起这件事来："我人单力薄，就拉了云大哥一起去。到了门口，听了众人的议论这才知道，那妇人是欠了客栈的钱不假，可店家已然撸了人家的首饰，就算要把人赶出去，又为什么非选在晚上呢？原来，是县上一个官宦人家的子弟看中了那妇人的长女，想把那长女买下来。可那妇人也是读书人家出身，丈夫还是上林苑的一个小吏，怎么可能把长女卖人？那官宦子弟就和这客栈的老板商量好了，准备将那妇人赶出去后抢人。照小的的意思，这件事不好管，云大哥却说，要是这样的事我们都不管，那成什么人了？小的无奈，只好给云大哥出了个主意，让他装成要债的，趁看热闹的人多，偷偷把那妇人和几个孩子带到了僻静处。现下，他们正藏在我们的马车里，准备等天亮了再做打算。"

姜宪听完，冷冷一笑。

刘冬月打了个寒战，低头弯腰，恨不得把自己缩成一团。

姜宪不由得好笑，道："站直了说话，别摆出这副样子，这事是你的主意吧？倒把云林推出来挡箭。"

她话里露出的笑意让刘冬月刹那间精神了过来，他笑着道："郡主，那韩家不过是出了个皇后，就张狂得没了边儿，连这种强抢民女的事都做得这么肆无忌惮，我是实在看不下去了，才出面……"

姜宪听着脸色一沉，道："有话说话，不要扯些乱七八糟的，韩家怎么了？人家现在家里出了个皇后，就有资格张狂。你同情那妇人，就直说想救人，不要乱说话。"

刘冬月一听，立刻端正道："郡主，我错了，再也不这样说了。"

姜宪脸色微霁："这件事与韩家有什么关系？"

刘冬月道："想抢人的那户人家姓王，祖上曾是句容县县令，前些日子和韩家攀上了关系后，就突然轻狂了起来。这原本也没什么，可他们家却开始找人打听十二岁、冬月里出生的女孩子，说是要送去韩家给韩家三少爷冲喜。原本已有了几个合适的人选，不承想，那妇人的长女无意间被王家的管事看中了，点名要买，那妇人不肯，才设了这一计。"

姜宪听着都要气炸了："这都是些什么玩意儿？正经事一件不会，下三滥的却是烂熟。"她脸色铁青地问刘冬月，"他们攀上的是韩家的谁？又哪来的三少爷？这是谁在扯着韩家的大旗狐假虎威？昌平县的县令、官吏呢，全都死光了？"

　　她星目如雪，面色如霜，做太后时睨视天下的威严毫不掩饰地散发出来，七姑、情客和刘冬月不由得瑟瑟地低下头，屋里陡然间落针可闻。

　　姜宪不禁暗暗地叹口气，收敛了脾气，温声问刘冬月："可曾派人去打听？"

　　"去……去了，"刘冬月的汗毛还竖着，说话也有些不利索，"云大哥去了。云大哥说这件事里透着蹊跷，韩家到底是高门大户，就算要冲喜，也不愁找不到你情我愿的人家，怎么可能强行掳人？这王家行事有些说不通，所以去打听了。"

　　姜宪暗中颔首，神色越发宽和。

　　刘冬月看到姜宪的神色缓和下来，松了口气，道："郡主，我这就去外面候着，云大哥一回来我就来禀告。"

　　"不用了。"这件事云林去办，姜宪自然很放心，"你刚才说，你们把那妇人和孩子藏到了我们的马车里？"

　　刘冬月闻言额头瞬间冒出汗来。他们当时一心只想帮忙，却忘了他们此时行踪需要保密。姜宪为了不引起别人的注意，都住进了这种小客栈里……他们太不知轻重了。

　　"是。"刘冬月扑通一声跪在了姜宪的面前，又悔又愧，"郡主，这件事是我和云大哥没有考虑周全，我这就去把他们藏到别处去。"

　　姜宪神色有些冷，语气徐徐地问道："那你准备把他们藏到哪里去？"

　　刘冬月根本就没有想过，嗫嚅了半晌都说不出个答案。

　　姜宪在心里暗暗叹气，那就好事做到底吧："夜里天寒，就让她们在马车里过一夜好了，你等会儿悄悄抱些御寒之物过去，别让孩子冻着了。等云林回来，我们再做打算。"

　　刘冬月羞愧地应"是"，退了下去。

　　一旁的七姑心里却有些激荡。在她看来，除了李谦，姜宪对其余的人和事都很冷淡，这次又是悄悄进京，本不该去管这样的闲事的，不承想姜宪不仅管了，还要问清缘由，一副要管到底的模样。她行走江湖多年，姜宪的做法正投了她的脾气，她不由得在心里对姜宪另眼相看。

　　姜宪小憩了会儿，云林回来了。

　　云林喘了口气，接过情客奉上的茶，坐在七姑端过来的绣墩上，道："郡主，那王家的老太太姓胡，攀上的是东阳郡主的二儿媳妇胡氏。王家对外称是韩家三少爷要冲喜，实际韩家根本没有排行第三的少爷。是韩家因清仪县主马上要进宫做皇后了，怕清仪县主在宫里站不住脚，就想和乾清宫的大太监杜胜搭上关系。可那杜胜为人谨慎，又是皇上从小的玩伴，等闲不能近身。

　　"好在杜胜也不是全无所求。他是由兄长养大的，家中贫寒，可他兄长哪怕是把自己的长子送人做了赘婿也把他留了下来。后来他家乡遭了水灾，跟家人失散，他被人贩子卖进宫里，去年才将人找到，这才知道他兄嫂早就去世了，家里只剩下一个侄儿。

　　"认了亲之后，他把这侄儿接到京城，当成亲生儿子般养着，众人都知道，巴结杜胜还不如巴结他侄儿。如今他这个侄儿十多岁了，到了知人事的年纪，韩家就想送两个漂亮的小姑娘给杜胜的侄儿。王家知晓此事后主动揽了下来，看到那妇人的长女长得十分标致就动了心，偏偏那妇人宁死也不愿卖女儿，王家没办法，才想了这个主意。"

　　姜宪气极而笑，问云林："也就是说，是这王家上赶着给别人送东西？既然如此，为何不送扬州瘦马，非要强抢民女？"

　　云林没想到姜宪还知道扬州瘦马，尴尬地笑了笑，道："我打听过了，王家原来的确想过送扬州瘦马，可这样一来是太明显，二来好一点儿的扬州瘦马也不是那么好找……"说着，他语气一顿，有些迟疑地继续道，"而且那妇人的长女的确长得太俊俏，也不怪王家的管事动了心思。"

　　"是吗？"姜宪挑了挑眉，好奇起来，"那妇人的夫家姓什么？丈夫是几品官？那小姑娘真的长得那么漂亮吗？你把她带来给我看看。"

　　"那妇人说她夫家姓康，丈夫名端，字祥云，是永兴十三年的进士，原在刑部任给事中，后来吃酒误了事，被贬到上林苑当了个主簿。康大小姐年纪虽小，却楚楚动人。只是现在那王家还在寻人，客栈外面还派了人把守，且天色已晚，那妇人带着几个孩子又惊又怕的，只怕早就歇下了，不如明天再让康大小姐过来给您问安，您看如何？"

　　"到时候再说。"姜宪随口应了一声，"王家还没死心吗？明天我们能顺利起程吗？"她担心的是这个。

　　云林笑得胸有成竹："那王家不就是仗着韩家吗？我把消息放出去了，说韩家根本没有三少爷，也不需要冲喜，王家这么做，是想巴结乾清宫里的大太监，要给那大太监送小妾。"

　　姜宪听着不由得笑了起来，朝云林伸了伸大拇指，赞道："这主意可真损！你回去歇了吧，康氏一家的事，就交给你了。"

　　云林躬身应"是"，退了下去。

第二天一大早，姜宪被一声惊叫给惊醒了："这又是怎么了？"

客情道："是二爷醒了，过来给您问安。"

"给我问安也不必惊叫啊。"姜宪嘀咕了句，梳妆打扮后，去了厅堂。

李骥正和一个陌生的小姑娘互相瞪着，一左一右地坐在厅堂的太师椅上。听到动静，两人齐齐望了过来。

"大嫂！"李骥立刻站了起来，一面给姜宪行礼，一面道，"这是哪里来的小丫头，大清早的怎么会在这里？"

那小姑娘却沉得住气，恭敬地上前给姜宪行礼："太太，我姓康，家父乃上林苑主簿，名端，字祥云。太太慈悲心肠，救了我们全家，我们感激不尽。本当家母亲自上门道谢，却因幼弟昨天受了惊吓，家母离身他便啼哭不已，外面又有王家贼人把守，怕暴露行踪给太太惹祸，这才遣了我来道谢。"说着，就跪在地上给姜宪行了个大礼。

姜宪见这小姑娘口齿伶俐，行为端庄，顿生好感。又见她穿着件半新不旧的鹦哥绿潞绸比甲和杭绸挑线裙子，只是那褙子、裙子上有折叠的印子，知道这是小姑娘压箱底的，不由得在心里轻轻叹了口气。这家人到这个时候还能不失礼数，可见家教极严，不禁又生出几分怜爱来。

"起来说话吧。"她笑着朝小姑娘微微颔首，又对李骥道，"我这边有女客，你先回屋去，有什么事就去问云林。"

李骥反应过来自己失礼了，不禁面红耳赤，匆忙向姜宪问安后退了下去。

姜宪笑着对那小姑娘道："你不要放在心上，这是我二叔，他性格耿直，现在领了他哥哥之命送我出门，不免有些小心过头了。若有冒犯的地方，还请康大小姐原谅。"

原本已经坐下的康大小姐听姜宪这么一说，又站起来，红着脸道："是我失礼，见到公子来给太太请安，本该回避才是。只是家母一人照顾几个弟妹有些吃力，这才想早点儿见到太太，应该是我向公子赔不是……"

姜宪莞尔："你不用客气，我也是个耿直人，坐下说话吧。"

康大小姐道谢，坐了下来。情客笑着上了茶点。康大小姐来时只是想给这家人道个谢，此时见姜宪和情客虽俱是一身细布衣饰，可言行举止却比她家曾得过三品诰命敕封的祖母还要从容淡定，绝不可能像救她的那个人说的，只是个进京探望家人的普通官宦人家的太太。她心里乱糟糟的，把京城里略有头脸的官宦人家飞快地捋了一遍，也没个头绪。

那边姜宪已问她："康太太和康大小姐有什么打算？"

既然康太太派了长女过来谢她，可见对这个女儿行事非常放心。而姜宪既然决定搭把手，就不会半途而废，康大小姐却误以为她这样问，是打算要丢下康家不管。

康大小姐顿时面皮涨得通红，嘴角翕翕，好一会儿才低声道："求太太带我们一起离开昌平，以后我做牛做马报答太太。"

"我是问，你们离开昌平之后有什么打算。"姜宪挺喜欢这小姑娘的，所以愿意耐心解释，"我们不进京，只能把你们带离昌平。这里离京城很近，王家又是为韩家的事出面，你父亲只是个上林苑主簿……你们有什么打算没有？"

"太太！"康大小姐闻言满脸惊愕地抬起头来，又要给姜宪行大礼，却被得了姜宪示意的情客上前几步扶了起来，她略一犹豫，就把自家的事讲了出来，"我们家乡匪患肆虐，我家又是十里八乡有名的富户，母亲怕有人心怀不轨，借着匪患之事哄抢，这才收拾了些细软带着我们几个来京城投奔父亲。之前，家父曾经写信说准备辞官回乡。"

姜宪微微点头，道："你母亲和弟弟妹妹们没有用早膳吧？王家的人还在找你们，店家又是他们的耳目，只能委屈他们依旧在马车里躲一躲。我等会儿让人给你们送点儿包子充充饥，至于其他的，等我们离开昌平了再说。"

康家大小姐很是感激，屈膝行礼，由七姑相送，退了下去。

姜宪喊来云林，吩咐他："大家这些日子赶路辛苦了，今天在这里歇一天，明天起程。"

这段时间急着赶路，都没有休息好，眼看着要到京城了，休整一天，养好精神，等见到姜家的人和太皇太后的时候也不至于太狼狈，让人担心。何况她之前让人带了信给姜镇元，算算日子，这两天就能和姜家的人碰头了，到时康家的事就让姜家帮着处置就是了。

可让姜宪没想到的是，她不愿意生事，却有人不怕生事。用过早膳，王家的管事带着家丁开始搜店。

姜宪冷笑，吩咐云林："谁要是敢靠近，只管往死里打，打死打残都算我的。"这些家丁平素不知道欺负过多少平民百姓，她今天也仗势欺人一回，让他们也尝尝投诉无门的滋味。

云林犹豫片刻，恭声应"是"。

姜宪见状不悦地问云林："你犹豫什么？怕我担不起，还是怕给你们将军惹事？"

"都不是！"云林忙道，"之前郡主一直不想暴露行踪，所以我怕……"

"没事。"姜宪不以为意地道，"这世上能奈何我的人不多，韩家肯定不是其中之一，何况这王家不过是攀上胡家而已。先不说有没有脸因了这种事请韩家出头，就算他们想请，那他们也得先去见了胡家的人，然后再告诉韩家，到那时恐怕我们早回了山西了。况且……"说到这里，她抿着嘴笑了笑，道，"我这样不远千里地回了趟京城，若是不让简王、汪儿道、熊正佩等人知道我的行踪，岂不是浪费了我的一番心意？"

云林不解。

"你就先琢磨听懂的那一部分吧，至于听不懂的，只管照着做就是了。"

得了消息的李骥却跃跃欲试，跑来找姜宪："嫂嫂，那康家是什么来头？竟然能让嫂嫂为了他们在昌平停留一日。"

姜宪看他一副抓耳挠腮的模样，再想到他那样失礼地盯着康大小姐瞧，不由得偷笑，面上却分毫不显，正色道："康家不过是个普通的读书人家，在当地略有薄产，我救她们，不过是可怜妇孺受人欺辱，顺手为之罢了，倒不是图谋什么。在这里停留一日，是等姜家的人来接我们。至于康家，"姜宪说到这里，不禁起了促狭之心，道，"我已经吩咐云林，等用过早膳就送他们走……"

"嫂嫂！"李骥一听就急了，有些无礼地打断姜宪，"如果我们这个时候不管他们，他们肯定逃不掉，那还不如昨天晚上就让王家把人抓了去。给了康家人希望，又把人推进火坑，这会平白让人觉得我们伪善的！"

姜宪强忍笑意，肃然道："那照你的意思，我们应该怎么做才好？"

李骥心里早有盘算，又怕姜宪不答应，说话不免有些心虚："嫂嫂，要不……要不您让云林哥和我一起护着康家人悄悄离开昌平吧，等他们走远了，我们再回来。"

"这主意不错，"姜宪佯装严肃地考虑了片刻，道，"那这件事就拜托你和云林了。"如果能把康家人送出城去，也是个不错的选择，且也算是锻炼了李骥。

李骥见她同意了，顿时喜出望外，站起身来就想去告诉康家母女，门外却在此时传来一阵喧闹。姜宪知道这是王家的人快要搜到这边来了，她没有放在心上，端起茶盅来喝了一口。

李骥却有些发蒙，他想到姜宪是悄悄进京，不禁有些慌张："嫂嫂，我去看看出了什么事，您躲在屋里不要出来，大不了我和云林哥想办法护着您出城。"

还算这孩子有点良心，姜宪索性趁机教育他："越是这种时候越不能慌，仔细想想我们和对方的优势、劣势，最后再决定要不要逃走。"

她的淡然影响到了李骥，李骥很快就镇定下来，想了想道："大嫂，您出来的时候不是带了些护卫吗？我们肯定打得赢他们，就怕惊动了旁人。要不，您留几个护卫给我，我在这里拖住王家的人，您早去早回。到时候我们回了山西，他们还敢找上门来不成？"

姜宪忍不住微笑着点头，道："你这主意挺好。"

但她的话音刚落，外面就传来云林的怒喝："跟你们讲道理你们听不懂是不是？那就拳头下见真章！"说着，外面传来打架声。

李骥哪里还坐得住，拉开房门就冲了出去，还细心地帮姜宪带上了门。姜宪点点头，对李骥更满意了。

结果不难料，虽然王家的人没有被打死的，伤残的却有不少，满院子都是呻吟声。店家知道遇到硬茬子了，一面找人去向王家报信，一面向云林、李骥几个苦苦哀求。云林和李骥当然不会和这种人一般计较，可也不想就这样轻易放过他，李骥在云林的授意下打了店老板一顿。

昌平离京城很近，但回京述职的官吏一般都会选择从保定入京，从昌平过的达官贵人很少，这也是王家在昌平敢这样嚣张的缘故之一。可什么事都有意外。

王家得到消息后的第一个反应就是觉得惹了不该惹的人。王老爷不免有些惴惴不安，可是想到韩家、想到杜胜，他的胆子又大了起来。他一面带着家里剩下的家丁往客栈去，一面派人去通知昌平县令，说是有人劫持了他送给简王的婢女。

可惜的是他算盘打得虽好，事情发展却出乎他的意料——那几个外乡人把他带去的人再次打得趴在地上不能动弹。他顿时心中"咯噔"一下，正寻思自己到底遇到了什么狠角色时，衙门的人来了。

见到院子里的情景，那些衙役不由得倒吸了一口冷气，不敢上前。他们平日里得了王家的好处，自然愿意帮王家出头，可若是要搭上自己的性命，那就是两回事了。衙役们你看看我，我看看你，都不吭声。

王老爷又急又气，想找店老板却找不到，甚至就连那些围观的人也站得远远的，只三三两两地凑在一起对着他指指点点。他气不打一处来，抬脚就朝身边的小厮踢去："还不快去请大夫，傻站在这里做什么！"又苦着脸去求带队前来的昌平县捕头，"大人，您看这事该怎么办好？总不能让他们打了人就走吧，那昌平县的官威何在？诸位老爷们的颜面何在？"

捕头没想到事情会这样棘手，可既然领了县太爷的令，也只有硬着头皮上了。他吩咐手下的捕快向围观的旅客询问当时的情景，那捕快听完脸色大变，望着院子里仍呻吟着的众人道："你是说他们只有五个人？五个人打十几个人？"

"不是五个人打十几个人！"那旅客忙道，"可能是里面住着女眷，有一个人一直守在门口，是四个年轻人打的。其中一个只有十四五岁的样子，长得很精神，看上去是个富家公子，拳脚功夫十分了得。"

捕头在一旁听着，心中暗暗道了声"糟糕"，迟疑片刻，一咬牙下定了决心，走到紧闭的房门前低声通报了身份，道："不知道是哪位官眷从此路过，在下有眼不识泰山，还请夫人原谅！我这就把前来骚扰的人带走。"

王老爷一听不乐意了，上前两步和捕快并肩而立，大声道："不知道是哪位大人路过此地，在下是昌平的王吉，只因帮着简王他老人家寻找几个逃跑了的婢女，这才惊动了大人。不知道大人怎样称呼？说不定和简王、东阳仪宾是旧识呢！"

姜宪对云林道："去让那姓王的拿简王的名帖过来，不然算他一个冒认官亲，把他送到衙门。"

云林应"是"，推门走了出去。

姜宪继续和李骥说话："没想到你的身手这样好，跟谁习的武？你大哥知道吗？"

李骥神色间露出些许窘然，道："我的身手在李家不算好，大堂兄和大哥的身手都比我好，是云林他们有所顾忌，我才会看着比较厉害。"

姜宪在心里暗暗叹了口气，不再和李骥谈论这个问题，而是道："康家母女那里，可曾派人去问候过了？"

"派了人了。"李骥答道，"我让一个护卫去了我们放马车的后院，若是前面挡不住了，就请他护着康家母女离开。"

姜宪点头，还想问问康家母女的事，外面喧哗起来，把她的声音都压住了，她和李骥不由得支起耳朵听。

原来是云林等人和王家吵了起来，揪着王老爷要报官。旁边的人见来找麻烦的人反被别人找麻烦，都觉得有意思，纷纷在那里起哄。那些衙役既怕云林等人信口雌黄，又担心王老爷万一真的是狐假虎威，都不敢管，场面十分混乱。

姜宪抿着嘴笑了笑，对李骥道："走，我们下棋去。"

"可我不会下棋啊。"李骥不好意思地道。

门外突然传来一声呵斥："你们这是在做什么？乱糟糟的，成何体统！"

这声音很威严，使得大家都停了下来，院子里一片寂静，云林忙低下头。

那人大步走到姜宪的门口，低声道："嘉南，我是王瓒。"

姜宪的手一抖，惊喜地打开门。

门外，身材修长的王瓒正身姿如松般含笑而立，目光温柔："嘉南，你写信说要悄悄回京，阿律哥太打眼了，我就自告奋勇来接你了。"

"阿瓒表哥！"笑意溢满了姜宪的眼眸，亲亲热热地喊着王瓒，请他进屋。

王瓒一眼就看见了玉树临风的英俊少年李骥，微微一愣。

姜宪给他们引见："这是我二叔李骥，这是我表哥王瓒。"

李骥不敢怠慢，忙上前行礼。

王瓒仔细打量了李骥几眼，有些不悦地道："李谦呢？他怎么不陪着你一同回京？有什么事比你还要重要？"

姜宪笑着请王瓒坐下，道："既然是秘密进京，肯定不能让人知道呀，李谦陪着我回来，还不得弄得人尽皆知啊！"

道理王瓒明白，却总是有些挑剔："就算如此，他也不能让你就带着这么几个人回来。你看，一个小小的乡绅都敢在你门口闹事！"对李谦的怨气又深了几分。

李骥在一旁眼观鼻、鼻观心地坐着，心情颇为复杂。在他心中无所不能的大哥居然被人嫌弃……他不由得抬头飞快地睃了姜宪一眼。

姜宪只是笑，神色平静而淡定，道："有眼不识泰山，讲的就是这种人。还好阿瓒表哥来了，那这件事就交给阿瓒表哥了。"

"你啊，什么时候才能长大。"王瓒无奈地摇头，语气宠溺地轻叹，然后像从前一样去给她收拾残局。

姜宪望着王瓒的背影，表情渐渐严肃起来。曾经，她对王瓒有过期盼，可自从嫁了人，她就在她和王瓒之间竖起了一堵墙。之前，她觉得可惜；可现在，她又觉得有必要。有些事，就让它悄悄淹没在无人知晓的角落，各自安好就好。她长长地吁了口气，抬眼却发现了李骥好奇的目光。姜宪不由得莞尔，向李骥解释王瓒的身份。

外面渐渐安静下来。

王瓒走了进来，笑道："我听云林说，你要在这里休整一天，要不要我带你出去走走？昌平离京城挺近的，有很多商家的店铺都开了过来，你从前不是总嚷着要吃遍京城的小吃吗，我看不如从昌平开始。"

若是没有刚才王瓒的那句轻叹，她也许就和他去了，可现在，姜宪觉得她

应该和王瓒保持一定的距离才对："说是要休整，实际上是因为救了一位太太没办法悄无声息地走出昌平县，便在这里等着阿律哥来接我，"她笑道，"现在接我的人来了，麻烦也解决了，我自然是要快点回京。我想太皇太后，想大伯母了！"

王瓒从来不曾驳过她的意思，这次也不例外，他朝着姜宪温柔地笑了笑，去安排进京事宜。

来的时候姜宪只有两辆马车，走的时候是五辆马车，加上前后的护卫，俨然权贵之家的女眷。她问刘冬月："我要是没有记错，我在小汤山还有个宅子吧？"

"是！"刘冬月笑着应道，"宅子重新翻修过，家具器皿也都置办齐整了，因郡主走得急，只留了两三个老成的仆从在那边守着。"

"我们就歇在那里吧。"姜宪吩咐道，让刘冬月去给王瓒传话。

王瓒忙勒了马过来和她说话："皇上这些日子为了大婚的事忙得晕头转向，如今阿律又做了五城兵马司的都指挥使，只要我们不摆出郡主的仪仗，皇上根本不可能知道。至于那些朝臣，品阶低的，想去御前说几句闲话也没机会；品阶高的，都忙着明年春季绩考之后的职位调整，哪里有空来管我们？"在他看来，京城里除了赵翌，就没人能让姜宪顾忌。而姜宪顾忌的，也不过是赵翌的那点小心思，且真要闹起来，赵翌是赢是输还不一定呢。

姜宪却不想给镇国公府、慈宁宫、北定侯府惹麻烦，她可以一走了之，这些曾经关心过、爱护过她的亲朋怎么办？赵翌的小心眼她可是领教过的。

"我有些人要见，"姜宪含蓄地道，"在小汤山方便一些。"

王瓒本以为姜宪只是单纯地想省亲，听到这话才知道她还有别的事要做。他不好当着这么多人的面详问，只好先应下来，一面派人跟着刘冬月去提前收拾，一面护着姜宪往小汤山去。

小汤山的温泉宅子是刘冬月为姜宪办的第一桩差事，格外用心。位置好不说，在北方这种普遍缺水缺树的地方居然绿树成荫、花木扶疏，如江南庭院般曲径通幽，让人看着顿时觉得心情舒畅起来。

第一次踏足这个宅子的姜宪不由得微微地笑，表扬刘冬月："这差事办得不错，等会儿下去到情客那里领赏。"

刘冬月大为激动，忙躬身行礼，然后退后几步跟在姜宪身后。

姜宪站在花厅的台阶上，看着院子里竞相盛放的芙蓉花、山茶花，心情愉悦，问刘冬月："康家人都送走了？"她不想让康家人知道自己在哪里落脚。

刘冬月笑："送走了，二爷带着几个护卫亲自送进了城。"

李骥对于京城的权贵来说，是个生面孔，由他护送康家母女进城，是个颇为妥当的安排。姜宪笑着颔首，由刘冬月陪着去了正房。

七姑带着几个人已经把正房打扫出来，情客指挥着几个临时从镇国公府抽调过来的丫鬟在布置房间，而王瓒则在安排姜家派过来的护卫的巡逻班次和路线。

姜宪道："其他地方不用收拾，我们住两三天就走。"

"就算是住两三天也不能马虎！"姜律的声音突然出现在门口，"我看你嫁到李家别的没有学会，这敷衍了事倒学会了。"

姜宪高兴地跑过去。只见姜律穿着件杭绸直裰，手里拿着条乌金马鞭出现在她的面前。

"大哥，您什么时候来的？怎么也不派人来提前说一声！"姜宪忙请他进屋喝茶。

"还好我直接来了，要是我让人提前通知你，你是不是准备跑到宛平去，或者就在昌平不回来了？好端端的镇国公府、郡主府不住，住到这里来，到处都是潮气，盖的被子恐怕都是湿的吧？"

"我这不是不想让别人知道嘛。"姜宪知道姜律这是在关心自己，不以为意，笑盈盈地接过丫鬟端上来的果盘放在了姜律手边的茶几上，有些讨好地笑道，"这是刚刚刘冬月让人上街买的秋梨，水分很足，也很甜，你尝尝看！"

姜律很喜欢吃梨，从前每到梨子收获的季节，姜宪都会赏他很多梨。孟姑姑劝她，说这兆头不好，应该多送点儿苹果才是，可姜律不喜欢吃苹果，姜宪也就没有把这件事放在心上。谁知道如今她的命运却应了景，早早就和自己的亲朋好友分开了……她胡思乱想了一会儿，又让姜律派人帮她分别给曹宣和白愫送一封信，请两人到这边来叙叙旧。

姜律不愿姜宪和曹宣多接触，眉头几不可见地蹙了蹙，道："你知不知道皇上封了曹宣为礼部经历司经历，专门负责宗人府的事？"

"曹宣和我们家不太好吗？"她问。

姜律又蹙了蹙眉，道："说不上好，但也说不上坏，他和简王之间很是暧昧。但我觉得他不是那种甘居人下的人，迟早会闹出点儿事来，你最好还是离他远点，若是有什么事要他帮忙，大可叮嘱白愫。"

姜宪之前一直担心姜律会因生活太过顺遂而骄傲自大，如今见他颇有几分见地，不由得放下心来，笑道："大哥的话我记住了。不过这次回来我是想见见旧友，当初我和李谦成亲，他帮我们良多，何况他是曹太后的侄儿，有些话我们说还不如他去说。"

姜律眉头锁了起来，问："你要见曹太后吗？"

"嗯！"姜宪没有瞒姜律，"我这次回来想去见见曹太后。"

"有什么事不能让爹出面？"姜律撇了撇嘴，道，"何必去求她，她和我们家走不到一块儿的。"

姜宪有自己的打算，含含糊糊地应了句，问起镇国公夫妻和太皇太后等人。

"太皇太后像你之前交代的那样，还不知道。娘那边已经知道了，但没想到你会住在小汤山，让人做了一桌子的饭菜，就等着你回去呢。爹这几天下衙也下得早，估计是在等你回来。"

姜宪很是内疚。

姜律安慰她："没事，你好我们就安心了。"然后问起她嫁到李家之后的生活。虽说太原那边时常有消息传过来，只是姜律见了妹妹，少不得想听些更具体的。

两人说了好一会儿话，王瓒过来了，大家又坐在一起聊了几句，情客进来请他们用膳。此时正值酉时，处在午膳已迟晚膳还早的时候，也就姜宪这样赶了路的人会觉得饿。

姜律趁机告辞："我得回去跟爹娘说一声，还得帮你送信。你今天就早早歇了吧，明天我再来看你。"此时再不进城，就要在城外过一夜了。

姜宪想到王瓒对自己的照顾，觉得既然要断，就断得干净些，对彼此都好，因而也没有挽留，让刘冬月送了两人出门。她用过膳食，盥洗一番，一夜安眠。

第二天一大早，情客来禀："郡主，清蕙乡君已经到了，正在花厅里等着您呢。"

"她怎么这么早就过来了？"姜宪大惊，立马爬起来，催着情客帮她梳头更衣。

第十三章
亲友相见

白愫寅时就起了床，算着开城门的时辰出的城，天没有亮就赶到了小汤山。因是第一次来，还走错了地方，绕了个圈，急了白愫一身汗。此时在花厅的紫檀木玫瑰椅上坐下，喝了口温热的茶，她的心才定下来，吩咐丫鬟带她去偏厅重新净脸，换件衣裳。结果，她一出来就看见姜宪像个小孩子似的冲了进来。

"掌珠！"或许是走得太急，姜宪的脸红扑扑的，眼睛亮晶晶的，上前几步就抱住了白愫，"我还以为你得快晌午的时候才能到，都没有吩咐厨房的人准备你的早膳，只准备了午膳……"

白愫紧紧地回抱姜宪，心情很激动。这种激动不仅是因为见到了许久未见的姜宪，更多的是因为好多年没有看见姜宪这样活泼了。自十岁以后，姜宪就像个小老太太似的，走路、说话都慢条斯理，不动声色。现在，她却像个可爱的小姑娘一样，不仅跑了过来，还亲昵地抱住她……可见，姜宪嫁得很好。

白愫用力地抱了好一会儿才放手，笑道："你还不知道我？就是一碗白粥、半碗咸菜，也能吃得饱。我主要是不放心你，现在看你过得好，比你用龙肝凤髓招待我都强。"

姜宪嘿嘿地笑，拉着白愫的手在屋里的罗汉床上坐下，问起别后的情景。

"这段时间我都在准备嫁妆，没怎么出去。"白愫说起自己婚事的时候还有点害羞，"太皇太妃拿了自己的私房银子补贴我，手中宽裕，东西也就置办得整齐漂亮，没什么可操心的。只在金大小姐初来京城的时候攒了个局，把金大小姐介绍给了京中那些勋贵之家的女眷。

"金大小姐虽然长得容易让人妒忌，却八面玲珑，知道哪些人可以慢怠，

哪些人是无论如何也不能得罪的。之前我还担心她不能立足，想着要不要多给她攒几个局，谁知道只那一次她就站稳了脚跟。

"当初和邓家谈这桩亲事的时候，安陆侯夫人还有些犹豫，后来一见这情景，立刻就答应了。而且不管是聘礼还是聘金，都给足了金大小姐面子，如今满京城谁不说金大小姐有福气！"

这件事毕竟关系到一个女孩子的终身幸福，有这样的结果姜宪也很高兴："那就好，我一直担心着她呢。"

"你放心好了。"白愫笑道，"定亲之前，邓成禄是相看过金大小姐的。"

"那邓大小姐的婚事呢？"姜宪问。

"两家都挺满意的。"白愫笑道，"蔡家家大业大，子孙能动用的私产少；而安陆侯两代人都是有名的会经营，邓大小姐的陪嫁不少，晋安侯夫人提起这门婚事就说要感谢皇上呢！"

姜宪不由得眨了眨眼睛，这也算是天意吧？她不禁压低声音问白愫："阿瓒表哥呢？家里没有给他说亲吗？"

"这我就不知道了。"白愫顿了顿，又意有所指道，"韩司心如今可得意了。蔡如意成了靖海侯世子妃，人还没出阁，蔡如意超一品的封诰就下来了。韩同心话里话外都是因了蔡如意和她是知交好友，皇上是看在她的面子上呢！也不瞧瞧自己是个什么东西，以后真正在宫里过起日子来，她就知道厉害了。"说到这里，她正色对姜宪道，"你是怎么嫁去山西的，别人不知道，李谦还不知道吗？他怎么就让你悄悄回来了？我看你在小汤山待个两三天，吃吃京城的小食，到周围转一转就回去吧，别被皇上发现了。上次我想进宫去看看太皇太后和太皇太妃都被孟姑姑拦住了，太皇太后的意思是现在有了韩家，我们便该退避三舍，由着他们去蹦跶。"

"我知道了。"姜宪笑道，"我见过太皇太后和曹太后就走。"

白愫和姜律一样，听到她要见曹太后不由得皱眉，吞吞吐吐地道："你可能还不知道吧，曹宣他，他做了宗人府的经历。"

姜宪大笑，扑在她的肩膀上，道："难怪别人都说'青竹蛇儿口，黄蜂尾上针，两者皆不毒，最毒妇人心'，你这还没有嫁过去呢，就出卖自己的夫婿。"

白愫脸色一红，伸手去拧姜宪的脸："胡说些什么，我什么时候出卖他了？"

姜宪笑着躲开，又凑过来挽白愫的胳膊："我知道。曹宣能被重用，肯定是曹太后出的力，可我觉得这样也挺好。曹家也算站在风口浪尖上，万一曹太后不在了，曹家的处境会很艰难，若是曹宣能以一己之力站起来，对你们才是真的好。你也别总是担心这是曹太后的势力又抬头了，若是曹家总这样被压着，怎么能跟皇上抗衡？"

"我何尝不知？"白愫喃喃地道，"忽见陌头杨柳色，悔教夫婿觅封侯。我现在什么也不求，只求他能平平安安。"

姜宪紧紧握住白愫的手，低声道："我明白。"所以我们这辈子都不会走从前的老路。姜宪在心里道，想到了此次前来的目的。

白愫的目光一黯，她看不到未来，只是一头热地投了进去，并且从不曾后悔，可她担心自己会连累家里人。两人一时间都没有说话，花厅里静悄悄的，落针可闻。半晌，姜宪先回过神来，扑哧一笑："看我们，好不容易见了面，却为了些琐事弄得不开心起来。"

"正是！"白愫也笑了起来，道，"我们不说这些了，你跟我说说你在山西的事。听说，前段时间你教训了个官员？"

用完膳，姜宪带着白愫参观自己这个小宅子。温泉的泉眼在后花园一个六角亭子里，不大，最多也就能容纳六七个人。池子砌成了海棠花的式样，旁边叠了几块青石，种了几株芭蕉、石榴，泉水碧绿，颇有些野趣。

白愫道："房夫人等会儿肯定会过来，不然就可以和你泡泡温泉。"

姜宪一愣，道："你不留下来过夜吗？我们可以等到我大伯母走了之后再一起泡温泉啊！"

白愫听着也一愣："你不需要我进宫去给你报信吗？"

姜宪老实地道："我没准备进宫见太皇太后，我想邀她老人家出来。"

"出来？！"白愫惊讶地望着她。

姜宪点了点头，道："宫里认识我的人太多了，又是皇上的地方，太危险，何况我还想去见见曹太后。我想，能不能跟太皇太后说一声，让太皇太后找个理由去万寿山。这样，我就能和太皇太后在去万寿山的船上见上一面，也能趁着去的路上和太皇太后好好地说上几句话。"

"这个主意好！"没等她把话说完，白愫已是两眼发亮，"既可以避开宫里的耳目，又可以不动声色地去万寿山。不过，你为什么非要见曹太后不可？如果有什么为难的事，告诉我们不行吗？"

"我不想把你们都拉下水。"面对白愫，姜宪也没有藏着掖着，"我去见曹太后，是想为李谦谋个差事。"

白愫吃了一惊，随后咯咯地笑起来，道："保宁，你也有这一天！"

姜宪却毫不在意，说道："为什么说我也有这一天？难道我曾经说过什么话不成？"

"这种话你自然是没有说过。"白愫掩着嘴笑，"可当初东阳郡主为韩仪宾跑官的时候，你不是讽刺过东阳郡主傻吗？"说着，她露出沉思的模样语气微顿，"我想想……离你说这话好像也就不过两三年，如今却轮到你办这样的事了。"她说完，毫不客气地哈哈大笑起来。

姜宪讪然，也觉得自己有点好笑，可仍坦然道："可见这人啊，说话做事都不能太满，不然立刻就会给人掀了老底，惹人笑话。"

白愫再次哈哈大笑起来。

姜宪道："反正我平时也不在，我让刘冬月跟门房说一声，你要是想泡温泉了，直接过来就是。这宅子久不住人，也容易坏。"

白愫当然不会继续笑话姜宪，顺着转移了话题："也好。等到冬天的时候我就过来小住几天，正好帮你把这宅子好好捯饬一番。等你再来的时候，肯定会大变样，让你住下就舍不得走。"

两人说说笑笑，在亭子旁的美人靠上坐了下来。

有小丫鬟匆匆而来，禀道："大公子陪着夫人过来了。"

两人均面露喜色，整了整衣饰，往垂花门去。垂花门前停了架灰扑扑的乌篷马车，戴着帷帽的房夫人由余嬷嬷扶着下了马车。

"大伯母！""房夫人！"两人欢快地迎上去。房夫人掀开帷帽，露出慈爱的面庞，两人一左一右地挽了房夫人的胳膊。房夫人呵呵地笑，一行人进了垂花门。

"我之前还担心你是在李家受了委屈才回来的。"房夫人一面打量着姜宪的气色，一面笑道，"阿律回去跟我说你过得挺好的，我还以为他是在糊弄我，现在看到你这个样子，我总算是放心了。不过，你这次突然悄悄来了京城，我还是要说说你的。现在可不比从前，你已经是李家的媳妇了，丢着公公婆婆不孝顺，丢着丈夫不照顾，可不是好媳妇的行为，就算是太皇太后知道了也不会高兴的……"

"知道了，知道了。"姜宪见她一副"你不认错我就要一直说下去"的架势，忙投降道，"我这次来，除了探望太皇太后和您之外，还想为李谦谋个差事。"

自古以来大家热衷迎娶高门大户的女儿为妻，不就是看中了高门大户的人脉，关键时候可以为自家带来利益吗？房夫人听了虽然有些意外，倒也没觉得这有什么不好，她道："这么说，你公公是知道你来了京城的？"

"是啊，"姜宪笑道，"我公公还让我二叔送我过来呢。"

房夫人这下才算真正放了心，道："我也听阿律说了。阿律还说，你那二叔和姑爷一样，长相出众，是个英姿飒爽的少年郎。既然来了，你让他和阿律他们多多亲近，到底是亲戚，走动起来才能更亲近。"

姜宪笑道："这次恐怕不行了，见过太皇太后和曹太后之后，我就要赶回去。"她把自己的打算告诉了房夫人。

房夫人听了不禁称"好"，道："还是你们年轻人脑子好使，像我就只能想到去姑嫂庙之类的。正好坤宁宫这几天在修缮，吵得宫里不得安宁，可以让太皇太后她老人家以此为借口去万寿山住几天，你也可以好好陪陪她老人家。"

姜宪也心动起来："那我给太皇太后写封信吧？"

"还是别写信了，万一落人口实反而不美，不如我进宫去给太皇太后带个口信。"白愫总觉得姜宪待在京城很危险，可既然房夫人已经同意，她也就不多说了，和房夫人商量道："您看我现在就递折子，明天进宫如何？"

房夫人正好有些话要单独和姜宪说，道："那就麻烦掌珠了。"

"不麻烦，不麻烦。"白愫笑眯眯地道，喊了情客过来，两人去书房写折子。

房夫人这才问道："姑爷想让你给他谋个什么差事？"

姜宪觉得要先为李谦正名才是，道："李谦不知道我过来，是我想给他谋个差事。"

房夫人大惊失色，肃然道："嘉南，你怎么能不经姑爷同意就给他拿主意？你们刚刚成亲，一件事两件事还好，时间长了，夫妻之间肯定会有矛盾的……"

姜宪打断房夫人的话："我没准备总这样，他也不可能一直靠我。现在李家也算是小有家业，可山西左有大同总兵府，右有榆林总兵府，中间还夹着个太原总兵府，山西总兵府简直可以忽略不计，偏偏这又是曹太后的意思。一家子都挤在那里，什么时候才能出头？"

现在不比从前。自英宗时候，各地卫所就已经基本划定，除非有哪家落马，不然各有各的地盘。像姜家，就控制着京卫和京卫附近的大同、宣府、蓟镇、天津卫等地，如果姜宪想在其中给李谦谋个差事，那就得有人给李谦腾地方。可这样任人唯亲的事，总是会使属下寒心，长此以往，谁还愿意唯你马首是瞻？而且姜宪既然亲自来给李谦跑官，就绝不可能是个小小的同知或是佥事，怎么也得是个指挥使。指挥使是正三品，这样的官职有限，即便腾出一个来，又到哪里再去谋一个正三品的职位补偿给腾走那人？

房夫人立刻紧张起来，急急地问："那嘉南你看中了什么职务？"

姜宪不客气地道："陕西都司指挥使或是陕西行都司指挥使。"

"陕西？"房夫人以为自己听错了，"你要姑爷去陕西？你呢，你也跟着去陕西吗？你知道不知道陕西有多苦？山西就已经让太皇太后她老人家不高兴了，说过了这阵子就把姑爷调到京城来，你还要去陕西？别说太皇太后了，我这里就不答应。"说完，怕镇不住姜宪，又道，"就是你伯父知道了，也不会同意的！"

姜宪笑道："我总不能在大同或是宣府给李谦谋个差事吧？"

房夫人语塞，但很快想起宣府总兵马向远不是姜家的人，忙道："有何不可？不是还有个宣府总兵吗？"

"那也得皇上同意吧？"

赵翌对姜家的防备路人皆知，房夫人这下没话说了。

姜宪安抚她："这件事还得和大伯父商量，万一大伯父觉得不好，我们再换个地方就是了。总之，等见到大伯父之后再做定夺。"

房夫人觉得姜宪的话有道理，渐渐放松下来，道："你大伯父说了，用了午膳就赶过来。"又解释道，"午膳是兵部尚书李大人所请，好像是有什么事要和你大伯父商量，不好推脱。"

姜宪点头，笑道："正事要紧，李谦的事也不是能一蹴而就的。"

房夫人笑道："你知道就好。"

在见到大伯父之前，姜家的态度就不能确定，姜宪说再多也没有用。正巧白愫的折子也写完了，派了人递折子后，姜宪就和白愫陪着房夫人把这宅子又逛了一遍。这样折腾下来，也就到了用午膳的时候。

正在这时，去送康家人的李骥从城里回来了，姜宪叫他过来拜见房夫人和白愫。两人都给了李骥见面礼。李骥腼腆地笑，望着姜宪欲言又止，可此时不是说话的时候，姜宪朝他使了个眼色。李骥眉宇间闪过一丝焦虑，恭敬地行礼，退了下去。

房夫人就问起李骥的婚事来。

"还没有定亲。"姜宪笑道，想到金媛和邓成禄的婚事，打趣房夫人，"不如大伯母帮着关心关心。"

"那肯定是要帮你关心关心的。"房夫人却一点儿也不客气地道，"他的生母是姑爷生母的婢女，以后就是一家人，他若是能有门好点的亲事，也能助你一臂之力。"

姜宪咋舌，笑道："大伯母做媒人做上瘾了！"

"我这是为了谁？"房夫人见她还一团孩子气，又好笑又好气，伸指在姜宪的额头狠狠点了一下。

情客在花厅摆了午膳，三个人坐下，安静地用完午膳，姜镇元过来了。

因有要事要谈，房夫人和白愫找借口避开了。姜宪把刚才对房夫人说的话对姜镇元重新说了一遍。姜镇元沉声道："陕西是个不错的地方，东靠山西，西靠甘肃，北边是九边，进可攻、退可守，既可以休整，也可以出兵，姑爷选的这个地方不错！"

"这地方是我选的。"姜宪语气微顿，道，"若是我们在陕西站稳了脚跟，京城这边有什么事还可以帮衬一把。都待在京里，容易被人一锅端了。"

"你想得很周到！"姜镇元连连点头，严肃的眼神带上了几分笑意，"你拿定主意了吗？拿定了主意，我就帮你去跑吏部和兵部。"

姜宪笑道："主意我早拿定了，不过不用伯父出面，这件事我准备让曹太后帮忙。"

姜镇元想了想，立刻明白了其中的缘由："你是怕皇上不答应吗？"

姜宪额首，道："皇上肯定不会答应。我在他选后之前突然嫁给了李谦，等于打了他的脸，他没有立刻找我算账是因为有曹太后在。等他找到了机会，肯定会教训我，给我点儿苦头吃的。"

姜镇元思忖道："请曹太后出面也可以，一来李家是曹太后的人，由她出面天经地义；二来，可以试试皇上的意思。但如果这次不成，你也别着急，姑爷还年轻，有的是机会。"

姜宪笑着应"是"。

姜镇元见了扬眉笑道："之前一直担心你，看见你还有精力帮着姑爷筹谋，想必过得不错，我也就没有什么好牵挂的了。以后你再有什么事写信回来就行，别自己跑过来，这样太危险了，也容易落人口实，你现在毕竟是李家的媳妇了。"

姜宪连声应"是"，怕姜镇元像房夫人似的啰唆下去。

姜镇元一笑，站起身来告辞："我这边事多，盯着我的人也多，你在这里好生歇几天，太皇太后那里也不用太着急，你走的时候我再来看你。"

姜宪原来还想让李骥过来给姜镇元请个安的，看这样子是不成了，她让人去请了房夫人和白愫，送姜镇元出门。

过了一会儿，房夫人和白愫等人也一并告辞了。送走二人，姜宪让人去请来李骥："你刚才想要跟我说什么？"

李骥挠了挠头，赧然地道："也、也没什么，就是康太太的丈夫好像已经辞了官，而且是和一个工部的同僚一起辞的，准备一起去福建。结果康太太的细软和跟着的仆妇全都换成了药填进了康家幼子的肚子里，家里也只剩下几百亩地，却大部分是祭田，族里不让卖。这下福建去不成了，康大人只好写信到福建，请那边的人来接他们。"

姜宪听着心中一跳，有什么东西从她心里一掠而过却没能抓住，她问李骥："可这关你什么事？"

李骥红着脸，磕磕巴巴地道："我……我看康家连下锅的米都没有了，就把手里的二十两银子给了康太太，谁知道康太太无论如何也不要，我只好说是大嫂叮嘱我的。康太太还是不肯要，康大人却让康太太收下了，还说过两天会来亲自向大嫂道谢。"

姜宪一愣："你把我们住在哪里告诉他了？"

"没有，没有。"李骥忙道，"我只说我们住在郊外，离京城很远，让康大人不必费这个神。"

"既然如此，你还担心什么？"姜宪问。

李骥的脸更红了，道："万一那位康大人真的找来了，那二十两银子的事岂不露了馅儿？因此我先在这里跟大嫂说一声，若是康家的人提起来，大嫂也好知道有这件事。"

姜宪点头，对康家不免好奇起来："你说康家要去福建，是康家的人说的吗？为什么不留在京里？康大人不过是个小吏，就算京师破了城，也与他们这样的小吏无关。千里迢迢，举家迁往福建……"

李骥一听，如同找到了知音一般，忙道："是啊，是啊！我也这么问康大人。可康大人说，北方人剽悍，每有战乱总是不死不休，可南方人不一样，他们富庶，最最怕死，所以总是望风而降。自古忠孝难两全，他既然做不成清吏，那就做个好丈夫、好父亲。"

"看来这位康大人还是位能人！"

"大嫂，那位康大人的确是个能人。"李骥想了想，道，"我送康太太他们回去的时候，已经到了掌灯时分，原想在附近找个客栈住一夜的，可康太太非要留我，把我安置在他们家天井旁的一个厢房里。

"他们家天井里有一口井，那井用脚踏就可以取水，一个十来岁的小丫鬟都能办到。我很是惊讶，特意跑过去看了看，那小丫鬟说是康大人设计的。之后我打听到康大人在工部任过职，会做很多这样的小玩意儿，书房里还摆着好几艘福船的模具，全是康大人闲着无聊的时候在家里做的。和康大人一起辞官的郑大人会观天象，还会做千里眼，用千里眼看胡同口的茶肆，可以看见老板嘴角的痣上长着的胡子。"

姜宪的心脏怦怦怦地跳了起来，会做福船的模具、会做千里眼……这分明有鲁班之才！她再也坐不住，激动地在屋里走来走去，吩咐李骥："你再去趟康家，带点儿土仪过去，说是给他们家送行。如果康大人再问起我们的住处，你就含含糊糊地告诉他，最好还要让他知道，我们是悄悄进京的，不方便透露行踪。"

李骥愕然，道："大嫂，您……您要干什么？"竟然一副姜宪不说清楚他就不去的样子。

"你是不是想让我到你大哥面前告你一状？"

李骥扭扭捏捏的，还是不肯去，非要姜宪说出个所以然来。

姜宪又好气又好笑，道："康家家徒四壁，难道我还图谋他什么不成？"

谁知道李骥却道："正因为康家家徒四壁，所以大嫂这样才让人觉得害怕啊！"

"当然是想请康大人一家去山西了。"姜宪道，"那康大人会做水车，康大人的好友郑大人会观天象，这样的人才自然是要请他们帮着李家做事了。"

李骥不明白李家为什么要请这样的人，可如果康家去山西……他又兴奋起来，也顾不得姜宪的理由漏洞百出，兴高采烈地应了一声，一溜烟地跑了。

晚上，李骥垂头丧气地回来了，对姜宪道："大嫂，康大人说他只会造船，不会做别的，去了山西也无用武之地，还不如去福建。不过，他明天会来拜访您，亲自向您道谢，感谢您的救命之恩。"

姜宪笑着点了点头，吩咐情客准备桌宴席，对李骥道："明天就由你代你哥哥招待康大人。"

李骥立刻紧张起来："我？我不行……要不，请姜大公子过来吧……实在不行，请阿攒哥过来也行啊！"

"出息！"姜宪白了李骥一眼，"我这可是给你机会呢，你要是非要让我把我大堂哥和表哥叫过来，那也成，只是你以后可别后悔。"

李骥闻言不知道想到了什么，咬咬牙，犹如去赴汤蹈火般悲壮地吸了口气，道："我去！我去招待康大人！"

"这还差不多。"姜宪满意地点点头。

李骥一夜都没怎么睡，一直想着康大人来了之后，应该怎样做才能显得不卑不亢。谁知道等康大人上了门，他陪着在外院的厅堂里坐下喝了杯茶，连茶点都没动，康大人就提出要见姜宪。他自然不好拦着，陪着康大人去了内院的花厅。

为表示尊重，姜宪穿了件崭新的茜红色遍地金的通袖夹衫，又怕自己的面相太稚嫩没办法让康大人信任，还戴了祖母绿的头面，端庄稳重地坐在那儿。

康大人上前行礼："嘉南郡主，多谢您慈悲，救了我的妻儿。"他是个看上去不过三十岁出头的文士，清瘦儒雅，气质温和，一看就是饱读诗书之士，让人心生好感。

康大人能这么快就猜到她是谁，姜宪有些意外："看来什么事都瞒不过康端康大人。"言下之意是怀疑康端调查过她。

"郡主言重了！"康端像没听明白姜宪的话外音似的，神色温煦地道，"我已辞官，不敢当郡主'大人'二字，若是郡主不嫌弃，我字'祥云'。说起来，我不过是从二公子的言谈中知道了一些事，且出言要拜见您的时候，您不是去外院见客，而是让我来这里，可见您身份尊贵，如此我这才猜到的，郡主不必多心。"

姜宪笑道："康先生说话行事如此坦荡，我若还是藏着掖着，未免对先生不敬。我也就不和先生兜圈子了，若是言辞间有什么冒犯之处，还请康先生原谅。"

"郡主太客气了！"

"我听二叔说，先生准备和好友郑先生去福建？"姜宪没等他开口又道，"我能问问康先生为什么要去福建吗？"

康祥云没有瞒李骥，就更犯不着瞒姜宪，他把事情的经过说了一遍，并道："后来李二爷又去了我那里一趟，说想邀请我去山西。只是我已答应朋友一起去福建，而且我只懂造船，去山西也无用武之地，辜负了郡主的好意。"

姜宪听了笑道："说起来，邀康先生去山西，也是因为我怜惜贵府的大小姐。她那么伶俐的一个人，又是我亲手救出火坑的，我就盼着她能总是平安顺遂。"

康祥云讶然。

姜宪道："康先生恐怕觉得南边很安全吧？可照我看，去哪里都比去福建好。诸葛亮出使东吴，说孙权可降，刘备却不可降，为何？"

康祥云神色大变，顿时目光一凝。那是因为刘备是皇室宗亲，被人视为皇室的延续，众英雄逐鹿天下，怎能容得下皇室宗亲？

姜宪不好直说赵氏王朝已摇摇欲坠，只好用这个做比喻。她见康祥云已经懂了，就笑着继续道："南边的确很安全，可康先生擅长的却是造船之术。在南边，应该只有靖海侯府才能让康先生一展所长，可若是靖海侯在南边闹大了，皇上会不会起了削藩的心思呢？那靖海侯府不管怎么说也是赵家宗亲，康先生舍弃京城委身靖海侯府，到时候立场恐怕就有些尴尬了。

"若是皇上无力削藩，以后北边不管是谁当家做主，恐怕也容不得靖海侯。康先生熟读史书，正如您之前对我二叔所言，改朝换代的时候，北方顽固抵抗，南方却素来望风而降。到时候，康先生对福建水师的功劳有多大，罪责就有多大。若是遇到讲理的，知道康先生的才能，还会继续任用康先生，可康先生只怕是一辈子也别想抬头，就是子女也难免受到牵累。何况，去了福建，康家不免要和靖海侯府的部属结亲……"

康祥云不由得打了个寒战。

姜宪像没看见似的，长长地叹了口气，可惜道："令爱如珠似玉，我实在是不忍见明珠蒙尘，还望康先生不要认为我太过啰唆。不过，若是康先生觉得去福建能实现平生所学，一定要去，我也不好拦着。毕竟男子大多想建功立业，总是贪恋妻儿不是大丈夫所为。"

"哪里，哪里。"康祥云已没了刚来时的淡定自若，额头冒出细细的汗。

靖海侯世子为何要花那么大的力气招揽他？赵啸的野心已不言而喻。他之前只考虑要给妻儿一个安身立命之所，却没有仔细考虑是否真的能庇护住他的妻儿安全。可若去了山西，他能干什么呢？康祥云眼底闪过一丝黯然。

姜宪看得明白，笑道："我这里，还真有件事要拜托先生。"

康祥云忙打起精神，道："郡主请说。"

姜宪抿了抿嘴，道："您也看到了，我二叔正值有志向学的年纪，公公也一直想给他找个好点的老师，教教他做人做事的道理。您和郑先生都是饱学之士，不知可愿去山西就馆？李家始于微末，家中除了我二叔和三叔，还有很多李家旧属的子弟，孔子曰，有教无类，两位先生若是能去，善莫大焉。"

康祥云愕然，他从来没想到会去谁家做个教书先生，可如今的形势……

姜宪把话说完，便端茶送客。

李骥恭送他出门。康祥云想了想，温声对李骥道："我们要过些日子才起程，若是二爷空闲，我想明天设宴请二爷过府一叙，不知二爷意下如何？"

李骥愣住，半响才回过神来，却不由得腹诽：家里连隔夜的米都没有，康大人竟还有闲工夫请自己吃饭！但康大人已出言相邀，李骥只得应下。

请家中的车夫送走康大人之后，他立刻去了姜宪那里。

姜宪已换了身家常穿的衣衫，首饰也卸了下来，正坐在临窗的大炕前喝茶，见他进来笑着问道："康大人走了？"

他连连点头，坐在姜宪的下首，觍着脸低声道："嫂嫂，您能不能借给我一百两银子？等回去之后就还给您。"

姜宪有些意外，却非常欣赏他的这股子坦荡和对自己的亲昵，只有家人才会这样肆无忌惮地说话吧？她不禁想和他开个玩笑："你拿什么还我？"

李骥不禁赧然。姜宪抿着嘴笑，喊了情客进来，让她去拿张一百两的银票给李骥。李骥忙起身道谢，想向姜宪说明一下银子的用途，又不知道怎样开口才好。

姜宪见了温声道："我知道你不是那不知轻重的人，突然向我借银子肯定有你的理由，嫂嫂也不问了，这一百两银子你先拿去用，等有钱的时候再还给我。"

李骥嘿嘿地笑，没再说什么。

这才是一家人吧！姜宪想，得提醒提醒李谦，让他私底下补贴点儿银子给李骥用。李骥一个月月例五两银子，他一个半大的少年，的确少了点儿。

第二天一大早，李骥跟她禀了一声，就去了康家做客。

情客忍不住私底下对姜宪道："二爷不会是想接济康家吧？"

姜宪却老神在在地道："除了这件事，我不知道还有什么事能让他突然需要一百两银子。"

情客欲言又止。

姜宪笑道："你担心什么？怕二爷看中了康家的大小姐，把我们的事和盘托出？如果他真是那样的孩子，正好让我早点儿死了心。"

情客笑道："郡主火眼金睛，是奴婢多虑了。"

姜宪觉得这是个好机会，和她说起体己话来："你不是多虑，是担心我上当受骗。情客，我出宫，点名要你和百结，不仅仅是因为你们服侍我的时间长，还因为你们对我忠心耿耿，我心里都有数。我是个不喜欢费心的人，这屋里的事你和百结就要多担当些，特别是你，主意正、观察入微，实在是难得。"

情客耳朵都红了，跪在姜宪面前道："郡主请放心，奴婢决不会辜负郡主的信任。"

姜宪颔首，上前携了她起身，道："以后我屋里的事就拜托你了。"

白愫赶了过来，满脸兴奋地道："保宁，太皇太后和太皇太妃明天会起程前往万寿山。"

"真的？"姜宪跳起来，激动地抱住了白愫，"掌珠，谢谢你！"

"说什么呢！"白愫轻轻地抚了抚姜宪的青丝，道，"这不是我应该做的吗？大公子已经去看过地势了，我们明天从紫竹院登船，当值的禁卫军已经被王瓒安排好了。"

姜宪拉着白愫，挑挑拣拣，摆弄了一下午的衣服首饰，就连李骥晚上喝得面红耳赤地回府，她也不过是见了他一面，没有留他说话。

第二天，天还没有亮，姜宪就起来了，用完早膳就往紫竹院去。

太皇太后有没有因为她突然远嫁而伤怀不止？有没有好好吃饭穿衣？有没有觉得寂寞无聊？姜宪有好多话想问太皇太后，又不知道应该先问哪一句，她紧紧地握住陪她同去的白愫的手。

白愫轻轻地拍着她手臂，温声安慰道："没事，没事，太皇太后她老人家好着呢！我每个月都会进宫去给她老人家问安，陪她老人家打牌，田医正也每三天就去请次平安脉。你不用担心，宫里和你走的时候一样。"

姜宪不安地挪了挪身子，强露出笑容："我没事，就是好久没有看见外祖母，想得厉害。"

白愫能理解姜宪的心情，一直安慰着她。

太阳渐渐升了起来，马车内的温度变高，紫竹院也到了。紫竹院是万寿寺的下院，顾名思义，院子里种满了竹子，幽篁百出，翠竿累万，景致十分优美。她们到的时候太皇太后和太皇太妃的銮驾还没有到，姜律倒是已经等在了那里。

见姜宪不停地绞着手里的帕子，姜律有些好笑，道："总算你也有这一天，看你以后还嘲不嘲笑我了。"

姜宪抿着嘴笑，眉宇间还是有些紧张。

姜律只好亲自给她奉了杯茶，道："你最喜欢的大红袍，喝几口定定神。太皇太后如今年纪大了，伤不得神，你要克制些才好。"

姜宪连连点头。可当引渡的小船把她和白愫送上官船，她蒙着脸，低头快步走进船舱，看见那熟悉的身影时，却仍忍不住热泪盈眶。

太皇太后看着自己捧在手心里长大的外孙女如今见她一面还要藏头藏尾的，顿时悲从心起，张开双臂喊了声"我的乖乖"，眼泪簌簌地落了下来。

"外祖母！"姜宪乳燕投林般地扑了过去。

"我的保宁,我的保宁!"太皇太后一把抱住了自己的外孙女,眼泪落得更凶了,"还知道来看外祖母……回来就好,回来就好!"

趴在太皇太后肩头的姜宪鼻尖萦绕着的全是太皇太后常年礼佛染上的龙涎香,那味道幽远,带着些许刺鼻的膻味,不好闻,却让她倍感安心。

"外祖母,"她喃喃地道,"都是我不好!我不应该嫁得那么远,让您这把年纪了还膝下空虚,没有个承欢的小辈。"

"傻孩子!"太皇太后抚着姜宪的头发,欣慰地道,"只要你过得好,外祖母就高兴,能不能来看我有什么打紧的?我总是要走在你前头的,难道你也不活了不成?你和李家小子好好过日子,给我生一堆玄外孙玄外孙女,我就高兴,就是孝顺我!"

姜宪又抱了一会儿,赧然地放开太皇太后。孟芳苓等人忙端了水进来服侍两人净面,众人这才分主次坐了下来。

太皇太妃坐在太皇太后身边,笑眯眯地打量着姜宪,对太皇太后道:"保宁不过去了山西两三个月,我就像半辈子没有看见似的。瞧这模样儿,好像又长高了一些,也长胖了一些。这样好,我们姑爷是个高个子,站在一起才好看。"

太皇太后听到太皇太妃提起李谦,就不满地轻哼一声,道:"那小子为什么没有和你一起回来?"

姜宪忙道:"他去了关外练兵,我正巧想您了,就悄悄回来了。"

太皇太后听了就有些不满,道:"原来是李家那小子不在,你才想起回来看我呀!"

姜宪只好又往太皇太后怀里钻,道:"我刚出嫁那会儿就想回来看您了,可他们说,要在李家住满三个月才能上谱,婚礼的仪式才算办完。这不,三个月一到我就来看您了,还扮成了个小官的太太,一路上风餐露宿,连好一点儿的客栈都不敢住,您不心疼我,还说我对您不真心,我好伤心!"

太皇太后顿时喜笑颜开,把她抱在怀里喊了半天"我的小乖乖",又让人端了她最喜欢吃的糕点瓜果。屋里的人都嘻嘻地笑,一团和气。

太皇太后这才问起姜宪在李家的生活。姜宪就把李长青怎样给她钱用,何夫人怎样对她言听计从,李谦怎样敬重她,几个弟妹怎样亲近她,一一地讲给太皇太后听。太皇太后这才放下心来,问起第二件事:"你要去见曹太后?有什么事不能让我或是你大伯父去办?"言辞中有些不高兴。

姜宪又解释了一遍,太皇太后的面色这才好了许多,道:"既是如此,那你就陪我在万寿山多住几日,等得了曹氏的准信再回去也不迟。"

姜宪笑着应了，依偎在太皇太后身边，一行人一路说说笑笑地到了万寿山。

百善孝为先。曹太后就算是摄政那会儿都得在太皇太后面前做做样子，如今被拘在万寿山，也没有破罐子破摔，依旧和从前一样，每逢节日都会派人去给太皇太后请安。太皇太后要到万寿山来小住，她更是带着身边服侍的太监、宫女提前站在水木自亲码头候驾。

姜宪透过船窗看到水木自亲码头上黑压压的人头，不禁对白愫感慨道："不愧是曹太后，这种情境下也不失其志，真是令人佩服。"

白愫对姜宪的感慨没有太深的体会，闻言不以为然地笑了笑，道："要不怎么曹宣只是任了个小小的经历，皇上、内阁大学士，甚至都察院的那些御史们都坐不住了呢？"

姜宪想了想，笑道："他们忌惮曹宣也是怕曹宣是曹太后的傀儡，若曹宣能拿出自己的主张来，我想，那些人不仅不会总盯着他，说不定还会慢慢地接受他。"

白愫一愣，若有所思。姜宪莞尔，轻声吩咐情客帮她系好斗篷，等会儿曹太后会送她们到排云殿。

排云殿在大报恩寺里。当年为了给曹太后庆生，重新翻修过，可曹太后只住了一夜就被囚禁在了万寿山。太皇太后和太皇太妃要来万寿山小住，考虑到两位老人家年事已高，曹太后安排她们住在乐寿堂。可路上姜宪却建议太皇太后和太皇太妃住在排云殿，一来是那里能登高望远，整个昆明湖的景色尽收眼底；二来是那里清静，人少，她可以避开万寿山的宫人好好地陪陪太皇太后。

乐寿堂都已经收拾好了，太皇太后却突然改变了主意，曹太后应该有得忙了！姜宪嘴角微翘。

太皇太后身边贴身的宫女印霞轻手轻脚地走过来，恭声道："郡主，太皇太后和太皇太妃已经坐着软轿去了排云殿，我们也该动身了。"

姜宪点头，和白愫跟着印霞下了船。码头上只有几个万寿山的护卫在四周戒备，卸船的全是慈宁宫的人，而且大多数是新面孔。印霞低声解释道："太皇太后说，慈宁宫丢了东西，所以这次带过来的全是新人。"

姜宪嗯了一声，走在印霞身后，装成印霞身边的小宫女。

出了水木自亲码头，有软轿停在码头旁，印霞道："太皇太后说，排云殿路途遥远，宫里有品阶的宫女、太监等会儿都坐软轿过去。"

姜宪暗自嘿嘿地笑，毫不客气地随印霞坐着软轿去了排云殿。

排云殿偏殿里，太皇太后知道姜宪到了后，也就不再留着曹太后，说了几句赵翌大婚的闲话就端了茶。曹太后也被折腾得够呛，毫不留恋地走了。

太皇太后让印霞给姜宪和白愫传话，说是今天大家都累了，午膳各在各自屋里用，用完之后睡个午觉，等下午精神好些了再去陪她说话。

等姜宪醒来，已是夕阳西下，她暗喊一声"糟糕"，忙爬了起来。

情客快步上前扶住她，道："郡主，您别急。太皇太后派印霞姐姐来看过您两次了，知道您还没有醒，特意吩咐下来，让您好好地睡一觉，谁也不许打扰。而且清蕙乡君也还没醒，您正好等清蕙乡君一起去给太皇太后请安。"

姜宪心中一松，情客转身打了水进来服侍姜宪梳洗。待姜宪梳洗完，正好白愫也过来了，两人像从前在慈宁宫似的，手牵着手去了太皇太后那里。

因是特别修缮过的，排云殿的偏殿都比普通的寺庙要宽敞舒适。太皇太后和太皇太妃正坐在临窗的大炕上打叶子牌，看见两人进来，都露出慈爱的笑容，招手让她们过去。

姜宪顿时有些恍惚，仿佛又回到了从前似的。她亲热地坐在太皇太后的身边，想帮太皇太后看牌，太皇太后却丢了牌，握住姜宪的手，道："手有点凉，山上冷，你该多加件衣裳才是。我走得急，没能把田医正带上，不过我留了话给他，他应该明天一早就能赶过来，到时候让他给你把把脉。"太皇太后又问起李谦的事来，"你准备怎么跟曹氏说？"

"不外乎动之以情，晓之以理。"姜宪笑道，"要见了曹太后之后才好定夺。"

太皇太后微微颔首，道："那我明天中午把她叫过来用午膳，你们就在我这里说。"

这是要让曹太后知道，这件事太皇太后也是知道的，成了，太皇太后自会承她的情。姜宪对宫里、官场上的那一套做法烂熟于心，哪里看不出太皇太后的心思？她靠在太皇太后的肩头，柔声道："外祖母，我还没有做母亲呢！您一定要好好的，长命百岁，给我的孩子也请封诰命和袭职才行。"

太皇太后听了哈哈大笑起来，拍着她的肩膀道："放心，我怎么也要活到看到玄外孙，给我的玄外孙请了恩荫才能安心闭眼睛。"

翌日，姜宪起了个大早，在绿树葱郁、薄雾缭绕的大报恩寺里转了一圈之后，就去陪太皇太后用了早膳。之后，姜宪陪太皇太后去大雄宝殿进了几炷香后，两人在寺院里一边散步一边聊着天儿。

这时，有小丫鬟快步走了过来，屈膝行礼之后禀道："太后娘娘过来了。"

"这么快！"太皇太后很是意外，抬头望了望天，日头仍然偏东，曹太后的确来得早了一点儿。

太皇太后让姜宪在偏殿的碧纱橱里等着，自己坐在中堂的罗汉床上，召了曹太后进来。曹太后进来后恭敬地给太皇太后行了礼，说是安国公夫人下午会过来看她。言下之意是快点把这顿饭吃了，她下午还有事。

太皇太后也不客气，直接道："找你过来，原也不是准备一起用膳，是保宁有事，我这才给她搭了条线。"

"保宁？！"曹太后愕然，随后眼底又浮出困惑之色来，"保宁怎么了？"

"她此时就在万寿山，我让她出来直接和你说吧。"

就在万寿山！可她居然一点儿消息也没有听到。如果有人再像姜镇元那样带人闯进万寿山来，她还会有命在吗？一时间，曹太后的脸色铁青。

太皇太后难道还会看她的脸色不成，依旧把姜宪叫了出来，道："太后也算是看着你长大的，你有什么事直接跟太后说就是了，她不会为难你们这些小辈的。我先出去走走，等会儿再一起用午膳。"

直到太皇太后出了门，曹太后脑子里还是一团乱，好不容易定了定神，才问姜宪："你怎么回京了？皇上知道吗？"

"皇上不知道。"姜宪不以为意地笑道，"我这次来，除了拜见太皇太后，主要是来见太后您的。"

"你见我做什么？"曹太后心中惊涛骇浪，面上却淡定从容。

姜宪笑道："我想让李谦去陕西任都司指挥使或是行都司指挥使。"

曹太后讶然，姜宪这是来给李谦跑官的吗？可见姜宪当初是真的和李谦私奔了。真是蜜罐里长大的孩子，不知道深浅！曹太后有点想笑："这种事，你不是应该求你大伯父的吗？"

姜宪闻言就皱了皱鼻子，像个不谙世事的小姑娘似的，道："大伯父说，陕西那边他认识的人不多，都司指挥使或是行都司指挥使都是正三品，不太好求。现在陕西都司指挥使是兵部尚书李瑶的人，而行都司指挥使则是熊正佩推荐的，两个人都刚刚上任，板凳还没有坐热呢！"

实际上是因为姜镇元想要的话，就得另拿一个正三品的武职和对方交换。之前姜镇元已失了宣府总兵一职，此时正铆足了劲儿准备把马向远拉下马，怎么舍得拿自己有限的几个正三品武官职位和对方交换？

曹太后目光微沉，像哄孩子似的笑着对姜宪道："保宁，你年纪小，之前又一直住在慈宁宫里，有些事你不知道。你伯父说得对，正三品的武职，朝廷上下也就那么几个，太难了。我看，你不如先给李谦谋个正四品的金事或是同知，以后有了机会再慢慢擢升也不迟。"

"那怎么行！"姜宪的眉头几不可见地蹙了蹙，道，"李谦好歹也是皇亲国戚，若是从正四品做起，岂不让别人耻笑？"

"的确！"曹太后目光微微一闪，理解地道，"从正四品的金事或同知做起，让外面的人看着，还以为我们不重视李谦。可你伯父的顾忌也不是没有道理，要不，让你伯父跟李瑶或是熊正培商量商量，看能不能换手抓痒，空个陕西指挥使出来？"

姜宪叹气："我求过我伯父了，我伯父说，只有宣府总兵的位置能动，可那边战事频发，而不管是现在的陕西行都司指挥使还是都司指挥使，都不足以担当大任，怕到时被鞑子破城，让京城受累。万一真的那样，我岂不是千古罪人？所以我想来想去，只能来求您了。李谦若是能去陕西做指挥使，对您也有好处啊！我听说，现在皇上不是听汪几道就是听熊正佩的，难道以后我们有什么事，还要去求汪几道或是熊正佩吗？"

这是典型的挑拨离间，而且带着无知少女的天真和自以为是，可这样的话却偏偏惹得曹太后笑了起来。嘉南虽然嫁了人，却仍是一团孩子气。曹太后看着，心里微软，语气也亲切了几分："怎么会，最后定夺的还不是皇上！"

"若是他们联起手来呢？"姜宪睁大了眼睛问曹太后，清澈的目光里带着几分孩童的懵懂，"皇上不能总听他们的啊，要是哪天他们合起伙来骗皇上怎么办啊？"

可这又与李谦去陕西任指挥使有什么关系呢？曹太后笑着没有接话，觉得姜宪为了给自己的夫婿跑官，什么乱七八糟的话都往这上面搭。

姜宪继续道："若是李谦去了陕西，就可以和山西相互照应了，这样一来，太后娘娘的影响力更大了，承恩公行事也可以不必理会都察院的那些御史了！"

曹太后不禁笑道："你嫁到山西之后，可还习惯？"如果当初真是用强，李家不会放姜宪出门，姜宪也不可能给李谦跑官，曹太后有些怀疑自己的决定。

姜宪知道曹太后起了疑，她佯装犹豫，半晌才红着脸点了点头，轻声道："我在山西很好。"

曹太后眼底闪过一丝困惑，温声说道："好就是好，不好就是不好。我虽平日里与你不亲近，可也是看着你长大的长辈，你伯父和我的事我怎么也不会迁怒到小辈身上。你若是过得不顺心，我不会坐视不理的。"

姜宪抬头，望着曹太后的目光里闪过一丝感激，道："我在山西过得很好，没有骗您。我和李谦，之前就认识……"她说着，脸色一红，好像有些情不自禁，神色突然变得甜蜜起来，"我……我当初也没有想到……赵啸答应我，出嫁之后依旧住在京城，可他却说非我不娶，阿律哥和阿瓒哥追过来的时候他也不放人，还和阿律哥、阿瓒哥打了一架，说什么也要我跟着他去山西……我就跟着他去了……"

曹太后很是意外，她没有想到，李谦掳了人，还能让人相信他是真心的。原本在曹太后看来，李谦不过是个长相英俊的普通少年罢了，如今不禁要高看李谦一眼，能哄住一位贵女为他所用，那也是本事！

她皱眉打趣姜宪道："要说英俊，赵啸、邓成禄，甚至是那个金宵，哪一个比李谦差？而且家世都比李谦好太多，你要是嫁过去了，也不至于像今天这样，还要为他的事费心。"

姜宪则松了口气，红着脸低下头喃喃地道："李谦，他和其他人不一样。他，知道很多事，很喜欢笑，还非我不可……"

曹太后一愣，相信了姜宪的话，别人可能不理解，她却是知道的。深宫多寂寞，如临季的花，盛放的时候也带着即将凋零的颓势。姜宪看上的，不过是李谦那灿烂如阳光的笑容和那编造出来的"非她不可"而已。曹太后在心里暗暗叹了口气，心又软了一分，表情也跟着和缓下来。

姜宪悬着的一颗心此时才真正地落了下来。自被赐婚，李家和曹太后之间的裂痕就已经悄悄地埋下，她这次求到曹太后面前，除了因为官职不太好谋求、姜镇元也不好出面外，更是为了修补曹太后和李家之间的关系。

"这件事我会帮你。"曹太后微微地笑，"你就在这里好好陪陪太皇太后她老人家吧。"李家打着她的烙印，汪几道和熊正佩这些日子也的确闹得有些过分了，得让他们知道，朝廷不是他俩的朝廷，皇上也不是他俩就可以左右的。

姜宪顿时欢天喜地："多谢太后！"她起身给曹太后行了个福礼，"那我就等太后娘娘的好消息了！"

曹太后莞尔，突然找到了一点当初她摄政时的感觉。可等曹太后冷静下来，仔细回想刚才发生的事，又觉得自己答应得太容易了——应该和姜家或是太皇太后讲讲条件的。她自嘲地问自己的乳母："万寿山是不是消磨了我的意志？让我变老了，对这些孩子开始心软起来。"

一直陪着她的乳母笑道："太后娘娘不是老了，是心疼承恩公呢。有李家帮衬，承恩公在朝堂上的日子也好过些。"

曹太后颔首，暗暗地叹了口气。

回到太皇太后身边的姜宪却忍不住朝外祖母露出灿烂的笑容。太皇太后知道事成了，搂着姜宪感慨道："我们家保宁长大了！"

姜宪笑道："我现在已经嫁了人，当然是大人了。"

可也要离开她了。太皇太后想着，眼角泛起水光。接下来的几天，她走到哪里都要姜宪陪着。姜宪也把所有时间都用来陪伴太皇太后，有一天晚上甚至宿在了太皇太后的屋里。

结果第二天早上起来的时候，寒风凛冽，乌云密布，天气骤然变得刺骨的寒冷，太皇太后吩咐点起了火盆。姜宪最怕冬天，裹着件皮袄哪里也不愿意去，窝在临窗的大炕上和太皇太后说闲话。突然，太皇太妃领着白愫、孟芳苓几人走了进来，孟芳苓手上还托着个热气腾腾的大海碗。

太皇太妃笑道："保宁，恭喜你又长了一岁。"

姜宪忽地坐了起来，今天是她十四岁的生辰，她居然给忘了。

太皇太后呵呵地笑，白愫亲手把长寿面端到了她的面前。海碗看着大，实则汤多面少，卧了两个鸡蛋，铺着几根青菜，点了一点香油，看着就让人食欲大增。

孟芳苓和几个太皇太后身边体己的丫鬟给姜宪磕了头。

姜宪有些手忙脚乱，她忘了这件事，自然就没有准备打赏的封红。请孟芳苓几个起身之后，正想叮嘱情客等会儿包了封红送去，太皇太后已从炕桌底下摸出几个荷包递给情客，笑道："知道你忘了这件事，我可记得。"

姜宪不好意思地抱住了太皇太后的胳膊。

而此时的赵翌，却背着手在御书房里走来走去，显得很激动。

小豆子不由得看了垂手静立在旁的孙德功一眼，孙德功却连个眼神也没有给他，这让小豆子几不可见地蹙了蹙眉。自皇上亲政，他这个日夜陪伴着皇上的成了乾清宫的总管太监，不知道从哪里冒出来的孙德功却成了司礼监大太监，每天往返于皇上和内阁大学士之间，俨然成了当朝第一红人。而且，孙德功好像比他更会揣摩上意，之前皇上几次发脾气，都是孙德功出面收拾的残局。

就好像这次，曹太后突然派人从万寿山送来了一份折子，皇上很是厌恶，把那折子压了几天，后来不知道为什么又找了出来，仔细看完忽然兴奋起来，哈哈大笑着在御书房里走来走去的。是不是皇长子那里有什么值得高兴的事？可看孙德功那样子他又有点拿不定主意。还是再等等吧！小豆子想着，继续和孙德功一样低眉顺眼地垂手立在那里。

赵翌却很是不满，从前他没有亲政的时候，小豆子围在他身边嘘寒问暖，让他觉得十分贴心，可现在却远远不如孙德功知道进退。他遣小豆子去守门，把孙德功叫到眼前，低声问："你知道太后写折子给我是想干什么吗？"赵翌一副忍不住要和人分享的模样儿，没等孙德功答话便又道，"太后娘娘想让我封嘉南的丈夫做陕西都司指挥使或是行都司指挥使。"

孙德功不动声色地道："那皇上的意思是……"

"所以我才跟你商量啊！"赵翌说这话的时候，表现得有些扭捏，"我觉得吧，嘉南好好的，却被太后远嫁到了山西，而且还是和姜家作对的李家，她又是个心高气傲的，在宫里的时候只向我低头，其他人理都不理……她落到如今这个下场，心里肯定很恨我母后。我不想让那个人做指挥使，可我又觉得，应该把他调到陕西，最好是调到陕西行都司去。"

陕西地理位置特别，地广人稀，一个小小的总兵府根本管不过来，就设了都司，旨在管理那些边关重镇。之后因为都司事务繁忙，很多事捉襟见肘，在英宗时期又设了行都司，帮着都司管理那些琐事。后来，行都司就变成哪里有事就往哪里指使，先帝就曾让陕西行都司的人跑去甘肃嘉峪关帮着抗鞑。

孙德功没能明白赵翌的心思，索性茫然地望着赵翌，由他发挥。

赵翌果然没让他失望，立刻跳了起来，道："傻蛋！现在边关多危险啊！那些九边的总兵们个个削尖了脑袋想到京城里来，如果那个人做了陕西行都司的指挥使……不，要让他做都指挥使！万一鞑子进犯，身为都指挥使的他肯定得带兵去支援九边，上战场！"他说着，又开始激动，脸涨得通红，手舞足蹈地道，"刀枪无眼，你说，他要是在战场上死了，嘉南肯定不能再嫁人了，我到时候出面把嘉南接回宫里来，那岂不是名正言顺？"他目光灼灼地望着孙德功，"你觉得我这主意怎么样？"

孙德功简直不知道说什么好。他很想问问皇上，就算嘉南郡主成了寡妇，您把她接了回来，难道还准备临幸嘉南郡主不成？皇上喜欢的，可向来都是少妇般的女子。那皇上到底对嘉南郡主是怎样的感情呢？孙德功觉得自己还是不够了解皇上。

赵翌见孙德功没有吭声，顿时不悦，道："你也觉得朕做得不对吗？嘉南应该是我的皇后才是。要不是太后、太皇太后，她怎么会远嫁到山西？我怜惜她不易，把她接回京城安顿，难道还有错不成？"

"奴婢觉得皇上做得很对。"孙德功一看形势不对，忙道，"那个人年纪轻轻的，又出身市井，不过是走了狗屎运才有了今天的地位。您给他个都指挥使做，就像小孩子拿了根狼牙棒，根本就拿不起，不把自己的脚砸了就是好的。加上那些武官都是粗鄙之辈，不分尊卑，大家也都知道他是受了皇上的恩典才做的这个都指挥使，怎么会服他？到时候连自己手下的兵都指使不了，那才是真正的笑话呢！”

“正是这个道理。”赵翌高兴得不得了，“你这就去叫行人司当值的过来，我要拟圣旨。”一刻也等不下去的样子。

孙德功忙道：“吏部那边要不要说一声？”这种官员擢升毕竟是吏部的事。

赵翌火大，道：“我提拔一个官员都要吏部点头吗？”

孙德功忙道：“不用，不用，奴婢这就去叫行人司的人。”

赵翌脸色微霁，想着如果姜宪在宫里就好了。她从前总是沉默又温柔地陪着他，后来她脾气渐长，那也是因为他总是让她不高兴。赵翌觉得，只有姜宪的性子、出身，才够资格做他的皇后，其他女子不过是用来打发无聊时光的。

第十四章
西　席

　　在赵翌的干涉之下，李谦的任命被简单、粗暴地确定下来，引起了一系列震动。为了安抚各自的人马，汪几道和熊正佩忙得不可开交。在文书发出之前，赵翌紧急召见了陕西巡抚夏哲。

　　"嘉南郡主的仪宾，朕一直没给封号。"赵翌斟酌着道，既怕自己说得太明白，又怕对方听不懂，"不是因为朕不敬重嘉南郡主，恰恰相反，嘉南郡主是朕唯一的表妹，我们一同在宫里长大，比谁都亲近。可嘉南的仪宾呢，是朕的母后挑的，如今嘉南郡主随他去了山西，朕这个做哥哥的总不能让嘉南一辈子待在山西吧？所以朕准备让嘉南的仪宾去陕西，任陕西行都司的都指挥使。

　　"这次叫你来，就是把人托付给你，你呢，要把他当成自己的子侄。他还不到弱冠，行事难免会有不周到的地方，你要多包涵，多给些机会让他历练，让他能快点独当一面才是。有什么战事，多派他前去督导，免得别人说他是靠着朕才能做这个都指挥使。"

　　夏哲听了有些不满，但还是恭敬地应道："皇上圣明，臣一定照顾好嘉南郡主的仪宾。"

　　从御书房出来，夏哲抬头就看见了立在一旁的孙德功，这可是个不能得罪的人。他笑着上前和孙德功低声寒暄了两句，塞了个大大的封红。

　　孙德功这个人在士林的名声还不错，主要是他这个人收多少钱，就办多少事，明码标价，童叟无欺。夏哲其实没什么事，给他封红不过是抱着"宁可吃亏，不可得罪"的心理。孙德功却误会了，他想了想，道："皇上喊你去，是跟你说嘉南郡主的仪宾李谦的事吗？"

夏哲忙应了一声"是"。

孙德功摸了摸衣袖里厚厚的封红，低声道："皇上是想让嘉南郡主回京。"至于其他的，就看夏哲有没有这个本事领悟了。

夏哲还真就没明白，可此时此地又不适宜多说，他只好揣着这句话出了宫。

城西一个环境有些复杂的旮旯胡同里，康祥云正和他的好朋友郑缄喝酒。这已经是他们这几日第三次聚在一起喝酒了，桌上只摆了一小碟花生米、几块老豆腐，酒却是上好的汾酒。两个人小口小口地呷着，非常享受。

康祥云道："我们真的就这样跟着嘉南郡主去山西做个西席？"

郑缄小心地呷了一口酒，道："我觉得行。"他四十来岁，五短的身材，皮肤微黑，胖墩墩的，看上去像个乡绅而不像读书人。可他说起话来却条理清晰，一听就知道不同寻常。

"你想想，嘉南郡主为什么突然到京城来，而且还隐瞒消息，悄悄住在了城外？又有什么事需要一位刚刚出阁的郡主到京城里来呢？"他说着，又呷了口酒，"我猜，嘉南郡主十之八九是来给李家办事的。李家如今刚刚做了山西总兵，又有什么事能让嘉南郡主亲自上京呢？不是为了给李谦跑官，就是来京城打点那些能给李家帮得上忙的人。"

可惜姜宪不在这里，如果在这里，她肯定会更看重郑缄一些。

康祥云素来信服郑缄，自然不会对他的大胆猜测表示怀疑："李家会不会太急了一些？"

"不急！"郑缄胸有成竹地道，"我曾经仔细研究过李家的擢升之道。前几年都很正常，可这两年，李家靠上了曹太后，蹿得不是一般的快。当时是什么情景？一边是势单力薄的曹太后，一边是兵强马壮的镇国公府和皇上，可李家却选择了曹太后。之后，李家更是不知使了什么手段，娶了嘉南郡主为妻。你以为这些都是巧合不成？"

康祥云眉眼一动，道："你是说，这是李家有意为之？"

"是否有意不知道，毕竟谋事在人，成事在天。"郑缄淡淡地道，"可至少能看出李家野心勃勃，想做那称霸一方的权臣。但危险也意味着机会，南方我们是去不成了，与其留在京城混日子，去山西倒是个很好的选择——李家有志向，我们才能有立足之地啊！"

他们拥有的是治国之术，只有割据一方的枭雄才用得上他们的才能。但康祥云还是有些担心："不去南边我能理解，可去山西……我心里没底啊，李家太单薄了。"

郑缄目光闪了闪，笑道："你别忘了，还有姜家。"

康祥云一愣："你是说，如果李家成不了事，还有姜家？"

"不错。我们去福建除了能一展所长之外，主要还是想避祸。如果靖海侯只是想割据一方，天下大变时他们只有两条路走——要么逐鹿中原，要么臣服新朝。逐鹿天下，以南制北，纵观古今只有太祖皇帝做到了。可太祖皇帝那会儿，外族侵略，天下豪杰尽居于南，因了民族大义太祖皇帝才能一统天下。除此之外，哪朝哪代的南方不是一遇到战事就望风而降？你觉得靖海侯有这样的天时地利人和吗？"

康祥云摇头，道："如今南有靖海侯，北有辽王，我倒觉得，辽王比靖海侯的可能更大一些。"

"从血缘来看，辽王的确比靖海侯更名正言顺。"郑缄不以为然地道，"可若辽王是那块料，曹太后摄政的时候他就能得手，还能等到今天？至于皇上，那就更不用说了，虽然亲政不到一年，可你看他干的那些事，连曹太后都不如！曹太后虽然被困在万寿山，却不仅抬了李家出来，还逼得皇上不得不选简王的外孙女为后，她蛰伏于野，不知道什么时候会发动。

"你再看四川巡抚郭永固、浙江总督李道等人，这些人都待在辖地不愿进京。不是他们不想再进一步，而是京城形势复杂，一不小心就会卷进朋党之争。偏偏皇上无能，大家都不知道该怎么办好，与其这个时候入局，不如远远观望，等形势明朗了再做打算也不迟。我们跟着嘉南郡主去山西，也是同样的道理。

"靖海侯府的事我们别掺和了，去山西给李家做西席，冷眼旁观，等到局势明朗，再决定去哪里好了。反正我们会的这些东西，就算是乱世也给了我们立足之本。"

康祥云连连点头，连连点头，敬了郑缄一杯，道："郑兄，如果没有你，我恐怕连辞官的勇气都没有。"

"康兄不必说这些客气话。你我脾性相投，引为知己，你这样客气就是和我见外了。"郑缄笑了笑，又感慨道，"不知道嘉南郡主那番话是她自己想到的还是有人教给她的。若是前者，我觉得她能选李谦做夫婿，这其中恐怕还有什么文章，跟着她我反而觉得踏实，至少全家人的性命是保得住的。若是有人教她，这人必定是国士，我们无论如何也要结交一番。"

康祥云笑道："我探过李家二爷的底了，他说他们这次来是李长青和嘉南郡主商量之后的主意，到底来京城做什么他不知道，随行的只有他和一个护卫、一个小厮、一个婆子、一个丫鬟。不过李二看似什么都告诉我了，实则不该说的话一句都没说，喝多了也没说。"说到这里，他眉宇间流露出几分钦佩来，"毕竟是个十五六岁的少年，还是庶子。不管那李长青是什么出身，孩子却教得很好，是个干大事的人。"

郑缄呵呵笑，道："英雄豪杰多始于微末，所以我们得多出去走走看看，才能知道这天下有多大，趣事有多少。"

康祥云不住地称"是"。

郑缄就把话题拉了回来，道："那这件事就这样定了。你再拜访一下郡主，看他们什么时候起程，我们这边也好做打算。"

康祥云去小汤山时姜宪还在万寿山，没有见到。李骥想到自己在康祥云那里被灌醉了，非常不好意思地接待康祥云。康祥云当然不会和一个毛头小子说明自己的来意，只问他们什么时候回山西。

姜宪根本就没有定下归期。李骥只好道："若是嫂嫂定下了时间，我一定提早告诉先生。"

康祥云想到郑缄说姜宪不是来给李谦跑官的就是来给李家疏通关系的，不由得问道："你不知道郡主去了哪里吗？"

"不知道。"李骥想也没想地道，"我大嫂在京城有很多亲戚，她出去串门，那几家只怕都要走一走，今天在哪家我的确不知道。"

康祥云知道李骥嘴紧，也就不再追问，只是反复叮嘱他，若姜宪回来了，一定要告诉姜宪自己来过了。

李骥肃然应诺。康祥云起身告辞，李骥相送，走到门口迎面碰到个身材中等，相貌清秀的男子急匆匆地走了进来。

那男子看见李骥眼睛一亮，道："二爷，大爷派人给郡主送了东西来，说是庆祝郡主生辰，可郡主……"他说到这里，突然发现还有旁人，立刻打住话题，笑着站到一旁，把通道让给李骥和康祥云。

李骥笑着做了个送客的手势，对康祥云说了声"请"，没有介绍那男子。康祥云也不好多问，笑着和李骥说了几句话就出门上了马车。

李骥这才快速转过身，问云林："大哥知道大嫂不在太原了？"

云林摆了摆手，神色间露出少有的焦虑："还不知道，但东西都是计算好了，在郡主生辰当日送到的，以郡主的心性，肯定会立即给大爷回信的。可如今郡主不在，谁也不敢拆那寿礼。大爷向来心细，这几天耽搁下来，我怕会看出端倪。"

李骥迟疑道:"不会吧?大哥应该还在进蜀的路上,就算回了信,也不可能把时间掐得那么准,早几天、迟几天怎么看得出来?"

云林听着一愣,想了想,道:"但愿如此。"

李骥大笑:"我看你是关心则乱。"

云林也笑了起来,可笑容却有些勉强:"反正我总觉得这件事有些不太妥当,若是大爷知道了,只怕不会轻饶我。"

"我大哥应该没有这么小气吧?"李骥不以为意,笑道,"我大哥不是那种人。"

李谦不过是怕姜宪后悔嫁给他而已,这却是李骥不知道的。想到这里,云林心头一阵烦躁,早知道这样,他就应该跟着姜宪去万寿山,至少不会像现在这样提心吊胆。他又想到李谦专程给姜宪送的寿礼,山西那边八百里传书,说如果郡主答应,就先拆了,等郡主回了信再佯装是从太原发出去就行。只是这东西一拆……但愿不是什么出格的东西,他只盼李长青在这件事上长点儿心眼,要拆也找个僻静的角落悄悄去拆。云林不由得轻轻地揉着自己的太阳穴。

姜宪不知道她几天不在,就发生了这么多事。

过完生日,她就应该起程回山西了,可她舍不得太皇太后和太皇太妃,在万寿山又陪了她们几日。眼看九月下旬了,再不回去就赶不上十月初一的祭祖了,她才依依不舍地向两位老人家告辞,并对太皇太后道:"明年我早点儿来看您,您可要保重身体,别让我扑个空。我自小就和韩同心不对盘,我可不想跑去看她的脸色。"言下之意两人依旧会在万寿山见面。

太皇太后呵呵地笑,摸了摸她的手,喊印霞把自己惯用的那个手炉给姜宪带上,道:"我的乖乖,你放心,外祖母一定好好地等着你来京城看我。你不是说还要求我恩荫子孙的吗,外祖母别的事做不到,这件事一定帮你办到!"

姜宪笑眯眯地点头,坐着轿子离开万寿山。她撩着轿帘,看到太皇太后一直站在台阶上望着她远去不肯离开,眼泪再也忍不住簌簌地落了下来。

姜宪一回到小汤山的宅院就叫了李骥过来问话。

李骥把这几天发生的事一一讲给姜宪听:"……康先生招待我吃饭,盛情难却,我只好留了下来。谁知道康先生却让人上了一瓶青叶竹,非要我陪着喝一杯不可,我几番推脱不成,只好喝了一杯。可康先生却像上了瘾似的,一杯又一杯的,我最后实在不行了,就装着喝多了,在他们家的官房里吐了一遭……不过我敢保证,不该说的话我一句也没有说。前几天,康先生突然来拜访您,还问我们什么时候回山西。我说不知道，您出去走亲戚了。康先生就没再多问，只是反复叮嘱我，若是您回来了，一定要告诉他一声。您看，我们什么时候告诉他适合？"

"今天派个人去跟他说一声吧，"姜宪笑道，"就说我们三日之后起程。"

李骥欲言又止。

姜宪隐隐有些知道他的心思，不由得笑道："放心吧，康先生肯定是决定跟我们一起去山西了。以后他就是你的老师了，你这个做弟子的可得小心服侍着。"

康家毕竟是书香门第，李骥再好，也不可能科举入仕。这对康家来说就是最大的遗憾。李骥也觉察到姜宪窥破了自己的那点小心思，但说实在话，他并没有想娶康大小姐的意思，两人的身份、地位相差太悬殊了，他不要勉强来的婚姻。康家愿意去山西，能得到李家的庇护，这对他来说已经足够了。

他红着脸应了一声"是"，派人去给康祥云送信，又说起李谦给她送了寿礼的事："您要是再不回来，我们只好模仿您的笔迹给大哥写一封信了。"

姜宪有些意外，没有想到李谦在赶往四川的路上还能在生辰当日把寿礼送到，她顿时大感兴趣，问李骥："知道你大哥送来的是什么吗？"

李骥摇头，笑道："我爹还不知道该不该拆开呢。"

姜宪真想插上翅膀飞回山西，原本准备三天之后起程的，最后决定明天就走。于是大家便连夜收拾行李。

结果第二天康祥云带着郑缄过来时，姜宪这边已经收拾好了准备离开。康祥云有些不悦。姜宪只好解释说是山西那边有点急事，需要立刻赶回去："是我失礼了，还请康先生和郑先生不要放在心上，我留下二叔和贴身的小厮，他们会护着你们一起回山西。"

康祥云和郑缄只好勉强接受了这样的安排，和姜宪说定了起程的时间就回去了。

姜宪觉得这件事的确是自己不对，想着既然要礼贤下士，少不得要千金买骨，索性吩咐云林去打听康家和郑家的情况。当知道郑家只有三口人时，她让刘冬月去添置了三辆马车，康家两辆，郑家一辆。去山西的路上，安排他们住进了最好的客栈，而且吃穿用度都选最好的，不仅让康祥云和郑缄感到宾至如归，也让他们见识到了李家的财力和姜家的人力。

康大小姐却有些不安，她问母亲："爹爹为什么要跟着郡主去山西做西席？"家中巨变让她见识了人情冷暖，她担心这是无事献殷勤，非奸即盗。

康太太是典型的大家闺秀，在家从父，出嫁从夫，寻夫的路上全仗有大女儿帮着拿主意，如今跟着丈夫，自然丈夫去哪里她去哪里，哪怕前面是刀山火海，只要夫妻在一起，她就觉得什么也不怕。

"你爹爹既然觉得好，那就肯定好。"康太太神色间全然没有了从前的悲苦，笑容温柔而娴静，她轻轻拍着小儿子，柔声对女儿道，"不用担心，万事有你爹爹呢，何况还有郑家大伯。"

康大小姐想到李骥看自己的目光心中就觉得不安，可这样的话，她怎好跟母亲说？郡主是个心善之人，她怕是李骥怂恿郡主收留他们。可转念一想，又觉得自己多心了，据说李二公子是家中庶子，他应该没有这样的能力才是。这样惴惴不安地走了几天，康大小姐始终没有看见李骥，她松了一口气的同时又感觉有些失落。

此时刘冬月已经把康、郑两家的情况摸得一清二楚。康家自不必说，郑缄和康祥云一样，是两榜进士出身，郑太太是郑缄启蒙恩师的女儿，只有一个儿子，叫郑从，和李骥同年，又黑又胖，从小就会读书。郑从十四岁中了秀才之后，郑缄就开始让他打理家里的庶务，只是时间尚短，还没有看到什么成效而已。

李骥知道后有些撇嘴，低声嘀咕："郑家都没有隔夜的米了，还有什么庶务可以打理？"

太原离京城不算远，又走了四五天，他们便到了太原。康祥云和郑缄下了马车，站在通往城门的驿道上，观望这座边陲名城。

"其山曰霍，薮曰扬纡，川曰漳，浸曰汾、潞。"康祥云望着由大块土坯垒成的巍峨城门，不由得道，"太原不愧是九州之首。"

郑缄点头，道："踞天下之肩背，襟四塞之要冲。太原虽是天下之险要，可右有大同，左有榆林，格局还是小了一点儿。"他是针对李家所言。

康祥云正想反驳几句，只听前面传来一阵喧哗声，接着人群自然而分，让出一条道来，几个身材魁梧的大汉骑着马，簇拥着个浓眉大眼的汉子直奔他们而来。两人吓了一大跳，忙退让到一旁，谁知那群骑马的汉子却"吁"的一声勒了缰，硬生生地把马停在他们的面前。被簇拥着的汉子跳下马，高声道："是京城里来的康先生和郑先生吗？"

两人面面相觑，又连连点头。

那大汉爽朗地笑了几声，道："我是李长青。听郡主说，她给李家请了两位西席，我心里高兴，特来迎接两位先生。若有失礼之处，还请两位先生见谅。"

竟然是山西总兵李长青亲自来迎接他们，两人齐齐变色，匆忙上前行礼。

"两位先生不必多礼。"李长青携了两人，笑道，"既然来了，那就是一家人。我是粗人，喜欢直来直去，你们有什么事就直接跟我说，太委婉了我也听不懂，倒白费了两位先生的心意。"

康祥云和郑缄都不是那冥愚之人，又感激李长青的抬爱，言辞间对李长青颇为敬重，三个人有说有笑的，也算其乐融融。

靖海侯府肯定比李家显赫，更有能让他们发挥所长的地方，可他们去了，却未必能受到这样的礼遇。郑缄此刻不免有些庆幸，还好他选择来山西，不然岂不是错过了李家，错过了李长青？

到了李家，两人看到提前回来的姜宪已为他们两家安排了两座相邻的小小四合院，就更满意了。他们安顿好家里，就一起去了姜宪那里。

"先前听郡主说，李家除了两位公子，还有些部属的子弟。"康祥云道，"我看不如就开个族学好了，以后也能给李家培养些下属。"

"我正有此意。"姜宪很喜欢康祥云这种做了决定，就尽心尽力去做的态度。

她给康祥云和郑缄开了个十分丰厚的束脩，二人都很惊讶。

姜宪笑道："两位先生只要到时别嫌学生们太闹腾就好。"

"孔子曰有教无类，请郡主和李总兵放心。"

姜宪笑着点头，送走二人，请七姑去给李长青传话。

平时找个落第的秀才都不容易，这下来了两个两榜进士，而且还不是那种因为年老精神不济而告老还乡的老翰林，不要说开个族学了，就是开个学堂李长青也会资助的。他立刻就把自己在外院的书房让出来给康祥云和郑缄当书馆，又去问自己的那些旧部，有没有愿意把孩子送过来学习的。

李长青忙得团团转，何夫人这边却不干了，她找了姜宪过来："你不是说要给冬至找个从宫里出来的嬷嬷当教习吗？怎么一点儿动静也没有了？"

姜宪汗颜，她把给冬至请嬷嬷的事忘得一干二净。

"这次去没找到合适的。"姜宪只好道，"要不，我去跟两位先生说说，让冬至也在旁边听着？"

姜宪把事情一说，二人都觉得不太合适。郑缄想了想，推了康祥云的夫人，并道："不知道郡主听说过济南花家没有？康太太就是花家的女儿。"

姜宪欣然同意。顾忌着康祥云和郑缄的面子，康太太的束脩减半。

康太太特意穿了件比较新的宝蓝色遍地金通袖薄袄去给何夫人道谢。何夫人见康太太温温婉婉不像北方女子，反而有着江南雨乡般的柔情，顿生三分好感，把李冬至叫出来给康太太见礼，又热情地邀请康太太带着几个儿女过来做客，诚意十足。

康太太回去之后对康祥云很是感慨了一番："之前还怕李家的人不好相处，现在看来，老爷当初的决定再正确没有了。"

康祥云不免有些得意。

第二天，府里上下就传遍了康太太给李冬至做西席的事。

高妙容愕然，半晌都没有回过神来。

姜宪这边，却正兴致勃勃地给李谦写信。

李谦送给她的是一支绿松石和红宝石镶成的绵绵瓜瓞的簪子，姜宪看到时羞红了脸，觉得自己肯定无法把这支簪子戴出去，而且觉得李谦是故意的。她赌着气好几天没有给李谦回信，后来又忍不住，还是决定写封信去道谢，但她准备把这封信寄到四川，李谦只有到了四川才能收到。

李长青则正和高伏玉说着话："你说，郡主这事到底成了还是没成？她只说该说的话都说了，该见的人都见了，也没给我交个实底，我这心里七上八下的。这贵人们说话怎么就这么喜欢拐着弯着，就算是没成，我还能怪她不成？唉，你看我现在，问也不是，不问也不是。"

高伏玉笑道："您这性子也太急了些，既然郡主已经这样说了，我们好生等消息就是。想当年，我们被招安之后，上上下下不知道打点了多少，也等了快半年您的委任书才下来。郡主这才刚回来，就算是有消息也没有这么快啊！您就当没这件事，该干什么干什么好了。"

"也只能这样了。"李长青叹气道，接着说起康祥云和郑缄，"这两个人真的是两榜进士出身吗？他俩不在京城做官，跑到我这里做个西席，不会是在京城犯了什么事吧？郡主毕竟年轻，要是被人哄了可就不好了，能不能找个人打听一下？"

高伏玉的举业到举人就止步了，他就是想打听也找不到人，李长青的话让他心中"咯噔"一下。姜宪嫁来后带来的变化，他已经感受到很多了。从前他和李长青在书房里说话，总能听到外面丫鬟婆子走过时的窃窃私语，可现在却是半点也听不到了。而且每次给他们上茶的都是同一个丫鬟，上完茶就立刻出去，从不多停留片刻。高伏玉意识到，这样的安排是为了保密——每次都是同一个人上茶，若是书房里说的话传了出去，这个丫鬟就是唯一的嫌疑人。如今，姜宪又带回来两个两榜进士。是不是可以这样认为，以后这个家里还会有更多像康祥云、郑缄这样的人，那他的位置还能保得住吗？这些念头在高伏玉的脑海里一闪而过，却让他心生忌惮。

"既然是两榜进士，肯定得知道是哪一科的。"他不紧不慢地道，"李大人、丁大人都是两榜进士，可以问问他们啊！我们可以请两位大人过来饮酒，康先生和郑先生应该会和他们有很多话题才是。"

李长青听着一喜，但随后又觉得不妥："万一康先生和郑先生在京城犯过什么事呢？"

高伏玉笑道："您应该相信郡主才是。就算郡主年纪轻，不是还有镇国公嘛，他怎么会让郡主请两个在京城犯过事的人回来？"

李长青觉得有道理，去问了康祥云和郑缄一声。两人欣然应允，康祥云还道："丁留比我高三科，李奎比我高一科。我在工部的时候，有个同僚和丁留是一科的，三年前丁留进京来找我同僚，我们曾有过一面之缘，没想到现在居然在太原遇到了。"

说话的时候，康祥云眉眼间全是老友重逢的喜悦，李长青这才放下心来。端坐在旁边喝茶的郑缄却静静地看了李长青一眼。

李长青走后，康祥云问郑缄："你为什么不说你和丁留是同科？我记得你们的关系还不错啊！"

"有什么可说的。"郑缄淡淡地道，"他如今是封疆大吏，我只是个在李家讨口饭吃的教书先生，说了，别人还以为我是要攀附他呢！"

康祥云顿时面露悔色，道："郑兄，是我考虑不周，让你为难了。要不，这宴请我们就推了吧？"

"没事，"郑缄笑着站起来，一副想通了的模样，"这一关我们总是要过的。"

"什么？"康祥云没明白。

郑缄呵呵笑了几声，觉得这样的康祥云也很好，遂道："我是说，咱们两个大活人突然出现在了山西，总不能整天待在家里不出门吧？能结交一些山西的文人也很好。"

"原来你说的是这个啊。"

何夫人脸色通红地找姜宪："你看，能不能让康太太再多教两个孩子？"

姜宪有些意外，笑道："是说瞳娘吗？可以啊。"何瞳娘就算今年定亲，三书六礼走下来，也要到明年年底或是后年才能出嫁，和李冬至做个伴儿，到康太太那里多学点儿东西也好。

谁知道何夫人却支支吾吾地道："不，不是瞳娘。我嫂嫂觉得瞳娘这是高攀了金家，怕金家瞧她不起，这些日子正和牙人到处看房子，准备在金家正式下聘之前搬出去，瞳娘到时候也会一心一意地备嫁。我说的是，是牛小姐、朱小姐几个。"

姜宪一愣，问道："牛小姐、朱小姐又是哪里来的？"

何夫人忙解释道："你这些日子不在家，你公公的一些旧部带着女眷登门拜访，见冬至行事大方得体，不住地夸奖她，后来知道她的功课是妙容指点的，就纷纷把自家的小姑娘送了过来，请妙容帮着看看功课。妙容原本不答应的，可盛情难却，我就把冬至的书房打通了，每逢一、三、五就来家里聚聚，顺便让妙容给她们说几句。现在康太太来了，书房自然是要让出来的，可……"可是，如果把李冬至平时用来读书的书房让出来，那些小姐们就没有地方聚会了，高妙容也没有地方讲课了。而何夫人能想到的最好的办法，就是让康太太接手，代替高妙容给这几位小姐讲课。

姜宪冷着脸望向何夫人，慢慢地呷着茶。屋子里静悄悄的，只偶尔有杯盖划过茶杯的声音，刺得人心底烦躁。

何夫人鼓起勇气，正想把没说完的话说完，不承想姜宪已道："既然这样，那就把小姑的书房让出来给高小姐指点几位小姐用吧，小姑的新书房就设在我这边的暖阁，我这就去让人收拾出来。济南花家，在前朝出过几位名留青史的女眷，十分受人敬重，因而康太太那里是半点不能怠慢的。

"康太太还有两个女儿，长女今年已经十二岁了，次女十岁，举止仪态都有了模样。我让康太太给小姑启蒙，就是想让小姑和康家的两位小姐多多接触。至于康太太愿不愿意让自己的女儿接触小姑，那就看小姑有没有这个造化了。

"这件事，你就不要管了，我来办。"

姜宪端茶送客。

何夫人看着表情严肃的姜宪，只觉一股寒气扑面而来，哪里还敢多说，忙连连称"好"，起身带着程嬷嬷退了出去。走到外面，看到开放在暮秋正午阳光下的木芙蓉，这才觉得气温回暖，身子舒服了一些。

"你说，郡主这是什么意思？"她在回去的路上悄声问程嬷嬷，"康太太不是西席吗？她的女儿陪着冬至，不是天经地义的事吗？"

程嬷嬷不知道说什么好，支支吾吾地打发了何夫人，立刻出府去找何大舅太太。何大舅太太把自家小姑在心里骂了个狗血淋头，赶在晚膳前到了李家。

何夫人正在和高妙容说话。

"以后那书房就让给你了，"何夫人觉得已经解决了这件事，说话的时候红光满面，十分兴奋，"你们以后依旧在那里聚会。小姑娘们高高兴兴地在一起玩，多好啊！"

高妙容露出惊讶之色，问："难道郡主答应了？"

"答应了！"何夫人高兴地道，"说是以后冬至在她的书房里读书。"

高妙容更惊讶了，道："难道以后冬至都不跟朱小姐、牛小姐一起玩了吗？"

"这个……"何夫人迟疑道，"应该可以一起玩吧？不过上课的时候应该不可以。"

高妙容皱了皱眉，欲说什么，何大舅太太重重地咳嗽一声，打断了两人，笑盈盈地走进去，佯装不知地道："妙容在这里啊！怎么，今天没有抄书？你可真是稀客，这些日子一直给牛小姐、朱小姐讲课，没课的时候还要备课，程嬷嬷应该炖点儿罗汉茶给高小姐送去才对。听说这个对嗓子特别好，福建那边的教书先生都喜欢喝这个。"

她说话的腔调阴阳怪气，何夫人有些不悦，高妙容则脸色大变。可何大舅太太看也没多看高妙容一眼，径直在何夫人身边坐下，道："瞳娘的嫁妆，我要和你商量商量。"

金家定了十二月二十二日来下聘，如今在何夫人眼里，没有比这更重要的事了。何夫人抱歉地看了高妙容一眼，高妙容闻音知雅意，忙起身告辞。只是她前脚刚迈出房门，就听到何夫人已迫不及待地问道："瞳娘的嫁妆怎样了，难道还缺什么不成？"

何大舅太太则慢悠悠地笑道："倒也不缺什么，就是我怕一时忙糊涂了忘了什么，所以今天特意把陪嫁单子拿来，让你帮我把把关。"

姜宪直接去见了李长青："常言说得好，水往低处流，人往高处走。如今的李家可不是在福建时的李家了，小姑最好是多和丁三小姐这样的闺中女儿来往，学学别人是怎样说话行事的。若是公公同意，我想把小姑带在我身边养着，以后出嫁说出去也好听一些。"

李长青一生好强，听到这样的话自然喜出望外，觉得自己的这个儿媳妇真是比闺女还要贴心："只要郡主愿意，我有什么不同意的？长嫂如母，若是冬至不听话，你只管打骂就是。她要是敢不听，我这个做老子的绝不轻饶她。"

"您言重了。"姜宪笑道，"女孩子在娘家是客，怎么能打呢？"

"你说得是，说得是！"李长青受了儿媳妇的教训，面色微红，窘迫地连声认错，"我的意思是你想怎么样就怎么样，我就把冬至交给你了。"

"谢谢您这样相信我，我一定会尽我所能地教导冬至。"

"没事，没事。"儿媳妇这样郑重地向自己道谢，李长青很不习惯。

姜宪就扯着李长青这面大旗，让李冬至搬到西跨院一处靠近后花园的厢房住下，那儿离康家和郑家只隔着一道花墙，以后康太太过来教书也方便。康太太不知道其中的缘由，以为李冬至搬来是为了迁就她，心中很是感激，对教导李冬至一事也就越发上心，一会儿拿出《烈女传》看，一会儿拿出《孝经》看，不知道从哪一本书开始教好。

还是康大小姐提醒母亲："您应该先看看李大小姐都学了些什么。我听人说，李大人有位幕僚，姓高，他有个侄女，是跟在何夫人身边长大的，学问很是了得，李大小姐之前一直跟着她读书。只是不知道什么原因，郡主好像不太瞧得上眼，这才想给李大小姐重新找个先生。而且在这之前，那位高小姐在李大小姐的书房里发起了一个读书会，李家很多旧属家的小姐都参加了。这个读书会何夫人出了资，甚至每月举办的诗会中的奖品，也是由何夫人资助的。我觉得您要小心点儿，可别卷进李家的内部纷争里。"

康太太大惊，道："你怎么知道这些？"

康大小姐脑海里浮出李骥嬉皮笑脸的面孔，眉头几不可见地蹙了蹙，道："当然是我打听出来的。"

康太太最怕给丈夫惹麻烦。丈夫初来乍到，要是因为她贪图这几两束脩银子而坏了丈夫的名声或是大计，可如何是好？

"要不，我去辞了郡主？"康太太迟疑道，"就说你幼弟太小，离不开人，我抽不出时间来教导李大小姐？"

"这不过是我听说的，到底是不是这样还不知道呢。"康大小姐觉得母亲太小心，劝慰道，"您上完课就走，平时不和那些人来往就是，万一推不过，就去跟郡主说一声。"随后她想到姜宪，又道，"娘，您只要记住了，我们是郡主的人，做什么事都要以郡主的利益为先就行了，其他的人您大可不必理会。"

康太太道："那何夫人也不必理会？"

"不必理会！"康大小姐斩钉截铁地道，"想脚踏两只船的人，最终都会落到水里。我们既然已经选了，就是刀山火海也要走下去。"

康太太叹气，道："我还以为到了李家就好了，谁知道还有这么多的纷争。"

"只要有人，就有纷争。"康大小姐见母亲还是如此天真，在心里叹气，又

觉得再和母亲说下去，母亲说不定明天连走出这个房门的胆量都没有了，遂转移了话题，"娘，您不是说酿了些米酒要送给郑家伯母尝一尝吗？哪些要送给郑伯母，我让汀香送过去。"汀香是姜宪拨给他们家的一个丫鬟，稳重勤快，很得康太太和康大小姐的喜欢，后来康家又买了两个小丫鬟也交给了汀香带着。

康太太被转移了注意力，把这件事暂时抛到了脑后。

康大小姐长吁了口气，决定去向情客借几根绣花线，谁知道出了门却看见李骥站在他们家宅院外东张西望。她吓了一大跳，正想退回去，李骥已经瞧见了她。

"康大小姐！"他高兴地和她打招呼。

康大小姐不由得戒备地问："二公子可有什么事？"

李骥嘿嘿笑着摸了摸头，道："也没什么事，就是我大哥又让人给我大嫂送东西了，我爹让我拿给我大嫂，我就寻思着要不要去你家看看——你们刚安顿下来，也不知道缺不缺什么东西。要是不知道到哪里买，可以让小厮去问我，或是问我大嫂身边的七姑也行。七姑是我大哥专门拨到我大嫂身边专门做这些琐事的，你有什么事找她一准儿没错。"

"多谢二公子。"康大小姐突然间觉得脸上火辣辣的，给李骥行了个福礼道，"我正要去郡主那里，有什么事，我会去找七姑的。"

"那就好。"李骥说完，踌躇地站在那里，好像舍不得走似的。

康大小姐隐隐有些明白，心中顿时像揣了只小鹿似的，十分不安，片刻不敢停留，忙道："二公子想必很忙，我也要早点儿去郡主那边，那我就先走了，二公子保重。"说完，头也不回地疾步往姜宪的正屋走去。

李骥伸长脖子望着康大小姐的背影消失在了花墙后，这才耷拉着脑袋往垂花门去。

康大小姐的脑袋从花墙后面探出来，看着李骥无精打采地消失在了甬道上，她轻轻地叹了口气，捂着胸口，垂下了头。

第十五章

公文送达

康大小姐去找情客当然不是为了几根绣花线，她是想看看李家发生了这种事，姜宪有什么反应。可惜，她来得不是时候，姜宪的心思全在李谦给她的礼物上。

姜宪心里很是后悔，不应该把给李谦的信寄到四川的，这一路上他还不知道会怎样担心她呢。想到这里，她哪里还躺得住，一骨碌翻身坐起来，吩咐情客磨墨，她要给李谦再回封信去。

情客笑着应了，在磨墨的时候告诉她："康大小姐过来借了几根绣线。"

姜宪"哦"了一声，并没有把这件事放在心上。

第二天，康大小姐送了自己母亲亲手酿制的酒酿请情客几个吃。

姜宪奇道："怎么没有我的？"

情客掩着嘴笑，道："康大小姐说了，'未谙姑食性，先遣小姑尝'，让我们先试试顺胃不顺胃，再做了送给您吃。"

姜宪心情很好，打趣道："莫非她准备进我们家的门？"

情客忍不住笑出声来，却知道康大小姐是真正的大家闺秀，这样的话只能在这个屋里说说，笑过之后便约束当时在屋子里服侍的，不准走漏半个字。

姜宪却不由得沉思起来。她原不想管这件事的，可何夫人的举动却让她不得不考虑要给自己找个帮手，只是此时却不是个好时机。她让情客端了碗酒酿进来，一面心不在焉地吃着，一面想着心事。

有小丫鬟跑了进来，说是鲁夫人下了帖子过来，想明天来拜访她。姜宪正巧没事，就约鲁夫人明天一早碰面，中午在她这里用午膳，下午请个说书的女先生进府讲笑话，等用过晚膳鲁夫人再回府。

姜宪考虑再三，还是决定不要"惊动"何夫人了。不承想到了晚上，何夫人却来告诉她，明天高妙容的那个诗会准备在李冬至的书房斗诗，邀请她过去点评。这种事姜宪见多了，说是点评，可谁挑的头，到时候就得谁出这宴请的银子。姜宪才懒得拿自己的名声去刷别人的声誉，直接拒绝了何夫人："鲁夫人明天过府，说是有要紧事找我，我这心里七上八下的，哪里有心情去应酬几个小姑娘？再说，我已经成了亲，这样的诗会也不适合我。"

何夫人很是失望，却也不能勉强她，只好讪讪地走了。

姜宪让人去喊了李冬至过来，问她知不知道这件事。

毕竟是自己的母亲，李冬至犹豫半晌，道："我已经跟母亲说过了，我明天功课很多，恐怕不能参加了。我准备等会儿让何嬷嬷拿十两银子给高姐姐，就当是我给的彩头。"

这样的处置很妥当，既不得罪人，又拒绝了高妙容。姜宪很欣慰，对李冬至道："以后多和康大小姐亲近亲近，你就知道什么是真正的大家闺秀了。"

李冬至很是意外，道："我跟着大嫂学不行吗？"

姜宪汗颜，道："我的规矩也没学好。可你和我不同。我遇到了你大哥，有他护着，学不学得好都不要紧。你以后还不知道会遇到什么样的，现在对自己严厉些，只有好处没有坏处。"

李冬至懵懵懂懂地点头，退了下去。

翌日，姜宪招待了鲁夫人。

鲁夫人是来问她行踪的："袁三回门你不在，李夫人生辰你也不在，你这些日子都在干什么？"

"相公不在家，我出了趟门。"姜宪含含糊糊地道，"你找我可是有什么事？"

鲁夫人笑道："也没什么事，只是听说庄大人想调到其他地方，却试了很多法子都没成，庄夫人为这件事甚至还跑去了京城……说给你听听，让你也跟着笑笑。"

"他想折腾就尽管折腾去。"姜宪不以为意地道，"我倒要看看，是谁在后面推荐他。"

这话说得非常强硬，反而让鲁夫人不知道说什么好。她忙转移话题，说起自己前两天去了趟京城，买了好几匹新式的料子和首饰回来，还给姜宪带了礼物。姜宪连声道谢，两个人就说起这些日子太原城里的闲话来。

下午女先生到了，姜宪请了康太太作陪。康太太和鲁夫人都是官宦家的女眷，倒也能说到一块儿去。知道康太太是济南花家的姑娘，如今在打点李冬至的功课，鲁夫人很是羡慕，邀请康太太有空了去家里坐，也指点指点自家的女儿。康太太谦逊地婉拒了，但能在山西交到一个和自己有话说的官家太太，她还是很高兴。

姜宪这边其乐融融安宁舒畅，倒是高妙容那里，几个小姑娘叽叽喳喳，欢声笑语，喧闹不休，引得路过的婢女侧目。

牛小姐笑得脸红彤彤的，亲昵地挽着高妙容的胳膊，娇滴滴地道："高姐姐，冬至也太过分了，就为了一份功课，居然都不陪我们玩。那个女西席也是，一点儿都不通融，我看，那位女西席定是个古板刻薄之人。"

听了牛小姐的话，高妙容笑道："那位康太太是郡主请来的，据说是济南花家的姑娘，应该有些真才实学。你和康太太又没打过交道，不要乱说话。"

牛小姐就有些不服气，看见朱小姐，眼珠子骨碌碌地转了一圈，喊朱小姐过来。朱小姐是李长青结拜兄弟朱臣的女儿，和牛小姐同年，长着张圆圆的喜庆脸。她的父亲是跟着李长青去过福建的，因此和李冬至的私交很好，和高妙容也熟。她不是太看得惯牛小姐，觉得牛娃当初选择留在山西不是真正地忠于李家。但她不像牛小姐什么都摆在脸上，因而心中虽然不满，却没有表露出来，而是笑盈盈地走了过去。

牛小姐看了一眼在草坪上掷壶的女孩子们，对朱小姐道："我们去找冬至吧，还可以帮冬至向她的西席求个情，请个假。甚至是把那位康太太也叫过来参加我们的诗会，让她帮着评点评点，我们可以给康太太一些报酬。"

"你自己去吧。"朱小姐想也没想地拒绝了，"高姐姐不是让我把那些诗作都挂起来好让大家欣赏吗？我还没有办好呢。"

牛小姐气得浑身发抖，高妙容哄了她半晌，她仍不依，叫了个小丫鬟去打听李冬至在干什么。小丫鬟回来告诉她，李冬至在练字。牛小姐愕然，问："难道冬至练字那位康太太也守着？"

小丫鬟摇头，道："说是郡主那边来了客人，请康太太去作陪，康太太就让大小姐在书房里练字。我说您和高小姐找她，可大小姐说，她还有很多功课没做，怕等会儿康太太会检查，所以不过来了。"

"真是岂有此理！"牛小姐涨红了脸。

那小丫鬟接着道："郡主她们还请了女先生在家里说书呢！"

牛小姐提着裙摆就要往李冬至那里去，却被高妙容拦住："康太太是郡主

给冬至请的西席，她怎样给冬至布置功课是她的事，你这样贸然冲过去就是你的不对了，到时候会给冬至惹事的。"

牛小姐气得跺脚，到底还是顾及李冬至，把这口气忍下了。不过，她把这件事告诉了几个玩得好的姐妹。大家都很气愤，对姜宪的印象也都不太好。

这些人的情绪当然影响不到姜宪，她认真地听着鲁夫人讲哪家银楼师傅的手艺好、哪家绸缎铺子的花样新，还在鲁夫人的推荐下决定明天请永丰银楼的师傅过来给她打几件新式样的首饰、请广记的师傅来给自己做几件新衣裳："若真是满意，以后倒可以常光顾。"

"您肯定满意。"鲁夫人说起这些来两眼发光，非常自信，"虽然肯定没有御制的精致，可样式大胆，颜色也搭配得好，戴着显年轻……"说到这里，她呵呵地笑了起来，"您倒不用，您比我女儿还小呢，正是戴什么都好看的年纪。"

"胡说！"姜宪嗔道，"你就是想说我年轻，也不必说我比你女儿还小啊。"

鲁夫人笑道："我家死鬼前头还有个结发的，给他生了一儿一女。女儿如今二十岁，是两个孩子的娘了，我哪里说错了？"

姜宪还是头一次听到有人称自己的丈夫为"死鬼"的，大感新鲜。康太太则在旁边笑个不停，觉得这个鲁夫人也是个直爽人。鲁夫人就把话题转到了康太太身上："你们家那口子，怎么就辞官了呢？"

如果她迂回委婉地打探，康太太大可不回答，可她这样直截了当地问，康太太却不好不答。康太太直言道："我家老爷性情耿直，在京中得罪了上峰，觉得没有意思，就想辞官归家。结果听说郡主想请西席，就毛遂自荐，跟着郡主来了山西，想见识见识山西的风土人情，以后回了老家也不至于后悔没有行万里路。"

姜宪觉得这个理由挺不错的。鲁夫人则松了口气，这句话，是鲁大人让她帮着问的，鲁大人总觉得李家不像个安于现状的，只是如果再向上走，也是件很危险的事。鲁夫人和姜宪都满意，晚宴的气氛就更好了。姜宪甚至叫了李冬至出席。

牛小姐等人知道李冬至参加晚宴，俱是一愣。李冬至跟着郡主，能一起招待鲁参政的夫人；她们在这里办诗会，不过只有个据说还没被山西贵妇们接受的何夫人露了脸。有人就讪讪地提出告辞，说是家里叮嘱要早点儿回去。

姜宪在掌灯时分送走了鲁夫人，又和康太太说了一会儿话，顺便把李冬至拘在屋里背书。这是姜宪第一次表现出不愿意李冬至和牛小姐等人多接触，李冬至觉得有些惶恐，可她不敢问，她怕姜宪让她从此和李家旧部的那些小姑娘们疏远，在她看来，这些人的父辈都曾帮过李家，她不能忘恩负义。姜宪却没想这么多，她觉得李冬至太小，这两年先学怎样明辨是非，再大些了，自然就知道哪些朋友可交，哪些朋友不可交了。

李骥过来给姜宪问安。李冬至听到丫鬟禀告的时候，不由得睁大了眼睛。李骥在李家和谁都不太亲近，可他竟然会来给姜宪问安。

李冬至眼睛盯着笔下的纸，可一双耳朵却竖得直直的，听李骥和姜宪说话。

"康先生今天接着从前的西席讲了《春秋》第六章，可郑先生却是从《太原州志》讲起，一直讲到了大同、宣府、榆林的变迁，大家都觉得很有趣，听得津津有味。下课的时候，钟天宇还问郑先生，他能不能在郑先生休沐的时候去请教，郑先生答应了。我问钟天宇想问什么，他说想问问嘉峪关，还问我要不要一起去……"

姜宪笑眯眯地听李骥讲完，道："从前我在宫里的时候，熊正佩和左以明都给我讲过课，像他们这样的两榜进士，各种典故信手拈来，若再是个喜欢读杂书的，那天文地理、诸子百家就没有不知道的。这种机会很是难得，你要好好跟着两位先生读书才是。特别是康先生，我瞧着他为人谦逊随和，不是那种只看中出身的人，你勤奋上进、踏实肯干，他自然会高看你一眼。机会给你了，可抓不抓得住就看你自己了。"最后一句，姜宪若有所指。

李骥听明白了，脸红如火。姜宪笑着端了茶，李骥就一溜烟地跑了。

之后李冬至被姜宪拘在西跨院里读书，李骥每天在学堂里刻苦攻读，何夫人则被何大舅太太拉着帮忙整理何瞳娘的嫁妆。诗会那天的事如水过无痕，再无人提起。

高妙容气得面色隐隐泛青，居然还有不长眼的来问下次诗会什么时候举办，说她有好姐妹听说后想跟着来见识见识。高妙容再也维持不住脸上的笑容，道："这得看冬至有没有空，我们总不能把冬至丢到一旁吧？"

偏生那小姑娘是个没眼色的，竟然跑去问李冬至："你什么时候才能放假？我们都等着你放了假好办诗会。"

李冬至被那小姑娘堵在路上，心中暗恼，答非所问地道："你怎么知道我在这里？"自姜宪整顿了庶务之后，这种主子在哪里谁都知道的情况就消失了。从前李冬至不以为然，如今才深刻地体会到了整顿庶务的必要性。

那小姑娘还懵懵懂懂的，睁大了一双眼睛道："是高姐姐告诉我的。高姐姐说，你这个时候会给夫人问安，会路过这里。"

李冬至抿了抿嘴，沉默半晌，轻声道："先生说我的底子不好，要把之前落下的全都补起来，有没有假期、能不能参加诗会，得看功课的情况。"

小姑娘大失所望地走了。

李冬至叮嘱贴身丫鬟小禾："以后别让人随便进我的院子。"

就算是何夫人当家的时候，也不可能让人不经通禀就随意进出李冬至的院子，有这殊荣的只有高妙容。小禾心中一凛，忙应了一声"是"。

李冬至请完安，一路沉默地回了西跨院。

姜宪正研究李谦送她的长命锁，白银打造，双鱼衔珠的造型，挂着长长的流苏，不像中原的物件。她试着戴了戴，长命锁叮叮当当直响。

"真漂亮！"情客忍不住赞道，"郡主若是觉得太轻，可以让永丰银楼的师傅用金子再打一个。"

前些日子，永丰银楼接了姜宪的活计，打了一批首饰。那些首饰不同于宫里，看着就活泼可爱，姜宪很喜欢，委托永丰银楼再打十二套头面。

姜宪拿着那长命锁一面仔细端详，一面笑道："各有各的味道，若是金器，只怕就不会这样有趣了。"说到这里，她想到自己寄到四川的那封信。

照李谦的说法，他已经到了四川，见到了郭永固。因有了左以明的名帖和信，郭永固一改之前的傲慢，很热情地招待了他，对他所求之事也欣然应允，还给了一个比市面低很多的价格。事情办得顺利，他不日就会返家，但他始终没提自己寄的那封信。

姜宪一想到那封信有可能落到别人的手中，心里就觉得不舒服。她吩咐情客："你让刘冬月联系四川行都司，看我们寄到那里的信可有被人取走？若是还在行都司，就让人重新寄回来；若是被人取走，要查清楚是谁取的。"

情客应声而去。

姜宪手指绕着长命锁长长的银链子，叹了口气。李谦什么时候才能回来？她去京城所求之事成了吗？还有十月初一的祭祖，若是李谦赶不回来，怎么向人解释？

日子就在姜宪的担忧中到了十月初一。

李家是新贵，按李长青的想法，今年李家不仅娶了新妇，还如愿在山西站稳了脚跟，一切顺利，应该大操大办一番，但因李谦还没回来，只能低调。

姜宪突然觉得自己这个儿媳妇的身份很好，她佯装什么也不知道，站在何夫人后面递祭品，在席间只管低头吃东西。

李长青的心情倒是有些烦躁，问高伏玉："知道宗权什么时候能回来吗？"

"应该要十月下旬了。"高伏玉算了算道。

李长青挠了挠头："那就不等他了，我亲自来领兵操练。"为防鞑子突袭，总兵府每年春冬都会有规模较大的练兵。

坐在李长青下首、一直没有出声的李麟却站起身来朝着李长青揖礼，道："叔父，千金之子，坐不垂堂，还是让我代您去练兵吧！您就在一旁看着，我若是有什么不对的地方，叔父再指点我也不迟。"因祭祖，他们是依古礼每人一几，踞坐在草席上，李麟这么一站起来就显得非常突兀。

李长青感到有些意外。何夫人抓着筷子的手不由得紧了紧，朝姜宪望去。姜宪低垂着眉眼，仿佛没有听见似的。李骥目光微闪，学着姜宪的样子低着头，静坐在饭几前。

李长青皱了皱眉，迟疑道："你吗……"

"是啊！"李麟笑着，眉宇间一片坦荡，"那年叔父和宗权领兵去了檀香岛，家里的事还不是交给了我？叔父您放心吧，我虽然不像宗权那样天生就是个帅才，上场就能镇住那些兵痞，可有您给我坐镇，应该也不会有什么大碍。"他说得情真意切，非常有诚意。

李长青低下头去喝茶，眼角余光飞快地睃了姜宪一眼，才抬起头来徐徐地道："既然如此，那今年就由你来领兵操练。"

李麟丝毫没有掩饰自己的高兴，欣喜地应"是"："叔父放心，我一定会像宗权一样身先士卒，奖罚分明，不坠李家名头的。"

李长青笑着点了点头，很是欣慰的样子。

从祠堂出来，原本走在李麟身后的李骥放慢了脚步，不知不觉间走在了姜宪的身后。他左右看了看，见没人注意，忙凑到姜宪身边，低声道："嫂嫂，有爹爹坐镇，别人会以为爹爹是支持大堂兄的！"

姜宪转过头去，见李骥英俊的面孔上满是焦虑，不知道为什么，心中莫名有种"吾家有男初长成"的感觉。

"我知道。"她低低地应道，"毕竟是自家子侄，若是他有这个能力，用自己人总比用外人好，可这也要他拿得起才行。"

李麟的本事李骥是知道的，他既然敢开口，肯定就拿得起。李骥还想和姜宪说几句，众人已经走到了祠堂的栅栏门前，他没有机会再说，只好皱着眉头走了。

祠堂里发生的事别人不知道，却瞒不过刘冬月。他专程进内院来服侍姜宪用茶水，问姜宪："家里发生的事，要不要告诉将军一声？"

"不用，"姜宪老神在在，"他如果连这点事都不知道、摆不平，还做什么将军？"

过了两天，李长青带着高伏玉、李麟去了山西总兵府的大营，李府陷入了一片诡异的沉默中。

李冬至几次想找姜宪说些什么，可见姜宪兴致勃勃地和广记的裁缝师傅讨论着做什么样式的衣裳，到了嘴边的话就始终没有说出口。以至于她去给何夫人请安的时候，何夫人的声音都变得尖锐起来："你嘴怎么这么拙？她是你嫂子，又愿意把你带在身边教导，你还怕什么？你大哥已经比你哥哥大八岁了，如果又让你大堂兄占了先，你哥哥还有什么戏？你这孩子，怎么也不动脑筋想一想！"

李冬至站在那里由着何夫人指责，始终没有吭声。

李家旧部中却掀起了轩然大波。有的说，是不是李谦出了什么事？有的说，李长青不过是觉得李麟不错，想把李麟也带出来。还有的说，都是因为李谦有了媳妇忘了娘，山西总兵府三个月没发军饷了，李谦却不肯进京求姜家……一时间风起云涌，热闹得很。

姜宪却像没听到似的，继续打她的首饰、做她的衣服、置办过年的年节礼，丝毫不受那些言论的影响。

牛小姐的父亲牛娃请了朱小姐的父亲朱臣喝酒。牛娃问朱臣："大哥到底是什么意思？宗权不会真和大哥有了嫌隙吧？"

"怎么可能？"朱臣用看白痴的目光看了牛娃一眼，道，"大哥的脑子又没有糊涂，岂会放着青出于蓝的宗权不用去用侄儿，你这是又听到了些什么？"

牛娃摸了摸头，憨憨地道："我这不是担心嘛！说实在的，自从嘉南郡主进门之后，李府就变了很多。从前我们去串个门，想什么时候去就什么时候去，可现在呢，还要提前递什么帖子……"他颇有些一言难尽的样子。

朱臣没有作声。李家会继续往上走，可哪些人能跟得上李家的脚步，哪些人会被慢慢地淘汰，端看个人了！他可是要跟着李家往上走的。

朱臣回到家里，招来女儿说话："天气越来越冷了，你前几天不是给你祖母和你妹妹用貂毛做了兔儿卧吗？把你妹妹那个送去给冬至。你以后，要分得清楚主次，冬至才是李家的大小姐。"

"可高小姐……"朱小姐望着父亲欲言又止。

朱臣想了想，道："你去账房支几两银子，给高小姐准备盒上好的胭脂水粉。"

朱小姐应是，第二天一早就派人去李府递帖子。

因十月初一家家户户都要祭祖，康太太就放了李冬至五天假。再有一天就要上课了，李冬至歪在康家的大炕上和康二小姐下五子棋。她们连下了五局，康二小姐就连胜了五局，李冬至有些气馁，平时李家那些旧部的女儿和她玩，都会让着她几分。可康二小姐却板着张小脸，做了个承让的手势，示意她继续。李冬至顿时感觉有些下不了台。

还好康大小姐及时撩帘而入，她用托盘端着两碗糯米酒酿，笑道："吃了酒酿再下吧，你们下了快一个时辰了。"

康二小姐看见姐姐，露出笑容，伸手要去接姐姐手中的托盘，李冬至见了也忙坐起身来帮忙。康大小姐侧了侧身，笑着道："不用，不用！你们坐好别乱动就是帮我的忙了。"

两人都有些赧然地重新坐回去，各自端了碗酒酿低头吃了起来。

康大小姐就坐在炕边，一面看她们吃酒酿，一面笑道："我刚才和娘、大弟一起画了幅九九消寒图，有梅花的，有桃花的，还有棋子、宝瓶的，你们一会儿各自挑一幅点着玩吧。"

康二小姐连连点头，笑道："我要选娘画的那幅。"

李冬至神色微顿，然后笑道："那康姐姐帮我选一幅吧，我也不知道选什么好。"

"那就选梅花的吧！"康大小姐笑道，"不过是我画的，李妹妹不要嫌弃。"

李冬至高兴地应了，和康二小姐又下了两局就借口冬日太短，怕等会儿回去太冷，拿了康大小姐送给她的画卷，起身告辞了。

回到屋里，她展开画卷，看到了一株根须虬结的老梅树，开满了梅花，画卷笔触虽然稚嫩，却十分清丽。可问题是，这老梅树上的花每一朵都呈盛放之姿，而且簇拥在一块儿，并不符合高妙容所说"错落有致，半掩半遮"的工笔画法。

是康大小姐的画技太差，还是高姐姐说错了？李冬至有些不敢确定，却隐约觉得高妙容说的应该没错。但她这几日听康太太讲课，却有高屋建瓴，一览众山小的豁然感觉。康太太那样的人教出来的女儿，怎么可能出错呢？

李冬至想来想去，决定去问姜宪。

或许与经历有关，但凡打发寂寞的东西，姜宪都很擅长，她拿着画瞧了一眼就笑起来："这是九九消寒图。"她指着梅树上的梅花道，"你看，一共有八十一朵，你每天涂一朵，涂完就到了立春。不过，康大小姐的确画得不太好。这是南边那些女孩子冬日无事用来打发时间用的，我们北边之前不怎么画的，后来南边在京城寓居的人多了，渐渐传开，这才时兴起来。"说到这里，她语气微顿，问，"康大小姐给你这幅画的时候没有说别的吗？"

"没有。"李冬至摇头。

姜宪遂笑道："它还有个好处，那些刚开始学工笔画的，可以用它来练手。你不妨就用这个练练手好了，若是不会，可以请教情客。翰林院的林旭也曾送过我消寒图，但我总是忘记，多是情客帮我圆场，她很会点这消寒图。"如今左以明做了翰林院掌院学士，不知道林旭现在在做什么？他这个人八面玲珑，是处理朝政的一把好手，若是他也辞官，她就可以想办法把他招揽到李谦身边，以后和朝廷的奏折来往由他来捉笔……

李冬至若有所思地回了屋。她想到自己和高妙容在一起时，不是吟诗作画，就是坐在一起做针线，高妙容还告诉她，女孩子要上得厅堂进得厨房。她却从没见过姜宪做饭，也没见过姜宪做针线，姜宪总是清清爽爽、高高兴兴地坐在那里，从来不曾为那些家务琐事伤神。那康大小姐又是怎样的呢？李冬至不由得和康家走得近了起来。

康大小姐和高妙容有点相似，她除了要学女红，还要学做菜，又因家中有幼弟要照顾，平时也帮着康太太主持中馈；可她与高妙容又不一样，高妙容学这些东西的时候非常使劲，康大小姐却很愉快，仿佛这些东西很有意思，在这一点上，她又和姜宪很像。李冬至隐隐觉得，自己好像知道了高妙容和康大小姐等人的区别。

在这流水般的日子里，他们迎来了太原知府李奎的儿子解元郎李宁娶妻。他娶的是自家表妹，刑部侍郎姚先知的小女儿。姚小姐的嫁妆不多，只有三十六抬，却另送了十一箱书画做陪嫁。这让山西很多士子都非常羡慕，就连康大小姐也是满口称赞，而且康家还得到了李家管事送来的请柬。

李冬至暗暗惊讶。姜宪告诉她："康家就是再落魄，那也是两榜进士出身，于李知府来说，他们才是真正的自己人。"

李冬至沉默地回到自己的住处，得知高妙容送了些糕点过来，还说是亲手做的。李冬至想了想，去了高妙容那里。

两人聊了几句后，高妙容问起李冬至的功课，得知康太太这些日子一直在跟她讲《孝经》，高妙容不由得直皱眉，道："冬至，你之前不是已经读过《孝经》

了吗？据说康太太的学问很好，他们这样的人，在这里待不长的，你要抓住机会好好跟她多读几本书才是。"

但康太太告诉李冬至，读书不必求快，只求读懂。而且康太太讲课，还会旁征博引，引出很多小故事，这让她觉得很有意思，还知道了不少史书上的典故。有时候她想，像康太太这样，才是真正读懂了、读通了一本书。康太太还说，女孩子做什么事都不能急，一急，就失了风度，让她干什么事都先沉住一口气，读书如此，做人也如此。她觉得康太太说得很有道理。

李冬至想反驳高妙容，可看到高妙容满脸的担心，突然觉得就算自己解释了高妙容也未必赞同。康太太读书，像是在赏花喝茶，悠闲中带着随意，首先要让自己舒服。高妙容读书，像是在赶考，只读对自己有利的，先读大家都知道的。李冬至用手指轻轻摩挲着茶盅上的花纹，笑道："知道了，我会跟康太太说的。"

高妙容没再啰唆，笑着点头。可不知道为什么，李冬至突然觉得高妙容住的地方异常仄窄，让她有些透不过气来："那我先走了！"她放下茶盅，起身告辞，"大嫂约了广记的剪裁师傅，让我早点儿过去。"

高妙容微愣，问："郡主是要给你做新衣裳吗？"

李冬至点了点头，稚气的小脸神色肃然："还打了新首饰，说是到时候让我和康家大小姐和二小姐一起去李家喝喜酒。"

高妙容脸色顿时有些发白，问："夫人也去吗？"

"也去。"李冬至道，"李夫人是大嫂的全福人，大嫂说，我娘不去说不过去，而且我娘明天就过去看看有没有需要帮忙的地方。"

"是吗……"高妙容勉强地笑着。

第二日，姜宪接到曹宣的信，看完之后哈哈直笑，激动地抱着情客转了一圈，看得在姜宪屋里练字的李冬至目瞪口呆。

情客忙笑着问姜宪："郡主，是京城那边有什么喜事吗？"

"确实是喜事。"姜宪笑眯眯地道，"承恩公真不愧是我的知己，我要做什么，他隔这么远也能猜出个一二来。"

情客听着吓了一大跳，急急地喊了声"郡主"。姜宪却摆摆手，示意情客不必担心，把信封装进了匣子里让情客收好，然后倚在大炕的迎枕上独自咯咯地笑个不停。

屋里的人都一头雾水。

去李家喝喜酒那天，姜宪专程让人包了好几个大封红，情客少见地多了句嘴："郡主，今天是李知府家的好事，我们不能压了人家。"

姜宪却不以为意地摆摆手，和康太太及康家的两个女儿、郑太太一起去了李家。

李家张灯结彩，宾客如云，比正月十五的灯会还热闹。

姜宪撩了帘子对李冬至笑道："我看，太原城里有点能耐的人都来给李家捧场了。"

李冬至不知道说什么好，坐在一旁的情客却笑道："李大人在太原已任职九年，按理要挪一挪了。不过，听说今年还挪不成，会继续在这里待一任，大家肯定要讨个好彩头。"

姜宪点了点头，由百结扶着下了马车。

鲁夫人立刻迎上来，见过礼后，两人亲亲热热地挽着手进了垂花门。丁夫人和丁挽早到了，正和已作妇人打扮的袁三小姐说话，见姜宪进来，主动和她打招呼。其他人见了，也上前跟姜宪寒暄。一群贵妇人簇拥着姜宪进了李家待客的暖阁，李夫人闻讯也赶了过来。

姜宪把康太太和郑太太介绍给大家。康太太自不必说，一看就是大家闺秀出身；郑太太长相虽然普通，却也落落大方，端庄自持，颇有当家太太的气度，让人看着就生出敬重之心来。

大家说说笑笑，把姜宪让到了丁夫人旁边坐下。众人热络起来，但说的无非是些家长里短。李冬至先前还认真地听着，后来越听越不感兴趣，目光就不由自主地四处打量起来。她这一打量才发现，之前从来不落人后的庄夫人此时却坐在墙角，强笑着听姜宪她们说话，像只缩头缩脚被雨淋湿了的鹌鹑，哪里还有半点从前的趾高气扬？

李冬至看着很解气，不由得多瞅了庄夫人几眼。庄夫人立刻就有察觉，望了过来，发现是李冬至，她尴尬地笑了笑，笑容里居然流露出些许讨好之意。李冬至忙侧过脸去，心里五味杂陈。

要开席了，李冬至和康家的两位小姐被迎去后面的退步。李家没有女儿，李夫人便请了丁挽帮忙待客，她将康家的两位小姐引见给施三小姐等人。大家互相报了家门，按资排辈地坐下。

上了菜，丁挽正要劝客，外面突然传来一阵喧哗声。很快，就有按捺不住的小丫鬟跑了进来，给李冬至道贺："恭喜李大小姐，令兄领了陕西行都司都指挥使的衔，公文已经到了太原，如今大家都在前面恭喜李大人和郡主呢！"

李冬至愣在那里，要不是康大小姐拉了拉她的衣角，她恐怕一时半会儿都回不过神来。她想到来时大嫂吩咐下的那几个厚厚的封红，心脏顿时跳得厉害。

"看赏！"李冬至学着姜宪的样子，微笑着吩咐小禾。

小禾忙把随身带着的封红拿了两个出来打发那小丫鬟。

众人不管是怎样的心情，也都拥上前来笑盈盈地向李冬至道喜。丁挽更是笑道："我们去给郡主道贺，向郡主讨几个红包去！陕西行都司的都指挥使，那可是正二品，比李世伯的品阶还要高，可谓连升四级，本朝自开国以来也不多见的！"

施三小姐没有作声，脸色有些僵硬。陆大小姐也没有多说什么，只是拉着妹妹的手站在丁挽的身后，无声地宣告着自己的立场。康大小姐见了，就笑眯眯地把话接过去："是要去向郡主讨几个红包。像李将军这样的，的确是本朝头一个，得去沾沾郡主的喜气才是。"说完，朝妹妹使了个眼神，拉着李冬至去了前面的花厅。

花厅里已经乱成了一锅粥，大家都围着姜宪和何夫人道喜。

姜宪还好，笑容温婉，气度沉凝，不卑不亢地接受了大家的道贺，吩咐情客给众人打赏。何夫人却有点失态，她一面笑，一面抹着眼泪哽咽地说着："我就知道会有这么一天的，将军自幼就能干……"

康大小姐嘴角微抽，这样的职务，是能干就能谋得的吗？只是不知道这消息是怎么传出来的，而且还不早不晚，恰恰出在李家请客的当口。她目不转睛地望着姜宪。姜宪正笑着和身边的人周旋，颇有些胸有成竹的味道，好像这消息早就在她的预料之中。难道这件事与嘉南郡主有关？如果是这样，那嘉南郡主岂不是可以左右朝堂大局？他们和郡主绑在同一条船上，到底是福是祸？康家大小姐不由得鬓角冒汗，从来没有像此刻这样盼望见到自己的父亲。

她眼角的余光一瞥，却和丁挽的目光碰了个正着，丁挽眼中的焦虑、担忧、害怕瞬间藏在了那双黑白分明的明眸深处。丁挽和康大小姐相视一笑，各自收回了自己的视线。

外院就闹得更凶了。大家借着这个机会灌李长青酒，李麟虽然挡了不少，可敬酒的人实在太多，李长青已经开始有些摇晃。

在一墙之隔的小庭院里，只有丁留、李奎两个人，他俩已经跟李长青道过喜，此刻正一左一右地坐在湘妃竹下的石凳上喝茶。

"这件事，你怎么看？"丁留迫不及待地问李奎。

"还能怎么看？"李奎给两人的茶杯里注上茶，"李谦这是故意的！故意在纳敏的婚礼上宣布这件事，让大家都知道他家有靠山，想要哪个职务就能要哪个职务，我们这些老不死的最好早些给他让位置。"

丁留低低地喊了一声"李兄"，道："这种牢骚在我面前说说也就算了，对着其他人可要慎言。"

"我知道。"李奎说着，猛地举杯将茶一饮而尽。

丁留只好安慰他："不过是个武职，有什么好放在心上的？他年纪轻，能不能坐稳那个位置还两说呢。"

李奎叹气："这道理我也懂，只是心里到底不怎么痛快罢了！"说着，他突然好奇起来，"丁兄，你说怎么就这巧，这八百里加急偏偏在纳敏成亲这天送到了李长青手里？姚大哥不是说皇上不是很待见姜家吗？他们又是怎么给李谦求到了这样一个好差事的？姚大哥那边有没有什么消息过来？"

"这件事我还没有来得及跟你说。"丁留闻言正色道，"姚大哥早几天就得到消息，写信让我和你商量商量该怎么办，谁知道朝廷八百里加急，两个消息接踵而来，我都没机会跟你说。据姚大哥说，好像是嘉南郡主前些日子悄悄去了一趟京城，舍了姜家去求的曹太后，曹太后亲自出马给李谦要了这么一个差事。这事把内阁的安排全打乱了，汪阁老和熊阁老到现在还在为这件事犯愁呢！

"行都司的同知和佥事，一个管内务，一个管外务。李谦就是再能干，也不过是个还没弱冠的毛头小子，总不能真把陕西行都司当成玩具送给皇上玩吧？所以这两个职务一定得是个沉稳内敛的老臣才行。结果，看好的那些人没有一个愿意去，汪阁老和熊阁老愁得不得了。"他说着，无奈地叹了口气，"皇上在这件事上，也太任性了些。"

李奎吓了一跳："这事，真是嘉南郡主去求的曹太后？"

"真是她去求的！"丁留苦笑，"之前她收拾庄家，我还当她是个小姑娘，争一时意气，原来是我小瞧了她。曹太后和镇国公府是什么关系啊？可谓是血海深仇，不死不休。可你看看，她居然能说动曹太后为李谦谋取高位——仗势欺人不可怕，怕就怕连对手都能为她所用。"

李奎听得脸色发白，突然起身高声喊着贴身的随从："嘉南郡主现在在哪里？由谁陪着呢？"

女眷们都在内院，那随从呆了呆，忙道："大人，我这就去问！"

李奎点了点头，等那随从出去，不由得在屋里来来回回地踱步："我觉得这个女人还是少惹为妙。女人心，海底针，谁知道什么时候就得罪她了。李谦去陕西任职，应该也会把她带走吧？我觉得我们现在就该像供菩萨似的好好把她供着，等她去了陕西就太平了。"

丁留哭笑不得，心中暗道，难怪李奎在官场里混了这么多年也只做到了知府。

喝了几口茶，随从折了回来，回道："内院也得了消息，大家都在向嘉南郡主讨赏。嘉南郡主很大方，弄得内院像过年似的，热闹得不得了。丁夫人和夫人都陪着郡主，看郡主打赏呢。"

两人不由得交换了一个眼神，谁会带这么多赏银在身边？除非是一早就得了消息。

回到李府，又是一番赏赐，大家都兴高采烈的。

李长青得意满满地找了姜宪说话："这次李谦能调到陕西去，都是你的功劳。"

姜宪嘴角翕翕，正想谦逊几句，李长青已朝她摆手，示意她不必多说，并道："一家人不说两家话。道谢的话我也不说了，我已经派人送信给宗权，让他快点回来。这几天你就在家里好好地收拾东西，若是宗权赶不回来，就让他直接和你在西安碰面。"

姜宪忙点头应是。

李长青又问起公文的事来："真是太巧了，你之前就没得到一点儿消息？"

姜宪笑道："承恩公之前来了封信，跟我说他打赏了吏部和兵部，请他们用八百里加急将公文送来。我算着日子，应该是这两天到，就提前准备了一些打赏的封红，免得到时候手忙脚乱，倒不确定会是今天。不过，今天更好，也免得我们再去通知他们。以后，该怎么和我们相处，他们也应该好好想想才是。"

李长青连连点头，傻笑道："原来只想求个三品的指挥使，没想到却谋了个二品的都指挥使，真是太出乎意料了……不知道有多少人止步正三品，一辈子都没能迈过去，这小子运气可真好啊！"

第十六章
即将上任

姜宪屈膝行礼，退了出来。

李骥正抓耳挠腮地在李长青的书房门口打转，看见姜宪出来，立刻就迎了上去："大嫂，"他低声道，"你上次去京城，是不是就是为了这件事？"

李骥的眼睛亮闪闪的，让姜宪心里顿时一软，她点了点头，轻轻地"嗯"了一声。

李骥立刻跳了起来："太好了！"随即像想起什么似的，忙压低了声音，目光闪烁地问姜宪，"大嫂，那康先生和郑先生应该也会和你们一起去陕西吧？您是会等大哥回来一起去，还是和大哥在西安碰头？大嫂，我也一起去行吗？您看，我已经跟着康先生学了一段日子，正是渐入佳境的时候，总不好半途而废吧？可您和大哥去西安肯定有很多事，我怕爹不答应，您帮我向爹爹求个情呗。"

姜宪打趣李骥："可我不知道康先生和郑先生会不会跟着我去西安啊。正如你所说，他们这才做了几天的西席，就这样跟着去西安，公公怕是不会答应。"

"啊？！"李骥张大嘴巴，傻了眼。

"逗你玩呢！"姜宪忍不住哈哈笑起来，"不过这些事确实还没定下来，我要先去准备行李，过两天才能知道康先生和郑先生会不会跟着我们去西安。"

不仅康先生和郑先生，还有钟天宇、马永盛这些人，谢元希和李谦不在，这些事就落在了她手里。姜宪毕竟是女眷，不好亲自找他们说这些事，可若是现在不把这些人带过去，以后会发生什么事，谁也不知道。

西跨院开始收拾行李，这才发现今年给李谦添置的衣裳不太符合如今他二品大员的身份了，又急忙找了裁缝给李谦赶制冬衣。

情客庆幸地道："还好从宫里带了很多上等料子，不然将军可要出丑了。"

正在领着丫鬟帮李谦赶制鞋袜的百结听了，放下手中的针线，嘻嘻地笑道："情客，要改口了，将军现在是都指挥使，应该称大人了。"

到了西安，他们就算是开了府，之前的限制也放开了。比如说，之前家里有李长青，他们不能称李谦为大人；李长青穿丝绸，就不能给李谦穿缂丝……如今无所顾忌了，情客和百结就把宫里的那套全拿了出来，就差没绣上四爪龙。

康祥云听到一墙之隔的内院传来一阵阵笑声，忙起身关了窗棂，对激动地在屋里走来走去的郑缄道："你也别这么激动，听丁大人说，陕西行都司的同知都还没有确定下来，估计汪阁老和熊阁老正为这件事明争暗斗呢。"

"管他确定下来没有，我当时就觉得这个嘉南郡主不简单，却没想到她居然有这样的魄力，直接舍弃京城而就西安。就算李大人暂时没能力辖管陕西行都司，有嘉南郡主这样一个女人坐镇，就是拖，也能把李大人拖得修成正果的。你要是不相信，不妨和我打个赌，我敢说，不出三日，不，不出七日，那位嘉南郡主就会来找你，你赌还是不赌？"他这时说的李大人，已是李谦。

康祥云目瞪口呆："这与我何干？"

"你怎么一点脑筋也不动？"郑缄怒其不争地道，"你想想，这种时候李大人居然都不在，十之八九是秘密出行了。这个季节，他不是去西北贩马就是去四川贩盐了，只是没想到京城的公文来得这么快，来不及赶回来罢了。如此，他和郡主不是在临潼就是在西安碰头。在此之前，李大人的幕僚不在，而那个高伏玉虽对李家的事颇为上心，对李大人却有些倚老卖老，未必会真心为李大人打算，李大人去陕西要带什么东西、带什么人，多半还得郡主拿主意。郡主毕竟是女流之辈，有些事不好亲力亲为，肯定要找个人帮着出面。你是她从京城带回来的，她肯定会来找你帮忙。"

康祥云闻言觉得很有道理，不禁问郑缄："那我要不要帮这个忙？"

"帮，怎么不帮！"郑缄说着，坐到康祥云的身边，道，"我们就算是想修渠务农，也得官府支持才行，能得了郡主的青睐，何愁大事不成？"

康祥云想了想，道："这样的事我不适合，如果郡主来找我，我就推荐你，到时你去和郡主说。你也知道，我口拙。"

"什么口拙！"郑缄才不相信，直接嚷道，"我看你是觉得郡主只不过比你闺女大几岁，你拉不下这张老脸！要知道，有志不在年高……"

他正说着，有小厮隔门禀道："老爷，郡主派了人过来，说要来见您！"

郑缄朝着康祥云挑了挑眉。

康祥云一面朝郑缄竖起大拇指，一面高声对那小厮道："我在书房为郡主奉茶。"

小厮应声而去。

康祥云去开了门窗，找到之前友人送给他的碧螺春，准备沏茶。

郑缄起身告辞，却被康祥云留了下来："既然决定了跟着郡主去西安，你和郡主迟早都得碰面，不如先混个脸熟。若是我们以后真的留在陕西修渠，这种要钱要人的事，你比我擅长，到时候肯定得你出面。就像你说的，郡主不是个简单的人，和郡主相处好了，我们的事也能容易些。"

郑缄想了想，点头同意了。

水刚刚烧好，康太太陪着姜宪过来了，看见郑缄，两人俱是一愣。郑缄忙站起来，垂着眼帘和姜宪、康太太打了个招呼。

姜宪不由得多看了郑缄两眼。仕途选官也讲究相貌，这个郑缄又黑又胖，没有一点儿官威，却能留在京城做官，先不说这个人是否有真才实学，仅人际交往这一块，这个黑胖子就是个能人。她之前还准备把郑缄留在山西，毕竟康祥云和郑缄都是她找来的，做西席也是她提出来的，若是两位先生都跟着去陕西，在李长青那里有些不好交代。但她现在改变主意了。

康祥云向她引见了郑缄之后，众人分主次坐下。喝了几口茶，姜宪就直言不讳地说明了来意："想必两位先生已经知道了，将军擢升陕西行都司都指挥使，十一月底就要到任，可这衙门的班底都还没有配齐，我就想请康先生和郑先生跟着一起过去。"

两人没有想到姜宪会这么直接，且这样强势，一时间被镇住，竟然不知道该怎么回答好。

姜宪虽然知道自己不比从前，可骨子里的傲气还在，并没有觉得自己这样有什么不对，继续道："西安自古就有'八水绕城'之说，康先生擅制船，郑先生擅天文，不管是修渠还是仓粮，我想，两位先生都能有用武之地，与其在这里做个西席，不如跟着大人去陕西。至于家中之事也不用两位先生担心，康太太觉得只要跟一家人在一起，去哪里都一样；郑先生的公子过两年也该下场了，我可以帮郑公子拿到学籍，就在西安参加科举，北卷向来比南卷容易。不知两位先生意下如何？"

南方文风盛行，北地荒疏。为了显示公平，本朝太祖皇帝的时候就以长江

为壑，分了南北两卷，录取进士时南北各占一半名额，因而南方向来比北方竞
争激烈。郑缄祖籍金华，按律，他的儿子应该回金华参加科举，姜宪却承诺让
他儿子在西安参加科举。郑缄顿时一阵狂喜，可他又很快冷静下来，能提出这
种条件的嘉南郡主更让他忌惮。

　　没再敢多想，他踢了康祥云一脚之后，立刻站起来，恭敬地躬身行礼："谨
听郡主吩咐。"

　　康祥云向来以郑缄马首是瞻，见状也忙说了一句"谨听郡主吩咐"。

　　姜宪对两人的态度很满意，笑着站起来，道："那就辛苦两位先生了，我
们十一月十二日起程。"

　　姜宪忙完这件事，去了李长青那里："我毕竟是女流之辈，很多事不太方
便。"她恭谨地道，"这次出行，公公能不能让二叔护送我去西安？上次他办事
就很稳妥，大家都很喜欢他。"

　　李长青有些意外，但这是小事，他自然不会驳了儿媳妇的面子。

　　李骥知道后高兴地在床上打了个滚，跑去姜宪那里。

　　"大嫂为什么不直说让我留在西安？"他求着姜宪，"我想去，学堂很多人
都想去。"

　　姜宪笑道："这种事是我能决定的吗？你若是真有心，就去求你大哥。"又
问起学堂里的人，"都有谁想去？"

　　"大家都想跟着大哥去陕西看看，可有些人家里不同意，就只能作罢。像
钟天宇、马永盛、李累……他们都准备去。"李骥掰着手指道。

　　"李累？"

　　"是啊，他是我们的远房堂兄。累哥说，读万卷书不如行千里路，所以他想去，
而且他爹也答应了。"李骥道。

　　"那这个李累倒是眼界不错。"姜宪笑道。

　　家里的流言因为李谦的升迁慢慢平息了，可李麟的心却变得躁动起来：李
谦去了陕西，有了更大的发挥空间，还有镇国公府为他背书；而山西这一块，
李长青怕李骥生出别的心思，一直防着；李驹年纪还小，不值一提；李冬至是
个女孩子，女婿还不知道在哪里。除了他李麟，还有谁能帮衬李长青？只要给
他五年，不，只要三年的时间，他肯定能在李家争得一席之地。到时候，高妙
容还会拒绝他吗？

　　李麟大步去了高伏玉住的院子。

如往常一样，高伏玉和高妙华都不在，高妙容正带着两三个小丫鬟在屋里做针线。见李麟来了，她笑盈盈地迎出来，道："你是来找我叔父还是来找我大哥的？我叔父刚去了李世伯那里，我哥哥去了李知府家，李解元今天宴客，说是家里的墨菊开了，要热闹热闹。"她一面说，一面请李麟在厅堂坐下。

小丫鬟端了茶点上来。

李麟笑道："这些天大家都忙得喘不过气来，今天难得回来得早，正巧走到你这里，就进来看看。我没有打扰你吧？"

"没有，没有，"高妙容忙道，"我也没什么事，正教几个小丫鬟打络子呢！"

李麟想起从前高妙容给李谦做过的鞋，不由得问道："你现在还给人做鞋吗？"

高妙容神色微僵，她从前受何夫人所托给李谦做过鞋，而且也是以何夫人的名义送过去的，李府的老人们都知道。她也不否认当时她的确有点小心思，但现在李谦成了亲，娶的还是嘉南郡主，这件事再提起来就有些不合适了。李麟这样不合时宜，让她心里很不舒服，可她却不能得罪李麟。

高妙容咬了咬牙，很快就恢复了常态，笑道："做啊！我叔父和我大哥的鞋都一直是我亲手做的。这些东西不比衣衫，若是差了分毫，就会觉得怎么也不舒服。麟大哥怎么突然问起这件事来了？莫非是看我这些日子不怎么做针线了？"

"那倒不是。"李麟说着，目光却紧紧盯着高妙容，生怕遗漏了什么似的，慢慢地道，"只是忆起从前在福建，你、我，还有宗权都还年少，大家一起在香樟树下乘凉时的情景。"

高妙容难得敛了笑容，沉默了半晌。那时她刚到李家，李谦像只小老虎似的，活泼好动，让人看到他就想到温暖的阳光、和煦的春风。李麟则像李谦的影子，总是跟在他的身后，不是给李谦拎东西就是在旁边守着。那个时候，他们都围着李谦转。她甚至想，如果能永远围着李谦转，是不是永远也不会再知道寒冷的滋味呢？直到有一天，李谦去了京城，娶了天之骄女姜宪……她的梦才被打碎了。

高妙容轻轻地道："是啊，所以我始终把这里当成自己的家一样。"

李麟还有话想问，又隐约觉得不是合适的时机，便站起身来，笑道："时候不早了，我先走了。若是妙华回来，你告诉他我来过了，让他没事的时候去找我喝酒。听说先生给妙华说了一门亲事，若是有我帮得上忙的，只管告诉我。"

高妙容闻言却皱起了眉头，道："麟大哥，你也觉得这门亲事很好吗？"

高伏玉想为高妙华求娶钟天逸的胞妹。钟父也是李长青的结拜兄弟，这几年发展得不错，那钟小姐是典型大家小姐的性子，温婉乖顺不说，长得也十分标致。高妙容却觉得叔父在哥哥的婚事上太轻率了，就算不娶个进士、举人的女儿，怎么也要娶个秀才家的女儿吧？钟大小姐除了家资丰厚，以后陪嫁多点儿，还有什么好？只怕到时候她大哥出去应酬，别人都会笑话他娶了个出身寒微的乡绅之女。

李麟觉得自己猜出了高伏玉的想法。高伏玉自己也不过是个举人罢了，高妙华到现在也看不出有什么特别，他们又能找到怎样的人家呢？估计高伏玉算来算去，这才瞧中了家资颇丰而又性情软弱的钟大小姐。安危有李家，嚼用有钟家——高妙华和高妙容从此就能堂堂正正地做人，摆脱在李家非主非仆的尴尬身份。

可惜高妙华和高妙容不理解，觉得高伏玉瞧中的这门亲事简直是莫名其妙。

李麟但笑不语，心中却情绪高涨，如果高伏玉看得中钟家，那更应该看得中他。如果能把高伏玉争取到他这边来，何愁大事不成？

眼看皇历翻到十一月份，李谦那边还没有消息，姜宪知道等不到李谦了，跟李长青商量之后，按之前商量好的起程前往陕西。

姜宪用了半副郡主的仪仗——行仪规格用的李谦的，车马规格则用的自己的。因而她的马车很宽大，闲来无事，就和康、郑两家的女眷，或是闲聊，或是打叶子牌消磨时光。

这样走了七八天，终于进了陕西，在华阴县的驿站落脚。

华阴县的县令叫程飞，两榜进士出身，派人过来送土仪的时候，姜宪请了郑先生去应酬。谁知道郑先生回来却面露尴尬，道："程县令有事去了乡里，没有想到郡主这么快就到了华阴，一时来不及赶回，派了他的师爷来给郡主请安。"

既然师爷都能赶过来，他程飞凭什么就赶不过来？姜宪笑道："程县令都给我们送了些什么土仪？"

有赴任的官员路过治下，当地官员都会备下厚礼，如果是一般的官员还好说，如果是三品以上、主宰一方的封疆大吏，送个上百、上千两白银也不是什么稀罕事。这一路上姜宪就收了不少"土仪"，其中最贵重的是运城县令白吉的白银两千两。打听到白吉是福建大茶商之子，几代人只供出了他这么一个读书人，平日里并不敛财，所用也是家中供给时，姜宪心情很好，把从宫里带出

来的一对玉如意赏给了白吉。白吉喜出望外，送回了老家的祠堂里供奉。

姜宪笑吟吟地望着郑缄。

郑缄顿时额头冒出汗来，想了想，索性一咬牙，道："程县令此人出身清寒，不免有些读书人的毛病，孤傲刚愎，不擅交际，人倒是个好人。这几年治理华阴县，从未有流民流窜之事。"

姜宪不由得失笑："我只是问问他都送了些什么，你倒给他讲了一箩筐的好话，莫非你们是同年？"

"不是，不是。"郑缄赧然道，"他应该比我小几届……我只是怕郡主心中不快。"

姜宪大大的杏眼笑得更弯，目光也更柔和了，却偏偏给人一种智珠在握、胸有成竹的感觉，让郑缄心虚不已。

郑缄一闭眼，道："程县令送了些大枣、小米过来，说都是今年新收的，滋阴补血最好不过，请郡主尝尝。"

姜宪笑着点了点头，道："那就送套文房四宝做回礼好了。"这段时间郑缄俨然成了她的师爷，有什么事，她都交给他去办。

姜宪并没有把这件事放在心上，在她看来，"送土仪"这样的风气并不值得助长，不给她送礼也没什么了不起的。她现在担心的是陕西行都司同知的人选，因同知管着内务，若是配的人用着不合手，会平添很多麻烦。据曹宣说，吏部和兵部定下了原五城兵马司东门指挥使蔡霜任陕西行都司同知。这个蔡霜，是蔡霖的堂兄，他堂伯晋安侯蔡定忠惯会见风转舵……姜宪还没有见到蔡霜就先不喜欢了。

只是现在也于事无补了，姜宪决定不想那么多，先好好休息一番。姜宪拿着本杂书歪在临窗大炕的迎枕上随意地看着，情客带着几个小丫鬟一面拿着棉布帕子给她绞头发，一面温声劝道："郡主，天气太冷了，您这两天就将就将就吧，等到了渭南，您再好好盥洗一番。"

李长青让人给李谦带信，让他到甘泉和她碰头。可甘泉是个小镇，不知道有没有驿站，渭南则是离甘泉最近的县了，那里肯定有驿站，而且规模应该不小。

姜宪笑道："别的都好忍，唯独洗漱这件事……"

她话未说完，外面传来一阵喧哗。姜宪皱眉，情客忙道："我这就让人去看看。"

可情客还没有来得及吩咐一声，大门却突然被人推开，一阵冷风灌了进来。姜宪眉毛一挑，就要发作，一个高大的人影大步走了进来。屋里的人均惊愕地朝外望去，姜宪已面露喜色，朝着来人扑去："李谦！"

李谦疾步上前，一把抱住了差点蹦下炕的姜宪。

"李谦，李谦，你怎么到这儿来了？"姜宪紧紧地抱着李谦，不知道怎样才能表达出心中的喜悦之情。

李谦用力回抱着怀中的小人儿，遵循心意地在姜宪的额头上亲了两下，才慢慢放开她，温柔地望着她的眼睛道："我去换件衣服再来和你说话。"

姜宪不想放他走，可看着他下颌冒出的那些像小木桩子似的扎人胡茬儿、泛着血丝的红色双眼，又心疼得不得了，忙催他："快去更衣！"又高声喊情客，"去看看驿站里还有没有什么吃的，要是没有，就让刘冬月想办法弄点儿。"

李谦心里暖暖的，笑着准备去隔壁洗漱，可一起身却发现姜宪的头发半干着披在身后，便拉起炕上用来搭膝盖的薄被，把姜宪像裹粽子似的裹了起来，道："快披着，小心着了凉。"

姜宪也不嫌弃被裹得不能动弹，眉眼弯弯地笑。李谦看她这样子，心都化了，又亲了两下才松手。姜宪傻呵呵地笑着目送李谦出门，屋里的人都抿着嘴笑。情客几个上前继续帮姜宪绞头发。"让婆子把饭就摆在这里吧。"姜宪道。从前她是最讨厌在内室吃东西的，觉得会留下一股味儿，可现在她想就这么陪着李谦。

情客笑着和百结交换了一个眼神，高兴地应下。

李谦的动作很快，姜宪头发还没有完全绞干，他已经梳洗完换了衣服回来。

情客立刻沏了一杯大红袍端上来，百结则吩咐厨房开始上菜。李谦接过茶盅像饮酒似的一饮而尽，又接过小丫鬟手里的帕子站在姜宪身后，道："我来给你绞头发。"

小丫鬟朝情客望去，情客几不可见地点了点头，小丫鬟松了口气，退到一旁。

李谦开始认真地帮姜宪绞头发，可他毕竟没有干过这种事，情客看着白色棉布帕上沾着的长长青丝，心痛得嘴角都有些哆嗦。偏偏李谦一无所觉——他觉得这很正常，小厮给他绞头发的时候，也常常有落发。

虽然头皮不时有刺痛感，可这种亲昵太难得，姜宪一直忍着，没有作声。

李谦和姜宪说话："你用过晚膳了没有？等会儿陪我再吃点儿吧，只喝点儿汤就好。"

姜宪轻轻"嗯"了一声，肤色红润，眼眸晶莹，看得出来心情很好。

不一会儿，七姑带着几个小丫鬟进来摆膳。情客忙走上前去，低声对李谦道："让小丫鬟服侍大人净手吧，奴婢来给郡主绞头发。"

李谦犹豫了片刻，才有些不舍地把帕子递给情客，然后净了手，和姜宪一左一右地坐在炕桌上吃饭。

华阴驿算是附近一个比较大的驿站，食材很丰富，加之李家愿意出钱，虽然仓促，但仍端出了梅菜扣肉、红烧鲤鱼、芙蓉鸡片、四喜丸子、乌鸡汤……整了满满一桌子。

李谦亲手帮姜宪盛了一碗鸡汤，见上面浮着一层油，就想用汤匙把那层油撇掉。谁知道撇了又撇，那碗鸡汤被他撇得快见底了，油依旧在上面。

姜宪忍不住咯咯地笑起来，接过他手里的碗递给百结，又伸手摸了摸李谦放在炕几上的手。在有外人的时候，这已是姜宪难得的情感外露了。李谦不由得眼睛一亮，也顾不得那碗鸡汤，反手有些痞气地紧紧握住姜宪的手，怎么也不愿意放开。姜宪耳朵都红了，但仍由着他这样握着。

李谦在东坡肘子里找了一小块瘦肉，蘸了点儿卤料递到姜宪嘴边，道："这肘子的卤料做得不错，你尝尝。"

姜宪平时荤腥沾得少，晚膳已经用了两块芙蓉鸡片，但她略一犹豫，还是吃了。京城的人喜欢吃鲁菜，这厨子可能在驿客做菜，迎来送往多了，做菜的口味偏向咸鲜。偶尔吃这么一口，感觉还不错，姜宪笑眯眯地点头。

李谦却不敢让她再吃，一只手握着姜宪，一只手扒着饭，连吃了两碗才慢下来。姜宪见他吃得香，吩咐情客给厨子打赏，情客笑着退了下去。李谦又吃了两碗，这才放下筷子，一桌子的菜已被他席卷大半。

饭后，姜宪拉着李谦在屋里散步消食。待丫鬟收拾好东西退下去，姜宪不免问起他的四川之行来。

"多亏你向左以明要了名帖。"李谦颇有些感慨地道，"我们这次不仅买到了很多生铁，还和那些老板搭上了话，以后要是再需要，只派卫属过去就行。我怕被人发现，和谢元希他们兵分两路，东西是我亲自押解的，不然也不会这么晚才回来。"

"自然是正事要紧！"姜宪知道有些事忙起来是身不由己的，"这么说来，你已经回过太原了？"

"我没有回太原，而是回了汾阳，等到金宵给我找的师傅过来，安顿好了，才来和你碰头的。"

"那金宵知道你将生铁都囤在汾阳吗？"

"我把那些生铁分成了几份。"李谦道，"大部分在汾阳，一部分让人运去太原，一部分给了金宵，还有一部分囤在大同。我准备写信给伯父，看他那边要不要。"

姜宪抿着嘴笑，觉得这样的安排很好：于金宵来说，还了人情；于她大伯父来说，李家释放出了同盟的善意。她寻思着要不要表扬李谦几句，谁知道她的话还没有说出口，李谦已脸色一沉，道："保宁，你还敢笑，你背着我私自回京，这事我还没有找你算账呢！"

他目光凛冽，脸色很不好看。可姜宪不怕，依旧扬着脸笑，十分娇纵的模样："我公公都答应了，你凭什么不答应？"

"他能和我比吗？"李谦气苦，"你知不知道我听说了之后有多担心？你又不是不知道……"万一太皇太后不让她回来了怎么办，想到当时的心情，李谦简直不知道该怎么办才能让姜宪长长记性，索性把姜宪抱在怀里打了两下屁股，佯装生气地道，"你要再敢这样，下次就不是打屁股这么简单的事了！"

姜宪被他的行为震惊了，半晌才反应过来，红着脸挣扎着要从他怀里起来："李谦，你居然敢打我！我要告诉……告诉……"姜宪磕磕巴巴的，想着合适的人选，忽然心中一动，嚷道，"告诉公公去！"

李谦愣住，他的保宁，是把爹当成了她父亲一样的人吧？

"保宁！"他强忍着心中的悸动，眼角闪过他自己也不知道的水光，把姜宪抱在怀里，沉声笑道，"你可真会找人，我爹那么喜欢你，你要是去他面前告状，他说不定真的会把我绑起来抽一顿的。"

姜宪觉得脸烧得更厉害了。

李谦低声道："我每天都在想你，你想我了没有？你还捉弄我，我送你生辰礼物，你也不说收到了没有。我原本就觉得对不起你，到李家的第一个生辰我都没能陪在你身边……你不知道我当时有多惶恐，怕你没收到，怕你生气，怕你觉得我怠慢了你。"

几句话说得姜宪一颗心像泡在热水里似的，暖暖的，她不由得心虚地道："那你还过家门而不入？先去汾阳，才来看我。"

"以后再也不这样了。"李谦捧着她的脸，她的眼眸如漫天的星子倒映在其中，明亮而又璀璨，"我这不是想早点儿把事办完了，好早点儿回来看你吗？"

姜宪迟疑道："那……那你还走吗？"

"不走了。"李谦笑着在她的唇上啄了一下，道，"我和你一起去陕西，也和沿途的官员打打交道，谁知道什么时候就会用上这些关系呢。"这也是各地官员给路过的封疆大吏送贵重土仪的缘故。

姜宪嘟着嘴，把蔡霜要到陕西行都司做同知的事告诉了李谦，并道："我不喜欢蔡家的人，都势利、喜钻营，没什么人品可言。你想办法把他踢走，我们用不着他去京城帮我们要军饷。"

"好！"李谦温柔地望着她，满口答应。

这反倒让姜宪有些不好意思起来，她把康祥云和郑缄的事告诉了李谦："我准备让两位先生暂时还做西席，等过些日子，我们都安定下来了，再请个西席来负责讲课，康先生和郑先生就能腾出手来帮你做事了。特别是郑先生，人长得虽然普通，可行事颇有章法，我觉得他是个胸怀天下之人，你不妨试着用一用。"

李谦笑着点头，好像她说什么都是对的。可姜宪太了解他了，不禁捏着他的胳膊娇嗔道："我说的话你到底听进去了没有？"

"听进去了，听进去了。"李谦忙道，"我在路上的时候，云林就已经飞鸽传书把这些事都跟我说了，我准备明天一早就去拜访康先生和郑先生。至于把蔡霜踢走的事，等我见了他，看看他是什么人之后再做定夺也不迟。我们毕竟没有见过这个人，不了解他的性子，就算是想把人踢走，也得踢得光明正大、理直气壮吧？"

算这小子没有敷衍她！姜宪冷哼了一声，结束了这个话题。

李谦双手抱着，把她送上了床。

"睡吧，"李谦闭上了眼睛，将姜宪抱在怀里，打着哈欠，迷迷糊糊地道，"我已经两天没有合眼了。乖，有什么事我们明天再说好不好？我睁不开眼睛了。"

姜宪心中一软，由着他抱着自己，也闭上了眼，所以没有看见李谦的嘴角微微地扬了起来。

半夜，姜宪觉得腰间被什么东西箍着，异常火热，像贴在火炉旁边烤似的。她半梦半醒地动了动，腰间却被箍得更紧了。姜宪这才发现，原来不知道什么时候，李谦的手从她的衣摆下伸了进来，直接搂在她的腰上。全身瞬间像着了火似的烧了起来，她刚挣扎了几下，耳边却传来李谦含糊不清的嘀咕："别动……你让我好好睡一觉……太累了……"

黑暗中，姜宪的身体一下子僵住了。和一个为了早日相见而日夜兼程、满身疲倦、睡得不清醒的人计较这些做什么？姜宪想着，闭上眼睛又睡了。

第二天，她醒来的时候，李谦已经不在床上了。

情客告诉她："大人在后院打拳呢！说是郡主若是醒了，就让我们去叫他，他好和您一起用早膳。"

姜宪"嗯"了一声，又在被子里赖了一会儿才起床。

李谦进来的时候，姜宪正在镜台前梳妆。或许还有些惺忪，她半睁着眼睛，白净的面庞泛着桃花般的红色，红艳艳的嘴唇微微嘟着，像个讨糖吃的孩子。他的心顿时软了一下，笑意忍不住就从眼角溢了出来。

屋里服侍的矮了一截，齐齐屈膝行礼，恭敬地称着"大人"。

姜宪一下子清醒过来，转过身去。身穿玄色劲服的李谦身高腿长，宽肩窄腰，或许是好好地休息了一夜，又刚刚打过拳，眉宇间神采飞扬，如早晨的太阳，生机盎然，让人看着就精神一振。姜宪的目光一下子就被吸引了过去，问他："用过早膳了没有？"

李谦咧着嘴笑，道："不是说等你一起吗？"

姜宪面色一红。情客等人忍不住抿嘴笑，又怕姜宪恼了，忙低下头。李谦情不自禁地走过去，摸了摸她的头。姜宪脸红得更厉害了，心虚地道："你快去更衣，别把我的头发给弄乱了。"

那声音婉转娇脆，如娇似嗔，不要说李谦了，就是姜宪自己听着也吓了一大跳。这是在撒娇吗？李谦大笑，低头亲了亲姜宪的额头，促狭地道："谨听夫人吩咐。"

姜宪脸烧得慌，忙朝四周睃了睃，发现情客几个都低着头，脸上这才觉得清凉了一些，轻轻踢了李谦一脚。

李谦大笑着去了盥洗室。

姜宪坐直身子，情客几个却依旧像木头桩子似的立在那里，她只好咳了一声。情客几个拿靶镜的拿靶镜，捧妆盒的捧妆盒，好像什么也没有发生似的忙了起来。姜宪的嘴角不由自主地翘起来，直到坐在炕几上和李谦用早膳的时候也没能放下来。

李谦问她："你要不要和我一起去见康先生和郑先生？"

姜宪非常意外，迟疑道："我去合适吗？"

"怎么就不合适了？"李谦道，"我们家没这规矩。"又怕姜宪不自在，道，"若是你不想去，那就另当别论了。"可康祥云、郑缄这样的，会是他以后的客卿，他希望自己身边的人能像尊敬自己一样尊敬姜宪，又劝她，"听说熊正佩年轻的时候常带着他的夫人去参加诗会，虽说他夫人打扮成了他身边的随从，可别人一看就知道是女扮男装，却也都一个个装聋作哑当作不知道。江南名士、如今的帝师尚且如此，我们怎么就不行？你要是觉得不自在，也穿个男装好了。"

那个让妻子女扮男装的分明是翰林学士吴辅成，怎么传来传去变成了熊正佩？流言真是厉害！姜宪见李谦说得一本正经，也不好当着众丫鬟的面挑他的错，只能微微地笑。

李谦拉着姜宪一起拜访康祥云二人。

因姜宪治家有方，康祥云和郑缄并不知道李谦回来了，两家人正聚在一起用早膳。听到通报，两人慌乱了片刻才整了整衣饰出去会客。

李谦和他们想象中一样年轻英俊、气宇轩昂，还有着让他们没有想到的谦逊有礼、热情阳光。康祥云悬着的一颗心放了下来，他觉得李谦比赵啸好相处。而郑缄的心却绷得更紧了，像赵啸那样的，一看就是出身世家性情清傲，是个颇为自贵自珍之人，倒是这个李谦，小小年纪却已经让人看不透了。

郑缄心中微动，原本和煦的神色中多了一份慎重，立刻答应下这段时间会帮李谦整理文书，并道："我原本还担心去了陕西会吃闲饭呢。我在京城做了十几年的小吏，和那些阁老、侍郎没什么交情，可跟六部那些给事中、主簿却多有来往，给大人写个奏折之类的，还是自认为拿得出手的。"

李谦自然很高兴，笑着对姜宪道："看来今天我们应该摆桌酒席好好喝两盅才行。"

姜宪立刻顺着李谦的话道："那今天就在这里停一天好了，反正西安离这里不过二三百里远，赶得上上任的日期。华阴也算是个大县了，若是两位太太觉得无聊，不妨上街逛一逛，明天就又要开始赶路了。"

康祥云和郑缄笑着应了，李谦和姜宪起身告辞，两人送了李氏夫妻出门。

等李谦和姜宪一走远，康祥云就迫不及待地把郑缄拉回客房，低声问道："你不是说我们先旁观的吗？怎么突然就答应了给李谦做幕僚？我们到底是两榜进士出身，会被人笑话的！"

郑缄也压低了嗓音，道："我倒觉得这是个机会。李谦成不成，我们早点儿知道，也好早做打算。"

康祥云向来服气郑缄，心中虽然仍有些别扭，但还是点了点头。

"我不是要给李谦做幕僚，而是以客卿的身份暂时帮帮他。"郑缄说到这里，微微一顿，又道，"而且我觉得，郡主的那个主意不错。我们可以在陕西开个书院教书育人，等到时机成熟，你去修渠治水，我去给李谦做幕僚也不迟。在此之前，我们有什么好主意仍可以跟李谦进言。"

康祥云没有说话。他们心里都清楚，能用进士的，只有皇上，当郑缄名正言顺地给李谦做所谓的幕僚之时，便是李谦反了的那刻。

"你真的准备一直跟着李谦吗？"康祥云忍不住问。

"到时候再说吧，"郑缄此时还没定下心来，"现在说这些还为时过早，但我们也不可敷衍。"

康祥云点了点头。

中午，康郑二人和李谦、李骥一起用了午膳。大家说说笑笑，气氛友好而又温煦，大家对彼此都很满意。

用过午膳，李谦把李骥叫到一边，沉着脸问他："到底怎么一回事？你不待在太原，跟着你嫂嫂跑到陕西来干什么？"

李骥从小就有点怕李谦，何况李谦此时还板着脸，他嘴角翕翕，半晌才道："先前不知道大哥这么早就能过来，又因上次回京也是我护送的，大嫂就让我继续送她，爹爹也同意了。"

这些李谦都知道，不但是这些，这段日子李家发生了些什么事他都一清二楚，包括李麟代他领兵操练一事。他点了点头，肃然地问李骥："你这是准备跟着我留在陕西吗？"

李骥连忙点头，道："大哥，大嫂同意了的。她说只要你同意了，我就可以留在西安。"

他的话说得颠三倒四，可李谦听明白了。李谦隐隐知道李骥的心结，如今证实了，也没有觉得意外。

"那你就留下来吧，爹那里我会去说。"李谦淡淡地道，"记得等会儿去跟你大嫂说一声。"这话说得好像李骥能留下，全因姜宪在李谦面前帮他说项了的缘故。

李骥连声应"是"，离开后立刻去了姜宪那里，高兴地向姜宪道谢。

姜宪笑盈盈地受了，吩咐情客拿一百两银票给李骥："大丈夫不可一日无钱。你以后跟着你大哥在外面行走，谁知道会遇到什么事，你把这钱拿着，慢慢用。"

李骥收下银票，郑重地道了谢。

第二天，他们起程，又走了一日，就到了渭南。

渭南是大县，渭南的县令更是出手大方，除了渭南特产，还送了三只纯金打造的寸高小羊，说是三阳开泰，祝李谦前程似锦。郑缄私下打听，才知道这位县令和庄大人是同科，难怪送了这样贵重的礼物。

姜宪让情客登记在册，道："以后可以拿出来送人。"

情客笑着应了，却又忍不住叹道："难怪别人都说'三年清知府，十万雪花银'，我原以为是夸大，如今可见是真有此事了。"

姜宪没有作声。

过了渭南就是临潼，李谦就道："要不我们就在这里歇几天，去爬爬骊山，泡泡华清池？"

"华清池现在还在吗？"姜宪大为惊讶。

李谦有些不确定地道："应该还在吧。"

两人嘀嘀咕咕了良久，最后决定派刘冬月去打听打听。

大家这些日子旅途劳顿，听说主子们要去泡温泉，那他们这些随身服侍的也能休息一天，都挺高兴的。结果刘冬月还没出门，就有自称是原陕西行都司都指挥使南司的师爷送了帖子来，说他们家老爷要去兵部武选司，十二月中旬就要到任，所以提前在这里等着李谦好做交接。

姜宪不懂这些，叫了郑缄过来，问："一定要做交接的吗？"

郑缄道："若是巡抚、总督，节制一方，无顶头上司，那就一定要做交接。可像南大人这样，到任时间定得急了，大可先跟巡抚交接，等到新官上任，巡抚再交回也是一样的。"

姜宪问："那他等我们做什么？"

郑缄看了李谦一眼，见李谦只是笑盈盈地望着姜宪，并不说话，只好笑道："怕是南大人觉得李大人年少有为，想在离开西安前见上一面，也好结个香火缘分。"

大家只好改变计划，准备接待南司。

晚上，李谦和姜宪窝在临窗的大炕上说着闲话："你有没有想过，以后我们的家会是什么样子？"

当然想过！姜宪支肘道："要有很多人，有个大花园，种很多的树，养一只猫、几只鸟。"还有一群孩子在花园里闹腾，乳母、丫鬟们紧张地跟在他们身后。最后这句话，她有点不好意思说。

李谦听了就宠溺地摸了摸她的头发，道："那好，我就让云林去把甜水井的那个宅子买下来。那宅子四进两路，内宅有个很大的花园，是仿照江南建造的，还有个暖房，和你喜欢的差不多。其余的，等我们住进去了，再慢慢修缮。"

姜宪笑盈盈地点头。

李谦又道："谢元希已经到了西安，这个宅子就是他推荐的。等明天见过南司，恐怕就得马上进城正式出任陕西行都司的都指挥使了，如此，你跟着我进城之后也有个落脚的地方。等把你安顿好了，我再去甘州上任。"

"你说什么？"姜宪像只被踩了尾巴的小猫似的，一下子跳了起来，"你……你要去甘州？陕西行都司在甘州？不是在西安吗？"

李谦也睁大了眼睛，道："你不知道陕西行都司在甘州吗？"

"我……我不知道！"姜宪心慌得厉害，她一直以为陕西行都司和都司都在西安。

李谦这时也看出来了。敢情他的保宁什么也不懂，只知尽力地为他争取……他有些哭笑不得，可更多的是感动。

"没事，没事。"他忍不住把姜宪抱在怀里，"陕西行都司隶属陕西，那些公文、上谕啊，都要落在西安，所以不管是行都司还是都司，家眷都安置在西安。我虽然在甘州，但也会常常回西安的。等再过两三年，我就想办法转到都司这边来。我们不伤心，好不好？"他说着，捧着姜宪的脸连连亲了好几口。

"那我随你去甘州吧？"姜宪沮丧极了，她不想和李谦分开，闷闷地道，"我一个人在西安不好玩，听说甘州的风景也不错。"实际上，她连甘州在哪里都不知道。

李谦当然求之不得，可他却舍不得姜宪吃苦，就骗她："可那里是军营，女眷都不能住在那里的。"

姜宪只好道："那离甘州最近的城镇是哪里？我住在那里行不行？"

西北最好的城镇就是西安了，李谦压根没准备让姜宪继续往西，笑道："陕西行都司虽然在甘州，但在西安也有个官署，在北大街，陕西都司旁边。陕西巡抚衙门和西安府衙则设在南大街，对峙而立。陕西巡抚夏哲、西安知府林玉、陕西都司都指挥使王成等人的家眷都住在衙门里，你住在西安，正好和她们走动走动。"言下之意，是让她和这些官眷们多结交，人都是走动得越勤越亲近。

姜宪点了点头，道："你放心，我会和她们好好相处的。"夫人的枕边风也是很厉害的，姜宪虽然不怕有谁会对李谦不利，但如果能轻易地解决事情，又何乐而不为呢？

第十七章
新　宅

　　姜宪和李谦在西安的家位于甜水井街的东头，绿树成荫，青砖灰瓦，在高门林立的甜水井街也是首屈一指。能找到这处宅院，可见谢元希很是花了些精力。

　　姜宪让刘冬月代她向谢元希道谢。

　　或许是这些日子太过奔波，谢元希显得有些憔悴，他对刘冬月笑道："这是我应该做的，郡主这样客气，倒让我受之有愧。"然后问起康祥云和郑缄来，"两位先生安排在哪里？"

　　这关系到李谦如何看待康祥云和郑缄。

　　刘冬月笑道："郡主让人将两位先生的家眷安置在了东路后面的芙蓉斋。说那边宽敞，正好给几位爷授课。"那里有后门，可以直通外面，离西安的贡院不过半个时辰的路。

　　倒是个颇好的安排，谢元希笑着颔首。

　　刘冬月起身告辞。送了刘冬月，谢元希转身去了李谦的书房。

　　这宅子是原西安首富董重锦的，听说李谦要买住宅，他主动找上门来，不但比市场价略低了一成，还把宅子里的陈设也留了下来。其中就有摆在正厅的一对三尺高的红珊瑚树、挂在书房的四张仇英的花鸟图以及内院正房里的一对汝窑梅瓶，至于宅子里一水儿的崭新黑漆家具、十二扇的落地镶百宝的屏风等，就不一一道来了。李谦虽然不关心这些，但他还是得把这些事告诉李谦。

　　今天李谦刚到，巡抚衙门那边应该会设宴款待李谦，肯定会喝酒。回来之后，李谦一定会到书房里醒醒酒再回内宅，他正好和李谦商量一下府里的事。比如，李谦去甘州，带哪些人去？西安这边的事务由谁出面打理？他一面帮李谦整理着书房，一面想着这些乱七八糟的事。

到了下午的酉时，李谦回来了。正如谢元希所料，李谦先回了书房。

谢元希问起今天去巡抚衙门的事："夏大人可还好？"

"有什么不好的？"李谦笑道，"我娶了嘉南，背靠着镇国公府和太皇太后，夏哲对我客气得不得了。倒是王成，的确如传言所说的，十之八九是个糊涂蛋，这种场合，居然提出去粉街喝花酒，夏哲的脸都青了。"

谢元希哈哈大笑起来。两人说起了府里的事。

李谦道："云林暂时先留在家里，想办法把家里的护卫锻炼出来。至于总管，我看刘冬月就挺合适，可他太年轻，怕是有些场合镇不住，但好在他跟着云林去福建历练了一番，如今行事越发有主见了。所以我准备让云林管外面的事，刘冬月管内宅的事，官场上的事交给郑先生，康先生就负责一心一意地把学堂办起来，最好是能办成个西安有名的私塾。人才难求，若是能收些家境贫寒而又能为我们所用的人，就更好了。你和卫属，都随我去甘州。"他说到这里，犹豫了片刻，才又道，"钟天逸向我推荐他弟弟钟天宇，你觉得这孩子怎么样？"

"我和天宇接触的也不多。不过，天逸看着嬉皮笑脸，心里却有数，他既然敢推荐天宇，想来也是不错的。至于二爷……"谢元希笑道，"您准备让他待在西安吗？"

"让他和嘉南做个伴儿吧，我看他挺讨嘉南喜欢的。"李谦笑道，"就让他暂时在西安住着，一来可以跟着康先生学些规矩；二来西安城里的纨绔不少，他能认识一些也好。"

谢元希哭笑不得。不知道李骥知道了他哥哥对他的安排后会不会愤而甩袖，不过，他也很赞同李谦的安排。李谦以后将长驻甘州，有李骥这个弟弟帮他出席西安高门大户之间的应酬，可以让李谦更好地融入西安官场。

和谢元希把一些琐事确定下来后，李谦回了内宅。他没让小丫鬟通禀，轻手轻脚地走了进去。

姜宪穿了件桃红色遍地金的褙子，抱着个掐丝珐琅的手炉，正站在宴息室指使着印彩等几个小丫鬟布置临窗大炕上的多宝阁："为什么要用仙桃盆景？这都快过年了，应该用茶花或金橘吧？"她面色红润，眼角眉梢都带着笑意。

不知道为什么，那样艳丽的桃红色穿在别人身上只觉得俗气，姜宪穿了却衬得她肌肤如玉，整个人看上去神采奕奕的。李谦一见就心生欢喜。这正是他想给姜宪的生活，无忧无虑，高高兴兴，就是烦恼，也只为多宝阁上摆什么物件而烦恼。

印彩笑着开口道："暖房里确实还种着金橘树和茶花树，再过几天，蜡梅也开了。等会儿就让暖房的人拿几盆金橘和茶花摆上，过几天，再添几盆蜡梅。"

姜宪原本不过是随口说说，闻言不禁笑道："花园里的暖房还能用啊，是谁在那边侍弄呢？"

印彩道："是原来的屋主留下来的人。说是他那边也没有暖房，花木上的人就用不着了，不仅把人留下来了，卖身契也一并留了下来，在七姑手里。那几个人生怕郡主不要他们，我们刚到，就急急地打听谁管事……我去看了看，那些花木确实种得不错，郡主要是得了闲，可以看一眼。"

姜宪很感兴趣，道："那就等我们忙完了带过来我看看吧。"

印彩笑着屈膝行了个礼，道："这可是他们的造化。"

姜宪还想问问蜡梅的事——现在可不是蜡梅花开的季节，可一抬脸，眼角的余光却瞟见了静静地站在门口的李谦。

她不禁嘟了嘴，娇嗔道："你什么时候回来的？也不作声，吓我一大跳。"

李谦立刻笑着走了过去。想到她刚才那似笑非笑地瞥着看他的眼神，李谦心里忽然火辣辣的，忍不住抱住了姜宪，在她的耳边低声道："我这不是见夫人在忙，不敢打扰吗？"

李谦嘴里呼出的热气扑在姜宪耳朵上，让她的耳朵瞬间变得红彤彤的，腿脚也有些发软……

翌日，姜宪起床后，笑盈盈地去了暖房。

或许是因为要卖给李谦，暖房里井井有条，培育出的用来过冬的水仙花和茶花、蜡梅正在抽条，水壶、铲子也都整整齐齐地放在角落里，没有半点杂乱。

负责暖房的是个五十来岁的老汉，姓胡，名三，带着几个婆子畏畏缩缩地站在那里，眼也不敢抬一下："东家走的时候嘱咐了，这些花草都是送给郡主的，里面还有几盆墨兰、一盆状元及第茶花、一盆三色锦牡丹……"

就这几盆花已是价值不菲了，这个姓董的倒会做人。姜宪笑了笑，倒并没太放在心上。

看了暖房的花，回到屋里，已经到了用午膳的时候，李谦还没有回来。姜宪问百结李谦的踪迹。

百结道："刚才差了人去问，说是大人今天一早上都在和谢先生说事，不久前和谢先生一起出了书房，走到半路上遇到了钟二爷，大人便又回了书房，此时应该正在和钟二爷说话。奴婢这就遣人去催催大人。"钟二爷指的是钟天宇。

这个时候去催李谦，像赶客似的。姜宪摇了摇头，道："不用！你去问问大人要不要留客人用饭就行了。"

百结应声而去。可她刚撩帘子出去便又折了回来，笑吟吟地禀道："郡主，大人回来了。"

姜宪迎上前去。

西安的冬天比太原还要冷，李谦穿了件玄色的貂皮袄，衬得他肤色更加白皙。他接过小丫鬟递过来的暖炉暖了暖手，这才去牵了姜宪，笑着吩咐丫鬟们摆膳，并主动和姜宪解释起刚才的事来："钟世叔派了个管家来，钟天宇就带着管家来见我了，说高家有意和钟家联姻，问我的意思。钟世叔估计是听说了什么，怕我对高伏玉不满，所以特意来知会我一声，可这种事我怎么好插手？我说好，若是钟家小姐嫁到高家去之后不如意怎么办？我说不好，若是钟小姐以后找不到更合适的女婿怎么办？"

姜宪听着心中一动，上位者的一句无心之语，有时会被下位者过度猜测。李麟代替李谦主持冬练，李谦擢升陕西行都司都指挥使，加之李谦舍弃了高伏玉的弟子而让谢元希跟在身边……发生了这么多事，怎能不让人心有猜测？但能专程派人过来跟李谦打招呼，钟家已然明确地表明了自己的立场。

姜宪抿着嘴笑，道："我倒觉得高钟两家联姻不是什么好事。"

李谦知道姜宪绝不会无缘无故地说出这样的话，不由得沉思了片刻，才道："保宁，你是觉得让爹的那些旧部搅和到一起不好吗？"

当然不是，那些人愿意干什么就干什么，她才懒得管呢。可她要确保钟天宇这个未来的战神全心地忠于李谦，不要搅和到那些钩心斗角里去。姜宪点了点头道："如今李家正是扩张的时候，联姻是最直接有效的手段，钟世叔既然问你意见，那就是想忠于你。你们不寻思着把钟小姐嫁出去，反而许配给了自己人，这样下去，李家旧部抱成一团，外面的人越发难以融进来，他们盘根错节，你行事只怕也会受阻。百弊而无一利，我看不出两家结亲有什么好。"

李谦听了微微颔首，道："这件事我要好好想想。"

姜宪则破天荒地关注起这件事来。

过了几天，她问李谦："钟家的管家回去了吗？"

"回去了。"李谦感觉到姜宪对自己的事的重视，不禁亲昵地亲了亲姜宪的鬓角，低声道，"我已经跟钟世叔说了，两家的婚事估计成不了了。不过，我也答应了钟世伯，你以后会为钟大小姐留意的，这件事可就交给你了。"

姜宪想到已经出阁的白愫和即将出阁的金媛，忍不住笑道："我都快成媒婆了。"

"媒婆好啊！"李谦打趣她，"媒婆有鞋穿。"按风俗，亲事成了，说亲的人家是要送媒婆鞋的，答谢媒婆跑了腿。

姜宪抿着嘴笑。

李谦又亲了亲她面颊，这才出门。

南司已经起程回了京城，蔡霜还没有到任，夏哲等人却今天你做东、明天他做东地给李谦洗尘，弄得李谦只好每日奔波在这些宴请中。甚至夏哲的夫人也以家里的山茶花开了为由，请姜宪下个月到巡抚衙门后面的官署赏花。

姜宪对这些官眷们已经有了初步的了解。前几日，李谦就已将西安官员的背景摸了个清楚，做成册子，给了姜宪一份，姜宪让百结保管着。这将是姜宪第一次出现在西安的官眷们面前，她这几天正在做新衣服和新首饰。

正和百结说着话，情客进来禀道："郡主，陆大小姐托人四百里加急，给您送了一封信来。"

姜宪一愣，问道："陆大小姐？太原教谕陆大人家的千金？"

"是。"情客道。

姜宪不免有些奇怪。陆家是文官，加急文书要借助兵部驿站，这可不是普通人能走得通的关系。陆家清贫，居然舍得花这银子？

"拿来我看看！"姜宪的话里有着她自己都没有察觉的焦急。

情客拿了信过来，姜宪拆开一目十行地看了起来。她这一看不打紧，气得差点肺都炸了，一巴掌把那封信拍在了炕几上："高妙容是不知道自己是个什么东西了吧？竟然什么事都敢做！也不照照镜子看看自己有没有那个身份！"

情客在姜宪身边服侍了十几年，第一次见到姜宪发这么大的脾气，只觉平日里那双温和的双眸此时寒星一样闪烁着清冷的光芒，没有一点儿温度。她不寒而栗，连上前搭句话的胆量都没有，和百结两个垂头立在一旁做缩头乌龟。

姜宪吩咐情客："给我准备纸墨，我要给承恩公写封信。"

屋里的人全都战战兢兢的，大气都不敢出，整个内宅里像凝上了一层冰。

迈步走进的李谦眉头不由得紧紧地锁成了个"川"字，他轻声问迎上来的冰河："出了什么事？"

冰河声音都不敢太大："郡主接了信封就发起脾气来，现在正在给承恩公写信。"姜宪骂高妙容的话，大家都听到了。可高妙容很小就来了李家，在何夫人身边长大，就差收高妙容当养女了，她的事还轮不到他们这些仆从置喙。

在给曹宣写信吗？李谦的脚步顿了顿。他发现，姜宪和曹宣的关系非常好，姜宪有什么事总是喜欢让曹宣去帮她办，而曹宣也很喜欢帮姜宪的忙。可他又很清楚，姜宪和曹宣没有情愫，不然哪有白愫什么事？想到这里，李谦笑着摇摇头，把这些想法抛到了脑后——他相信自己并不比曹宣差。

李谦大步走进厅堂，撩帘进了当作书房的西梢间。姜宪正端坐在书案前写信，雪白的脸绷得紧紧的，一双黑白分明的妙目寒光四射，像把出鞘的剑。

这样的姜宪，是李谦想都没有想到过的，他有片刻的恍惚。

难道这才是保宁的真面目？他想到保宁去抓方氏和赵翌的把柄。赵翌还是皇上呢，她都无所顾忌。可她在他面前从来都是明快宽和的，甚至带着小小的促狭之心，是因为他是她喜欢的人吗？就像他自己也有很多面，可在姜宪面前，却永远会摆出最好的那一面来取悦她一样。念头闪过，李谦心悸不已。

李谦上前，没等姜宪反应过来，已紧紧地抱住了姜宪，轻吻了一下她的头顶，低声道："天气这么冷，有没有出去？我听郑缄说，这几天怕是要下雪了。我已经让人去收购银霜炭了，你别为难自己，使劲用就是了。再不济，我去夏大人那里讨一点儿，别把自己冻着了。"之前他没想到会到陕西任职，过冬的炭买得不够。

姜宪笑道："你还怕没有人孝敬不成？放心，我们都不会冻着的。倒是你，怎么这么早就回来了？外面很冷吧？你身上都透着寒气呢。"

她说这话的时候表情微霁，五官都变得和煦起来，神色恢复了从前的温雅。

李谦忍不住就亲了亲她的面颊，道："都是有家室的人，话说完了就散了，在外面待那么长时间干什么？也不过是吃吃喝喝。"

姜宪抿着嘴笑。莫名地，李谦就有种姜宪肯定知道夏哲等人去喝花酒了的感觉。他有些不自在地轻轻咳了一声，道："我听小丫鬟们说你今天心情不好，出了什么事？"

说起这件事，姜宪的柳眉又竖了起来。她把屋里服侍的打发了下去，和李谦坐到了临窗的大炕上，压低了声音道："陆大小姐给我写信，说高妙容想让自己的哥哥高妙华娶她为妻，却不光明正大地上门求亲，反而在袁三小姐办花会时设计让她和高妙华同处一屋。如今这件事被有心人传了出去，太原城里沸沸扬扬。她母亲之前因为她父亲得罪了庄大人一事吃了不少苦，如今再也受不住了，和她父亲商量好，如果高家来求亲就认下这门亲事。"

李谦张大了嘴巴，惊讶得半天都说不出话来。

姜宪不禁叹气，道："若是两情相悦也好，可偏偏陆大小姐瞧不上高妙华的人品学识，宁愿出家也不愿嫁给高妙华。她怕高家上门求亲，父母会把她嫁给高妙华，就写了信来求我。我觉得，这件事还得你帮着出面解决才行。"

李谦愕然："既然如此，你为何写信给曹宣？"

姜宪道："我是不愿意看见陆大小姐被高妙容摆布，可陆大小姐名誉受损，只怕以后很难嫁个如意郎君。我写信给曹宣，是让他帮着去吏部走一趟，看看陕西有没有什么空缺，把陆大人调到陕西来，陆大小姐也就可以避开那些流言蜚语了。陆大人这个人虽然孤高，可行事却公正，治学是把好手，若是能把他调来，以后康先生和郑先生办书院也有个搭手的人，到也算得上是一举多得了。"

听姜宪说要帮陆大小姐的时候，李谦虽觉得本应如此，可因此就把陆大人调到西安来，他还是觉得有些小题大做了。

"要不要这么麻烦？"他道，"吏部那些人向来不怎么好说话。"

人情是越用越少。在他看来，陆家还没有重要到能让姜宪去动用这些人情。

姜宪冷笑，道："这件事若不是高妙容惹出来的，我犯得着这样大费周折吗？不管怎么说，在外人眼里她是在你们家长大的，是何夫人教养出来的，事情传了出去，你以为只是丢了高家的人吗？那高家又算个什么东西！若不是依附着李家，谁知道他们高家是从哪个旮旯里冒出来的？陆家又是为了什么准备答应这门亲事？"

陆大人即便只是个学正，那也是朝廷命官，高妙容哪来的胆量？不过是仗着和李家的关系而已！但李家连腿上的泥都还没洗干净，在那些真正的高门大户眼里，是连吃饭穿衣都不会的人家，只是因姜宪愿意嫁给他，这才给李家的门楣上镀了一层金。可这毕竟是一层镀金，能不能借着这个机会变成纯金，还需要李家几代人的努力。他的亲弟弟都还在夹着尾巴老老实实地做人，高妙容倒好，居然闹出这种事来，这让李家人以后走出去怎么挺得起胸膛、抬得起头！

李谦气得脸色发青，不由得握住了姜宪的手。他都这样气愤，更何况向来好面子的姜宪？李谦歉意地望着姜宪。

姜宪的表情就更温和了，道："这又不是你的错，你这样看着我干什么？难道是要替高妙容向我道歉不成？"

这话说得酸溜溜的，话一出口，连姜宪自己都吓了一大跳。

李谦却忍不住"扑哧"一声笑出来。他起身坐到了姜宪的身边，搂着她的腰，轻声呵斥道："胡说些什么！她是我什么人？你又是我什么人？"

姜宪却有自己的委屈，道："这件事传出来之后，公公原本是想请高氏兄妹搬出去的，何夫人却为她求情。高伏玉也亲自向公公道歉，说会好好管束高妙容，这件事便就这样算了。我还以为你也会维护高妙容呢。"

李谦并不意外，何夫人对高妙容的喜爱是阖府上下都知道的。有一段时间，何夫人还异想天开地想让高妙容嫁给他，结果话一出口就被李长青狠狠地教训了一顿，从此再也不敢提这件事。想到这里，李谦的目光一冷。他捧在手心里的宝贝，自己都舍不得让她皱一下眉头，旁人凭什么在她面前耀武扬威！

"这件事我来跟爹说。"李谦心疼地亲了亲姜宪的鬓角，道，"高伏玉既然不想搬，我们也不勉强，但高妙容必须立刻远远地嫁了，不然就让高妙华自立门庭。"

总之，高家要和李家分开，绝不能让高家影响了李家的声誉。

"还有曹宣那里，你代我谢谢他。"李谦继续道，"我们家的事，他帮了不少忙，我都记在心里，以后有用得到我的地方，让他只管开口。"

这个人情不能让姜宪背，这是他的事。

"何夫人那里我也会跟爹说的。"李谦沉声道，"如果说得通最好，她毕竟是李家的主妇、李驹的亲娘；若是说不通，就把冬至接过来，由你管教。家里的中馈，我请大堂姐帮着打理，让她诵经念佛去。"

姜宪讶然地望着李谦。她素来知道他是个果断之人，可没想到他会这样利落，三两下就把所有的事情都安排好了。

李谦却有些愧对姜宪，他垂了眼帘，轻声道："保宁，家里乍富，不免有些把持不住，你多担待些，也多指点他们一些，独木难成林。我想，你既然给我找了这样一条捷径，我也不能辜负你才是。如今边关正是多事之秋，可也正是建功立业的好时机，最多五年，我不坐上陕西都司都指挥使的位置，也要兼任陕西总兵，之后，就在西安好好地陪着你。"

姜宪相信李谦此时说的话是真心实意的，只是时过境迁、世事难料，她抿着嘴笑道："那你可要记得你说过的话，以后要好好地陪着我。"

李谦郑重地点头，把姜宪抱在了怀里。

姜宪依在他的肩头，却突然"哎呀"一声，坐直了身子。

李谦忙道："怎么了？"

"这件事得快！"姜宪道，"之前钟家来问你意思的时候，我还只是想着不能让钟家和高家结亲，如今看到陆大小姐的信，这才想到一个大问题——高家之所以还没去陆家求亲，肯定是高伏玉想和钟家结亲，如果钟家明确地回绝了高伏玉，那高伏玉岂不是就会向陆家求亲？毕竟事情已经这样了，趁机娶了陆大小姐过门才是正理，既可以平息了这场风波，还给了公公一个台阶下。偏偏曹宣那里不可能立时有音信……陆大小姐难道还是要受高妙容的摆布？"这是姜宪最不想看到的。

李谦也不想看到，若高家和陆家结了亲，等同李家默认了高妙容的所作所为。他挑了挑眉，冷笑道："我这就写信给爹，让云林回一趟太原。"说完，他略一沉思，道，"保宁，你也写一封信给陆大小姐，给陆家吃一颗定心丸，免得他们心里没底，贸然答应了这门亲事，弄出一对怨偶来，到时候连累到李家。"

姜宪点头，吩咐百结去拿文房四宝过来，又问李谦："你真准备让小姑过来跟着我吗？"

"那是自然。"李谦道，"你看看何夫人这些年来办的这些事，冬至要是再跟着她，恐怕要被毁了。"

云林收好给李长青和陆大人的信，带着干粮就上了路。

站在正房的屋檐下，姜宪望着庭院里开得正热闹的山茶花不由得叹气："但愿能赶得上。"

虽说就是定亲了也可以退亲，可退亲比拒亲麻烦多了，也把高伏玉得罪得死死的了。虽说李谦不怕，可姜宪却担心李长青心里不好受。李长青这个人颇为念旧，若是因为这件事和高伏玉生罅隙，他未必愿意。若没有李长青的支持，李谦说出去的话不能落实，对李谦的威严会是个很大的打击。但也没有其他的办法，现在是绝对不能继续留高妙容在李家影响何夫人和李冬至了。

这样过了两三天，太原那边传来好消息，何瞳娘和金城将于明年的元月二十八日定亲，次年的三月一日成亲。姜宪让人准备了贺礼。

东西还没有送出门，何大舅太太的信又到了。她在信中很委婉地说起了高家的事，而且提醒姜宪，高小姐年纪不小了，不能因为李家的事总是这样麻烦她，应该放高小姐归家，好好地说门亲事，居家待嫁才是正经。

姜宪不禁莞尔。何夫人也算是个奇葩，娘家嫂子如此精明，自己的女儿也很聪慧，却偏偏她自己是个拎不清的。姜宪回信，把李谦的意思告诉了何大舅太太，让何大舅太太帮着劝劝何夫人，免得何夫人又要替高妙容出头。

寄了信，又过了个腊八节，李谦就开始准备去甘州的事了。姜宪很是不舍，李谦更是每天晚上都要抱着姜宪说悄悄话。从暖棚里新栽了什么花树，到灶上的婆子哪道菜做得好吃，全是些家务琐事，可不管是李谦还是姜宪都兴致勃勃。这是他们两个人的宅子，是真正意义上的第一个家，这里的一草一木、一桌一椅都让他们心生欢喜。

姜宪觉得，这样的日子以后恐怕不会常有。等李谦去了甘州，估计就像出了笼子的鸟，感受到天地之壮美、天空之辽阔后，就再也难安安逸逸地跟她待在这个小小的院落里了。她紧紧地抱住李谦的腰，把脸埋在了李谦的怀里。

结果到了既定的日子，李谦却没有走成，因为蔡霜到了。据百结说，蔡霜是个美男子，看起来不过二十一二岁，剑眉星目，温润儒雅，不像个武将，像个玉树临风的江南士子。

姜宪有些意外，而让她更意外的是，蔡霜居然托邓大小姐之名欲来拜访姜宪。姜宪却无意见他，她只想早点儿把这人踢走。一个马上要被踢走的人，她有什么必要认识？百结说，蔡霜很失望。

姜宪没有理会，因为白愫来信了。白愫告诉姜宪，她和金媛在姑嫂寺遇到了，两人一起去上香求签，还一起用了斋饭。据金媛说，金媛和邓家的婚事算是把邵家给彻底得罪了，金媛的祖母想缓和和邵家的关系，便让金宵娶邵二小姐为妻。金宵的父亲金海涛不同意，但金夫人却和金媛的祖母站到了一条线上，两人极力要促成这门亲事。估计金宵这次，十之八九要和邵二小姐定亲了。

白愫言辞间颇有些可惜的味道，姜宪却不以为然地撇了撇嘴。女子在婚姻上原本就吃亏，金宵委屈点儿又能怎样？天下哪有十全十美的事，至少金城和金媛的婚事都不错，他也应该知足了。姜宪只关心白愫如今过得怎样，偏偏白愫只写了短短的一句"我一切安好，毋挂念"，这让姜宪心里痒痒的。她索性派七姑随车去京城送年节礼，顺便打探白愫是不是真如她所说的那样一切安好。

七姑走了之后，家里的年味就更浓了。夏夫人举办了一次所谓的赏花会，正式地给姜宪接风洗尘。姜宪穿了件鸦青色凤尾暗团花的褙子，梳了个坠马髻，戴了太后赏给她的八宝点翠大花，去了陕西巡抚衙门。

　　夏夫人四十来岁，保养得很好，看上去不过三十岁出头的样子，中等个子，身段却苗条，容长脸，丹凤眼，精明外露，看上去不像是个好相处的人。她和夏哲生了三个儿子一个女儿，长子和次子都已经成亲，在老家九江，长女和幼子跟着他们在任上。夏大小姐今年十四岁，和姜宪同年，据说十二岁的时候就能帮着夏夫人协理家中事务，如今家中的宴请事宜都已交给了夏大小姐。几位夫人对夏夫人治家赞不绝口。姜宪见夏大小姐行动间很是利落，说话也颇有主张，知道几位夫人所言不虚，对夏家好奇起来。心道不知道这夏哲会不会和李谦好好合作，要是不行，就得换个陕西巡抚才是。

　　姜宪走了一会儿神，夏夫人便郑重地向她引见夏大小姐。夏大小姐恭敬地给她行礼，可到底年轻，神色间流露出了些许不自在。这也不怪夏大小姐，毕竟被人捧惯了，突然间尊一个和自己年纪差不多的女子做长辈，换谁谁也受不了。

　　姜宪赏了她一块喜鹊登梅的羊脂玉玉佩。

　　夏夫人又向她引见了巡抚衙门里几位有诰命在身的夫人，不外是些文官的家眷。越是精明能干的，在没有摸清楚姜宪的性子之前，越是低调内敛，连脸上的笑容都差不多，客气而矜持。这些夫人年纪都在三十五六岁开外，比姜宪大了一个辈分，没有特别有趣的人和事，姜宪也就是个面子情，说着些没着落的闲话，虽然气氛不错，但众人都像在演戏似的，反而没有在太原时有趣。

　　姜宪想起了鲁夫人，她都随着李谦来了西安，鲁夫人却仍给她送了年节礼。那年节礼里有只锦鸡，说是听人说她喜欢，特别叮嘱农庄的庄头帮着买的；还有几坛从京城带回来的二锅头，是给李谦的，显然很是用心。也不知道西安有没有像鲁夫人那样有趣的人，至少可以一起说说哪里的胭脂水粉好，比坐在这里听几位夫人议论谁家的儿子会读书、谁家的女儿贤淑有意思。

　　此时夏大小姐已经调整好了心态，恭敬地指使着丫鬟给姜宪沏茶。嘉南郡主的大名，她可是听说已久。小时候跟着父母进京拜访在京为官的舅舅，就听人说起过嘉南郡主如何深受圣宠，她那时候听了满心羡慕。等她长大了，跟着父母在西安任上，则听到嘉南郡主如何跋扈，和人一言不合，把人家的丈夫压在了山西动弹不了不说，还断了人家娘家兄弟的仕途，她听了又深觉惶恐。

　　此时面对姜宪稚嫩的面孔，不要说夏大小姐，就是夏夫人也在心里嘀咕半天才能压下心底的不自在，把姜宪当成同辈之人来敬重。好在姜宪并不像她们想象中那样狂妄自大、目下无尘，虽谈不上有多热络，但也时不时地应上两句，这让夏夫人长长地松了口气。

这时，有婆子小跑着进来禀告，陕西都司都指挥使王成的夫人到了。夏夫人亲自去迎接，两位丈夫在陕西都司任职的夫人忙跟着夏夫人一起出了门。

西安知府林玉的夫人毫不掩饰自己对王夫人的不屑，冷冷地笑了一声，对身边陕西按察使杜良的夫人道："等会儿你记得和我一道，不然休想我再去你家做客。"语气非常亲昵，一听就知道两家的关系非比寻常。

立在姜宪身边服侍的百结忙在姜宪耳边轻声道："据说杜夫人的娘家嫂嫂是林大人姐姐。"

姜宪没作声。

外面传来一阵爽朗的笑声，夏夫人陪着个身材高大的妇人走了进来，两位丈夫在都司任职的夫人则小心翼翼地簇拥着那位妇人。姜宪知道这就是王夫人了，不由得仔细地打量了一眼。

那位王夫人看上去比夏夫人大七八岁的样子，五官周正，皮肤微黑，就是身材似男子，不仅高大，而且健硕，夏夫人站在她身边像个小姑娘似的。王夫人生了两个女儿，大女儿已经出嫁，小女儿今年十二岁。因为没有儿子，又不同意王成纳妾，两人之间纷争不断，据说她还曾追着王成打过。姜宪觉得，还是武将的妻子有意思。

夏夫人向姜宪引见王夫人。王夫人应该已经私底下打听过她了，可是见到她的时候还是忍不住露出惊讶之色，顿了顿才道："郡主生得真单薄，西安很冷，不知道郡主习惯不习惯？"

姜宪笑道："还好。家里生了地龙，倒和京城没有什么太大的差异。"

"那就好，那就好。"王夫人面对着年纪可以当她女儿的姜宪，实在是不知道说些什么好。

姜宪抿着嘴笑了笑，请王夫人坐到自己的下首，主动和王夫人说起家长里短来："听说王二小姐跟着你们在任上，今天怎么没有带出来凑个热闹？"

听到姜宪问起自己的小女儿，王夫人的神色不由得温和起来，笑道："小姑娘家不知道轻重，今天就没带她出来，以后有机会再带她去给郡主问安。"

今天的贵妇们都没有带小辈，想来是第一次和姜宪见面，拿不定姜宪的脾气，所以不敢随意为之吧！姜宪感受到了在京城时的尊敬。这也许与李谦的擢升有关，姜宪心中暗道。

和王夫人说了会儿话，那边的宴席已经摆好了，大家说说笑笑地去了旁边的暖阁。吃的是京菜，姜宪说不上喜欢却也不讨厌。饭后大家去后花园赏梅。

　　说是赏梅，不过是片一亩大的梅林。姜宪见过上林苑约百亩梅林，这样的景致就有点不够瞧了，但她还是耐着性子跟着众人在梅林里走了一圈，说了些应景的话，等用了晚膳才回甜水井。

　　李谦早已在家里等了，见她进来就握了握她的手，感觉凉凉的，忙吩咐印彩给姜宪拿了个手炉过来，并笑着问她："今天好玩吗？"

　　"还行。"姜宪道，"几位夫人都很稳重，别的不好说，至少不会出现像庄夫人那样的事。"

　　李谦松了口气，他最怕自己不在的时候让姜宪受了委屈："那我明天就和蔡霜一起去甘州了。"他已经耽搁了太久，不能再拖下去了。李谦轻轻地抚了抚姜宪的脸庞，还没有走，眼底已是满满的不舍。

　　姜宪鬼使神差般踮脚亲了亲李谦的嘴角，低声道："别担心，我在西安等你。"

第十八章
来　信

夜里，下起了雪，而且越下越大，等到早上起来的时候，已经能没过脚。

姜宪有些后悔。早知道这样，就应该让李谦提前几天去甘州的，如今大雪纷飞，在路上染了风寒怎么办？她用早膳的时候嘴角绷得紧紧的。

李谦不由得又心疼又欢喜，道："我从前常在这样的风雪天里赶路，没事的，我已经有经验了。何况这次去甘州赴任还有个蔡霜陪着，不会有什么事的。你高兴点儿，不然我走得也不安心。"

姜宪勉强朝李谦笑了笑，也知道李谦不能再留了，索性让人去叫了常大夫进来，让他跟着李谦一起去甘州。

常大夫当场就蒙了。他这两天刚把药铺铺子看好，请了牙行帮着租下来，却突然冒出这事儿。可他怎么敢反驳姜宪？常大夫只好求助地望着李谦。李谦觉得有些小题大做，可姜宪的话都已经说出去了，他只好装作没看见，低头轻轻地咳了一声。常大夫跟着李谦去过一趟四川，对李谦颇为了解，见这情形知道这件事已经没了回旋余地，只好摸着鼻子准备出行。

常忍冬知道了忍不住闯了进来，要见姜宪。

姜宪知道他要说什么，没等他开口已道："我只是让常大夫护送大人去甘州，过几天就回来了，你着什么急？"又道，"若真有什么事，不是还有你吗？"

常忍冬一口气被堵在了嗓子眼里，只好去和牙行的人打交道、收拾铺子。

李谦原本想把西安这边的事都交给云林的，突然出了高妙容的事，把他的安排都打乱了，只好将家里的事临时交给了刘冬月，因而在吩咐刘冬月时心情有些烦躁。想了想，他叮嘱刘冬月："郡主不是个喜欢管事的人，太原那边你盯紧点儿,别出了什么纰漏。若是有什么为难,你要及时告诉我,我来跟那边说。"

刘冬月恭敬地应"是"。

姜宪把李谦送到了大门口。屋顶、树木、街道,都变成了白茫茫的一片,雪花大片大片地落下,盘踞在车顶、油纸伞上,久久不愿离去。姜宪掸了掸李谦肩头并不存在的雪花,目光沉重地送李谦上了马车。

李谦撩了车帘,温声对姜宪道:"快回去,外面风大雪大,别冻着了。"

姜宪笑着点头,但还是看着李谦的马车离开了甜水井,雪地里只留下几道车轮碾过的深深辙印,这才慢慢地转身回了内院。

下午,情客拿着封李雪的信进来。姜宪很惊讶,赶紧拆开信一目十行地读了起来。

原来云林已经到了太原,也把李谦的信给了李长青。只是李长青之前已经原谅了高妙容,这个时候再去插手,心里有点过不去那道坎。可紧接着,钟家明确地回绝了高家,且是以高妙容为由做的回绝,这就给了李长青一个机会,趁机提出让高妙容远嫁,免得拖累了高妙华。高伏玉自然是不答应,他深思良久后,提出让高妙华和高妙容兄妹搬出去住。这正好应了李谦其中一个想法,李长青同意了。谁知道这时李麟却跳了出来,非要娶高妙容为妻。

李雪是李麟的姐姐,她当然不同意,所以写了这封信,让人八百里加急地送到了西安。她想让姜宪跟李谦说说,让李谦阻止这门亲事。李雪在信中道,她绝不会同意这样一位弟媳进门的!

姜宪看完信,都不知道该说什么好。这个李麟是真心喜欢高妙容的吧?可他到底知不知道自己在干什么?家有贤妻灾祸少,所以真正立家百年的世家不会以陪嫁论婚姻,而是看品行。他这是不想子嗣后代能出人头地了吧?

姜宪皱着眉头把信放在了一旁。若是李谦还没去甘州,她肯定就直接把信转给李谦,如今……她决定自己来处理这件事。她先给李长青写了一封信,阐明了自己的观点。然后又给李雪写了一封信,把李谦的情况告诉了她,并建议她去求李长青。只要李长青不答应这门亲事,李麟就不可能如愿以偿。

这封信寄出去没两天,姜宪收到了李冬至的来信。

李冬至先是表达了对李谦和姜宪的感激,说她待在家里却无力劝阻母亲,有时候不免伤心难过,能跟着李谦和姜宪在西安,她觉得很好,这样她母亲就可以一心一意地照顾父亲了。然后告诉姜宪,高家去向陆家求亲,却被陆家拒绝了。高妙华恼羞成怒,说陆大小姐不检点,还说若不是因为两人曾经同处一室，他是绝不会娶陆大小姐这样要家势没家势、要相貌没相貌、要陪嫁没陪嫁的"三无"小姐的。之后这话被施三小姐等人传得沸沸扬扬，陆夫人气得病倒了，陆大人也气愤地说出了"还好没有和高家结亲，不然有个这样的亲家，以后陆家几姐妹的亲事都不好找了"的话。

可就算这样，李麟却依旧要娶高妙容为妻。他还说，他和高妙容青梅竹马，对高妙容的德行最清楚不过，现在这些流言蜚语不过是陆大小姐在恶意中伤，求李长青答应他和高妙容的婚事。

最后李冬至告诉姜宪，快到年关了，她在家里过了元宵节就起程来西安。

姜宪看完信不由得着急起来，第一次觉得西安离太原还是挺远的。这样你一封信、我一封信的，等消息传到她这里来早已是明日黄花，成了定局。她寻思着要不要再派个人去太原，务必把高妙容推给别家，要害，也害别人家去。因此她给李雪去了一封信，让李雪一定要担起李家的中馈来。不然一个何夫人、一个李麟，就能让这个家鸡飞狗跳，不得安宁，惹得市井之人议论。随后她又让人给李谦送信，把情况跟他说了说，还让他写封信给李长青，且言辞最好严厉些，让李麟别再掺和在这其中。

可还是晚了。小年夜，姜宪收到云林的八百里加急。陆太太实在瞧不上高妙华，决定铤而走险，照姜宪的话去做。可李长青却没能顶住高伏玉和李麟的双重压力，答应了李麟和高妙容的婚事，两家定下年前定亲，年后下聘，三月初一成亲。不过，李麟成亲之后虽然依旧在总兵府当值，但李长青已经决定让李麟以李家长房的名义分府而居，正在到处帮李麟打听合适的房子。

何夫人很是欢喜，觉得心里的一块大石头终于落了地。

李雪却快急疯了，几次去找李长青。可是李长青也没有办法，李麟毕竟只是侄儿不是儿子。如今侄儿要成亲，做叔父的如果不仅不帮着侄儿重振家业，还处处反对，传扬出去名声就完了！所以他明知高妙容不妥，心里也只能抱着一丝侥幸答应下来，盼着高妙容嫁给李麟之后会好好过日子。

李雪因为这件事差点打了李麟一耳光，李麟面无表情地走了，自此再也没去探望过李雪。李雪原本觉得自己是孀居之人，不想抛头露面地主持叔父家的中馈，可那没能扇到李麟面上的耳光却让她恍然大悟了一般，不仅答应了主持李府的中馈，还雷厉风行地帮李麟找起房子来，似乎恨不得李麟立刻就能搬出去。

怎么会有这么蠢的人？李麟应该是个精明人才是啊！姜宪百思不得其解，还是情客劝她的话提醒了她："郡主，我觉得这件事您就别管了。这个家里到底是老爷当家，他老人家要是不想同意，就算麟大爷再怎么哭喊他老人家也不会同意的。照我说，说不定老爷是见麟大爷闹得太过分，不想管这件事了呢。"

姜宪听着不禁心中一动。李长青为了李谦不惜要养废李骥、打压李驹，却对和李谦年龄相当又占着李家长房长子长孙位置的李麟异常疼爱。人到底是自私的，谁敢保证李麟娶高妙容不是李长青纵容下的结果呢？而李谦作为李麟的兄弟，在这门亲事上曾提出反对，还派了自己的心腹回去处理，那以后李麟就算是家宅不宁也怪不到李谦的头上来。

姜宪微微地笑，对情客道："你说得对，这件事我不应该再管。只要李雪能帮我看着何夫人，李骥能成为大人的左膀右臂，冬至能安安稳稳地嫁个好人家，这个家就大局已定，没有什么好担心的——皇上还有三门穷亲戚呢，何况是我？"说完她又吩咐情客，"等会儿我要去康太太那里坐会儿，你去说一声。"

李冬至要来了，在她看来，与其由她教，还不如继续将李冬至交给康太太，到时候也能和康家两位小姐做个伴儿，让李冬至知道什么是真正的大家闺秀。

又给李谦去了封信后，姜宪便喊了刘冬月进来，询问他送年节礼的事。这是李谦到西安后第一次和上司、同僚的往来，她很重视。

刘冬月把礼单报给姜宪听："夏大人那里是按五百两银子准备的，其中金豆子三十两、江南六月雪大米五石、猪肉两扇、羊肉两扇、活鸡二十只、活鸭二十只……王大人那里按四百两银子准备的……杜大人那里二百两银子……"

事无巨细，一切都说得清清楚楚。

之后又说起李谦几位下属送给他们的年节礼："李金事送了约三百两银子的东西，其中湖广的京山桥米二石、猪肉两扇、羊肉两扇……陈金事送了……"新上任的蔡霖也送了大约三百两银子的年节礼。

林林总总的，总共收了二三千两银子的年节礼。

姜宪吩咐道："大人下属送的这些东西，你就照着还回去好了。"

刘冬月恭声应是。

印彩快步走了进来，急声道："郡主，七姑回来了，同来的还有大姑奶奶。"

大姑奶奶？谁啊？姜宪眨了眨眼睛，试探道："是李雪吗？"

"是啊。"印彩忙道，"说是日夜兼程赶过来的。"

"快请！"姜宪道，心里却很茫然，压根猜不到李雪为什么会来，而且还是在这个时候。难道太原那边又出什么事了？

李雪和七姑都很憔悴，看得出一路风尘仆仆。

姜宪忙上前几步热情地握住了李雪的手，甜甜地笑道："大姑奶奶来怎么也不提前说一声？我也好跟大人说一声，让他抽空赶回来。"

李雪愣住了，问："阿谦不在西安吗？"

看来又是一个和自己一样不知道陕西行都司在哪里的人。姜宪想着，笑道："陕西行都司在甘州，大人去了任上，前几天来信说二月份才能有空回来一趟。"

李雪有点傻眼，半晌无语。

姜宪觉得李雪多半是为了李麟来的，毕竟不管怎么说，李麟也是她兄弟。

"外面冷，我们进屋说话吧。"她笑着拉着李雪往屋里去，又朝七姑和情客使了个眼色。李雪有些茫然地随着姜宪进了屋，直到和姜宪并肩坐在了临窗的大炕上，她这才回过神来，忙道："我还以为阿谦在西安……实在是冒昧了……"

"大姑奶奶说的哪里话！"姜宪用到了太原之后学会的客套话笑道，"一家人说什么两家话。京城那边的年节礼送得有些晚，我原准备让七姑过了春节再回来的，没想到她居然赶了回来，还遇到了大姑奶奶。"

李雪喝了一口水，打起精神和姜宪寒暄道："我也没有想到，我们是在渭南的驿站遇到的……"她说着，打住了话题，一副欲言又止的模样。

姜宪既然已经决定不管太原那边的事了，也就装成什么都不知道的样子，笑道："大姑奶奶既然来了，那就好好地陪我过个年吧！有什么事，大姑奶奶若是觉得不方便，写信告诉大人也一样。甘州离这里不算太远，书信快马加鞭，五六天就能到。"

正说着，情客进来说客房已经收拾好了，李雪的行李也搬到了客房。

李雪就站了起来，笑容有些苦涩地道："那我就先去更衣了，等会儿再来和郡主说话。"

姜宪笑着送李雪出门，印彩陪着李雪去了客房。

情客这才在姜宪的耳边低声道："大姑奶奶只带了一个随身服侍的嬷嬷和几个包袱，看样子是匆匆忙忙出的门。"

能让李雪这么找过来不会是件小事，姜宪想了想，道："你去跟骥二爷说一声，就说大姑奶奶过来了，我等会儿设宴给大姑奶奶洗尘，让他也来作陪。"

有些话，李雪不会对她说，却有可能会对李骥说。即便李雪觉得他们都帮不了她，想找李谦，由李骥出面也好一点儿。

情客下去安排。

没等李雪收拾妥当过来，李骥就喘着气跑了过来。

"大嫂，大嫂！"他嚷道，"出了什么事？大姐怎么过来了？是不是有谁说了大姐的闲话，大姐在家里待不下去了？"他这些日子都跟着康祥云在芙蓉斋筹备私塾的事，很少进内院。

姜宪几不可见地蹙了蹙眉。家里有李长青，有李麟，有何夫人，李骥却嚷着李雪是受了人欺负，难道在他的心里，这些人都不可靠吗？姜宪笑道："胡说八道些什么？大姑奶奶突然过来，我也没有想到。至于出了什么事，问都没问，你就贸然地下了判断，是不是太武断了些。"

李骥脸一红。

李雪由随行的嬷嬷和印彩陪着走了过来。

"大姐！"李骥立刻蹿到了她身边。

李雪眼眶微红，脸上却带着笑意，轻轻地拍了拍李骥的胳膊，道："看你这红光满面的样子，个子也高了，可见过得挺好。"她也就没什么可担心的了。

李骥嘿嘿地笑。

姜宪笑着招呼他们："快坐下来喝茶，饭菜马上就好。二叔，你陪着大姑奶奶喝两盅吧。"

"好啊！"李骥兴致勃勃地道。

李雪见大家都这么高兴，不想扫兴，笑着应了。

一顿饭吃了快一个时辰，李骥几次问李雪的来意，李雪都轻描淡写地把话题岔开。李骥抓耳挠腮地不好过，若不是姜宪给了他一个眼神，让他少安毋躁，他恐怕早已不管不顾地问了起来。

等把李雪送回客房安歇下来，李骥立刻跟着姜宪去了正房。他接过印彩捧上来的茶盅递到姜宪的手边，低声问："大嫂，这可怎么办？难道我们要写封信去问爹吗？"他说这话的时候，目光里闪过一丝瑟缩。

姜宪看着暗中叹气，道："既然人已经来了，其他就先不多说了。你这几天抽空多陪陪大姑奶奶，看看能不能让她跟你说几句体己话。然后你去打听打听，西安有什么好玩的地方，等过了年，开了春，带大姑奶奶到处走走。"

家里的事李骥也听说了，可他是次子，家里又没有谁会特意跟他说这些，他只好装作不知道。只是见李雪那副模样，他还是忍不住道："大嫂，会不会是因为家里的事……"

"十之八九。"姜宪也觉得除了那件事，再没什么能让李雪只带个贴身嬷嬷就千里迢迢地赶到西安来，"可她不说，我们也不能乱猜。"

李骥若有所思地点头："我那边没什么事，芙蓉斋收拾得差不多了，原本正准备督促着工匠们修地火龙，现在大姐过来了，我把差事交给马永盛就是。"说到这里，他愉悦地笑了起来，道，"大嫂，马永盛这小子挺厉害的。别看他别的不怎么样，可打理庶务是把好手，什么东西卖多少价钱，怎么让那些修地火龙的工匠们心甘情愿地年节时出门干活，他说起来头头是道，挺能干的。"

"那下次你大哥回来的时候，你就把这些事跟你大哥说说。"姜宪鼓励李骥，"这些人都是公公的旧部子弟，对李家很忠心，如果有能力，不妨让你大哥把人带去甘州。"

李骥知道姜宪这是想让他在李谦面前说得上话，不由得心生感激，和姜宪商量道："大嫂，您能不能跟爹说一声，以后我的婚事由您帮我做主……"

姜宪一愣。

李骥垂了眼帘，低声道："我总觉得，爹不应该答应麟哥的婚事。高小姐虽好，可行事太急躁，未必是个能同甘共苦的人，偏偏她叔父还是个军师，主意多，麟哥未必能镇得住高小姐。"

姜宪闻言忍俊不禁，道："莫非你娶妻还要能镇得住人家不成？"

"不是，不是。"李骥忙道，"我就是觉得，若是两个人不是一条心，这日子很难过得红火，更不要说使得家族兴旺了。"

姜宪越发觉得李长青同意高妙容和李麟的婚事没安什么好心。李麟毕竟是另一个房头的，能分得开；若是李骥的婚事不好，以后头痛的可就是她和李谦了。

"我知道了，"姜宪笑着答应了他，"我会写信跟爹说这件事的。就算我不能做主，也会让爹给你说亲事的时候知会你大哥一声。"

李骥不好意思地点点头，辞了姜宪，又回去向康祥云和郑缄请假，把自己手头的事交给了马永盛。

康太太和郑太太听说李雪过来了，都在家里设宴款待了李雪。腊月二十八那天，三家还坐在一起契阔了一番。等过了年，姜宪来往应酬变多，一时间顾不上李雪，康太太和郑太太就主动邀请李雪去家里做客，几人相处得很是愉快。

姜宪直忙到了正月十一才算喘了口气。正月十三那天，姜宪收到了李谦的信，说是二月中旬可以到家。姜宪高兴得不得了，之后几日，姜宪整个人就像这正月的天气，眼见地暖和起来。

李雪看着呵呵地笑，可转过头去却抹起了眼泪。她自认没人看见，但这是姜宪的地盘，有什么能瞒得过姜宪？姜宪再次派李骥去看望李雪。

李雪这次没能忍住，哭着和李骥说起李麟的婚事来："他执迷不悟，叔父碍着高先生不好说什么，我的话他又不听，我只好放出话去，说不喜欢高妙容。

他倒好，跟我吵了起来，说我是归家的大姑奶奶，家里的事还轮不到我管……就差没说我是抱养的了。我的心像被刀扎似的，一气之下就跑来找阿谦了……我也知道，我这路上一走就是十来天，就算是找到阿谦，等阿谦写信回去也晚了，可我就是不想见他把高妙容当菩萨似的迎进门……"

李骥心里很难受。他记得小的时候李雪对自己很好，因而看到李雪过得不好，他才会那么想帮李雪。现在李麟伤了李雪的心，他却帮不上什么忙，心里就有些埋怨李麟。

即便喜欢高妙容，为何不能好好地和大姐说？这样置大姐于不顾，简直像那媳妇娶进门就忘了孝顺娘的人……高妙容不是自认为自己很贤淑吗？怎么这个时候不劝劝李麟了？所谓的贤淑，全是假的吧？

李骥在这里腹诽，远在太原的高妙容心里却急得不得了。

她没有想到李雪那样温顺的一个人，前脚刚刚答应了帮何夫人主持中馈，后脚留了封信就去找李谦了。别人不清楚，她却很清楚，李谦在李长青的心目中有着谁也无法取代的地位，李谦的一句话能顶别人的十句话。如果李谦因为李雪而厌恶她，以后她在李家的日子只怕不会太好过。想到这里，她让贴身丫鬟茜苜去请高妙华过来。

自从她设计陆大小姐的事败露之后，高伏玉就禁了她的足。等到钟家以此为借口拒绝了高家的求娶，高伏玉更是气得把茶盏都砸了，连连质问是不是她把消息透露给钟家的。因为从事发到钟家拒婚，还不到半个时辰，钟家好像就在等这个机会似的，这让高伏玉有种踏进了圈套的感觉。偏偏高妙容和高妙华不以为然，觉得他们的目的达成了，急急地要高伏玉去向陆家求亲。

高伏玉压根瞧不起陆大人这样清高而又不通庶务的人，想着事已至此，陆大小姐除了嫁到高家没有第二条路可走，索性拖了几天，想给高妙容和高妙华一个教训。只是不承想，他去求亲的时候，陆家居然也拒绝了。他当时就傻了眼，直到现在也没有想明白陆家有什么底气敢拒绝高家的求亲。但有一点他很肯定，有人在算计自己。他反复地诘问高妙容和高妙华，却始终没有问出什么有用的东西。

待到关于高妙容的流言蜚语止不住地传播开后，李长青的态度也变了，居然要让高妙容远嫁。高伏玉当时气得话都说不出来了。他为李家谋划了一辈子，最终却落得这样一个下场！高伏玉的心都寒了。最终，他准备让高妙容和高妙华从李家搬出去——主动搬出去，总比在流言肆虐的风口浪尖上被赶出去体面。

他心里憋着口气，所以李麟来求亲的时候，就一口回绝了。出人意料的是，李麟非高妙容不娶，甚至李长青出面阻止也不改初衷。高伏玉权衡再三，觉得高妙容能嫁给李麟已经是最好的姻缘，便同意了。

高妙容知道后沉默了好几天才慢慢缓过气来。她非常后悔，那件事她不应该亲自动手的。现在，她要么像街口卖豆腐脑的女子一样，做个平凡的妇人；要么就趁机嫁给李麟，争上一争。她选择了后者。

只是待她知道李雪为了反对她和李麟的婚事离家出走一事后，心里忍不住把李麟骂了个狗血淋头。要不怎么说李麟不如李谦呢？如果是李谦，早在李雪有这心思的时候就把李雪安抚好了。李雪这么一闹，别人会以为她是个狐狸精，还没进门就能怂恿着未婚夫把大姑姐赶出去，就能让未婚夫不顾家人的感受。这让她以后怎么做人？

高妙容让高妙华去说服李麟，让李麟亲自送李冬至去西安，然后把李雪接回来。高妙容还给李麟想好了对外的说辞，只说李雪是因为马上要主持李家的中馈了，所以想在这之前去西安探望一下李谦夫妻，顺路把李冬至带过去，等把李冬至安置好了就会回来。

李麟被高妙华约出来的时候还一脸茫然，等到高妙华把高妙容的意思告诉了他，他顿时就变了脸。他一心一意想告诉高妙容，他娶定她了，却忘了世俗间的闲言碎语能让一个人身败名裂。

李麟立刻道："我这就去给叔父赔礼，亲自送小妹去西安！"

李长青知道李麟的来意后，少有地犹豫了片刻，道："那向高家下聘的事，要不要推迟到三月底？这样准备的时间也充裕一些……外面那么多风言风语，妙容不是李家的媳妇还好说，既然做了李家的媳妇，总得让她有几分体面，下聘的事不可怠慢。"原本两家商量在二月份下聘的。

李麟听了心中十分感激，觉得还是叔父考虑得周全，忙恭敬地给李长青行了个礼，道："侄儿全听叔父的。"

李长青笑着点了点头，又道："阿麟，你也知道，李谦娶的是郡主，姜家的陪嫁实在是多得让圣人多看几眼都要生出贪念来。我心疼你弟弟，怕他被人瞧不起，踮着脚撑成个高个子，把李家的家底几乎搬空了才勉强糊弄过去。实际上，给郡主的那些聘礼不过是张礼单而已，如今还差着五万两银子得想办法填补呢！这也是为什么我们回到山西之后，没敢给你和阿骥说亲的原因。"话说到这里，李长青烦躁地扒了扒头发，道，"这件事除了李泰和柳篱，就是伏玉先生也只知道我手里没多少银子了，你可不要传出去。若是让郡主知道了，

谁也不敢担保她不会因此瞧不起你弟弟，我的这一番心血可就白费了。"

李麟愕然，仔细一想又觉得李长青说的是真话。李谦成亲的时候，银子花得像流水，一改李家从前的朴素，他当时就有些担心，怕李长青为了一时好看把家底搬空了，没想到担心成了现实！可他又能说什么呢？李谦是李长青的亲生儿子，为李谦花钱理所应当，哪里轮得到他这个侄子说三道四？不过，虽说那些钱都是叔父赚的，但他马上要成亲了，难道叔父准备一文钱也不给他，就这么空着手分府而居吗？

李麟的神色微黯，笑容也变得有些勉强起来，道："叔父，您放心，我谁也不会说的……"

"我就知道。"没等他说完，李长青就欣慰地拍了拍他肩膀，道，"你成亲，除了之前我让人在西街买的那幢三进两路的宅子、汾阳那个三百亩的庄子，我还让李泰在太原附近想办法置办了一个五百多亩的田庄、十间铺面、一个小别院，此外，再给你两万两银子……其他东西都好说，只是这两万两银子，明面上我只给你一万，另一万你自己收着，就是阿谦那里你也不要声张，这是我悄悄给你的。"说到这里，李长青顿了顿，又叹了口气才继续道，"再过几年，阿骥也要成亲了，阿骥后面还有阿驹，我不能让你们相差太多。你婶婶的性子你也是知道的，要是知道我给了你两万两，却只给阿骥和阿驹一万两，她当着我的面可能什么也不会说，背后却不知道要怎么折腾呢！所以这一万两银子，你千万不能作声，知道了吗？"李长青看着李麟，目光凝重。

叔父这是真心想他能过得好啊！李麟突然对之前的忤逆有些后悔。他完全可以用更温和的办法，却因为害怕高妙容被远嫁而匆忙闯进了李长青的书房，他记得，李长青当时看他的眼神里满是失望。

"叔父！"李麟眼眶湿润地喊着李长青，嘴角翕翕地要说什么，却又被李长青拍了两下肩膀。

"你可要记住你说的话，谁也不能告诉。"李长青笑道。

"我记住了。"李麟连连点头。

在回自己院子的路上，李麟被扑面而来的早春之风吹着，心情慢慢地平静下来。两万两银子的确不少，可比起李谦来却连个零头都算不上，还有西街那边的宅子，最多也就值两千两，据说李谦仅在西安甜水井的宅子就花了两万两，还是别人半卖半送的……他不禁冷冷地哼了一声，转而头痛起去接李雪的事来。

不光李麟愁，何大舅太太也在发愁。自年前收到姜宪的信，她左看右看、横看竖看也没看出这信中有什么暗示性的话来。郡主到底是什么意思呢？是同意还是不同意？她小姑子是个糊涂人，她可不是！郡主的嫂子，这么重要的位置，怎么可能随随便便就找个人坐？可郡主到底是什么意思呢？为着这件事，何大舅太太年都没有过好。如今高、李两家结亲在即，她那个没有脑子的小姑子昨天还把她叫去，悄悄给了她一千两的银票，让她私下里送给高妙容，说是给高妙容的体己，好让高妙容置办嫁妆。李谦的话已经说得那么明白了，她小姑子却根本没放在心上！何大舅太太冷哼了一声，拿着何夫人给的银票想了想，把银票装进了一个银红色的荷包，去了柳篱那里。

柳篱正准备午休，听说何大舅太太来拜访，大吃一惊，忙喊了小厮进来服侍他更了衣，去了正房。

毕竟是见外男，何大舅太太很是拘谨，把荷包递给了身边服侍的丫鬟，道："何夫人给了我一千两银票，让我给高小姐添箱。可我总觉得这样有点不好，特意来求柳先生帮我拿个主意。"

这哪里是来求他拿个主意，分明是想让他把这件事告诉李长青。柳篱犹豫了片刻。他是李长青的幕僚，理应站在李长青这边，如果他替何大舅太太送了这荷包，不知道李长青会不会误会他在帮李谦说话？还有高伏玉那里，会不会误会他是在趁机踩他？

何大舅太太何尝不知道柳篱在顾忌什么，可这个家里，除了柳篱，她也没有别的人可求了。她只好低声道："柳先生，请您帮我出个面吧！夫人再这样继续下去，是要出事的。您也不希望李家后宅不宁吧？"

这倒是，郡主那个人看着随和，可要真较起真儿来，就算不要人命，也是会要人前程的。柳篱立刻就做出了决定："那我就帮舅太太转交给大人吧。"

从柳篱那儿告辞离开，何大舅太太依旧忧心忡忡，她停在半路思量了好一会儿，转身去了李冬至那里。

李冬至正快快地坐在炕上练字，她身边的丫鬟们则在轻手轻脚地收拾箱笼。自从高李两家传出了联姻的消息之后，她就一直像现在这样没什么精神。

她真心没法理解自己的母亲，高妙容那样算计陆大小姐，等于毁了一个女子的一生，母亲怎么还会同情高妙容，觉得高妙容情有可原？难道高妙容是人，陆大小姐就不是人吗？这根本就是人品问题。她提醒了母亲几句，母亲却觉得她一点儿同情心都没有，辜负了高妙容这些年来对她的教导。

李冬至只要一想到这些,就愁眉不展。实在没办法保持冷静的心情练字了,她长叹了口气，把笔放在了笔架上。

小丫鬟进来禀告说何大舅太太过来了，李冬至听着心中一喜，趿着鞋就迎了上去。

何大舅太太看着自己这个机敏伶俐的外甥女，忍不住就拉住李冬至的手，问道："说是过了二月二就动身，东西都收拾好了吗？"

"都收拾得差不多了。"李冬至拉着何大舅太太的手进了内室，问，"表姐还在家里绣嫁妆吗？金家那边什么时候过来下聘？"

"最后的日子还没有定下来。"何大舅太太对和金家的亲事满意极了，说起来脸上就带着笑，"你表姐这是害羞不愿意出门呢！"

实际上嫁妆早就准备好了，不过是前几天两家安排两个孩子见了一面。那金家确实善出俊男美女，何瞳娘看了欢喜得不得了，生怕别人发现了，于是不好意思地躲在家里。

何大舅太太又笑了会儿才敛了笑容，语重心长地叮嘱李冬至："去了郡主那里，要记得听她的话。她虽然只是你嫂嫂，可她见多识广，还是在宫里长大的，不知道多少豪门显贵的女儿想在她面前露个脸都不能如愿，自然会脾气大一些，你切不可因此心中生怨。长嫂如母，要把她当成你母亲一样敬重，知道吗？"

李冬至知道舅母是为她好，连连点头："我知道，我会听嫂嫂话的。只是我母亲那里还请舅母帮着照应一些，让她别再和高姐姐接触了，会惹得父亲不高兴的！可别把父亲逼到外院去歇了。"

何大舅太太见外甥女小小年纪就连这些事都懂了，心里更是怨怼小姑，觉得外甥女跟着姜宪过也好，不用再受何夫人的影响，说出去也好听。

两人说了半天的体己话，何大舅太太见李冬至心里都明白，这才暂且把一颗担忧的心放下，回了自己客居的小院。

谁知道刚刚回到屋里，小丫鬟就来回禀，说刚才柳先生来过了，把她让他代为转交的荷包送了回来，还说："大人让您照着夫人的意思交给高小姐，说这毕竟是夫人的一点儿心意，高小姐若是承情，自然是皆大欢喜；高小姐若是不承情，以后议论起来，别说是他们这些做长辈的对不起他们就是了。"

何大舅太太听了这话差点跳起来，李长青这是什么意思？何大舅太太一连几晚都辗转反侧，没有睡好。

等过了元宵节，李麟在西大街的宅子收拾停当了，李泰开始指使小厮、丫鬟们帮着李麟搬家，就不免有在李家待了多年的嬷嬷议论起这桩婚事来："老爷给麟大爷买了那么大的宅子，这家具陈设得不少吧？高家岂不是要送很多陪嫁？不然那宅子空荡荡的，让吃酒的人看了也会觉得不像话。还是说，老爷准备让麟大爷就在府里成亲？"

"应该是在新宅子那边成亲吧？高小姐如今还住在家里呢。"

何大舅太太心中一动，去了何夫人那里。

何夫人正气得心绞痛，看见何大舅太太就不由得抱怨起来："总不能让妙容就这样嫁进来。我跟老爷商量，想让妙容到时候从施大人家出嫁，没想到施家却推三阻四地不愿意，分明之前妙容还和他们家三小姐好得跟一个人似的，可如今这家人却翻起脸来什么也不认！"

何大舅太太目光微闪："那姑老爷怎么说？"

何夫人闻言眼睛都亮了起来，道："老爷说我这件事做得对。不管怎么说，妙容也是在我们家长大的，和李麟算得上是青梅竹马。从前的事不论，既然进了我们家的门，就是我们家的媳妇，我们怎么待郡主就该怎么待她。你不知道，这些日子家里忙着的给李麟和妙容定亲的事，全是我做的主，老爷事事听我的，还夸我办得好。这不，我等会儿还要和媒人商量请哪家的夫人来给他们做全福人好。"她说着，眉宇间透出股得意劲儿来。

何大舅太太就眨着眼睛问何夫人："那麟大爷是搬出去成亲呢，还是在家里成亲？"

何夫人听着，笑容顿时有些不自在起来，端起茶盅来喝了口水，这才道："按理说，麟大爷一日没成亲就一日是个孩子，应该在家里成了亲，过上一两年再搬出去。可老爷觉得，阿驹他大伯去得早，麟大爷如今又跟在老爷身边当差，如果不是这门亲事定得太急，老爷早就给麟大爷求个恩荫回来了，也不至于成亲的时候还没有一官半职的。所以老爷就想让麟大爷在新宅子里成亲，正好为阿驹他大伯这一房正名。"

嘉南郡主去了一趟京城，就给李谦弄了个正二品、主事一方的武职回来。若是郡主有心，在李麟成亲之前给李麟弄个六七品的武职简直是信手拈来的事，可见李长青并没有去求嘉南郡主。何大舅太太挑了挑眉，笑着和何夫人又说了一些琐事，就回了自己的住处，吩咐小厮立刻去寻何大舅老爷。

因金家这几天就要来下聘，何大舅老爷一直待在家里，何大舅太太一叫，他就跑了来，喘着气问道："可是金家有人带信过来了？"

何大舅太太不由得瞪了他一眼，道："你能不能沉稳些！你可是太原总兵金大人的亲家，这样毛毛躁躁，你还想不想让女儿在金家站稳脚跟啊？"

何大舅老爷憨憨地笑，道："我改，我改。"

何大舅太太脸色大霁，把身边服侍的丫鬟婆子都遣了下去，夫妻俩躲在碧纱橱里说话。

"你去跟姑老爷说，"何大舅太太指使着丈夫，"就说金家拿了几个日子过来，却都在三月间，怕是要和麟大爷下聘的日子前后脚，问姑老爷要不要让金家换换日子。"

何大舅老爷大吃一惊，道："金家什么时候定的日子？我怎么不知道？"

何大舅太太知道自己的丈夫素来老实，却固执，也不和他解释，只道："今天早上派人来跟我说的，我说要等你拿主意，把人打发走了。"

何大舅老爷听了，忙道："我这就去跟姑老爷说去。"

何大舅太太满意地点了点头，送走何大舅老爷之后，就躺在床上想心事。

不一会儿，何大舅老爷折了回来，高兴地道："姑老爷说，各人的八字不一样，若金家觉得三月份好，那就只管定在三月里好了。"

何大舅太太听了不禁喜笑颜开，道："我这就去跟金家的人说去。李麟也要定亲，万一两家把日子定在同一天那就麻烦了，我们这边最好是能先定下来。"

何大舅老爷听着这话就觉得有些别扭，可让他说出什么地方别扭他又说不出来。不过何大舅老爷觉得自己向来没有夫人聪明，既然夫人觉得好，那就肯定是好，很快把这件事抛到了脑后。

金夫人从媒人那里得了何大舅太太的话很是意外，但转念一想，就明白了何大舅太太的意思。可李长青到底怎么想，金夫人还是有些信不过，忙让人去打听。等得到李麟将在新宅子里成亲的消息后，她立刻去见了金海涛。

金海涛冷笑："我要是有这样一个侄儿，也得让他在外面成亲。既是如此，我们就卖郡主一个面子，李家是三月二十一日下聘吧？那我们就三月二十日下聘。"

金夫人会意，笑盈盈地去了，把日子用红纸写了，请媒人送去了李家。

李长青便叫了李麟来商量："你看，要不要把日子挪到四月份？"

何、金两家从去年就开始商量下聘的日子，总不能因为他突然决定娶高妙容就让人家改日子吧？何况金家声名显赫，若不是因为姜宪，金家不可能答应这门亲事，若是因为这事惹得金家不高兴，他相信，何大舅太太会把他撕了！

"就别改日子了，"李麟笑道，"重新看日子太麻烦了。"

李长青想了想，道："也行，反正只是下聘。等到正式成亲的时候，我们两家再好好商量一下，把日子错开些，让太原城的那些官吏们都能好好地喝上两顿酒。"

李麟笑着应了，向李长青辞行："东西都收拾好了，我明天就送冬至去西安。"

李长青点头，李麟高高兴兴地走了，李长青望着他的背影良久没有说话。

高妙华的小厮在李麟的屋门口等着，见他回来，兴高采烈地迎上来，道："大爷，我们家小姐让我来问您一声，您什么时候起程去西安？小姐给大姑奶奶和大小姐都准备了礼物，想请大爷转交给她们。"

李麟很是欣慰。他正愁见了李雪不知道说什么好，高妙容就备了礼物送来。常言说得好，伸手不打笑脸人，李雪收了高妙容的礼物，再见面时应该就不会像之前那样摆脸色给高妙容看了吧？

他笑着收了礼物，回到屋里一看，给李雪的是两双鞋和几双袜子，给李冬至的是一条杭白绸的挑线裙子、一件银红色焦布比甲。全都做工精致，应该是高妙容的手艺，李麟的笑意更浓了。

第二天去接李冬至的时候，李麟迫不及待地把裙子和比甲送给了李冬至，并道："这是你高姐姐亲手给你做的，她不方便来送你，让我转交给你。"

李冬至淡淡地说了声"谢谢"，把东西交给了小禾。

李麟见她没有像自己想象中的那样欢天喜地，心里不免有些不悦，道："冬至，这可是你高姐姐的一片心意。"言下之意是指她不够热情。

李冬至欲言又止，她不是反对高妙容这样出身的人做她的嫂子，而是不喜转变了的高妙容。李麟并不明白这两者之间的区别，她说得再多，也不过是得罪他们罢了。李冬至想了想，又说了声"多谢"。

何夫人见了直皱眉，歉意地对李麟道："她被她爹逼着去了西安，心里不舒服，你不要和她一般见识。"

李麟忙道："婶婶言重了，冬至是我妹妹，我理应多多包涵。"然后又问，"我成亲的时候，冬至和郡主能回来吗？"他和高妙容初步定下十一月份成亲，照李长青的说法，姜宪正好可以回来过年。

何夫人笑道："那是一定要回来的。"

李麟放下心来。他成亲，若是李谦和姜宪都不到场，特别是姜宪不到，场面未免不够隆重。

李驹则把嘴抿紧，从头到尾没有和李冬至说一句话。二哥跟着大哥去了西

安，现在连妹妹又去了，只留他一个人在太原……是爹爹舍不得他，还是大哥瞧不起他呢？他心头乱糟糟的，连李冬至远行的悲伤都来不及体会，就先体会到了噬人的忌妒。

来送行的何大舅太太只是捏了捏李冬至的手就放开了，而何瞳娘则眼泪巴巴的，道："你去了那边要是缺什么记得跟我说，太原买不到，我就帮你去京城买，你可别委屈自己。大表嫂为人很好，她身边的情客和百结也很好，她们肯定会照顾你的，你有什么事就跟她们直说。"然后又悄声道，"我娘说，我的婚事可能会提前，不是在麟表哥的前面就是后面，你记得要回来喝喜酒。"

李冬至有些意外，至于自己能不能回来喝喜酒，恐怕不是她能决定的，但她还很郑重地朝何瞳娘点了点头，这才由小禾扶着上了马车。

远在西安的姜宪已经得了信，她不禁奇道："不是说二月初二龙抬头之后才起程吗？怎么突然提前了？"

来给她送信的情客一面往九攒果盒里添从福建运过来的福饼，一面笑道："说是麟大爷三月份定亲，怕耽搁了麟大爷的婚事，所以才提前送大小姐过来。"

"既然如此，为何不换个人送冬至？"姜宪用竹签叉着块冬瓜蜜饯，想吃，又觉得太甜，在那里犹豫不决地喃喃道，"专程让新郎官送过来……是不放心冬至呢，还是想接李雪回去？可别在我这里吵起来。我最怕处理这些家务事了，真是婆说婆有理、公说公有理，就从来没有能拉扯清楚的。"

情客笑道："郡主您这口气，好像处理过很多这样的事似的。"

姜宪抿嘴笑了笑，问情客："二爷和大姑奶奶出去的时候可曾说过是否回来用晚膳？"

李骥年前就计划好了要带李雪去哪些地方玩，正月十七收了灯，李骥就开始兴致勃勃地拉着李雪出去玩。李雪压根没心情，却架不住李骥的热情，最终还是和李骥开始在西安游玩起来。今天，他们去了骊山。

这让姜宪很郁闷。骊山，她都还没有去过呢！她想了想，气冲冲地写了封信给李谦，让人带去甘州，心里这才好过些。

谁知道信刚寄出去，印彩进来告诉她，常大夫回来了。姜宪刚刚消散的气又聚集在了一起。李谦肯定是怕她问东问西，所以留了常大夫在甘州过年，直到元宵节过了才放回来。

常大夫带了些甘州特产给姜宪，并奉李谦之命给姜宪带了封信回来。

姜宪问起李谦，常大夫满口赞扬，说李谦不过去了短短月余，就一扫之前南司留下来的陋习。还有蔡霜，处处以李谦马首是瞻，做事又认真仔细，没有一点儿世家子弟的架子，是个难得的人才……

这蔡霜还踢不走了！可踢不走也得踢。他是晋安侯蔡家的人，若李谦想在西边站住脚跟，肯定会和京城的达官贵族发生矛盾，与其时刻提防着他向晋安侯府通风报信，不如趁早把他弄走。不过，弄走蔡霜容易，可之后让谁来接手好呢？

姜宪想了好几天也没有想出合适的人选。倒是李雪，跟着李骥连续跑了几天，累得腿都酸了，她强烈要求在家里歇几天再出去玩。

李骥笑嘻嘻地把李雪送回客房之后，去了芙蓉斋。

李骥进来的时候，已经授完课的康祥云正坐在院子里，和一个白衣轻裘的年轻男子说话。

李骥顿了下，迟疑地道："钟、钟大哥？"

"是我。"钟天逸笑着道，"没想到你还认得我。我去你家时，你总是躲在墙角不作声，也不和我们玩，我还以为你会认不出我呢。"

李骥先问候了康祥云，这才又对钟天逸道："钟大哥怎么来了西安？是来探望钟二哥的吗？芙蓉斋的房间很小，要不你就在客房里住下吧？你可带了小厮过来？我这就让人去给你收拾住的地方。"

云林去了太原还没回来，李骥就代替了云林，这些天净安排这些事了，此时已经很熟练。

钟天逸闻言笑着"咦"了一声，道："真是几日不见，当刮目相看，阿骥，你可比从前能干多了。可见世伯以前太护着你了，正应该把你丢在外面摔打摔打才好。"

李骥腼腆地笑，心道真正帮衬他的是大嫂而不是父亲，父亲巴不得自己一辈子都在家里吃闲饭。有时候他甚至想，如果他是个女孩子，也许父亲就不会这样对他了。不过好在现在有大嫂，相信他、敢用他。

康祥云也笑道："阿骥的确很不错，聪明能干，还肯吃苦，读书也是块好料子。"

能得到康大小姐父亲的赞赏，李骥笑得嘴都合不拢了。

钟天逸又道："我是去甘州见过了你大哥才顺道过来看看天宇的，没想到和你们康先生一见如故，聊着聊着就忘了时间。康先生告诉我，天宇在这里还算勤勉，和马永盛他们相处得也不错，我就放心了。你不用特意给我安排客房，

我今天就和天宇挤一晚上，明天一早我就要起程回汾阳了。以后有机会，我会再来西安的。"最后一句话，是对康祥云和李骥两个人说的。

康祥云颇为失望，道："我听你说了渭河之事，还准备向你请教请教，不承想你走得这么急……等过两个月天气暖和了，我准备带着天宇他们一起走走渭河水，你要不要一起？来吧！还有郑缄也一起去。他是我的好朋友，是个很有趣的人，你见到他就明白了。"

但钟天逸还是道："看我到时候有没有空吧。"

康祥云有些失望，李骥却问道："先生，我们要去走渭水吗？"

"读万卷书不如行千里路！"康祥云点头，道，"我和郑先生打算带你们到处看看，郑先生还准备写一本关于西安八水的书。你们要是到时候做得好，说不定还会让你们帮着编书，参与水文丈量什么的，那可是会在青史上留名的。"

那本书会不会留名都难说，更不要说那些参与的人。康祥云分明是拉学生做壮丁，偏偏这些壮丁听了每个人都倍感骄傲与荣幸，让知道了这件事的姜宪啼笑皆非。

钟天逸当晚果然和钟天宇挤在一张床上。他告诉弟弟："爹说了，既然选了阿谦，以后就得跟在阿谦身后，和李家的其他人死磕到底。你现在跟着两位先生好好地学，等过了夏天就送你去甘州，跟在阿谦身边，给他做个长随。"

钟天宇点头，道："那妹妹的婚事？"

"有阿谦做主，高家就算心里不舒服也得忍着。"说到这里，钟天逸的眼神不由得锐利起来，冷冷地道，"还好之前得了阿谦的示意，知道这门亲事不妥，不然真和高家结了亲，岂不是把小妹推进了火坑？"

钟天宇想想也觉得后怕。

钟天逸继续道："不过，这样的情况下李麟也肯娶高妙容，我很佩服他。只可惜，以后他怕是没什么好日子过了。"

钟天宇不知道该怎么回应好，便笑了笑没有作声。

钟天逸也不是专程来和他讨论这件事的，爱怜地摸了摸弟弟的头，问："若是要上战场，你怕不怕？"

钟天宇摇头，笑道："这有什么好怕的？别人能做到的，我也能做到。"

"好吧。"钟天逸望着自己弟弟那张淡定的脸，颇有些调侃意味地道，"但愿你到时候不会看到死人就趴在地上哭。"

钟天宇不屑地瞥了哥哥一眼，翻身睡去了。

第十八章 来信

第十九章

踏　青

过了几天，是二月初二，夏夫人邀请大家去骊山踏青。

姜宪很感兴趣，约了李雪和康太太、郑太太一起去。李雪原本不想去，可见康太太和郑太太都欣然应允，便也笑着应了。众人起了个大早，坐着马车去了骊山。

骊山在西安的东北边，离西安要半天的车程，当日是没有办法赶回来的，得在山上住一夜。好在西安的达官贵人常去骊山游玩，那边除了陕西巡抚衙门名下有个用来招待路过西安的封疆大吏的翠微山庄，陕西布政司和陕西都司亦有别院。特别是陕西布政司名下的翠居山庄，还专程引了华清宫的水过去，砌了几个温泉池子，在陕西的显贵圈子里很有些名气。

这次她们在翠微山庄落脚。

姜宪知道后不禁问情客："为什么不安排在翠居山庄？"

陕西布政使周照的夫人不在西安，在他身边照顾的是他的如夫人，这些官眷之间的活动周家通常都是缺席的，所以翠居山庄这边也交给了夏夫人由她一起支配。

情客笑道："原本是打算安排在翠居山庄的，可夏夫人要叫戏班子来唱戏，林夫人就建议在翠微。说翠微这边的戏台子比翠居那边的好，那翠居也不过是有几个泡澡的池子，如今天气越来越热，谁还会稀罕那几个澡池子。"

我就稀罕！姜宪在心里嘀咕。上次回京也没能在温泉庄子里泡泡，来西安的路上李谦原本要带她去华清池，结果又被南司给搅了……姜宪七想八想间，骊山到了。

到翠微山庄还要再往山里走上两里路，车子继续前行，忽然后面有辆马车贴了过来。李家随车的护卫忙上前护着，谁知那马车却停了下来。

一个小厮跳下马车一溜烟地跑过来，问："是郡主的仪驾吗？我们是西安知府林大人家的家眷。"

原来是林夫人。大家隔着马车寒暄了几句。

姜宪这边带着李雪、郑太太、康太太和康大小姐，林夫人那边带了自己的两个女儿，长女和康大小姐同年，次女比康二小姐小一岁。两个女孩都正是天真烂漫的年纪，笑盈盈地上前来给姜宪问安，让姜宪的心都软了，给了一人一荷包的金豆子做见面礼。

待她们回了自家马车，康大小姐不禁感慨："真是比我妹妹还要活泼！"

姜宪笑道："那是因为没有遇到过什么事的缘故。"然后她问起了康二小姐，"没有带她一块儿来，她不会在家里哭鼻子吧？"

"不会。"康大小姐笑道，"家里还有弟弟要人照看，总不能都出来，何况我承诺会带她去大雁塔玩的。"

康家的家教很好！姜宪对康大小姐越看越满意，问："你闺名叫什么？"

康大小姐红着脸道："叫彤管。"

姜宪惊讶地道："'静女其姝，俟我于城隅。静女其娈，贻我彤管'的彤管？"

康大小姐笑着颔首，道："所以我妹妹叫城隅。"

这名字取得……姜宪表示很佩服。康家大小姐也抿着嘴笑，两人说说笑笑地到了翠微山庄。

夏夫人已经到了，夏家的仆妇正在大门口等着，见到姜宪和林夫人的马车，或飞奔着去向夏夫人报信，或上前迎接，一时间门口热闹得很。

又有马车"嘚嘚嘚"地驶了过来，众人都抬头望去。七八个家丁模样的人护着两辆油篷马车，前面那辆在车角挂着盏大红灯笼，后面一辆挂着个铜铃，朴素中透着些许精致，让人看着就心生好感。

两辆马车从翠微山庄门前驶过，叮叮当当地往旁边的甬道上行去。

"这是谁家的马车？"有人低声问。

"不知道，看样子是去翠居的。"

"为什么走了这条路？"

去翠居山庄，可以从山脚直达，也可以路过翠微山庄抵达。不过为了避讳，通常去翠居的人不会经过翠微。大家议论了几声，姜宪和林夫人等人进了山庄。

姜宪一行人被安排在山庄东边的紫气东来阁，林夫人则住在离她们不远的杏花村。大家简单地用过午膳，梳洗更衣后去见夏夫人。

陕西都司都指挥使王成的夫人早就来了，还带了自己的次女，正和夏夫人母女围坐在一起说话。众人见面，少不得要寒暄几句，等大家都坐下，夏夫人就说起了今天的安排："我们一会儿出去走走，等大家到齐了再用晚膳，然后听戏。"

这就是要听夜戏了。据说翠微山庄的戏台子四周挂满了大红灯笼，远远望去，仿佛能照亮半边天似的，想来这夜戏会很有意思。大家笑着应是，随着夏夫人往花园里去。

还没有走几步，就有小丫鬟进来禀道："周大人家的如夫人带着自家兄弟来给郡主及诸位夫人问安。"

王夫人皱眉，没等夏夫人开口便道："这是什么地方？也不照照镜子，竟然还敢明目张胆地来拜会我们，她是不是轻狂得不知道自己叫什么了？"

夏夫人轻轻咳了一声，示意王夫人不要再说了。打狗还要看主人，不管怎么说，周家这位如夫人也代表了周大人，这点面子她还是要给的。

"请周家的如夫人进来吧。"小丫鬟应声而去，很快就带着人走了进来。

周大人的如夫人看上去不过二十五六岁的样子，相貌十分出众，特别是眉间笼罩的那层轻愁，让人看了恨不得上前去帮她抹平了，让她再也不会心生哀愁才好。周家如夫人的弟弟似乎已有十七八岁，眉目如画，气质温婉，比女子多了几分英姿，又比男子多了几分妩媚，有种说不出来的风流姿态，是个相貌十分出众的男子。

夏夫人却皱了皱眉。虽说周家这位如夫人的弟弟还没有及冠，可到底已是三尺男儿，这边又全是女眷，就这样带过来总归有些不好。可人已经来了，也不好立时赶走，夏夫人便耐着性子与二人说了几句才端起茶盅。两姐弟也没有再多说什么，麻利地起身告辞了。

林夫人忍不住道："周大人好家教，这两姐弟倒也规矩。"

夏夫人赞同地点了点头，领着大家去了后花园。

可能这次踏青注定不会那么顺利，众人刚在后花园的凉亭里坐下，商量着等会点什么戏好，就又有小丫鬟跑过来禀告，说是夏大人的侄儿带着几个朋友从咸阳过来，知道夏夫人在这边，特意过来问安，并道："大公子知道这边还有女眷，就不在这边多做停留了，给您问过安之后，大公子和几个朋友会去翠居那边落脚。"

"这样也好。"夏夫人肃然地点点头，道，"你去回复大公子，就说他的好意我心领了，就不招待他喝茶了，等他在翠居那边安顿下来，差人来跟我说一声便是。"颇有些回避的意思。

姜宪有些奇怪，没听说过夏大人家里有什么事啊，怎么夏夫人对这个侄儿这么冷淡？

她心里正思忖着，王夫人已开口问夏夫人："既是夏大人的侄儿，怎么会在咸阳？"

夏夫人笑道："咸阳那边不是有个王氏书院吗？我们家老爷公务缠身，担心没时间教导耽搁了他的前程，就把他送去了王氏书院读书。如今应是二月初二龙抬头，书院里的夫子放了他们的假，他们这才跑来游玩的。"

王夫人听了笑道："也不怪这些孩子坐不住，就是我们，不也一听说踏青就跑了过来吗？"

众人哈哈大笑。

谈笑间，又有两位夫人到了，人齐了。契阔一番之后，众人去了吃饭的花厅，待用了膳，又一起去了戏台。

戏台建在一面粉墙前，盖着灰色的瓦，前面是条三丈来宽的小河，两岸杨柳轻垂，假山长满绿萝。对面是弯弯曲曲的朱漆长廊，长廊后面有五间抱厦，两边是暖阁，既可以歇人也可摆宴席。站在抱厦前的台阶上向前远眺，可以看见巍巍群山，景致十分优美，不管是谁看到都会赞一声"好景致"。

夏夫人让戏班呈上戏单。

姜宪见戏单上那绿色的卷草纹眼熟，不由得道："难道夫人请的是联珠社？"

夏夫人一愣，随后又露出恍然大悟之色，笑道："看我，忘了郡主是从京城来的。不错，联珠社出京给致仕在家的原礼部尚书郎大人拜寿，我听到这个消息，特意请了他们，才下帖子邀你们踏青。原是想给大家一个惊喜的，不承想居然被郡主看破了。郡主，您是怎么知道的？"

姜宪指了指戏单上的花纹，笑道："这个我曾经见过，有些印象。"

夏夫人呵呵地笑，吩咐贴身服侍的嬷嬷："去请杜大家出来，就说有他的熟人要点他的戏。"

那婆子应声而去。

姜宪却皱了皱眉，她觉得夏夫人的态度有些轻浮。只不过，还没容她来得及细想，杜慧君便已随着那婆子从戏台后面走了过来。

杜慧君穿着件青色杭绸直裰，头发用黑色网巾网着，显然是正准备上妆却被人叫了出来。他一抬头看见了姜宪，又惊又喜，忙上前给姜宪行礼。这也算是他乡遇故知了。

年余没见，杜慧君依旧如从前那样漂亮，可姜宪却隐隐觉得杜慧君有什么地方不一样了。她压住心里的诧异，和他说了几句话，知道今天若是点武戏就由杜慧君亲自上场，若是点文戏就由他的弟子小凤仙唱，说是小凤仙的扮相更漂亮些。

姜宪想了想，笑道："那就由小凤仙唱好了。你的戏我听过好几次了，这个小凤仙的还没有听过。"

原本叫戏班子来就是凑个热闹，既然姜宪已经点了要谁唱，其他人也不好说什么，这件事就这么定了下来。

小凤仙今年才十四岁，扮相的确非常漂亮，唱的是《宇宙锋》，但比起当年的杜慧君还是差了那么一点点火候。夏夫人这些没听过杜慧君唱过的人自然不知道，姜宪心里却清楚。她借口说要去官房，然后坐在官房里的罗汉床上等着杜慧君。

天气尚冷，杜慧君已换了一身玄色杭绸夹袄，衬得皮肤更显白皙。他跪下来，恭恭敬敬地给姜宪行了大礼。

姜宪就问他："怎么一回事？"按理，像他这样进宫给太后贺过寿的，京城的高门大户都会以能请到他唱戏为荣才是，可这已经是她第二次在京外见到他了，这很不正常。

能做到如今，杜慧君这样的江湖人早已是人精，他一听就明白过来，眼眶顿时就有些湿润，低头思索了好一会儿，这才轻声道："简王家的世子爷看上了我，想让我去简王府唱戏……我毕竟是进宫给太后唱过堂会的，不敢应诺，因此得罪了世子爷，京城，就待不下去了。"

姜宪张大了嘴巴，半天都找不到自己的声音。简王世子居然要包养戏子！姜宪如被雷击般找不到北。

看着姜宪，杜慧君不知道为什么心中突然生出一股悲凉来，他索性不管不顾地道："若只是去唱戏还好说，可简王世子却要我扮成女子住进简王府……这天下没有不透风的墙，万一东窗事发，简王估计会把我剁碎了喂狗。与其落得个万人唾骂的结果，还不如就这样逃出来，就算是死，也保了清白……"

姜宪已经听不下去了，道："你以后就留在陕西唱戏好了，凭着你们戏班的名声，不愁没有饭吃。"

杜慧君大喜，激动得眼泪都要落下来了，"咚咚咚"地给姜宪磕了三个响头。姜宪头痛，挥手让他退下，杜慧君却又给姜宪磕了三个响头才肯走。这时，姜宪才发现杜慧君走路时一条腿有点瘸。

难怪她觉得不对劲！可这样的杜慧君是怎么唱武生的呢？不会是嗓子也出了问题吧？姜宪觉得肝痛。情客忙端了杯热茶捧给姜宪，低声劝道："简王爷教子不严，与您何干？您就别生这些闲气了。"

"我才懒得管这些乱七八糟的事呢。"姜宪有气无力地道，"我是嫌丢人！"

再出去时，姜宪已经恢复了之前的安静从容，她听着戏，和夏夫人讨论着小凤仙哪句唱得好。很快就到了削尖夜时分，戏也唱完了，夏夫人让人叫了小凤仙过来，笑吟吟地问他几句话。知道他不仅是杜慧君的亲传弟子，还是杜慧君的养子，就夸起杜慧君会调教人来。

杜慧君恭敬地跪在那里，谦逊了几句。夏夫人让人打了赏，王夫人等人见了也纷纷打赏。夏夫人见大家兴致很高，就商量要不要在翠微山庄多住几天，好让杜慧君也能亲自上场唱几折戏。

杜慧君不由得朝姜宪望去，姜宪微微颔首，杜慧君这才爽快地应了。

不免有人注意到杜慧君和姜宪之间的小动作，打趣道："没想到杜大家这样得郡主青睐。"

杜慧君忙道："小人在京城的时候就得了郡主的提携，却没想到居然会在这里又遇到了，这实在是小人的福气。"

就有人笑道："能入了郡主的眼，的确是你的福气，那你明天可要好好地唱，不可丢了郡主的脸。"

杜慧君恭谨地应了。

当天晚上就歇在了翠微山庄。大家洗漱一番正准备上床睡觉，谁知道林夫人却带着她的两个女儿过来串门。因确实有些晚了，林夫人有些不安，解释道："两个孩子吵着要来找郡主玩，我就厚着脸皮过来了。"

姜宪见那两个孩子一个靠在嬷嬷身边打盹儿，一个在乳娘怀里打着哈欠，知道这是林夫人拿孩子做借口，也不说破，只让百结把两个孩子带去了碧纱橱，然后沏茶招待林夫人。

林夫人见她如此通透，憋在心里的话就不由自主地全倒了出来："原本不该来打扰郡主的，可我确实没别的法子了。我和夏夫人住一个院子，夏夫人正在那里发脾气，我怕孩子们不懂事，说漏了嘴，只好把她俩带出来。王夫人是个耿直的性子，我不好去，其他院子就更不用说了，都是下属的女眷，兴师动众，我怕夏夫人面子上过不去，只能到郡主这里来——我借口说孩子们要来找康大小姐玩。"

姜宪了然，道："要不，你和孩子今天就睡我这里好了。"

林夫人很是感激，连声道谢，趁百结指使小丫鬟给她们收拾住处，说起了夏夫人的事："有时候我就觉得想不通，夏夫人那样聪明的一个人，怎么就想不透？夏大人的兄长只有这么一个孩子，又不是不拿钱出来，可夏夫人就是看不惯这个侄儿，总说他打着夏大人的幌子往夏大人脸上抹黑。可夏大人都不管，夏夫人就算是心里再不痛快，有什么用？"

姜宪这才知道，原来夏夫人是因为那个侄儿在生气。她和林夫人寒暄道："夏公子又干了些什么事啊？"

林夫人叹气，倾身和姜宪低语："说他带来的不是什么同窗，而是几个从前一起在西安玩的纨绔，还带了院子里的姑娘。没想到，被周大人家那两位给碰了个正着……夏夫人觉得丢脸，传话让他连夜回西安。可夏公子压根不听，还招那位如夫人的弟弟一起饮酒，还好那位知道深浅，避开了。"

这真是走到哪里都有个把不省心的，姜宪道："难怪我之前见夏夫人听到夏公子的名字就烦躁，原来是因为夏公子不太听话啊。"

"谁说不是？"

第二天，夏夫人看她的目光里就有些窘然，只是见姜宪始终神色自若，夏夫人便渐渐把这件事给放下了。

一群官眷在翠微山庄玩了三四天，才决定回西安城。

有了姜宪的话，杜慧君这几天使出浑身解数却又不动声色地讨好着夏夫人等人。因他既不卑不亢，又有进宫给太后祝过寿这层金，倒让夏夫人等人另眼相看，还没有走出翠微山庄，活计就已经排到了端午节，也算是在西安站住了脚。

一回到家，姜宪就问有没有李谦的消息。

刘冬月怯生生地摇摇头，又忙道："云林回来了。"

她就见了云林。

"原本能在年前赶回来的，因麟大爷的事耽搁了行程。"他郑重地向姜宪解释，"后来又接到大人的书信，让我去看看和金家一起炼制的兵刃。虽有金家二爷在那里督工，可炼废的着实有些多，写信跟大人汇报后，我让他们把那些炼废的重新回炉，即便是炼成铁疙瘩卖给铁铺制成农具也是好的。"

确实不能让金家的人随意处置，谁知道那些炼废的兵刃是不是有意为之？姜宪问云林："我们这边就没派人去看着吗？"

云林顿了顿才道："原本大人准备让老爷的结拜兄弟朱五爷过去。朱五爷和伏玉先生关系非常好，因高家和麟大爷结了亲，大人就觉得朱五爷有些不合适了，就寻思让谢先生去。可大人刚到甘州，有很多事还要仰仗谢先生，那边的事就只好以金家二爷为主了。"

说来说去，还是因为没有可用之人，李家的根基太浅了。姜宪叹气，让云林下去了。

陕西官场上，大家开始为赵翌大婚准备贺礼，姜宪也不能例外。她想了想，从陪嫁里找了对八宝掐丝珐琅花觚和一对白玉雕缠枝花纹的四角礼盒做贺礼。

情客有些舍不得。

姜宪撇了撇嘴，道："这花觚花花绿绿的，一看就是安贵妃喜欢的模样，也不知道用过没用过，留下来做什么？赶紧给我送走，免得我见一次眼睛痛一次。"

百结抿着嘴笑，让人去定做樟木箱子，又从库房里拿出大红彰绒把花觚和玉盒都裹好，写上礼单，只等过些日子安排人送进京城。

夏夫人从给李家做樟木箱子的漆铺处得知姜宪的贺礼已经备好，不由得心中着急，赶过来向姜宪请教送什么礼好。姜宪也不知道，她只是把自己陪嫁里觉得不喜欢的送给了赵翌，只是这话却不能说给别人听。

"我外祖母大寿的时候，有人送衣服鞋袜，也有人送屏风香炉。"她道，"你看什么贵重就送什么好了。"

这说了等于没说，一山还比一山高，什么才叫贵重？夏夫人愁得不得了，提出看看姜宪准备的贺礼。姜宪倒也能理解她的心情，就让情客开了柜。

看着那花纹繁复、色彩艳丽的花觚，夏夫人突然觉得自己很蠢。嘉南郡主根本就是个和她们不一样的存在，就算看了嘉南郡主为皇上大婚准备的贺礼，她能仿得出来吗？不要说那对通体洁白的玉盒了，就这对花觚，一看就知道是宫中的手艺，卖个七八千两银子一点儿也不稀罕，可夏家却只准备花五千两银子。

夏夫人情绪低落地回到了家里。夏大人正和他的侄儿夏山说话，知道夏夫人回来了，就差人问了一声。

夏夫人无精打采地把事情经过说了一遍，小丫鬟回话时不免又夸大了一番："说嘉南郡主随意地在她的陪嫁里拿了两件成双成对的东西做贺礼，每件最少值一万两银子，而且全是宫中制造。别人有一件都能当传家宝了，可郡主还嫌弃东西不够好……实在是不好让郡主拿主意。"言下之意，就算郡主出了主意他们也买不起。

夏大人听了直皱眉。

夏山急巴巴地凑了上来，道："叔父，你是不是在为皇上大婚送什么东西发愁？您去跟我爹说一声呗！别说二万两银子，就是五万两银子，我爹听说是您要，立刻就会派人送来，还怕买不到个好物件送给皇上？"然后又道，"叔父，嘉南郡主是个怎样的人？我听人说她身有暗疾，所以才会嫁给李谦……"

"胡说八道！"夏大人对这个侄儿也没什么办法，板着脸拍了下桌子，"一天到晚不学好，净听些不着调的事。我问你，你这个月的月考考得怎样？得了第几？"

夏山立刻老实了，觍着脸道："叔父，这次您不能怪我，我们学院突然来了个叫郑从的，一来就考了个甲等，这才把我挤到丁等去的。"

王氏书院每月考核一次，分甲乙丙丁四等，上个月夏山勉强考了个丙等，这个月就降到了丁等。这让读书一直名列前茅的夏大人很不理解，呵斥道："你不好好读书，还有借口？以后休沐的时候给我回西安来，我要亲自检查你的功课。"

夏山瞬间觉得生不如死，跳起来道："您恐怕还不知道，新来的那个郑从就是李家西席郑缄的儿子，他原来在京城读书，很厉害，一来就考了个第一。"

夏大人听着"咦"了一声，问道："消息可靠吗？"

"可靠！"夏山立刻道，"是书院里的先生告诉我的。"

夏大人想了想，问："你和那个郑从的关系好吗？"

"挺好的。"夏山虽然不靠谱，却喜欢呼朋唤友，又愿意会账，为人也还算得上风趣，因此在书院里人缘不错。

"那好。"夏大人吩咐夏山，"你以后多和郑从走动，他父亲是两榜进士出身，在李家不过是一时相托，不会待很久的，你要和郑从打好关系。"

"哎哟，没想到那个郑从居然是官家子弟。"夏山非常惊讶，"他穿衣打扮、说话行事都很谦和。"

夏大人道："腹有诗书气自华，自身有本事，自然就谦和。你不要管这些，只管和郑从好好打交道就行。"

夏山连连点头，从夏大人那里出来后，买了十二色礼盒，去了郑从那里。

郑从正在家里读书，听到夏山来了，不由得皱了皱眉。

来给儿子送点心的郑太太忙问："这个同窗有什么不妥吗？"

郑从是个少年老成的孩子，听了母亲的询问，缓缓地摇了摇头，道："此人不学无术，是陕西巡抚夏大人的侄儿。"说着，他站起身来准备更衣，"君子坦荡荡，小人长戚戚，我还是出去看看吧。"

郑太太担忧地轻"嗯"一声，送儿子出了门。

夏山对郑从说自己是偶然路过，想到郑从，所以顺道来探望。郑从道了谢，不动声色招待着夏山。

坐了一会儿，夏山便起身告辞。这让郑从有些手足无措，猜不到夏山为何会来自己家里做客。夏山暗中得意，能让郑从失态他觉得很高兴。

郑从送夏山时，在门口遇到了去门房问李谦消息的情客。

因仍没有李谦的消息，情客担心姜宪伤心，正思忖一会儿要怎么回复，差一点儿就和迎面而来的夏山撞了个正着。情客知道这是碰见外男了，忙向后连退了五六步才站定，然后飞快地睃了来人一眼，垂下眼帘屈膝福了福。

郑从毕竟年纪轻，遇到这样的事有点慌张，忙拉住夏山，道："这位是郡主身边的大丫鬟。"

夏山却是个常在红粉堆里行走的，自然不怵。他整了整衣衫，笑嘻嘻地上前给情客行了个揖礼，亲亲热热地喊了声"姐姐"，喊得情客脸色绯红，让夏山差点看直了眼睛。

等到情客带着两个小丫鬟走远了，他才回过神来，低声问郑从："这丫鬟叫什么？长得可真漂亮。郡主身边的丫鬟是不是都这么漂亮？那两个小丫鬟也不错。知道她们是去干什么的吗？她怎么还带着两个小丫鬟？"一面说，还一面踮着脚伸着脖子望着情客的背影。

郑从有些不齿夏山的轻浮，皱着眉头道："我不知道这位姐姐叫什么，郡主身边的丫鬟我只见过两个，那还是因为她们奉了郡主之命来见我娘。至于她们去干什么，我就更不知道了。不过，我听我娘说，郡主身边的一等丫鬟有两个小丫鬟在身边服侍，二等丫鬟则有一个，比寻常人家的小姐还要尊贵。"

"这样啊。"夏山有些心不在焉地应着，眼睛眨也不眨一下地继续望着情客的背影，感慨道，"冶容多姿鬓，芳香已盈路……"

郑从大怒，狠狠拍了下夏山的肩膀："你有点读书人的矜持好不好！你看你现在像什么样子？秦楼楚馆的登徒子也没你这么轻浮！你可别忘了，你现在是在什么地方做客，要不我去跟我爹说说，让他去见见你叔父？"

郑缄现在虽然是白身，可他是正正经经的两榜进士，在夏哲眼里，郑缄是自己人。陕西巡抚别人难得一见，郑缄递个帖子，虽然不会立刻就见，但隔个两三天却一定能见到，这是那些举人、秀才求也求不来的待遇。

夏山自然知道，他讪讪地收回了目光，兀自辩解道："窈窕淑女，君子好逑，有什么值得大惊小怪的。再说了，我又不能怎样，不过是看看罢了，你不用这么说我吧。"

"看看？你说得轻巧。"郑从说着，拽着夏山的胳膊就往外走，"你到底知不知道什么是皇家威严，那可是郡主的人，看过头了是会死人的！"说到这里，他想到夏山的性子，顿时有些气馁，道，"算了，我和你说这些做什么，反正你也不懂。"

夏山却是个厚脸皮，拉着郑从道："那你跟我说说呗，你不跟我说，我就更不懂了。我还准备常来找你玩，要是我冒犯了郡主，不也会给你添麻烦吗？你就说说吧。"一副缠定郑从的模样。

郑从看着他这无赖样，想着夏山到底是巡抚的侄儿，打不得又骂不走，且这夏山一旦犯起浑来，还真拿他没什么办法，只好道："那我们找个地方细说。"

夏山就喜欢听这些。西安和太原距离不算太远，姜宪下嫁的时候，那长长的嫁妆队伍让西安府也沸沸扬扬了好几天。他当时就很好奇，如今有了这样的机会哪里还会放过，拉着郑从就去了最近的一家茶馆。

谁知进了茶馆，迎面却碰到个温润如玉、唇红齿白的少年郎。夏山眼睛一亮，大叫一声"卓然"。

那少年郎却是一愣，露出些许窘然之色，上前和夏山打招呼："夏公子。"

夏山高兴地点点头，道："卓然，你怎么在这里？我原打算去找你玩，可听周府的人说你住在二王街那边，我正准备过几天就去找你呢！"

卓然勉强地笑了笑。

夏山向郑从引见卓然："他胞姐是陕西布政使周大人的小妾，他如今在西安书院读书。我觉得西安书院不好，让他转去我们书院，可他却说要和周大人商量。这有什么好商量的，想去就去呗！"

郑从觉得很丢脸。这样介绍卓然，还站在茶楼的大门口，生怕别人不知道卓然身份似的，难怪卓然看见夏山就一副要躲开的模样。

"有什么话进了雅间再说。"郑从不由分说地拉着夏山就往里走。

夏山跌跌撞撞的，还不忘朝卓然喊："你快跟上，我们一起喝茶！"

卓然看着身边朝他望来的茶客，无奈地叹气，跟着夏山和郑从进了雅间。

已进了内院的情客，并没有把遇到夏山之事放在心上。她常奉命替姜宪传话，这种事不可能避免，遇到后避开就是了，情客担心的是怎么跟姜宪回话。她心里不禁有些埋怨李谦，既然归期不定，那就别说好了，郡主还能有个惊喜，这样日日夜夜地盼着，郡主的心情都变得低落起来。好在她去前院的时候两位常大夫来了，姜宪的情绪看上去还好。

她低声问当值的丫鬟："两位常大夫都和郡主说了些什么？"

小丫鬟轻声道："大常大夫说药铺的地址已经选好了，定了三月初四开业。小常大夫就说在保证郡主每隔三日一次的平安脉后，他要去药铺里帮帮忙。郡主都答应了，现在正在说药铺开业的事。"

情客松了口气。虽然李谦不在，但好歹郡主想做的事都慢慢地做成了，郡主心里应该也有些欣慰吧？里面还没说完，她就在门外等了一会儿。

听大常大夫的意思，他准备把药铺的事理顺了，就开馆收几个徒弟，然后在甘州那边再开一家或是两家药铺。

"西安府乃西北重镇，"他道，"既不缺药铺也不缺名医。可甘州这样的边陲之地却不一样，那里不仅缺药，还缺大夫，特别是治骨伤的大夫。我之前也跟大人说过此事，大人却觉得我们的药铺没有名声，还是应该先在西安府开一家的好。只是，开药铺的事有我就行，教徒弟却得劳动忍冬……"

常忍冬是姜宪的专属大夫，势必要跟在姜宪身边，住在李府，如果常忍冬要带徒弟，那些徒弟就也得住进李府来。

这才是常大夫来找她的用意吧！姜宪笑道："我都能拨个芙蓉斋做私塾了，难道还会吝啬个杏花村？"

常大夫也笑了起来。

姜宪就叫刘冬月把这宅子的图册拿过来，和常大夫商量哪里合适。私塾在东南角，常大夫就相中了西北角的一个小院，姜宪准了。这个小院就改名叫杏花村。

送走了两位常大夫，姜宪一看情客脸上未达眼底的笑就知道，还是没有李谦的消息。她叹了口气，问："冬至那里也没有消息吗？"

算着日子，李冬至早该到了，不会是路上出了什么事吧？可有李麟跟着，这一路过来又全是驻军重镇，就算是出事，又能出什么事？

姜宪琢磨着，结果刚用过午膳，李冬至和李麟就到了。她亲自到大门口迎接。

李冬至下了马车，拉着她的手直喊"大嫂"，眼角都红了。

姜宪笑道："还怕你们是被什么事绊着了，你要是再不来，我都要派人去找了。"

"大嫂，"李冬至闻言抱住了她的胳膊，道，"我们在华阴县的时候，还真的遇到事了——那边有兵变！"

姜宪吓了一大跳，朝李麟望去。

李麟倒很沉稳，上前和姜宪见了礼，道："听说是因为这两年的军饷迟迟未发，就有卫所的军户偷了农民春耕的种子。程县令去卫所跟那边的百户询问，卫所的人不承认，程县令就抓了那军户关进牢里，卫所百户便派士兵围了县衙。陕西按察司副使已经亲自去调解了，但还是乱糟糟的。我们的马车又颇为吃重，我怕有人见财起意，索性绕了道，这才耽搁了几天。"

姜宪想起华阴县县令程飞给自己送的红糖大枣，想来那也是个颇为自大的，只怕这件事不是这么好解决。

她抱了抱李冬至，道："吓着你了吧？快跟我进屋喝口热茶，收收惊。"

虽然事情已经过去好几天，可在马车上看到的军士围攻县城的景象仍让李冬至两腿发软。她连连点头，和姜宪往内宅走去。

李骥出面接待了李麟。

李麟见李骥一副主人的模样，煞有介事地吩咐着小厮们给马匹解套、搬运箱笼、安排客房、置办席面，不由得笑着轻轻地捶了李骥一下，道："几天不见，当刮目相看啊！你小子，一声不响地就长大了。"

李骥咧着嘴笑，笑容和李谦有两三分相似："大堂哥都要娶大堂嫂了，我也应该长大了。"他亲昵又不失恭敬地和李麟开着玩笑，没有半点从前的畏缩。

李麟微微一愣。

李骥已揽着李麟的肩膀往客房去："大堂哥快去梳洗一番，我和云林给你接风洗尘，然后带你去西安府逛逛，这里可是十三朝古都啊！"

"有这么多朝吗？"李麟很是怀疑。

"怎么没有？"李骥数给他听，"西周、秦、西汉、新莽、西晋、前赵……"

李麟哈哈大笑，道："几天不见，学识也见涨了，可见康先生和郑先生把你教得不错。”

“那是当然。”

党兄弟俩说说笑笑，身影慢慢消失在了朱红色的长廊里。

茶楼那边，夏山和卓然围坐在红漆圆桌前，正在听郑从讲姜宪的事：“郡主虽然不像公主或是藩王，有不得擅自离开封地的禁令，可也不能随意进京。康家遇难的时候，郡主正是秘密进京为李大人之事奔走之时，不管怎样，暴露了身份总归是不好。一般人遇到这样的事不杀人灭口就是好的了，怎么会对陌生人伸手援助？可郡主恰恰就管了，不仅管了，还不顾自身安危把康家母女送到了京城。我爹和康世叔都说，郡主这样，才是真正的侠肝义胆，巾帼须眉！

“还有她处置庄家一事。一般女子最多不过是和庄家绝交，以后在场面上给庄家母女难堪就是。可郡主却如男子一般，根本不和庄家母女计较，直接釜底抽薪，把在背后支撑庄家的温鹏外调到了云南。既拔了庄家的利齿，又给了太原官场上那些不知道轻重的大小官吏们一个警告。

“你们说，这样的女子，这天底下还能找出第二个吗？”

夏山立刻不服气地嚷道：“怎么就找不出来了？嗯……像梁红玉啊、穆桂英啊……”

郑从鄙视他道：“你看戏看多了吧？”

夏山反驳：“你都不看《烈女传》的吗？我祖母说，《烈女传》上有她们的名字。”

这下不仅是郑从，就连卓然看他的目光里也带着几分鄙视了，这让夏山喃喃地再也说不出话来。

卓然对郑从的印象非常好。不仅因为郑从是正经的读书人出身，还因为郑从为人体贴谦和，将他从众目睽睽之下解救出来。此时他听郑从侃侃而谈，语言朴实真诚，没有一点儿世家子弟的夸张轻浮，对郑从的印象就更好了。他温声问郑从：“这些事都是令尊告诉你的吗？”

“自然是我父亲告诉我的。”郑从以为卓然不相信，郑重地道，“我不会拿郡主的事开玩笑，那会坏了她的名声。”

卓然颔首，目露向往，轻声道：“我身边的女子都很柔弱，没了男子就活不下去……我还是第一次听到有女子敢干涉朝廷任免之事，还敢擅自离家，进京给自己丈夫求官。”

"这就是你少见多怪了！"郑从不以为然地道，"两晋、唐朝时，那些公主们哪个没为自己的丈夫求过官？要不为何大家都想娶高门大户的女子为妻，不就是想在仕途上有所提携吗？只不过如今理学大盛，那些士子们觉得女人比他们厉害就是牝鸡司晨，定下许多规矩，这才让那些公主、郡主都成了木头人。"

夏山摸了摸鼻子，道："反正郡主这样做就是不对。"他完全是为了反对郑从而反对。

郑从懒得理他，倒是卓然肃然地点了点头，道："郡主真是如令尊所说，巾帼不让须眉。别的不说，单能在那样的情况下救了康先生一家，就已经很了不起了。可惜她是郡主，不然倒可以认识一下。"

夏山嘲笑道："就算她不是郡主，你就能认识她吗？"

卓然因其胞姐的缘故，没少受人嘲笑，闻言脸顿时涨得通红。

郑从嫌夏山说话尖刻，为卓然解围，道："卓兄，夏兄是说男女授受不亲，就算郡主不是郡主，只怕我们也不好结交。"

卓然面露感激之色，温和地笑道："是我说错话了。"

郑从笑笑，问起卓然书院的功课来："我们那边开始讲《春秋》了，你们那边如今在讲什么？"

像王氏、府学这样的大书院，通常都会按学生的学习进度分成若干个等级，卓然和郑从是同一等级。

卓然笑道："那你们比我们快，我们还在上《论语》。"又道，"原本我是准备转到你们学院去的，可咸阳离西安到底有些距离，我姐姐不放心，我只好继续待在府学。"实际上他姐姐是怕他受人欺负，可这话他却不能对朋友说。

两人交流起功课来，郑从发现卓然的学问很是不错，话题越聊越深。

夏山则越听越无趣，耐着性子坐在那里喝茶，好不容易等到天色渐暗，他忙打断了两人的谈话，道："今天大家难得碰到一起，我请大家吃饭吧！去聚安楼如何？那里的烧鹅做得非常好，去晚了常常没位子。要不，去小翠庄吃炙羊？小翠庄的老板祖上是回回，他们做的羊肉最好吃了。"

郑从正好无事，朝卓然望去，言下之意是问他去不去，颇有些朋友相邀之意。卓然对郑从更有好感了，他想和郑从交个朋友，就欣然应允了。三个人起身，一面朝外走，一面商量着到底去哪里用晚膳。

郑从的小厮气喘吁吁地跑了过来："大爷，大爷，老爷让您回去。太原的麟大爷过来了，让您回去作陪。"

李麟？他来做什么？郑从愕然。

小厮忙道："说是送李大小姐过来的，李大小姐要跟着康太太读书。"

原来如此！郑从只好向夏山和卓然道歉。

卓然难掩失望，夏山却好奇地问："那个麟大爷是不是李大人的堂兄？我听人说，他们一家都很会打仗。据说从前在福建，李麟曾领着一千五百人捣掉了个五千人的海盗窝子，是不是真的？之前你认识他吗？他长什么样？李大人还未弱冠，李麟应该年纪也不大吧？"

听他这么一说，卓然惊讶道："原来这位麟大爷也是个英雄人物。"

郑从笑道："可能是因为李大人不在，所以郡主让康先生和我父亲代大人招待麟大爷。我与麟大爷之前只是远远见过，没打过交道，你说的那些事我也不知道是真是假，等会儿我见了他，若是有机会就帮你问问。"

"哎呀，问什么问，我们明天请他吃饭吧！"夏山笑道，"还有李骥，这小子不错。我都听人说了，他和他哥手下的几个人都相处得不错，还能指使着他们帮他办事，我叔父还让我跟他学呢。"这样一来，他再出来玩，他叔父应该就没什么话可说了。

这件事郑从却做不得主，因而笑道："到时候再说吧，还不知道麟大爷会在西安待几天呢。"

郑从不去吃饭，卓然也不想去了，三个人便在茶楼前分手。

郑从急急忙忙地赶回去，才知道原来父亲唤他不是因奉郡主之命招待李麟，而是李麟想要请芙蓉斋的人吃饭。李麟说自己是做大哥的，既然来了西安，怎么也要请弟弟们出去好好地吃一顿。郑从虽然不在芙蓉斋读书，可他是郑缄的儿子，也算得上是师兄弟，加之他性格好、为人和善，只要他在西安，大家出去游玩或是吃饭都喜欢叫上他。

倒是郑缄和康祥云没有收到邀请。用李麟的话说，是看见老师心里害怕，吃不下去，所以会另外叫一份席面请郑缄和康祥云。郑缄和康祥云都是温和的性子，笑着直摇头，嘱咐他们少喝点儿酒、不许酒后闹事，就随他们去折腾了。

内宅里，李雪也正准备出门赴宴。

李麟一到西安，就来给李雪问过安了。到底是自己的弟弟，已经为着个不着调的弟媳妇得罪了叔父和李谦，她要是再闹下去，只会让李麟没脸而已。何况她已经答应了李谦，要帮着主持太原李家的中馈，于是没等李麟多说什么，李雪就自找台阶下了——说自己只是想来西安看看李谦夫妇过得怎样，现在知道他们一切安好，她便也该回去了。

李麟喜出望外，因为还要赶回太原向高家下聘，就把返程的日子定在了五日后。

李雪应了下来。以前，她觉得帮李长青管家是因着情分；如今，在李麟得罪了李长青且自立门户之后，李雪觉得帮李长青管家就是自己的责任了。暗中伤心了一会儿，她遇强则强地抹干了眼泪，再出门，已经恢复了从前的刚强。她打算放开心怀好好地玩上几天，毕竟回去之后，就要开始整顿李家自姜宪走后又有些歪斜的门风，恐怕以后难得出门了。为了给李冬至接风，姜宪请了郑太太、康太太和康家两位小姐作陪。姜宪见李雪兴致很高，还让人温了金华酒。大家小酌了几杯，饭后又去了花厅，请了两个女先生过来说书。

郑太太还道："听说这几天西安城里的大户人家都请了联珠社进府唱堂会，难得春和日丽，我也请杜大家派人过来唱两折戏吧，也算是给大小姐接风了。"杜慧君身价太高，郑太太请不起，但可以请联珠社的小花旦、小青衣。

李雪非常感兴趣，连连称好，道："等回了太原，只怕难得听到这样的好戏了。"

李麟那边也很热闹。李骥、钟天宇、马永盛还有郑从和李累等人，大家喝酒说笑，一顿饭下来钟天宇和马永盛对李麟的印象都变得很不错，就说起了李麟的婚事。

马永盛道："可惜我们要跟着康先生读书，不能去参加你的婚礼了。"

李麟也有点可惜，道："没事，迎娶定在下半年，到时候我再跟宗权说说，说不定到时候大家都能去呢。"

"那我就在这里先祝麟大哥百年好合，白头到老了！"钟天宇向李麟敬酒。

其他人也跟着起哄，李麟来者不拒，喝了个酩酊大醉，李骥几个也喝得两眼发花。

因担心回去之后被郑缄或是康祥云训斥，李累建议休息一会儿，散散酒气再回去。几个人便找了间客栈，让小厮煮了醒酒汤，一直睡到二更天，这才梳洗一番，摇摇晃晃地往甜水井走去。路上还遇到查宵禁的巡逻捕快，被几个人轻手轻脚地避开了。

等他们到了李府门前，已打起了三更鼓。几个人正打算偷偷地溜进去，却发现府里灯火通明，丫鬟小厮们都穿戴得整整齐齐，正来来回回地帮门口的马车卸着东西。众人顿时有些傻眼。

李骥忽然大叫了一声，道："难道是我大哥回来了？"

正站在台阶上督促众人卸箱笼的冰河闻声快步走了过来，给李麟等人行了礼后，诧异道："这么晚了，众位怎么在这里？"

李骥哪里顾得上回答，又问道："冰河，是不是我大哥回来了？大哥什么时候回来的？"

冰河笑道："是大人回来了。他刚刚回来，此时只怕还没有走到内院。"

"哎哟！"李骥兴奋地道，"我大哥回来了！"说着，拔腿就往里走，走了几步，忽然反应过来自己有些忘乎所以，又忙转过身来对李麟等人道，"我去看看我大哥，要不你们先回去歇了吧。"

或者是怕兄弟俩生出嫌隙，李长青并没有告诉李麟，李谦曾经写信反对他和高妙容的婚事，而是把李谦的意思当成是自己的意思告诉了李麟。想到有些日子没有看见李谦了，李麟上前揽了李骥的肩膀，笑道："我也和你一道去看看，我正准备亲自给阿谦下喜帖呢！"

李骥不好拒绝。郑从等人见状，也纷纷表示想一起进去和李谦打个招呼。李骥独木难支，只好带着他们，浩浩荡荡地进了后院。

李谦正如冰河所说，只比李麟几人早了一脚进门，所以他们赶过去的时候，李谦正好要进内院。李麟几个就看到，姜宪梳着美艳的坠马髻，戴着精致的金饰，穿着大红色绣金丝凤尾花的通袖袄，欢笑着像只蝴蝶似的从月洞门内蹁跹而出，投入了李谦的怀抱。李谦欢畅地笑着，紧紧地把姜宪抱在了怀里。

李骥几个看得眼都直了，猛然想到非礼勿视，忙垂下眼帘，脸都红得像块大红布。只有李麟，心中一震。原来私底下，嘉南郡主在李谦面前是这样的啊！像个天真无邪的小姑娘，看见李谦就高兴起来，难怪李谦会喜欢嘉南郡主。

李麟想起自己第一次见姜宪时的情景，那是在双朝贺红，认亲的第一天。姜宪穿着大红色的礼服，雪白的面孔绷得紧紧的，看人的时候下颌微扬，带着目下无尘的高傲，让人一看就知道是出身门阀的贵胄。他当时想，和这样一个女孩子一起生活，李谦应该会诚惶诚恐吧！但现在，他却看到了一个完全不同的嘉南郡主。

李谦哈哈地笑，紧紧地抱了姜宪一会儿后，有些依依不舍地把她放了下来，不想，却被姜宪头上的累丝金钿勾住了头发。李谦低下头，想把头发从金钿上拉下来，却扯了好几下都没能如愿。姜宪抿着嘴笑，索性把金钿从头上拔了下来，然后捧着李谦的脑袋，弯着眉眼笑了起来。李谦溺爱地点了点姜宪的鼻子，两人相视而笑。

隔了这么远，众人也能感觉到他们望着彼此时满心的欢喜。李麟看着，心里莫名觉得有些不是滋味。他和高妙容也算是从小一起长大，看两人在一起时却好像从来没像李谦和姜宪这样，感觉如此甜蜜。

或者是因为李谦和姜宪已经成了亲，他和高妙容却是刚刚定亲的缘故？李麟这样安慰着自己，笑着拉了拉李骥："你大哥这个时候哪有空儿理会你？我们先回去，明天再来和宗权碰头。"

李骥几个面红耳赤地点点头，转身跟着李麟往外走。只是刚走了几步就忍不住回头飞快地睃了李谦和姜宪一眼，他们都能感受到姜宪见到李谦时的喜悦。夫妻之间，就应该这样恩爱吧！几个半大的小子都忍不住在心里思忖着。

李谦早就发觉有人在看他们，可他一看到姜宪，心里就像沸腾了的水，高兴得咕嘟咕嘟冒个不停，哪里还顾得上其他？进了上房，他忍不住问姜宪："你这些日子一切可好？给我写信时也不说一说，我在甘州一直担着心。"

姜宪嘟着嘴，娇嗔道："你不是也什么都不跟我说吗？还把常大夫留到了年后……你担心我，难道我就不担心你？你做事不将心比心！"

李谦一愣，立刻认错："是我不好，我以后一定什么事都跟你说。"

因李谦回来得太晚，姜宪怕他吃米饭会积食，特意吩咐厨房做了红烧肉臊子的面条。李谦果然很喜欢，大口大口地吃着。

"要不要喝口汤？"李谦被姜宪看得心里热乎乎的，抬头笑望着她道。

"不要。"姜宪的眼睛笑成了月牙儿，"小常大夫不让我半夜吃东西。"之前常忍冬笑话过她，常忍冬的族兄来了之后，姜宪就特别喜欢喊常忍冬"小常大夫"。

李谦眯着眼睛笑，又问道："常大夫说回来后要开药铺、收学徒，事情办得怎样了？"

姜宪也想和李谦说说话，把"食不言，寝不语"的庭训抛到脑后，低声笑着把这些日子发生的事一一告诉了李谦。

李谦一面吃面，一面听姜宪说话，这才知道李麟把李冬至送了过来，人还没有走。他不由得皱了皱眉。

姜宪就有点后悔，道："早知道你会不高兴，就应该等你吃饱了再说的。难怪老祖宗们要我们吃饭的时候不准说话，的确会影响食欲。"

李谦哈哈地笑，凑到姜宪的身边低声道："可我看见你就高兴，岂不是又能多吃一碗？"

"去你的！"姜宪用手肘拐了一下李谦。

屋里还有服侍的丫鬟，李谦不想让姜宪没脸，就顺势坐直了身子，把剩下来的面条和佐菜都吃了，这才放下了筷子。

百结和几个小丫鬟忙上前收拾，姜宪吩咐印彩打了水进来服侍李谦梳洗。

李谦的眼睛却一刻也想不离开姜宪，拉着她的手道："你就坐在门口，我们说说话。"

姜宪抿着嘴笑，就坐在盥洗室门口和李谦说着家长里短："我听云林说，公公写了折子，想让李麟承了恩荫，要是圣旨下来，家里岂不又多了位李大人？到时候满屋的李大人，你们准备怎么称呼？"等李骥大些，她还准备给李骥讨个恩荫封个官呢，想到那个情景，她咯咯地笑了起来。

"真是顽皮。"李谦有些哭笑不得，索性转移了话题，问姜宪，"听说何家表妹过些日子也要下聘？何大舅太太这个人还不错，到时候你记得送份贺礼过去。"

姜宪点头，示意情客记下来，道："李麟下聘的日子和何家表妹是前后脚，那我们就送一样的贺礼过去好了。"她打算私底下再送份贺礼给何曈娘。

"不用！"李谦声音有些冷硬，道："下聘是看娘家的热闹，何家表妹那边多送一些，是我们做哥嫂的给她做面子。堂兄这边，我们是婆家的亲戚，犯不着给新媳妇做面子，礼到就行了。"

李谦这是恼上李麟了？不过，这个结果是姜宪乐于见到的。她有些幸灾乐祸地在心里暗笑，爽快地应下了。

之后两人又说了会儿西安城过年时的事。知道姜宪处处打点得周到，还因为李谦的缘故去参加了几次春宴，梳洗好了的李谦很是感激，拉着姜宪的手道："我尽量早点儿调回来，免得你再为了我做这些事。"

姜宪笑道："反正是打发时间，你不在的时候，我也有个事做。"

两人高高兴兴地说了半天的话，这才去了内室。

百结和情客放下帐子后便退了出去，墙角宫灯的灯芯被熄了两根，只留豆大的一点灯火，昏昏黄黄地照在屋里，弥漫着温馨的味道。

李谦翻身把姜宪抱在了怀里，心里像有把火在烧。

姜宪挣扎了两下，道："我都快喘不过气来了。"

李谦闷闷地"嗯"了一声，低头埋在姜宪颈脖间深深地吸了几口气。姜宪的脸腾地红得能滴出血来，脖间的热气仿佛爬到了她的心里，让她身子发软，心慌意乱。

"你……你要做什么？"她紧张地道。

"乖，"李谦又深深地吸了口气，"别乱动。"

他放在她腰间的手根本不敢再进一步，生怕控制不住做出让自己后悔的事来，心里既甜蜜又痛苦。姜宪还有些懵懂，李谦却是在婚前被人教导过的，虽然只是些图画，却把男女之事讲得很清楚。想到那些，他的心反而慢慢地冷静下来。姜宪太小，过早生育会让女子早逝，他要和姜宪白头偕老，而不是贪图这一时的欢愉。

李谦把姜宪抱得更紧了，呢喃地在她耳边低语："乖乖，我很想你，你有没有想我？就让我抱一会儿。"

姜宪觉得她仿佛是他手心里的珍宝，得小心翼翼地呵护着。这让姜宪高兴，更让她觉得安心。她软软地贴着李谦，任由他把她箍在怀里，沉沉地睡着了。

第二十章
纸扇匣子

第二天，姜宪和李谦刚用过早饭，李麟和李骥就过来了。

兄弟几个见了面，李谦先问了李骥的功课，见李骥对答如流、言之有物，很是欣慰，大方地给了李骥一张二百两的银票，让他买些自己喜欢的文房四宝。李骥受宠若惊，忙向李谦道谢，他倒不是稀罕这银票，而是李谦的肯定太出乎他意料。

然后李谦问起李麟和高妙容的婚事："既然你已经决定了娶她，以后不管遇到什么事，都不要忘记了自己的初衷。成了亲之后，你也要多看顾着点儿高小姐，让她少做点儿小动作，背着人玩那些不入流的手段，只会让人轻瞧了……"

听着听着，李麟就有些不高兴了。李谦不过是做了个正二品的都指挥使，说话就这样大大咧咧，要是以后封侯拜相了，岂不是他这个做哥哥的得在李谦面前低三下四的了！他不禁在心里冷哼。李家有今天，还不是因为嘉南郡主？他有什么资格教训自己，又不是自己挣来的正二品。

"我的事我自己心里有数。"李麟不想在这个时候得罪李谦，毕竟他已经让叔父有些不高兴了，含糊道，"我是真心喜欢高小姐，我们也算是青梅竹马、知根知底了。找别人，就算是家势再显赫，也不过是同床异梦，我不喜欢。"

见李麟一副油盐不进的样子，李谦决定不再管这件事，遂点了点头，道："自己的日子自己过，别人还真不好多说什么。你既然觉得高小姐好，那我就在这里恭贺你了。"

李麟笑着点头。不知道为什么，他忽然想起昨天看到的姜宪欢天喜地地扑到李谦怀里时的情景，顿时有些心不在焉起来。

三兄弟又说了几句话，李冬至和李雪过来了。

她们昨天得知李谦回来时已太晚，就没有过来。此时见了李谦，李冬至恭敬地给李谦行礼，对这个兄长敬畏中带着几分仰慕，而李雪则上上下下地打量了李谦一通，直言道："比在家里瘦了些，可精神却更好了。"

李谦对这个堂姐很尊敬，闻言笑道："甘州事多，可对我也是个历练，到没觉得自己瘦了。"

能够做出一番事业来，恐怕任何一个男人都不会觉得累。李雪欣慰地笑了笑。

兄弟姐妹几个坐下说了一会儿话，有下属来找李谦，几人只好先散了，李雪和李冬至便去寻姜宪。

"不知道宗权什么时候又得走。"姜宪想想就觉得不舍，道，"华阴县不是出了事吗？据说汪几道和熊正佩都气得不得了，要卫所把闹事的百户交出来，卫所不愿意交人，汪几道和熊正佩便着陕西按察司调查此事，夏哲应该也受了训斥。宗权说他最多能在家里待三天，可照我看，夏哲肯定会召他和王成去问话，说不定能多待几天。"

李雪担心道："那个百户怎么这么大的胆子啊！再僵持下去，只怕事情会越发不可收拾。"

"管他呢！"姜宪不以为然地道，"宗权在甘州，就算是斥责也斥责不到他身上去。我担心的是，因为这件事，甘州那边的戍防只怕要被耽搁了。"

李谦到西安是来要军需的，他担心春天的时候鞑子会进犯嘉峪关。如果鞑子在冬天遭了冻，死掉大批牛羊，来年春季就会进关抢东西。

姜宪忽然想到了郑缄。天气不受人为影响，若是有所准备，李谦肯定应付得了。于是，她连忙派人给李谦送信。

此时李谦已经去了巡抚衙门见夏哲。夏哲和陕西布政使周照在一起，正为华阴县的事犯愁，见到李谦，彼此客气地寒暄了一阵，李谦见不是好时机，就没有提自己的来意，坐了一会儿便起身告辞。路上遇到家里的小厮，李谦便去寻郑缄和康祥云。

回来后，李谦告诉姜宪，郑缄说去年冬天鞑子那里不算太冷，今年春夏的气候也没有什么问题，倒是今年冬天可能会很冷，让他多备些粮草……

姜宪差点笑出声来。她知道郑缄懂天象，却没想到居然会准到了这样的程度，看样子她真的无意间得了个宝物。姜宪立刻在李谦面前推荐郑缄，把郑缄大大地夸奖了一番："……不然靖海侯府也不会请他们去福建。"

李谦奇道："你相信郑先生所说？"

"我相信啊！"姜宪道，"因为之前郑先生说过的哪天会下雨、哪天会刮风都一一应验了。"

李谦不由得重视起来："行都司衙门里的一个老伙夫也说过这样的话，只是他位卑言轻没人相信。"李谦沉声道，"我回去之后，应该好好地和他说说话了。"

姜宪微微地笑。

冰河跑了进来，急急地道："大人，夏大人请您过去商议政事。"

姜宪和李谦都吃了一惊，李谦可是刚从巡抚衙门回来不久呢。

"知道是什么事吗？"李谦问道。

"不知道。"冰河道，"只打听到夏大人还召了王大人。"

应该是为了华阴县的事。姜宪叮嘱李谦："这事你别管，弄不好会卷入文武官的纷争之中。"

"我知道。"李谦低声道，"我年纪最小，又刚来，这种事就算是让我去我也处置不好。"

姜宪点头，送了李谦出门。

李谦到巡抚衙门时王成还没到，夏哲迫不及待地把他拉到了一旁："京城密旨，让我们处置了围攻华阴县的百户。"

问题是那百户是世袭，且自立国之前就是华阴县的乡绅，亲戚遍布华阴，姻亲盘根错节。这些年来，华阴县卫所的军饷都是由这位百户拿出来的，华阴县人人皆知，那些卫所的卫士更是早已只认百户不认朝廷。陕西巡抚想要拿人，就得借助陕西都司或是陕西总兵的人马，夏哲叫王成过来，可见是想借用陕西都司的人马，那叫他过来又是何用意？

李谦的脑筋飞快地转了起来。王成的无能是大家都知道的，难道夏哲是想让他带着陕西都司的人去拿人？夏哲还真当他是个小孩子啊！自古文、武两立，他如果为了个文官带人把自己这边的武官抓了起来，以后那些总兵、将军会怎么看他？他还要不要和同袍相处了？

李谦在心中冷笑，面上却急道："密旨？不是阁老们的意思吗？什么叫作'处置'，是押送进京还是就地监禁？杨大人怎么说？华阴县的卫所可是他的治下。"

陕西总兵杨俊长期"生病"，根本不怎么管事。

夏哲深深地看了他一眼，道："李大人，杨大人那里我们就不要指望了。我几次请他过来商量华阴县之事，都被他委婉地拒绝了。你来陕西的时间短，有些事可能不知道，他和华阴县的百户是儿女亲家，密旨的事他不知道则罢，若是知道了，恐怕更不得安生。所以我只好向王大人借兵，再请你走一趟华阴，毕竟你是生面孔，去了不会有人注意。"

李谦不由得皱眉，道："夏大人有令，我本应义不容辞，只是兵贵神速，我刚来，对陕西都司的人不熟，行军布阵讲究如臂使指……只怕是王大人比我去更合适。当然，若是王大人不愿意去，我帮王大人代劳也可。"

说话间，王成和周照从一旁的屏风后走了出来。

王成拉着李谦的手道："老弟，这件事就拜托你了。我和那杨俊是老朋友了，怎么好去拿他的亲家？这件事，只有老弟出马才最合适。"

李谦之前就怀疑这是夏哲、周照和王成一起商量出来的结果。毕竟他是姜家的女婿，有姜镇元保驾，就算他做错了什么，别人看在姜镇元的面子上也不敢动他。不过，他们敢这样算计他，就别怪他不讲情面了。

李谦道："百户毕竟是正五品的朝廷命官，没有道理说抓就抓，既然有密旨，还请夏大人让我遵旨而行。"言下之意是让夏哲拿出密旨来。

这是人之常情，总不能因为夏哲的几句话，李谦就去捉拿一个朝廷命官吧？夏哲亲自去取了密旨交给李谦。

李谦看了看，心中暗道这密旨还不知是谁的意思呢！皇上现在正被大婚一事弄得晕头转向，哪里有精力管这些？不过他面上仍不露声色，将密旨揣在了兜里，起身行礼道："我这就去准备。"

夏哲几人大喜，王成更是道："我就说李兄弟是个能成事的人！我这就去清点人马交给李兄弟带过去。"

李谦点头。气氛骤然间热烈起来，夏哲向他介绍华阴县的情况，周照坐在一旁补充，偶尔还说几句笑话，调节着气氛。

李谦让小厮叫了冰河进来，吩咐他回家拿他的软甲，并道："若是郡主问起来，就说我奉了夏大人之命，陪周大人去咸阳公干，五日内即返。"

冰河应声而去。

夏哲打趣道："李兄弟和郡主真是伉俪情深啊！"

李谦不喜欢夏哲这种说话方式，笑而不答。周照又凑过来说着笑话，一时间倒也其乐融融。

姜宪收到冰河传达的口信，不禁心头一跳，细细地琢磨了半响，吩咐刘冬月："快去请谢先生过来。"

刘冬月飞奔而去。连一盏茶的工夫都不到，谢元希便到了。

姜宪对他道："夏哲恐怕是想让大人带兵去华阴县。他让大人带兵，不过是看中了大人跟镇国公府和宫里的关系，既是如此，这件事十之八九不地道。你现在想办法以大人的名义去给华阴县那边闹事的人带个信，让他们赶紧想办法，实在不行，就让他们往山里跑，反正现在入山为匪的人不在少数。"

别人说这样的话还情有可原，可姜宪是皇室郡主，居然也说出这样的话来……谢元希有些忍俊不禁。

姜宪睁大了眼睛瞪他。

谢元希忙正色地道："郡主，我们不好就这样贸然找去，他们也未必会相信我们说的话。据我所知，陕西总兵杨俊和华阴县百户是儿女亲家，我看，我们不如通知杨俊。"

"也行。"姜宪道，"反正能赶在大人到华阴之前，让闹事的都不见踪影就行。然后再参那王成一本——他这个在西安的不出面，倒把远在甘州的宗权调来帮忙，当然会走漏风声啦！"

谢元希会意，笑道："我这就去办。"

"快去！"姜宪催他，"要赶在宗权前头到华阴。"

谢元希点头，辞了姜宪立刻出门。

姜宪安排冰河去拿李谦的软甲，并让冰河给李谦带口信："软甲收在库房，找了谢先生才拿到钥匙。"

李谦淡淡地"嗯"了一声，在冰河的服侍下换好了衣服。王成那边还没有安排好，李谦又坐了快一个时辰才动身。

夏哲和周照亲自送李谦起程，随行的还有陕西都司一个叫王华的佥事。他是王成心腹，因是同姓，还认了王成做干老子。李谦猜测他应该是王成派在自己身边监视的人，不由得撇了撇嘴角。蠢成王成这样的，也少见了！若天下都是他这样的封疆大吏，百姓还有什么盼头？

李谦去了华阴县。姜宪得了准信儿，知道自己做对了，一颗悬着的心这才落下。

第二天，陕西行都司长驻西安的佥事胡金的夫人来拜访她，和胡夫人同来的，还有一个年约三旬的妇人。那妇人恭敬地给姜宪行了礼，自称是杨总兵府上的仆妇，奉他们家老爷之命，给姜宪送来一匣子浣花记的竹骨描金白纸扇。

姜宪没有多说什么，收下了，只是心里有些奇怪杨家的谢礼为何会是一匣子空白扇子。晚上，李冬至和李雪过来了，李冬至看见那匣子白纸扇，好奇地问道："嫂嫂，这就是闻名天下的浣花扇吗？据说它是由上好的澄心纸做成，点墨如漆，色泽持久，是最好的扇面。"

"不知道是不是最好的，"姜宪笑道，"我从前在宫里也用过，应该还不错，你既然喜欢，就送给你好了。"

"那怎么行！"李冬至红了脸，她只是随口问问，没想向大嫂讨东西，推辞间拿匣子的手一抖，匣子落在了地上。

"哐当"声中，竹扇全部散落在了地上，露出放在匣子夹层里厚厚的一沓银票。

"这，这……"李冬至手足无措，惶恐地望着姜宪。

"没事！"姜宪心中却有种大石落地的感觉。显然杨家不仅得到了消息，而且承了李谦的情，这才重礼答谢。

姜宪示意百结将银票和竹骨扇捡起，一起推到了李冬至的面前："既是给了你，你就收起来。你也不小了，总有应酬的时候，你就留着做体己银子吧！"说到这里，她抿唇对李雪笑了笑，道，"我们都是大的，也就不蹭你的银票了，不过，那扇子却是要分的。"

李雪愕然，又很快明白过来。姜宪这是怕她多心，代李冬至向她讨人情呢！遂笑道："也行！银票你就留下来做体己，分几柄扇子给我。浣花记的白纸扇是有名的好东西，就算我自己用不上也可以送人。"

"这，这……"李冬至有些手足无措，不知该怎么办好。她怎好拿嫂嫂的银子，何况这么厚的一沓银票，不用细看就知道数量可观，她怎么敢要？

李雪却是明白，这些银票姜宪只怕还没放在眼里。她也能理解李冬至的心情，想了想，索性笑道："你要是觉得自己没什么地方可用，就分一半给你二哥，你二哥天天在外面跑，多少银子也不算多。"

李冬至虽然只来了几天，可也听说了，那天她大堂兄请大伙儿出去吃饭，喝酒喝高了，最后还是二哥去结的账。她琢磨了下，不再坚持，笑着向姜宪道谢，收了匣子。

姜宪还真没把这些银子放在心上。只是这些银子代表了杨家对李谦的谢意，她无论如何也是要收下的。

用过晚膳，李冬至和李雪就告辞了。

李冬至拉着李雪去了自己屋里，两人数了数那沓银票，居然有一万两之多。李冬至手都发起抖来，问李雪："大姐，我……我真的要把这些银票收下吗？"

李雪也是第一次见到这么多的银票，她思索了半晌，道："既然郡主都说了，你就收下好了，但不可乱用，等有了合适的机会再想办法还给郡主。"

李冬至已经完全被这沓银票砸晕了，愣愣地道："怎么还？什么时候算是合适的时候？"

李雪忍不住笑起来，揽着李冬至的肩膀道："比如，等郡主有了孩子，你把这些银子分成几次补贴给郡主的孩子；或是你以后出了嫁，逢年过节的时候送些东西给郡主……总之，郡主怎样待你，你以后就怎样待郡主便是。"

李冬至明白过来，松了口气。

李雪见天色不早了，吩咐她把银票收好，起身回了自己的院子，没想到李麟居然在等她。

看见她回来，李麟立刻站了起来，笑着喊了声"大姐"，道："我有事和大姐商量。"

"那就坐下来说吧。"李雪吩咐小丫鬟重新给他沏了壶茶，又添了些茶点，然后才笑盈盈地问他，"有什么事值得你这么晚了还亲自跑一趟？"

李麟喝了口茶，道："我听说阿谦出公差了？"

李雪点头："说是要去四五天。"

李麟就笑道："没想到阿谦刚回来就出了公差，按理说，我理应跟他打声招呼再回去的，可大姐也知道，太原那边还等着我回去下聘呢！我就想保持原计划不变，过两天就起程回去。"

李雪握着茶杯的手不由得紧了紧，不过还是爽快地答应了："那我明天去和郡主说说。来不及跟阿谦辞行，怎么也要跟郡主打声招呼才是。"

"那是自然！"李麟松了口气，起身告辞，"那我就先回去了，买了很多土仪，还没收拾呢。"

李雪笑着应好，送李麟出门。

第二天，得到了消息的李骥跑去找李麟。

李麟正在收拾东西，李骥把他拉到了一旁，送了他一副浣花记出的文房四宝，并歉意地道："您订亲的时候我赶不回去了，这是我的贺礼，大堂兄千万不要和我客气。"

李骥送的这套文房四宝是浣花记的特别款，一套最少也要三十两银子。李麟看到这个，不由得爱怜地摸了摸李骥的头，笑道："你一个月才有多少月例，还给我买这些！心意到了就行了，下次不可再这样了。"

李骥憨笑着点头。

李麟拿了银子给他："我一个做哥哥的，怎好让你破费，这钱我帮你出了。"

李骥不要，又忍不住炫耀："大嫂让冬至分了五千两银子给我。"

李麟愕然。

李骥把事情的经过告诉了李麟，还感慨道："大嫂比男子还要豪爽，冬至也很好，毫无怨言地分了一半银票给我。"

李麟听了，表情有些凝滞，好一会儿才强打起精神对着李骥笑了笑，道："你这小子运气倒挺好，坐在家里什么也不做，天上就掉了块馅饼下来。以后要是哥哥没钱想向你借几个银子花花，你可不能开口拒绝啊！"

"一定，一定。"李骥道。

等到晚上，郑从几个知道李麟就要回去了，纷纷表示要给他送行。而在这期间，夏山和卓然已经通过郑从结识了，也得了消息说要给李麟送行。李麟推脱不得，应了下来，由郑从做东，在一家馆子里小聚了一番。

可纵然是小聚也免不了喝酒，几杯下去，话多了起来，不知道谁提起了郑从的婚事。郑从面色绯红，道："我年纪还小，我爹说等过几年再说。"说着，他想起家里的变故，顿时变得有些怅然起来，"我也知道，我爹那么说，是因为家里一时拿不出聘礼来……"

卓然不禁默然。

喝得有些多的李麟却揽着李骥的肩膀，对郑从笑道："你别担心，你师弟有钱！好的姻缘不等人，万一遇到合适的人家，你只管定下来，让阿骥借钱给你，昨天他可是发了一大笔财——郡主直接给了他五千两银子！"

众人艳羡不已。李骥腼腆地道："我也不好意思真的用我嫂子的钱，不过我嫂子一片爱护之情，我只好收下，等以后有机会了，我必然会报答我嫂子。"

夏山虽然家境富裕，但也不可能一口气给五千两银票，他对身边坐着的卓然咋舌道："'一人得道，鸡犬升天'，看见没有，这就是娶了嘉南郡主的好处！我怎么没有这样的好运气呢？"

卓然笑道："那也是李骥自己的运气。不过，若是他对郡主不好，郡主也不会对他这般好。"

"什么运气！"夏山冷哼一声，道，"要是我有个那样的嫂子，也会千依百顺，小心奉承。你恐怕还不知道吧？李骥的父亲是招安的土匪，要不是曹太后当政，他们家早就被流放了。嘉南郡主选婿的时候，李骥他哥根本就没入选，是他哥做大内侍卫时在嘉南郡主面前露了脸，被嘉南郡主看上了，太后这才下旨赐的这门亲事。如今李家从上到下，吃的全是郡主的饭，就像他哥这次能任都指挥使，也是郡主给他跑的官。若离了嘉南郡主，谁还知道他们李家？这不是'一人得道，鸡犬升天'是什么？"说完，夏山还鄙视地看了卓然一眼。

卓然被这一眼看得心里怦怦乱跳，他一直以为李谦是因为父亲是总兵，才有机会被选为郡主的夫婿……没想到李家的出身如此卑微。好半天，卓然的心跳才恢复了正常，道："不管怎么说，李谦也是总兵之子，虽然配郡主身份低了一些，可在其他人眼里，仍是高不可攀的。"

夏山不屑地撇了撇嘴角，懒得和卓然多说。

卓然却想起自己那次随姐姐去拜访夏夫人时的情景。绡纱花鸟屏风后面，年轻女子的鹅黄色绣八宝纹裙边落在翠绿色的绣花鞋旁，像盛开在春日里的一抹丽色，撩动着他的心。那说不定就是嘉南郡主的鞋子，满西安府的贵妇只有郡主还没及笄，自然打扮得极为艳丽了！

卓然在心里思忖着，抑制不住地想知道更多关于郡主的话题："听说郡主是在慈宁宫长大的，皇上和郡主更是青梅竹马，是吗？"

"可能吧！"夏山漫不经心地道，"女眷的事，我不好打探。"

卓然还想再问几句，李麟的声音突然高亢起来："宗权就这样被拉走，郡主不恼火吗？宗权也真是的，好不容易回来一趟，应该多陪陪郡主才是，他这样乱跑，让郡主心里怎么想？他要是不想陪着郡主，郡主身边多得是人想陪！"

李骥笑道："大哥这也是没有办法，郡主也什么都没说。"

"什么没有办法！"李麟已然喝醉了，说起话来全然没了顾忌，嚷道，"他多半是不想和我见面。那天我们见面，统共说了不到五句话……他肯定是觉得我不应该娶妙容，他就做得好了？竟敢冷落郡主……"

"大堂兄，你喝醉了！"李骥脸色一沉，眉宇间颇有些凌厉之色，这样看着倒和李谦更相像了，他高声对随身的小厮道，"大堂兄的随从呢？快去叫了进来，让他们扶大堂兄回去。"又向众人道歉，"没想到大堂兄喝醉之后会是这个样子，让大家扫兴了，改天我再请大家好好地吃一顿。"

郑从忙笑道："这喝醉酒不是常有的事吗？你不必放在心上，快送他回去吧。等你空闲了，我们再联系。"

李骥拽着李麟走了。

卓然的心头却响如擂鼓，道："李麟大哥是什么意思？"

郑从含含糊糊地道："喝醉了酒嘛，肯定是乱说一通了，谁会当真？"

正主子走了，他们这些请客的自然也该散了。郑从付了账，几人在酒楼门口分手，卓然却一反常态地跟夏山同行。郑从看了两人的背影一眼，没有放在心上。

卓然却在路上和夏山说起姜宪："你知道嘉南郡主是个怎样的人吗？她经常去你叔父家拜访吗？"

夏山笑道："那怎么可能，那可是郡主！要不是碍着年纪，应该我婶婶去拜见她才是。我只是远远地见过郡主两次，连长相都没看清楚。不过，她的个子在女孩子里面算高的了，而且走路的姿态很优美，稳重端庄却透着一股风姿，很是赏心悦目……"

两人就聊着这个话题，一直到了巡抚衙门才分手。

姜宪自然不知道有人对她很好奇，她全副的心思都放在了李谦身上。

晚间传来消息，说李谦已顺利地到达了华阴县，可那华阴县百户不仅没走，还抬了副棺材放在了自家门口，誓要和程飞同归于尽。李谦头痛得不得了，只好把这两人都叫了去，商量这件事该怎么办。

待谢元希把话说完，姜宪沉思了一下，道："要是我，就告诫程飞一番。不管怎样，他们一个管着政务，一个管着卫所，闹成这样，说明两个人的掌控能力都有问题，拖到最后朝廷只会将他们一锅端了。若是程飞也有那百户同归于尽的勇气，大可以继续对峙下去。"

谢元希两眼发亮："我这就飞鸽传信给大人！"

姜宪点头。谢元希恭敬地行了一礼，才转身离去。

这样过了两天，到了李麟和李雪起程回太原的日子，姜宪和康太太、郑太太把李雪一直送到了城门外。

只是一回来，姜宪就接到了曹宣的书信，说是帮陆大人在长安县谋了个教谕的职务。因西安府衙太多，大人更是多如牛毛，所为西安属城的长安县就很不受人待见。可陆大小姐的事不宜迟，曹宣便为陆大人谋了这个职位，说以后再想办法慢慢调动。

姜宪倒觉得不错。长安县离西安近，也就意味着生活方便，陆大人一把年纪了，性子又孤傲，难道还指望着他能升官不成？她便写了封信给陆大小姐。

信比李麟早到了个七八天，吏部的公文又比李麟早到了个两三天。等到李麟回到了太原，陆大人要调走的消息已是人尽皆知。且李麟得知此消息，还是因为高妙华来找了他。

"你怎么才回来！"高妙华颇有些抱怨地道，"你知不知道陆大人调任了长安县教谕，这两天就要起程去长安县了？"

李麟愕然地摇头，直觉是李谦帮了陆大人。

他怎么能这样？！这不是帮着外人打自家人的脸吗？他的脸色很难看，想支走高妙华给李谦写封信去诘问，偏偏高妙华一点儿眼色也没有，还在那里抱怨："阿麟，这件事你一定得好好查一查。陆家突然被调走，肯定是有人有意为之，这不是在跟你作对吗？我妹妹为这件事都气哭了，好几天没有吃饭！"

李麟对这门亲事是很有诚意的，他不想让高妙容受委屈，更不想让高妙容嫁得忍气吞声，听到高妙华这么说，李麟心里很不好过，道："我和大舅兄一起去见见妙容吧，我去劝劝她。"

两人一起去了高妙容那里。

马上要定亲了，高家没有女性长辈，也就谈不上积攒嫁妆了，很多东西都要新置。按道理，高妙容应该抓紧时间置办嫁妆才是，可她心里明明知道，却怎么也提不起兴致来。

嫁给了李麟，就什么后路都没有了，她就只能一条路上走到黑地跟着李麟了。为他生儿育女，为他打理家务，为他分担忧愁，甚至是死了，也要和他葬在一起……一想到这里，高妙容就有种马上要窒息的感觉。要是有人突然跳出来把她救走就好了……她脑海里突然浮现出李谦英俊的面容。

为什么不是她？就因为她的出身不够好吗？就因为她不能像姜宪那样给他带来荣誉和利益吗？她痛苦地弯下了腰，觉得自己快要死了。

去给她端粥的香苴进屋看见高妙容捂着胸口蜷缩在炕上，吓得花容失色，匆匆放下端着粥的托盘就跑了过去。

"小姐，小姐！"她急得眼泪都快要落下来，"您这是怎么了？快来人啊！快去请大夫！"

"出了什么事？"刚刚踏进院子的李麟和高妙华大惊失色地冲了进来。

"我没事。"高妙容没法向李麟解释自己的苦闷，只好压下心中的酸楚。

高妙华隐隐有点明白高妙容的心思，却不能说，于是道："估计是几天没有吃饭，气的。"

李麟面露愧疚之色，歉意地道："高妹妹，陆家走了也好，眼不见为净。不管是在福建还是在太原，你都素有贤名，何必为了这样一户人家坏了自己的名声？"

高妙容气得肝痛。庄夫人得罪了姜宪，庄大人就被留在太原，让庄家有点风吹草动就被人非议，弄得庄夫人如今连大门也不愿意出。她倒好，陆家铁板钉钉的婚事没了不说，还让他们安然无恙地去了陕西。如此，陆大小姐的事岂不就水过无痕了！如果她嫁的人是李谦，还会被人这样轻怠吗？

高妙容强忍着心中的愤怒道："这件事原本就是我做得不对，是我太心急了。我很喜欢陆大小姐，真心想她给我做嫂嫂，所以才想让她瞧瞧我哥哥是个怎样的人……"

李麟忙安慰高妙容："我知道，我都知道！不过我真心觉得陆家留在太原不好，大舅兄还要说亲，万一女方看重这些怎么办？"

正因为这样她才生气陆家被调走——那会让人觉得陆家不要高妙华，甚至因此避之若浼。

高妙容望着李麟一副理所当然的样子，一句话都不想跟他说。她闭了闭眼睛，定了定神才将心底的厌烦压了下去，道："我觉得有些不舒服，先歇会儿。大哥，你帮我招待麟大哥吧！有什么事，我们下次再说。"

待李麟随高妙华去暖阁喝茶后，高妙容伸手把满桌的茶皿全扫到了地上，香苴几个吓得都不敢动。高妙容在屋子里走来走去，好半天才把心中的怒火压了下去。分家是势在必行了，而且也容不得她不分，李麟那个没脑子的估计还挺感激他叔父。如今之计，只有想办法和李宅继续保持联系，要让人觉得李长青虽然把他们分出来了，却不是真想和他们分家，而是因为李麟成了亲，长房需要支应门庭了才好。不然失去了李家这棵大树，他们能做什么？何夫人那里，就是个很好的突破口。

她思忖着，高声喊香芷："你去看看前些日子送来的绣品，其中有没有适合送给何夫人的。"到时她就说是自己绣了送给何夫人的，何夫人肯定会高兴。

华阴县的事，已在杨俊的干预下有了变化。

自家亲家固然有错，程飞却也不是全占道理。杨俊虽因得罪过如今风头正盛的武英殿大学士兼兵部尚书李瑶，近年来低调做人，可他毕竟是陕西总兵，总不能被人欺负到头上也不吭声。于是在李谦的通风报信下，他联系上从前的好友，走了汪儿道的关系，只治了那百户一个藐视上峰之罪，罚了一年的俸禄

就将事情给抹平了。

程飞当日被李谦安抚过了，听到这个消息后，叹了口气，没再多说什么。

夏哲原本以为李谦会照他们的意思直接把人绑回西安，不承想李谦却把两人拉到一起要调解彼此间的矛盾。他当时就大发雷霆，可想到李谦背后是镇国公府、是太皇太后，他又把那股无名之火压了下去。

夏哲打算冷眼旁观，等事情闹到不可收拾，引起文武官之争的时候再出面好好地教训一下李谦，让他知道知道什么是为官之道，也乘机试探一下李谦在镇国公府和皇上心中的地位。可让人没想到的是，杨俊在这个时候出了手，事情最后以程飞退让隐忍结了局。

这个李谦，运气真是不错！夏哲心中暗道。

姜宪这边，已和李谦甜蜜地小聚了几日，此时他们正在游骊山。

山形的雄伟，山峰的秀美，山树的葱郁，山泉的蜿蜒，山花的灿烂，山路的曲折，都给姜宪留下了深刻的印象。可她实在是缺乏锻炼，勉强爬了半个时辰就再也走不动了。她揪下头顶的小厮帽子，靠在旁边的一块大青石上喘着气道："我能不能不上去？"

朝元阁固然神奇，老君庙固然神圣，可她就是不想去看了。

李谦笑着转身从青石台阶上往下走。他步履轻盈，动作灵巧，脸上甚至连滴汗都没有，让姜宪感到了深深的妒忌。

"我背你上去！"他挑着眉笑着道，神色间闪过一丝得意。

姜宪在心里深深地鄙视他。她说要坐滑轿上来，他却非要她爬山，说这样才是对老君的尊敬……这家伙只怕那时候就打了背她上山的主意了。

"刘冬月！"姜宪大声地道，"去给我安排一顶滑轿。"然后转过头来，学着李谦的样子挑了挑眉，笑道，"这山这么高，这么陡，我怎么能让你背呢？你要是伤了力可怎么办？你可是咱家的当家人！"说着，再不看李谦一眼，又往上爬了几阶台阶。

你以为只有你会耍花腔吗？姜宪嘴角微翘。

李谦哈哈大笑，三步并作两步地追了上来，道："还是我背着你上去吧！你看，现在这里都是自己人。"

姜宪目不斜视，不理他。刘冬月低头缩身，恨不能变成只蚂蚁消失在土洞里。

李谦身轻如燕地快走了几步，然后转过身来一面倒着往山上走，一面笑嘻嘻地问姜宪："真不要我背你吗？这里离山上还有四分之三的距离，就算是坐

355

滑轿也不可能一口气爬上去。我背着你上去，还可以趁机到前山腰的镜湖去看看。你知道什么是镜湖吗？就是一个水潭，水面如镜，碧绿清透不说，还有一块凹处，像靶镜的手柄，湖眼就在那里。据说那里的水喝了可以延年益寿，我们等会儿也去喝上几口，你觉得如何？”

“不如何！”姜宪欣赏着周边的景物，根本不看李谦，“我要坐滑轿上山，给老君上了香后就住下来，明日还要看日出呢。”

“还是让我背你上去吧？”李谦还欲说服她，谁知道脚一崴，人一个趔趄，差点摔倒。

姜宪吓了一大跳，忙去扶李谦。

李谦忙稳了稳身形，又去牵姜宪的手，笑道：“我没事。”

姜宪却脸都白了。

“我真没事！”李谦很后悔和姜宪开这样的玩笑，忙上前搂了她，低声道，“我十岁起就被我爹丢到卫所跟着那些将士训练，不说是走山路如履平地，可也不惧这种小山小沟，所以你别害怕。”

“你还是好好走路吧。”她扭头看了一眼山下，忍不住说了李谦一句，又想到李谦为何会做出那种举动，脸有点发热，低声道，“等到了朝元阁，我们两个去山后转一转。”

也就是说，没人会跟着他们。李谦眼睛一亮，捏了捏姜宪的手，意有所指地道：“好，到时候我背你去后山转转。”

姜宪别过脸去，没有说话。

李谦呵呵笑，叫刘冬月让人抬滑轿过来。

两人在骊山好好地玩了两日，回到家里，刚刚安顿下来，冰河就来禀道：“长安县陆教谕家的夫人和两位小姐递了拜帖，想来向郡主问安。”

姜宪讶然，道：“他们这么快就到了？”

冰河笑道：“三天前陆大人一家就到了西安，如今住在离甜水井不远的一个客栈里，说是等见过郡主再去长安县任职，这些日子天天派人来打听郡主回来了没有。今日知道郡主回来了，怕郡主旅途疲惫，递了两天之后的拜帖。”

姜宪想了想，道：“既然如此，那就安排在明天吧！见过我之后，他们也好早点儿去长安县。”

冰河应声退下。

姜宪就对着李谦嘀咕：“他们来见我干什么？我又不能让他们升官发财。”

李谦忍不住笑了，觉得这样的姜宪非常可爱，他摸着她的头道："他们到这边也算得上是人生地不熟，你又帮了他们一个大忙，他们自然想来谢谢你。"

姜宪就瞪了李谦一眼。

李谦愕然，到了晚上才想起自己在骊山时曾经说过的"去甘州前一直陪着你，谁也不见"的话。想来是姜宪想和他在一起，不想见别人。他哈哈大笑，笑过之后又觉得有些心酸。等上了床，他就紧紧地抱住了姜宪。

姜宪脸上火辣辣的。李谦却只是吻了吻她的额头，道着"快睡"，并没有像从前那样闹她。她心里突然有些失落，只是当这念头闪过的时候，她的脸烧得更厉害了。

第二天，再次见到陆夫人和陆家两位小姐的时候，她还是很高兴的。

陆夫人和陆家两位小姐都清减了很多，眼角红红的，非常激动，特别是陆家两位小姐，非要给姜宪磕头不可。姜宪好不容易才把人拦下，请三人坐下，并道："我们也算是旧识了，说起来，陆大小姐的劫难也与李家有关，陆夫人这样客气，倒让我心中愧疚。"

陆夫人觉得姜宪肯定从来没陷入过陆家这样的境地，不知道自己那些日子是怎样煎熬过来的，因而也不知道自己对陆家的帮衬犹如雪中送炭，救了他们全家人的性命。她也不和姜宪多说，只道："郡主若是不嫌弃，以后逢年过节，就让大囡、小囡来给郡主问个好吧！"

姜宪还是挺欣赏陆大小姐的，觉得她不像寻常闺秀那样，遇到事只知道哭哭啼啼或是就此认命，于是欣然应允。

陆夫人松了口气之余很是欣慰。她很感谢姜宪，盼着和姜宪交好，至于报答，只能以后找机会了。

一个心怀好感，一个有意奉迎，避开了高妙容，陆夫人和姜宪说起别后之事倒是其乐融融："丁夫人、李夫人都让我给您问好，鲁夫人则让我给您带个口信，说让您无论如何也要给她写封邀请函，她就可以有借口来西安看您了。"

这倒是鲁夫人的做派，姜宪呵呵直笑。

一直快晌午了，气氛仍然很好，姜宪便留陆家母女用膳，还请李冬至、郑太太、康太太和康大小姐几人作陪。都是读书人家的女眷，性情相投，她们很快就亲近起来。而李冬至这些日子受康大小姐影响，比从前开朗了许多，和陆家又是熟人，此时说起话来不卑不亢的，颇有几分世家小姐的风范了，因此场面热闹而又融洽，让人觉得愉快。

姜宪索性下了张帖子去联珠社，让他们差两个人来唱个堂会。

像这样临时下帖子，一般只能看运气。毕竟戏班子向来都是提前做安排，那些出名的伶人早就派了出去，甚至可能都已经上场了，总不能拆了这边补那边吧？

所以看到来唱堂会的居然是杜慧君的时候，姜宪颇有些意外，不由得关心地问："这些日子联珠社的演出不多吗？"

杜慧君闻言恭敬地给姜宪磕了个头，道："托郡主的福，请联珠社去唱戏的人排都排不过来了，除了小凤仙，小的其他几个徒弟也不得不被迫出师。大家都很感激郡主，还想等忙过这一阵子，排个新戏给郡主看呢！"

这下姜宪不禁有些惊讶了，问："你现在不唱戏了吗？"

"还唱。"杜慧君笑道，"不过郡主这里不一样，郡主要听戏，自然得我亲自上场。"话里满是感激之情。

姜宪点了点头，请陆夫人点戏："杜大家不仅旦角唱得好，武生也唱得不错。不过唱了这么多年戏，腿上不免有些旧伤，倒有点可惜。"

话是这么说，大家却听出来了，姜宪这是委婉地提醒她们，让她们不要为难杜慧君，不要点武戏。

陆夫人不知前因后果，听了笑着打趣杜慧君："杜大家既得了郡主的赏识，今天可得拿出全副的精神来，好好地给郡主唱折戏才是。"

"是！"杜慧君非常恭谨，低眉顺眼地应着，仿佛姜宪的小厮似的，让陆夫人心中暗暗奇怪。

待众人兴尽散去已是华灯初上。姜宪回到屋里时，李谦已洗漱完毕，正倚在床上看书，见姜宪回来了，笑道："应酬完了？"

姜宪笑着"嗯"了一声，道："那个杜慧君唱得真不错。"她坐在镜台前，一面由百结几个服侍着卸妆，一面和李谦说话，"听人说，唱旦角的名伶最好的年纪是在十来岁，有些保养好的可以唱到二十岁。我要是没记错，这杜慧君今年该有二十一二了，可看那扮相还像十四五岁的，且嗓子也还不错，只是到底没有那年在万寿山唱的好了……"说着话，就把杜慧君的事告诉了李谦。

姜宪有些惋惜，觉得杜慧君肯定是因为简王世子那件事倒了嗓子。简王那么厉害，到底知不知道自己的儿子是个怎样的人，都做了些什么事呢？

李谦一面含笑听着，一面给她揉着手上的香脂，道："这世间不平的事多了去了，他能遇到你，得了你的庇护，已是他的福气，以后会如何，就是他自

己的事了。他走南闯北这么多年，还能进宫给太后祝寿，也不会是个省油的灯，你不必太担心。”

"倒不是担心他，"姜宪道，"我是在替简王感慨。在我的印象里，简王世子虽然品貌德行不是特别出众，却算得上老实稳重。如今未必如此，也不知简王府最后会怎样？"

李谦闻言笑道："你这可真是看书替古人落泪。他再荒唐，那也是简王世子，只要他不谋逆，这荫及子孙的荣华富贵怎么也跑不了，不过是没什么建树而已，有什么值得替他担心的？"

姜宪抿嘴笑了笑，没有说话。

李谦帮她抹完香脂，拉着她的手道："睡吧，明天我陪你去花房里帮那些花换土剪枝。"

姜宪笑盈盈地应"好"，和李谦上了床。

第二天一大早，用过早膳，杨俊却差幕僚送来了一份请帖。说是家里的牡丹花开了，请李谦夫妻俩去赏花。这是自华阴县之事后，杨俊第一次正面和李谦接触。

姜宪猜道："程飞要调到荆州，他算是小胜了一把，也应该趁着这个机会在众人面前露露脸了。"

李谦道："他不是和李瑶不和吗，应该不会这么高调吧？"

姜宪笑着继续猜道："他要是真的怕李瑶，就不会为自己的亲家脱罪了。"

李谦也不和姜宪争论，道："只需看他都请了哪些宾客就知道了。"如果只是为了答谢李谦，拉近距离，小范围地请几个通家之好就行；若是为了敲山震虎，告诫西安官场上的众官吏，就会大肆请客。

姜宪点头。

李谦笑道："那我们不如再来打个赌，要是我赢了，依旧是要答应我一件事，怎样？"

"不怎样！"姜宪撇了撇嘴，道，"我都欠你十八件事了。"

李谦便道："如果这次我输了，你便可以也让我欠一件事了。"

"是六件！"姜宪瞪着眼睛更正，"你之前还欠我五件事呢。"

"对，对！所以，还赌不赌了？"李谦笑。

这几天他们经常这样赌着玩，赢了的就让输了的做一件事，从给对方倒杯茶到给对方倒一次洗脚水。姜宪已经连续让李谦倒了三天的洗脚水了，可李谦只让她沏过一杯大红袍……姜宪想了想，笑着应承下来。

第二十一章
杨府赴宴

　　到了那日，李谦和姜宪按品大妆，去了杨家。

　　杨家果然如姜宪所说，宾客盈门，陕西巡抚夏哲、布政使周照等人都来了。姜宪得意地朝李谦使了个眼色，李谦会意地点点头，做出个六的手势。姜宪满意一笑，登上了安排给女眷赏花的阁楼。

　　夏夫人等人已经到了，见姜宪进来，忙笑盈盈地和她打招呼，比在翠微山庄的时候又热情了几分。而林夫人曾跟她一起八卦过夏家的闲事，见到她就更亲热了，拉着一个三旬左右的清秀妇人走到姜宪面前，道："嘉南，你还不认识杨大人的夫人吧？这位就是了。杨大人养病，杨夫人也不得闲，因而几乎不出门应酬。难得今天杨大人的精神好，在家里举办春宴，杨夫人这边你也应该认识认识才好。"

　　杨夫人面相温和，眼睛清明，一看就知道是个干练之人。姜宪笑着和杨夫人见了礼。杨夫人对李家曾派人报信一事矢口不提，只奉承姜宪的衣服好看，首饰也漂亮，还问是在哪里买的，能不能把师傅介绍给她。

　　是个聪明人，知道什么场合应该说什么话。姜宪喜欢这样的人，对杨夫人颇为和颜悦色。两个人说了会儿话，有客人过来，杨夫人这才歉意地辞了姜宪，去招待客人。

　　尽管如此，还是有人看出了杨夫人待姜宪的不同，那人问姜宪："郡主，您从前和杨夫人认识吗？"

　　"不认识啊！"姜宪漫不经心地道，又反问那人，"你怎么会以为我和杨夫人认识？"

那个人支支吾吾的，半天也没有说清楚到底是为什么。姜宪懒得再理会，说了几句就随林夫人去了窗棂边吹风。

林夫人低声道："大家都怀疑，程县令去两湖是李大人帮的忙。"

"我家大人还没这么厉害吧？吏部又不是我家开的。"姜宪做出一副骇然的模样，又道，"你可别说你相信了这通鬼话，别人不知道，你可是有品级的官眷，怎会不知这其中的厉害！"

"我当然没信。"林夫人忙辩解道，"我这不是看大家都这么说，怕你不知道，语言上被他们抓了什么把柄吗？"

实际上，她心里此时却在吐槽：你嘉南郡主说把温鹏外放就外放了，想给李谦谋个差事，更是直接把李谦送到了正二品的位置上……这件事难道真的不是你做的？

可这话林夫人哪里敢说，她只好心虚地道："我这不是关心你吗！三人成虎，就算不是你做的，别人都说是也就不是你也是你了。我觉得你还是应该澄清一下，免得替人背了黑锅。"

姜宪瞥了林夫人一眼，道："这种事，怕是越解释越说不清楚吧？"

林夫人没想到姜宪看得这样透彻，讪讪地笑道："我只是觉得，总让别人这样说也不是个事儿。"

"无所谓！"姜宪毫不在意地道，"清者自清，浊者自浊。"

林夫人嘴角翕翕，还欲说什么，杨夫人领着个十七八岁的小姑娘走了过来。

"郡主！"她把那女孩引见给姜宪，"这位是董重锦董老爷家的大小姐。"

董大小姐忙屈膝给姜宪行礼问好。她长相平凡，却有个好声音。

没想到西安首富董家，居然是站在杨家这边的。姜宪不由得仔细地打量了董大小姐几眼。

杨夫人笑道："董老爷的夫人病逝多年，董老爷一直没有续弦。自五年前，董大小姐就开始管理家中庶务，家中的应酬便多是由董大小姐出面。"言下之意是怕姜宪以为董家不尊重她，只派了家中长女来和她打交道。

姜宪笑着点了点头，和董大小姐寒暄："说起来我和你家也算是有缘了，我现在住的宅子，据说原来就是你家的。"

董大小姐很懂事，笑道："郡主言重了，郡主能看上我家原来的宅子，这是我们董家的福气。那宅子不管是位置还是风水都是顶好的，只是董家根基浅薄，家父又非要插手银楼的生意，和人合伙开了个银楼，几个大宅子养起来就有些吃力，这才放了几处出去。祖母每每提起，都要呵斥父亲一顿，说他的心太大了。"

非常会说话。姜宪微微笑，没有问她董家的银楼叫什么。

董小姐也一字不提，笑道："听说郡主前些日子去骊山踏青了？我家在骊山那边还有个小宅子，用来避暑最好不过。若是夏天的时候郡主想去骊山，不妨差人支会我一声，郡主正好可以到那里去小憩些日子。"

这是要把那处宅子也卖给她？董家的消息还挺灵通的。姜宪笑道："我怕蚊虫，那些避暑的山庄通常都树荫浓密，蚊虫众多，我常常被叮。所以，我更喜欢去泡温泉。"

"哎呀！"董大小姐睁大了眼睛，讶然道，"早知道郡主喜欢泡温泉，我就应该早点儿来拜访郡主的。我家在骊山还有个小宅子，引了华清池的水，露天和室内都建了好几个汤池……虽说这话说得有点早，可是郡主，您今年冬天想去泡温泉的时候一定要约了我，我陪着郡主去骊山泡温泉去！"

这小姑娘有点意思！她说什么都有解。想来就算董家此时没有能在骊山泡温泉的宅子，很快也会有一个了。姜宪呵呵笑，她喜欢这样活络的人。只是不知道董家这样攀扯她，是为了银楼的生意呢，还是只是单纯地想和她结交一番？不过，不管是前者还是后者，都需要好好地观察一段时间，看董家是不是那块料。

姜宪不想为这件事和朝中大员有牵扯，问董大小姐："去给夏夫人问过安了吗？"

董大小姐果然有副玲珑心肠，立马道："刚刚过来，原本准备先去拜访夏夫人，可夏夫人身边围着很多人，正巧杨夫人喊我过来，我就先过来了。"这是在告诉姜宪，她还没能挤进夏夫人的交际圈。

姜宪便笑道："你随我去见见夏夫人，如何？"

到底是个小姑娘，董大小姐眼底闪过一丝失望，但又很快恢复笑意，恭声道"好"。

姜宪带董大小姐去了夏夫人那里。夏夫人显然认识董大小姐，见到她时微微吃了一惊，姜宪就像没看见一般，把董大小姐引见给了夏夫人。

这样的姜宪让董大小姐心中凛然。来之前，她不是没有打听过姜宪，她以为姜宪就算不飞扬跋扈、盛气凌人，骨子里也会是傲气蛮横的，可她没想到姜宪这样沉得住气。

一个能隐忍的，在西安没有任何人能压在她头上时还依旧如此内敛的人，才是个真正厉害的人。这个认识让董大小姐心生敬畏，她手心冒着汗，用比平时更加恭谨的态度小心翼翼地屈膝给夏夫人问安。

虽说她没把夏夫人放在心上，可她怕站在她身边的姜宪看出端倪来，怕姜宪觉得她骄纵不服管教。程飞去两湖，不管是不是嘉南郡主动的手脚，温鹏如今还待在云南是事实。她和父亲商量良久，才决定借着这次杨家请客站在了嘉南郡主面前，董大小姐不希望因为自己的疏忽，给嘉南郡主留下个不好的印象。

"夏夫人！"她笑盈盈打着招呼。

夏夫人皱了皱眉，随即想到董大小姐是姜宪领来的，便开口淡淡地打了个招呼："来了！"可她实在是不喜欢董家人，便顿了顿又道，"有些日子没看见你了，好像又清减了些。听说你爹这段时间在忙银楼的事？董家的生意够大的了，你不会是去给你爹帮忙了吧？女孩子家，还是在女红厨艺上多下些工夫才是，理财，那是男人们的事。"

这话说得非常不客气。

董大小姐肺都快气炸了，可旁边还站着嘉南郡主呢！董大小姐深深地吸了口气，觉得心中的怨怼之气消散得差不多了，这才恭敬地道："夏夫人教训的是，我这些日子一直在家服侍祖母，外面的生意有我爹和我弟弟，我不怎么能插得上手。"

夏夫人的脸色这才好了些。

姜宪笑道："我还以为董大小姐不认识夏夫人呢，原来是旧识啊！倒是我孤陋寡闻了。"

夏夫人面色微变，有些后悔为了逞一时之气出言教训董大小姐。姜宪不会以为自己是在打她的脸，不给她面子吧？夏夫人思忖着，嘴里已不由自主地解释道："看郡主说的，都在一座城里，董家又是西安的首富，怎么可能不认识？"说着，她笑盈盈地拿起茶几上的果盘递到姜宪的手边，道："杨夫人可真厉害，刚刚上市的李子都有了，郡主也尝尝。我刚才吃了一个，酸酸甜甜，挺好吃的，只是不知道郡主喜不喜欢这味道。"

姜宪看着果盘里摆着的红艳艳的李子，也不去接那果盘，而是任由夏夫人端着，自己慢悠悠地挑了两个颜色比较好看的，还递了一个给董大小姐，这才轻轻地咬了一口，道："还是有点酸，不好吃！"说完，像突然惊觉自己失言一般，又补充道，"哎呀，这只是我自己的口味，有的人喜欢酸一点儿，有的人喜欢甜一点儿……也不知道有没有人和我的口味一样。"

屋里的人全都是人精，在姜宪不接夏夫人盘子时众人的神色已经有点不对了，待到这句话说完，各种杂声顿时戛然而止，屋里有种让人觉得窒息的寂静。

"这是怎么了？"还好杨夫人就在屋外，得了信儿立刻赶了过来，笑着打圆场，"大家怎么都不说话了？"她装着什么也不知道的样子。

"哈哈哈！"林夫人忙干笑了几声，道，"这不是大家都在讨论你们家的李子嘛，李子应该还没有上市吧，你从哪儿弄来的？除了李子还有什么？我过几天也准备在家里摆上几桌，到时候也弄点儿新鲜瓜果。"

杨夫人笑道："自己家田庄里种的。"说到这里，她笑着拉了董大小姐一把，道，"说起来，你们应该问董大小姐才是。她们家老安人不是喜欢莳弄花草吗？就专门调教了几个人伺候花草，后来还弄了几个暖棚，能冬天里开荷花，夏天里挂金橘。董老爷见了，心中一动，就在暖棚里种上了黄瓜，结果那黄瓜不仅长得好，还挺脆。老安人索性就把辣椒、茄子等等种了个遍，这李子就是董家种出来的。我见了好，也弄了个大棚，又派人去董家学了一年，今年可不就吃上了自家种的李子？你要是瞧得上眼，我明天给你送些去就是。"

众人像纷纷知道怎么说话了似的，你一句我一句地恭维起杨夫人来。

这何尝不是一种回避，也何尝不是一种选择？姜宪冷冷地撇了撇嘴。

董大小姐却满身冷汗。她做梦也没想到姜宪的脾气来得这么快，这么随心所欲。而更让她没想到的是，那个向来高高在上的夏夫人居然会这样低声下气……她想起了祖母曾经对她说过的话：权力，从来都是相对而言的。在弱小者面前，它如一道深壑，深不可测；可在强者眼里，却不过是个纸糊的老虎，轻轻吹一口气就能让它灰飞烟灭。

嘉南郡主是不是就是那一口气呢？她很想去向父亲讨个主意，可赏花会还没结束，她此时只能自己拿主意。董大小姐心里急成一团乱麻，可神色间不敢流露出分毫，她笑吟吟地回答着众人的询问，眼角的余光却一直没离开过姜宪。

姜宪靠坐在太师椅上，手肘撑在靠背上，身子微倾，神色间带着几分慵懒，没有大家闺秀的端庄肃然，却莫名让人感觉到一种睥睨天下的气势，仿佛这满屋的贵妇人没有一个能入她的眼似的。再看夏夫人，面色凝重，嘴角紧紧地抿着，仿佛家里死了人似的，透着形单影只的寂寥。

董大小姐的心狂跳起来。董家世代商贾，没有地位，一直想找个人依靠。董家最先开始看中的是夏家，夏家虽说痛痛快快地收下了董家的孝敬，可夏哲收了银子却端着个架子不愿意办事，几次求他帮忙他都推诿搪塞，有一次甚至让董家丢了个大脸。

董家没有办法，几经试探，又找上了杨家。可杨家却怕出了风头被李瑶清算，只敢在暗中帮衬董家，这样一来董家的生意便受到了限制。董重锦只叹自己运气不好，准备熬过夏哲的任期再做打算，没想到杨俊却在此时向董家推荐

慕南枝

叁
初露峥嵘

了李家。再次看了姜宪一眼，董大小姐在如雷的心跳声中做出了一个决定。

"郡主！"董大小姐笑盈盈地望着姜宪，"家里除了李子，还种成了桃子，只是个儿比较小，品相不怎么好，吃着却脆生生的、甜津津的。要不，我明天给您送点儿尝尝吧！"

姜宪笑了起来。这个小姑娘，胆子真大。却也不能否认，这样的小姑娘很讨人喜欢。她若有所指地道："那就顺便派两个人来看看你们家留下来的暖房吧！我想今年冬天能吃上小黄瓜和心里美萝卜。"

这两样东西若是想种出来，就需要长驻甜水井。董大小姐的脸庞都亮了起来，她屈膝向姜宪行礼："谨遵郡主的吩咐！"

姜宪点了点头，问杨夫人："不是说今天还安排了唱戏吗？唱的是哪一折？哪个戏班来唱？"

见李董两家顺利地搭上了关系，杨夫人很高兴，满面春风地道："还能是哪家戏班，当然是联珠社了！杜大家亲自登台唱《游园惊梦》。"

"哎呀，是杜大家亲自登台啊！"几个杜慧君的戏迷立刻激动起来。

杨夫人又道："等前院几位大人喝完了酒，戏就开锣。"

大家笑着议论起杜慧君的戏来。

有小丫鬟走了进来，向杨夫人禀道："杜大家听说郡主在这里，想来给郡主磕个头，问郡主允是不允？"

在众人看来，想奉承嘉南郡主的人不少，杜慧君想趁此机会向郡主请安问好，这很正常。当着这么多人的面，杜慧君又十分有诚意，姜宪便给了杜慧君一个面子。

只是杜慧君隔着帘子给姜宪磕了头问了安后，从二楼的阁楼下来时，在抄手游廊里遇到了一个人。

"杜大家！"那人喊他，笑道，"没想到会在这里遇到您。今天唱什么戏？这就要开锣了吗？"

杜慧君抬头，看见一位温润如玉的少年。

"你是……"他觉得这少年面熟，却一时想不起在哪里见过。

"我姓卓，"少年赧然地道，"单名一个然字，还没有弱冠，因而也没有字。"

杜慧君记起来了。这些日子他常去给高门大户唱戏，应该是哪次见过卓然。

实际上，卓然在西安还颇有些"名气"。他姐姐是周大人的姜室，周夫人不能生育，他姐姐为周大人生下了二子一女，如今三个孩子都养在周夫人屋里。

卓氏貌美又多子，却没有因此恃宠而骄，反而对周夫人非常尊重，很得周夫人的喜欢。周大人擢升至陕西布政使，周夫人借口年事已高，让卓氏陪着周大人在任上，自己带着三个孩子回了老家。可即便如此，卓氏也依然安守本分，从来不曾有过半点轻狂，使得周大人对这个如夫人也开始敬重起来。

周大人和周夫人也因此愿意提携卓然，不仅给卓然启了蒙，还承诺只要他能读出来，就会支持他考科举。卓然也争气，小小年纪就过了县试和院试，只等明年六月过了府试，就是正经的秀才了。

杜慧君忙上前行礼，道："卓公子，恕小的一时眼拙，没有认出公子来。"

卓然轻轻摆手，态度温和有礼，让人看了很容易心生好感："杜大家言重了，我很喜欢听杜大家的戏，所以看见杜大家就忍不住出来打个招呼。上面是几位夫人的观戏之处吗？几位夫人都点了什么戏？"

杜慧君道："夫人们点了《沉香救母》。"

这是典型的大戏，讲的是忠孝两全故事，颇得那些老太太们的喜欢。卓然听了目光微闪："没想到郡主喜欢听这样的戏。"

"这戏并不是郡主点的。"说起这个，杜慧君也有些茫然，忍不住道，"其实我也不知道郡主喜欢什么，因为郡主从来不曾亲自点过戏。"

卓然讶然："从来不点戏吗？"

"是啊，"杜慧君叹气，道，"也许这是宫里的规矩吧！喜欢吃什么、喜欢干什么，据说那些贵人都不会表现出来，所以宫里的那些宫女们都是察言观色的高手，拿到外面都是一顶一的能干人……"

他的话还没有说完，就被人打断了："卓然，卓然，你怎么跑到这里来了，让我好一通找。"

两人齐齐循声望了过去。

是夏山，他看见杜慧君颇为惊讶，笑道："原来是杜大家！我说呢，卓然怎么一去不复返了，原来是遇到了你啊！上次我在翠居，想请你去唱戏，结果你去了翠微，既然这次遇到了，再过两天就是我的生辰，你到时候去给我唱个堂会吧，别人出多少，我出双倍！这次，你可不能再推了。"话到最后，他脸色一沉，颇有些仗势欺人的意味。

杜慧君心中一跳。自简王世子之后，他宁愿给那些老太太们唱戏也不愿意给这些公子哥们唱。

"夏公子言重了。"杜慧君恭敬地给他行了个礼，露出苦涩的笑容，"您能不能换个时候，郡主那边来了客人，之后的五天我都得在甜水井唱戏。"他为

难地看着夏山，商量道："要不，您再定个时间？"

"定个屁的时间！"夏山气得不得了，"我和郡主府上的西席郑先生的儿子是好友，你要真是去郡主家唱戏，那便好说，若不是……你等着瞧好了！"

说完，飓风一样地拉着卓然走了。

杜慧君并没有说谎。姜宪的确是让他去府上唱戏，但并不是让他明天就去，而是让他得了闲再去。那天听戏时，她见冬至和康、陆两家的小姐都非常喜欢听杜慧君唱戏，就决定请他过来唱堂会。在姜宪看来，读书固然重要，可享受生活的乐趣更重要。而且，有了这个由头，她就可以借口后院太吵，偷偷地溜去见李谦。

李谦觉得这样的姜宪很有趣，他搂着姜宪哈哈大笑："人家陆夫人都已经准备去长安了，你一句话把人家给留了下来不说，还怪人家不肯走……"他说着，忍不住亲了姜宪一口，"可怜陆大人，只好一个人去了长安，也不知道会不会有人见了误会他没有带家眷，送他扬州瘦马。"

姜宪只听到了"扬州瘦马"四个字,她陡然起身,质问道:"也有人送你吗?"

李谦没想到她还知道这个，面露诧异。

姜宪得意地扬着下巴，挑了挑眉。

这娇纵样儿让李谦心生欢喜，大笑着把她拉进了怀里，揉着她的脑袋打趣道："你放心，夫人不开口，我决不会自作主张。"

姜宪听着，莫名心中一跳，很多画面从她的脑海里掠过，让她突然间心慌意乱。

"如果，我说的是如果……如果我和你有缘无分，你又一直没有成亲，一直没有子嗣，我若赏你一个人，你会让那个人成为你子嗣的生母吗？"她磕磕巴巴地问。

李谦再次哈哈大笑起来，亲昵地用鼻尖碰了碰姜宪的面颊，道："你这小脑袋里都在想什么呢！我这不是和你成亲了吗？你别总想这些有的没的。"

李谦本以为姜宪是在和他开玩笑，可当他回答完，却发现姜宪原本红润的面色已然变得苍白，欢快的眼眸也像被乌云卷过的晴空，变得灰暗消沉起来。李谦心里"咯噔"一下。

成亲前，太皇太后特意把他叫过去，叮嘱他在姜宪及笄之前不能同房……姜宪嫁了过来，陪嫁的人里居然还有太医院田医正推荐的大夫……还有，姜宪小小年纪，却一年四季都在养生……难道，难道姜宪不育？　！

突然的打击，让李谦有片刻的恍惚。他从来没想过自己会没有孩子，在他设想的未来里，有姜宪，还有姜宪和他生的孩子。而他这样努力，就是想让他和姜宪的孩子以后能无忧无虑。如果他和姜宪没有孩子……李谦想了想，只觉得心酸。他们没有子嗣，如果他走在姜宪的身后，当然是什么都好。可若是他走在了姜宪的前面，姜宪该怎么办？到时候镇国公不在了，说不定姜律也不在了，姜宪该依靠谁？

李谦突然觉得，他应该把李骥放在身边教养的。这样，李骥生了儿子，就可以养在姜宪的名下。虽说不如亲生儿子，可若是养得好应该也会孝顺吧？想到这里，他心中又是一凛。姜宪自嫁到李家之后，就对李骥特别好，难道她也是这么想的吗？她是不希望自己有别的女人吗？他的保宁，那么骄傲的一个人，若是没有嫁人，凭着她郡主的头衔和双亲王的俸禄，一定能过得很好……是因为嫁给了他，所以才会这样担心害怕，才会为这样的事未雨绸缪吗？李谦很揪心，姜宪所受的委屈全都是因为他，可她却从来不曾和他抱怨过。

想到这里，李谦把姜宪紧紧地抱在了怀里，低声道："万一真有那一天，我们就收养李骥的孩子。你可以亲自给李骥挑门亲事，让他多生几个儿子，我们就挑一个你最喜欢的养在身边。要是你都不喜欢，在李驹的儿子里选也行。我到时候创下一大片家业，你喜欢谁我们就过继谁。我不相信那几个小子会不动心！"

这都是些什么啊！姜宪听着啼笑皆非。还说让她别胡思乱想，他这念头拉得更远！姜宪轻轻地推了李谦一下，娇嗔道："你都在想些什么呢？我就是假设一下，你怎么一点儿想象力也没有啊！你还没告诉我，你会让别人成为你孩子的生母吗？"

曾经的那些事情像藤蔓一样纠缠着她，那些猜疑成为了她心中的阴影。她想弄清楚，到底是自己自作聪明，还是她曾经辜负过眼前之人！

李谦觉得自己已经表达得很清楚了，不知姜宪为什么还执着着不放。但他觉得，姜宪不会无缘无故地纠缠着某些事……只是姜宪到底想知道什么呢？他百思不得其解。但他本能地知道，越是这个时候，他越要说实话，越要在姜宪面前坦诚。

李谦想了想，正色地道："若是你我无缘，我大约会一辈子都想着你，只要有一丝希望，就不会放弃。所以我肯定是不能成亲的，要是我成了亲，岂不是和你永远没有了可能？不过，如果你赏了个女子给我，我肯定是要给她几分体面，毕竟是你送的人嘛。至于说子嗣，应该不会要吧？"话说到这里的时候他有些犹豫，"不过也难说，也许会过继一个孩子……"

就是这样！姜宪的眼泪不由自主地簌簌落下，很快就打湿了李谦的衣襟。

"你怎么了？"李谦感觉到了胸前的异样，紧张地低头去看姜宪。

姜宪却把头埋在李谦的怀里，不愿意抬起。她有很多话想跟李谦说，却又不知道从何说起，一时间泪如雨下。

李谦不知自己的哪一句话惹得姜宪如此流泪，只觉这流泪不仅仅是伤心那么简单，更多的，好像是感慨。李谦决定不去追究那些，只一味地安慰姜宪。

"乖，别哭了。"李谦轻轻地抚着姜宪的脊背，还不时亲亲她的额头和鬓角。

姜宪的情绪渐渐稳定下来。一阵痛哭之后，她似乎解开了某个心结，赧然地从李谦怀里坐起，嗔道："你还不去办你的事去？"

李谦这次回来，主要是找夏哲要军需，但夏哲一直在推诿，即便李谦去华阴出了趟公差，夏哲也没有给他解决了这件事。

"那你回去听戏去吧。"李谦笑道，"没想到你会这么喜欢听戏，居然请杜慧君连唱三天。"

"算是给冬至她们找点儿乐子吧。"姜宪抿着嘴笑了笑，道："女眷的日子没什么意思。"

李谦叮嘱她："要是觉得闹，就回屋里歇着。我今天去，恐怕又不成，坐一坐、喝杯茶就会回来，到时我们一起用晚膳。"免得她留了康太太等人，他又一个人吃饭。

姜宪笑盈盈地点头，随后又有些担心地问："军需的事，你可有什么法子？"

"暂时没有。"李谦直言道，"反正闲着也是闲着，一面磨夏哲，一面想办法吧。"又笑道，"若是你有什么好办法，记得告诉我。"

姜宪笑着点头，送李谦出门。路上遇到李累和钟天宇几个，钟天宇还好说，李累却是李谦的堂兄，姜宪见了少不得要跟人打招呼。李家的人对姜宪的印象都很好，又因有李谦在场，李累便和姜宪玩笑道："郡主哪天也安排杜大家给我们唱两出戏呗！花费由我们芙蓉斋出，算是我们这些做学生的孝敬老师的。"姜宪笑着应了。李累几个喜出望外，谢了姜宪退下。姜宪就继续送李谦往外走。

路上，姜宪问李谦："金城那边的差事，我们这边还没有适合的人选吗？"

"让卫属过去了。"李谦有些无奈地道，"可他是个直肠子，干事还可以，协调关系、管理工匠却不行，因为他，那边的工期都滞后了。可除了他，如今也没有旁人可以过去了。"

姜宪便道："那能不能从芙蓉斋的这些人里选一个？他们是从太原跟着我

们过来的，你得为他们的前程负责，不然以后谁还会跟着你？"

李谦有些意外："我总觉得他们还小……"

"你又比他们大几岁？"姜宪笑道。

李谦也笑了，问姜宪："你可有推荐？"

"没有！"姜宪觉得有些事情已是面目全非，她不能再继续掺和了，但又不想让李谦为难，给他出主意道，"你可以去问问郑先生。"

李谦思忖着点了点头，在大门口的轿厅和姜宪辞别。

目送李谦远去，姜宪含笑转身回内院。待她背影消失，轿厅旁却转出两个人来。穿墨色直裰的是夏山，穿青竹色直裰的卓然。

"没想到会在这里遇到李大人和郡主。"卓然喃喃道，神色有些恍惚。

夏山却皱着眉嘟囔道："也不知道你为什么要拉着我躲到一旁，不就是郡主和李大人在一起吗？我们冲上去，说不定还能在郡主面前留下个印象。你是不知道，现在西安官场上的那些个官员，谁不想认识郡主啊！只不过男女有别，没有机会，你倒好，送上门的机会都推掉！也不知道你是不是读书读傻了，连郡主都不稀罕。"

卓然低着头，没有作声。夏山便拉着卓然的胳膊往外走："郑从不在家，我们去护城河边吃侯家白煮肉吧？我听说那家的白煮肉做得特别好吃，去晚一点儿就卖没了。"卓然也没反抗，浑浑噩噩地被夏山拖着去了……

杜慧君在李家唱了三天的戏，终于摆脱了夏山，心里很是高兴。因而姜宪问他能不能明天再唱一场的时候，他非常高兴地应了。

能听杜大家的堂会，几个小子都非常兴奋，正嘻嘻哈哈笑闹着的时候，李骥走了过来，喊李累："堂兄，我哥在郑先生那里，让我请你过去说话。"

李累有些诧异，但还是马上起身去了郑缄的书房。

李谦和郑缄正喝茶聊天，见他进来，笑着指了旁边的太师椅，请李累坐下。

问了问李累的功课，郑缄看了李谦一眼后，笑着道："李家在太原有处产业，现在缺个人去打点，找到我，让我帮着推荐一个。我见你平时言行谨慎，又老成持重，想推荐你去，不知你意下如何？"

李累大吃一惊，忙道："我能力微薄，也不知能不能胜任。"

李谦笑道："那你想不想试试？"

李累想了想，做出了决定："那我就试试，若是做得不好，还要请宗权多多包涵。"

郑缄和李谦都满意地笑着颔首。

李谦脑海中响起姜宪说过的话："挑选些寒门子弟送到芙蓉斋来读书，若是能读出来自然好；读不出来，跟着康先生、郑先生学些实用的技艺，帮着家里做事也不错。"

送走了李累，他便开口问郑缄："跟着您读书的这几个小子里，有没有能去甘州帮我一把的？"

郑缄笑道："那就要看需要哪一方面的了。若是交际应酬，我觉得马永盛不错；若是打仗，钟天宇不错。"

李谦犹豫道："会不会太年少了些？"

"现在看来当然年少。"郑缄道，"却正好可以跟着你历练些日子，看看到底行不行。若是我走了眼，宗权正好早些换人。"

李谦沉思着轻"嗯"了一声，起身告辞："难得阿骥他们知道孝敬您和康先生，我就不打扰您和康先生听戏了。等哪天您和康先生闲下来，我们再一起好好地喝两盅，我还想请教郑先生些天文日历之法。"

郑缄猜测他是为了之前所说的今年会是个寒冬之事，遂也不客气，笑着点头，和李谦出了书房门。却不料迎面碰到了刚刚归家的郑从和好不容易等到了郑从的夏山、卓然。双方俱是一愣，郑从忙上前行礼。

李谦立刻上前几步携了郑从，温声笑道："郑先生学富五车，我很是佩服，敬其如师。从兄既然是郑先生的公子，就如同我的兄弟，大家不必如此多礼。"

郑从忙称不敢。郑缄觉得以自己的资历和才学，完全能当得起李谦的老师，见两人在那里客气来客气去的，不由得笑道："你们平辈相称吧，免得把宗权弄得像七老八十了似的。"

父亲开了口，郑从自然恭敬地称"是"，趁机把夏山和卓然介绍给李谦。

夏山虽然比李谦还大一岁，可面对能和自己叔父比肩的李谦，他还是很紧张，磕磕巴巴地奉承了李谦几句。李谦没有摆架子，和颜悦色地和他开了几句玩笑。这让夏山激动不已，觉得李谦这个人位高权重还幽默风趣，说起话来如春风拂面，让人心生好感，实在是个非常出众的男子。

卓然却一直沉默地站在夏山身后，除了最开始的问候，直到李谦告辞，都没有再说话。

等到李谦的影子不见了，夏山不由得责怪卓然："你怎么一句话也不说？那可是李谦！要是能在他面前留下一个好印象，指不定哪天就会派上大用处。"

卓然低头沉默不语，思绪早已飘到了李谦的身上。李谦的确是个美男子，而且五官俊朗，气质温和，怪不得能娶到郡主。他想到昨日和夏山躲在轿厅时看到的情景，嘉南郡主肌肤如雪，眼睛明亮，笑容灿烂……根本不是别人所说的什么"母夜叉"，李谦出身平常，他哪里配得上郡主？可人家却是夫妻！卓然霎时觉得有些泄气，即便是跟着郑从来到了戏台前，他仍旧快快的。

夏山不禁和他低语："你这是怎么了？一副无精打采的样子，难道是嫌弃我耽误了你的功课？"话说到最后，已经有点凶巴巴的。

卓然瞥了他一眼，道："是因为起来得太早了。"

天还没有亮，夏山就跑到他那里去，非拖着他要来寻郑从。见联珠社确实一连几天都在李家唱戏，杜慧君没有骗他，夏山的心情好了很多，还没心没肺地跑来听戏。

和外院的热闹喧嚣不同，内院一片安静从容。

一大早，陆家母女就来辞别姜宪，去了长安县。客人走了，康太太趁着天气放晴，带冬至和康家两位小姐去了后花园的暖房。这些日子康太太在教水粉画，此时暖房里一株三色牡丹正是她们的最爱。

姜宪则半躺在屋里的罗汉床上，身上随意搭了床猩猩红的漳绒夹被，阳光透过镶着彩色琉璃的槅扇洒落在她的身上，温暖而宁静，而外院不时传来的笑声和锣鼓声又为暖阁增添了些许明快。

李谦看着，欣慰地笑了起来。这正是他想给姜宪的日子，安宁休闲，无忧无虑。

"保宁！"他大步上前，坐在罗汉床前的绣墩上，轻轻握了握姜宪放在被子上的手。

姜宪的手软绵绵、白净净的，让李谦想起刚刚蒸出来的馒头，很想咬一口。他情不自禁地把她的手举了起来，到了嘴边又怕姜宪疼，只是轻轻地亲了一口。

姜宪面色绯红，却没有像往常那样挣脱，喊了小丫鬟给李谦沏茶后，她问他去郑缄那里的事："郑先生给你推荐了谁？"

"李累。"李谦握着她的手笑道。

姜宪想了想，问他："李累什么时候起程？"

"就这两天吧，"李谦道，"正好让他把给何家表妹和大堂兄的贺礼带过去。"

姜宪又问："那等他们成亲时，我们回西安吗？"

两家都选在下半年成亲，可边关的防御重要时刻正是冬春两季。若是让姜宪一个人回去，没有一个能管得住她的人，她肯定又会随心所欲，想吃就吃，

想睡才睡，这对于身体刚刚养好的姜宪来说，是非常不利的。什么也没有姜宪重要。

"我们不回去。"李谦果断地道，"他们都选在了下半年成亲，偏偏下半年的事多。我那边就不说了，你也要忙着准备给京城和夏大人他们的年礼了，哪里有空？这件事你就不用管了，我会写信回去跟爹说的。"

姜宪还挺喜欢何瞳娘的，但一想到还有个高妙容，她就没了回去的欲望。现在李谦又这么说……姜宪立刻笑盈盈地应了。

不几日，礼部因赵翌大婚给各封疆大吏的回礼到了西安。几盒御制的点心而已，但因用杏黄缎子系着，又是三品以上大员才有的，身份立刻尊贵起来。姜宪把点心送给了李冬至。

李冬至接到东西还有些惶恐，问："嫂嫂不吃吗？"

姜宪大笑，道："这点心我从小吃到大，也没觉得有什么了不起。你们要是喜欢，我让刘冬月召个擅长做京城糕点的师傅过来，保证能让你们吃到再也不想吃。"

李冬至抿着嘴笑。她很喜欢姜宪，姜宪身上有股男子般的磊落和爽快，这是在其他女孩身上看不到的。

"那我就去和二哥分了。"李冬至笑道。

住进甜水井不过二十来天，李冬至已有了明显变化。苍白的小脸变得红润了不说，眉宇间那片轻愁也不见了踪影，敢抬头看人了，笑的时候也敢出声了，整个人像春风里的小树苗，秀丽挺拔，姿容都变得出色了起来。

姜宪点点头，李冬至欢欢喜喜地去了李骥那里。

李骥刚从外面回来，见李冬至给他送点心，自然很高兴，吩咐丫鬟去把前几天姜宪让人送过来的苦菊茶拿两包来："你带点儿回去，大嫂说，春天的时候喝这个好。"

李冬至掩着嘴笑，道："大嫂也给我了，二哥还是留着自己喝吧！要是实在喝不了，送人也行啊，要不，我帮二哥送些给康姐姐？如今我跟着康太太和康姐姐一起读书，方便得很。"

"胡说八道些什么！"李骥面色绯红，道，"这样的话千万不要再说。"他实际很想问问康大小姐的事，却知道这话若是说出了口，只会给康大小姐惹来是非。

李冬至先前只顾着打趣自己的兄长，一时间忘了男女之别，此时得了提醒，忙向李骥道歉："是我不对，我以后再也不会乱说了。"又转移话题，问起李累回太原的事，"累堂兄还回来吗？我想给表姐和娘、舅母他们带点儿东西过去。"

"应该不回来了。"李骥道，"大哥说累堂兄年纪不小了，家里早就催他了，他这次回去便是要成亲。成了亲，就是大人，自然不能再在外面乱跑了，以后汾阳的祖宅便由累堂兄帮着照看。你要带什么东西，最好快些收拾好，累堂兄这两天就要起程了。"

太原之事需要保密，李谦和郑绒、李累商量之后，找了这样一个借口，李骥并不知情。李冬至闻言，回屋就收拾了一堆东西托李累带回太原。

李累这次和云林同行。云林对外说是代李谦回去给李麟和何瞳娘送贺礼，实则是带李累和卫属交接，和金城共事。

两人日夜兼程，赶在了三月中旬到太原。

李长青知道李谦和姜宪都不回来，不由得皱了皱眉，道："宗权回不来我能理解，怎么郡主也不回来？"

正在和李长青说事的高伏玉表面上看风轻云淡，可举着茶盅的手半晌也没有挪地方。云林只当没看见，恭敬地道："郡主前些日子和大人去了趟骊山，怕是累着了，回来后人一直没什么精神。大人怕郡主来回奔波伤了身子，回不回来就没敢定下，说是到时候看看郡主的身体状况再做决定。"

李长青听了很紧张，细细地问了半天姜宪的身体，等到云林和李累下去歇了，他颇有些忍不住似的对高伏玉感慨道："可见这世上没有十全十美的事——郡主哪里都好，就是身子单薄了些，也不知道子嗣缘厚不厚重。我看，我得趁着下个月的浴佛节，亲自去趟五台山才好。"

子嗣是大事，李家娶了郡主，若是没能生下有着郡主血脉的孩子，联姻还有什么意义？但李长青好歹也是正三品的大员，若他去五台山敬佛，这一路上的仪仗是少不了的。李麟和高妙容马上就要定亲了，府里忙着李长青出行，就会慢怠李麟和高妙容的事……

高伏玉握着茶盅的手一紧。李长青不可能不知道这个道理。他是故意的吗？宾主相处快二十年，高伏玉太清楚李长青这个人了，他是绝不会把自己的家业分给侄子的，这也是高伏玉为什么不想让高妙容嫁给李麟的原因。可惜这个侄女太不听话，好好的前程被她自己给搅和了，也不知道她以后会不会后悔！想到这些，高伏玉就觉得有些头痛。

又和高伏玉聊了几句，李长青从书房出来，去了东跨院，见何夫人正和小穗整理箱笼，不由得问道："不年不节的，怎么把这些东西都搬出来了，你这是要干什么？"

"我这不是惦记着妙容的婚事嘛！"何夫人笑道，"我记得我出嫁的时候，我爹给我从吐蕃弄了床云丝被，我想找出来，送给妙容做陪嫁……"

她话还没有说完，李长青就变了脸，沉声道："冬至去西安已经有一个月了吧，你有没有写过信问她缺不缺什么？据说西安比太原还冷呢！"

何夫人不以为然，一面继续埋头找她的云丝被，一面道："如今都开了春，冷也冷不到哪里去，何况还有郡主照顾她，我没什么好担心的。"

一席话说得李长青的脸都黑了。

他转身就把何大舅叫了进来，直言不讳地把这件事告诉了何大舅，并道："我也不是舍不得一床被子，只是她是不是准备一点念想都不留给冬至，全都送给了那外人？"

何大舅听得冷汗淋淋，回到家里就把这件事告诉了何大舅太太，催着她去李家劝劝何夫人。

女儿马上就要正式下聘，何大舅太太这几天忙得脚不沾地，闻言气得直跳脚，朝何大舅骂道："你这妹妹是从哪里捡来的吧，怎么这么四六不分、青红不管？我跟你说，她的事我不想管了，瞳娘的婚事就在下半年，我哪有空天天盯着你那个脑袋里进了水的妹妹？我看，她就是手里的钱多了烧得慌！我要是你，就把她的陪嫁都封了，一分多余银子也不给，看她还像不像现在这样作死！"

"行！"何大舅想了想，一咬牙答应了何大舅太太，"我这就去把她的嫁妆都收起来，等阿驹和冬至大了再拿出来给他们兄妹俩分。"

何大舅扭头去了李府。

何夫人知道哥哥过来，忙请何大舅去花厅里喝茶。

何大舅也不客气，开门见山地道："你侄女就要嫁去金家了，金家底子厚，兄弟又多，你要是心疼她，就把你陪嫁里的东西借几件给你侄女压箱底，等到冬至出嫁的时候，再让你侄女还回来。"

当初怕她在李家受委屈，何夫人的陪嫁非常丰厚。虽说何夫人怎么听怎么觉得这话不对，但何大舅说会打欠条给她，并且还说愿意让李长青来当见证人，她只好不情不愿地答应了。

何夫人一答应，何大舅立刻就叫人来搬东西。不要说云丝被了，就连好一点儿的玉如意也都被何大舅"借"了去。何夫人心中有气，让小穗去请李长青过来看看。

李长青人虽然来了，却是满脸的不高兴，不仅没有给她做主，还呵斥她："你这个人怎么这么小气！那可是你一母同胞的哥哥，嫡嫡亲的侄女，借你点儿东西怎么了，用得着这样把着不放吗？"

何夫人气得发抖，等到李长青和何大舅一起喝酒去了，她伏在床上大哭了一场，可哭完抹干了眼泪，又茫然地不知该怎么跟高妙容交代——她之前说过，要送高妙容一床云丝被的。

小穗看着，在心里暗暗叹气，只好帮她出主意："要不，您请大姑奶奶来商量商量？"

何夫人一听有理，忙让小穗请李雪过来。

李雪管了快一个月的家，已经发现了何夫人的问题。何夫人不仅自己没有主意，还耳根子软，在家里得不到李长青和孩子们的敬重，就喜欢在比自己身份低的人身上找存在感，特别容易同情那些处境不如她的人。比如高妙容，书读得多、人长得好，可架不住出身不好，没爹没娘，看着是位读书人家的小姐，陪嫁却最多不过二三千两银子。何夫人同情心大发，恨不得把自己的好东西都送给高妙容做面子。

听了事情的原委，李雪在心里冷笑。按她的脾气，她本不想管这事，可看在叔父的分儿上，她却不能不管。她也有点理解李谦为什么会让她一个大归回来的姑奶奶帮着管家了。

"你回去吧，"李雪对小穗道，"跟夫人说，马上就要向高家下聘，让夫人这几天好生休息，养足了精神迎接好宾客就行，其他的事都交给我好了。"说完，想了想又道，"小穗你得好好劝劝夫人才是，虽说夫人已过花信，可家里有喜事，夫人打扮得年轻漂亮，大家脸上也有光不是吗？"言下之意是让何夫人最好把精神都花在梳妆打扮上，不要管家里的事了。

小穗会意，忙笑道："大姑奶奶说得是，昨天夫人还说要请银楼的师傅过来重新打一批首饰呢！"

李雪非常满意小穗的伶俐，笑道："你好生陪着夫人，老爷和大人都不会亏待你的。"

小穗应下，屈膝行礼，退了下去。

李雪叹了口气，让自己的乳娘李嬷嬷去见高妙容："就说夫人记错了，那云丝被早被冬至带去了西安。夫人心里过意不去，拿了一百两银子过来，让她买几床自己喜欢的被面。"

李嬷嬷是李谦生母给李雪安排的人，听着不由得问道："一百两银子？从哪里支出？难道还要您出不成？"

李雪恼怒何夫人，便道："自然是从何夫人的月例里支。"何夫人的月例是五十两银子。

李嬷嬷的脸上闪过一丝笑意，恭声应"是"，带着两个小丫鬟去了高家。

高妙容此时正看着自己一百二十六抬的嫁妆单子，心里很不是滋味。

李长青很大方，这些年叔父跟着李长青没少捞银子，可叔父喜欢买些古玩金石，就没存下多少银子，且还要留一部分给高妙华，一部分养老，能给她的银子就不多，除了这一百二十六抬嫁妆，就只有两千两银子的压箱钱。按理说，这样的嫁妆已经很可观了，可架不住她前面有个郡主的妯娌，后面有个婚期相近的何瞳娘。高妙容轻轻地叹了口气。

小丫鬟跑进来说李雪身边的李嬷嬷求见。

听李嬷嬷说完来意，高妙容简直要气疯了，忍不住对李嬷嬷冷嘲热讽道："请嬷嬷回去之后转告大姑奶奶，高家虽然清贫，却也是诗书礼仪传世之家，不劳而取的事我们高家人做不出来。请大姑奶奶放心，一床云丝被而已，我还没有放在心上。"

见李嬷嬷不卑不亢地转身离去，高妙容还是没忍住，没等李嬷嬷的背影完全消失，就伸手把茶几上的茶具全都扫到了地上。

李嬷嬷回去说了事情经过。李雪想到从前，目光黯然，低声道："何夫人已经这样了，我不会让阿麟屋里也乱七八糟的。"不然李长青和李谦肯定会被牵连。

李嬷嬷连连点头。

李雪低声和李嬷嬷道："叔父把内院的开支交给了我，以后少不得会得罪何夫人，我毕竟是做侄女的，只有请乳娘来唱这个白脸了。"

"您放心！"李嬷嬷想也没想就答应了，"大姑奶奶让我怎么办，我就怎么办。"

金家到何家下聘那天，因李雪是寡妇，便没有出席，而是让李嬷嬷带着贺礼低调地从偏门进了何家内院。何大舅太太知道了很是心酸。可这是风俗，她也没有办法，只好拉着李嬷嬷的手谢了又谢，不仅准备了丰厚的回礼，给了李嬷嬷双份封红，还在李嬷嬷走的时候亲自把人送到了垂花门前。

李嬷嬷回来后便不由得抱怨道："也不知道那高妙容给麟大爷灌了什么迷魂汤，我看，就是娶了何小姐也比娶高小姐强啊！不说别的，何小姐那嫁妆就不一般，不仅堆满了两间厢房，连扫帚也成对成双地系上红线、坠着个步步高升的银锞子……"

李雪听了忍俊不禁，想到李麟和高妙容，又不禁苦笑，道："你也说是迷魂汤了，可见一时半会是醒不过来了。"可木已成舟，她不想再说，便转移话题问起何家的事，"金家派了谁来给何大小姐插簪？应该很热闹吧？我听说何家开了流水席。"

李嬷嬷连连点头，道："来插簪的是金二太太，金家极给何家面子，金家的女眷到了不少，就是丁夫人、李夫人也看在老爷的面子上随了礼。何大舅太太高兴得不得了，穿着件大红色遍地金的褙子，像花蝴蝶似的游走在宴席间，兴奋得有些过了头。"

李雪听着笑着点了点头，却又想到明天就是李麟下聘的日子了，李家的亲戚虽多，却没几个能上得了台面，高家更是没什么亲戚，明天的小定只怕会很冷清。

可惜姜宪没有回来，李雪叹了口气。如果姜宪在场，由她给高妙容插簪，这才是难得的体面。还有高妙容的陪嫁，跟何瞳娘差了那么多，只怕到时候会有人非议。但这是李麟的选择，她又有什么办法？好在她不用去参加李麟和高妙容的小定，就是有人说什么她也听不到。这么一想，李雪的心情也就慢慢地平静了下来。

倒是何夫人，因要去给高妙容插钗，好好地打扮了一通，只是到了高家，见到高妙容的时候还有些尴尬。高妙容却如从前那样亲亲热热地喊她，还问她用过茶没有，这些天都在干什么？

何夫人不免有些愧疚，道："你只管安安心心地嫁过来，万事有我给你做主呢！"

高妙容红着脸点了点头。

就有跟着何夫人过来的李家妇人打趣："新娘子倒是大方，不像何家小姐，金二太太跟她说句话，她半天也没答上来。"

高妙容面色微凝。

何夫人却高兴地道："那是！妙容是我看着长大的，情同母女，当然不一样了。"

何大舅太太在旁边听着气得差点吐血，不过顾及今天是李、高两家小定，忍住了，但到底心不甘，问起了高妙容的婚期："我看不如早点儿定下来。西街那边的宅子已经收拾得差不多了，听姑老爷的口气，麟大爷很快就要搬过了，这屋里没有个当家理事的人不成啊。"

这件事何夫人还没和李长青商量过，她哪里敢做主？何夫人便道："不急，不急，这才三月份呢。"

何大舅太太听了就笑道："说急的是你，说不急的也是你，你这边到底是怎么打算的？金家想把婚期定在九月，一来是瞳娘的陪嫁我早就准备好了；二来是金家大姑奶奶前两天差人报了喜讯过来，说是怀了身孕，算着十月份就要生了，到时候金家得到京城送洗三礼，怕怠慢了瞳娘，就想把婚事提前，这样瞳娘这个做嫂子的也能跟着金夫人进京一起给大姑奶奶祝贺。"

众人一听，"恭喜"声不断，就是何夫人也欢喜地道："没想到金家这样看重瞳娘，她表哥倒是做了件好事，给她说了这么好的一门亲事。"

"可不！"何大舅太太笑得更加灿烂了。

高妙容的双手握成了拳头。

何大舅太太心中得意，面上却矜持地对何夫人道："我给瞳娘准备陪嫁也不过是花了两三个月时间，这还有一整个夏天，你担心什么？高小姐的陪嫁肯定能准备好。不如把两个孩子出阁的日子也定成一前一后，不然瞳娘去了京城，就看不到高小姐出阁了。不管怎么说，高小姐和我们家瞳娘也是闺中好友，高小姐出阁，就算是瞳娘不能送嫁，也要去喝杯喜酒才行。"

这是在逼自己快点出嫁吧？高妙容在心里冷笑。她出不出嫁，与何大舅太太有什么关系？她管得也太宽了吧！

高妙容出不出嫁的确和何大舅太太没什么关系，可架不住李长青对高妙容不满意啊！何大舅太太的立场向来站得稳。何家虽然是因何夫人才和李家攀上关系，可何夫人向来不着调，想入了李长青的眼，就得管住何夫人，和李长青共同进退。既然李长青在给李麟挖坑，那她自然要帮李长青一把。

何大舅太太望着高妙容的目光在外人看来充满了慈爱，但在高妙容的眼里却虚伪又做作。只是她还没有嫁进李家，不适合跟人有冲突或是矛盾，她心里再不舒服也只能忍着。

偏偏何大舅太太像不知道似的，催着何夫人："这件事你得快点定下来才是。还有冬至，我们瞳娘要出阁了，她怎么也得回来送一程吧！郡主是个精细人，你把冬至交给了她，她肯定会好好照顾冬至的。别的不说，这功课恐怕是一天也不能耽搁，你不早做安排，冬至的功课怎么办？"

她没有问姜宪会不会回来，因为李麟定亲，李谦和姜宪都没回来。李谦在任上也就不说了，至于姜宪，说是因为身体不好。而李长青听说之后，不仅没有说句重话，还要去五台山为姜宪求平安符，可见在李长青心中什么也不如姜宪重要。

何夫人是个没心的，闻言便道："那我回去就和老爷商量，最好让她们像今天似的，一前一后出阁，别人说起来也是一桩佳话。"

狗屁的佳话！高妙容差点忍不住骂出声来。她此时才明白过来何大舅太太的险恶用心。何瞳娘和她前后脚定亲，若她在何瞳娘之后很长时候才出阁，再加上之前李长青又曾反对过这门亲事，在别人看来，就会觉得李家并不重视这门亲事，不重视她这个新娘子。但她若是和何瞳娘前后脚出嫁，就不免会被太原城里的人议论，不管是成亲时摆的酒宴，还是迎亲的队伍，都会被人拿来比较。李麟是李家长房长孙，而金城却是庶子，论两人的婚事，她肯定比何瞳娘风光，可何瞳娘肯定比她嫁妆丰厚。两相对比，别人只会说她出身寒微，入不了大雅之堂。

高妙容此时把何大舅太太恨死了。为了让自己的女儿出风头，就拉她高妙容来做垫背，这世上哪有这么好的事，当别人都是傻瓜吗？在接下来的仪式上，高妙容就算是再勉强自己，也没办法笑出来，好不容易熬到李家女眷打道回府，她立刻去找了自己的叔父。

她笑着和高伏玉道："您也知道，李家家底薄，李麟更不比李谦，他从小跟着生母在乡下长到了五六岁才被送到李府来，我想请叔父以后有空多指点他一些。就算不能取得什么功名，至少也要看得懂邸报吧！"

高伏玉很是赞同，笑着点头道："你倒和我想到一块儿去了，我过两天会请他过府，和他商量这件事的。"

高妙容笑着向高伏玉道了谢，这才说出自己的所求："'万般皆下品，唯有读书高'，李麟是指望不上了，不过好在还有以后。叔父能不能把收藏的书籍字画送些给我，让我带去李家……"高妙容说着，羞涩地低下了头。

高伏玉闻言大为赞赏，夸高妙容有眼光，不仅同意送她三百册书，还把自己收藏的几幅字画送给高妙容做陪嫁。

高妙容这才松了口气。这样一来，还有谁敢说她不如何瞳娘？

第二十二章
恩荫之争

李长青派了媒人上门，想把婚期定在八月初八，因为金家和何家的婚期定在了八月初二。

果然还是让何大舅太太得逞了！高妙容气得嘴唇发白。

李麟却喜出望外，每天除了跟着李长青去总兵衙门点个卯，就在太原城里到处闲逛，不是买个桌子就是买个醉翁椅送去西街的宅子，即将成亲的喜悦溢于言表，仿佛已经迫不及待要离开李府出去自立门户了似的。

李雪知道了直摇头。她有种感觉，李麟离她、离这个家越来越远了。

李长青则在浴佛节之后去了五台山，给姜宪求了几道平安符，让云林带回西安。

云林是和卫属一起回去的，见过姜宪之后，他又和卫属一道去了甘州。李谦在小书房里见了二人。

卫属感慨道："真是没有想到，累爷平时不声不响的，做起事来却细致周到。不过几天的工夫，不仅能把铁铺的账本弄明白、将损耗算清楚，还笑着和金城以及那些铁匠们打好了关系，把铁铺管得滴水不漏。大人，您怎么会想到让李累去接我的手？这次可真是找对人了。"

脑海里闪过姜宪的影子，李谦不自知地咧嘴傻笑了一会儿，才道："那要是这样的话，铁铺的事就由他负责好了，你们只要调几个护卫去给他差遣就是了。现在铁铺刚刚建起来，暂且无人关注，可要是时间长了，肯定会招人注意，护卫这块你们一定要上心。"

两人齐齐点头，又说起了李累的婚事："说是把婚期定在了八月初十……"

得知姜宪已经派人送了贺礼，李谦点点头，叫了谢元希进来，四人商量起什么时候由云林领队再闯一次榆林来。

"夏哲那里看样子是要不到军需了。若是如郑先生所言，今年是个寒冬，我们总不能就这样眼睁睁地看着下面的将士吃不饱穿不暖吧？不过，这件事别让蔡霜知道。"李谦道。

蔡霜虽然出身晋安侯府，姜宪也明确地表示过不喜欢，可他对蔡霜的印象还是挺好的。蔡霜年纪虽轻，却进退有度，说话风趣，办事也很有能力。而且蔡霜对李谦也表示出了足够多的诚意，不仅在公事上全力配合，私底下也很喜欢亲近李谦。所以李谦就写信跟姜宪商量了一下，先用着蔡霜试试，姜宪也同意了。

云林和卫属点头称是。几个人在小书房里商量了半天"路过"榆林的细节，直到觉得没什么大问题了，才叫小厮摆膳。

小厮却进来告诉李谦，蔡霜前来拜访，知道他在书房里忙，就一直在花厅里等着。

李谦的家眷不在甘州，蔡霜还没成亲，两人便都住在行都司的衙门里，有时用过晚膳还会一起散散步、说说话，两人之间也就没那么多讲究。

"那就让他过来吧。"李谦在桌子前坐下，说道。

小厮很快就领着蔡霜进来了。

"用过饭了没有？"李谦道，"要不要在我这里再用一点儿？"

蔡霜笑道："这都什么时辰了，我早就用过晚膳了。原本打算来找您散步，听说甜水井的云管事来了，我就在花厅里等了一会儿。是不是郡主那边有什么事？您用不用赶回去？若是您要回去，就只管回去好了，这边有我和几位金事顶着，不会出什么事的。"

李谦不喜欢跟别人说姜宪的事，于是便淡淡地道："没什么事，不过是有些日子没见，让云林过来看看。"

蔡霜就向李谦告假，说是想去趟西安："马上就要过端午节了，我想买点儿东西送给我母亲，她的生辰就在端午节。"

"那可是个好日子！"李谦和他应酬道，批了他的假，第二天更是让人送了一尊玉观音像给蔡霜的母亲当寿礼。

蔡霜进了西安城后，并没有立刻就去买寿礼，而是在一家繁华的茶楼里坐下，听了半天闲话，这才去银楼给母亲买了一套头面差人送回京城。然后他去了联珠社唱戏的戏园子。

那天杜慧君没有堂会，亲自上台唱《沉香救母》。因这戏是进宫敬献过太后的，因此戏园子里一席难求，蔡霜就站着听杜慧君唱戏。在京城的时候，简王世子可没少打杜慧君的主意，没想到他却跑到西安来了。杜慧君唱得的确不错，可更难得的是，他得到了嘉南郡主的庇护，还常被嘉南郡主召到家里去唱堂会。蔡霜想到在茶楼里听到的那些闲言碎语，嘴角不由得露出个浅浅的笑容。

舞台上，杜慧君一个沉腰，人如风中细柳似的缓缓向下压去。

园子里响起一阵喝彩声。来给杜慧君捧场的夏山更是激动得站了起来，还拉了拉身边的卓然："快看，快看！"

卓然却意兴阑珊，他凑到夏山的耳边低声道："我去趟官房。"

夏山正看得入神，哪里顾得上他？只是眼睛盯着戏台子，心不在焉地点了点头，道："那你快去快回，等会儿我还要去后台恭贺杜大家呢，他唱得太好了！"

卓然随意地"嗯"了一声，出了戏园子，在外面透了透气，估摸这折戏应该唱完了，这才进去。

夏山拉着他去了后台。

杜慧君的嗓子虽然有些不行了，但相比一般的名伶还是强很多，糊弄一下外行人是没什么问题的。此时他正坐在后台喝着小徒弟泡的润喉茶，见夏山跑进来，他头痛欲裂。他无意和夏山这样的公子哥儿打交道，夏山却每场必到，让他想拒绝也没办法拒绝。杜慧君正要起身和夏山打招呼，联珠社副班主低头哈腰地带着个男子走了进来。

"这里就是杜大家休息的地方吗？"那男子笑道。

副班主连声应"是"，抬头看见杜慧君和夏山，却不像从前那样紧着夏山巴结，而是高声道："慧君，陕西行都司的蔡大人来看你了，你快过来打声招呼！"

杜慧君不认识蔡霜，却通过副班主的声音猜出这个姓蔡的不是个好惹的。果然，他和副班主擦身而过的时候，副班主小声地提醒他："晋安侯府的。"

晋安侯和简王世子的关系非常好，这人既然是晋安侯府的，想必是知道他的事的。他目光微闪，迎上前去。

甜水井街，姜宪却有些兴奋。

她对康太太和郑太太道："我在骊山那边买了个五亩大小的别院，已让刘冬月修缮好了，过些日子我们一起去骊山避暑吧。"

只是没等两位太太说话，坐在旁边的康二小姐已道："郡主，不是过了六月六才能出去避暑的吗？"

康二小姐没有她姐姐漂亮，可也明眸皓齿，非常可爱。姜宪很喜欢她，闻言笑着逗她："是啊，一般都是过了六月六才出门避暑，可我们又不用晒书，那我们还留在城里做什么，难道城隍要晒漂亮的衣服？"

康二小姐想了想，嘟着嘴道："晒书是我爹的事，晒衣服是我姐姐的事。"

众人都笑了起来。郑太太问："我们什么时候起程去骊山？"

姜宪笑着询问大家的意见："要不就这几天？"

"那就这几天吧。"康太太道。

正好康祥云和郑缄过两天要带着芙蓉斋的学生去五台山，郑太太自然也同意。这件事就这样定下来，大家开始收拾箱笼，甜水井顿时繁忙起来。

第二天，董大小姐来访，说是听说姜宪要去骊山避暑，送了些自己做的消暑之物过来。

当时康太太等人正坐在姜宪屋里乘凉，闻言不禁奇道："董大小姐怎么会知道我们要去骊山避暑？"

姜宪笑道："因为那宅子就是董家帮着找的啊！听说董家的避暑山庄就在我们宅子的后面，离我们不过一刻钟的路程。"

康太太很是意外。郑太太却了然于心，笑道："难得董家这样热心，两家住得近，有个什么事也能有个照应，挺好。"

而太原这边的李家，也忙得不得了。

婚期定下来了，西街那边的宅子就要开始打家具。这原本是女方家的事，可高家没什么亲戚，高妙华又自认为是读书人，不愿意和这些庶务打交道，又是临时置办家具，找了几家铺子，不是师傅早就预定出去了就是手艺不怎么样，急得高伏玉嘴角都起了泡，只好求助于柳篱。

柳篱帮着高伏玉跑了几天，终于把这件事办妥当了，可也花了不少银子。李麟知道后便拿了笔银子悄悄送给高伏玉，可高伏玉怎么会要这笔银子？两个人推来推去，这件事就被李长青知道了。

李长青便对何大舅道："阿麟长大了，知道心疼人了，只是他那几个体己都还是从我手里拿的，如今却全贴补给了老丈人家。难怪别人说什么'媳妇娶进门，媒人抛过墙'。好在我还有三个儿子，别的不说，宗权媳妇的娘家不贴补宗权就不错了，不需要他去补贴，不然我这养儿养女一辈子，指不定怎么难受呢。"

何大舅便安慰李长青："这联姻不就是结两姓之好吗？阿麟的婚事要是办

得不漂亮，李家也没有脸面啊。"

李长青没有说话。

何大舅就知道他不是这个意思。那他是什么意思呢？何大舅回去把这件事告诉了何大舅太太。

何大舅太太"哎呀"一声，道："你这个榆木脑袋，姑老爷这分明是在嫌弃李麟忘恩负义！你以后少跟李麟走得太近。说到底，李谦才是这个家里正经的当家人。"

何大舅连连点头。

不几日，不知怎的，这话就传了出去。而通常，被人议论的人都是最后才知道自己被议论了。

过了七月半，西安那边送了信过来。信上说，因立了秋，天气转凉，且路上太过颠簸，姜宪和李谦就不回来参加李麟、何瞳娘的婚礼了，到时候李骥会护送李冬至回太原，等过了重阳节再回西安。

何夫人就有些不高兴，问李长青："就不能让冬至在家里过完年吗？她年纪还小，学问什么的慢慢学就是了，倒是女红针线得抓紧了，不然到时候连给自家的孩子做双鞋袜都不会，岂不是会惹得婆家不喜？"

李长青不悦道："既然把冬至交给了郡主，那就一切都听郡主的，你不要从中掺和，让冬至不知道听谁的好。"

何夫人气得不得了，却不敢反驳李长青，只好问起李驹的事。李驹五六岁的时候就被分出去独住了。这次回到山西，李长青更是将东南角的一个小院子赏给了李驹，让他好生在那里读书，因此何夫人一个月也见不到李驹几次。

"男主外，女主内。"李长青不高兴地道，"你问这么多干什么？"

何夫人语塞。

李长青索性道："你有这工夫，不如把阿骥和冬至的房间收拾出来，让他们回来了也能住得舒舒服服的。"

何夫人只好愤愤地去收拾屋子。

李雪不免有些不好意思："叔父把家里的事都交给我了，按理，这些也是我的事才是……"

"我还给她请了仆妇呢，难道她吃饭也要别人喂到嘴里不成？"李长青道，"毕竟这里是阿骥和冬至的家，他们回来了，她总不能一点儿表示也没有。再说了，我不找点儿事让她做，她只怕又要胡思乱想。"说完，不禁长叹了口气，歉意地对李雪道，"我知道你受了委屈，你就看在叔父的分儿上，别和她计较了。"

那次，何夫人知道自己的月例被扣了二十两，而且还有八十两会在接下来的日子里扣完，气得在床上躺了半天。起来之后，她就叫了何大舅太太进府，告诉何大舅太太，她打算让何大舅把她田庄的收益算一算，然后送几千两银子进府。她的陪嫁向来是何大舅管着的，那些收益也都由何大舅收着。

谁知何大舅太太却为难地道："你也知道，瞳娘出阁，我们花了不少银子……"

何夫人一听就跳了起来，道："你们不会是把我的银子挪用了吧？"

何大舅太太不高兴了："怎么能叫'挪用'呢？我这是向你'借'，何况又不是不还。"

"我什么时候答应借给你们银子了？"何夫人见自家嫂嫂脸上没有一点儿愧色，顿时有些慌，"你们就算是要给瞳娘做面子，也不能拿我的银子做面子啊！我那些田庄、铺子还在不在？你这就去请我大哥进府，我有话跟他说。"

何大舅太太听了立刻不悦地站了起来，道："那天我们不是跟你说了吗？瞳娘出阁，东西准备得不齐全，所以借你的陪嫁用用，你当时可是答应了的，怎么此时却倒打我们一耙？瞳娘可你是嫡嫡亲的侄女，你居然说出这样的话来！有你这样做姑母的吗？亏得我们瞳娘还一心一意地惦记着你，觉得把你的陪嫁拿去充了场面，对不起你，金家认亲的鞋袜都是请绣娘帮着做的，却挑灯给你绣了条裙子……"

何夫人一下被踩住了尾巴，顿时气焰全无，喃喃地道："我又没说不借给她，只是我如今不管家了，手头有些紧……再说了，老爷是个什么样子你们也看到了，等到阿驹长大了，这个家只怕早就交到了李谦的手里，他能喝口剩汤就算是好的了。我怎能不为他早做打算？我这不也是没有办法了嘛！"

何大舅太太冷笑，道："姑老爷对李骥那个庶子都没有亏待过，何况是阿驹！不过，你既然手头缺银子，我就先拿些进来给你用着。等阿瞳出了阁，我到底借了你多少银子，我们再坐下来好好算算。有账在那儿呢，我难道还会贪了你的不成？"

何夫人立刻熄了火。

可何大舅太太却怕李长青误会，回家之后就催着何大舅去见了李长青。

"我怎么会信不过你呢！自从夫人嫁进来，舅兄帮我良多，我都记在心里。"李长青诚恳地道，"说起来，这件事全都是我的错，要不是我治家无方，哪里会让你背这个黑锅？可我也没有别的办法了，总不能让她闹出笑话来，耽搁了宗权的前程吧？不过好在等阿驹娶了媳妇就好了。"言下之意，是以后会把李府的中馈交给李驹的媳妇。

何大舅讶然。

李长青解释道："郡主毕竟不是一般人，又是娇生惯养着长大的，总不能让她去主持中馈吧？"

何大舅想了想，觉得李长青言之有理。又得了李长青这一番肺腑之言，越发觉得自己肩上担子很重。

何夫人这边气来得快去得也快。她让小穗关了门，清点了自己的库房之后，发现除了些体己银子，还是有些礼品布料之类的，足够她打发人、给人随礼了，心里又平静下来，亲自去了冬至的宅子，看着丫鬟婆子打扫。

这样过了两三天，李骥和冬至到家了。

看到女儿，何夫人还是很高兴的。李冬至比去的时候高了半个头，梳着丫髻，箍着镏金珠花，穿着银红色焦布比甲、月白色水墨画月华裙，那挺直的腰杆、从容的神态、不慌不忙的举止，让何夫人差点认不出来了。

"冬至？"她迟疑地喊了女儿一声。

李冬至绽开一个略带几分腼腆的笑容，这才露出些许属于从前那个小姑娘的味道。

"冬至！"何夫人的眼泪一下子就落了下来，上前几步搂住了李冬至，连声问道，"你在西安可好？有没有想娘？吃得好不好？功课难不难？"

李冬至搂着母亲的腰，笑道："我在西安一切都好，您不用担心，大嫂很照顾我和二哥。"

何夫人虽知道姜宪绝不会亏待李冬至，可还是忍不住上上下下地将女儿打量了半晌，见李冬至身上的确是没有半点不好，这才将悬着的一颗心放下。

第二天，媒人将高妙容的嫁妆单子送了过来。

李麟的婚礼，李家请的全福人是李长青结拜兄弟朱臣的太太，她指着高妙容的嫁妆单子与有荣焉地道："夫人您看，高小姐的陪嫁里面还有三百册书呢！"

"是啊，是啊！"何夫人喜上眉梢地道，"这孩子从小就是个矜贵样子，读书、女红样样精通，就是出嫁，也安排得妥妥当当的。"

朱太太笑着奉承何夫人："谁说不是！要不然您怎么会像疼女儿似的疼她呢？"

何夫人大为得意。

一直坐在旁边喝茶的李冬至却突然道："是高姐姐的嫁妆单子吗？给我看看。"

何夫人不悦地道："小姑娘家，看这些做什么？"

若是从前，李冬至是一句多余的话也不敢说的，可她跟了姜宪一段日子，已经知道什么是对，什么是错，所以没有理会母亲的不快，而是沉着脸道："母亲还是给我看看的好，我听着怎么觉得这嫁妆单子有些不对劲！"

何夫人和朱太太不由得面面相觑。

朱太太想了想，一面笑着把嫁妆单子递给李冬至，一面对何夫人道："冬至想看，就给她看看呗！小姑娘家好奇嫁妆单子上写了些什么也是常情。"

李至冬没有理会何夫人和朱太太，接过高妙容的嫁妆单子一目十行地看了起来，忽然，她指着那三百册书道："这是我们家要求的吗？"

通常，嫁妆上的物品都是下聘之后商量好的。

何夫人望着女儿指的地方一愣，道："不是……"

李冬至一听，目光顿时一凝，厉声道："那就赶紧和媒人商量，这三百册书不能作为陪嫁！"

"为什么？"何夫人和朱太太异口同声地问道。何夫人更是想呵斥女儿几句，却被女儿凌厉的目光看得心中一颤，到了嘴边的话就没说出口。

"我们李家虽不是读书人家，可也没到连书都买不起的地步。"李冬至寒声道，"陪嫁三百册书，是想告诉别人我们李家底子太薄；还是想说她高家是山西大儒，世代诗书礼仪传家？"

朱太太静下心来仔细回味李冬至的话，这才觉出李冬至说得确实有道理。她朝何夫人望去，见何夫人一副还没有回过神来的样子，只好道："郡主当初嫁进来的时候，陪嫁里也是有书画的……"

"郡主的那些书画不同。"李冬至面色微沉，道，"郡主陪嫁的那些书画，或是孤本，或是古籍，价值连城，就是李解元也曾赞不绝口，哪里是这些书画能比拟的？"

在何夫人的印象里，书是好东西，毕竟有些人家穷其一生也收集不到三百册书。所以当高家提出陪嫁三百册书的时候，她还是挺高兴的，可现在听李冬至这么一说，她又觉得李冬至说得也有道理。她原就不是个有主见的，此时更是拿不定主意，心里七上八下，半天也说不出话来。

"我们不如请爹过来。"李冬至了解母亲的性子，冷静地道，"爹见多识广，就算他老人家一时拿不定主意，爹身边不是还有柳先生吗？"

也对！何夫人的眼睛都亮了："快去请老爷过来！"

李长青很快就来了，随行的还有柳篱。何夫人忙把事情跟李长青说了一遍，李长青也愣住了，他朝柳篱望去。

柳篱沉默了片刻，这才慢悠悠地道："这原是古时候的风俗。那时候，字都是刻在竹简上的，一文难求，若是哪家的姑娘出嫁有几块竹简，那可是大手笔……"

李长青心里急得冒烟，哪里有耐心听柳篱这样慢条斯理地绕圈子，急急地打断了柳篱的话："你也别说从前了，你就说现在，说这件事，我们该怎么办好？"

柳篱依旧不慌不忙地道："冬至小姐说得对。现在虽然也有这样做的人家，可那都是夫家贫寒，女方为了帮女婿读书举业，这才会陪送些书册。若是夫家富贵，就得像郡主那样，陪嫁些传世之作……"

李长青的脸都青了。

柳篱忙道："高小姐陪嫁的书册我还没有看到，也许是伏玉先生这些年来的珍藏也不一定。我看这件事，还是再问问高家为好，免得生出什么误会。"

高伏玉在跟着李长青之前不过是个穷困潦倒、三餐不继的书生，他能有什么传世珍藏？何况高家又不是没有儿子，就算有珍藏也会留给高妙华，怎么会给高妙容？

李长青的脸色更难看了，对柳篱道："这种事我也不懂，只能拜托柳先生去趟高家，跟伏玉先生商量商量了。"

这不是让他去得罪人吗？柳篱苦笑。

李冬至却突然道："柳先生，我觉得不管这三百册书是怎么一回事，都不适合写在陪嫁的单子里。就像我大嫂，她很多平时把玩的东西就只登记上册，却不在陪嫁的单子里……您也可以这么说啊！那三百册书若是高姐姐实在喜欢，平时也会常常拿出来看，那就登记在册带过来就行，不必写在陪嫁单子上。"

一席话说得柳篱对李家这位大小姐刮目相看，他笑着夸奖道："我们都只知道大人足智多谋，没想到大小姐也巾帼不让须眉。"

李冬至赧然。

李长青则神色大霁，因为高妙容闹出来的心烦意乱都消散了不少，谦逊道："哪里，哪里！"骤然想到李冬至是去了西安才有的这变化，不禁道，"这也是她嫂嫂教得好。"

柳篱想到如今活泼开朗、神采飞扬的李骥，不由得点头笑道："郡主的性子好，这也是李家的福气。"

"可不是！"李长青毫不掩饰对姜宪的满意，又催促柳篱，"那这件事就麻烦先生了。"

柳篱只好硬着头皮去了高家。

高伏玉是个聪明人，柳篱开了个头，他就知道了柳篱的来意。高伏玉顿时心中一堵，歇了好一会儿才把那口气咽下去，开口对柳篱道："那就如李大人所言，把这三百册书当作妙容的喜爱之物登记上册，不放在陪嫁之列。"

他说这话的时候语气非常冷淡，不要说柳篱这样善于察言观色的，就连旁边敬茶的小丫鬟也能看出他的不悦。

柳篱在心里暗暗摇了摇头，告辞离开了高家。

之后，李家的媒人便提着重礼去找高家的媒人商量嫁妆单子的事。

高妙容知道后勃然大怒，直接冲进了高伏玉的书房，红着眼睛道："叔父，您不能这样帮着李家！"

高伏玉却疲惫地闭了闭眼睛，低声道："妙容，李家已经不是从前的李家了，李麟也不是李谦，我更不可能一辈子护着你，你以后做事该多动些脑筋才是。"

高妙容愣住。

高伏玉朝她摆摆手，道："这件事就到此为止，你只管一心一意地待嫁就好。"

因为李麟不是李谦，所以李长青对她也就没有了宽容之心吗？高妙容紧抿着嘴，离开了高伏玉的书房。

很快便到了八月，高家送嫁妆的时候，那三百册书便作为高妙容的心爱之物送进了西街的李府。看热闹的就不免拿她和前几天刚刚出阁的何瞳娘做比较。

"虽然都是一百二十六抬，可何小姐的嫁妆比高小姐的嫁妆实在多多了。不说别的，单就这绫罗绸缎，何小姐的喜盒塞得满满的，手都插不进去，高小姐的却只有两三匹在那儿叠着，高低立现啊！"

众人便嘻嘻哈哈地应和。还有人道何家连扫床用的马鬃帚子、洗手用的澡豆都准备了，高家却只准备了两套二百八十头的餐具，说高家着实不够敦厚，行事做派浮于表面。

李累听着这些议论，不由得暗中摇头。李麟选的这个媳妇，正如李长青担心的那样，不仅不能给李麟带来好的影响，还坏了李家人对他的印象。原本如果李谦无意担任李家的族长，那李麟就是不二的人选，可现在……就算是李长

青支持李麟做族长，那也要看李家的族人服不服他了。

关于嫁妆的事没几天就传到了高妙容的耳朵里。她气得咬牙，想来想去，决定把自己从高家带过来的三百册书单独摆在一个暖阁里，正巧家里种的几株桂花开了，高妙容想趁机办个茶会或是赏花宴。

这是高妙容成为李家长房长媳之后第一次出现在公众面前，不仅高妙容重视，就是高伏玉也派人来问了一句。高妙容就寻思，这件事还得得到李家的支持，就跟李麟说了一声，想以李家的名义给太原城的官宦人家下请帖。

李麟和高妙容正值新婚燕尔，高妙容又对他是前所未有的温柔体贴，李麟哪里还说得出个"不"字，自然是连夜就去拜见李长青。

李长青很爽快地答应了。

李麟并不傻，李长青不再像以前那样亲近他，他是能感受到的，所以他求李长青的时候心里不免有些惴惴不安，没想到李长青却是一派亲切爽快的态度。他不禁心中大喜，真诚向李长青道了谢，又道："高氏之前也是太担心妙华了，她已经知道错了，所以想趁这个机会请亲戚朋友到家里来聚一聚。"

"行啊！"李长青笑道，"到时候别忘了请你姐姐和冬至过去。过了中秋节，冬至就要回西安了。"

李麟笑着应"是"，回了西街。高妙容知道结果后，心情舒爽，亲自下厨做了道油泼茄条给李麟。这才是李麟心目中家的样子。他笑眯了眼睛，第二天下衙回来，给高妙容带了一对南珠珠花回来。

收到礼物，没有谁会不高兴。高妙容坐在镜台前，不停地变换着珠花的位置，看怎样佩戴才最漂亮。这时，香苜满脸欣喜地走了进来，一面行礼嘴里一边嚷着"恭喜大奶奶"，还道："大舅爷过来给大爷报信，说是叔老爷说的，今天下午，老爷让柳师爷给礼部写了一份折子，要把老爷的恩荫给大爷呢！"

"你说什么？"高妙容震惊得一下子站了起来，道，"你再说一遍！"她的心已然不受控制地怦怦乱跳起来。

香苜忙匀了匀气息，道："叔老爷说，今天下午老爷让柳师爷给礼部写折子了，让大爷继承他老人家名下的那个四品的游击将军衔。"

没想到李长青居然会把名下的恩荫给了李麟！高妙容笑得有些合不拢嘴。她能不能认为，李麟在李长青心目中还是很有点地位的？当然，这也与李谦有了能耐，李家不再稀罕这点恩荫有关系——可她却忘了，李家还有个李驹。

等到何夫人知道这事的时候，吃了李麟的心都有了。李谦的东西她不敢肖想，可李麟凭什么和她的李驹争？她想也没想地冲到了李长青的面前，和李长青吵了起来。还是李冬至急急忙忙地派人去给何大舅报信，何大舅带着何大舅太太及时赶过来才把何夫人拉走了。

高伏玉得知后不由得叹气，揉着阵痛的额头，不知道说什么好。清官难断家务事，他觉得李长青这么做应该没什么坏心，可他这番举动不仅伤害了何氏母子，还让李麟和何氏母子产生了不可磨灭的罅隙。家和万事兴，他觉得以李长青的性子，这肯定是他不愿意看见的。应该只是无心之举吧？高伏玉皱眉。

其实在李长青看来，李驹还小，能顶事最少也要十年，到了那时李谦早就出了头，能照拂李驹了。而舍了一个小小的四品恩荫，却能让别人觉得他对李麟恩重如山，以后若是和李谦有了什么矛盾，自然都是李麟的不是……利大于弊！因此李长青不以为意地出门喝酒去了——他的一个属下添了儿子，请他去热闹热闹。

何夫人却被气得躺在了床上。李冬至在床边侍疾，李驹绷着张小脸坐在椅子上生着气，内室的气氛压抑而又伤感。

何夫人流着眼泪对何大舅太太道："你今天劝什么也没有用，我对李长青算是死了心。我是外人，难道阿驹也是？就因为托生在我的肚子里，所以连个侄子都不如吗？"何大舅太太无奈地在心里叹气。走到今天这一步，确实与何夫人遇事糊涂、没有心计有关。只是何夫人现在正是伤心的时候，不是说这话的时机。

还是李冬至听了不悦地道："娘，哥哥在这里，您说这话是什么意思？您看大哥，没有靠父亲，不也成就了自己的一番事业吗？古有岳母刺字、孟母三迁，母亲怎么不想想这些，总盯着父亲的那些东西有什么意思？我觉得这件事爹爹虽然没有提前和您商量，有些不对，可爹爹的做法却是为了哥哥好，怕哥哥年纪小，有了这恩荫就不求上进，反而把哥哥养成了个纨绔，害了哥哥……"

一个两个的都这样没心没肺！何夫人愤然而起，抓起床边茶几上的茶盅就朝李冬至扔去。

李冬至本能地身体一扭，避开了。茶盅"啪啦"一声，在地上开了花，绿色的茶叶溅到了白色的挑线裙子上。

不要说李冬至了，就是屋里的其他人也吓了一大跳。李驹更是腾地从椅子上跳了下来，一把把李冬至拉到了旁边，紧张地问道："你怎么样了？有没有被烫着？"

"没有。"李冬至摇了摇头，心里却委屈得不得了，眼泪止不住地簌簌落下，"我没事，娘没砸到我。"

李驹见李冬至哭了，不由得一阵恼火，他冲着何夫人就是一顿吼："您这是要干什么？斗不过我大哥，斗不过李麟，就拿小妹出气！小妹说得有错吗？东西是爹的，爹想给谁就给谁，就算我以后一文钱也分不到，大哥能做到的，我也能做到！难道在你的心里，我就那么不堪，连大哥的一根汗毛也比不上？没有了爹的庇护，我就什么事也干不成了？"

儿子长这么大还是第一次这样大声地跟她说话，何夫人一下子就哭了起来："我这是为了谁？你们一个两个的，都不领我的情！你们不敢去你爹那里说，就冲着我嚷嚷，是看我好欺负吧？"

李驹看母亲这样，有些后悔，声音顿时低了下来，喃喃地道："娘，我……我不该那样跟您说话，可您刚才也太过分了……"

何夫人听了又是一阵气。何大舅太太只好坐在一旁给她顺着气，李冬至也连忙上前宽慰。

有小丫鬟进来禀道："西街那边的大奶奶过来了。"西街那边的大奶奶，是李家对高妙容的称呼。

何夫人心里正烦着，听说高妙容过来了，想到正是高妙容的丈夫抢走了自己儿子的东西，她顿时眼睛不是眼睛，鼻子不是鼻子地高声道："不见！"

昨天还待高妙容像亲闺女似的，今天就像仇人了，这脸也翻得太快了吧！屋里的人都看着何夫人。

何夫人不免有些心虚，小声道："她怎么不提前送个信来。你去跟西街的大奶奶说，我这边正忙着，今天没空见她。她若是有事，就明天递了帖子过来，让人安排时间。"

可高妙容不知道别人，却知道何夫人是个连家中馈都交出来的人，又怎么会忙呢？还要提前一天下帖子……她们是一家人，用得着这样吗？不就是个恩荫吗？

高妙容站在李家大门旁的轿厅里，忍受着众人路过时悄悄投来的目光，恨不得此时地上突然裂开一道缝让她跳进去……她狠狠地跺了跺脚，阴沉着脸上了轿。

第二天，高妙容并没有像之前何夫人所说的那样去李家递帖子，而是去见了施三小姐。

"三妹，你帮我给丁小姐递张帖子吧？"高妙容央求施三小姐，"我想办个赏花会，除了想请你们，还准备请些我叔父从前属下的女眷，大家一起玩一玩。"

施三小姐笑道："行啊！丁小姐这里有我，你只管去请你平时玩得好的那些朋友就行。"

高妙容很是感激。

施三小姐就和她说着悄悄话："听说城西吴秀才家的女儿明天就及笄了，想找个好点的人家，你要不要问问你大哥？"

高妙容心中一动，可想起之前受到的教训，她的心情又慢慢地平静下来。

"还是算了。"她叹气道，"我叔父估计不喜欢我插手我哥哥的事，还是让他们自己操心去吧。"

"也好。"施三小姐见状笑道，"那你把帖子给我吧，我帮你递过去。"

高妙容真诚地向施三小姐道了谢，回去之后就开始准备赏花会的事。要布置场地，确定菜单，还要开箱挑选待客用的碗碟茶皿，她忙了两三天才有些眉目。

结果施三小姐派了人过来跟她说："丁老安人过来了，丁小姐要陪着老安人，这个月月底才能清闲一些。"且施三小姐也因为"受了风寒，全身无力"而没办法参加她办的赏花会了。

高妙容勃然大怒。施三妹也瞧不起她吗？那干吗还要答应帮她请客？高妙容想要去施家质问，可"备轿"两个字到了嘴边又被她咽了回去。

这个时候去找施三小姐又有什么用？不过是自取其辱罢了，就像何夫人，一句话就关上对她来说曾经恍若无物的大门。她冷静下来，低着头，静静地想着自己的心事。

早知如此，她当初就应该逼着陆大小姐嫁给她哥哥的，看他们还怎么为陆大小姐出头！施三小姐那里，今天不必去，以后无论如何也是要去一趟的，而且不仅要去，最好还能得到施夫人的支持。至于何夫人那里……不如等李麟的恩荫确定下来了再做打算。眼前最重要的是赏花会，大家都知道她在准备这件事，若是突然不开了，她必然就失了面子。

高妙容皱了皱眉。只能让牛小姐、朱小姐等人来凑个热闹了，对外可以说专门请了通家之好，这样既保留了体面，又能和李长青的那些旧部交好，也算是一举两得了。

高妙容打定主意，先给施三小姐写了一封信，感谢她帮自己送信，然后关心地问了问施三小姐的身体，还说等她忙完了赏花会会去探望。接着，她让人去李府递了帖子，然后给牛小姐、朱小姐等人送去了请帖。

李家旧部的家眷收到请帖都非常高兴，打首饰、做新衣，准备在高妙容的赏花会上大露脸面。

李府这边却拒绝了高妙容的邀请。何夫人只觉得荒谬，自己气得"卧病在床"，高妙容竟然还在那里歌舞升平！何夫人生平第一次后悔对高妙容太好，因而她不仅不准李冬至去赏花会，还在高妙容举办赏花会那天在家里设宴，为即将和婆婆一起去京城的何瞳娘送行。

虽说是庶子的姻缘，可何瞳娘既然嫁进了金家，那金家和李家就成了姻亲，金夫人可以不给金城面子，却不能不给何夫人面子。何夫人请客那天，不仅何瞳娘到了，金夫人也到了。

为表重视，何夫人和何大舅太太带着李冬至亲自在门口迎接金夫人婆媳。

既然决定交好，金夫人自然和蔼得让人如沐春风。席间何夫人、何大舅太太有意巴结，李冬至落落大方，何瞳娘又是个温柔顺从的性子，一顿饭吃得和乐融融，让何大舅太太笑得合不拢嘴。等到用了午膳，大家去花厅听女先生说书的时候，何大舅太太不顾身份，亲自给金夫人端茶倒水，热情得不得了。

金夫人看了不禁心生感触。这些年来，金家一心一意要和邵家联姻，她可没少因为这件事看邵家的脸色。如今虽说结了个市井之家的亲家，可心里畅快，不会给她添堵啊！想到这里，她轻轻地拍了拍站在她身边服侍的何瞳娘，道："你难得回来一趟，别在我们跟前服侍了，和你表妹玩去吧。"

何瞳娘抬头看了金夫人一眼，见金夫人满面笑容，确实是真心让她下去的，便屈膝行礼说了几句客气话，这才和冬至一起去了花厅旁不远处的暖阁。

暖阁的窗户糊了软罗，秋日正午的阳光照进来，明亮又温暖。何瞳娘一下子像没有了骨头，瘫在临窗的大炕上，笑着叹气道："冬至，你以后可要比我嫁得更晚一些才好。成了亲，好多规矩的。"

李冬至倒显得比何瞳娘更稳重，她不急不慢地走到了炕边，由小丫鬟服侍着脱鞋上炕盘腿坐下，又等上了茶果点心，遣了屋里服侍的，端起茶盅来小小地呷了一口，这才笑道："表姐夫不向着你吗？"

何瞳娘脸色顿时绯红，支支吾吾地道："你问这个干什么？"

李冬至疑惑道："不是你跟我说的这些吗？"

何瞳娘的脸更红了。可她实在是没有第二个人可以倾诉了，爬起来喝了几口茶，吃了块点心，她还是忍不住道："你表姐夫对我很好。虽说他是庶子，在家里说不上话，婆婆要给我立规矩的时候他总是装看不见，可回到屋里，却会体贴地帮我洗脚……"她说着，眼里透出梦幻般的神情，"他什么也不说，总是默默地帮我……他也可怜，从小就没了生母……难怪他为人温和又体贴……"

李冬至听着"扑哧"笑了出来。何瞳娘又恼又羞，扑过去挠她的痒痒，李冬至忙低声求饶。

两人笑闹了一番后，不得不由小丫鬟重新帮她们梳整了，这才重新坐下一起喝茶。

"我以后想像大嫂那样。"李冬至道。

何瞳娘睁大了眼睛。

李冬至皱着鼻子道："有一次，我看到大哥背着大嫂回屋，大嫂却在大哥的背上揪大哥的头发玩，大哥哭笑不得，可那眼神却像春天的湖水一般深邃……我从来没见大哥露出过那样的表情，也从没在别人的脸上看见过……"

何瞳娘一愣，随后嘻嘻地笑了起来，和李冬至耳语："大表哥肯定很喜欢大表嫂。他们都说大表哥是为了前程才娶了大表嫂，我倒觉得不是。"

李冬至听了很生气，竖着眉道："是谁说的这话？太过分了！你就没有反驳回去吗？"

"如果只有我一个人，我当然会反驳啊，"何瞳娘掩着嘴笑道，"可那天我大伯也在。没等邵家的人把话说完，就被我大伯一脚踹了出去，我都没有机会反驳。"

李冬至觉得自己错怪了何瞳娘，不好意思地沉默了片刻，讪然道："那金宵，金宵也是个好人。"

何瞳娘听了，笑眯眯地点着头，肯定地道："我大伯的确是个好人，就是婚事有点困难。"她就把这些日子在金家的发现告诉了李冬至，"为了我大伯的婚事，我婆婆可没少看邵家的脸色，这次她哪里是想去探望我小姑，分明是想避开我大伯的婚事。照我说，邵家也太过分了些。他们还以为他们是原来的那个一手遮天的邵家呢！你在西安，肯定没有听说，我却在无意间听我三叔和我婆婆说，邵家原本在抽那些过往商贾的税，结果那些抽来的税却在运往总兵府的路上被人抢了！"

"啊！"李冬至睁大了眼睛，"还有这种事？"

"谁说不是！"何瞳娘左右看了看，压低了声音道，"据说是光天化日之下抢的。而且不仅如此，还有好几支商队趁机强行冲破了榆林关。邵总兵没有办法，便亲自出了一趟关，和关外的那些马匪讲和了，说以后榆林关的商税也算那些马匪一份。"说到这里，她困惑地道，"你说，那些马匪都杀人不眨眼，邵总兵这样岂不是官匪勾结？万一有人弹劾他，他岂不是死路一条？"

李冬至也不明白，猜测道："也许是他想抓住那些抢税银的人吧？"

何瞳娘闻言点了点头，又道："我三叔说邵家要是继续这样迟早会出大乱子，让我婆婆去京城里避一避，说我大伯的婚事谁愿意管就让谁管去。"

李冬至听着听着，忽然隐隐觉得有些不对劲，问："你跟表姐夫说过这些事吗？"

何瞳娘听着不好意思地笑了笑，道："说过。你也知道，我在金家也没有什么事做，又不敢乱说话，所以你表姐夫回来之后，我总喜欢和他东拉西扯。"

李冬至忙道："那表姐夫怎么说？"

何瞳娘赧然地小声道："你表姐夫让我以后再遇到我婆婆和我三叔说话就离得远一点儿，免得被他们发现，对我印象不好。"

李冬至莫名就松了口气。她好怕金城让何瞳娘探听金夫人和金三爷的动向。金三爷明明知道金宵娶了邵家女会落得怎样一个下场，却不提醒金宵，可见金家未必像表面看起来那样祥和。何瞳娘不是过是一个庶子之妻，那些矛盾于何瞳娘而言犹如神仙打架，万一被波及，何瞳娘连还手的能力都没有。还好金城爱护何瞳娘，没有让她去干那么危险的事。

"表姐夫待表姐真好！"李冬至不由得表扬金城。

何瞳娘面红如霞，继续低声和李冬至说着金城："我去京城之后，他也要去商行主事了。你表姐夫说，李累表哥会暂时跟着他干一段时间……你表姐夫还跟我说，让我去京城的时候最好去拜访一下镇国公府的房夫人，我们的婚事多亏了郡主，我好歹是郡主婆家的小姑子，应该去镇国公府给房夫人请个安才是……"

李冬至点了点头，思绪却渐渐飘远。不知道高妙容的赏花会办得怎样了？她把李家旧部的适龄女孩全都请去，也不知道有什么用意……

此时的西街李府，主持着赏花会的高妙容虽然面上带着亲切的笑容，心里却烦得不得了。没有丁小姐和施三小姐，赏花会果然失色不少。这些李家旧部的小姐们只知道争奇斗艳，根本不懂得欣赏自己那满满一屋子的书画，说起话来也极为粗俗，不是嫌弃自己乡下的亲戚常来打秋风，就是气愤家中的小妾如何恃宠欺人，根本不知道这样的场合什么话当讲，什么话不当讲。

朱小姐冷眼旁观，觉得自己以后还是和高妙容离得远一点儿的好。

牛小姐则恰恰相反。她很喜欢这样的氛围，因为她家既没有姨娘，也没有穷亲戚，众人还都羡慕她能集万千宠爱于一身。因而当高妙容说出"女人应该识字才能好好地主持家里中馈"的时候，她索性提议大家组织一个帮学会。她说她可以教大家读书写字，让大家能看懂契书上都写了些什么，免得像睁眼瞎似的上当受骗。

她的这个提议立刻得到了大家的响应。

高妙容这才松了口气，觉得这位牛小姐虽然性情骄纵，关键时候却能成事，不禁对她多了分亲昵，还打算以后带她一起去拜访施三小姐。

而正被高妙容惦记着的施三小姐却在和自己的母亲说着话。施夫人交代施三小姐道："你小孩子家家的，不知道人心险恶。像高氏这样的女子，为了一己私利就能陷身边的朋友于不义，心肠太歹毒了，谁知道她以后会不会故技重演？你也要和她疏远了才是。你看看丁挽，不就不和她来往了吗？"

施三小姐不以为然地撇了撇嘴，那丁挽会疏远高妙容，分明是因为她不想得罪嘉南郡主……可不管怎样，有一点她娘说对了，要是还和高妙容这样亲近，她恐怕会被这个圈子排斥。为了一个高妙容，不值得！

施三小姐正寻思着该怎样不动声色地和高妙容淡下来，身在山西的姜宪却有些坐立不安。

白愫的贴身丫鬟柳眉悄悄地给她来了封信，说白愫小产了。没有人推搡她，没有人惹她生气，更没有人怠慢她，可她就是小产了。据说曹宣的眼睛红了好几天，白夫人更是哭得不能自已。

曾经，也是在这个季节，白愫小产了。她以为，那是因为蔡霜和家里的小丫鬟偷欢，白愫被气着了……可现在分明跟以前不同了，白愫还是没能留住自己的第一个孩子。

难道这是天意？！姜宪很害怕。太皇太后是在她及笄之后的第二天昏迷，第三天去世的。

大家都没有想到。她当时在坤宁宫，得到消息连忙赶了过去，太皇太后却再也没有清醒过来。她的外祖母，甚至没有给她留下一句话。

九月二十二，是她的生辰，也是她及笄的日子。

如今，她在西安，离太皇太后更远。

姜宪捏着柳眉的信，心里像长满了草似的，坐立不安。

情客是最知道她心事的，悄声问她："郡主，要不要我替你回京探望清蕙乡君？"

姜宪摇了摇头，突然站了起来，道："我要回京探望太皇太后！"